El desván de los sueños

ELENA MONTAGUD

El desván de los sueños

Grijalbo

Papel certificado por el Forest Stewardship Council®

MIXTO
Papel procedente de fuentes responsables
FSC® C117695

Penguin Random House Grupo Editorial

Primera edición: marzo de 2021

Printed in Spain – Impreso en España

ISBN: 978-84-253-6000-8
Depósito legal: B-662-2021

Compuesto en Fotoletra, S. A.

Impreso en Liberdúplex
Sant Llorenç d'Hortons (Barcelona)

GR 6 0 0 0 8

A mi marido, por apoyarme en este camino.
A mi editora, Ana, por darme oportunidades con cada libro.
A mi hija, que me ha enseñado mucho sobre el amor.
A quienes escojáis este libro para pasar un rato.

Con un libro en las manos perdía la noción del tiempo.

Jane Austen,
Orgullo y prejuicio

El vínculo afectivo es el principal lazo en toda relación. Si este se pierde, no se puede hablar de unión, y para que sobreviva tiene que prevalecer el respeto.

Avatar

Mi abuela tenía una teoría muy interesante: decía que, si bien todos nacemos con una caja de cerillas en nuestro interior, no las podemos encender solos, necesitamos oxígeno y la ayuda de una vela. Solo que en este caso el oxígeno tiene que provenir, por ejemplo, del aliento de la persona amada; la vela puede ser cualquier tipo de alimento, música, caricia, palabra o sonido que haga disparar el detonador y así encender una de las cerillas.

Laura Esquivel,
Como agua para chocolate

Esta es una historia sencilla, pero no es fácil contarla. Como en una fábula, hay dolor y, como una fábula, está llena de maravillas y de felicidad.

La vida es bella

1

Terminé de colocar el último libro que quedaba en las cajas y reculé unos pasos para observar mi nueva estantería. Iba de pared a pared, había quedado preciosa y, por fin, volvía a tener mi propio espacio para retirarme cuando quisiera estar tranquila. Mi hermana me había regalado una butaca para sentarme a leer cuando estrenara el piso. Si lo comparaba con en el que vivía antes, no era grande, pero suficiente para mí y, sobre todo, solo para mí, para disfrutar de los silencios, de la soledad, de los aromas que me gustaban, de mis dos grandes aficiones: la lectura y la cocina. Tras ver cuatro o cinco inmuebles, encontré ese piso pequeño en uno de los barrios más famosos de Madrid, La Latina, pero en una zona tranquila, no muy lejos de la plaza de la Paja. Nada más poner el pie en él, sentí que era para mí.

Acababa de salir de una relación bastante tormentosa. En realidad, ya habían pasado casi dos años desde que decidí ser valiente y ponerle fin, pero seguía pareciéndome muy reciente; me había costado mucho librarme de las cadenas y el miedo que me ataban. Tampoco hacía mucho que había conseguido el ansiado divorcio. Gracias a la insistencia de mi familia, finalmente había acudido a una terapeuta. Tenía la autoestima por los suelos y necesitaba a un profesional que me ayudara a avanzar, a empezar una nueva vida. Había perdido un montón de años con un hombre que me había ido anulando hasta el punto de verme incapaz de trabajar, de ser independiente, de tomar decisiones por mí misma. De jovencita siempre se me había llenado la boca con ideales de superación, de la lucha en contra de la opresión de la mujer. Me había creído muy fuerte y, poco a poco y casi sin darme cuenta, había caído en las garras de una historia de amor tóxico.

El divorcio no había sido sencillo. Mario, mi exmarido, no podía permitir que me saliera con la mía tan fácilmente. Se puso hecho una furia cuando le comuniqué, a través de los abogados, que quería separarme. Días antes me había atrevido a marcharme de nuestra casa —más bien de la suya— y me había refugiado con mi hermana y mi cuñado Jaime. Tanto ellos como mi padre me preguntaban por qué no lo había hecho antes... Creo que se debía al miedo y a la inseguridad, ya que me sentía un cero a la izquierda. «¿Qué harás sin mí? ¿Adónde irás? ¿Quién te querrá?», me repitió Mario una y otra vez en nuestra última discusión.

Mi abogado me animó a interponer una denuncia por todos esos años que había pasado con él, pero al final no lo hice. Durante los primeros meses el proceso fue muy duro para mí, porque me encontraba mermada psicológicamente. Incluso mi aspecto físico me parecía horrible, pues poco a poco había ido descuidándome y perdiendo kilos. Mi hermana, que a pesar de ser la pequeña siempre había llevado la voz cantante en nuestra familia, me sacó del dormitorio de invitados de su casa donde pasaba la mayor parte del tiempo mortificándome y me llevó a la peluquería, me compró ropa nueva y me invitó a comer a un bonito restaurante.

—Lo conseguiremos, Tina, ya lo verás —me dijo con una sonrisa mientras comíamos, aunque yo apenas había probado bocado—. Este será el inicio de tu nueva vida, una llena de sonrisas, luz, libertad y felicidad. Y somos tu familia, te ayudaremos en todo. Papá, Jaime y yo.

Fui consciente de lo que había echado de menos a una auténtica madre durante esos años en los que las cosas se habían vuelto difíciles con Mario. La nuestra se había enamorado de un alemán rico cuando éramos pequeñas y se había largado, dejando a mi padre al cuidado de dos crías. No obstante, he de reconocer que mi padre fue un superhéroe; lo fue todo para nosotras dos.

Volviendo al otro tema, me sorprendió que Mario acabase aceptando mi decisión. El abogado me instó a intentar sacarle todo lo posible, pero yo no era así. Lo único que deseaba era olvidarme de todo y reiniciarme, tal y como Diana me había dicho aquella tarde en el restaurante. Al final, el divorcio resultó más amistoso de lo que todos esperábamos, pues yo tenía mucho miedo de que él consiguiera salirse con la suya, y más en el mundo en el que se movía. En el fondo, tal vez Mario me agradeciera que yo no fuera a malas y no aireara todo lo que me había hecho. Y si digo esto es porque me cedió el piso en el que habíamos vivido: un enorme ático en el barrio de Salamanca.

—¡Eres muy inocente, hermana! ¡Ese cabrón intenta comprarte! ¡Comprar tu silencio! —me regañó mi hermana al enterarse.

Yo no quería verlo de ese modo; todavía albergaba una pequeña chispa de esperanza de que, en algún lugar dentro de Mario, quedara algo de aquel joven encantador del que un día me enamoré, un joven que pensé que también me quería. Al fin y al cabo, los primeros años juntos fueron bonitos. Seguía sin entender cuándo y cómo empezó a cambiar todo. Deseaba convencerme de que él todavía me guardaba algún cariño. Tal vez yo fuera una estúpida, una inocente como decía Diana, pero de ese modo me era más fácil vivir. Mucho más que continuar llena de rabia, tristeza y miedo.

Mi terapeuta me recomendó que vendiera el piso para no tener recuerdos asociados a cada uno de sus rincones. Lo medité un tiempo durante el cual Diana no paró de insistir en que ella pensaba que también era lo mejor.

—¡Y así recibes una pasta gansa, Tina! ¡Y que le jodan! Se lo merece —decía mientras mi padre la reprendía con la mirada.

Realmente era una buena idea porque yo llevaba varios años sin trabajar y, aunque contara con una propiedad libre de cargas, necesitaba pagar la luz, el agua, la comida, etc. Bueno, y también estaba el hecho de que, al volver a pisar ese ático, el dolor y la soledad me vencieron y aquello no era bueno para mí.

En cambio ahora la soledad en mi nuevo piso se me antojaba un bien preciado, casi una necesidad. Sonreí ante aquel silencio. Ya no habría nadie que llegara a casa y se pusiera a gritarme o a reprocharme lo que había hecho mal. Podía volver a vestirme como quisiera. Y maquillarme —como había hecho esa tarde, que me había pintado los labios de rojo—, aunque lo único que tenía que hacer era sacar trastos de cajas.

En ese momento sonó el timbre. No esperaba visitas, así que no pude evitar sentir un cosquilleo nervioso en el estómago. «Vamos, Tina, hace ya tiempo que no sabes de él. Se terminó. Ahora eres libre de verdad.» Salí de la habitación y crucé el pasillo casi de puntillas. Me asomé a la mirilla intentando no hacer ruido. Esbocé una enorme sonrisa al descubrir que se trataba de mi familia.

—¡Sorpresa! —gritaron al unísono mi padre, mi hermana y mi cuñado cuando abrí la puerta.

—¿Qué hacéis aquí? ¿No teníais una comida con la madre de Jaime? —le pregunté a mi hermana. Ella pestañeó simulando la inocencia de un angelito. Luego me dirigí a mi padre—: ¿Y tú no habías quedado con Carmen?

Carmen era una compañera de trabajo y, según mi padre, solo eso. Pero yo sabía que allí se cocía algo más, ya que desde que mi madre nos dejó él no había vuelto a salir con ninguna mujer, pero a veces iba al cine, al teatro o a pasear con Carmen.

—Queríamos estar contigo en este momento tan importante —se adelantó mi hermana, que llevaba en las manos unos globos de colores. Diana era divertida, jovial y no tenía pelos en la lengua—. ¿No nos vas a invitar a entrar o qué?

Asentí, ilusionada. Mi hermana y mi cuñado me besaron en la mejilla y, cuando le llegó el turno a mi padre, antes de saludarme tuvo que dejar en el suelo un enorme objeto envuelto que, a juzgar por su aspecto, debía de ser un cuadro.

—Papá, ¿por qué cargas con eso? —Chasqueé la lengua y me apresuré a ayudarlo.

—Que conste que se ha empeñado en llevarlo él —se defendió Jaime. Entonces levantó los brazos para mostrarme una botella de vino—. Pero así he podido traer esto —bromeó.

Jaime había sido uno de mis mejores amigos antes de que empezara a salir con mi hermana. Ella había cumplido esa historia de enamorarse platónicamente y salir con el amigo del hermano mayor, en este caso hermana, pues yo siempre me había llevado mejor con los chicos que con las chicas. Jaime era —y seguía siendo— uno de los chicos guapos del barrio. Su cabello tirando a rubio y sus ojos claros le dotaban de un aspecto inocente y encantador, y eso no le pasó por alto a Diana. Me emocionó mucho descubrir que se habían enamorado, ya que quería a Jaime como si fuera de la familia y sabía que sería un buen hombre para ella.

Fuimos hasta el salón y dejamos el cuadro en el suelo. Mi padre me instó a desenvolverlo. Exclamé sorprendida, pues era precioso. Al fondo se veía un faro, un acantilado y un cielo azul claro por el que se extendían un par de nubes que parecían de algodón. Un camino serpenteaba desde el faro hasta el extremo derecho del cuadro. En él, una muchacha con un sombrero de ala ancha y un vestido que ondeaba al viento caminaba de espaldas al espectador.

—Me encanta, papá. Quedará genial aquí, en el salón —dije con sinceridad y añadí, porque sabía que aquella preciosidad era obra de Carmen, que pintaba en sus ratos libres—: ¿Y esa mujer por qué no se dedica a esto?

—Nada, solo es un pasatiempo —le restó importancia, aunque vi en sus ojos un inusual brillo de orgullo... y algo más.

Mi hermana y yo nos miramos con disimulo y sonreímos. Ay, que nuestro padre se había enamorado...

—¿Por qué no nos enseñas cómo ha quedado el resto del piso? —propuso ella—. El salón está muy chulo —opinó, paseando la vista por los muebles. No me habían salido muy caros y me encantaban. Yo misma había pintado las paredes de color salmón, uno de mis tonos preferidos, que me parecía cálido y me inspiraba tranquilidad.

Jaime tomó uno de los cojines de estilo étnico que reposaban en el sofá y lo levantó.

—Ha vuelto la hippy —bromeó, y todos nos reímos. Él

también lo había sido un poco en nuestra época veinteañera, pero después se convirtió en un hombre trajeado.

Al principio a mi exmarido le pareció bien mi estilo, o quizá también me había mentido en eso, porque poco a poco me obligó a abandonarlo. El ático donde vivíamos era suyo y, nada más mudarme, me dejó claro que lo habían decorado sus padres y que no pensaba cambiar nada. A mí no me gustaba en absoluto porque me resultaba demasiado sobrio, pero jamás dije nada. Lo acepté, como hice con tantas cosas de las que después me arrepentí.

Los acompañé a mi dormitorio, pequeño pero agradable, con una ventana que daba a la calle por la que entraba mucha luz. Luego pasamos al baño, diminuto, pero lo había reformado y había quedado muy bien. Les mostré la habitación con la librería; todos soltaron exclamaciones de sorpresa y yo me enorgullecí del buen trabajo. Por último, entramos en la cocina, que era el espacio más grande del piso. Ese había sido uno de mis requisitos al buscar casa, junto con un trastero en el que dejar mi bici, uno de mis bienes más preciados.

Saqué unas copas y las dispuse en la mesa de la cocina. Jaime descorchó la botella y nos sirvió.

—Siento no tener nada para picar, pero no me ha dado tiempo de hacer la compra —me disculpé.

—¡Brindemos! —exclamó mi hermana levantando su copa. Todos la imitamos—. Por Tina, para que siempre nos muestre esa sonrisa que lleva ahora pintada en la cara.

Me eché a reír. Entrechocamos las copas y bebimos. El vino estaba muy bueno; a Jaime siempre se le había dado bien elegir vinos.

—Estoy muy contento, pecosita —dijo mi padre. Desde pequeña me llamaba así porque yo, a diferencia de Diana, tenía el puente de la nariz lleno de pecas y otras adornaban mis mejillas. En realidad, no nos parecíamos en mucho más que en el hoyuelo de la barbilla. Ella había salido más a mi padre, con su cabello oscuro y su piel aceitunada, y yo a mi madre, una castaña clara tirando a rubia de piel pálida—. Este sí va a ser tu hogar.

—Sí, yo también lo creo —convine deslizando la mirada por esa cocina que tanto me había gustado nada más verla. Me imaginaba en ella preparando todo tipo de comidas, dulces y postres.

Charlamos un poco sobre el trabajo de Jaime, pues llevaba un tiempo esperando un ascenso que parecía no llegar. Mi padre nos puso al día sobre sus ideas para cuando se jubilase, aunque le encantaba su puesto.

—¿Y tú, Tina? ¿Qué vas a hacer? —me preguntó Diana.

En ese momento no necesitaba dinero desesperadamente, ya que había vendido a muy buen precio el ático del barrio de Salamanca y mi nuevo piso costó bastante menos. Aun así, mi terapeuta me recomendó que buscase un empleo. Yo había estudiado Magisterio y, antes de dejar de trabajar, había sido maestra en una escuela. Podía volver a intentarlo, por supuesto, porque fue mi gran pasión, pero lo cierto era que sentía que retornar a ese trabajo me traería malos recuerdos.

—¿Has pensado sobre lo que te dije, hija? —intervino mi padre.

—Sí, un poco...

Un amigo de mi padre tenía una librería y había hablado con él porque buscaba a una persona que le ayudara. Toda mi familia sabía de mi gusto por la lectura, que me había inculcado mi progenitor desde pequeña. Él pensó que trabajar en un lugar como ese, rodeada de libros, podría ser una buena oportunidad. Sin embargo, yo nunca me había dedicado a eso y no tenía claro que supiera hacerlo.

—Bueno, pues ya me dirás algo. Pero no tardes, pecosita, que Vicente no puede esperar mucho más.

Nos terminamos la botella de vino entre recuerdos de la infancia y muchas risas. Diana me preguntó por los vecinos, movida por la curiosidad.

—Las veces que estuve aquí para la reforma y para pintar apenas vi a nadie. Imagino que cada uno va a lo suyo. En el primero hay una pareja joven con un bebé de un año o así y creo que también una familia. En el segundo solo hay un piso ocupado y vive una señora mayor que tendrá unos setenta y pico u ochenta años. Me la he encontrado en un par de ocasiones y es un encanto. Se llama Rosario.

—¿Y aquí enfrente? —cotilleó mi hermana.

—La verdad es que no lo sé... No he visto a nadie. —Me encogí de hombros.

—Seguro que estarás genial. Este es un buen barrio —opinó Jaime.

—Y oye, que yo venía hoy a proponerte otra cosa. —Esa era Diana. Arqueé una ceja. Sus propuestas a veces me daban miedo.

—¿El qué?

—¡Irnos a cenar a un buen restaurante y luego de fiestorro! —exclamó emocionada.

—Si quieres ir a cenar, sí. Podemos ir los cuatro y...

—Yo estoy algo cansado —se excusó mi padre, aunque me pareció solo eso, una excusa.

—Y yo tengo el cumpleaños de un amigo —explicó Jaime.

—¡Os habéis compinchado los tres! —me quejé.

—Vamos, Tina, hace muchísimo que no sales. —Diana se acercó a mí y me tiró del brazo como una niña pequeña—. Lo pasaremos bien. Vamos donde tú quieras. En serio, elige tú.

Me reí, sacudiendo la cabeza. Me sentía agotada después de la mudanza, pero al final Diana se saldría con la suya. También estaba el hecho de que ya casi ni recordaba lo que era salir de fiesta. Quizá, después de todo, sería divertido. Siempre lo había sido con Diana.

—Pecosita, hazle caso a tu hermana. Te vendrá bien airearte. —Mi padre me miró con un gesto de cariño.

Al poco rato él y Jaime se marcharon y Diana me empujó al cuarto de baño para que me duchara. Cuando salí, estaba en el dormitorio con un montón de ropa encima de la cama.

—¿No tienes nada sexy?

—Diana, solo vamos a ir a un restaurante y a tomar algo. ¿Qué más da la ropa?

Alzó las manos en señal de paz y me permitió elegir: una blusa blanca sin mangas y una falda larga de color beis. En los pies, unas sandalias. Parecía que mi hermana quería decir algo, pero se contuvo. Para ella la moda era importante, siempre iba muy guapa y arreglada. Ese día se había puesto un vestido rojo a media pierna y unos tacones negros. Cuando terminé de vestirme, me llevó al cuarto de baño, buscó la plancha de pelo y me hizo unos cuantos tirabuzones y también ella se moldeó algunos. Me pintó la raya de los ojos, me puso máscara de pestañas y se decantó por un labial rojo. Yo me dejé hacer con una sonrisa.

—¿Te acuerdas de lo que me gustaba maquillarte cuando era pequeña? —me preguntó.

—Lo echaba de menos —reconocí, un tanto nostálgica. Noté que me escocía la garganta.

—Oh, cariño. —Diana también se emocionó y me abrazó. Luego echó un vistazo a su reloj de pulsera—. ¡Venga, vamos, que tengo reserva a las nueve!

—¿No se suponía que elegía yo? —le recordé con los puños en las caderas. Ella se encogió de hombros y pestañeó, inocente, como hacía también de niña.

Tres horas después, a medianoche, mi hermana y yo nos encontrábamos en uno de los locales de moda de Madrid, el Liberty Supper Club, en la calle de Ponzano, situada en el distrito de Chamberí. Yo no tenía ni idea de que existía ese lugar, pero Diana se conocía casi todos los sitios donde hubiera marcha. Me impresionó la cantidad de locales que había en esa calle y le dije:

—Pobre la gente que viva aquí, con todo este jaleo.

Ella me miró de hito en hito, como si no me entendiera. En eso también éramos muy distintas: yo prefería la tranquilidad y ella, el barullo. Quizá por eso vivía con Jaime en la zona más activa de Malasaña.

Primero cenamos en uno de los múltiples restaurantes de la zona. Se llamaba Toque de sal y me pareció que la conocían bastante. Me explicó que solía ir con sus amigas. Presentaba una decoración elegante en tonos burdeos, de aire francés, y lo cierto era que la comida estaba buena. Dejé que Diana escogiera: croquetas de pollo al curri, ensalada de brócoli de Navarra y *steak tartar*, todo para compartir. Una vez terminada la cena, tras los cafés, fuimos a dar un paseo y un rato después nos detuvimos delante de un club.

—Una copa y un bailoteo y nos vamos, ¿vale? Te lo prometo, hermanita. —Siempre que quería pedirme algo me llamaba así, a pesar de ser yo la mayor.

Durante la cena empecé a sentirme cansada, y Diana era de las que podían bailar hasta el amanecer. A pesar de mi fatiga, eché una mirada al local y me invadió un cosquilleo de emoción. ¡Por fin salía de nuevo a donde quería y con quien me daba la gana! Dentro se oía el tipo de música que le gustaba a Diana. Recordé las ocasiones en las que habíamos salido juntas de fiesta y comprendí que le apetecía rememorar aquellos tiempos. Y a mí, en el fondo, también.

Una vez dentro, Diana me explicó a grito pelado —debido a la música— que, desde mediados de su época universitaria, había pasado mucho tiempo allí con las amigas.

—¡Hace un montón que no vengo! A lo mejor hasta me encuentro con alguno de mis antiguos ligues. Si yo te contara, una vez en los baños de aquí...

—¿En esa época no estabas ya con Jaime?

—No, no, con Jaime empecé a salir en serio casi a finales de la carrera, ¿recuerdas?

Por aquel entonces yo ya no tenía con Mario la relación idílica del principio. Apenas salíamos juntos porque a él no le gustaba que hubiera otros hombres cerca, pero él sí que iba a donde le daba la gana, por supuesto... Noté un pellizco de rabia en el pecho mientras seguía a mi hermana por la pista, que me guiaba a la parte de arriba, donde pinchaban reguetón.

Y allí nos encontrábamos una hora después, sentadas a una mesa con un cóctel cada una. Diana no paraba de lanzar miradas a la pista, y yo sabía que se moría de ganas de bailar, a pesar de que ya nos habíamos tirado al menos cuarenta y cinco minutos moviendo las caderas. La animé un par de veces a que regresara, pero ella me aseguró que, si no la acompañaba, no iría.

—Me duelen un montón los pies, Diana —le dije componiendo un gesto de dolor. Ella se rio y alzó una pierna para enseñarme sus taconazos—. Bueno, con eso que llevas tú es que no podría ni haber dado dos pasos... —La acompañé en sus risas.

—Estás desentrenada, hermanita. Pero ya verás, unas cuantas salidas más conmigo y rejuveneces diez años.

—¿Estás llamándome viejuna?

En ese momento, Diana vio a alguien que conocía y se levantó chillando. Un par de minutos después regresó con tres chicas sonrientes, a las que me presentó como antiguas compañeras de facultad.

—¿Ves? Lo que te decía, que aquí iba a encontrarme a viejos conocidos —me gritó al oído.

Las chicas nos propusieron ir a la pista. Mi hermana me miró y yo volví a negar con la cabeza. Ella se disculpó con las otras y, cuando se despidieron, le dije:

—Anda, Diana, ve a bailar. Te espero aquí con mi cóctel y con mis pies de abuela.

Me miró con una sonrisa en el rostro.

—Un par de canciones y nos vamos.

—¡Corre a mover las caderas!

Diez minutos después me sentía un poco aburrida. No me gustaba mucho aquella música y había terminado el cóctel. Era tarde para escribirle un mensaje a mi padre y Jaime estaría con sus amigos. En ese momento fui consciente de que no me quedaban amigas, aunque nunca tuve muchas. Tampoco podía echarle la culpa de todo a Mario... ¿O sí? ¿No había sido yo la que me había dejado manipular? ¿La que se había ido alejando de sus amistades porque a él no le parecían buenas? Mi terapeuta me aseguró que la culpa era de él y solo de él, que yo había sido una víctima y que había muchas como yo. No obstante...

—¿Puedo invitarte a otra copa?

Una voz masculina me sacó de mis pensamientos. Alcé la mirada y me topé con un hombre quizá unos años menor que yo. Giré la cabeza a un lado y a otro, buscando a alguien más, pero caí en la cuenta de que me hablaba a mí.

—No, gracias... Espero a alguien —respondí con una sonrisa intentando no parecer desagradable.

—¡Claro que le apetece! —Mi hermana salió de la nada justo en ese instante. Le lancé una mirada mortífera que ella ignoró—. ¿Por qué no le traes un mojito?

El chico, algo sorprendido, asintió y desapareció de nuestra vista. Yo me levanté y cogí a mi hermana del brazo, enfadada.

—¿Qué haces, Diana?

—Tina, ¿cuánto hace que no estás con un tío? —Me acarició la mejilla. La pobre iba contentilla, y cuando se ponía así no había quien la parara—. Tontear un poco te subirá la autoestima. Y no está nada mal, tiene un buen culo...

No había pensado en coquetear con nadie, estaba totalmente desentrenada. Habían pasado muchos años desde que era yo la que se lanzaba a hablar a los hombres. Y otros pocos desde que mantuve una conversación larga con alguno de ellos. Aun así, mi hermana llevaba algo de razón. Tal vez me ayudara con mi autoestima, y me había fijado en que el chico no estaba nada mal. Había salido de una relación tóxica, pero tenía ojos en la cara y no era tonta. En ese momento reapareció el chico con sendas copas. Me tendió una y luego miró a Diana con una sonrisa apretada.

—En un rato vengo, ¿vale? —Ella me besó en la mejilla—. ¡Hasta luego!

El desconocido y yo nos quedamos solos y nos mantuvimos en silencio unos minutos que a mí se me hicieron muy largos. Hice amago de abrir la boca para preguntarle algo, pero al final empezó a hablar él. Me dijo que se llamaba Fran y que trabajaba como entrenador en un gimnasio para terminar de pagarse el máster que estaba estudiando. Tenía veintiséis años, un yogurín para mí. Diana estaba en lo cierto, pues sentí que me satisfacía saber que continuaba atrayendo a los hombres. Me animé a hablarle de mí... o más bien de mi vida anterior a los fatídicos años de sometimiento. Mentí un poco, pero pensé que no pasaba nada porque no iba a volver a ver a aquel chico.

Al cabo de un rato reparé en que Fran se había arrimado

más. Comenzó también a hablarme más cerca, tanto que podía apreciar el aroma de la menta en su aliento. Traté de notar algo, de experimentar atracción, pero no sentí nada. El cabrón de Mario me había dejado vacía. Me dije que lo único que sucedía era que eso no se podía forzar, que no tenía nada que ver con lo otro. Mi terapeuta me explicó que era normal perder algo de deseo sexual después de una relación de ese tipo, pero que poco a poco volvería a recuperarlo.

—¿Tienes algo que hacer después? —me preguntó Fran, arrancándome de mis pensamientos.

—¿Cómo? —Pestañeé, confundida.

—¿Te apetece que vayamos a mi casa? O quizá a la tuya... Yo comparto piso y a lo mejor eso te incomoda...

Entendí lo que me proponía. Esbocé una sonrisa. Unos cuantos recuerdos acudieron a mi cabeza, trayendo aromas, susurros, colores, sensaciones. Fran se acercó todavía más, quizá pensando que mi sonrisa era un sí. Caí en la cuenta de que iba a besarme. Sus labios, entreabiertos, estaban muy cerca. Me eché hacia atrás, pues, aunque el chico era atractivo y simpático, no me atraía. Él me miró unos segundos, confundido. Por unos instantes creí que se cabrearía, que me soltaría algún insulto, pero lo que hizo fue reírse y bromear:

—Joder, menuda cobra me has hecho.

Sacudí la cabeza, algo avergonzada. Él también lo parecía. Nos levantamos al mismo tiempo.

—Oye, perdona... Me pareció que habíamos conectado. Siento si te he incomodado —se disculpó.

Pero sus palabras resonaron en mi mente: «Me pareció que habíamos conectado». Me despedí de él y me dirigí a la pista, buscando a mi hermana. La encontré al fondo, bailando con las otras chicas. En cuanto me vio, dejó a las amigas y corrió hacia mí. Me abrazó y me preguntó si estaba bien.

—Tranquila, Diana. —Sonreí—. Lo único que ha pasado es que el chico ha intentado besarme y yo lo he evitado. No me apetecía ni me gustaba lo suficiente.

Una vez en el taxi, no abrimos la boca. Yo estaba llena de recuerdos que me provocaban un pequeño pinchazo en el pecho. Paramos primero en mi piso y, antes de apearme, Diana me cogió de la mano y me miró con preocupación.

—Dime que te lo has pasado bien —me rogó.

—¡Pues claro que sí! No te preocupes tanto por mí, que soy mayorcita. ¡Debería ser yo la que te cuidara! —La besé en la mejilla. Ella me observó con sus bonitos ojos—. Él ya no tiene ningún poder sobre mí.

Sin embargo, cuando me acosté en la cama me di cuenta de que, a pesar de ser libre, aunque había conseguido romper con las cadenas, todavía había muchos recuerdos que pesaban.

2

Diez años antes...

Tina bailaba sin pensar en nada; sostenía un botellín en las manos. Las gotas de sudor se deslizaban por su espalda, frente y pecho, pero le gustaba tanto la canción que sonaba en ese momento que no le importaba. Ese local era uno de sus favoritos en Madrid, el Bar Gris, un bar de copas alternativo en Chueca. Ponían indie, postpunk, new wave y tecnopop, y el ambiente siempre estaba animado. Además, fue uno de los lugares de referencia durante la movida madrileña; ella no la vivió, aunque le habría encantado.

Las otras chicas y ella saltaban y gritaban al ritmo de *Take me out* de Franz Ferdinand. «*I say don't you know? You say you don't know. I say... Take me out.*» Algunos de sus compañeros la habían animado a que se les uniera ese sábado de 2008 para celebrar que estaban a punto de acabar la carrera. Se llevaba bien con todos los de su promoción, pero en especial con ese grupito. Tenían los mismos gustos y había buen rollo entre ellos. Las otras chicas decidieron ir a por otra copa y ella se quedó bailando.

Sin embargo, mientras balanceaba las caderas y sacudía la cabeza al ritmo de la música, notó una presencia a su lado y enseguida supo quién era. Giró la cara y se topó con Óscar, uno de sus compañeros con quien ya no tenía tan buen rollo. Al principio habían mantenido una estupenda relación, congeniaron muy bien. A ella le llamaron la atención sus rastas y su pirsin en la lengua. Se atraían y al final pasó: a mitad de carrera se enrollaron. Óscar siempre le había caído fenomenal, pero ella no buscaba más en esos momentos. Estaba centrada en los estudios y en los cursos de repostería que iba compaginando. Pero él quería más y, al parecer, no pensaba darse por vencido, porque a la mínima oportunidad intentaba algo. Le seguía gustando, pero Tina ya no sentía la misma atracción que al principio. A decir verdad, su insistencia la echaba para atrás y le quitaba las ganas de iniciar cualquier nuevo acercamiento.

—¿Te traigo otra cerveza? —le preguntó al oído.

Ella negó con la cabeza y siguió a lo suyo, centrándose en la canción de Franz Ferdinand. Óscar se le arrimó más en lugar de retirarse y comenzó a moverse muy pegado a su cuerpo. Tina se apartó un poco, pero él la tomó por la cintura y la atrajo hacia él. Su sonrisa bobalicona era señal inequívoca de que había bebido bastante.

—Venga, tía, no te hagas la estrecha.

—No me hago la estrecha, Óscar. —Apoyó las manos en el pecho de él y lo empujó con suavidad—. Me apetece bailar sola.

—Antes te encantaba bailar conmigo —continuó, sujetándola otra vez por las caderas.

Tina esbozó una sonrisa sarcástica y se removió para que la soltara, pero él la apretó aún más.

—Las cosas cambian —le contestó.

Ladeó el rostro con la esperanza de que alguno de sus compañeros le echase una mano. Los chicos estaban en un rincón de la barra charlando emocionados sobre algo y no le prestaban atención. No se veía a las chicas por ninguna parte, quizá habían ido al baño.

Notó el rostro de Óscar muy cerca del suyo y compuso una mueca de disgusto. Lo empujó una vez más. Podría haberse largado, pero no quería darle la satisfacción de salirse con la suya. Quería que la dejara en paz y punto.

—Por actitudes como esta no me apetece bailar contigo ni otras cosas —le dijo molesta.

Él la miró cabreado y, justo cuando intentaba apresarla de nuevo, Tina oyó una voz masculina a su espalda.

—¿Está molestándote?

—Tío, pírate —replicó Óscar con mala cara—. Nadie te ha dado vela en este entierro.

En ese instante apareció el dueño de la voz. Tina se lo quedó mirando sorprendida: el cabello castaño muy bien peinado, la cara afeitada y la mandíbula fuerte, una camisa azul impoluta y sin una arruga, y unos pantalones de color marrón claro. No pintaba nada en aquel ambiente ni era el tipo de chico que le atraía, pero no pudo evitar sentir un cosquilleo en el estómago cuando él giró la cabeza y la miró con unos increíbles ojazos color miel.

—¿Te está molestando este gilipollas? —le preguntó.

—¡¿De qué vas?! —Óscar le dio un manotazo en el hombro y el desconocido se encaró con él, propinándole un fuerte empujón que lo dejó con la boca abierta.

—¿No te das cuenta de que la chica no quiere bailar contigo?

—¿Y tú qué cojones vas a saber? —Óscar la señaló con la palma de la mano abierta—. ¡Esta tía me ha comido la polla un montón de veces!

—Ya querrías tú —le contestó el otro.

Tina pensó que toda aquella situación acabaría en pelea. Lo notaba en la respiración agitada de Óscar y en su orgullo de macho herido. El desconocido era bastante más alto y fuerte y, aunque su compañero no la hubiera tratado muy bien en los últimos tiempos, no quería que le pasara nada.

—Está bien. Él ya se iba. ¿A que sí, Óscar? —Lo miró con los ojos muy abiertos, indicándole en silencio que una retirada a tiempo era más rentable y segura.

Su antiguo ligue compuso una mueca de disgusto y dudó unos segundos, pero pareció pensárselo mejor, porque sacudió una mano y se marchó, no sin antes dedicarle un «pijo de mierda» al desconocido.

—¿Me ha llamado lo que creo? —inquirió este, con gesto sorprendido y una sonrisa burlona.

Tina se encogió de hombros. Se sentía extraña, repleta de una electricidad que empezaba en los dedos de los pies y le recorría todo el cuerpo, hasta las manos. No le gustaba que la defendieran ni que la trataran como a una damisela en apuros, pero notó una especie de desilusión cuando el chico inclinó la cabeza para despedirse. Aun así, se puso seria y volvió a bailar al son de la música. Segundos después sintió un toque suave en el hombro. Al darse la vuelta se encontró, una vez más, con él. Se emocionó, pero compuso su mejor cara de póquer.

—Oye, no me has dado ni las gracias —dijo él.

—¿Y por qué debería dártelas? —replicó ella, con las manos apoyadas en las caderas.

Llevaba una minifalda de color azul con cintura elástica y, arriba, un top negro sin mangas. No le pasó por alto cómo la miraba, sobre todo las piernas, de las que siempre se había sentido orgullosa.

—Es de personas educadas, ¿no? Te he quitado a un moscón de encima —respondió él.

—No te he pedido que lo hicieras. En realidad, podría habérmelas arreglado solita. No necesito un caballero andante.

—¿Así que eres de esas? —inquirió el desconocido, mirándola con gesto divertido.

—¿Perdona?

—Sí, de las que predican que no necesitan que un tío las salve, pero su película favorita es *Pretty Woman.*

—En realidad no. Prefiero las películas de terror, en las que una psicópata se obsesiona con un hombre al que conoce en una discoteca y le hace la vida imposible.

—¿Quieres decir que eres una de ellas? Entonces mejor me retiro, ¿no? —Levantó las manos, como en señal de paz.

—Vaya, resulta que solo te atreves con los moscones —ironizó ella.

De algún modo, le estaba gustando el jueguecito, ese tira y afloja que se había creado. Él la observó con descaro, recorriendo su rostro con esos ojos que le habían llamado tanto la atención. Pensó que se parecía un poco al actor Álex González, al que había visto en series como *UPA Dance* y *Cuenta atrás* y se había prendado de su mirada, tan similar a la del hombre que tenía delante. Eso sí, este era más pijo. Porque Óscar podía ser todo lo que quisiera, pero había dado en el clavo: ese chico tenía pinta de niño de papá. Tina lo ignoraba, pero en ese momento no podía apartar la vista del desconocido. Era un reto de miradas y fue consciente de que su cuerpo reaccionaba.

—A lo mejor me va el riesgo —continuó él. Sorprendiéndola, adelantó una mano y se presentó—: Mario.

—Soy Tina.

—¿Cristina? —quiso saber él.

Ella negó con la cabeza y contestó, dándose cuenta de que había empezado a coquetear:

—Tendrás que descubrirlo.

Mario le dedicó una sonrisa «encantadora». Aquella era la palabra exacta. Poco después también pensaría que todo en él era encantador, hasta que le fue mostrando su auténtica cara.

—¿Puedo invitarte a algo? O tal vez prefieras invitarme tú a mí... —respondió él, siguiendo el juego que habían iniciado.

—Pídeme una cerveza y te la pago cuando vuelvas. —Tina se movió un poco con la música—. Te espero aquí.

Él asintió y se dio la vuelta, no sin antes lanzarle un par de miradas más que le provocaron una calidez insólita en el bajo vientre. Madre mía, nunca había experimentado nada igual: una atracción irresistible, una química increíble. Y con alguien con el que, al menos a simple vista, no parecía tener nada en común. Mientras él esperaba en la barra, se dedicó a mirarlo con disimulo, pues en algún momento se había girado, quizá para comprobar si seguía esperándolo. La verdad era que tenía un buen cuerpo y un espléndido trasero. Esa camisa ajustada le quedaba bien. No pudo evitar imaginarse lo que escondería y se le dibujó una sonrisa. Mario se acercó en ese instante con dos botellines de cerveza y la pilló.

—¿Me he perdido algo divertido? —preguntó, tendiéndole uno.

Ella le cogió la birra e hizo amago de sacar unas monedas del bolsillo, a lo que él negó con la mano.

—Ahora en serio, me gustaría invitarte.

Tina no dijo nada; solo dio un trago a la cerveza y reparó en cómo volvía a mirarla. Sin duda, también le atraía.

—¿Y qué haces aquí? ¿Te has equivocado de metro y has acabado en este local? —bromeó ella.

—Imagino que no pego mucho en este ambiente, ¿no? ¿Debería hacerme rastas?

Tina se echó a reír, bebió de nuevo y se pasó la lengua por los labios para quitarse la humedad. Mario le dedicó una intensa mirada.

—Venga, ¿no vas a contarme cómo has llegado hasta aquí?

—Estoy de despedida, y ya sabes cómo son esas cosas.

—¿No eres muy joven para casarte? —indagó ella medio en broma medio en serio. Para cotillear...

—Se casa mi primo Sergio. Si de repente ves a un tío vestido de animadora no te asustes, es él. Los he perdido hace un rato, cuando he decidido salvarte —la pinchó.

Abandonaron la pista y se instalaron en un rincón de la barra para seguir charlando. Él tenía dos años más que ella, veintitrés, y acababa de licenciarse en Arquitectura. Tenía pensado entrar en el prestigioso estudio de su padre, uno de los mejores de Madrid (se habían ocupado de los proyectos de gran parte de los edificios lujosos del barrio de Salamanca). Hijo único de una familia millonaria. De hecho, por sacarse la carrera con excelentes notas, su padre le había regalado un ático en el barrio de Salamanca. Aun así, tampoco le pareció el típico rico prepotente y engreído.

—Entonces mi compañero llevaba razón —apuntó ella, riéndose.

—¿En qué?

—En que un poco pijo sí que eres.

Él se puso serio, y ella se preguntó si el comentario le habría molestado. Al final Mario también se rio y asintió con la cabeza, resignado. Hablaron un poco más acerca de sus distintas aficiones: a ella le encantaba leer y él era un apasionado del esquí. Tina reconoció que no tenía ni idea de esquiar y él admitió que nunca había leído el *Quijote*, ni siquiera cuando se lo pusieron como lectura obligatoria en el instituto.

—¿Te apetece que bailemos un poco? —le propuso Tina al cabo de un rato.

Era una estrategia: Mario le atraía cada vez más y supuso que en la pista sería más fácil provocar un acercamiento.

Él aceptó, así que lo tomó de la mano para llevarlo hacia allí. Vio la cara molesta de Óscar cuando los descubrió juntos y Tina esbozó una sonrisa que le duró hasta que llegaron a la pista de baile. Mario se la devolvió sin saber a qué se debía.

—Tendrás que enseñarme a bailar esto.

—Tú muévete y ya está —le animó, al tiempo que pensaba que también le gustaría enseñarle otras cosas.

Ella empezó a sacudir las caderas y a pegar saltitos, y se emocionó aún más cuando sonó *Enjoy the silence* de Depeche Mode. Al principio, él se movía algo desacompasado, pero poco a poco le cogió el truquillo y Tina se dio cuenta de que bailaba de una forma bastante sensual. Le echó cara y se acercó un poco más a él, mientras cantaba:

—«*All I've ever wanted, all I've ever needed is here in my arms. Words are very unnecessary...*»

Le pareció que aquellas estrofas encajaban con el momento. Se atrevió a apoyar las manos en los hombros de Mario y él la miró con cara divertida, pero también con algo que Tina no dudó de que era deseo. Se apuntó un tanto cuando la rodeó por la cintura con las manos. Se acercaron más, sin dejar de bailar al ritmo de la música. Tina clavó los ojos en los de él y le sonrió, un poco agitada por el baile y por otros motivos. Se excitó al notar ese cuerpo tan cerca, los músculos de los brazos de Mario tensándose. Había química entre ellos, una química brutal. Segundos después, ocurrió: él la besó. Al principio lo hizo de manera tímida, como ella, pero a continuación abrieron las bocas y comenzaron a comerse con un deseo incontenible.

Tina no supo cómo acabaron en un rincón del local, ella apoyada contra la pared mientras Mario la besaba con un hambre feroz, con sus masculinas manos por todas partes. Agradeció el volumen de la música, porque de ese modo nadie escucharía los gemidos que no podía controlar. Había tenido un novio, pero nada serio, y un par de rollos entre los que se contaba Óscar. Pero ninguno la había hecho sentir como Mario, tan deseada, tan excitada, tan dispuesta a entregárselo todo. Y se marcharon a casa de él.

Nunca se había acostado con alguien nada más conocerlo. Así se lo hizo saber, después de experimentar un maravilloso orgasmo que la hizo gritar como una loca.

—Yo tampoco —reconoció Mario, tumbado en la cama, mientras ella le acariciaba el abdomen desnudo.

Al verlo sin ropa, se quedó sin palabras. Era muy atlético, con una espalda ancha y fuerte en la que había clavado sus uñas mientras él se introducía muy dentro de su sexo, arrancándole jadeos y gemidos. Habían follado como animales. Sí, eso era lo que habían hecho: el pijo la había penetrado y la había hecho gozar como ningún otro. Sabía dónde acariciarla, el punto exacto donde besarla. Le había susurrado palabras obscenas al oído y le había encantado. Y después del maravilloso sexo, además era tierno. ¿Podía pedir más?

—¿Has tenido muchos ligues, Tina? —quiso saber Mario.

—No muchos... pero tampoco he sido una monja —contestó riéndose. Le pareció que el comentario no le había hecho gracia. No le gustó la sensación que le produjeron sus cálidos ojos tornándose fríos, e hizo algo que nunca había hecho: intentó subirle la autoestima, complacerle en su orgullo de hombre—. Si te digo la verdad, nunca había disfrutado como esta noche... —le susurró con voz seductora. Pero tampoco le gustó la sensación que le provocó.

Pero se olvidó de todo cuando Mario sonrió y le susurró:

—Me parece que hemos conectado, ¿no?

Volvieron a follar un rato después y experimentó lo mismo; quizá fue incluso mejor, porque estaban más calmados y tuvieron tiempo de oler sus pieles, saborearlas, apreciar cada gesto del otro.

Tina se despertó al día siguiente en el enorme ático del barrio de Salamanca, el mismo al que tiempo después se mudaría y donde comenzaría a abandonar su vida, y también a sí misma.

Pero esa mañana de hacía diez años, cuando él apareció en el dormitorio con la bandeja del desayuno, solo pensó que, a pesar de lo distintos que eran, no le parecía descabellada la idea de enamorarse de alguien como Mario.

Tan encantador. Tan dulce. Tan atento. Tan magnífico en la cama.

Un lobo con piel de cordero. Un encantador de serpientes.

3

Me estaba poniendo las sandalias más cómodas que tenía cuando vibró el móvil. Estiré el cuello para ver la pantalla: «Papá». Esbocé una sonrisa y, al descolgar, pulsé el altavoz para hablar mientras seguía arreglándome.

—Buenos días, pecosita. ¿Lista para tu primer día?

Sonreí. Para mi padre, siempre seríamos sus niñas. Y no podía reprochárselo, ni tampoco me molestaba, porque lo adoraba y me gustaban sus mimos.

—Lo dices como si fuera una cría en mi primer día de cole.

Me levanté de la cama y me acerqué al armario para mirarme en el espejo. Volvía a tener el pelo largo y decidí hacerme una coleta.

—Claro que no, pero es el primer día en tu nuevo trabajo y quería darte ánimos.

—Gracias, papá. Seguro que será genial.

Hacía semanas de mi salida con Diana. Ella se sintió culpable, pero le insistí en que no le diera más vueltas al asunto. Simplemente, la situación me trajo malos recuerdos, pero me convencí de que podía superarlo todo y conseguí animarme. Mi nuevo piso había ayudado. Me encantaba sentarme a leer en el estudio, en esa butaca tan mona y cómoda. También pasaba horas en la cocina preparando nuevos platos e invitaba a mi familia a que vinieran a probarlos o les decía que se acercaran a recogerlos. Había descubierto un lugar precioso muy cerca de casa, el Jardín del Príncipe de Anglona. Tenía unos bancos de piedra en los que era maravilloso sentarse a leer.

Y lo más importante: había aceptado trabajar en la librería. Días antes mi padre me acompañó a conocer al propietario. De camino me contó más sobre él: lo amable que era, lo mal que lo había pasado con la muerte de su mujer y la frustración al ver que la librería no marchaba bien, a pesar de su excelente ubicación (muy cerca de La Casa Encendida).

—No sabe cómo podrá llevar el negocio... Antes de que Marta falleciera, él se encargaba de la contabilidad, pero ella era el alma de la librería. ¡Tenía magia, de verdad! Entrabas y, en cuanto se acercaba con su sonrisa y sus cálidos ojos, sabías que saldrías de allí con un buen libro. Cada vez que venía por el barrio, tenía que pasarme por la librería. Soy cliente desde hace diez años y así me hice amigo de Vicente; por eso me da pena esta situación.

—¿Y no crees que debería contratar a alguien más preparado que yo? —pregunté, algo nerviosa.

—Hija, si yo no confiara en ti, no te habría recomendado. Así os ayudo a los dos. Tú siempre has tenido una relación especial con los libros y sé que podrás transmitir ese sentimiento a los clientes.

Reconozco que mi padre sabía darme ánimos. Nada más conocer el nombre de la tienda me enamoré: El desván de los sueños. Me parecía que en esas palabras se concentraba la esencia del lugar. Era una de esas antiguas librerías con encanto, ni muy grande ni muy pequeña, en la que podías encontrar desde clásicos hasta los best sellers del momento. También había un rincón para libros de segunda mano que enseguida supe que se convertiría en mi favorito. Detrás del mostrador partía una escalera de caracol que subía al pequeño despacho del dueño. Me pregunté cómo era posible que aquel lugar tan maravilloso no funcionara.

Don Vicente también me gustó. Mediría un metro noventa y estaba bastante gordinflón. Tenía el pelo blanco y una larga barba cana. Me recordaba a Santa Claus, con mofletes sonrosados y mirada bondadosa. Aquella mañana me enseñó la librería y me puso al día de algunos asuntos para que los tuviera en cuenta cuando empezara a trabajar.

—Nunca he sido un gran lector, ¿sabes? Esa era mi mujer. Ella se empeñó en abrir la librería y yo, que estaba enamorado como un tonto, la ayudé a cumplir su deseo —me explicó mientras tomábamos una taza de café—. Pero la verdad es que no me arrepiento. Aquí he pasado los mejores años de mi vida, siempre con ella.

Días después me preparé para emprender una nueva aventura en mi vida, o al menos eso pensaba en aquel momento. En un principio trabajaría de lunes a viernes por las mañanas y tres tardes a la semana. Me pinté la raya de los ojos y me puse un poco de color en los labios. Me eché un último vistazo: un pantalón azul cielo suelto —me habría puesto falda larga, pero no era muy cómoda para ir en bici— y una blusa blanca.

—Papá, tengo que colgarte que voy a salir ya. Te llamo esta tarde para contarte qué tal me ha ido, ¿vale?

—Vale, pecosita. Te quiero.

—¡Y yo a ti!

Me dirigí al salón en busca de mi pequeña mochila de Parfois. Me la colgué a la espalda. Tenía que bajar al sótano, donde estaban los trasteros, para coger mi bicicleta. Me metí en el ascensor y me puse a escribir un wasap a mi hermana; las puertas se abrieron y me preparé para salir. De pronto, choqué con alguien y, al levantar la vista del móvil, me topé con un hombre que llevaba una barra de pan. Me fijé en su cabello y barbita pelirrojos. Nunca lo había visto en la finca.

—Disculpa —dijo, y pulsó un botón.

No me dio tiempo a ver a qué piso iba, pero cuando quise darme cuenta yo ya estaba fuera del ascensor y las puertas se estaban cerrando.

—¡Menudas prisas! —murmuré, y luego caí en la cuenta de que no era el sótano sino el patio.

Opté por bajar por las escaleras para no perder tiempo. No quería llegar tarde mi primer día de trabajo. Mis pulseras tintinearon cuando salí a la calle. Hacía muy buen día; levanté la barbilla para que los cálidos rayos del sol me dieran en el rostro. Subí en la bicicleta muy animada y empecé a pedalear. Esta era una de las costumbres que quería mantener de mi otra vida: hacía que la sangre me corriera por las venas, que notase un cosquilleo agradable por el cuerpo cuando cogía velocidad. Me encantaba que el viento me diera en la cara, amaba sentirme viva y fuerte mientras pedaleaba. Y libre.

Todavía no había demasiado tráfico, pues las vacaciones de verano no habían llegado a su fin. Unos veinte minutos después vi el rótulo de la librería. Eran las nueve menos diez cuando me detuve con la bici delante del escaparate. Ya ponía ABIERTO, por lo que supuse que don Vicente estaría dentro. Me bajé del sillín y me sequé el sudor de la frente. Desde luego, ese día iba ser caluroso. Mientras le ponía el candado a la bicicleta, noté que estaba un poco nerviosa. Era normal, llevaba tiempo sin trabajar. Cogí aire y me acerqué a la puerta. Una campanilla tintineó cuando la abrí. Era otra de las cosas que me habían encantado cuando visité el lugar antes de empezar a trabajar allí, además del mágico aroma que desprendían todas aquellas estanterías repletas de libros, en especial los de segunda mano. Recorrí la estancia con la mirada, pero no vi al dueño.

—¿Don Vicente? —lo llamé entrando en la tienda.

La madera crujió bajo mis pies. Avancé hasta llegar a la escalera. Subí los peldaños poco a poco y, cuando iba por la mitad, vi la estancia y al hombre sentado a la mesa, concentrado en el papeleo. Llevaba las gafas casi en el borde de la nariz, con lo que se parecía aún más a Santa Claus. Al darse cuenta de mi presencia, levantó la cabeza y esbozó una sonrisa, al tiempo que se quitaba las lentes.

—¡Tina! ¿Qué tal, has llegado bien? —me preguntó, amable. Yo asentí y le estreché la mano que me tendía—. ¿Quieres una taza de café? —Señaló la suya, que descansaba en la mesa.

—No se preocupe, he desayunado en casa.

—Debo terminar unas cosas por aquí. Si quieres, baja y ve encendiendo las luces y el ordenador. En un rato llegará el distribuidor con unos pedidos. Encárgate de recibirlo, ¿vale?

Asentí y me dirigí a la planta baja. Aún estaba nerviosa, pero que don Vicente me diera algo que hacer, me hacía sentir bien. Lo preparé todo y esperé. Después de media hora no había entrado nadie, así que, como me aburría, di una vuelta por la librería. Pasé unos minutos en la sección de grandes clásicos acariciando sus tapas duras. Por su aspecto, algunos eran ediciones muy antiguas. Luego me detuve en la zona de libros de segunda mano y hojeé un par de ellos, pensando cuál podría comprarme y cuál le gustaría a mi padre. Escogí una bonita edición de *Cumbres borrascosas* para él —le encantaba, y a mí me hacía sentir orgullosa— y yo elegí uno de Patricia Highsmith.

Poco después entró el distribuidor con varias cajas y don Vicente se asomó desde arriba para saludarlo.

—¡Qué bien acompañado estás, viejo listo! —exclamó el primero, con confianza.

Las carcajadas del librero resonaron por toda la tienda.

Me pasé un buen rato colocando los libros. No era tan fácil como pensaba y quería hacerlo bien. Además, me interrumpieron algunos clientes, aunque muy pocos se llevaron algo. En un par de ocasiones estuve tentada de orientarlos, pues no parecían tener claro lo que querían, pero no me atreví por si a don Vicente no le gustaba. A mediodía salió del despacho y observó las hojas de los pedidos y los estantes. Puso cara de satisfacción al comprobar que lo había hecho bien. Yo suspiré tranquila.

—Don Vicente, ¿le molestaría que yo aconsejara a los clientes sobre los libros que tienen que llevarse? —pregunté.

—Primero, no me llames «don Vicente», solo Vicente. Y segundo, ¿cómo va a molestarme? —Se echó a reír, sujetándose la prominente barriga—. Al contrario, muchacha, esa debería ser una de las principales tareas de tu nuevo trabajo. Tu padre me dijo lo mucho que te gusta leer y confío en que sabrás hacerlo y conseguir que vuelvan.

Esbocé una sonrisa. Me acordé de los libros que había cogido y se los enseñé. Él tomó el de Emily Brontë y acarició la tapa con cariño.

—Mi esposa lo adoraba. Me hablaba tanto de este maldito libro que al final me lo leí para que se callara. —Se humedeció los labios mientras se frotaba la densa barba.

—Es para mi padre —dije.

Me propuso comer juntos y yo acepté encantada. Fuimos a un bar que había cerca de la librería y pedimos el menú del día. Él me habló de su mujer, a la que se notaba que había querido mucho.

—Tendrías que haberla conocido. Era fantástica en lo suyo. Con solo cruzar un par de miradas con alguien, sabía lo que le gustaría leer. Muchos clientes venían por ella y, desde que se fue, ya no han vuelto. Lo comprendo, yo no soy igual. Ella tenía magia. —El hombre soltó un suspiro nostálgico y se bebió su café.

La tarde fue un poco más amena. Entraron varias personas y probé a poner en práctica lo que había hablado con don Vicente. Desde luego, yo no era su mujer, pero quería ayudarlo. Ese hombre me inspiraba ternura. Conseguí convencer a tres clientes de llevarse unos libros concretos y me sentí satisfecha. Poco antes de cerrar, se acercó a mí y me miró unos segundos en silencio.

—¿Qué crees que le falta a la librería para que funcione como antes? Además de Marta, claro.

Me emocionó que me lo preguntara, pues nunca me había dedicado a un negocio como ese. Eché un vistazo por la librería, rumiando.

—Deje que piense unos días y le hago una lista de ideas. ¿Le parece?

—Por supuesto, muchacha, haz lo que tengas que hacer —aceptó, un poco tristón, y me dio unas palmaditas en la espalda.

—Es que ahora está de moda el libro electrónico y muchísima gente lee en digital. Pero ya verá, entre los dos conseguiremos que El desván de los sueños vuelva a ser lo que era —intenté alentarlo, animada por su forma de tratarme y de contar conmigo, y él esbozó una ancha sonrisa.

Cuando cerré la puerta de casa, me di cuenta de que estaba agotada. Después de casi cinco años sin trabajar, tenía que volver a acostumbrarme. Me tiré en el sofá y telefoneé a mi padre.

—¿Cómo ha ido el día, pecosita?

—La verdad es que muy bien. Don Vicente es majísimo. Hemos comido juntos y me ha hablado de su mujer.

—Estoy seguro de que Marta y tú os habríais llevado bien.

—Me ha dejado bastante libertad, ¿sabes? Y me he sentido genial. Incluso me ha preguntado qué podríamos hacer para mejorar la situación de la librería.

Me despedí de mi padre con una sensación extraña. Me apetecía pensar en soluciones. Ser creativa. Ayudar. Intentar que El desván de los sueños volviera a estar lleno. Hacía tiempo que no me sentía tan activa, pero también estaba muy cansada y acabé durmiéndome en el sofá.

Me desperté sobresaltada y, durante unos segundos, no supe por qué. ¿Una pesadilla? Entonces descubrí que lo que me había sacado del sueño eran unos gritos que provenían del piso de al lado. De modo que sí que estaba habitado, aunque hasta ese momento no habían dado señales de vida. Curiosa, me acerqué a la pared. Después de lo vivido, cualquier grito o pelea me incomodaba. Sin embargo, cuando me di cuenta de lo que ocurría, suspiré aliviada. Eran un adulto y un niño, quizá padre e hijo, que discutían por la cena. Al parecer, el chiquillo no quería brócoli sino unos nuggets del McDonald's. Sonreí al recordar mi época como maestra de Infantil, a todos aquellos pequeños con sus voces agudas y su cariño. En cierto modo, lo echaba de menos. No pude evitar entender al niño, pero también al padre, pues seguramente intentaba hacer lo mejor para el pequeño.

No se oía ninguna voz femenina. ¿La madre estaría trabajando?

Al cabo de un rato las voces se callaron y yo me quedé pensando que aquellas paredes eran demasiado finas. Aun así, no me importó. Me tranquilizaba saber que, al otro lado, había alguien.

4

—Hugo, cómete el brócoli. —Era la tercera vez que se lo decía y el niño sacudió la cabeza de nuevo.

Suspiré y cogí el tenedor de mi sobrino, pinché la verdura y se la acerqué a la boca. El chiquillo apretó los labios y se retorció para que no pudiera meterle el bocado.

—¡Tienes que comer algo! —grité. Empezaba a perder la paciencia.

No era la primera vez, y tenía claro que debía comunicarme con Hugo de otra manera, pero no sabía cómo hacerlo y a veces tampoco me apetecía. Me entraban ganas de tirar la toalla.

Toda aquella situación que había llegado de improviso me venía grande. Muchas noches me acostaba enfadado y me despertaba al día siguiente con el mismo sentimiento. Tiempo atrás me había alejado un poco de mi familia para apartarme de ese sentimiento y, después de haberlo conseguido en cierto modo, regresaba más fuerte. Aun así, intentaba hacer lo posible para que el niño se sintiera bien.

—Vamos, Hugo, solo un poquito.

Mi sobrino se me quedó mirando y yo le acerqué el tenedor de nuevo, pero lo único que conseguí fue que me propinara un manotazo y el brócoli acabara en el suelo.

—Joder, mira lo que has hecho.

—¡Has dicho una palabrota! —me reprochó.

—¡Porque me pones nervioso, por eso! —Me agaché para recoger la verdura y la tiré encima de la mesa, enfadado. Luego dirigí la vista a mi sobrino y, sin poder evitarlo, le grité—: ¡Estoy harto de que te portes así, Hugo! ¡Todas las noches igual, con la misma cantinela!

—¡Quiero nuggets del McDonald's!

—Eso no te alimenta.

—Papá me los compraba —se quejó él.

—Me da igual lo que te comprara, ¿entiendes? ¡Ya no vives con él, vives conmigo! —le volví a gritar. Me molestaba que Hugo siempre saltara con lo de su padre. ¿Acaso no lo había acogido yo, dejando atrás una vida mucho mejor?

El chiquillo hizo un puchero y rompió a llorar. Se levantó de la mesa y se marchó corriendo al dormitorio. Casi todas las noches terminaban de ese modo, bien porque Hugo no quería cenar lo que le había preparado, bien porque no le apetecía bañarse, bien porque no le dejaba ver la televisión hasta las tantas. Pensaba que mi sobrino, de solo ocho años, no había recibido la educación ni el cariño que merece cualquier niño y maldecía a mi hermano por ser un irresponsable.

Tiré los restos de brócoli a la basura, incluidos los míos, porque ya no tenía hambre, y me senté un rato en la cocina, con un cabreo de dos pares de cojones. «¿Que ese niño caprichoso no quiere brócoli? Pues que se quede sin cenar. Tiene que aprender que no siempre puede hacer lo que le venga en gana.» Sin embargo, después de diez minutos empecé a sentirme mal. Estaba harto de mis contradicciones: me enfadaba muchísimo con el niño, le gritaba, me decía que no me torearía y después, ataque de culpabilidad. Me levanté y, suspirando, saqué de la nevera un paquete de queso en lonchas. Con resignación, le preparé un sándwich y lo llamé para que volviera a la cocina. No apareció. Tampoco a la segunda llamada. Cogí aire y lo solté despacio. Tal vez se había dormido. Agarré el plato y me acerqué al dormitorio. Hugo estaba bocabajo, con la cabeza de lado y el rostro congestionado. Se notaba que había estado llorando.

Dejé el plato con el sándwich en la mesita de noche y me senté en la cama a su lado. Alargué una mano con la intención de acariciarle la espalda para calmarlo, pero todavía no contábamos con esa cercanía y confianza. Al final la retiré y le dije:

—Te he traído la cena, pero que sepas que esto no se repetirá. A partir de ahora, cenarás lo que haya.

El niño se dio la vuelta y me miró con los ojos entrecerrados. Sabía que yo no le gustaba. Casi no nos conocíamos, pues apenas había tenido contacto con él hasta que un buen día mi maldito hermano decidió largarse sin dar explicaciones.

—Echo de menos a papá —lloriqueó.

Me mordí la lengua para no soltar una burrada. Al fin y al cabo, ¿qué culpa tenía él y qué iba a entender? Cogí el plato y se lo tendí. Negó con la cabeza. Eso me exasperó todavía más y estuve a punto de tirarlo por los aires.

—Está bien, pues quédate con hambre —le espeté.

Hugo me miró con los ojos muy abiertos y le tembló la barbilla. Y de nuevo la culpa. No, no podía con todo aquello... Por suerte, pareció pensárselo porque estiró los brazos y cogió el sándwich. Comenzó a comérselo a pequeños bocados, sin dejar de mirarme con recelo.

Mis padres eran personas humildes y trabajadoras. Nunca tuvimos mucho, pero fuimos tirando. En nuestra casa nunca se hablaba de lo que nos preocupaba, de lo que nos dolía, de lo que queríamos hacer en un futuro. Se daba por supuesto que no acabaríamos los estudios y que nos pondríamos a trabajar pronto, que no saldríamos del barrio. Pablo —mi hermano mayor— y yo nunca nos llevamos bien. No compartíamos aficiones, gustos ni nada. Yo quería ir a la universidad y conseguir un buen trabajo. Creo que desde pequeño —quizá por nuestra situación— era ambicioso. En cambio, Pablo empezó pronto a juntarse con malas compañías. Y de esas malas compañías nació Hugo, un hijo no deseado. Pablo dejó preñada a una tía que se dedicaba a la prostitución y que le prometió dejar la profesión por él. Qué iluso era mi hermano. Y qué irresponsable. La tipa desapareció pocos días después del parto y no la encontró. Entonces nuestros padres le ayudaron a cuidar del niño. En aquel momento, yo estaba en la universidad y compartía piso, así que la situación no me tocó de cerca. Durante ese tiempo solo vi a mi sobrino en un par de ocasiones, nada más. No entendía que mis padres, en especial mi madre, ayudaran tanto a Pablo si era un irresponsable. Cuando años después él se enteró de que su hermano pequeño —yo, claro— tenía un buen trabajo, me pidió dinero para «marcharme de casa de los papás y no darles tanto la tabarra. Somos dos bocas más y los niños gastan mucho. Ya sabes, vestirlos y todo...». Al principio no quise darle nada, pero luego pensé que nuestros padres ya eran mayores y que merecían vivir en paz, sobre todo desde que mi padre había enfermado, así que le dejé una buena cantidad de dinero. Y, en ocasiones, más. Dinero que aún no me había devuelto. Tampoco había sabido de mi hermano desde hacía un tiempo.

Lo siguiente fue que un día llegué a mi casa, me saqué una cerveza de la nevera después de un duro día de trabajo y llamaron al timbre. Al abrir me encontré con Rosario, la encantadora vecina de abajo, y con un chiquillo que, si no me engañaba la vista, debía de ser mi sobrino porque se parecía mucho a mi hermano.

—¡Menos mal que has llegado! Esta tarde me he encontrado al pobrecito en el portal con una mochila y una enorme bolsa de viaje. Creí que se había perdido, pero me ha dicho que tenía que esperar a su tío. Al preguntarle quién era su tío me ha contestado que Diego, y el único Diego que conozco eres tú. —La anciana parecía nerviosa. Acarició el cabello del chiquillo, que la miraba con unos ojos enormes—. Le he dado un vaso de leche con Cola Cao para merendar y luego ha visto los dibujos.

No sabía cómo reaccionar. No entendía nada. Minutos después, mi sobrino y yo nos quedamos solos en casa y, al rebuscar en la mochila, encontré una nota escrita por el cabrón de mi hermano en la que me decía que se marchaba un tiempo porque no aguantaba más y que dejaba a Hugo a mi cargo, ya que sabía que lo cuidaría bien. Lo entendí todo y solté unas cuantas maldiciones. Al calmarme, vi que mi sobrino seguía mirándome con esos ojos grandes y asustados, como los de un cervatillo. Me sentí aturdido, enfadado... ¡no, joder, cabreadísimo! Pero ¿qué iba a hacer yo con un crío? Mi ritmo de vida no me permitía cargar con una responsabilidad como esa. Además, no me veía ejerciendo de padre. Me gustaba mi vida, mi libertad. Me encantaba salir de fiesta, traer mujeres a casa, trabajar hasta la extenuación, los viajes de empresa. Quería seguir ascendiendo, llegar a lo más alto, ganar más dinero, alcanzar el estatus de algunos de los ejecutivos de mi empresa. Que me respetaran, que susurraran a mi paso la suerte que había tenido. Elegí crecer profesionalmente y decidí que no quería complicarme mi vida personal. Estaba comprometido con mi trabajo y punto. A veces la gente me miraba mal por ser ambicioso, pero jamás había pisoteado a nadie para conseguir mis logros. Y ahora mi maldito hermano me dejaba a su hijo, de buenas a primeras y sin habérmelo preguntado. ¿Era una jodida venganza o qué? ¿Una puñetera broma? ¿Aparecería al día siguiente riéndose de mí y pidiéndome dinero? Se lo daría. Le daría lo que quisiera si se llevaba a ese niño que me miraba como si fuera un alienígena.

Aquella noche Hugo ni siquiera abrió la boca y no tuve ánimos de preguntarle nada. A la mañana siguiente, un sábado, me despertó muy temprano diciéndome que tenía hambre. Me levanté a regañadientes, pues me habría quedado más rato en la cama. A esas horas, estaba acostumbrado a tomarme un café, así que tuve que pedirle a Rosario un poco de leche y Cola Cao.

—¿Cómo habéis pasado la noche? —quiso saber la mujer, sinceramente preocupada.

—Me costó conciliar el sueño y apenas he dormido —admití.

—¿Es tu sobrino, Diego? —inquirió la anciana, con los ojos entrecerrados.

Entonces entendí lo que pretendía decirme y me froté la frente. En cualquier momento la insinuación de Rosario me habría hecho reír, pero aquella mañana me dolía la cabeza y solo pensaba en cómo solucionar el marrón.

Tenía claro que los vecinos no me miraban con buenos ojos, excepto Rosario, a la que no parecía importarle que pasara por mi piso una notable cantidad de mujeres. Sí, quizá era algo promiscuo, pero no me metía en la vida de los demás. Por eso me llevaba bien con la anciana. Ella siempre me había respetado; a veces me traía comida y se preocupaba por mí.

—Yo no quiero cuidarlo, Rosario —le confesé. Seguramente sonaba egoísta, pero era la verdad. Ella arqueó una ceja, aunque vi comprensión en su mirada—. No creo que sepa hacerlo.

—Cuando tengas un ratito, bájate con él y me cuentas. Ahora ve a prepararle el desayuno —dijo, y sonrió en un intento de animarme.

Cuando volví, me encontré a mi sobrino intentando poner la televisión. Era una de plasma enorme y me apresuré a quitarle el mando por si lo rompía. Le grité que no volviera a tocarlo sin permiso. El niño me miró un poco asustado y luego se quedó enfurruñado en el salón. Se animó cuando le puse delante el enorme vaso de Cola Cao y unas galletas que me había dado Rosario.

—¿Cuándo vendrá mi papá? —me preguntó poco después. Y supe que aquello iba a ser duro.

Lo dejé en el salón viendo la televisión, con el mando bajo mi custodia y, después de llamar varias veces a mi hermano sin obtener respuesta, telefoneé a mis padres para ponerlos al corriente de la situación. Les aseguré entre gritos que, si Pablo no aparecía en un par de días a lo sumo, iría a los servicios sociales y lo denunciaría. Mi madre me rogó que no lo hiciera, que semanas atrás había ido a verlos desesperado porque había perdido mucho dinero. Si le denunciaba, podrían quitarle la custodia de Hugo. Yo le reproché que lo defendieran tanto después de todas las mierdas que había hecho siempre. Mi madre insistió en que le llevara al niño y que ya se apañarían, pero no era un ambiente idóneo para Hugo, pues, con mi padre enfermo, debían ir al hospital cada dos por tres.

Así que me lo quedé unos días, no sin asegurarle a mi madre que no tenía por qué hacerme cargo del niño y que tampoco quería ni podía. Pero los días se convirtieron en semanas. Las semanas en un mes. Rosario aceptó quedarse con el niño las tardes que yo salía más tarde del trabajo y darle de merendar, aunque sabía que aquello no podía durar mucho. Pensé contratar a una niñera, pero deseché la idea cuando empezaron a telefonearme de la escuela día sí y día también para quejarse del comportamiento de mi sobrino. Ese pequeño necesitaba a alguien a su lado. Una madre, un padre. Pero solo me tenía a mí, porque me había quedado claro que mi hermano tardaría en aparecer. Y yo me sentía incapaz, cada vez más enfadado y asqueado, estresado en el trabajo y agotado en casa.

Llegaron las vacaciones de verano y decidí tomarme unas semanas libres para pasarlas con Hugo. Pero no acabábamos de acostumbrarnos el uno al otro. Me sentía cada vez más frustrado. A pesar de eso, cuando las vacaciones tocaban a su fin, ya había tomado una decisión dificilísima, algo que me parecía un sacrificio enorme, pero lo hacía porque ese chiquillo malhumorado y complicado no contaba con nadie más y yo no era un monstruo sin sentimientos.

Y pasé de exitoso hombre de negocios con un sueldo magnífico en una gran empresa a ser un simple comercial, como durante los primeros años después de terminar la carrera. Y tuve suerte, ya que mi antiguo jefe, que me admiraba y con el que me había llevado muy bien, me aceptó de nuevo encantado. Se acabaron los viajes de negocios, las reuniones que terminaban en noches de fiesta con clientes, el sexo esporádico. No sabía qué echaba más en falta. Además, lo peor no era eso, no. Había estado a punto de aceptar un maravilloso contrato de trabajo en el extranjero y lo rechacé por ese niño que me observaba comiéndose el sándwich como un ratoncillo. Ahora tenía más tiempo para él, para cuidarlo, pero no veía resultados positivos y me frustraba. Me arrepentía de haber abandonado mi antigua vida, me decía que era un gilipollas y pensaba en ir a denunciar a mi hermano para joderle como él me había jodido a mí.

La noche del brócoli, Hugo se durmió con un trocito de sándwich en la mano. Se lo quité y salí del dormitorio. Fui al salón y puse la tele bajita. Vi una película y, cuando terminó, miré la hora: las doce y media. No tenía sueño, pero tampoco nada que hacer. En mi otra vida me hubiera puesto a adelantar trabajo, o habría salido con algún amigo o con alguna chica. Oí follón en la calle y me acerqué a la ventana para abrirla. Un grupo de hombres cantaba y caminaba de un lado a otro. Pensé: «Tan temprano y ya van borrachos», pero en cierto modo sentí un pinchazo de nostalgia.

Cuando desaparecieron calle arriba, cerré la ventana y volví a sentarme en el sofá. Eché la cabeza hacia atrás con los ojos cerrados y mi mente voló a otros tiempos que me parecían muy lejanos.

Cuatro años atrás

Solo tenía veintisiete años y ya había conseguido más de lo que nunca hubiera podido imaginar. Estudió Administración de Empresas y se sacó un máster en OHSE (*Occupational Health, Safety and Environment*, «Seguridad e Higiene Empresarial») en el extranjero. Empezó trabajando como comercial de EPIS (equipos de protección individual) en una empresa de desechables de Madrid y, desde el principio, demostró su potencial y consiguió acuerdos con las principales empresas nacionales de alimentación. Uno de los proveedores de la empresa en la que trabajaba mostró interés por el aumento de las ventas que había tenido y, en una de sus visitas y charlas, se le presentó y charlaron. Poco después le ofreció un puesto que no dudó en aceptar, aunque le supo mal por su antiguo jefe, que le había dado su primera oportunidad. Aun así, solo un loco la hubiera rechazado. En la nueva empresa lo contrataron como coordinador de ventas nacional, y ese puesto conllevaba una gran responsabilidad, pero también una serie de suculentas ventajas: viajes a nivel nacional y por el extranjero, y un sueldo que superaba los dos mil quinientos euros mensuales y que podía aumentar todavía más. No tardó en conseguirlo, y esa misma semana introdujo productos de su multinacional en dos de las empresas líderes en alimentación a nivel mundial: Nestlé y Pepsi. Los jefazos estaban encantados, pues dichas compañías invertían mucho tanto en seguridad e higiene para sus trabajadores como en su proceso de fabricación.

Ese día habían cerrado el acuerdo y tanto gente de su empresa como de las otras dos compañías fueron a celebrarlo. Primero, con una comida que se alargó hasta media tarde. Después, con unas copas. A continuación, llegó la cena y a las tantas de la noche continuaban festejándolo. Sabía que era otra de las cosas que les gustaba a sus jefes: su capacidad de persuasión, de hacérselo pasar bien a la gente, de darles lo que querían. Uno de sus compañeros, muy bromista, lo llamaba «El lobo de Wall Street» por la película de Leonardo DiCaprio.

Se encontraban en una sala VIP del Teatro Barceló —un espacio único en Madrid—, que él había reservado. La mayoría de sus acompañantes estaban ya borrachos, pero le hizo un gesto al camarero.

—¡Dos botellas más de Dom Pérignon por aquí! —exclamó, y su petición fue vitoreada por sus compañeros de fiesta.

Tuvo que salir un momento porque se estaba meando. Al volver, se topó con un grupito de cuatro chicas que intentaban curiosear en la sala VIP. Las observó a una distancia prudente, aunque desde esa posición solo podía evaluar sus traseros. Le gustó especialmente el de una de ellas, respingón y con unas buenas nalgas. En ese instante, como si ella hubiera notado su mirada, se dio la vuelta y sus ojos se encontraron. Era su noche de suerte, la tía tenía una carita preciosa.

Sin dudarlo, se acercó a las chicas con su mejor sonrisa y andares estudiados. Ellas no se cortaron un pelo y le pegaron un buen repaso.

—Buenas noches, chicas —las saludó—. ¿Os divertís?

Dos de ellas soltaron una risita.

La que le había gustado le dedicó una mirada que le provocó un latigazo en la entrepierna.

—¿Os apetece pasarlo aún mejor?

Ellas se echaron a reír, excepto la que le llamaba la atención, que seguía observándolo muy seria.

—Podemos divertirnos solas, gracias —contestó, alzando el mentón. Su voz también era bastante sensual.

Le gustó que respondiera de ese modo: si se lo ponía difícil, era más interesante. Se fijó en que las amigas ponían caritas de pena.

—Está bien. —Él se encogió de hombros, fingiendo indiferencia—. De todos modos, si cambiáis de opinión la invitación seguirá en pie.

Pasó por su lado para descorrer la cortinilla que ocultaba la sala VIP y pudo oír algo de lo que decían las jóvenes: «Deberíamos entrar...», «Va, tía, no te lo pienses más y vamos a pasárnoslo bien...», «Ese tipo de tíos no me molan, son todos unos engreídos...». Se detuvo unos segundos, simulando mirar algo en el móvil. Notó un movimiento a su espalda y, al girarse, se topó con las tres que no despertaban su interés, pero la otra no estaba. Le sonrieron abiertamente.

—¿Podemos unirnos a vuestra fiesta? —preguntó una, pestañeando de manera coqueta.

—¿Y vuestra amiga?

—¡Ah! Se habrá ido a casa —replicó otra.

Diego les devolvió la sonrisa y, haciendo un ademán, descorrió la cortinilla y las invitó a pasar. Buscó a la de la cara preciosa —¡y con carácter!—, pero no la vio por allí. Menuda desilusión. Media hora después observaba un tanto aburrido el jaleo que armaban aquellos hombres junto con las chicas. Decidió abandonar la sala VIP para salir de la discoteca a tomar un poco el aire. Quizá no tardaría en decirles que se marchaba. Ya había cumplido.

Mientras cruzaba la pista —en la que cada vez quedaba menos gente—, algo llamó su atención. Cerca de la barra destacaba una melena morena larguísima. No hizo falta que se diera la vuelta para saber que era la chica con carácter. Dudó unos segundos: si antes le había rechazado, ¿por qué no iba a volver a hacerlo? Pero eso le atraía como un imán, eso y su mirada, fiera y retadora. Así que decidió acercarse, aunque solo fuera para contemplarla más de cerca y disfrutar de su voz. Se colocó a su lado y, en cuanto ella lo reconoció, puso mala cara, como si no le gustara su presencia.

—¿Vienes a por más bebidas mágicas para tus hombres?

—También serían para tus chicas... —respondió él.

—Pensarás que qué amigas tengo, ¿eh? A la primera ocasión me dejan por unos pitos y un poco de alcohol.

—Alcohol de más de doscientos euros. Sobre los pitos, no sé... —dijo él, tratando de hacerse el gracioso, pero no funcionó.

—Llevo cuarenta putos minutos esperando un taxi —le informó ella—. No tendrás una limusina por ahí escondida, ¿verdad? —Señaló sus bolsillos. Cada vez le gustaba más esa chica.

—Me la he dejado en los otros pantalones. —Intentó seguirle el juego y, al fin, la morena sonrió.

—Soy Isa, por cierto —se presentó.

Diego se inclinó para darle dos besos, pero ella le alargó la mano. Se la estrechó, apreciando lo suave que la tenía y, solo con ese roce, vibró su entrepierna.

—Diego.

—Dime, Diego... ¿Perteneces a la aristocracia madrileña o eres un nuevo rico o algo así?

—No, nada de eso. —Se rio—. He conseguido una buena venta para la empresa y queríamos celebrarlo.

—Debe de ser buena, sí, porque vaya la que tenéis montada ahí dentro... ¿De qué cifras hablamos? —preguntó ella con curiosidad.

—De muchos ceros.

—Vaya, así que eres un tiburón empresarial.

—Intento hacerlo lo mejor que puedo. —Compuso su mejor sonrisa y ella arqueó una ceja en un gesto que le puso a mil. Era sexy y le parecía inteligente. ¿Qué más podía pedir?—. Me gusta mi trabajo y retarme.

—En eso nos parecemos.

—¿A qué te dedicas?

—Soy doctora en Publicidad y Relaciones públicas y formo a otros profesionales.

Diego silbó. No sabía su edad, pero le había parecido bastante joven. Charlaron un poco más sobre sus trabajos y luego ella le preguntó:

—¿No vuelves con tus compañeros?

—Prefiero estar aquí. Es mucho más interesante y divertido —respondió con total sinceridad. Desde luego, hablar con esa chica había resultado lo mejor de la noche.

Ella dibujó una sonrisa pícara y Diego supo que, a pesar de que habían empezado mal, la situación estaba cambiando. Se atraían. Isa comenzaba a mostrar un lenguaje corporal que él conocía bastante bien.

—¿Quieres que vayamos a dar una vuelta? —le propuso.

—A estas horas terminaremos desayunando porras con chocolate —bromeó la morena.

A él le parecía bien, en especial si se las comían en la cama.

Ni siquiera se despidió de los que seguían en la sala VIP, pero le envió un mensaje a uno de sus jefes para informarle de que se iba a casa. De camino, empezó a amanecer. Isa le contó que era de Extremadura, que solo llevaba medio año en Madrid y que quizá podía enseñarle la capital un día de esos. Era bastante elocuente y bromista, con lo que cada vez se sentía más atraído por ella. Desde luego, le gustaban sus gruesos labios, esos ojos almendrados y la piel tirando a oscura... pero lo que más le ponía era su voz, sus gestos, su manera de hablar, su agudeza y, sobre todo, que también era una emprendedora. Quería tirársela, por supuesto, y sabía que a ella le apetecía algo con él, pero tal vez no ocurriera esa mañana...

—Vivo aquí —dijo ella, de repente, señalando una finca.

Descubrió que estaban cerca del Mercado de San Miguel, que en realidad no distaba tanto del lugar de donde habían salido, así que comprendió que habían estado dando vueltas. ¿Una estrategia de Isa...?

—¿Tienes pareja, Diego?

Aunque ya no se esperaba aquella pregunta, tampoco le sorprendió, y menos estando delante de su portal.

—¿Qué te hace pensar que la tengo? —Dibujó una sonrisa ladeada—. ¿Y tú?

—Rompí con mi novio hace meses, después de casi cinco años juntos. No le gustaba que viajara tanto por trabajo o que prefiriera pasar un domingo currando que con él. Pero lo entiendo, ¿eh?

«Es mi versión femenina», pensó él, ensanchando la sonrisa.

—Yo tampoco tengo tiempo para una relación —confesó.

Isa se mordió el labio inferior, sin dejar de mirarle. Joder, cómo le ponía esa cara, esos labios, esos ojos. Toda ella.

—¿Te gustaría subir? —le invitó—. Tal vez estás ocupado... —añadió con un tono entre seductor y con retintín.

—Creo que para esto puedo sacar tiempo —dijo siguiéndole el juego.

—¿Para qué?

Se arrimó y la sujetó por las caderas, dispuesto a besarla, pero ella tomó la iniciativa. Le rodeó el cuello con las manos y le apresó los labios. Le besó con fiereza, con saliva y dientes, y en cuestión de segundos se la puso durísima. Habían acumulado tantas ganas el uno por el otro que, cuando entraron en el apartamento de Isa, a él ya le colgaba la camisa y ella llevaba la falda enrollada en la cintura. La encontró mojada y ansiosa. La levantó en volandas, sin saber muy bien adónde ir. Ella le guio apuntando con un dedo, sin dejar de besarlo de manera violenta, gimiendo en su boca, y eso todavía le excitaba más.

La tiró en la cama e Isa se rio encantada. Diego terminó de quitarse la camisa y ella le susurró que estaba muy bueno. Vale, eso también le gustaba, que no se callaran en la cama. La empujó hacia atrás y las manos de Isa le apretaron las nalgas mientras él tiraba de su top hacia arriba y se lo arrancaba a toda prisa.

Pelearon con su pantalón. El sujetador de ella fue lo siguiente en caer al suelo. Se abalanzó sobre sus pechos, más grandes de lo que había imaginado. Lamió sus pezones, al tiempo que le cogía de un muslo para colocárselo en medio y rozarse contra él. Una vez, otra. Su bóxer y el tanga de Isa se humedecieron aún más.

—En el cajón hay condones. Ponte uno y fóllame —le susurró ella.

Tanteó, pero no encontró nada y se lo dijo.

Ella ladeó la cabeza y gritó:

—¡Joder, no quedan! —soltó un bufido, frustrada.

—No sabes las ganas que tenía de meterme en ti, Isa, pero no nos quedaremos sin nada, ¿no?

Se deslizó por su vientre, depositando besos húmedos, hasta alcanzar su entrepierna. Separó sus labios con el índice y el corazón y recorrió con la lengua esa parte tan sensible. Esa morena tenía un coño delicioso. Se acompañó de los dedos, mientras succionaba y lamía su clítoris hinchado. Ella se corrió poco después entre gritos y espasmos. Diego se miró los dedos húmedos: nunca le habían empapado tanto y tenía la polla a punto de explotar.

—¿Quieres mi boca en tu polla? —le preguntó Isa cuando se calmó.

No fue capaz de contestar. Notó los labios de ella acoplándose a su erección, entrar en su boca poco a poco, con su miembro pegado a su paladar. Se lo sacó, lo volvió a meter. Él gimió y apoyó una mano en su cabeza para ayudarla con los movimientos. Cerró los ojos y se dejó llevar. Escuchar el sonido de la saliva era una puta locura. Los abrió para contemplarla. Ella le devolvió la mirada, sin dejar de succionar y de movérsela de arriba abajo. Lo hacía de maravilla. Cubrió con su mano la de ella para indicarle que aumentara la velocidad y ella permitió que se corriera en sus labios.

Esa tarde, después de comprar condones y follar, se marchó con el número de Isa en el móvil y la sensación de que había sido un fin de semana fantástico. Negocios y sexo. Repitieron en varias ocasiones sin compromiso de por medio. Solo sexo intenso y, de vez en cuando, cerveza y jamón para matar el hambre entre polvo y polvo y celebrar los avances en sus respectivos trabajos. Se terminó cuando la volvieron a destinar a Extremadura, y se despidieron donde y como mejor sabían: en la cama.

5

Dos semanas después me sentía más segura y desenvuelta en la librería. Lo cierto era que don Vicente tenía un carácter muy agradable y fue fácil cogerle cariño. Me hacía sentir bien porque apreciaba mis comentarios y opiniones, dejaba que tomara decisiones y siempre me escuchaba. También había conocido a algunos clientes fieles, entre ellos dos que me cayeron muy bien: Toño, un hombre de mediana edad al que le fascinaba la novela negra y coleccionaba marcapáginas, y Julia, una joven aficionada a la repostería con la que me pasé un buen rato charlando sobre postres.

Empezaba una nueva semana, la segunda de septiembre. Llevaba un cuaderno en el que había anotado varias ideas para mejorar el negocio, tal y como me había pedido don Vicente. Llegué a la librería más pronto que de costumbre. Estaba nerviosa, pero también emocionada. Me preguntaba qué diría mi jefe sobre mis ideas, si le parecerían adecuadas o, por el contrario, creería que me metía donde no me llamaban.

—¡Buenos días! —saludé enérgica, acompañada del tintineo melódico de la campanilla.

Don Vicente se asomó entre las librerías y me sonrió mientras se ajustaba las pequeñas lentes.

—Hola, Tina. ¿Cómo has pasado el fin de semana? —me preguntó.

Ya era una costumbre. A decir verdad, cada día se interesaba por cómo me encontraba o qué había hecho.

—Bastante bien. Ayer vinieron a verme mi padre y mi hermana con su pareja, así que genial. Horneé galletas. Le he traído algunas. —Abrí mi mochila para sacar el táper.

—Muchas gracias, muchacha. —El librero cogió el recipiente, lo abrió y acercó la nariz—. ¡Qué bien huelen! ¿De qué son?

—De chocolate blanco y pistacho —respondí.

Días antes había encontrado la receta cotilleando por internet y me llamó la atención.

—Seguro que están deliciosas. Si te digo la verdad, soy bastante goloso.

Me reí y fui al mostrador para dejar la mochila. El librero volvió a esconderse detrás de la estantería y yo saqué la libreta, decidida a explicarle lo que se me había ocurrido. Me sudaban un poco las manos, como me sucedía cuando me ponía nerviosa.

—¿Don Vicente? —lo llamé, acercándome a donde estaba.

Él asomó la cabeza una vez más.

—¿Cuántas veces tendré que repetirte que me llames Vicente? —me regañó con afecto.

—Sí, sí, lo siento... —Abrí la libreta y él la miró con curiosidad—. ¿Recuerda que me preguntó qué podríamos hacer para recuperar el ambiente en la librería?

Él asintió y dejó un libro que llevaba para centrar toda su atención en mí.

—He tardado un poco porque quería hacerlo bien. Aquí tiene algunas ideas. —Le tendí la libreta.

—¿Por qué no me las cuentas? —Se quitó las gafas y me observó con sus ojillos cálidos.

—Vale... —Eché un vistazo a las páginas, aunque me sabía de memoria lo que había escrito—. Mire, siempre he creído que un cliente joven puede ser un cliente fiel. —Alcé la vista y me di cuenta de que el librero me estudiaba con curiosidad y eso aumentó mi aplomo—. Me refiero a los niños. Quizá la gente piense que no, pero a los niños les encanta leer y que les lean. Por eso, un cuentacuentos podría estar bien. —Carraspeé y pasé la hoja—. También captan clientes las presentaciones o firmas de libros. Habitualmente se llenan con autores que venden mucho, pero creo que sería bonito permitir que autores menos conocidos tuvieran su espacio.

Me detuve unos segundos para observar la reacción de don Vicente: se había cruzado de brazos y mordisqueaba una de las patillas de las gafas. Como no decía nada, seguí.

—Buscando en internet descubrí que están de moda los meses temáticos. En algunas librerías los hacen sobre un género y en otras sobre autores. Por ejemplo, mes de la novela romántica, mes de Stephen King... Se hacen promociones, algún descuento, tertulias... —Di la vuelta a la página y sonreí—. Y, por último, pero no menos importante porque es una de mis actividades favoritas... —hice una pausa para dar emoción al asunto—: los clubes de lectura. Se propone un libro al mes para leerlo y luego, una tarde, se comenta. Primero necesitamos un grupo, claro, aunque sea pequeño. Pero le aseguro que mi padre acudiría, y puedo convencer a mi hermana y a mi cuñado y quizá también vengan sus clientes más fieles. El grupo crecería con el boca a boca... —Cerré la libreta y me dirigí a don Vicente, que seguía muy serio—. De momento eso es todo. Intentaré buscar más ideas.

Dejó de mordisquear la patilla y ladeó la cabeza, con el ceño fruncido y expresión concentrada. Me puse un poquito más nerviosa, diciéndome que quizá todas esas actividades le parecían demasiado complicadas para una librería como aquella. Sin embargo, de repente esbozó una ancha sonrisa y, con su voz atronadora, exclamó:

—¡Me encantan, muchacha! Mi mujer tenía un club de lectura de novela romántica que funcionaba de maravilla, pero después se disolvió. Sin ella, no era lo mismo... —Compuso un gesto triste, aunque pronto se le borró y volvió a dedicarme una luminosa sonrisa—. Y lo de las presentaciones me parece muy interesante. Siendo sincero, algunos escritores se han puesto en contacto conmigo porque querían venir a firmar o hablar de sus libros, pero no me atreví a gestionarlo. Ahora que estás aquí, Tina, ¡lo veo!

Noté que me ponía un poco roja, pero estaba tan emocionada que no pude evitar echarme a reír. Don Vicente, en solo dos semanas, había conseguido subirme la autoestima, esa que tenía tan pisoteada. El librero cruzó la tienda hacia la escalera de caracol y me indicó con un dedo que le siguiera. Subimos en silencio y, cuando llegamos a su despacho, cogió su móvil.

—Conozco a un autor desde hace años que quizá nos haga el favor de venir.

—¿De quién se trata? —pregunté, curiosa.

—De Albert Espinosa. —Lo dijo como si nada, pero por poco no me tocó la barbilla al suelo.

—¿Albert Espinosa? ¿El Albert Espinosa que creo?

—¿Quién, si no? —Don Vicente me miró arqueando las cejas.

—¿Y por qué no ha venido antes, si lo conoce?

—Oh, sí, sí que vino. Estuvo aquí con su novela *Si tú me dices ven lo dejo todo... pero dime ven.* —La nostalgia se apoderó del librero—. Recuerdo que la librería se llenó aquella tarde. ¡Incluso hubo gente que vino por la mañana para hacer cola! —Sacudió la cabeza, sonriente—. Aunque en realidad fue Marta la que consiguió que viniera. Ella había ido a otra de sus firmas y conectaron. Pero bueno, puedo probar a contactar con él, o quizá, como has dicho, prefieras autores menos conocidos.

—¡Creo que Albert Espinosa sería un comienzo genial!

—De acuerdo, déjame ver qué puedo hacer. Es complicado que un autor con tantas ventas acuda a una modesta librería. Respecto al cuentacuentos... ¿por qué no lo haces tú? —propuso, sorprendiéndome.

—¿Yo? —Me llevé una mano al pecho.

—Trabajaste como maestra de Infantil. Seguro que no sería la primera vez que lees cuentos a niños.

Don Vicente llevaba razón, pero una cosa era hacerlo en el colegio, con todos esos críos que ya me conocían, y otra ante desconocidos. No obstante, me dije que quizá fuera beneficioso para mí compaginar niños y lectura, aunque lo primero me trajera poderosos y complicados recuerdos. Además, en cierto modo me animaba que el librero confiara en mí para hacerlo. Así que asentí, despacio.

—Vale, puedo intentarlo.

—Entonces, muchacha... ¡manos a la obra! —Me dio una palmada en la espalda y yo me reí, encantada.

El miércoles por la tarde, uno de los días que yo libraba, regresé a casa con una sonrisa que no se me borraba. Habíamos diseñado el cartel para el club de lectura y lo colgamos en el escaparate. Acordamos que se celebraría el segundo sábado de octubre y, al ser el primer libro, lo decidimos nosotros, aunque el librero insistió en que lo eligiera yo porque él no leía demasiado. Al final opté por uno bastante popular del que, además, habían filmado una serie: *La catedral del mar*, de Ildefonso Falcones. Jaime lo había leído y le había gustado mucho, así que me pareció una buena opción.

Ya en casa puse música, algo que no hacía desde tiempo atrás, y bailé un poco mientras limpiaba. Bajé la basura y, al volver, antes de entrar en el piso me quedé mirando la puerta de enfrente. Seguía sin tener claro quién vivía allí, pues nunca coincidíamos, pero sospechaba que eran un padre y un niño pequeño, ya que los había oído discutir. Me sentía mal porque era como si cotilleara, pero no se podía evitar con esas paredes tan finas.

Había coincidido con la pareja que tenía un bebé y, otra mañana, cuando salía del portal con la bici, me crucé otra vez con el vecino de la barra de pan con el que había chocado en el ascensor. Esa vez no me saludó; iba tan rápido que ni me vio, pero volví a reparar en su cabello anaranjado. Con quien más me había encontrado era con Rosario, la anciana que vivía debajo de mi piso. En un par de ocasiones, la vi entrar con bolsas de la compra al volver de la librería. Para su edad, la mujer estaba fuerte y parecía bastante sana, pero aun así me ofrecí a ayudarla. La primera vez cruzamos unas pocas palabras:

—¿Por qué no usa un carro?

—¡Bah! No sabes los cántaros de leche que cargaba de niña, ¡lo que pesaban! Esto no es nada, reina.

La segunda vez me explicó que era de Valencia, pero su

marido —que había fallecido— y ella se mudaron allí cuando eran jóvenes. Tenía dos hijos y nietos. La hija se fue al extranjero a trabajar y tenía pareja. El otro hijo residía en Madrid, pero era peluquero y tenía poco tiempo. Se notaba que se sentía sola y me dio lástima. Me preguntó a qué me dedicaba. Cuando le dije que trabajaba en una librería, su rostro arrugado se iluminó.

—Reina, ¡qué trabajo más bonito! No sabes lo que me gusta leer. Ahora me cuesta un poco más porque se resiente la vista, pero la cantidad de libros que he leído en mi vida...

Acabé en su casa parloteando sobre lecturas y le hablé de las ideas que se me habían ocurrido para la librería. Le gustó muchísimo la del club de lectura y me dijo que, si podía, acudiría.

La anciana me caía estupendamente y me hacía sentir bien. Era un sentimiento extraño, pero me notaba mejor, más calmada y segura con la gente mayor. Supuse que se debía a lo que me había pasado y me dije que, aunque no era un problema, debía salir más y conocer gente. Además, mi hermana podría ayudarme.

Esa tarde, tras volver de tirar la basura, abrí la nevera y me di cuenta de la cantidad de comida que había preparado el fin de semana. Decidí llevarle un par de táperes a la señora Rosario: uno con lentejas y otro con tarta de zanahoria. Cuando me abrió la puerta, asomó el hocico Juanito, el chihuahua con el que vivía. El primer día que la acompañé con las bolsas de la compra, el can me ladró bastante, pero después cogió confianza y Rosario me aseguró que le gustaba. Me incliné para acariciarlo y el perro movió el rabo contento.

—¿Cómo está? Le he traído unos táperes. Lentejas y un dulce.

La mujer sonrió y sus ojos se achinaron. Pensé que de joven tuvo que ser muy guapa. Me gustaba su estilo, muy distinto al de otras jubiladas que había conocido: llevaba el pelo cano, pero siempre bien arreglado y con un corte muy moderno —seguramente por su hijo—, gafas de montura roja que le hacían unos ojos enormes y vestía con ropa colorida.

—¡Reina! Qué amable eres, pero no era necesario. Aún puedo cocinar. —Alargó los brazos y cogió los táperes que le tendía.

—Lo sé, no es por eso. Es que me encanta cocinar y este fin de semana he aprovechado. No sabe cómo tengo el congelador.

La mujer se rio y me invitó a pasar. Su piso tenía la misma distribución que el mío, excepto la cocina, que era un poco más pequeña. Estaba decorado con un estilo muy bohemio que no me encajaba con una persona de su edad, pero al preguntárselo me explicó que su marido había sido artista.

—¿Te apetece un café?

—A estas horas mejor una infusión, que, si no, después no cojo el sueño.

Juanito nos siguió por el pasillo hasta el salón. Me sorprendió que Rosario no estuviera sola. Sentado en el sofá había un niño totalmente concentrado en la televisión. Estaba viendo unos dibujos que identifiqué como *Aladdín*.

—¡Hugo! —La anciana se acercó al respaldo del sofá y el nene ladeó la cabeza y me miró con los ojos muy abiertos. Era muy rubio, de ojos castaños y piel pálida. Estaba bastante delgado y, a pesar de lo pequeño que era, no se me pasó por alto su mirada apagada—. Esta chica tan guapa y simpática se llama Tina y vive en el piso de arriba.

—Hola, Hugo. —Me acuclillé ante él, que me miraba con recelo—. ¿Cuántos años tienes?

El niño miró de reojo a Rosario, y esta asintió.

—Ocho —susurró con una voz aguda. Parecía muy tímido.

—Voy a preparar las infusiones. ¿Vienes?

La anciana me indicó que la acompañara, y el chiquillo volvió a centrar su atención en la televisión.

—¿Es uno de sus nietos? —le pregunté con curiosidad, una vez en la cocina.

—¡No, no! —La mujer sonrió mientras sacaba unas cajitas de infusión de uno de los armarios. La ayudé con las tazas—. Mis nietos son mayores. Hugo es un vecino. En realidad, es tu vecino.

—¿Mi vecino? —Por unos segundos no entendí lo que quería decirme, pero entonces me acordé de las discusiones—. ¿Se refiere a los de enfrente?

—Sí. Hugo y Diego —dijo la mujer, concentrada en su labor—. Diego necesitaba hacer unos recados después del trabajo y me pidió que me quedara con él.

—Imagino que Diego es el padre.

Me acerqué a ella y la ayudé a servir el agua caliente para que no se quemara, ya que le temblaban un poco las manos.

—¿El padre? —La anciana bufó, enfadada—. El padre es un irresponsable que a saber dónde está.

Me callé, pues nunca había sido una persona indiscreta y no sabía lo que debía preguntar y lo que no. No obstante, como a Rosario le encantaba hablar, no necesité abrir la boca.

—¿Tú te crees, largarse y abandonar al pobre niño? Con lo pequeño que es... ¡Personas como ese hombre, si se le puede llamar así, no deberían tener hijos! —Parecía muy indignada, y enseguida aprecié que se había encariñado con el niño. Movió la cucharilla en la infusión con furia, aunque luego esbozó una sonrisa dulce—. Menos mal que está Diego. Un día se encontró aquí a la criatura con una bolsa y una mochila.

Me sorprendió lo que me contaba Rosario, pero esta pensó que estaba hablando demasiado y sacudió la cabeza.

—Pero bueno, lo importante es que se tienen el uno al otro. —Pegó un sorbito a la infusión, que estaba ardiendo—. Por cierto, Diego es el tío de Hugo —declaró.

—Es la primera vez que veo a Hugo, y a Diego creo que nunca lo he visto, pero los he oído discutir en alguna ocasión —le confesé a la mujer.

—¡Normal! Imagínate, un joven con un buen trabajo, sin pareja, y de repente esta responsabilidad... Es muy duro hacerse cargo de un niño, y más sin haberlo buscado. Te lo digo yo, que he sido madre y abuela. —Suspiró, mirando la taza—. Les entiendo a los dos. Para Hugo también tiene que ser difícil, porque la verdad es que en ocasiones su tío se frustra y le regaña. Discuten bastante. No es que me lo haya dicho nunca, pero estoy segurísima de que Diego echa mucho de menos su trabajo. ¡Tenía un puestazo en una empresa muy buena y grande! Le gustaba lo que hacía. Y, claro, tuvo que dejarlo para centrarse en el nene. Antes era más alegre, afable, sonriente... Desde que llegó su sobrino, está enfadado. Pero es normal, ¿no? Ha sido un cambio enorme. No quiero decir con esto que no quiera al niño...

En ese momento apareció Hugo, interrumpió la explicación de la anciana y se nos quedó mirando desde el umbral de la puerta de la cocina. Al pensar en todo lo que me había contado Rosario, noté una punzada en el pecho.

—¡Hola, rey!

Rosario le indicó con una mano que se acercara y el pequeño fue para allá a pasitos lentos, sin dejar de mirarme con una mezcla de curiosidad y temor. Seguía llevando el chándal del colegio.

—¿Por qué no le cuentas a Tina qué has hecho hoy en el cole?

—Sumas y restas —contestó él.

—¿Y te gusta más este cole que el anterior? —siguió la mujer. Me miró y murmuró—: Su tío lo ha apuntado a uno bastante bueno porque no te quiero decir al que iba antes, el pobre...

De repente, oímos una especie de quejido. Salía de la barriga del niño y Rosario se echó a reír.

—¿Tienes hambre, guapo?

Hugo asintió con la cabeza. Adelanté una mano y cogí el táper de tarta de zanahoria que Rosario había dejado en la mesa. Le pregunté con la mirada si podía y ella me animó.

—¿Quieres probar esto, Hugo? —Le enseñé el contenido y el nene estiró el cuello para verlo, no muy decidido—. Es una tarta.

No le dije que era de zanahoria, pues ya sabía que no le gustaban las verduras gracias a las discusiones con su tío.

Hugo se emocionó al escuchar esa palabra y Rosario se levantó para coger un plato y una cucharilla. Minutos después, el pequeño se relamía las migas de los labios. Parecía que le había gustado. Entonces sonó el timbre y la anciana salió de la cocina para abrir, dejándonos allí. Me recordaba a esos niños que gritaban «¡Seño, seño!», que me regalaban dibujos en los que aparecía yo y que me abrazaban antes de salir de clase.

—¿Qué te gusta hacer, Hugo? —le pregunté.

—Pintar —contestó.

Aunque apenas lo había tratado, sospechaba por su actitud que tenía un desarrollo más lento que el de otros niños de su edad. Quizá por cómo había vivido, ya que, aunque Rosario tampoco había sido muy explícita, conocía casos como ese. No era nada malo, pero les costaba un poco más y actuaban como si fueran más pequeños.

Oí voces que se acercaban a la cocina. Entonces apareció un hombre de pelo anaranjado. Mis ojos se fijaron en su cabello y caí en la cuenta de que era el vecino del pan que siempre iba con prisas. En ese momento pude observarlo mejor. Era muy alto, bastante joven —o lo aparentaba—, con una barbita a la moda que le daba un aspecto atractivo. Tenía que reconocerlo: ese hombre era muy muy atractivo, y eso que los pelirrojos nunca me habían llamado la atención. Quise estudiarlo más detenidamente, pero como él también clavó la mirada en mí, la aparté, tal y como me había acostumbrado a hacer desde que mi exmarido empezó a destruirme.

—¡Mira quién ha venido a buscarte, Huguito! —exclamó Rosario, sonriente. El niño no contestó, como si prefiriera quedarse con la anciana, quien reparó en la mirada de Diego puesta en mí—. Ella es Tina, tu vecina. Y él es Diego.

—Ni me enteré de que hubieran vendido el piso —respondió él.

—Es el problema de los jóvenes de hoy, que vais a lo vuestro. —Rosario levantó al chiquillo y le dio un abrazo—. La mochila está en el salón. Por cierto, a lo mejor no tiene mucha hambre porque acaba de comerse un trocito de tarta —le confesó al tío con la boquita pequeña.

—Me lo malcrías, Rosario. Ahora no querrá cenar —replicó, y supe que no lo decía del todo en broma.

Tomó al niño de la mano, sin apartar los ojos de mí. ¿Por qué me miraba de ese modo? Agaché la cabeza.

—Muchas gracias, Rosario. Cuando necesite algo, dígamelo —oí que le decía a la anciana, sin cambiar ese tono circunspecto.

—Yo también debería irme. —Me incorporé de la silla de golpe, como si quemara, y Rosario me estudió con el ceño fruncido—. Nos vemos otro día. Espero que le gusten las lentejas.

Salí de la cocina sin dar más explicación, segura de que pensaban que era un bicho raro. Tal vez mi comportamiento fuera raro, pero el escrutinio de Diego me había puesto muy nerviosa. Mientras esperaba el ascensor, la puerta de Rosario se abrió y maldije por dentro. ¿Por qué no había subido por las escaleras? Total, para un piso...

Diego se puso a mi lado, en silencio. El ascensor no llegaba y yo cada vez estaba más nerviosa porque notaba que seguía mirándome.

—Tú eres la chica de la bici, ¿verdad? —soltó de súbito.

De algún modo, se había fijado en mí y lo recordaba. Tampoco entendí por qué el pulso se me aceleró aún más. Cuando se abrió el ascensor, asentí. Subimos los tres, otra vez en silencio. Hubo algo que me instó a levantar la mirada del suelo, un impulso de valentía y seguridad que no había tenido con el sexo masculino desde hacía mucho tiempo. Allí nadie me vigilaba, no tenía un marido controlador que me obligara a bajar la mirada cada vez que la posaba en un hombre, aunque no tuviera un interés oculto.

Él ya no me observaba, pero de repente nuestras miradas se cruzaron y un rayo me atravesó de arriba abajo. Fueron solo unos segundos, pero lo que noté en mí no fue un flechazo instantáneo, sino algo más intenso, algo que cualquiera se moriría por sentir. Fue como un ardor que me pareció que robaba todo el oxígeno del ascensor y que me secaba la boca, una llama que me hizo jadear en silencio para que él no adivinase lo que estaba sintiendo en ese momento. Fuego en las entrañas, solo unos segundos.

El niño y él salieron primero. Yo tardé un poco, confundida por lo que había sucedido entre esas cuatro paredes. Las puertas empezaron a cerrarse y las detuve con un brazo para salir. Me dirigí a mi piso sin mirarlo. Lo sentía a mi espalda, buscando las llaves. Demoré la búsqueda de las mías, aunque sabía dónde las llevaba.

—Buenas noches —susurré, para no parecer maleducada.

Me di la vuelta a tiempo y cruzamos una última mirada. Y qué mirada. Dura, aunque intensa y enigmática. Me di cuenta de que Rosario llevaba algo de razón: ese hombre parecía sobrepasado por la vida. Aun así... no pude evitar sentir que el corazón me daba un vuelco. La mirada de ese hombre unida a lo que me había contado Rosario de él despertaron mi curiosidad.

Él también me dio las buenas noches, aunque de manera un tanto formal. No obstante, pareció arrepentirse antes de entrar en su piso porque esbozó una sonrisa débil. El pulso se me aceleró y noté los latidos de mi corazón en todas las partes de mi cuerpo. ¿Qué me estaba pasando?

Lo tuve claro cuando entré en casa, cerré la puerta y apoyé la espalda en ella, dejando escapar una mezcla de suspiro y jadeo. Por primera vez en mucho tiempo había sentido un deseo increíble, salvaje, primitivo al mirar a un hombre y notar su mirada clavada en mí.

6

A veces parece que el destino —o lo que sea— lo cambia todo en un abrir y cerrar de ojos. Digo esto porque, días después de conocer a mi vecino, coincidimos una mañana. Estaba esperando el ascensor para ir a la librería. Su puerta se abrió de repente y Hugo salió corriendo y pulsó el botón. Luego reparó en mí y esbozó una sonrisa tímida, que le devolví.

Diego apareció cuando ya se abrían las puertas del ascensor. Estaba dando la vuelta a la llave; aún no me había visto. Subí y Hugo me imitó. Pulsé el botón de mantener las puertas abiertas para esperar a su tío.

—Hugo, te tengo dicho que no subas solo en el ascensor... —advirtió al niño—. Buenos días.

Recordaba lo que había sentido días antes y el pulso se me aceleró una vez más. En aquel espacio reducido pude oler el perfume de Diego: fresco, con un toque de hierbabuena. Disimulando, observé lo estupendamente bien que le quedaba el traje azul oscuro. ¿En qué trabajaría? Rosario había mencionado que, antes de ocuparse del niño, tenía un puesto muy bueno. Probablemente le frustrara haberse visto obligado a abandonarlo y, en cierto modo, me sentí un poco identificada.

Estaba de espaldas a mí, ocupado subiéndole la cremallera de la chaqueta a su sobrino. Menuda espalda tenía. Hombros redondeados y brazos que se apreciaban fuertes bajo la americana. Deslicé la vista hacia su trasero, que adiviné prieto a través de la tela de los pantalones. Sin duda, mi vecino estaba en forma. Me lo confirmó cuando se dio la vuelta y, con semblante grave al descubrir mi atento escrutinio, se abrochó los botones de la americana. ¿Lo haría a propósito? Seguro que era consciente de lo que despertaba en las mujeres. Pero ¿qué hacía yo pensando en toda esa carne a las ocho y poco de la mañana, con un café y una madalena en el cuerpo?

—Al menos hoy no hemos chocado —dije para relajar el ambiente. Pero al ver su ceño fruncido y su rostro malhumorado y ojeroso, me arrepentí de haber abierto la boca.

—¿Disculpa?

—Las otras mañanas que nos hemos visto llevabas mucha prisa —me atreví a recordarle.

Él guardó silencio unos segundos, sin apartar su penetrante mirada de mí. Pensé que no iba a contestarme, pero entonces murmuró:

—Me ha costado acostumbrarme al horario del colegio de Hugo.

Asentí, convencida de que a mi vecino no le apetecía hablar. Bajé la mirada al pequeño, que nos observaba con la curiosidad pintada en el rostro. Le dediqué una sonrisa y él esbozó otra con su tierna timidez.

El ascensor bajó hasta el sótano, a pesar de que ellos se apeaban en el patio. Me disculpé al darme cuenta de que Diego se impacientaba.

—Bueno, hasta luego —me despedí.

Salí del ascensor, pero antes de que la puerta se cerrara, sentí que había algo en ellos que me instaba a querer quedarme un minuto más.

—Que tengáis un buen día.

Diego volvió a posar su mirada cansada en mí.

—Igualmente, Tina —contestó, y compuso una sonrisa tan fugaz como la ocasión anterior, pero una sonrisa al fin y al cabo.

Me gustó demasiado cómo sonó mi nombre, con esas cuatro letras, en su boca. Y esa sonrisa que se notaba que le costaba dibujar.

Don Vicente me dijo que, de momento, no había conseguido contactar con Albert Espinosa. Yo me puse a ordenar unos libros que habían dejado desperdigados, pero lo cierto era que mi mente andaba muy lejos; de hecho, llevaba así casi todo el día.

—Con Marta ya estaría solucionado, pero yo no tengo su labia y su tesón... —Se detuvo y me preguntó—: Muchacha, ¿me escuchas?

Ladeé el rostro y me sonrojé al darme cuenta de que me había pillado. Asentí, a pesar de que el hombre sabía que no había prestado atención a sus explicaciones. Aun así, no me lo reprochó y me dijo que se volvía al piso de arriba para hacer otras gestiones.

No podía dejar de pensar en mi vecino. En su barbita, en ese cabello pelirrojo, en la forma en que el pantalón se ajustaba a sus piernas. En más de una ocasión me sorprendí tratando de imaginar lo que escondería debajo del traje. Y, de nuevo, ese ardor en el cuerpo, en la piel, en las entrañas. Incluso una vez me quedé sin aire y levanté la cabeza por si alguien se había dado cuenta.

Aquello no podía estar pasándome. O sí, porque al fin y al cabo era humana, pero se me hacía raro después de tanto tiempo, sobre todo porque había perdido el deseo sexual y estaba convencida de que no volvería. Y mira que mi hermana lo había intentado por todos los medios, incluso llevándome al cine a ver películas de los actores más buenorros —como ella decía— del momento. Pero nada funcionaba. Era como si el interruptor del deseo y la atracción se hubiera apagado dentro de mí. Pero había conocido a mi vecino y todo se había trastocado, y el sentimiento que me había abandonado reaparecía sin previo aviso. Y estaba enfadada. Sí, con Diego, por hacerme sentir así. Yo no quería perder el control, por muy agradable que fuera en ese sentido. No entendía del todo los motivos por los que ese hombre me había llamado tanto la atención. De la parte física estaba segura, pues su atractivo era innegable, además del deseo que despertaba en mí. Pero... había algo más. Me podía la curiosidad debido a su seriedad y gravedad, a esos ojos melancólicos y tristes, cansados, apáticos. El tono hastiado de su voz. Las discusiones con su sobrino que oía de vez en cuando. Sí, en el fondo, era un hombre que se había visto desbordado por una situación nueva e imprevisible y que, aun así, intentaba salir a flote y hacerlo bien. Quizá me había sentido identificada en la sonrisa de esa mañana. Mi vida no tenía nada que ver con la suya, ni mi pasado, pero sabía lo que era intentar sonreír y buscar sentido a lo que me rodeaba. Yo también había estado perdida, también había abandonado lo que deseaba y quería.

El resto de la tarde atendí a unos cuantos clientes lo mejor que pude y algunos se interesaron por el club de lectura. Les informé y les vendí los libros que creía que más se adecuaban a sus gustos. Don Vicente bajó a última hora y me miró sonriente.

—He estado observándote y me recuerdas a mi mujer —me dijo.

—Ah, ¿sí?

—Sí. Con un par de palabras y unas miradas, ella ya sabía lo que aconsejar a los lectores. Ese don no lo tiene todo el mundo, muchacha.

—Yo desde luego que no —repliqué, sonrojada. ¡Cómo me costaba aceptar los halagos de la gente! Mario me había hecho creer que no merecía cumplidos, ni frases de ánimo ni palabras bonitas.

—Ya veremos. —El librero me apretó el hombro en un gesto cariñoso y me indicó que empezáramos a cerrar.

Esa tarde, al regresar a casa, volví a quedarme unos segundos delante de la puerta de mi vecino. ¿Qué esperaba, que la abriera y apareciera en traje y corbata y me invitara a pasar? Pensé en los malos recuerdos que me traían los hombres con traje, pero en ese momento deseaba volver a ver a Diego con uno.

Entré en el piso y me fui directa a la ducha. Después de secarme el pelo, decidí hacer la cena. Mientras me preparaba una ensalada de queso de cabra y nueces, llamé a mi hermana y puse el altavoz para seguir con la faena. Al descolgar, oí mucho barullo y ella me pidió que esperara un segundo.

—¿Dónde estás? —le pregunté cuando el ruido se redujo.

—He salido un rato con unas amigas. ¿Pasa algo?

—No, no, solo me apetecía hablar contigo.

—¿Cómo te encuentras?

—Bastante bien. Trabajar en la librería es genial, Diana. Me alegro de haberos hecho caso.

—¡Es estupendo, Tina! ¿Quieres que quedemos algún día para comer?

—Me viene mejor cenar.

—¿Cuándo quieres que me pase por tu casa?

—Había pensado que podíamos salir por ahí.

Se produjo un silencio al otro lado de la línea. Seguramente mi hermana estaba sorprendida, ya que siempre era ella la que proponía salir.

—Claro, me parece genial —contestó al fin.

—Y luego me llevas a algún sitio de esos que te gustan a ti —continué.

—Eres Tina, ¿verdad? —inquirió, en broma.

Me eché a reír.

—No sé, he estado pensando que debo volver a hacer cosas que antes me gustaban. Mi terapeuta insistió en ello.

—¡Y esa mujer sabe mucho! Me voy para dentro, a ver si se van a beber mi copa.

—¿A estas horas andas bebiendo?

—Estamos de tardeo.

—¿Qué es eso?

—¡Madre mía, hermanita, necesitas salir! No sabes todo lo que te has perdido.

—Oye, te quería comentar otra cosita —me apresuré a decirle antes de que colgara.

—Venga, dime rápido.

—Me gustan los hombres, Diana —le espeté.

De nuevo otro silencio y, de repente, las carcajadas de mi hermana.

—¿En serio? —ironizó—. ¡No esperaba menos de ti! Menudos especímenes hay por ahí... Que me perdone Jaime.

—Creo que no me he explicado. Ya sabes lo que me pasaba, Diana. Pero... —Carraspeé y casi pude notar la expectación de mi hermana al otro lado de la línea—. He vuelto a sentir deseo.

—¿Deseo, deseo?

—Sí.

—¿Deseo de ese de que te gustaría que te empotraran contra la pared y te hicieran gritar como una loca?

Me tapé los ojos con la mano y me reí. Pero me imaginé a Diego en una situación como esa y se me secó la boca.

—Sí —contesté con un hilo de voz.

—¡Pero eso es genial, Tina! Otro paso más en tu nueva y maravillosa vida —exclamó mi hermana, emocionada—. ¿Y con quién lo has sentido? ¿Con Jason Momoa? Te dije que era imposible que no te atrajera ni un pelín.

—Con un vecino —le confesé.

—¡¿Un vecino?! ¡Joder, hermanita, encima lo tienes cerca! —Soltó una carcajada—. Dime, ¿cómo es? ¿Tiene buen culo? ¿Te has fijado en su paquete?

—Basta, Diana, que haces que me ponga nerviosa —me quejé, echando unas nueces en la ensalada.

—¿Nerviosa? ¡Que tienes treinta y dos años!

—Sabes lo importante que es esto para mí, no es ninguna broma.

—Vale, vale, lo siento, Tina. Es que me ha podido la emoción.

—¿A qué crees que se debe, Diana? Así, de repente, con alguien a quien apenas conozco... Y tampoco es que haya sido muy simpático o cercano.

—No lo sé, cielo, pero es que eso de los desconocidos también me pone a mí, ya te lo digo.

Al final no pude evitar echarme a reír con las ocurrencias de mi hermana. Sin ella, mi vida habría sido mucho peor. Quizá no habría tenido la valentía y las fuerzas necesarias para abandonar a Mario.

—Lo único que sé es que eso que sientes tienes que aprovecharlo, Tina.

—¿Qué insinúas?

—No te digo que vayas a su casa y te lo tires a la de ya... pero explota ese sentimiento porque es genial, hermana. Es bonito. Merecías volver a sentirlo.

—No sé, Diana, no sé si estoy preparada...

—Ponte una minifalda de las que usabas antes y a ver si te encuentras un día con él. No me vengas con cuentos de que no te apetece volver a sentirte deseada.

Y la tía me colgó, sin darme tiempo a replicar.

Esa noche tuve un sueño. Uno subido de tono. Era el primero en años. Diego y yo nos encontrábamos en el ascensor. Él iba solo y yo llevaba una falda bastante corta. Me miraba de esa forma suya, tan seria e intensa, y luego esbozaba una rápida sonrisa seductora. De repente se acercaba, invadiéndolo todo con su perfume a hierbabuena; yo sabía que iba a besarme y me dejaba. Me besaba con la boca abierta, sus labios apretando los míos, sus manos perdiéndose por mi cuerpo y por debajo de mi ropa.

Me desperté de golpe, desorientada y empapada en sudor. Me llevé una mano a la entrepierna y la metí dentro del pantalón del pijama. Allí estaba la prueba de que mi cuerpo empezaba a despertar, a sentir de nuevo.

Sonreí.

Un par de días después volví a visitar a Rosario para recoger los táperes y, de paso, le llevé un ejemplar de *La catedral del mar*, por si al final se decidía a acudir al club de lectura.

—Eres un sol, reina. —Me acarició la mejilla y se sentó en su sillón, mientras yo ocupaba el sofá y Juanito se acercaba a husmear—. ¿Cómo va todo? ¿Te gusta la finca?

—Mucho, estoy muy contenta. La verdad es que el barrio me encanta. No he tenido mucho tiempo de visitar sus rincones, pero lo haré.

—¿Dónde vivías antes?

—En el barrio de Salamanca.

La mujer abrió mucho los ojos, y yo me apresuré a contestar que ni mi familia ni yo éramos ricos.

—Viví allí con mi exmarido —me atreví a confesarle.

—¿Tan joven y ya te has divorciado? —replicó apenada.

—Y menos mal que lo hice, Rosario —respondí.

Ella me miró a los ojos y tal vez viera en ellos algo de mi verdad, porque se apresuró a decir:

—Pues sí. Lo que no nos hace bien, ¡a la basura!

Me habló un poco más de su marido, que se había dedicado a la pintura. Al parecer, era bastante famoso, aunque yo no lo conocía porque nunca había sido una seguidora de esa disciplina artística.

—Oye, ¿has vuelto a oír a tus vecinos discutir? —inquirió de repente.

—¿A Hugo y a Diego? Bueno… —Hice memoria y recordé que, justo el día anterior, que yo libraba por la tarde, los oí sobre las siete y se lo dije a la mujer—. Creo que era por los deberes o algo de eso.

—Sí, es que a Hugo le cuesta, pobrecillo —admitió Rosario, ajustándose las gafas—. Del otro cole llamaron a Diego varias veces para que fuera a hablar con la tutora. En este está un poco mejor, pero no creas que le va muy bien. No quiere hacer los deberes. Se ve que con su padre no hacía nada. Y, claro, ahora salen las cosas. Pobre Diego, también… Ya no sabe qué hacer para ayudarlo. —Escuché toda esa retahíla de palabras con atención y, cuando pronunció las siguientes, entendí que había sacado el tema con un propósito. La señora Rosario era muy lista—. Fíjate que el otro día me lo encontré y me dijo que estaba buscando un profesor particular porque él ya no podía más. Acaba enfadándose con el niño y tampoco quiere eso, que luego, aunque no me lo diga, sé que se siente mal. Y como no conoce a nadie de confianza, me preguntó. Le dije que tú eres maestra…

—¿Le dijo eso? —pestañeé sorprendida.

—Espero que no te moleste. Pero nada, no te preocupes, porque también le dije que ahora ya no trabajas de eso, sino en una librería… —Rosario continuó con su perorata, pero su tono de voz no dejaba lugar a dudas: intentaba tocarme la vena sensible.

—Me está pidiendo, indirectamente, que los ayude, ¿verdad?

La anciana abrió la boca y puso cara de inocente. Yo me eché a reír.

—No disimule, que la he pillado.

—No te enfades, reina. —Apoyó una mano sobre la mía.

—¡No me enfado, Rosario! Pero podría habérmelo preguntado con confianza. La verdad es que tengo mucho trabajo en la librería y acabo bastante cansada.

—Lo sé, lo sé. Pero quizá conozcas a alguien que le pueda ayudar con los deberes.

Volví a mi piso con una extraña sensación en el estómago. Por una parte, contaba con dos tardes libres a la semana que podía emplear en darle clases a Hugo. Por otra, pensaba que implicaría ver más a mi vecino y eso me ponía nerviosísima. Además, buscaba tranquilidad en mi nueva vida. Pero me sabía mal por el niño, pues estaba claro que había tenido una vida dura para su edad y eso era una injusticia. Tal vez mi ayuda descargaría a Diego de algo de presión. Por experiencia, sabía lo difícil que podía ser, en ocasiones, convencer a un chiquillo de que hiciera los deberes.

Aunque, bien mirado, había algo en mí que me instaba a hacerlo para saber más de Diego. Sí, quería acercarme, conocerlo, hablar con él, descubrir aspectos de su vida. Que confiara en mí y se abriera, que me contara por qué estaba tan enfadado, qué tuvo que abandonar de su vida anterior y si podía recuperarlo. Ver cómo interaccionaba con ese chiquillo que parecía tan indefenso y falto de cariño.

No dejaba de pensar en las palabras de Rosario. Un hombre joven con un magnífico trabajo y sin pareja. Llena de curiosidad, me puse a pensar en su día a día antes de que llegara el niño. Quizá trabajaba hasta tarde, puede que fuera un ejecutivo agresivo o tal vez todos lo adoraban. A lo mejor era de los que coqueteaban con las compañeras. Sí, en cierto modo tenía aspecto de ser uno de esos hombres seguros de sí mismos a los que les gusta sentirse deseado y desear. Probablemente, al ser libre y triunfar a nivel laboral, tenía éxito con las mujeres.

¿Cómo se acercaría a ellas? ¿Habrían pasado muchas por ese piso que ahora compartía con su sobrino?

Cerré los ojos, recostada en el sofá, y mi mente divagó tratando de imaginar la historia de mi atractivo vecino.

7

Tres años antes...

Otro éxito. Sus jefes estaban cada vez más contentos y confiaban tanto en sus habilidades que decidieron enviarle a Suiza a dar una charla y a plantear una nueva idea a los ejecutivos de Nestlé. En su empresa se decía de él que poseía un encanto natural que hechizaba tanto a hombres como a mujeres y un don para hacer negocios sin despeinarse.

Sinceramente, no siempre había sido así. Antes de ser un adolescente, en el colegio se metían con él, e incluso le pusieron el mote de «friki panocho»: el primer calificativo porque le apasionaban el manga, el anime y las bandas sonoras; lo segundo saltaba a la vista: su cabello anaranjado. A esto se le sumaba un cuerpo delgaducho y un rostro del montón, salpicado de pecas. Para algunos era invisible; para otros, el blanco de las burlas.

Sin embargo, a los diecisiete todo empezó a cambiar: de repente dio un estirón y su cara se tornó más agraciada. Un conocido del barrio, un par de años mayor que él, le insistió en que se apuntase a un gimnasio y así pasó de tardes y noches dedicadas a los dibujos animados japoneses a ir a entrenar siempre que podía. Se volvió más seguro de sí mismo. Había llegado a la conclusión de que, si quería salir del barrio y alcanzar el éxito, el carisma y el físico contaban, y mucho (por injusto y triste que le pareciera lo segundo). Dejó atrás su timidez y sus complejos y, en cuanto pisó la universidad, se convirtió en una de esas personas que él siempre había observado desde lejos: atractivo, carismático, divertido y con una sonrisa que atraía a bastantes chicas de su clase. Comprendió que podía combinar el anime y la fiesta y se apuntaba a todas las que podía. Pero sin descuidar los estudios, claro, pues sabía adónde quería llegar y cómo hacerlo. Eso volvía locas a las chicas: una combinación entre carácter seductor, gamberro y dulce, pero también una gran inteligencia, responsabilidad y bastante ambición.

Por aquella época hizo nuevas amistades, aunque se dio cuenta de que, al final, la mayoría se acercaban a él por su don con las chicas o para salir de fiesta. Todos ellos desaparecieron en cuanto no tuvo tiempo más que para trabajar, viajes, reuniones, alguna fiesta que otra y... sexo. Eso no iba a abandonarlo. El primer año de facultad descubrió lo mucho que le gustaba el sexo y todo lo que lo rodeaba: el juego de seducción, el coqueteo, la anticipación y las mujeres, por supuesto. A pesar de su promiscuidad, era bastante selectivo. Prefería a las chicas capaces de mantener una buena conversación, pues una mente aguda le excitaba más que cualquier otra cosa (vale, también ayudaban un buen trasero, unos pechos bien colocados y una cara bonita). Aun así, a veces bebía demasiado en las celebraciones tras las reuniones y entonces solo quería desfogarse.

En ese viaje tuvo suerte y pronto conectó con una ejecutiva de la empresa con la que había cerrado el acuerdo. Mientras daba la charla, notó cómo lo devoraba con la mirada. Durante la comida, se sentaron juntos y hablaron muchísimo. Tenía algunos años más, era una mujer muy inteligente, atractiva y, sin duda, sabía lo que quería, como él. Charlaron sobre sus respectivos trabajos; se notaba que ella también era ambiciosa y eso le atraía. Le ponían las mujeres que luchaban con uñas y dientes por abrirse paso en un mundo de hombres.

La tarde se convirtió en noche y fueron a una fiesta en un club selecto de Suiza. Muchos cruces de miradas, sonrisas, ella acariciándose el cuello de manera deliciosa, ella tocándole la mano o el brazo cuando le contaba algo, ella rozándole con su trasero al bailar, su polla dura en los pantalones al imaginarse los labios de la mujer por todo su cuerpo.

Aunque dudó, porque no acababa de gustarle la mezcla de negocios con placer, al final cayó. Horas después se encontraban en la lujosa suite del hotel que sus jefes le habían reservado. La ejecutiva y él tomaron un poco de Moët & Chandon, tontearon y luego ella se le lanzó a la boca y empezó a desnudarlo. Los gritos de ella hubieran podido escandalizar a más de uno, pero a él le parecieron un cántico celestial. Le encantaba que las mujeres se liberaran de cualquier prejuicio y disfrutaran de su sexualidad, igual que él.

Follaron tres veces esa noche: una contra la pared con el calentón; la segunda en la cama algo más calmados y la última en la ducha, debido a un nuevo calentón.

—La próxima vez que vengas, llámame. —De esa forma se despidió ella a la mañana siguiente, al tiempo que le lanzaba un beso al aire y una tarjeta de visita con su nombre.

Y ahora no conseguía empalmarme. Estábamos en mi casa. Una compañera de gimnasio estaba arrodillada delante de mí, con mi miembro flácido en su boca. Jamás me había pasado. Era la maldita ansiedad, y mira que el otro trabajo era agobiante, pero nada que ver con esto. El estrés no me permitía empalmarme ante una tía a la que había querido follarme desde que la vi. Por fin la tenía delante de mí, con sus tatuajes y pírsines, que siempre me habían puesto a mil..., y nada.

Se la sacó de la boca y me miró arqueando las cejas, pidiéndome una explicación en silencio. No sabía qué contestarle, así que le dediqué una de mis sonrisas.

—¿Pasa algo? —preguntó, haciendo amago de incorporarse.

—He hecho demasiado ejercicio. —Sacudí la cabeza y puse los ojos en blanco.

Se levantó y me dedicó un gesto incrédulo. Volví a sonreír, la tomé por la cintura y la acerqué a mí. Se había desnudado de cintura para arriba y pensé, de nuevo, que tenía unas tetas maravillosas: grandes, redondas, de pezón oscuro y delicioso. Me llevé uno a la boca, lo lamí y lo succioné. Mi compañera gimió y empezó a acariciarme el cuello.

—¿Quieres que vayamos a tu cama? —preguntó. La noté ansiosa.

La cogí de la mano y la llevé a toda prisa al dormitorio. Empezaba a ponerme nervioso porque la cosa seguía igual de raquítica. La tiré sobre la cama y me acerqué a ella con mi mejor mirada seductora. Me sentí un poco farsante. Ella se bajó los pantalones y se los quitó. Cuando metí la mano entre sus muslos, noté lo mojada que estaba. En cualquier otro momento, mi pene se habría puesto muy duro con algo como eso. No obstante, seguía dormido como una marmota.

—Déjame a mí —murmuré, para disimular.

Me deslicé por sus piernas besándolas y lamiéndoselas. Bajé hasta los pies y volví a subir. Le acaricié por detrás de las rodillas y por el interior de los muslos. Ella arqueó la espalda en cuanto posé los labios encima del tanga. Se lo bajé despacio y observé su sexo totalmente rasurado. Separó las piernas, invitándome a hacer lo que quisiera. A mí me encantaba hacer el cunnilingus, excitarme con el aroma de la vulva, perderme entre sus pliegues, paladear su sabor. ¡Joder, adoraba las vulvas! Enterré la cabeza en la entrepierna de mi acompañante y besé su pubis. Bajé un poco más y pasé la lengua por sus labios mojados, que se humedecieron más con mis lametones. Ella me cogió del cabello y tiró de él, se retorció mientras yo succionaba su clítoris y, al mismo tiempo, introducía un dedo en su vagina.

—¡No pares, Diego! —exclamó.

Tuve un pensamiento fugaz: «Vas a despertar al niño». Pero no estaba allí, sino en casa de la vecina, recibiendo clases de repaso. Y se suponía que me quedaba una hora para disfrutar de lo que tenía entre manos. Apreté los ojos con fuerza y me concentré en la tarea. Metí dos dedos, recorrí sus pliegues, los sorbí. Ella jadeó, gimió, me sujetó con fuerza la cabeza para que no me apartase. Se corrió en mi boca con unos cuantos espasmos.

Me estiré hacia la mesilla para coger un condón. Con sus gritos, se me había puesto un poco dura. «Apuesto a que la vecina y el niño os han oído», otra vez esa voz. Joder, el dormitorio no daba con ninguna pared del otro piso, así que era poco probable que hubieran oído nada. Pero ¿y si…? Volví a mi tarea y descubrí, con pesar, que se me había bajado. Maldije para mis adentros y me la sacudí con la esperanza de que aquello remontara. Mientras tanto, mi amante de una tarde me observaba con una sonrisa en los labios, que yo no sabía si se debía al orgasmo o era una burla.

—Ponte encima de mí —le dije, tumbándome a su lado, al tiempo que me quitaba a toda prisa los pantalones y el bóxer. Siempre me excitaba muchísimo contemplarlas a horcajadas sobre mis piernas, con los pechos bamboleándose al ritmo de sus movimientos, sus caras de placer mostrándose en todo su esplendor.

—Como prefieras, máquina —respondió ella.

¿Se estaba mofando de mí? ¿Era eso? Joder, iba a tener que borrarme de ese gimnasio.

Se subió y se inclinó para besarme. Su lengua rebuscó en mi boca y, cuando encontró la mía, gimió de nuevo. La apresé de las nalgas redondeadas y se las masajeé. Dejé una mano en ese glúteo trabajado por el ejercicio y dirigí la otra a sus tetas. Se las junté, las separé, le pellizqué el pezón. Jadeaba en mi boca, solté algún gruñido y por fin noté que me empalmaba. La acerqué a mi polla y jugueteé en su entrada. Ella me sonrió y soltó un «menos mal», o eso me pareció. Empujé hacia arriba con las caderas y me colé en su interior. Me detuve unos segundos para acoplarme a sus paredes. Sentí cierto placer, pero aquello no era normal. Debería estar notando más, siempre notaba más.

Comenzó a moverse adelante y atrás con las manos apoyadas en mi pecho. Su cabello suelto le caía sobre la cara, dándole un aspecto salvaje. Tenía el cuello húmedo por el sudor. Sus pechos se acercaban y se alejaban de mi rostro. Todo aquello debería haber bastado para hacerme gruñir de placer, hundiendo mis dedos en la carne de su cintura. Y sentí algo, sí, pero amortiguado. Me enfurecí conmigo y la rodeé con un brazo, la giré, la tumbé y me quedé encima de ella.

—Así me gusta, fuerte —susurró con voz sugerente, al tiempo que me clavaba las uñas en la espalda. Luego me lamió el lóbulo de la oreja y me susurró algo más, algo seguramente sucio, a lo que no presté atención porque solo tenía en mente que no estaba consiguiendo nada.

«Basta, si te obsesionas no terminarás», me dije.

Una embestida, otra más. Ella se agarraba al cabecero de la cama y gemía muy alto. Me preocupaba que la oyeran. «¿Para qué cojones la has traído, entonces?» Me hundí en su coño una vez más, salí. Me engullía. Estaba completamente mojada. Yo estaba algo empalmado, pero sabía que no iba a correrme, que aquello no funcionaba. Movido por la furia, abandoné su interior y se me quedó mirando confusa.

—¿Pasa algo?

Me arrodillé en la cama y me tapé la cara con la mano. Empezaba a notar un incipiente dolor de cabeza. Me sentía avergonzado y un poco gilipollas.

—Lo siento, no... no sé qué me pasa.

—¿No te pongo? —preguntó ella, medio incorporándose.

—No es eso. Claro que me pones... No sabes la de veces que he pensado en ti al verte en la bicicleta estática durante las clases de spinning...

Mi compañera sonrió, coqueta y halagada, pero enseguida volvió a ponerse seria.

—¿Entonces?

—Mira, voy a darme una ducha rápida, a ver si así...

No le di tiempo a quejarse, aunque la vi abrir la boca mientras me bajaba de la cama. Corrí al cuarto de baño, encendí la ducha y me metí sin esperar que saliera el agua caliente. Apoyé la frente en los azulejos, pensando que mi vida ya no sería como antes, al menos durante un tiempo, y, de una manera u otra, debía acostumbrarme. ¿Así era para los padres? En especial para las mujeres, ¿no? Muchas abandonaban sus carreras para centrarse en los hijos. Perdían el deseo sexual. Solo eran madres durante un largo período de tiempo. ¿Y yo qué era? Ni padre ni madre, pero me había visto obligado a rechazar la jodida oportunidad laboral de mi vida por cuidar del niño. ¿Y quién me lo agradecía? ¡Nadie! Mi hermano y Hugo me habían arrebatado el éxito profesional y el sexo. Siempre estaba cabreado, cansado, sin ganas de nada. Y lo peor era que luego pensaba en Hugo y me sentía un puñetero egoísta, como si le debiera algo. ¿Empezaba a cogerle cariño al crío?

En fin, debía decirle a esa chica que se fuera. No estaba bien comportarme de esa manera, no quería parecer un cabrón, pero se me habían pasado las ganas de compañía. Salí del baño con una toalla atada a la cintura. Mi amante estaba tapada con la sábana y señalaba hacia el pasillo.

—Llevan un rato llamando al timbre.

En ese momento volvió a sonar con insistencia. Miré la hora en el móvil. Aún quedaban treinta minutos para que terminara la clase, pero... ¿y si Hugo se había portado mal? O peor, ¿y si le había pasado algo? Sin pararme a pensar que solo llevaba la toalla, corrí por el pasillo. En efecto, al abrir la puerta me encontré con mi sobrino y la vecina. Ella abrió mucho los ojos. A decir verdad, recorrió mi pecho y mi abdomen con sus grandes ojos azules. Detuvo su mirada en cierta parte que cubría la toalla. Me di cuenta de que se sonrojaba. Para mi sorpresa, algo en mí despertó.

—¿Ocurre algo? —le pregunté, tratando de ignorar lo que acababa de sucederme con solo una mirada.

—El niño necesita ir al baño —respondió.

—Vale... ¿Y no puedes llevarlo al tuyo? —inquirí, ladeando el rostro. Mi réplica la fastidió. Volvió a sonrojarse, pero esa vez de enfado.

—Claro que puedo, y así lo he hecho, pero Hugo insiste en que no puede hacer caca si no es aquí y dice que le duele mucho la barriga.

Me quedé mirando a mi sobrino, que me observaba expectante, saltando de un pie al otro. En ese instante, mi compañera de gimnasio apareció en la puerta. Por suerte, iba vestida. Se quedó mirando a mi vecina y al niño con expresión dubitativa y luego me observó a mí como si fuera el peor tipo del mundo.

—Creo que es mejor que me vaya. Ya nos veremos en el gimnasio.

Ni siquiera tuve tiempo de despedirme. En un abrir y cerrar de ojos, desapareció por las escaleras. Cuando me giré para volver a hablar con mi vecina, su expresión había cambiado. Parecía molesta, incómoda, y posó una mirada de reproche en mí. Venga, que todas las mujeres del mundo se enfaden conmigo. Me jodió que me juzgara, porque eso era lo que estaba haciendo sin conocerme de nada. Y ya me juzgaba yo bastante.

—¿Querías algo más, aparte de eso? —le pregunté.

Ella no me respondió. Llamó la atención de Hugo y le indicó que pasara al baño.

—Quiero que vengas conmigo —le pidió el niño a Tina.

Me rasqué la barba, irritado; solo me faltaba eso.

—¿Puedo...? —preguntó mi vecina, todavía seria.

Con un suspiro, asentí. Hugo conocía el camino, de modo que él la guio dándole la manita. Se encerraron en el baño y yo me fui al dormitorio pensando que aquello era surrealista, como una versión barata de una película de Almodóvar. Me quedé unos minutos con la mente en blanco, hasta que al fin reaccioné y me vestí rápidamente. Me enfundé unos vaqueros y una camiseta blanca. La cama estaba deshecha. El dormitorio seguía oliendo a sexo.

Al oír la cisterna, salí del dormitorio. Los esperé en el pasillo, intentando aparentar normalidad. Estaba en mi casa, podía hacer lo que quisiera, así que... ¿por qué me importaba cómo me había mirado la vecina y lo que pudiera pensar? Me convencí de que era porque me molestaba su juicio gratuito y porque me cabreaba lo ocurrido un rato antes. Pero... no me interesaba la opinión de mi compañera de gimnasio.

En ese momento, Hugo se acercó a mí con una sonrisa —a pesar de que nunca me dedicaba una— y exclamó:

—¡Tina me ha dicho que me he limpiado muy bien! Y los dos nos hemos lavado las manos. —Me las enseñó.

Me sorprendió verlo tan hablador y contento. Mi vecina estaba delante de nosotros, con las manos cruzadas. Me fijé en su falda larga, de esas hippies con muchos colores y estampados. Arriba llevaba un top negro sin mangas. Un par de mechones rubios se escapaban de su coleta. Las veces que nos habíamos cruzado siempre lo llevaba recogido. Una vez más, me fijé en sus ojos. Grandes y azules, límpidos y cálidos. Sus mejillas todavía guardaban un poco del rubor de antes. Nos miramos durante unos segundos en los que, a pesar de las circunstancias, reparé por primera vez en que era guapa. No guapa de manual, sino con una belleza serena en las facciones. Tina no era una mujer explosiva; en sus rasgos, todo era cálido y suave. De haberla visto por la calle, no me hubiera fijado en ella.

Sin embargo, en ese instante, en el pasillo de mi piso, sentí una especie de extraña atracción hacia sus pequeños y sonrosados labios. Hacia ese rostro pálido con rasgos aniñados. Hacia las pecas que coronaban su nariz respingona. Incluso hacia su mirada inquisitiva.

—Tío, tengo hambre. —La vocecilla de Hugo me sacó del ensimismamiento.

—Ahora te preparo la cena —le respondí, pero mantuve la mirada en los ojos de mi vecina. Recordé que, el día que coincidimos en casa de Rosario, al mirarla, ella había apartado la vista.

—Yo me voy ya.

—Te acompaño.

—No hace... —empezó a decir, pero se lo pensó mejor y se calló.

La seguí por el pasillo y la contemplé desde atrás. Tina era menuda: bajita, caderas estrechas, trasero pequeño. Aun así, me lo imaginé precioso, como un melocotón perfecto.

—Adiós —se despidió, abriendo la puerta rápidamente.

—¿Nos vemos pasado mañana? —pregunté.

—¿Cómo? —No se me pasó por alto lo agudo de su voz.

—Que si te llevo a Hugo para su clase.

—Ah, sí.

Y cerró la puerta. Recordé su mirada recorriendo mi abdomen cuando abrí antes. Me di cuenta de que había curiosidad en ella. Dibujé sus labios en mi mente. Los pómulos altos. Las pecas. Incluso la falda larga. Nunca me habían gustado, pero imaginé cómo se la levantaba para meter mis manos y perderme en lo que hubiera debajo. Pensé también en lo rápido que había perdido la simpatía y tuve claro que, en el fondo, era un arma. Ponerse a la defensiva. «Así que, a pesar de juzgarme, te pongo nerviosa», pensé. Esbocé una sonrisa, una que me salió con ganas después de mucho tiempo.

Bajé la vista hacia mis pantalones y, sorprendido, descubrí la tremenda erección que abultaba mis vaqueros.

Fue la primera noche desde hacía tiempo que conseguí vaciar la mente de cualquier pensamiento negativo y centrarme en mí. Me toqué pensando en mi vecina. Y no sería la última vez. Había estado con bastantes mujeres, la mayoría con un cuerpo perfecto... de esos que se ajustan a lo que está estipulado. Sin embargo, el de Tina me parecía distinto. Tiempo después, cuando la viera desnuda por primera vez, comprobaría que no me equivocaba. Y pensaría que su cuerpo parecía un templo de la naturaleza, hecho de tierra, de lluvia, de piel y de musgo, de aire y de carne. Tenía un cuerpo que podía convertirse en hogar.

8

El mes de septiembre pasó tan raudo que, cuando octubre empezó a asomar la cabeza, me sorprendió. En la librería me dediqué en cuerpo y alma a captar gente para el club. Mi cuñado me había impreso una especie de *flyers* que yo repartía a todo el que parecía mínimamente interesado en la literatura. Además, mi hermana me acompañó a comprar sillas y mesas de colores para el rincón infantil.

—Don Vicente, creo que deberíamos rediseñar esta zona. Cambiar el estilo para que no sea tan sobria. Quizá pintar la pared de manera que llame la atención de los pequeños —expuse al librero tras colocar los muebles y darme cuenta de que no pegaban con el espacio.

—Me parece una buena idea, muchacha —respondió él, mesándose la barba.

—Si alguna vez siente que me meto demasiado dígamelo, por favor —le pedí.

El hombre me miró como si fuera una extraterrestre y se echó a reír, sacudiendo la cabeza.

—¡Pero si desde que has llegado estoy más aliviado! Tus ideas son muy creativas, Tina. Si las apruebo es porque sé que a Marta le habrían encantado.

Y así fue como acabé dibujando y pintando en esa pared de la librería un árbol cuyas raíces terminaban en pequeños libros. Además, se me ocurrió que, cada vez que hiciéramos un cuentacuentos, los niños podían estampar las manos en la pared y dejar su huella. Colocamos también dos estanterías con los libros infantiles. Una vez terminado, don Vicente se mostró encantado y yo bastante satisfecha.

Aparte de trabajar en la librería, seguí dando las clases de apoyo a Hugo. No era fácil, pues era un niño muy serio, tímido e introvertido, y se ponía muy tontorrón cuando había que hacer los deberes. Supe que debía ganármelo paso a paso, viendo qué le gustaba y qué no, qué le hacía sonreír, qué le daba miedo. Tenía que respetar sus silencios y alentar sus pequeños avances.

Para ser sincera, su tío me parecía más complicado. En varias ocasiones —vale, bastantes— le recordé abriéndome la puerta con la toalla enrollada. Al principio me molestaba mucho porque me parecía fatal que estuviera acostándose con una mujer mientras su sobrino estudiaba en el piso de al lado. Incluso se lo conté a mi hermana, totalmente enfurruñada, y ella se mofó en mi cara.

—¡Pero, chica! ¿Acaso ese hombre es de piedra o qué?

«Quizá, porque menudo torso», se me pasó por la cabeza. Esa era otra: a veces su cuerpo rondaba por mi mente sin pedirme permiso. Después de verlo en traje, traté de imaginar qué ocultaría debajo. Pues hala, ahí lo tenía, ¿no? Pero aquello no podía ser real. O no debería ser legal. Tanto músculo me había vuelto loca. Si no, ¿por qué me comportaba de ese modo? Parecía una mujer despechada con alguien a quien apenas conocía.

—A ti no te molesta que estuviera disfrutando con una mujer. Lo que te da rabia es que no haya sido contigo —opinó mi hermana otra tarde cuando le volví a mencionar «lo fatal que me había parecido su actitud».

Diana podía ser muy tocapelotas, pero la mayoría de las veces llevaba más razón que una santa.

Lo negué, por supuesto, alegando en mi defensa que nunca me había dejado sorprender por un hombre medio desnudo, por mucho que tuviera el abdomen como una tableta de chocolate. Mi hermana me dedicó una mirada incrédula y volvió a carcajearse en mi cara. Al día siguiente, la muy pérfida se presentó con una tableta de Milka y yo ni siquiera pude enfadarme. Nos la comimos entre risas y ella se quejó de que todavía no lo había visto.

La cuestión era que Diana tenía parte de razón y yo me enfadaba aún más, pero conmigo, por permitir que un tipo atractivo se colara en mi mente como quien no quiere la cosa. Después de tanto tiempo construyendo barreras, no podían ni debían caer tan rápido ni con tanta facilidad. Y mi hermana, de nuevo, con su terapia gratuita:

—Pues ya va siendo hora, aunque digas que no. Te mereces un poco de salseo, que bastante has sufrido por un cabronazo.

¿Y si Diego también lo era? O un rompecorazones —en palabras de Diana, «rompebragas»—. Así me lo imaginaba después de esa tarde: el típico hombre exitoso bien vestido que se enredaba en docenas de sábanas. Pero seguía pensando que escondía algo bajo esa fachada de tipo serio y amargado, que, por mucho que se mostrara así, tenía una parte sensible que le había obligado a quedarse con el niño y cuidarlo, a pesar de todo. Y eso también me atraía, me seducía.

Intenté sonsacarle algo a Rosario mencionándole el incidente, pero la anciana era más lista que un diablo. Me miró en silencio unos segundos y esbozó una sonrisilla.

—¿Y eso? ¿Por qué te interesa?

—¿Qué? ¡No, no! No me interesa para nada, es curiosidad —me apresuré a responder, pero no era buena actriz.

—Dicen que la curiosidad mató al gato. Pero oye, no dicen si lo que descubrió valió la pena... —Se bajó un poco las gafas. Menuda cara de pilla, la señora—. ¿Qué piensas, reina?

En realidad, tampoco podía meterme con mi vecino, porque no me había hecho nada. Al contrario: me hablaba lo justo y solo para preguntarme por los deberes del niño. Y ahí quedó la cosa.

—Está coqueteando —dijo mi hermana para aportar su granito de arena.

Me parecía una respuesta estúpida. ¿Ignorarme era coquetear? Tampoco tenía muy claro si quería que tonteara conmigo. Le expliqué a Diana que, con treinta y dos años, ya no estaba para juegos. Y ella otra vez con sus risas.

—¿De verdad estoy oyendo esto? Hermanita, tú eres tonta. No hay una edad para coquetear. Y más en tu situación, con tu nueva vida. ¡Lo que te pasa es que estás cagada! Y lo entiendo, créeme, pero el momento que da más miedo es cuando estás a punto de empezar. Después, coges carrerilla.

Volvía a llevar razón. ¿Tenía miedo? Sí. Pero vivía con él desde hacía muchos años, aunque últimamente se había agazapado y se mantenía oculto. Por ejemplo, apareció los días antes de empezar a trabajar en la librería. Y lo había superado.

A decir verdad, en un par de ocasiones imaginé que mi vecino me invitaba a pasar a su piso y yo ponía excusas para hacerme la dura —las excusas eran muy malas, pero me guardaba la imaginación para otras situaciones—: que si tenía la cena en el fuego, que si quería ducharme, que si debía bajar la basura... En mis elucubraciones, no siempre sucedía algo sexual. También charlábamos. Le preguntaba sobre su vida y él me preguntaba sobre la mía. Tenía ante mí a un tipo que no solo era muy atractivo, sino también interesante y seductor.

Había leído demasiado. Mi imaginación era desbordante.

¡Bah! Realmente nunca se lee demasiado ni se tiene suficiente imaginación, y menos cuando se trataba de alguien como mi vecino.

Era principios de octubre, una de las tardes en las que daba clases a Hugo. El pobre niño se volvía loco con los números, le costaban muchísimo. Ese día traía un montón de deberes de matemáticas y le mandé un mensaje a mi vecino diciéndole que lo recogiera más tarde porque necesitábamos más tiempo. A Hugo no le hizo gracia, pero me lo camelé prometiéndole una visita a la librería. Me había dado cuenta de que le gustaba leer, ya que los días que la maestra le mandaba lecturas estaba muy contento. Me dije que llevarlo a la tienda era una oportunidad de hacer buenas migas con el chiquillo. «Y de paso quedas bien con el tío, ¿no?», otra vez la vocecilla en mi cabeza que, casualmente, se parecía mucho a la de mi hermana.

Estábamos resolviendo operaciones cuando sonó el timbre.

Miré el móvil, pero no había recibido respuesta de Diego. O no se había enterado y venía a recoger al niño o había pasado de contestar. Sin embargo, al abrir la puerta me encontré a mi hermana.

—¿Llego tarde? —preguntó, dándome dos besos.

—¿Para qué? —pestañeé confundida, sin saber qué me había perdido.

—Para conocer a tu vecino —dijo mirándome como si yo fuera tonta—. Por cierto, ¿cómo se llamaba?

—Ahora estoy ayudando al sobrino con los deberes —le recordé, ignorando su pregunta.

—¿Por qué crees que me he presentado? Tengo muy buena memoria.

Chasqueé la lengua y negué con la cabeza. Fuimos hacia el salón, donde había dejado al niño con los deberes. Hugo se quedó mirando a mi hermana. Se la presenté y ella empezó a hacerle monerías. Siempre había sido muy niñera, como yo. Para mi sorpresa, Hugo reaccionó bien y se pusieron a charlar como si yo no estuviera allí.

—¿Sabes que Tina va a llevarme a su librería?

—¿En serio? —Diana abrió mucho los ojos, y luego esbozó una enorme sonrisa—. ¡Ya verás qué sitio más chulo, Hugo! Tina ha hecho una zona para niños que es superguay.

Hablaron un poco más sobre dibujos animados —mi hermana los conocía todos, porque Jaime tenía un sobrino más o menos de la edad de Hugo con quien pasaban bastante tiempo— y luego le pedí a mi hermana que no me lo distrajera más porque debíamos acabar los deberes.

Mientras le corregía el último ejercicio, que por fin hizo bien tras explicárselo varias veces, me llegó un mensaje de Diego avisándome de que estaba a punto de llegar. Al ver sus palabras en la pantalla del móvil, me puse nerviosa y el teléfono se me resbaló y casi acabó en el suelo. Diana reparó en mis torpes movimientos y arqueó una ceja sonriendo.

—¿Vecino a la vista?

—Cállate. Quédate aquí sentadita mientras le cuento qué tareas traía Hugo.

—Claro, si yo soy buena... —Parpadeó rápidamente varias veces. Su seña de identidad.

Cuando sonó el timbre por segunda vez esa tarde, Hugo y yo ya estábamos en la puerta. La abrí y, a toda prisa, le di a mi vecino la mochila del niño. Me fijé en su atuendo: zapatillas de deporte blancas, pantalón negro deportivo y sudadera roja. Llevaba el cabello revuelto y cierto rubor en las mejillas. Lo imaginé levantando pesas y el pulso se me aceleró de repente. Me regañé, necesitaba controlarme. No entendía qué me pasaba con ese tipo para ponerme de esa manera.

—¿Cómo va? —me preguntó, con su habitual seriedad.

—Hoy tenía muchos deberes de matemáticas, así que seguramente Hugo estará cansado...

—Me refería a ti, a qué tal te iba todo.

Sus palabras me sorprendieron y, por unos segundos, no reaccioné. Nunca me había preguntado por mí. De hecho, ni siquiera había parecido simpático mientras me lanzaba la pregunta. Quizá era pura formalidad. Aparté la mirada y observé al chiquillo, que jugueteaba con el cordón de su pantalón de gimnasia. En ese instante oí unos pasos a mi espalda y maldije mentalmente a mi hermana.

—Tina... me voy ya, ¿vale? —dijo la muy lista, canturreando.

Apareció a mi lado y aprecié, de inmediato, la mirada que le echaba mi vecino. A ella sí, ¿no? Diana era guapa, para qué mentir. Y vestía bien. También olía bien. Se peinaba bien. Como no hice amago de presentarla, ella tomó la iniciativa. Se acercó a Diego y le dijo su nombre mientras le daba dos besos, algo que yo no había hecho ni cuando nos conocimos. Él le respondió diciendo el suyo y se miraron como lo harían dos personas muy atractivas: con reconocimiento y coquetería, lo que mi hermana me había aconsejado. Mi imaginación había acertado: a Diego le gustaba tontear.

—Así que tú eres el vecino de enfrente —dijo ella.

Diego asintió. Me miró levantando las cejas y con un gesto que no acerté a entender.

—Diana, ¿no te espera tu chico? —le solté.

Ella abrió la boca y sonrió.

—Nosotros nos vamos, que Hugo tiene que cenar —interrumpió mi vecino, quizá reparando en que entre nosotras sucedía algo. Se despidió de mi hermana con un gesto de la barbilla y, a continuación, me miró durante unos segundos que se me hicieron largos y cortos al mismo tiempo y murmuró—: Te lo traigo el próximo día.

Lástima, porque pensé que, con esa mirada, quería decirme algo más, algo como «Pasa una buena noche», «Gracias por todo» o «¿Quedamos un día?». Vale, esto último era demasiado, pero me pareció que me miraba de otro modo. Como si empezara a interesarle, como si sintiera curiosidad.

Al cerrar la puerta, Diana me cogió por los brazos y empezó a zarandearme. Soltó unos grititos y conseguí zafarme para taparle la boca. La llevé al salón a empujones.

—¡Menudo tío, hermanita! Ahora lo entiendo —exclamó, riéndose—. No es que me gusten mucho los pelirrojos, pero con este haría una excepción.

—Se lo voy a contar a Jaime —la amenacé.

—Como si él no se fijara en otras tías. —Se encogió de hombros. Volvió a sacudirme—. Está para comérselo, Tina. Mi vecino de enfrente tiene más años que Matusalén... Qué suerte la tuya...

—Eres superficial. —Fingí que me molestaba y me puse a recoger los restos de goma.

—Entiendo, te atrae su inteligencia. Como habéis hablado tanto... —se burló—. Ah, no, que apenas habéis cruzado un par de palabras.

Le lancé una mirada mortífera. Para mi sorpresa, Diana me cogió del brazo y me arrastró al dormitorio.

—¿Qué haces?

—Ayudarte, Tina.

Bajo mi atenta y patidifusa mirada, abrió el armario y rebuscó como una loca. Minutos después, soltó una exclamación de júbilo y sacó una prenda que yo había enterrado en lo más hondo del mueble. Era una minifalda negra que me había comprado muchos años antes, cuando todavía era una veinteañera que quería comerse las noches y divertirse. Traté de arrancársela de las manos, pero era más alta que yo y la levantó para que no pudiera cogerla.

—Debería haberla tirado —dije.

—¡Ni hablar! Me encanta.

—Me trae malos recuerdos, Diana —me lamenté.

—Estoy harta de oír eso —me regañó—. ¿Por qué no haces que te los traiga buenos?

Me la tiró y yo la apreté contra mi pecho.

—¿Para qué la has sacado?

—Ya te lo he dicho, para ayudarte. Póntela y hazle una visita al pelirrojo.

—No puedo —murmuré, con un hilo de voz—. Además, ¿no te has dado cuenta de que solo hay una relación cordial entre vecinos? A veces ni siquiera sé si «cordial» es la palabra adecuada. ¿No te parece un poco serio?

—Por eso te llama más la atención. Y te entiendo. —Mi hermana sacudió una mano, insistiendo en lo de la falda—. Esa relación entre vecinos puede llegar a más, solo es cuestión de que alguien dé el primer paso.

—¿Por qué tengo que ser yo?

Diana puso los brazos en jarras y me contempló algo enfadada. Yo me sentía extraña, con una mezcla de emociones. Esa falda, en otras circunstancias, me habría acelerado el corazón por lo que significaba para mí. Esa noche, me lo aceleraba por el simple hecho de imaginarme con ella en casa de Diego.

La sostuve frente a la cara y mi mente voló...

Casi siete años antes...

Tumbada en la enorme cama, su hermana contemplaba la falda que Tina se había comprado días antes. Esa noche se celebraba el concierto de Train en la Sala Penélope y un amigo de Diana les había conseguido entradas a muy buen precio. Tina llevaba mucho tiempo esperando ese día, pues meses antes había empezado en un colegio y no paraba de trabajar. Por suerte, Mario y ella tenían una asistenta que les ayudaba en la limpieza de la casa y, a veces, con las comidas, ya que su novio iba de cabeza en el estudio de arquitectura. Tina había insistido en pagarla a medias, pero él le había asegurado que no era necesario, que era un regalo de sus padres. Hacía casi medio año que se había mudado a ese piso enorme y seguía sin acostumbrarse. Al principio Mario se negó a que pagara nada, pero al fin ella logró que aceptara algo, por poco que fuera. Por una parte, se sentía una más de la familia —Mario se los presentó muy pronto—, pero por otra pensaba que quizá les pareciera una trepa. Sin embargo, todo el dinero que pudieran tener Mario y su familia no le importaba. No se había enamorado de él por eso, sino por lo encantador que era, lo bien que la trataba y cómo la apoyaba en todo.

Los primeros meses de la relación fueron como una montaña rusa cargada de emociones. Eran muy distintos, pero tenían una química que se podía notar a kilómetros. Todos lo veían. Ella lo sentía en cada poro de su piel, que se erizaba con una mirada o una palabra de Mario. Jamás se habría imaginado saliendo con un chico como él, pero unas semanas después de conocerse supo que estaba totalmente enamorada. Era cierto que, al principio, tuvo miedo porque le parecía que todo iba demasiado rápido: le presentó a su familia y sus amigos muy pronto, pasaban mucho tiempo juntos porque ninguno quería separarse del otro, los viajes, las veces que se acostaron sin que ella se cansara de él... Pero después de pensarlo detenidamente, llegó a la conclusión de que aquello era amor y debía aprovecharlo. Y lo mejor era que sabía que Mario la correspondía.

—Entonces ¿tu medio limón no viene con nosotras? —preguntó Diana, sacándola de sus pensamientos.

—Ya sabes que no le van mucho los conciertos y, además, tiene que terminar un trabajo para un cliente —respondió ella, poniéndose los pendientes de pluma que tanto le gustaban.

—Bueno, imagino que su papá podría contratar a los de Train para que os dieran un conciertillo privado, ¿no? —soltó su hermana con retintín.

Tina no entendía muy bien por qué, ya que al principio

Mario le encantó, pero poco a poco su relación se había enfriado.

—Venga, vamos o llegaremos tarde —dijo al tiempo que se miraba al espejo. La falda le sentaba muy bien y le permitía lucir sus piernas, de las que tan orgullosa se sentía.

—Te queda genial —le aseguró Diana.

Tina dejó a su hermana en el salón y se acercó al despacho para despedirse de Mario. Llamó con los nudillos; él levantó la cabeza de los papeles y la miró. No le pasó por alto que esa no era la mirada que esperaba y, durante unos segundos, sintió un extraño vacío en el estómago. Pensó que quizá se había confundido, pero sus sospechas se confirmaron cuando Mario preguntó, muy serio:

—¿Y esa falda?

—Me la compré en las rebajas. ¿Te gusta? —Se giró un poco para que la viera, pero lo empeoró, pues su novio puso gesto de disgusto.

—¿No te parece un poco corta?

Se desinfló. Se la había comprado con mucha ilusión y esperaba que, cuando Mario se la viera puesta, se volviera loco de deseo.

—No sé. Me pareció bonita —respondió ella.

—¿Bonita? He visto cinturones más anchos, Tina —dijo él con un tono de voz que la sobresaltó: duro, seco. Nunca le había hablado de ese modo—. Pero haz lo que quieras. —Volvió a centrarse en los papeles.

Tina sintió cómo le subía la ira y murmuró un «Por supuesto que lo haré» entre dientes que Mario oyó. Levantó de nuevo la vista y sacudió la cabeza, como un padre avergonzado. Ella se dio la vuelta y estaba a punto de salir del despacho cuando él la alcanzó. La tomó del brazo y la hizo girarse. Se reflejó en sus ojos y temió encontrar en ellos la mirada de antes. Sin embargo, solo descubrió lo que siempre veía: amor, ternura, calidez.

—Cariño, es que estoy agobiado con el trabajo y... —Se revolvió el pelo—. La verdad es que me he puesto celoso.

—¿Qué?

—Creo que no sabes lo sexy que estás con esa falda, Tina. Tienes unas piernas preciosas y esta noche tendrás a un montón de tíos babeando detrás de ti.

Tampoco le gustaron esos comentarios, pero apoyó las manos en su pecho y le dijo:

—Soy lo suficientemente adulta como para quitármelos de encima.

—Lo sé, Tina, lo sé... Pero muchos querrían estar con alguien como tú. Soy un tipo afortunado. —Le dedicó una de esas sonrisas que la derretían, pero esa noche se sentía incómoda—. Te quiero, cariño —dijo, y la besó.

Tina le devolvió el beso, pero le pareció distinto a los anteriores. Se quedó en el pasillo, confundida y molesta. Una parte de ella le decía que saliera con esa falda; sin embargo, sus pasos la llevaron al dormitorio y, al volver a ver su reflejo en el espejo, no se sintió tan cómoda con la prenda. «Lo hago por mí, porque si me agacho o algo se me verá el culo, y paso», pensó. En el fondo, algo le decía que no lo hacía por ella. Se enfadó, dudó, volvió a dudar y, al fin, se la quitó y se puso unos vaqueros.

Regresó al despacho con la excusa de que no se había despedido, pero lo único que quería era que Mario la mirara como lo había hecho desde el primer día: con admiración, deseo, aprobación, no con desprecio o vergüenza. Él se levantó y se acercó a ella.

—Cariño, no tenías que hacerlo... —dijo, pero le pareció que sonreía satisfecho y notó una punzada en el pecho.

—Bailaré más cómoda así —respondió ella.

Cuando apareció en el salón, Diana la miró extrañada.

—¿Y la falda?

—Tenía una mancha rara. El lunes iré a devolverla.

Supo que su hermana no la creía, pero, por suerte, no dijo nada.

Esa fue la primera vez que cedió a los deseos de Mario. La primera que no se divirtió. La primera de muchas en las que su autoestima y su libertad se cohibirían.

Y ahora estaba delante de la puerta de mi vecino con esa falda que me apretaba un poco en el trasero y con unos nervios que me hacían temblar las manos, con las que sujetaba un táper que iba a servirme como excusa.

Diana me había convencido. Me merecía salir y vivir. Sentir, experimentar, sonreír. Había perdido mucho de mí durante esos años con Mario. Ya había ido recuperando algunas partes, pero me quedaba esa: la de mujer, la de la sexualidad, la del deseo.

Diego me abrió al segundo timbrazo.

Sus ojos descendieron de inmediato por la falda y las piernas, donde se quedaron unos segundos de más. Noté en su mirada una gran sorpresa, pero también que le gustaba lo que estaba viendo, y, por primera vez en años, me sentí bien. Dispuesta a renacer.

9

Hugo ha olvidado algo en tu casa? —preguntó él.

Le mostré el táper de inmediato y se lo acerqué tanto a la cara que incluso se puso un poco bizco.

—La verdad es que siempre cocino para un regimiento y he pensado que a Hugo le gustaría esta crema de verduras. Y, a lo mejor, podríamos hablar.

—¿De verduras? Entonces, suerte... —respondió en tono irónico. De lo otro no dijo nada. Se hizo a un lado y me indicó con los brazos que pasara.

Lo miré con el rabillo del ojo y avancé por el pasillo notando su mirada en mi trasero. Una agradable cosquilla se me instaló en el pecho y descendió hasta el estómago. Para ser sincera, creo que incluso caminé más despacio, moviendo las caderas como cuando era joven. Me detuve en la puerta del salón y vi al niño con unas ceras y un cuaderno de pintar.

—Mira lo que te trae Tina. —La voz de Diego a mis espaldas me sobresaltó, pues me di cuenta de que estaba muy cerca de mí. Lo confirmé cuando me dijo, en voz baja—: No creo que se lo coma, es bastante tiquismiquis.

Incluso al decirme eso me pareció que su tono era de lo más seductor. La cosquilla en el estómago aumentó, y me di la vuelta para calmarme un poquito porque aquello no había hecho más que empezar.

—¿Te quedas con él o me acompañas a la cocina a calentárselo?

«A calentar lo que quieras», se me pasó por la mente. Me

asesté una bofetada mental. Todo era culpa de Diana, que me metía ideas en la cabeza. Pero recordé que, tiempo atrás, tampoco yo tenía pelos en la lengua.

Ya en la cocina, mientras él removía la crema al fuego con una cuchara de madera, me permití estudiarlo. Se había cambiado y llevaba un pantalón azul y una sencilla camiseta blanca de manga corta. Me gustaba más con el traje, pero el pijama también le quedaba bien. Sobre todo la camiseta, que se le pegaba al cuerpo. Al parecer, se había duchado, porque tenía el pelo húmedo. Eso me recordó el día que me abrió la puerta con la toalla y sentí que la cara me ardía.

—Si hubiera sabido que iba a recibir visita, me habría cambiado —dijo en ese momento, tirando un poco de la camiseta.

Vaya, había notado cómo lo miraba.

—Qué va, si estás en tu casa —respondí.

Sirvió la crema en un plato hondo y salió de la cocina conmigo detrás. Se sentó al lado de su sobrino, también en pijama, pero el suyo de los *Avengers*. Estaba monísimo. El niño se quedó mirando el puré de color verde e hizo un gesto de asco.

—Te lo dije —me susurró Diego, acercando su rostro a un palmo de mí. Volvió a girarse hacia su sobrino—: Oye, que lo ha hecho Tina. ¿Prefieres mi brócoli?

Hugo negó con la cabeza una y otra vez y yo me reí. Diego, sin embargo, lo miraba con cautela, como si esperara una nueva discusión de las suyas. Intentando ayudarle, me acerqué al niño y le dije:

—¿Te acuerdas de la tarta que te di un día? ¿A que te gustó? Te prometo que esto también te gustará.

El pequeño arrugó el ceño, pensativo. Luego cogió la cuchara, la metió en la crema y se la llevó a la boca, algo dubitativo. Diego y yo lo observamos conteniendo la respiración, y ambos suspiramos tranquilos cuando comió otra cucharada.

—¿Cómo le va en las clases? ¿Crees que mejora? —me preguntó.

—Es listo, lo que pasa es que le cuesta.

Diego echó la cabeza hacia atrás, como si aquello le sobrepasara, y asintió. Se centró en su sobrino y, cuando se acabó la crema, le peló una manzana y se la dio a trocitos. Era la primera vez que veía a Diego interactuar con el niño. La primera de muchas. Pero ya entonces me di cuenta de lo que ese pequeño significaba para él y de lo que se esforzaba para que se sintiera bien, por mucho que la situación le incomodara o no le gustara. Y también reparé por primera vez en lo mucho que me gustaba esa faceta de mi vecino, pues me mostraba lo que yo había ido imaginando. Despertaba en mí ganas de conocerlo más, tanto física como personalmente.

Cuando acabó de cenar, lo bañó. Me dijo que si quería marcharme, lo entendía. Le aseguré que no me importaba esperar y me preguntó si ya había cenado. Le contesté que no y, para mi sorpresa, me invitó a quedarme. Acepté con dudas, pero tenía a mi hermana pegada a la oreja como un Pepito Grillo y recordé que no debía engañarme ya que, en el fondo, había fantaseado con aquello. Me animó a que cogiera lo que quisiera de la nevera mientras él bañaba al niño.

Decidí preparar algo de cena para quitarle trabajo. Debía de ser agotador cuidar de un pequeño de ocho años, y más de la forma en que le había llegado esa responsabilidad. Investigué en la nevera y me di cuenta de que mi vecino era un tipo bastante sano. Había mucha verdura y fruta, y también bastante pescado. Saqué una lechuga, un tomate grande y un poco de queso fresco, y me puse a preparar una ensalada. Estaba terminando de echar los trozos de tomate cuando Diego apareció con Hugo en brazos. El pequeño se frotaba los ojos, muerto de sueño.

—¿Quieres acompañarme a acostarlo?

—Claro. —Le señalé el bol con la ensalada—. Espero que no te importe...

Él negó y me dedicó una de sus pequeñas y esporádicas sonrisas, con lo que volvió a aparecer la cosquilla en el vientre. Eso y algo de nerviosismo, al darme cuenta de que me sentía bastante bien en esa casa haciendo tareas cotidianas. Apoyada en el marco de la puerta, esperé a que acostara y durmiera a Hugo. Diez minutos después, se levantó, le dejó encendida la luz de la mesita de noche y salimos del dormitorio.

—Cuando llegó, este era el cuarto en el que hacía ejercicio —me confesó al cerrar la puerta. Noté cierta nostalgia en su voz—. Tuve que pedir ayuda a Rosario para elegir la cama y decorarle un poco la habitación y esas cosas. Yo, ni idea...

No atiné a responder porque tampoco sabía muy bien qué decir. Suponía que había sido una situación muy complicada para él y que, aunque quisiera a su sobrino, echaba de menos su vida anterior. Y le entendía, porque había pasado por eso.

Llevamos al salón el bol de ensalada y dos platitos, y Diego sacó una cuña de queso manchego y una botella de vino. Se dio cuenta de la sorpresa que expresaba mi mirada, porque enseguida dijo:

—Es una tradición que he decidido conservar. Antes, al llegar del trabajo, me relajaba bebiendo un poco de vino.

«¿Solo o acompañado?», pensé, y disimulé una sonrisa metiendo la nariz en la copa. Fingí olerlo, haciéndome la experta, y luego lo probé. Estaba muy bueno. Diego me observaba con los ojos entrecerrados y suma atención. Se recostó en la silla, con lo que se le levantó un poco la camiseta y dejó a la vista un trocito de piel. Bebí otro sorbo.

—¿Te gusta?

No tenía muy claro si me preguntaba por el vino o por lo que había mirado, ya que su cara era inexpresiva. Me dije que debía mostrarme más segura, una mujer hecha y derecha que no bebía los vientos por un tipo como él.

—¿Desde cuándo vives aquí? —pregunté.

—Casi desde que empecé a trabajar. Primero de alquiler, y luego lo compré cuando me concedieron la hipoteca. ¿Y tú? ¿Te acabas de independizar? No me malinterpretes, pero eres joven y hoy en día las cosas están complicadas...

—Me independicé hace mucho —repliqué—, y ahora me apetecía cambiar de aires.

Él me miró con la copa de vino alzada y, sin comerlo ni beberlo, me indicó que hiciera lo mismo y brindamos.

—Por los cambios de aires. —Se quedó pensativo y luego murmuró—: Te habré parecido un poco antipático, ¿no?

Me encogí de hombros. No le dije que me atraía de todos

modos. Que no pensaba que se tratara de eso, sino de que estaba en una época complicada de su vida. De haberlo conocido más, le habría confesado que yo también solía comportarme así tiempo atrás, que iba por ahí con la cabeza gacha, el ceño fruncido y los labios sellados.

Descubrí que tenía treinta y un años, uno menos que yo, y que le apasionaban las bandas sonoras de películas. Nunca había conocido a alguien a quien le gustaran tanto, de modo que acepté cuando me propuso pasarme otro día que Hugo estuviera despierto para escuchar alguna. Juro que en ese momento no había segunda intención por mi parte, solo curiosidad. Le pregunté a qué se dedicaba y dudó unos instantes antes de responder, como si le costara hablar de ello. Al acabar la universidad, entró en una empresa pequeña, pero, poco después, uno de los altos cargos de otra importante compañía nacional le ofreció un puesto. Había ascendido bastante rápido. Le quitaba mucho tiempo: trabajaba un montón de horas y debía viajar bastante, pero se notaba que se sentía orgulloso de haberlo conseguido y que lo añoraba.

—Poco antes de llegar Hugo, una empresa internacional me hizo una oferta fantástica para el extranjero —confesó tras unos minutos de silencio. Se pasó la lengua por los labios, pensativo, muy serio—. La rechacé por cuidar de Hugo. Era la oportunidad de mi vida, por la que había estado luchando desde que empecé a estudiar en la universidad. —Leí en sus ojos que le había dolido. Cogió aire y clavó su mirada en la mía—. Imagino que sueno egoísta si te digo que yo no quería esto. Yo quería aquel puesto.

—No —me apresuré a negar—. Es que debe de ser difícil. Si te soy sincera, yo también abandoné el trabajo de mi vida. No fue lo mismo, pero... Bueno, te entiendo.

Él me escrutó en profundidad, pero no me preguntó qué me había pasado. Tal vez vio algo en mis ojos que le echó para atrás.

—Supongo que Rosario te habrá contado algo, ¿verdad? Es una buena mujer, pero no tiene filtro. En cualquier caso, no puedo decir nada malo de ella; me ha ayudado mucho.

—Sí, algo me contó. —Asentí, haciendo rodar la copa vacía entre mis manos. Diego me sirvió un poco más de vino, aunque con una ya tenía bastante, porque enseguida se me subía a la cabeza—. Lo del padre de Hugo... Lo siento mucho.

—Cabrón de mierda —soltó entre dientes, sobresaltándome—. ¿Cómo se puede abandonar a un crío así como así? ¡A su propio hijo, joder! —Alzó la voz y luego se tapó la cara con ambas manos. Todo su cuerpo estaba en tensión y supe que le avergonzaba, en cierta forma, dejar salir lo que le resultaba complicado y le dolía—. Es una mierda, Tina. A Hugo no le caigo bien y, a pesar de todo, quiere volver con su padre. Y yo... bueno, yo estoy enfadado con todos. Con mi familia, con el niño que no tiene culpa de nada, conmigo. Con el mundo. Puede sonar horrible, pero hay días en los que me despierto pensando que ha sido una pesadilla y que todo ha vuelto a la normalidad.

Cuando apartó las manos, parecía triste. Las veces que nos habíamos encontrado ya había apreciado algo de eso, incluso en sus sonrisas, pero esa noche me sorprendía lo mucho que estaba destapándose y supe que lo necesitaba, que a lo mejor hasta ese momento no se había atrevido a sacar todo lo que escondía, ni siquiera a él mismo. Y lo estaba haciendo conmigo, casi una desconocida. Pero pensé que en ocasiones es lo único que necesitas. Alguien que no te juzgue, que no sepa nada de ti, que se limite a mirarte.

—No sé si lo estoy haciendo bien —susurró.

Sus ojos intranquilos se posaron en mí. Sentí un remolino de comprensión en el pecho y, sin dudarlo, me incliné hacia él y puse una mano en su brazo en señal de apoyo.

—Lo estás haciendo lo mejor que puedes y sabes. Hugo solo necesita amor, y sé que tú podrás dárselo. Rosario también lo sabe —traté de animarlo.

—¿De verdad? —Sacudió la cabeza con un gesto seco—. Ni siquiera yo estoy seguro de ello. A veces me saca de quicio, ¿sabes? Nos peleamos, le grito. Rosario piensa que soy bastante estricto con él, pero no sé hacerlo de otro modo. Incluso le he echado en cara que perdí la oportunidad de mi vida por él, como si pudiera entenderlo. Después me invade la culpabilidad. Y no sé, pero cada vez le cojo más cariño y eso crea en mí una contradicción enorme... —Se calló de golpe, como dándose cuenta de todo lo que decía—. No sé por qué te cuento todo esto —añadió.

—Todos somos contradictorios. A veces decimos lo mucho que queremos algo, pero nuestras acciones nos llevan por otro camino. El mundo, en sí, lo es.

Él me miró estudiando mi rostro y, aunque en otras circunstancias me habría sentido incómoda, en esa deseé que no apartara los ojos de mí, que siguiera mirándome como lo estaba haciendo, como si le despertara una gran curiosidad. Sacudió la cabeza, suspiró y segundos después esbozó una sonrisa.

—Basta de penas y de hablar de mí. Rosario me comentó que trabajas en una librería.

—Ah, sí. —Me apresuré a apartar la mano de su brazo, pues seguía ahí y el momento ya había pasado. Pero sentía como si mi mano ardiera, con un cosquilleo en la palma que se extendía casi hasta la muñeca—. Le he prometido a Hugo que se la enseñaría. ¿Te parece bien?

Diego asintió y terminó de un trago el vino que quedaba en su copa. Se sirvió más y me preguntó:

—¿Qué pensaste el otro día?

—¿Cómo?

—El día que abrí con la toalla.

Diana habría contestado: «Que ojalá se te hubiera caído», pero me encogí de hombros y repliqué:

—¿Qué iba a pensar?

—Me fijé en tu mirada y en tu cara. No te gustó lo que viste.

—No soy quién para juzgarte.

—Pero lo hiciste, ¿no? Imagino que pensaste que soy un mujeriego y que no está bien traer a una mujer a casa en mis circunstancias.

Guardé silencio unos segundos. Me había calado. Me ob servó serio. Sus ojos volvieron a recorrer toda mi cara y, de repente, se deslizaron hasta mi cuello.

—Vale, llevas razón, pero eres libre de hacer lo que te dé la gana.

—Y tú, en parte, también tenías razón. Soy un mujeriego. Corrijo, lo era. Con Hugo aquí, es más complicado. No tengo tiempo para nada.

—Pero antes tampoco, ¿no?

Él frunció el ceño y me pregunté si le habría molestado mi observación.

—Quiero decir que no tenía mucho tiempo para asuntos de amor. Tampoco los buscaba. Mi pareja era mi trabajo y supongo que no soy de los que deciden renunciar a sus sueños por una relación. No creo que hubiera podido compaginarlo. En la empresa vi de cerca matrimonios que se encontraban en situaciones complicadas por ese motivo. Para mí era mucho más sencillo tener sexo porque, joder, reconozco que me gusta. —Se tiró hacia atrás de manera inconsciente y dejó, de nuevo, parte de su piel al descubierto. Intenté contenerme, pero los ojos se me fueron otra vez ahí y él se dio cuenta, por supuesto. Y encima ese comentario que había soltado con tanta normalidad... Como no le contestaba, continuó—: ¿Y qué me dices de ti? ¿Hay alguien en tu vida, Tina?

—Ahora no.

—¿Lo hubo? ¿Alguien importante?

—Estuve casada —respondí en voz baja.

Él arqueó una ceja, quizá sorprendido.

—Te enamoraste, entonces.

—Sí, puede decirse que sí.

—Yo nunca me he enamorado. Mi madre siempre se ha quejado de eso. Me lo reprocha en cuanto tiene ocasión. Dice que soy demasiado ambicioso y que eso no es bueno para formar una familia. —Se encogió de hombros y me echó una mirada, como esperando mi reacción.

No supe qué contestar. Su ambición no me parecía mal, al contrario. Él había luchado por un sueño, no como yo, que lo había dejado todo por amor... y encima un amor tóxico. Me sentí algo incómoda al pensarlo.

En ese momento, Diego me preguntó:

—¿Te sirvo más? —Acercó la botella a mi copa casi vacía y a punto estuve de apartarla, pero no lo hice y él volvió a echarme vino—. ¿La chica de antes...?

«Ahí viene. Ahora me pedirá su número o algo. Diana le ha gustado, es normal.»

—¿La chica de antes es tu hermana?

—¿Cómo lo has sabido? No nos parecemos en nada —contesté sorprendida.

—Tenéis el mismo hoyuelo en la barbilla —se tocó la suya, y me quedé mirando sus carnosos labios—, y algo os parecéis, aunque tú eres más guapa.

Esa vez fui yo la que soltó una carcajada y mi vecino esbozó una sonrisa. Parecía más relajado, y eso me animó. ¿Estaba diciendo que yo era guapa por las buenas, sin venir a cuento?

—¿Así era como ligabas antes?

—Si estuviera ligando contigo lo sabrías —respondió, y yo me sentí un poco desilusionada, pero traté de disimular. Estaba claro que no ligaba conmigo. Quizá en otra época, cuando yo tenía brillo en la cara, cuando siempre sonreía—. Bueno, quizá sí lo esté haciendo —dijo, y mi corazón dio un brinco—. Imagino que lo echaba un poco de menos —bromeó. Estaba descubriendo una faceta suya que me gustaba. A continuación, deslizó su mirada hasta mi pecho y después la bajó hacia mi minifalda—. Aunque sería estúpido si no me hubiera fijado en esas piernas. —Me las miré yo también: las tenía cruzadas y bien a la vista con aquella prenda. Me quedé tan estupefacta que no supe qué decir. Diego se disculpó—: Perdona, te he incomodado, ¿no? No era mi intención.

El vino empezaba a subírseme. Bueno, se me había subido hacía un rato y ahora burbujeaba en mi cabeza. ¿Cómo habíamos llegado a hablar de mis piernas? «¡Pero si te has puesto la minifalda por algo, lista!», gritó la voz en mi cabeza.

—Añoro el tonteo... —Seguía hablando, como intentando justificarse, pero ya me daba igual. Si quería mirarme las piernas que lo hiciera, porque yo no podía parar de fijarme en los músculos que se marcaban a través de la camiseta—. Esto del celibato me cuesta, ¿sabes...?

Estuve a punto de atragantarme con el vino. Me limpié con la servilleta y le miré de hito en hito. Se me escapó una risotada. A ver si a él también le había puesto contentillo el vino...

—En serio, llevo mucho tiempo sin acostarme con una mujer —insistió con cara apenada, como si fuera lo peor del mundo.

—¿Cuánto es «mucho tiempo» para ti? —le pregunté con auténtica curiosidad.

—Unos meses.

Me eché a reír tan fuerte que tuve que taparme la boca para que Hugo no se despertara. Pero no podía parar.

—Ya, ya sé que te parezco gracioso —dijo, creyendo que me burlaba de su abstinencia cuando en realidad me hacía gracia el hecho de que si él hubiera sabido cuánto tiempo llevaba yo sin...

Al final se unió a mis risas y volvimos a brindar. Después de aquel trago, se creó un silencio entre nosotros que me asustó, un silencio que estaba lleno de palabras, de miradas, de algo que respiraba a través de nuestras pieles: deseo. Lo reconocí de inmediato en su mirada, que se había oscurecido, en la tensión de su mandíbula, en el ambiente cargado. Quizá se debía a ese celibato del que me había hablado y a su interés por las mujeres, pero en sus ojos y en el lenguaje de su cuerpo adiviné que no le importaría acostarse conmigo.

—Creo que me voy a ir. Es tarde y mañana toca madrugar —rompí el silencio.

Se levantó al mismo tiempo que yo. Me tambaleé un poco y le dije, riéndome, que el vino me pasaba factura. Me sujetó de un codo. Al notar sus manos, toda mi piel despertó. Me imaginé lanzándome a sus brazos y comiéndole la boca. No sabía si el vino me había subido la libido y me había desinhibido, pero era lo que me apetecía. Reconocí que la conversación me había excitado un poco.

Me acompañó por el pasillo hacia la puerta. Yo me sentía algo torpe por el alcohol y me costó girar la llave que él había echado. Me di la vuelta para despedirme y entonces me di cuenta de lo cerca que estaba. Aprecié también su respiración, más profunda de lo normal, incluso el aroma que desprendía su piel. Eso me puso más caliente. Después de tanto tiempo... tenía ganas de hacer algo con un hombre. No sabía a ciencia cierta qué, pero sí besarlo y que me besara.

Diego se arrimó un poco más y yo alcé la barbilla. Era muy alto, y de su cuerpo emanaba un calor sorprendente. Me atreví a tocarle un brazo y descubrí que estaba ardiendo. Mi respiración se aceleró sin poder evitarlo y noté unas agradables —y desaparecidas hasta entonces— cosquillas en el bajo vientre. Intentó besarme y yo aparté el rostro unos segundos. Oí que exhalaba y que hacía amago de apartarse, pero me lo pensé mejor y tiré de su camiseta hacia mí. Su cuerpo chocó con el mío y acabé apoyada en la puerta. Posé las manos en su abdomen, sorprendiéndome de lo duro que estaba. Él volvió a agachar la cabeza y acercó su boca a la mía, sin llegar a juntarla. Olía a vino y a excitación. Oí su respiración agitada y el cosquilleo se extendió por mis piernas. Sus labios estaban muy cerca, casi me rozaban, y yo me moría por que me besara, pero él estaba jugando, tanteándome.

Subí las manos hacia su pecho, acariciándoselo. ¿Qué hacía, por todos los santos? ¿Quién era esa Tina que se sentía como Baby en *Dirty Dancing*? Solo faltaba que nos pusiéramos a bailar allí mismo. Sonreí por esa broma y entonces ocurrió. Diego inclinó más la cabeza, posó sus manos en mi cuello y estampó su boca en la mía. No fue un beso suave, de esos para empezar, ni tímido, ni nada por el estilo. Fue más un beso impregnado de fuerza, de salvajismo, de deseo contenido. ¿Era por mí, que le excitaba, o porque estaba falto de cariño, como había insinuado? En ese momento tampoco me importó; la cordura me había abandonado y solo podía pensar en el sabor de su saliva, en su lengua intentando abrirse paso en mi boca. Se lo permití y jugueteó con la mía, me mordisqueó el labio inferior y volvió a besarme como si mis labios fueran los únicos en el mundo. Jamás me habían besado de ese modo.

Una de sus manos bajó hasta mi cintura y luego un poco más. La apoyó en mi trasero y me lo tocó primero con suavidad, después con ahínco. Mi pulso se aceleró cuando la introdujo bajo la minifalda y me acarició la piel desnuda de la nalga. Me aferré a su cuello y cogí aire para seguir besándolo. Soltó un jadeo y se me escapó un gemido con ese beso que era todo lenguas, dientes, saliva.

Entonces oímos una vocecilla aguda. Diego se detuvo unos segundos, pero siguió hasta que volvieron a interrumpirnos. A regañadientes, se apartó. Lo miré y vi que tenía los labios hinchados y los ojos brillantes. Se mordió el labio inferior, provocándome un nuevo pinchazo en el bajo vientre, y susurró:

—Es Hugo. A veces tiene pesadillas...

—Ve.

—Vale, pero... espérame, ¿sí? Espera unos minutos y...

Negué. Después de todo ese fervor que nos había inundado, la realidad se cernía sobre mí y me pesaba, y mucho. Me sentía temblorosa, asustada, sin entender cómo ese hombre podía excitarme de tal modo.

—Es mejor que me vaya.

—De acuerdo —dijo, y soltó un suspiro.

Cerré la puerta con el corazón a mil por hora y entré corriendo en casa. Al sentirme a salvo, solté el aire que había estado reteniendo. Estaba enfadada conmigo por haber caído tan pronto. Me dirigí a toda prisa al dormitorio, con la sensación de sus labios en los míos. El sabor. El roce de sus dientes. Lo deseable que era su abdomen y todo él. Su sonrisa que también me ponía. El aroma que desprendía. Empecé a quitarme la ropa furiosa, engañándome con que iba a ponerme el pijama. Sin embargo, lo que hice fue tirarme en la cama y, presa de un deseo inaudito, empezar a tocarme. Me sorprendió estar tan húmeda, y deslicé un dedo en mi interior con suma facilidad. Arqueé la espalda, gimiendo. Me cogí un pecho y me lo estrujé, al tiempo que introducía otro dedo y los movía de un lado a otro; los sacaba y los metía.

Me imaginé a Diego masturbándome, pellizcándome un pezón y jugueteando con mi clítoris. Lo visualicé entre mis piernas, colándose en mi sexo para darme todo el placer que exigía mi cuerpo. Me froté con ansia, casi con rabia. Cada vez más mojada, más abierta, preparada para que Diego me follara como demandaba mi piel. Jadeé acariciándome el clítoris, extendiendo mi humedad por todos mis pliegues. Hacía demasiado que no disfrutaba tanto, que no me masturbaba de esa manera tan desenfrenada, desprovista de cualquier prejuicio.

Llegué a un orgasmo que me hizo gritar, revolcarme en la cama y apretar las piernas para salvaguardar ese placer perdido durante tanto tiempo.

10

Después de aquello, alguna mañana me encontré a Diego en el ascensor. Nos saludábamos, hablábamos de cosas triviales durante el descenso y nos despedíamos como si no hubiera pasado nada. Pero había pasado, por supuesto, y él se encargaba de recordármelo con sus miradas. Me devoraba con los ojos, y me gustaba. A decir verdad, me causaba el mismo cosquilleo en el bajo vientre que aquella noche. Me hacía sentir deseada y, al mismo tiempo, me parecía estar recuperando un poder que había perdido. El poder de empezar a amar y de volver a aceptar mi cuerpo. El poder de gustarme en todas mis acepciones.

La primera tarde, después de la clase de repaso, le llevé a Hugo porque el niño quiso quedarse un rato más —y a mí me encantaba que le gustara estar conmigo—; la segunda, cuando Diego vino a recogerlo, me atreví a preguntarle si le apetecía tomar algo.

—No tengo vino porque no entiendo, pero hay cerveza en la nevera —le informé, y pensé que Diana estaría orgullosa de mí.

Declinó la oferta porque Hugo tenía que ducharse. Volvía a ser el vecino antipático, pero yo quería creer que no se trataba de eso, sino de que estaba estresado. Al fin y al cabo, me sentí muy bien charlando con él. Me pareció que nos habíamos entendido, que ambos estábamos perdidos y tratábamos de encontrarnos, cada uno a su manera. En cierto modo, se había abierto bastante. De no dirigirme apenas la palabra, había pasado a contarme muchas cosas que le insatisfacían. Seguía despertándome una gran curiosidad y me apetecía continuar conociendo más aspectos de su vida, lo que le interesaba, sus pasiones, lo que no le gustaba. Quería volver a verlo comunicándose con Hugo, cabreándose y, al mismo tiempo, encariñándose con él. Me parecía que Diego, ese hombre que aseguraba que nunca se había enamorado, tenía mucho amor para dar, aunque lo destinase a su pequeño sobrino.

En la librería me encontraba cada vez más cómoda y contenta. Si estaba sola —sin contar a don Vicente, que siempre se escondía en la parte de arriba—, canturreaba o recibía a los clientes con una energía que ni yo misma sabía de dónde sacaba. La gente se marchaba contenta, la mayoría con un libro o más en sus bolsas. Comenzaba a identificar a cada tipo de lector haciéndoles preguntas o, incluso, observando disimuladamente lo que curioseaban o llevaban en las manos. Por allí pasaban lectores de todo tipo: crítico, esnob, paciente, los que iban dejando la lectura porque no tenían mucho tiempo, posturetas, bibliófilos, del *fandom*, promiscuos, compulsivos, los que se dejaban influir con facilidad... En especial me gustaban los compulsivos, porque siempre tienen un libro a mano y son capaces de leer en cualquier parte.

—No, no, no me enseñes los de la lista de los más vendidos. Ya sabes, la mala literatura no me va —me decía alguno, y ya sabía que hablaba con un esnob.

Esbozaba mi sonrisa de vendedora, aunque estuviera cabreada por dentro.

—¿Has leído *El jilguero* de Donna Tartt? En 2014 ganó el Pulitzer de Novela... —empezaba yo. Diez minutos después, el cliente se marchaba con su ejemplar.

El viernes de esa semana estaba de los nervios porque al día siguiente celebrábamos el primer club de lectura. Don Vicente me lo notó y trató de calmarme.

—Todo irá bien. Aunque solo venga una persona, me conformo.

—Yo no, don Vicente —respondí, y él me miró fingiendo enfado por mi tono formal—. Quiero que la gente conozca El desván de los sueños, que se dé cuenta de que las librerías de toda la vida son hermosas y que están llenas de luz.

—Luz la que tú tienes, muchacha —me soltó. Me sorprendí y él se rio con sus estruendosas carcajadas que le meneaban la barriga—. Hace días que te noto más resuelta. ¿Me he perdido algo?

—Nada, que me encanta estar aquí. —Abrí los brazos, como intentando abarcar la librería—. Le agradezco mucho que me diera esta oportunidad.

—Por la manera en que me habló tu padre de ti, no podía negarme. Y no se equivocaba. —Me guiñó un ojo.

Al día siguiente mi familia llegó a la librería antes de lo previsto y empezamos a colocar las sillas. El librero insistió en que actuara de moderadora, pero le cedí el puesto a mi padre y él aceptó encantado.

—¿Qué tal con el señor pelirrojo-estoy-que-lo-reviento? —me preguntó mi hermana en un momento dado.

—Chisss... —Le asesté un codazo.

Mi padre nos miró con curiosidad. Solo faltaba que se uniera a los cotilleos de Diana... Cuando quería, mi padre podía ser muy maruja.

—Has esquivado mis intentos de sonsacarte. Si ha pasado algo, no te perdonaré que no me lo hayas contado.

Días antes, Diana me había mandado varios wasaps preguntándome, pero o bien no le había contestado, o bien había cambiado de tema. La llevé detrás de una estantería.

—Nos besamos. Punto —solté rápido, como un robot, y traté de irme, pero me cogió del brazo, impidiéndomelo.

—¿Punto? Pero explícame cómo llegasteis a eso, ¿no?

—No sé, Diana. Cenamos, tomamos vino, se me subió un poco, me dijo que era guapa e insinuó que le gustaban mis piernas...

—En eso siempre te he envidiado —me interrumpió, afirmando con la cabeza.

—Luego confesó que llevaba tiempo sin acostarse con una mujer...

—¿En serio? —inquirió mi hermana, patidifusa.

—Por la situación con su sobrino —le recordé—. Y dijo que llevaba mal el celibato...

—Vamos, que quiere colarse en tu cama o colarte en la suya.

—Calla un momento, Diana —le pedí, sacudiendo una mano—. Entonces se creó un ambiente extraño...

—¿Extraño? Te refieres a ese ambiente en el que el deseo se puede palpar, ¿no?

—Él me miraba de una forma que...

—... era puro sexo...

—... y yo me excusé diciendo que tenía que irme —continué, ignorándola.

—¡¿Por qué?! Pero ¿os besasteis o no?

—Pasó cuando llegamos a la puerta.

—¿Besa bien?

—Diana, no sé cómo describírtelo. Creo que nunca me han besado de ese modo.

—Inténtalo —me rogó ella, expectante.

—Como si solo besándome pudiera respirar.

Mi hermana me miró con los ojos brillantes y luego, sin decir nada, me abrazó. Yo tampoco abrí la boca. Me daba miedo lo que saliera de ella. Por suerte, la campanilla tintineó y me escabullí. Acababa de entrar Toño, el lector de novela negra, uno de los clientes asiduos de la librería. Le saludé y fue a hablar con don Vicente hasta que empezase el club.

Cuando faltaban cinco minutos, comencé a ponerme nerviosa: solo estábamos allí mi familia, Toño y yo. Entonces apareció Rosario con tres señoras más y el corazón se me aceleró.

—Son unas amigas... Nos conocimos en la peluquería de mi hijo. ¿Te importa que vengan, aunque no hayan leído el libro?

Quise comérmela a besos, pero me contuve. Minutos después entró la clienta repostera con un chico que supuse sería su pareja.

Debo admitir que, en cuanto mi padre comenzó a hablar, se me pasaron los nervios. Era un buen orador, sabía hacer las preguntas adecuadas a la gente y ceder el turno de palabra. No éramos muchos, pero fue un buen club. Nos divertimos, charlamos de literatura y, al final, todos coincidieron en que se habían sentido como en familia. Dejamos que Rosario eligiera el libro del mes de noviembre y, sin pensarlo, dijo: «*Como agua para chocolate*». La repostera señaló que era una muy buena elección y Toño confesó que no lo había leído porque pensaba que era para mujeres —se llevó unas cuantas miradas de reproche—, pero que sentía curiosidad.

Como se había hecho tarde, le propuse a don Vicente que se marchara y le dije que cerraría yo. Quedé con mi familia en que iríamos a cenar fuera. Mi padre y Jaime se marcharon a tomar unas cervecitas y Diana se ofreció a ayudarme a plegar las sillas.

—¿Puedes tirar esto al contenedor? —le pedí, tendiéndole una bolsa en la que había metido los restos de la merienda que había comprado para el club.

Mientras tanto, me puse a colocar libros en una estantería. De repente, tintineó la campanilla.

—¡Qué rápida! —exclamé, pero me extrañó que mi hermana no contestara. Tal vez era un cliente que no sabía que ya habíamos cerrado, a pesar de que el horario colgaba en la puerta. Me asomé y no vi a nadie—. ¿Diana? —Me enfadé por no haber cerrado.

Entonces lo vi. Diego estaba curioseando por la sección de libros de segunda mano. ¿Qué hacía allí? Se encontraba de espaldas a mí y sentí una estúpida ilusión en el pecho. Cogí aire para librarme de esa sensación y me acerqué a él.

—¡Hola! —lo saludé, de manera desenfadada.

Mi vecino se dio la vuelta y me contempló en silencio. No pude evitar que se me dibujara una sonrisa, aunque estaba muy sorprendida.

—¿Te has perdido? —bromeé.

—¿Qué insinúas, que no suelo pisar las librerías? —replicó, arqueando una ceja. Yo abrí la boca, disgustada, pero él se adelantó—. Vale, hace bastante que no. Me gusta leer, pero el tiempo…

—Ya... ¿Y qué haces aquí? —le pregunté, curiosa.

—Rosario me dio el nombre de la librería. Me apetecía venir al club, pero no he podido.

—Oh... ¿Y Hugo? —Giré la cabeza a un lado y a otro buscando al chiquillo, pero no parecía haber nadie.

—Lo he dejado con Rosario, por eso no he podido venir al club. Como ella iba a asistir... —me explicó. Asentí sorprendida por todo lo que estaba diciendo—. A Hugo le encanta el chihuahua y se llevan genial. Rosario le preparará la cena y luego verán *Mary Poppins*.

—Buen plan —asentí, un poco nerviosa, ya que no acertaba a entender qué hacía allí mi vecino.

—¿Te apetece que vayamos a cenar? —me propuso de repente.

—La verdad es que... —empecé, pero antes de que pudiera continuar oí unos pasos y vi a mi hermana. ¿Cuándo había entrado? ¡No me había dado cuenta!

—Ya he tirado la basura. —Se acercó y me dio dos besos—. Nos vemos mañana, ¿vale? Llámame. —Ladeó la cabeza hacia Diego y le dedicó una sonrisa presumida—. Hola, vecino.

—¿Qué tal? —la saludó él.

De nuevo, ese reconocimiento entre personas atractivas y seguras de sí mismas.

Y tal como había llegado, la pérfida de mi hermana se marchó, dejándonos solos en la librería. Nos quedamos en silencio, yo con la vista fija en la caja registradora y Diego mirándome a mí.

—Oye, si te va mal, lo posponemos.

—No, no... Me parece bien —acepté—. Apago las luces y nos vamos.

Un rato después andábamos por el barrio de La Latina buscando un lugar que nos cuadrase para cenar. Aquello sí que no me lo había imaginado. ¿Tonteo en el ascensor? Sí. ¿Miradas cargadas de deseo? Sí. ¿Cuerpos tensos por la atracción? También. ¿Invitaciones a mi casa rechazadas? Vale. ¿Que decidiera ignorarme? Pues igual. Pero ¿una cena en plan cita? No, nunca lo habría pensado, ni siquiera en sueños. Su actitud me desconcertaba. Durante días se había mostrado tan serio como al principio. Al final encontramos un restaurante que nos gustó, La Bobia —a Diego le apetecía comer algo asturiano y beber sidra auténtica—. Una vez allí, me dejó claro por qué me había propuesto salir a cenar y sentí una ligera desilusión. Pero muy pequeña, ¿eh?

—Verás, quería darte las gracias por lo que estás haciendo por mi sobrino. Lo veo contento, ¿sabes? Me habla un poco más, aunque solo sea sobre ti. —Se encogió de hombros y yo esbocé una sonrisa algo nerviosa—. Por eso quería invitarte a una buena cena.

—Me alegro de que Hugo vaya a mejor, aunque realmente no hago nada...

—Claro que lo haces. Te he visto con él y sabes manejarlo. Te preocupas por él, a pesar de que no es nada tuyo, y te implicas en sus tareas.

—Es lo que se supone que hacen las buenas maestras. Al menos, es lo que intentaba hacer yo.

—¿Por qué ya no trabajas en un colegio, Tina? —me preguntó.

Cogí el vaso de sidra y lo zarandeé. El camarero se acercó para traer las croquetas y las patatas al cabrales que habíamos pedido. Cuando se fue, Diego seguía esperando mi respuesta.

—Digamos que me fui de sopetón de la escuela en la que trabajaba, y dejé las oposiciones a medias —reconocí.

—¿No te has planteado retomarlas?

—Estoy bien en la librería —contesté, pinchando un par de patatas y llevándomelas a la boca.

Diego me observó con curiosidad, atentamente. Cuando me miraba de ese modo, sus ojos me quemaban. Me provocaban un cosquilleo allí donde se posaban. Quizá se dio cuenta de que no quería hablar más del tema porque lo dejó y me preguntó si me gustaba alguna banda sonora. Se pasó casi toda la cena hablando de sus compositores favoritos, pero no me aburrió ni me molestó. La pasión que transmitía era tan grande, humana y sincera que me emocioné y le pedí que me enseñase alguna.

—Aquí no. Una banda sonora hay que escucharla bien.

—¿Y eso cómo se hace? —le pregunté, con una sonrisa.

—En un lugar tranquilo, en silencio, con todos los sentidos puestos en la melodía.

Me parecía una persona curiosa. En esa cena no lo vi como un mujeriego, por mucho que él dijese que lo era. Tal vez lo había sido en su vida anterior... No pude evitar sentir curiosidad por saber cuántas mujeres habían pasado por su cama o a cuántas había acompañado a casa. También pensé que debía tener mucha experiencia y, sin querer, me excité un poco al imaginarlo en acción. Para disimular, ahogué esas ideas en la sidra y el cachopo.

Cuando salimos del restaurante, volvía a ir achispada. Jamás habría imaginado que la sidra emborrachara, pero allí estaba yo, trastabillando un poco. Diego me sujetó del brazo para que no me cayera, como en una película romántica de Navidad o en un libro de los que leía Rosario. Quizá yo también debiera leerlos. Me reí, pero más que nada por obviar el hecho de que, cuando Diego me sujetó, noté una descarga eléctrica. Me fijé en sus manos masculinas y en sus dedos largos. Me gustaban, les daba un notable alto.

—Y entonces Hugo me dijo que quería esa sopa verde del otro día...

—¿Perdona? —pestañeé. Me había quedado en Babia observando sus manos.

—Que a Hugo le encantó tu crema, así que quizá podrías darme la receta.

—Claro —asentí, apretando el paso.

De repente, mi vecino volvió a sujetarme, aunque esa vez no había tropezado. Me giré, sorprendida, y lo encontré más cerca... casi tanto como la otra noche.

—Tina, en realidad no te he invitado a cenar solo para darte las gracias.

—Ah, ¿no? —Me salió un tono de voz un poco más chillón. Carraspeé. Iba a mostrarme como una mujer segura y punto. Lo era. Intentaba serlo de nuevo. Podía hacerlo—. Entonces ¿por qué? —le pregunté.

Él suspiró y esbozó una sonrisa que consiguió que recordara su famélico beso. Yo también estaba hambrienta, a pesar de la cena. Hambrienta de sus labios.

—¿No lo sabes?

—Creo que sí.

Arqueó una ceja, como esperando a que pusiera en palabras lo que estaba gestándose en esa calle de La Latina.

—Has venido porque quieres repetir lo de la otra noche.

De forma inconsciente o a propósito, se pasó la lengua por el labio superior. Aquello tuvo su efecto en mí, porque me acerqué un poco más a él.

—¿Y tú quieres?

¿Quería? Me lo pregunté varias veces y la respuesta era siempre un rotundo sí. Quería un beso como aquel, o dos, o cuatro, o veinte, los que le apeteciera darme. Y que me tocara, que me acariciara con esos dedos largos, con esas manos que me excitaban, como todo su cuerpo. Que volviera a meter la lengua en mi boca con fiereza. Él seguía hablando, pero no le escuché porque me pitaban los oídos. Era como si estuviéramos él y yo solos en esa calle, a pesar de la cantidad de gente que pasaba a nuestro lado.

Sin dudarlo más, lo agarré de la chaqueta y lo acerqué a mí, invitación que recibió con gusto, tal como me reveló su sonrisa. Nos besamos con un inmenso deseo que se concentraba en el sabor de las puntas de nuestras lenguas. En unos segundos, mis labios estaban llenos de su saliva y ansié más. Introduje los dedos en su cabello, tiré de algunos mechones y él respondió abriendo más la boca. ¿Siempre besaba de ese modo? ¿Cómo se habrían sentido las demás mujeres a las que había besado? Solo podía pensar que todos los besos más excitantes del mundo estaban concentrados en ese. En realidad, mi piel comenzaba a desperezarse, mis pezones empezaban a despertar bajo el jersey y mis muslos sentían un cosquilleo que se extendía hacia arriba...

Entonces abandonó mi boca y yo abrí los ojos, deseosa de más. Se deslizó hasta mi mandíbula y la besó. A continuación, bajó hasta mi cuello y lo lamió despacio para, finalmente, darle un pequeño mordisco. Creo que se me escapó un gemido.

—¡Joder! —oí que decía alguien.

Al ladear un poco la cabeza vi a dos chicas que pasaban por nuestro lado y nos miraban con gesto entre sorprendido y divertido. Se marcharon sin molestarse en contener la risa.

Diego me tomó de las mejillas y le miré. Al volver a la realidad y recordar dónde estábamos, me puse un poco tensa. Mierda, ya no era una adolescente.

—No pasa nada, Tina —murmuró él, cerca de mi oído—. Esas chicas no saben lo que te estoy haciendo en mi cabeza y nunca lo sabrán. Es mío. O nuestro...

Una invitación de lo más sugerente, vamos. Ese Diego era un don Diablo, pero daba igual, pues parecía que mi cuerpo estuviera lleno de electricidad. Nos apoyamos en la pared y volvimos a besarnos, más bien a comernos. De repente, sus manos desabrocharon mi abrigo y se colaron por debajo de mi jersey. Hacía un poco de frío, pero yo tenía calor. Ardía.

—¿En tu casa o en la mía? —preguntó.

Pasé la lengua por sus dientes y él me apresó del trasero.

Silbidos a su espalda. Cerré los ojos, muerta de vergüenza, pero más viva que nunca.

11

Cuando llegamos delante de la puerta de mi piso estaba bastante nerviosa, no podía negarlo. Sí, era una mujer de más de treinta años, pero me había pasado algunos encerrada en una burbuja. Tiempo atrás, la idea de tomar una decisión se me hacía un mundo porque me convencí de que no tenía voz ni voto. Por eso, en cierto modo, me sentía orgullosa de haber decidido que quería terminar la noche con Diego en mi casa.

Los remordimientos habían desaparecido, eso sí. ¿Demasiado pronto para acostarme con mi vecino? ¿Quién decía cuándo debíamos tener sexo con otra persona? Me sentía con ganas, valiente, resuelta, y eso era mucho. Recordaba las últimas sesiones con mi terapeuta: su lucha por reconstruir mi identidad había pasado por muchas etapas, pero después nos centramos en recuperar el deseo. Siempre me aseguró que no lo había perdido del todo, que era mi manera de defenderme para no sentirme vulnerable. Quería empoderarme, volver a ser dueña de mi vida. Habíamos trabajado mucho con la masturbación y algo habíamos conseguido, pero... pero lo de Diego era distinto. Había llegado de repente, un tipo enamorado del trabajo que a veces se sentía frustrado por su vida actual, al que le encantaba el sexo y por eso había sacado tiempo para acostarse con muchas mujeres, para el que yo sería una más en la cama... pero tal vez era eso lo que yo necesitaba: alguien que me hiciera disfrutar como nunca sin pararme a pensar en nada más. En ese sentido, quizá nos parecíamos: intentábamos reencontrarnos.

—¿Estás bien, Tina? —me preguntó, arrancándome de mis pensamientos.

Cerré la puerta y me apoyé en ella. Habíamos llegado a nuestra calle casi a trompicones. Al principio sin dejar de besarnos, como unos quinceañeros enfebrecidos o como los protagonistas de una película. Después, nos habíamos calmado y se lo agradecí, porque me daba un poco de reparo que todos los desconocidos que caminaban por ahí fueran testigos de mi renacer, de lo que mi piel y mi cuerpo empezaban a experimentar. Habíamos subido en el ascensor en silencio, observándonos, hasta que él se acercó y me dio un beso húmedo, más lento que los anteriores, cargado de respiraciones entrecortadas.

—Sí, estoy bien —contesté sonriendo.

Me aparté y caminé por el pasillo con Diego agarrado a mi cintura, su cuerpo pegado al mío y sus dientes en mi cuello. La mochila y las llaves se me cayeron al suelo montando un gran escándalo y ambos nos partimos de risa. Hacía tiempo que no me reía de ese modo en la intimidad, con un hombre.

Diego se quitó la chaqueta y la tiró al suelo. Hizo lo mismo con mi abrigo. Fuimos golpeándonos con la pared del pasillo, pues íbamos a tientas y, por fin, llegamos a mi dormitorio.

Era la hora de la verdad. Sabía que debía desnudarme, pero no tenía claro si hacerlo yo o mi vecino tomaría las riendas. Por mi cabeza asomaron algunas de las palabras que me dedicaba Mario: «¿Por qué llevas esas bragas? Parecen de puta», «Cada vez estás más flaca; me haces daño con tus huesos...», «No me apetece hacerlo, estoy cansado. Y tú deberías preparar la cena. Joder, ¿por qué no está hecha?». Cerré los ojos con fuerza para borrarlas, para que se marcharan muy lejos y me dejaran en paz. Logré que mi mente se quedara vacía, que solo anidara en ella la atracción y el deseo que sentía por Diego.

Agradecí en silencio que comenzara a desvestirme. Sacó el top de la cinturilla de mis pantalones anchos y tiró hacia arriba. De manera instintiva, levanté los brazos, me lo quitó y se me quedó mirando en silencio. Quería que dijera algo, lo que fuese, aunque se tratara de una broma. Estuve a punto de cubrir mis pechos con los brazos, pero me contuve porque quise saber si los deseaba.

—¿Ocurre algo? —preguntó.

—De haberlo sabido, me hubiera puesto algo más sensual —respondí.

—¿Cómo?

—Ropa interior bonita... —dije señalando mi sujetador blanco liso.

—Créeme que no me importa; además, espero que acabe tirada en el suelo —contestó con un tono de voz de lo más sexy que no le había oído hasta entonces. Me causó un agradable pinchazo en la entrepierna—. Aunque la falda del otro día estaba muy bien...

Se acercó un poco más. Se desabrochó un botón de la camisa, luego otro, despacio... como provocándome. Me moría de ganas de volver a contemplar su pecho desnudo, tocarlo, olerlo, saborearlo. Le ayudé a que se deslizara la camisa por los brazos. A través de la ventana, solo entraba la tenue luz de una farola, así que no podía verlo del todo. En un primer momento pensé que era perfecto para mí, para sentirme menos nerviosa, pero deseaba verlo bien. Me acerqué a la mesilla para encender la luz. Él siguió mis movimientos, examinando mi cuerpo. Cuando me di la vuelta, ya se había desabrochado el pantalón y asomaba un poco de vello por la ropa interior, con lo que se me secó la boca.

—Ven, anda —me pidió, estirando el brazo.

Al acercarme, descubrí algo en lo que no había reparado: Diego tenía un pirsin en el pezón derecho. Me impresionó un poco, pero, al mismo tiempo, despertó más deseo en mí. Levanté la mano y posé dos dedos en el pequeño aro. Aprecié que los músculos de su vientre se contraían. Me miró con las pupilas dilatadas, mordiéndose el labio inferior mientras sonreía.

—¿Te gusta? —me preguntó. Asentí—. ¿Tienes alguno?

—No. ¿Tienes más?

—Pírsines no, pero... —Se giró y en su omóplato descubrí un tatuaje que rezaba «Faith Hope Love».

Se lo toqué y dibujé el contorno de las letras con las yemas de los dedos. Tenía la cabeza ladeada y vi que había cerrado los ojos al notar mis caricias. Mi vientre vibró, demandándolo. Le insté a que se diera la vuelta, y tiré de su pantalón hacia abajo. Esbozó una pequeña sonrisa y me atrapó del trasero para empujarme contra su cuerpo.

—Despacio... Quiero disfrutarte —murmuró.

Me besó de nuevo, esa vez con menos ímpetu que las anteriores, pero con el mismo sabor en la lengua. Tiempo después entendería lo mucho que significaría para mí ese sabor desde el principio: que Diego me deseaba con todas sus ganas, que él también adoraba la lucha de nuestras lenguas, que cada vez que juntaba su boca con la mía se moría por entrar en mí.

—Desnúdame —le pedí, sorprendida de mí misma.

Accedió de inmediato. Metió la mano por la cinturilla de los pantalones y los bajó poco a poco. De paso, clavó los dedos en mis nalgas. Me pegué más a él y posé los labios en la piel de su cuello, aspirando su aroma. Me encantaba ese perfume a hierbabuena, pero también mezclado con su propio olor. Mi cuerpo tembló cuando me rodeó en un abrazo y, de repente, mi sujetador ya había caído al suelo. Pensé que habría desabrochado muchos. Allí estaban mis pechos pequeños, apretujados contra su abdomen. Quería apartarme y que los contemplara, que hiciera lo que quisiera con ellos, pero ciertos recuerdos intentaban asomar a mi mente. Siempre me habían encantado mis pechos, hasta que mi exmarido empezó a hartarse de ellos.

Diego consiguió meter las manos entre nuestros cuerpos y paseó los dedos por mi piel, endureciendo mis pezones. Cogí aire y me aparté un poco. Deslizó la mirada hasta mis pechos y lo que vi en ella me gustó, hizo que me sintiera deseada: los observó con admiración y ganas. Los cubrió con sus manos y, segundos después, se inclinó y besó una de mis areolas, luego la otra. Eché la cabeza hacia atrás y gemí cuando selló los labios en torno a mis pezones y empezó a humedecerlos. Los mordisqueó, los lamió, los succionó. Me pareció que los veneraba y, durante todo el proceso, mi entrepierna fue humedeciéndose cada vez más. Me encantaba la sensación que provocaba su barba en mi piel.

—Oh, madre mía... —se me escapó con un jadeo.

Levantó la mirada y me contempló. Estaba claro que sabía cómo excitar a las mujeres, pero decidí no pensar más en eso y centrarme en que en ese momento lo estaba experimentando yo. Me abrazaba a mí, me quitaba los pantalones a mí. Él hizo lo propio. Sus zapatos y los míos volaron por los aires. Me cogió en volandas y me llevó a la cama. Entonces recordé algo y se lo dije, avergonzada:

—No tengo preservativos.

Mi vecino ladeó la cabeza y se me quedó mirando concentrado. Quizá se preguntaba si debía ir a su piso, porque él tendría —docenas de cajas, seguro— y solo tardaría unos minutos. Sin embargo, dijo algo que me estremeció:

—Prefiero quedarme, si no te importa...

Negué, enmudecida. Acercó el rostro para atrapar mis labios. Mientras los recorría con la lengua, posé una mano en su pecho y la fui bajando despacio, apreciando las contracciones de su vientre, notando cómo mi pulso se aceleraba al ir acercándome a su sexo. Sin embargo, me pareció natural. Coger su sexo por encima de la ropa interior. Que él gimiera en mi boca. Sus lametones en mi barbilla. El gruñido que dejó en mi cuello cuando apreté su pene entre mis dedos.

—He tocado a muchas mujeres —me dijo al oído con la voz bañada de deseo. Pensé que me molestaría que me dijeran algo así en una situación como esa, pero lo cierto fue que pensé que iba a disfrutar mucho—. Pero con cada una quiero hacerlo bien. ¿Cómo te gusta a ti?

Se arrodilló ante mí, me separó las piernas y se colocó entre ellas sin dejar de mirarme. Mi pecho subía y bajaba apresurado por una mezcla de deseo, nervios y anticipación. Mi vagina palpitó y justo en ese instante reparé en lo húmeda que estaba. Sintiéndome más atrevida y liberada, tomé su mano y la llevé entre mis muslos para que él también pudiera notarlo. Me acarició por encima de las bragas, presionó en el lugar exacto y yo jadeé.

—A ver, muéstramelo —insistió en un susurro de lo más excitante.

Ni siquiera me quité las braguitas: metí su mano por debajo de la tela y lo dejé hacer. Colocó uno de sus dedos entre mis pliegues y lo deslizó arriba y abajo despacio. Yo solté un prolongado gemido que él acabo acallando con sus labios. Me cogió una mano y la llevó hasta su pene. Estaba muy duro, caliente. Le acaricié la punta con los dedos y él gruñó en mi boca, explorando cada uno de mis rincones con su lengua.

Entonces Diego abandonó mi sexo, dejándome con ganas de más. Puso dos dedos delante de mis labios y entendí lo que quería. Los lamí, mirándolo, y me gustó la sensación de poder que sentí al ver su cara de excitación, sus ojos entrecerrados clavados en mí, su boca entreabierta. Volvió a mi vulva y restregó en ella esos dedos mojados con mi saliva. Después intentó introducirlos, luchó con la carne y susurró:

—Qué cerrada estás...

Al fin, gracias a mi humedad y su pericia, metió un dedo lentamente y lo movió muy despacio. Al mismo tiempo, comencé a masturbarlo. Él me mordisqueó el cuello, arrancándome otro gemido. Empujé mis caderas hacia delante sin apenas ser consciente para pedirle más. El segundo dedo entró más fácilmente. Los arqueó en mi interior y yo grité ante ese ramalazo de placer.

—¿Te gusta, Tina? Dime si te gusta... —gruñó en mi oído. Tiró de mi lóbulo y lo chupeteó.

—No pares —le contesté con los ojos cerrados.

Él me quitó las bragas para tener más libertad de movimiento. Se incorporó e hizo lo mismo con su ropa interior. A continuación, volvió a arrodillarse ante mí. Lo miré, estudiando su rostro. Era tan atractivo... Me atraían sus ojos color avellana, su cabello anaranjado revuelto en ese momento, su barbita del mismo color, las diminutas pecas que salpicaban su rostro. Me encantaba su cuerpo, sus hombros, su abdomen marcado. Bajé una mano para apresar de nuevo su polla y lo masturbé. Él gimió, con la cabeza echada hacia atrás. Me excitaba verlo de esa manera.

Se pegó a mis labios con ese salvajismo que ya conocía. Me separó más las piernas y recorrió mis pliegues con los dedos, extendiendo mi humedad. Cuando me presionó el clítoris, arqueé la espalda y solté un gritito. Me aferré a sus hombros, consciente de lo mucho que me ponía tenerlo allí, arrodillado delante de mí, dándome placer, dándoselo yo a él. Podía hacerlo. Lo estaba haciendo. Me sorprendió el sonido de sus dedos dentro de mi sexo. Parecía excitarle mucho. Bajé la vista hacia su pene y lo observé fascinada. Era muy grande, sonrosado, y noté cómo palpitaba entre mis manos. Tenía todos los músculos del vientre en tensión, otorgándome una magnífica vista. Pegó su frente a la mía al tiempo que gruñía.

—Esto es genial... —gimió cerca de mi boca.

Aceleré los movimientos. Sus dedos también aumentaron la velocidad. Sentía mi clítoris hinchado, palpitante, a punto de explotar. Me abrí todavía más de piernas, ofreciéndome toda a él. Me di cuenta de que no aguantaba más, que un terremoto en forma de placer ascendía desde la punta de los dedos de mis pies. Creo que grité, y mucho. Pero lo que recuerdo a la perfección fue el primer disparo de semen contra mis muslos. Y el segundo, y el tercero alcanzando mi vientre. Mis gemidos se unieron a los suyos. También recuerdo cómo estampó su boca en la mía, que ambos jadeamos en los labios del otro, que nuestras lenguas se buscaron con la desesperación que te inunda ante un orgasmo maravilloso. Porque eso era aquello: un orgasmo que deshacía mi cuerpo tembloroso, que lo convertía en docenas de terminaciones nerviosas, piel llena de sensibilidad.

Acabé tumbada en la cama, sin poder moverme. Apreté las piernas con la intención de contener el placer que me había inundado. Diego se colocó encima de mí y hundió la nariz en el hueco de mi cuello. Me acarició con los labios, noté una mano estrujando uno de mis pechos, la otra aferrada a mi nalga. Como si no se hubiera saciado, como si quisiera más. Su pene mojado rozaba mi muslo. Esa sensación me hizo cerrar los ojos y sonreír.

Ansiaba abrazarlo, notar el peso de su cuerpo desnudo sobre mí, cómo ardía. No obstante, se apartó y me dejó en la cama. Luego me incorporé, lo miré y contemplé la perfección de su desnudez, esas piernas fuertes y torneadas. La línea del vello de su sexo. Su amplio pecho.

—Voy a limpiarme —dijo, señalándose la entrepierna.

Ni siquiera me preguntó dónde estaba el baño. Volví a tumbarme y me quedé mirando el techo, sintiendo las pulsaciones en cada parte de mi cuerpo y el corazón a mil por hora. Sin embargo, de repente sentí algo de pudor y me apresuré a taparme con las sábanas. ¿Qué venía a continuación? Hacía tanto que no me acostaba con un hombre por el simple placer de hacerlo...

Diego me respondió al volver; traía papel para que me limpiara. Mientras lo hacía, él se vistió. Sentí una especie de decepción, pero ¿qué más podía pasar? Seguramente mi vecino no era de los que se quedaban a dormir abrazados. Y, de todos modos, quizá no fuese eso lo que yo necesitaba.

—Debo ir a por Hugo —se justificó.

—Claro... —Asentí, esbozando una sonrisa. Me tapé un poco más con las sábanas—. Ha estado muy bien. Gracias.

Me pareció que me miraba de un modo extraño. ¿Por qué había dicho eso? Diego no era mi exmarido, no tenía que ir agradeciendo sexo del bueno, pero me apetecía decírselo, y no por quedar bien sino porque era lo que sentía.

—Se nota que tienes experiencia —bromeé, para distender el ambiente.

—Eso no ha sido nada, Tina —replicó con un tono de voz que no dejó lugar a duda. Parecía decir: «Me gustaría que me dejaras repetir para mostrarte lo que soy capaz de hacer».

No contesté. Me levanté y busqué mi ropa por el suelo del dormitorio. Sin embargo, Diego dijo, adoptando de nuevo esa seriedad suya:

—No hace falta que me acompañes. Sé dónde está la salida.

Abandonó el dormitorio dejando atrás una estela de su perfume, de su aroma natural. Cuando oí que la puerta se cerraba, me dejé caer de golpe en la cama y aspiré. La habitación olía a sexo. ¡Olía de maravilla! Olía a sentirme mujer de nuevo, a haberme atrevido a gozar sin prejuicios.

Me levanté y fui a buscar mi mochila. Cuando la encontré, saqué el móvil y escribí a mi hermana: «He tenido un orgasmo». Luego le mandé otro: «Con el vecino». No tardó ni un minuto en contestar con un montón de emoticonos sonrientes, corazones, confeti y demás. Se me escapó una carcajada y terminé tumbada de nuevo en la cama, sin poder parar de reír. Diego tenía mucha experiencia, sin duda. No pude evitar preguntarme y fantasear con cuántas mujeres se habría acostado y si alguna de ellas, por mucho que él me hubiera dicho que no, había despertado algún sentimiento en él.

12

Dos años antes...

—Soy Diego Medina, del grupo Dupont Protective. Quería hablar con Sara Martorell, la encargada de OHSE.

—Un momento, ahora le paso —recitó una voz mecánica al otro lado de la línea.

Debía convencer a esa mujer que trabajaba en Nestlé de algo importante, y sabía que podía hacerlo. Incluso se había aprendido alguna frase que otra en catalán —pues la empresa estaba en Cataluña— para llevarla a su terreno. Sara no tardó en responder y, cuando lo hizo, sonó animada.

—¡Hola! ¿Cómo estás?

—Muy bien, gracias. ¿Recibió el dossier que le envié por correo electrónico? —Sabía que era mejor ir al grano, como una apisonadora.

—Parece interesante, pero el precio no entra dentro de nuestras previsiones.

—Son la empresa más importante a nivel alimentario. Aparte de caracterizarse por sus buenos productos... ¿no les gustaría destacar por su inversión en seguridad e higiene para los trabajadores?

—Mira, lo que dices está muy bien, pero «la pela es la pela»... Mis superiores no quieren aumentar el gasto en guantes desechables, y los que me ofreces son más caros y los tirarán igual —contestó ella, aunque sonaba menos segura que antes.

—Sara —pronunció su nombre con otro tono de voz, más profundo—, ¿puedo tutearte? —Ahí ya lo estaba haciendo. Era un truco.

—Sí, claro.

—¿Cuántos pares de guantes gastáis mensualmente?

—Una media de cinco mil o seis mil pares.

Diego se recostó en la silla giratoria y, esbozando una sonrisa, como si ella estuviera allí, se preparó para darlo todo:

—Con los guantes que te ofrezco ahorraréis dinero. El consumo bajará a dos mil o dos mil quinientos pares mensuales como mucho. Es un guante más espeso y os durará el doble del que usáis ahora. Te aseguro que los guantes económicos acaban saliendo caros porque se rompen con más facilidad. Piensa que son muy finos y el nitrilo no es de buena calidad, mientras que nuestro modelo, además de contar con una buena galga, tiene la homologación NSF, es apto para uso alimentario... Y eso, Sara —pronunció de nuevo su nombre, esa vez para que ella se sintiera importante—, os ahorrará muchas multas en las inspecciones de trabajo. Entiendo que, de primeras, es difícil, y más teniendo que invertir, pero como quiero que tus jefes y tú estéis contentos... —guardó unos segundos de silencio para dar emoción—, te mandaré trescientos pares de muestra en tallas surtidas para que puedan probarlos diferentes trabajadores.

—Bueno, muchas gracias.

—En dos semanas estaré por Granollers para visitar vuestra sede y ver en qué otras medidas podemos rebajar costes para la empresa sin restar puntos a la seguridad e higiene. Si te parece, podríamos comer juntos y cerrar acuerdos. ¿Qué me dices, Sara?

—Está bien —accedió ella al cabo de unos segundos.

En la soledad de su despacho, Diego hizo la señal de victoria.

—Hoy mismo hago el envío, y gracias por la charla —se despidió.

Antes de colgar, oyó una risita al otro lado de la línea. Sonrió satisfecho. Sabía que ya había conseguido otra venta mensual. Luego se estiró y se dio cuenta de lo cansado que estaba. Solo hacía unas horas que había llegado de un viaje de negocios y apenas había dormido porque el avión había aterrizado a las tres de la madrugada y a las ocho ya estaba en el despacho. Podría haberse quedado descansando en casa y entrar más tarde —sus jefes no le habrían puesto ningún problema—, pero le encantaba su trabajo y necesitaba más y más. Era como una droga de las buenas. En alguna ocasión, cuando su madre le telefoneaba para preguntarle cuándo los visitaría y él insistía en que apenas tenía tiempo, ella le reprochaba que era un adicto al trabajo. En el fondo, esos comentarios le molestaban. Gracias a su trabajo, podía pasarles dinero si iban justos, e incluso les había regalado un crucero por su aniversario de bodas para que disfrutaran, ya que apenas habían viajado en toda su vida. No obstante, sentía que no se lo agradecían, que se preocupaban más por su hermano a pesar de ser como era. Por eso se había ido distanciando de su familia. Cuando estaba con ellos, nunca se sentía cómodo. A decir verdad, sobre todo con su madre.

En ese instante, la secretaria de uno de sus jefes pasó por delante de su despacho y le saludó con una sonrisa. Él estiró un poco el cuello para seguir el delicioso balanceo de su trasero. Esa chica era un bombón, sin duda. Y las miradas y las sonrisitas que le dedicaba no eran en vano.

—¿Ya estamos otra vez?

Era la voz de Leandro, uno de sus compañeros. Era un par de años mayor que él, pero se llevaban bastante bien. Al principio, a Leandro le costó encajar los rápidos avances de Diego en la empresa. No obstante, se lo ganó poco a poco y se convirtió en uno de sus fieles compañeros, no solo en la empresa sino también en las cenas y las fiestas que se pegaban de vez en cuando.

—No me he acostado con ella —dijo sonriendo—. No me he acostado con ninguna de las mujeres que trabajan aquí —añadió.

Y era cierto, por mucho que nadie le creyera. Aunque lo entendía. Se había labrado una fama con sus fiestas y viajes

—algún colega siempre se iba de la lengua—, pero nunca había llegado al contacto íntimo con alguien de la empresa. En una ocasión discutió con una compañera que se dedicó a contar, con detalles —la chica tenía una imaginación desbordante, no había que quitarle el mérito—, todas las veces que se habían acostado juntos. Él tenía claro que no debía mezclar negocios y placer. Cayó en aquel viaje a Suiza con esa maravillosa ejecutiva, pero sabía que no se repetiría. No solía volver a liarse con la misma persona, solo en casos especiales. Tenía el lema de que, si la primera vez era genial, ¿para qué fastidiarla con una segunda?

—Ya, ya, claro... —Su compañero sonrió irónicamente y él lo ignoró, fingiendo que hojeaba unos papeles—. ¿Salimos esta noche?

—Estoy agotado, Leandro —reconoció—. Además, este fin de semana quiero centrarme en un proyecto con el que estoy. Si lo saco adelante, quizá los jefazos me propongan presentarlo en la feria de Alemania.

—¿Otro? Joder, Diego, no paras. Te saldrá el trabajo por las orejas. Hay que desconectar un poco —le recomendó Leandro, y luego insistió—: Vamos, te pegas una duchita y como nuevo. Y, si no, una rayita... —El hombre le guiñó un ojo y él sacudió la cabeza.

Y esa era otra. Seguro que muchos pensaban que consumía drogas. Lo entendía. Mantener el ritmo era complicado, pero él llevaba una vida sana y hacía deporte. Además, jamás se habría metido mierda por la nariz ni por ninguna otra parte después de haber vivido, con su hermano, lo que aquello provocaba.

—Venga, de acuerdo. Luego nos vemos —aceptó.

Leandro cerró un puño para chocarlo con el de él y salió del despacho.

Tras mucho dudar, decidió que saldría un poco antes para ducharse y descansar. Llamó a uno de sus jefes para decírselo y enseguida le contestó que por supuesto. A las seis salió de las oficinas y consiguió dormir algo hasta las siete y media. Hizo un poco de ejercicio en casa —saltó a la cuerda y trabajó con las mancuernas— y luego se tiró un buen rato en la ducha para relajarse. Había quedado con Leandro a las diez. Cenarían y, seguramente, después visitaran alguno de los locales de moda, pues su compañero tenía buenos contactos.

Dejó que Leandro eligiera el restaurante. Uno con estrella Michelin, cómo no: DiverXO. El reputado cocinero Daviz Muñoz era amigo de su hermana y siempre le reservaba un hueco, aunque estuviera lleno. Leandro llevó el peso de la conversación durante gran parte de la cena. Le hacía gracia escuchar las historias de las conquistas de su amigo.

Estaban tomando el postre cuando una voz femenina lo llamó a su espalda:

—¿Diego?

Se dio la vuelta y se topó con una cara conocida —y muy bonita, para qué mentir—. Arqueó una ceja y esbozó una sonrisa sincera.

—¡Amaia! —exclamó, al tiempo que se levantaba para saludarla con dos besos. La chica olía muy bien y, al mirarla, se dio cuenta de lo elegante que iba, muy diferente a años atrás, cuando se conocieron en la facultad—. ¿Cómo te va todo?

—Genial. ¿Y a ti?

Leandro se apresuró a invitarla a sentarse con ellos, pero ella dijo que la esperaban. No obstante, se quedó unos diez minutos charlando y, cuando su compañero se disculpó para ir al baño, Diego aprovechó para sonsacarle lo que llevaba preguntándose desde hacía rato.

—¿Al final te casaste? —No llevaba anillo, pero prefirió asegurarse.

—Uy, no... Es una larga historia. —Ella lo miró con una sonrisa pizpireta.

—¿Entonces no es él quien te espera? —inquirió Diego, inclinándose un poco hacia delante. La vena seductora le salía sin querer.

Amaia se rio y negó con la cabeza, dejándose llevar por el coqueteo. Se acarició el cuello. En la universidad, Diego lo intentó hasta que se enteró de que tenía novio y pensaban casarse. Inmiscuirse en las relaciones de pareja no le iba.

—He venido con una amiga.

—¿Tenéis algún plan para después?

La chica negó con la cabeza y se pasó la lengua por los labios, enviándole algunas señales. No iba a dejar escapar aquella oportunidad porque, además, se dio cuenta de que todavía se atraían.

Después de la cena, los cuatro se marcharon a un club a tomar una copa. Leandro había conectado con la amiga de Amaia y, según le dijo al oído, le encantaba. Charlaron sobre sus trabajos, de cómo les iba y de anécdotas de la universidad.

—De modo que tú sí que te has casado. Con tu trabajo —bromeó su antigua amiga—. No me sorprende. Recuerdo cómo hincabas los codos en la universidad y las aspiraciones que tenías. Me alegro muchísimo de que las estés alcanzando.

Cuando quisieron darse cuenta, Leandro y la otra chica se habían alejado de ellos y los descubrieron liándose.

—¡Míralos! —exclamó Amaia, divertida.

Él aprovechó para acercarse un poco más. Ella se rio, jugueteó con la aceituna de su bebida y paseó la punta del índice por el borde de la copa. Minutos después estaban besándose.

Terminaron la noche en el piso de Leandro, que era más grande que el suyo y estaba más cerca. Su compañero desapareció en el dormitorio principal y Diego y Amaia se quedaron en el salón hablando un poco más. Ella no era como otras chicas con las que se había acostado. Siempre le gustaba hacerlo bien, pero, en esa ocasión, mejor.

—¿Sabes que tú también me atraías en la universidad? —le dijo ella en voz baja, como si fuera un secreto.

—La verdad es que me lo parecía...

—¡Qué creído te lo tienes! —Le dio un cachete juguetón en el brazo. Después se acercó a él, lo tomó de la nuca y susurró—: Entonces deberíamos ponerle solución, ¿no?

Follaron en el sofá, pues las ganas les vencieron. Un polvo rápido, salvaje, cargado de placer. Después, él la cogió en brazos y buscaron otra habitación por el piso, muriéndose de la risa por los gritos que provenían del dormitorio principal.

A la mañana siguiente, se despertó antes que Amaia y fue a la cocina a prepararse un café. Leandro apareció pocos minutos después en calzoncillos y con el pelo enmarañado. Le guiñó un ojo y le dijo:

—No pienso casarme jamás.

Él tampoco había pensado nunca en ello. En realidad, jamás había estado enamorado. Esa fue la única vez que quizá había sentido algo distinto al acostarse con una mujer, algo más cercano a la ternura. Amaia se la despertaba, además de atracción y deseo. Tal vez, si ella no hubiera estado saliendo con alguien en la universidad habrían llegado a algo más. En ese preciso instante, todo había cambiado. Ya lo había dicho Amaia: «Estás casado con tu trabajo».

Tumbado en la cama, recordaba las palabras de mi amigo Leandro. «No pienso casarme jamás». Un año después de esa noche me invitó a cenar para darme la noticia: iba a pasar por el altar. Hacía meses que apenas salía y, cuando quedábamos, yo era el único que terminaba en la cama con una mujer.

—Qué callado te lo tenías —le dije, y luego lo felicité.

Me contó que la había conocido hacía poco y que todo había ido muy rápido, pero que estaba completamente seguro.

—¿Y no echarás de menos tu vida de soltero? —le pregunté con auténtica curiosidad.

Me miró como si yo no supiera nada y respondió:

—Diego, ¿a veces no estás cansado de todo eso? No te estoy atacando, de verdad. Es solo que ya no me veo así; me he enamorado.

Brindamos por su futura mujer.

—Ya me la presentarás; debe de ser estupenda.

Él dibujó una ancha sonrisa y sus ojos se iluminaron.

—Para mí, la mejor. En serio, Diego, llegará un día que aparecerá una mujer que hará que te lo replantees todo, y ya no habrá nadie más.

Lo pensé durante unos minutos, pero seguía sin verme comprometido. Había imaginado que, si seguía a ese ritmo en la empresa, la cosa iría a más y aún tendría menos tiempo. Leandro me dijo algo que en aquel momento no tuve en cuenta:

—Ahora pienso en cómo era yo hasta hace poco... tan superficial. Cómo trataba a las mujeres... Carla me ha hecho mejor persona.

En realidad, yo nunca había tratado a las mujeres como él. Para Leandro, eran pechos, traseros, labios bonitos y poco más. Yo siempre había intentado que se sintieran bien, comprendidas, respetadas y tal vez, en ocasiones, me portaba de un modo superficial, pero no solo me fijaba en el físico. Lo único que tenía claro era que siempre había ido de cara y ellas conmigo también.

Luego pensé en lo que me dijo el año anterior acerca de encontrar al amor de tu vida. Yo no creía en ello. Me parecían cuentos de hadas. No era un príncipe, ni buscaba una princesa. No había sentido un flechazo por mi vecina, por supuesto que no. No obstante, estaba en mi cabeza desde la tarde que le abrí la puerta. Con la compañera del gimnasio casi ni se me levantó, y llegaba ella y me la ponía dura sin apenas hacer nada. Esa tarde ella no coqueteó, no me lanzó ninguna señal y, a pesar de todo, se coló en mi mente, despertando mi deseo. Quizá había sido el contoneo de su pequeño trasero enfundado en esa minifalda, aunque me parecía que no. No, no debía ser eso porque las otras veces que me había cruzado con ella también la había deseado y llevaba otro tipo de ropa, más hippy. Faldas largas, pantalones anchos. La cara lavada y una coleta. Tenía un rostro de rasgos muy finos, suaves. Aparentaba menos edad.

Joder, había pensado en ella casi todas las noches desde que me había pillado sin ropa. En cómo sería su cuerpo, qué tacto tendría su piel, a qué sabrían sus labios. Y luego nos habíamos besado como locos y sí, sabía genial. Me había tocado pensando en ella. Varias veces. Me empalmaba al recordar el gemido que había soltado con ese primer beso. ¿Cómo podía ser, si desde que había llegado Hugo mi libido había caído en picado? No lo sabía, pero no iba a dejar escapar la oportunidad.

Pero no solo era eso, sino también lo mucho que me había abierto sin apenas conocerla. Le había confesado lo frustrado que me sentía por haber dejado atrás mi sueño, después de habérmelo trabajado tanto. Incluso le hablé de la rabia y el cabreo que me invadían en ocasiones, también con mi sobrino. No entendía por qué me había desnudado de ese modo. En un momento me vi reflejado en sus ojos y me pareció ver comprensión en ellos. Noté que iba a entenderme, que no me juzgaría, que me escucharía. En el fondo, me transmitió calma... algo que había perdido.

Y después de esa noche me di cuenta de que los días no me parecían iguales y anodinos, sino que me despertaba animado por las mañanas, con la esperanza de verla en el ascensor, de comprobar cómo iría vestida esa mañana, si me sonreiría con esos labios sonrosados que deseaba volver a besar.

Y entonces me lancé y decidí invitarla a cenar. No sabía cómo reaccionaría porque ya había investigado un poco a través de Rosario. La mujer me confesó que apenas sabía nada de ella porque Tina era bastante reservada sobre su vida privada, pero le había insinuado que su relación anterior no había sido buena. A decir verdad, me sorprendió que mi vecina estuviera divorciada, dada su edad. Y aunque aparentaba ser una mujer bastante optimista y risueña, en ocasiones había visto algo en sus miradas, gestos y sonrisas. Timidez, nerviosismo, incluso cierto temor. Le habían hecho daño y supe que tenía que ir con cuidado.

A lo mejor por eso la velada había ido de esa forma. Porque tenía claro que quería acostarme con ella. Maldita sea, si incluso imaginarla en la librería me ponía cachondo... No lo entendía, pero quería aprovechar. Quizá se me había metido entre ceja y ceja y luego, cuando me acostara con ella, dejaría de estar tan caliente. Sin embargo, la cena había sido distinta a como la había imaginado... No solo coqueteé para ir directo al grano. Tina volvió a escucharme. No quiero decir que las demás mujeres no lo hicieran, pero... No sé, me sentí diferente. Me sentí valorado, en especial cuando empecé a hablarle de mi pasión por las bandas sonoras y ella me escuchó con más paciencia que un santo. Cuando quise darme cuenta, llevaba casi media hora hablando de ese tema y, para mi sorpresa, me pidió que le enseñara alguna. Nunca me había ocurrido eso. Ninguna mujer se había interesado en saber por qué me gustaban tanto. Y, sin entender los motivos, su actitud me puso un poco nervioso, aunque me apresuré a disimular.

Y después... joder, después esos besos. Habíamos bebido sidra y Tina estaba más tranquila, menos tímida. Me gustaba su timidez, a pesar de que siempre me habían llamado la atención las mujeres echadas para adelante. Por eso, cuando se lanzó, me gustó todavía más. Los besos nos llevaron a su casa. Yo con la polla a punto de explotar en los pantalones. Ella aferrándose a mi cuerpo, como si fuera el primero que tocara. Me excitaba muchísimo su forma de expresar deseo. Quería cogerla en brazos, empujarla contra la pared y follármela como un salvaje, pero algo me decía que con ella no debía hacerlo así.

No la penetré, pero no me importó. No tenía condones, y su forma de decírmelo, con la boquita pequeña y cierto nerviosismo, me provocó ternura y ganas a la vez. Hacía mucho que la ternura no despertaba en mí, al menos no con una mujer, porque con mi sobrino era distinto. Desde Amaia, no había sentido el deseo de abrazar a una mujer y punto. Y entonces nos masturbamos el uno al otro y fue la puta hostia, con perdón. Tina poseía un cuerpo delicioso, a pesar de que era como si no se diera cuenta o no lo supiera. Tenía los pechos pequeños, pero firmes y redondos, de pezones sonrosados, y me gustó cómo encajaban en mis manos. Lo que más me llamó la atención fueron sus piernas, me parecieron preciosas. Quien pensara que una mujer bajita no podía contar con unas piernas geniales, estaba muy equivocado. Y su sexo... Al principio era estrecho, pero después me engulló. Tenía un poco de vello y eso también me gustó, porque las mujeres con las que había estado lo solían llevar totalmente rasurado.

A decir verdad, no me sentía saciado. Quería más, mucho más. Quería perderme en su interior, explorarla con mi polla, cubrirla con mi cuerpo y moverme hasta que se corriera. Que ella se sentara sobre mí, que me dominara. Arrancarle de golpe la ropa y quitarle el coletero para soltarle el cabello. Y luego... luego abrazarla. Joder, ¿por qué sentía tantas ganas de rodearla con mis brazos?

No lo había hecho esa noche porque no tenía claro cómo reaccionaría y porque, aunque hasta entonces no había pensado en Hugo, empecé a hacerlo en cuanto terminamos. Sabía que Rosario estaba cuidándolo y que a él le gustaba estar con ella, pero sentía que el crío era mi responsabilidad y que no estaba del todo bien que yo pasara el rato con una mujer, ni aunque esa mujer fuera Tina.

Así que me marché, todavía con el placer pegado a la piel, y dejé a Tina en la cama. Me fijé en su mirada y deseé regresar y perderme en su cuerpo. Fui a mi piso a darme una ducha rápida y luego corrí a por Hugo, pues algo en mí me reclamaba tenerlo cerca. Me sorprendía el cariño que empezaba a cogerle. Y no tenía claro si aquello me gustaba o me estaba complicando la vida. Esa semana había ido a hablar con su maestra, que me comentó que quizá tuviera cierto retraso madurativo, y eso me había puesto nervioso, pero ella me había asegurado que solo quería decir que Hugo tenía características similares a las de un niño más pequeño. Por ejemplo, se le notaba en el lenguaje o en la interacción social. Sin embargo, llevaba unos días notando cierto progreso en su desarrollo, y me preguntó si había recibido algún tipo de estimulación. Ahí volví a pensar en Tina.

Cuando lo recogí, ya dormía. Rosario me ofreció que pasara allí la noche, pero preferí llevármelo a casa. Se despertó gruñón y se enfadó porque quería quedarse con Juanito, que dormía a su lado. Lo llevé a casa mientras él se quejaba y se metía conmigo con insultos de niño pequeño que me hizo recordar lo que había dicho su maestra: «Tonto, eres tonto y malo». En lugar de cabrearme con él, como en otras ocasiones, sentí cierta opresión en el pecho.

Y allí estaba yo, tumbado en la cama con todas las emociones de la noche. Había conseguido desconectar y volver a pensar en mi vecina, esa rubia que había vuelto a despertar el deseo en mí, y de qué manera. Sonreí al recordar cómo me besaba, cauta y feroz al mismo tiempo. Sus pequeñas manos recorriendo mi abdomen. Su mirada sorprendida ante mi pirsin. Su gesto de curiosidad al verme el tatuaje. Quería sus uñas clavándose en mi espalda. Deslicé una mano por el interior del pantalón del pijama. Joder, me había corrido un rato antes y volvía a estar dispuesto...

—¡Tío!

La voz de Hugo me sobresaltó y me apresuré a sacar la mano. Fingí que dormía, para ver si no volvía a llamarme. Tal vez hablaba en sueños... Sin embargo, minutos después apareció en mi dormitorio. Se retorcía las manitas con nerviosismo. Le pedí que se acercara y entonces vi la mancha en el pantalón del pijama.

—Me he hecho pis en la cama —dijo con un hilo de voz.

—¿Otra vez, Hugo? —se me escapó. Sabía que no era la manera de educarlo, pero no podía evitar que mi primera respuesta fuera esa.

Él no respondió, solo puso mala cara. Me supo mal verlo arrepentido, así que tomé aire y lo dejé salir despacio. Me levanté y lo llevé hasta el dormitorio. Le pedí que me ayudara a quitar las sábanas y las mantas y se negó.

—Eres un poco cabezón... Está claro que te pareces a tu padre —mascullé entre dientes, en voz muy baja.

Creí que no me había oído, pero en ese momento preguntó:

—¿Cuándo volverá? —Hacía unas semanas que no lo mencionaba.

—Hugo... —suspiré. No sabía qué decirle porque ni yo lo sabía—. No te gusta vivir aquí, ¿verdad?

El chiquillo me observó con unos ojos enormes y se encogió de hombros.

—Me gusta estar con Rosario y Juanito —dijo. Y luego añadió—: Y con Tina.

No me mencionó y cerré los ojos, superado por la situación. ¿Por qué no le gustaba? ¿Qué necesitaba para que Hugo se sintiera cómodo conmigo, para que me quisiera?

—Conmigo no —repliqué.

—Es que tú siempre estás enfadado —contestó.

En el fondo, era cierto. ¿Cómo había llegado a ese punto? Había días que no me reconocía. Antes, mi trabajo y los viajes me ayudaban, pero ya no tenía nada de eso. Ahora vivía con un chiquillo que me observaba con desconfianza. Sacudí la cabeza y lo ayudé a meterse en la cama en silencio. Sumido en mis pensamientos, me senté al borde del colchón. De repente, noté el cuerpecito de Hugo chocando con el mío. Se había destapado y me abrazaba.

—¿Pasa algo, Hugo? —le pregunté.

Mi sobrino alzó la barbilla y me miró, todavía aferrado a mí.

—No estés triste, a veces sí que me gusta estar contigo —dijo sorprendiéndome.

Lo observé de hito en hito y entonces recordé lo que me había dicho mi vecina: que Hugo solo necesitaba amor. No añadió nada más, pero aquellas manitas aferradas a mí me hablaban en silencio. Y, contra todo pronóstico, le devolví el abrazo y aspiré el olor a champú de su cabello. Me invadió cierta tranquilidad. Esa noche me dije que intentaría ser mejor persona con ese niño que no tenía culpa de nada.

13

Los días de octubre pasaron tan raudos como los de septiembre.

Tras la intimidad compartida con Diego, todo había vuelto a la rutina. Nos limitábamos a saludarnos por las mañanas en el ascensor; a intercambiar información sobre los deberes y el comportamiento de Hugo y, como mucho, a preguntarnos cordialmente cómo nos iba.

Yo notaba algo distinto en mi vecino: lo veía serio, con esa sombra habitual en sus ojos, pero también había algo nuevo en ellos. Como cierta calidez y ánimo… En ocasiones, después de lo que me había contado cuando estuve en su casa, deseaba preguntarle si se sentía mejor, si notaba avances con Hugo y con su vida personal. Pero no me atrevía. Porque, al fin y al cabo, ¿qué éramos? Vecinos. Y yo, a lo sumo, la profesora particular de su sobrino. Habíamos mantenido relaciones, sí, pero nada más. Por aquella época pensaba que no podíamos considerarnos amigos ni tampoco amantes.

A pesar de todo, me decía que seguía habiendo algo en su manera de mirarme o de dirigirse a mí. Luego, en la soledad de mi piso, me regañaba por ilusa. ¿Qué iba a haber? Diego era un hombre joven al que le gustaba el sexo y habíamos tenido un encuentro esporádico. Y ya. Estaba pasando una mala racha y se había desahogado. Punto final. Seguro que ni siquiera le había gustado —teniendo en cuenta la cantidad de mujeres con las que se había acostado, y con más experiencia que yo—, y por eso habíamos vuelto a la cordialidad de vecinos.

Un sábado por la mañana que mi hermana libraba en el trabajo, la invité a tomar café para charlar y me preguntó por él. Me encogí de hombros, a lo que ella insistió con la mirada. Le expliqué la conclusión a la que había llegado y se echó a reír a carcajadas. Porque la conocía desde bebé y sabía que no lo hacía a malas, si no le habría dado un cachete por burlarse de mí.

—A ver, que ya no tenéis veinte años. Lo que ocurre es que cada uno vive su vida y ya está.

—¿No crees que es posible que no le guste?

Diana me lanzó una mirada de reproche y yo me escondí tras la tacita de café. Detestaba que yo hiciera esos comentarios en los que no me valoraba.

—¿Por qué no ibas a gustarle? Me comentaste que había sido genial.

—Pueden existir diferentes puntos de vista sobre un hecho. Lo sabes, ¿no? —me mofé.

—Por lo que me has contado, quizá le pueda el estrés. Además, ¡si me has dicho que notas algo en sus miradas ascensoriles!

Me reí. A veces se inventaba palabras que me hacían gracia. Diana terminó su café y cogió una pasta. Mientras la mordisqueaba, me observaba con los ojitos que ponía siempre que se le ocurría algo maquiavélico.

—¿Qué? —inquirí, perdiendo la paciencia ante su silencio.

—¿No has imaginado nada en ese ascensor?

Sacudí la cabeza, con la mano apoyada en la frente. Así era ella. Y me gustaba, que conste. Además, tampoco podía regañarla porque había pensado cosillas...

—Suelo encontrármelo con el niño.

—Ese niño necesita una canguro.

—¡Diana! —Esa vez sí la regañé y le lancé unas miguitas de mi pasta.

—No sé, podrías invitarle a cenar... Dile que has contratado a una niñera...

—No puedo hacer eso, no hay tanta confianza. Diana, por favor, céntrate.

Como no le cuadraba lo que le decía, cambió de tema. Me contó que estaba preocupada porque, desde hacía unas semanas, Jaime se mostraba muy insistente con un asunto que a ella le daba repelús: el matrimonio.

—Ya sabes que él lleva tiempo con eso, erre que erre. Pero no sabes qué pesado está últimamente. Ahora le ha dado con que ya no le amo y que por eso no quiero pasar por el altar.

Diana nunca me había sabido explicar por qué le daba pánico casarse. No se podía decir que mi hermana tuviera miedo al compromiso, ya que Jaime y ella eran pareja desde hacía un montonazo de años y vivían juntos hacía bastante. Alguna vez se me pasó por la cabeza que yo era la culpable. Quizá, al haber visto lo que sucedía en mi matrimonio, tenía una especie de trauma. Por eso, cuando me contaba algo sobre ese asunto, me sentía mal por ella y por mi cuñado. Tampoco pensaba que necesitaran casarse. Yo lo hice y fue un completo error, un fracaso de los grandes, pero entendía a Jaime. Le hacía ilusión, y a sus padres y al mío también.

—A veces hay que sacrificarse por la pareja... —me atreví a decirle mientras seguía con sus argumentos contra el matrimonio.

—¿En serio estás dándome ese consejo? —Me miró como si estuviera loca y de inmediato entendí a lo que se refería.

—No en ese sentido, Diana. Tergiversas todas mis palabras —me quejé.

Quince minutos después se marchó con unas cuantas pastas de las que yo había preparado, no sin antes insistir en que le propusiera algún plan a mi vecino. «¿Y para qué?», me pregunté mientras fregaba las tacitas y la cafetera. Diana se burlaba de que siguiera teniendo una de esas viejas, pero no me había comprado una de cápsulas porque, para algunas cosas, era una enamorada de lo antiguo.

Por mi cabeza corrían las palabras que Diana me había dicho alguna vez sobre romper mi caparazón y salir a comerme el mundo. Dejé escapar un trabajo que adoraba —en eso me había sentido identificada con mi vecino—. Perdí amigos. Permití que otra persona —que supuestamente me quería— ejerciera sobre mí un increíble dominio, control y poder. Fui una dependiente emocional que, poco a poco, creyó que se lo merecía.

Después de comer, decidí visitar a Rosario para preguntarle qué tal llevaba la lectura del libro y, de esa manera, tomar un poco el aire. Envolví las pastas que me habían sobrado y salí del piso solo con las llaves. Antes de bajar, miré de reojo hacia la puerta de mi vecino. No los había oído en toda la mañana. El último día de clase de repaso, Hugo había mencionado que estaba enfadado porque quería ir al Zoo Aquarium y su tío se había negado. No entendía por qué no quería llevarlo, si eso le ayudaría a ganarse su confianza, pero tal vez hubiera accedido al final.

—¡Hola! Pasa, pasa —me invitó Rosario en cuanto me abrió.

Juanito se acercó con su trotecillo y me olisqueó las zapatillas. Yo me incliné y le acaricié la cabecita. A primera vista, el chihuahua tenía cara de gruñón y lo parecía por sus ladridos agudos, pero cuando cogía confianza era de lo más cariñoso.

—No la habré pillado ocupada, ¿no?

Rosario negó con el dedo y me llevó al salón. En la mesa camilla vi el libro del club abierto y esbocé una sonrisa. Ella me devolvió el gesto y se le achinaron los ojos. Esa tarde llevaba unos pantalones negros y un jersey colorido, además de unos pendientes largos que tintineaban cuando movía el cuello. Era muy coqueta, y me encantaba.

—¿Por dónde va? —le pregunté.

La anciana se colocó las gafas y levantó el libro para indicármelo. Estaba acabándoselo.

—¿Has visto la película?

—No, ¿es buena?

—Bastante, pero nada como las palabras escritas en papel —dijo ella, con su sonrisa de abuelita amable—. ¿Has leído *Cien años de soledad*? También me gusta mucho, pero este de Laura Esquivel me resulta especial por su historia de amor.

—Lo leí hace bastante, pero guardo un agradable recuerdo. Y en el de García Márquez también hay amor.

—No del mismo tipo... Es que me apasiona el amor imposible entre Tita y Pedro. —Rosario me miró deslizándose las gafas—. Así que te gusta el realismo mágico... —Asentí y ella volvió a esbozar una sonrisa, con lo que se le formaron algunas arrugas en la comisura de la boca—. Cuando estuve en la librería, charlé un rato con el librero. Vicente se llama, ¿no? —Volví a asentir—. Me contó que estaba muy contento contigo y me habló de esa capacidad tuya de darle a cada persona el libro adecuado. Eres como la protagonista de uno de estos libros de realismo mágico. Posees magia.

Sus palabras me conmovieron tanto que se me formó un nudo en la garganta. ¿Magia, yo? ¿Desde cuándo? Siempre había pensado que para poseer magia uno necesitaba ser especial, y tiempo atrás me habían dejado claro lo mediocre que era. No obstante, en ese momento, Rosario me miraba con esos ojos enormes debido a las gafas y podía apreciar su admiración y cariño, que esas palabras que me dedicaba le salían de muy adentro y que las sentía ciertas. En otra época habría bajado la cabeza, nerviosa, y habría balbuceado. Pero ya no deseaba eso en mi vida, sino aceptar lo bonito que la gente me decía y hacerlo mío.

—Muchas gracias, Rosario. Es muy amable. Supongo que no se me da mal eso de recomendar los libros adecuados —contesté, sorprendiéndome. No pude contener una sonrisa. Alargué una mano y tomé la de la anciana—. Por cierto, le he traído unas pastas. —Puse sobre la mesa el envoltorio que todavía llevaba en la otra mano.

—Harás que engorde —se quejó en broma. Abrió el paquete y miró las pastas con gesto goloso—. ¡Qué buena pinta! Voy a preparar café.

Me ofrecí a ayudarla y lo hicimos juntas. Ella tenía una máquina de cápsulas que le había regalado su hijo en las últimas Navidades y, de inmediato, los cafés estuvieron listos. Regresamos al salón con las tazas, los platitos y las cucharas. Rosario probó una pasta y cerró los ojos, saboreándola.

—En esto también dejas parte de ti, ¿verdad?

Me eché a reír. Volvía a mencionar el libro. La protagonista de *Como agua para chocolate* poseía el don de transmitir sentimientos y emociones a través de sus platos.

—¿Y qué puede encontrar en estas pastas de mí, Rosario? —pregunté, siguiéndole el juego.

—Que eres muy joven y bonita para tener miedo al amor —replicó ella, dejándome con la boca abierta.

No atiné a contestar. Esa mujer era muy lista, había vivido demasiado. En unas pocas visitas y conversaciones me había calado.

—Disculpa que lo haya soltado así, pero los mayores ya no tenemos filtro y nos sabe mal ver que los jóvenes dejan pasar la vida sin disfrutarla. —Se limpió los labios con una servilleta y, al ver que no le decía nada, continuó—: Me fijé en cómo actuaste la primera vez que viste aquí a Diego. Es un joven muy guapo y seguro de sí mismo, ¿no? A veces, ese tipo de personas echan para atrás.

—No es por eso, Rosario —mascullé, un poco seria.

—Siento haberte molestado, hija… —respondió ella, algo confundida.

—No, no, si lleva usted razón. —Sacudí la cabeza, molesta conmigo—. Me da miedo el amor. Bueno, todavía me dan miedo muchas cosas.

Rosario me alargó una pasta y yo la tomé con una pequeña y tímida sonrisa.

—Si te soy sincera, a mí no siempre me fue bien en el amor. Con mi marido, que en paz descanse, sí. Pero antes no. Por ese motivo tuve muchos problemas con mi familia… Ellos querían casarme con un hombre mayor que yo al que no amaba.

—¿Y llegaron a casarse? —le pregunté.

—Espera, espera. —Sonrió al ver que había despertado mi curiosidad—. A mis padres, ese hombre les parecía maravilloso: tenía un buen trabajo, era de familia bien. Sin embargo, no me atraía lo más mínimo. Durante nuestro noviazgo, no me gustaba cómo me trataba. Si al menos hubiera sido amable, cariñoso… No le parecía bien mi forma de ser, pensaba que no tenía mente ni actitud de señorita, ¡fíjate! Aunque mis padres opinaban lo mismo. Una vez, mi madre me dijo que yo tenía que acatar todo lo que me dijera ese hombre, que las mujeres habíamos nacido para agradar. Me puse hecha una furia. Con el paso de los años recapacité; eran otros tiempos, no podía culparla porque la habían educado así.

—No se crea, que hoy en día aún hay gente que piensa de ese modo —intervine. Me observó con los ojos entrecerrados y traté de disimular bebiendo café.

—La cuestión fue que se fijó la fecha de la boda, pero entonces conocí a José, mi difundo marido. Me enamoré locamente de él, pero para mi familia era un perdido, un don nadie. Por aquella época, José era un joven pintor desconocido, pero así como Diego... Quiero decir, guapo y con aplomo, muy interesante. Empezamos a vernos a escondidas. Nunca hicimos nada, ni siquiera nos besamos... Como mucho, nos cogíamos de la mano, pero eso era toda una vida para nosotros.

Rosario hizo una pausa para morder su pasta, aunque sabía que quería despertar mi interés. Me incliné un poco hacia delante.

—Mi prometido se enteró y fue a hablar con mis padres. Me prohibieron ver a José, pero una noche me escapé para encontrarme con él. —Cogió aire y suspiró—. Al parecer, aquel hombre me vigilaba, porque me detuvo a mitad de camino e insistió en que a mi padre le había pasado algo grave. Le creí. No me llevó a mi casa, sino a la suya. Quise irme, pero me pegó una bofetada muy fuerte.

—¿Y qué pasó? —pregunté, sorprendida y asqueada.

—Intentó forzarme y me llamó puta. Había bebido. Pero, aún hoy no sé cómo, logré escapar. Llegué a mi casa con el abrigo roto y la camisa rasgada. Mi padre se puso hecho una furia. Con vergüenza y miedo, les conté lo sucedido. Mi madre siguió diciendo que debía casarme con él, y más después de lo ocurrido. A los pocos días, mi prometido se presentó en casa para contarles que me veía con otro. Mi madre me dijo de todo y me abofeteó. Mi padre, al principio, la apoyó. Pensé que mi vida se acabaría, que tendría que casarme con ese hombre horrible y que jamás volvería a ver a José. Pero los milagros existen, Tina. Mi tía se puso enferma y mi madre tuvo que ir unos días a cuidarla. Mi padre y yo nos quedamos solos en casa, y una de esas noches en las que no podía parar de llorar pensando en José, mi padre entró en mi dormitorio con algo de dinero y me dijo que hiciera las maletas. Creí que estaba echándome de casa, pero entonces dijo: «No quiero que ninguno de mis hijos sea tan infeliz como yo». Y me fugué. Me ayudó, por eso nunca le pregunté por qué no era feliz, ya que sabía que para él era una profunda vergüenza. José y yo nos vinimos de Valencia a Madrid y lo demás ya lo conoces.

—¿Y qué pasó con sus padres?

—Pasaron años hasta que volví a verlos. No vinieron a la boda. Mi padre, a veces, me mandaba cartas con un poco de dinero y yo tenía claro que lo hacía a escondidas. —Esbozó una sonrisa nostálgica—. Años después, José empezó a ganar bastante con su arte y entonces mi madre se enteró y contactó conmigo. Ya no le parecía tan malo para mí...

—¿Y qué hizo usted?

—¿Qué iba a hacer, hija? Perdonarla. Al fin y al cabo, era mi madre.

—Su padre fue un ejemplo a seguir —comenté.

—Es cierto —coincidió—. Con esto quiero decirte que no todos los hombres son malos.

—Eso lo sé, Rosario.

—Y también que en el amor no hay que sufrir. Sufrir depende de otras cosas, pero no del amor. Depende de la obsesión, un apego que no es sano, que a veces aparece porque no es la persona correcta. Duele por orgullo o por indiferencia.

Sopesé sus palabras y, a continuación, esbocé una sonrisa que ella me devolvió. Sentía que esa mujer, en cierto modo, me entendía. Que con todos sus años de sabiduría y experiencia comprendería todo lo que le contara.

—¿Me pasa otra pasta? —le pedí—. En una ocasión, mi exmarido me dijo que no comiera mucho para no engordar, porque todas las mujeres de su círculo eran delgadas y bonitas.

—¡Ese tipejo no entendía nada! Con lo bien que viene por las noches agarrarse a una mujer. Y lo hermosas que son las curvas. —Rosario me tendió los dulces y yo tomé uno bien cargado de chocolate—. Eso, eso, ¡que estás muy delgada! Así coges unos kilitos. Aunque bueno, lo importante es estar sana, y todas las mujeres somos bonitas a nuestra manera.

No me preguntó sobre mi matrimonio. Rosario podía ser charlatana y curiosa, pero también sabía dejar espacio. Esa era otra de las cosas que me gustaban de ella y por las que me sentía bien a su lado. Charlamos un poco más acerca de su marido y de su arte, y luego me leyó alguno de sus pasajes favoritos de *Como agua para chocolate*.

—Escucha, escucha este —dijo, y comenzó a leer, emocionada—: «Todos nacemos con una caja de fósforos adentro, pero que no podemos encenderlos solos... necesitamos la ayuda del oxígeno y una vela. En este caso el oxígeno, por ejemplo, vendría del aliento de la persona que amamos; la vela podría ser cualquier tipo de comida, música, caricia, palabra o sonido que engendre la explosión que encenderá uno de los fósforos. [...] Si uno no averigua a tiempo qué cosa inicia esas explosiones, la caja de fósforos se humedece y ni uno solo de los fósforos se encenderá nunca».

Con cada una de esas palabras, algo en mí fue encendiéndose como los fósforos. Quería volver a pasar un rato con mi vecino, independientemente de lo que hiciéramos. Quizá solo hablar de nuestra vida, nuestras pasiones y nuestras manías. Quería conocerlo más, entenderlo, crear un vínculo. Movida por un impulso, le pregunté a Rosario:

—¿Cree usted que debería proponerle a Diego salir a tomar algo?

La anciana cerró el libro y me miró con las cejas arqueadas y un gesto divertido.

—Claro, reina. Sois jóvenes y hay que disfrutar, y él últimamente no lo hace mucho.

—Pero Hugo...

—Hugo puede quedarse conmigo y con Juanito. Diego pasa bastante tiempo con él y necesita airearse. Hoy se han ido al zoo.

Sentí un pinchazo en el pecho. Esa mujer sabía mucho más

de Diego que yo. Enseguida me dije que no fuera tonta, que era normal. Vivían allí desde hacía tiempo y habían trabado amistad. Pero ¿por qué a mí me costaba tanto?

Al cabo de un rato, me despedí de Rosario. Antes de salir por la puerta, me acarició una mejilla con cariño y me sonrió.

—Eres una chica estupenda, Tina. Y Diego también, claro. Pero nunca lo he visto con novia. Antes por el trabajo, ahora por Hugo... En fin, reina, ya eres una mujer adulta y sabrás cuidar de ti.

Estuve a punto de decirle que hubo un tiempo en el que no supe hacerlo. Pero ya no me sentía tan débil como antaño. Regresé a mi piso con las palabras de Rosario rondando por mi cabeza. Ni siquiera tenía claro qué buscaba en Diego. Por aquella época intentaría convencerme de que solo quería encontrar una mano amiga, pero los deseos, a veces, no llegan como uno espera o quiere.

Me arreglé un poco y estuve atenta por si los oía llegar. Serían las seis de la tarde cuando el ascensor se detuvo en nuestra planta y, segundos después, la vocecilla emocionada de Hugo se colaba por el silencio del edificio. Esperé un rato y, cuando creí que ya había pasado suficiente tiempo, salí y llamé a su timbre. Me abrió Diego con el cabello húmedo, haciéndole un nudo a una corbata azul que le quedaba francamente bien, al igual que el resto del traje. ¿Adónde iba tan arreglado? Al verlo así me quedé sin palabras, a pesar de que había practicado lo que quería decirle: «¡Hola! ¿Qué tal? Mi hermana me ha dicho que han abierto una nueva vinoteca, y como sé que te gusta el vino, tal vez te apetezca que nos pasemos un rato». No era cierto, pero me había encargado de buscar alguna que estuviera bien por internet.

—¡Tina! —exclamó, y me dedicó una mirada nerviosa—. Oye, esto es el destino...

Guardé silencio sin entender nada y él apretó los labios, algo dubitativo.

—Iba a pedírselo a Rosario, pero tal vez contigo esté mejor. A Hugo le encantas...

—¿El qué? —pregunté sorprendida.

—Necesito ir a un sitio al que no puedo faltar ni llevar a Hugo. —Echó un vistazo al reloj y resopló—. Mierda, voy de culo.

No atiné a reaccionar. Se puso la chaqueta y juntó las manos en señal de súplica.

—¿Te importa, Tina? Tardaré un par de horas, quizá un poco más. Pero a la hora de la cena espero estar aquí. —Como yo no decía nada, puso cara de preocupación—. Joder, perdona, seguro que ya tienes plan. ¿Venías a algo?

Abrí la boca, pestañeando como una estúpida.

—No, nada, solo que Rosario me ha contado que habíais ido al zoo y era para preguntaros qué tal —mentí.

—¡Ah! Hugo se lo ha pasado genial. —Volvió a echar un vistazo al reloj, sin apenas prestarme atención—. Entonces, Tina, ¿te importaría cuidarlo un rato?

Acabé asintiendo. ¿Qué podía hacer?

—¿Prefieres quedarte aquí o te lo llevas a tu casa?

Diez minutos después Diego me traía a Hugo a mi piso con una mochila llena de cuadernos para colorear y algún juguete que otro.

—Muchas gracias. —Parecía algo nervioso y no pude evitar preguntarme adónde iba con tanta prisa y tan elegante—. Te debo una. En serio, piensa en algo y me lo pides. —Se acercó y me dedicó una pequeña sonrisa.

Y yo, hambrienta, aspiré su aroma con los ojos cerrados en esa milésima de segundo en la que se había acercado. Al abrirlos, ya se perdía por las escaleras, y me quedé allí plantada, con un montón de pensamientos circulando por mi cabeza. ¿Tendría una cita? ¿Con una mujer? Iba muy arreglado, estaba muy guapo, y se había echado bastante perfume. A lo mejor iba a culminar con otra lo que no había ocurrido conmigo. Pero... ¿y Hugo? ¿Cómo se atrevía a dejar al pobre niño de esa forma por un polvo rápido? Después de lo que me había confesado y ahora actuaba de ese modo... «Vamos, Tina, que tampoco sabes lo que ocurre. A lo mejor es algo relacionado con el trabajo», me dije. En cualquier caso, tenía que darme igual. Que hiciera lo que quisiera. Lo único que sabía era que mis planes se habían esfumado en un pispás y me sentí algo decepcionada.

Pasé la tarde jugando, coloreando y escuchando los relatos emocionados de Hugo acerca del zoo. Llegó la hora de la cena y Diego no apareció. Entonces empecé a enfadarme un poco. Le preparé al niño un poco de sopa y una pechuga a la plancha. Lo primero se lo comió con ganas y lo segundo no lo quiso, y encima se enfadó mucho cuando intenté dárselo. Entendí, en cierto modo, lo duro y difícil que era para mi vecino y que necesitara salir de vez en cuando. Aun así, estaba molesta porque me había endosado al chiquillo. «¿No querías hacer lo mismo con Rosario?», volví a oír la voz que se parecía a la de mi hermana hablándome con retintín.

Poco después oí pasos y voces en el rellano. Me acerqué a la puerta disimulando y miré por la mirilla. Me sentía como una fisgona, pero no pude evitarlo. Allí estaba Diego, acompañado de una mujer muy elegante. Noté una especie de remolino en el estómago y no me gustó la sensación. ¿Habría deseado ser yo esa mujer? No. Quizá. Sí.

No entendí lo que decían porque hablaban bajito, pero antes de que ella se marchara, Diego le cogió una mano y se la besó. ¡Maldito galán! Ella se rio. Él la acercó y la abrazó. Estaban muy juntos, ahí rozándose... «¡Basta, Tina! No soportas los celos, y, además, tu vecino no es nada tuyo.»

Segundos después, la chica entró en el ascensor y Diego se giró hacia mi puerta. Venía a por Hugo casi una hora y pico más tarde. Cogí aire y me preparé para recibirlo lo más tranquila posible. Aun así, el timbre me sobresaltó cuando sonó cortando el silencio.

14

Estuve evitando encontrarme a Diego en el ascensor, aunque no tenía muy claro por qué lo hacía. Me levantaba más temprano y me marchaba antes de que pudiera cruzármelo. Le envié un mensaje sugiriéndole que iría a recoger a Hugo al autobús, que no era necesario que me lo trajera. De esa manera solo coincidíamos cuando pasaba a por él después de la clase: le daba la mochila, le explicaba rápido lo que habíamos hecho y casi le cerraba la puerta en las narices.

¿Que qué había ocurrido esa noche, cuando regresó de su cita? Realmente nada. Le abrí y me excusé con que tenía que hacerme la cena y acostarme pronto. Antes de cerrar, me fijé en su cara de sorpresa, pero, como estaba algo molesta, ni me importó.

Había pensado algún día más en él, por supuesto, aunque decidí centrarme en lo mío, que en esos momentos era la librería. Todavía no habíamos conseguido que Espinosa acudiera a firmar, así que decidimos averiguar si a algún autor novel de Madrid le interesaba venir. Por otra parte, nos había contactado una chica que había publicado un libro infantil y se me ocurrió proponerle que se ocupara del cuentacuentos. Vino a la librería a conocernos y me pareció muy cercana y cariñosa. De esa forma, le dábamos una oportunidad. Acordamos hacerlo el primer sábado de noviembre por la mañana, para que no coincidiera con el club de lectura.

—Te lo agradezco mucho, de verdad. No sabes lo complicado que es este mundillo. Y mira que los libros infantiles se venden bien, pero aun así…

—No me lo agradezcas a mí, sino a él, que es el dueño. —Le señalé a don Vicente, que movió una mano como restándole importancia.

—Pero la idea de hacer este tipo de actividad se le ocurrió a ella —respondió el hombre, con su sonrisa bonachona.

La chica se fue muy contenta, y yo empecé a gestionar el pedido de los libros para que llegaran a tiempo. Me fijé en que el librero estaba pensativo.

—¿Le ocurre algo?

Él negó con la cabeza y me miró con ojos brillantes. Parecía emocionado.

—Estas cosas me recuerdan a mi Marta. Ella también despertaba ilusión en la gente, tanto en autores como en lectores.

Esa primera semana de noviembre Diego no me trajo a Hugo para las clases. Al principio me envió un mensaje diciéndome que tenía unas actividades extraescolares ineludibles. No me lo creí del todo. Quizá le había molestado mi actitud y había decidido buscar otra profesora. Ya no tenía que venir a recoger a su sobrino, y entonces me di cuenta de que, a pesar de todo, me apetecía verlo y que me había engañado a mí misma. Por eso me dije que ya bastaba de juegos y enfados tontos, que era mayorcita, y decidí volver a salir por las mañanas a la misma hora que antes.

El miércoles, mientras esperaba el ascensor, se abrió la puerta de mi vecino y apareció Hugo con carita de sueño. Al verme, se espabiló y no dudó en lanzarse a mis brazos.

—¡Tinaaaa!

En poco tiempo había cambiado mucho conmigo y eso me emocionaba. Ya no estaba tan serio ni tan triste. Seguía oyéndolos discutir, eso sí, aunque quizá menos. Sin embargo, con lo que me contaba el niño sobre sus amigos de clase y su maestra, me parecía que se estaba abriendo a mí.

En ese instante, con Hugo todavía agarrado a mi cintura, apareció su tío. No pude evitar morderme el labio inferior, como una de las heroínas de novela romántica que le gustaban a Rosario. Ahí estaba con su traje, su camisa perfectamente planchada, el pelo un poco engominado, pero no excesivamente, con lo que le quedaba natural, sus pequitas, esa piel de aspecto cremoso. ¿Por qué tenía tan buen aspecto de buena mañana? Era injusto. Yo iba tapada casi hasta las orejas, con una gruesa bufanda y un gorrito de lana, además de mi adorado abrigo multicolor. ¿Él no tenía frío?

Al verme, frunció el ceño y ese gesto no me gustó. Sin embargo, de inmediato se corrigió y esbozó esa sonrisa —cordial— que yo tanto había echado de menos.

—Buenos días —me saludó.

—Buenos días —respondí—. ¿Qué tal?

Para mi sorpresa, llamó al niño con un «Vamos, campeón» y me dejó con la palabra en la boca. En lugar de esperar el ascensor junto a mí, se dirigió a las escaleras.

—Hasta luego, vecina.

Antes de que pudiera reaccionar, desapareció. El ascensor se abrió y entré confundida. Segundos después, molesta.

—¡Será capullo! —exclamé a la imagen que me devolvía el espejo.

De camino a la librería, mientras pedaleaba con el aire helado de Madrid azotando mi cara, me convencí de que, en el fondo, no podía enfadarme porque mi vecino no había hecho nada. Me había saludado y se había despedido como una persona educada. ¿Que yo había intentado entablar conversación como antes y había pasado de mí? Sí, pero quizá se debía a mi comportamiento. A lo mejor me lo merecía. O quizá no le importaba y lo de aquella noche fue un divertimento más, una pieza más de su puzle.

Aun así, cuando llegué a la librería caí en la cuenta de que había ocurrido lo mismo que en ocasiones anteriores, cuando coincidíamos en el ascensor: se había formado una tensión electrizante en el ambiente y estaba claro que no solo provenía de mí.

El cuentacuentos no funcionó como había pensado. Solo vinieron dos madres y un padre con sus respectivos niños. Aprecié la desilusión en el rostro de la autora, aunque se esforzó por aparentar que no ocurría nada y logró que los niños se divirtieran. Cuando terminó, la llevé aparte y me disculpé.

—No te preocupes, estas cosas son así —intentó tranquilizarme ella.

Sin embargo, supuse que no querría volver, que buscaría otra librería en la que lograran congregar a muchos niños y padres dispuestos a comprarles el libro.

Me pasé el resto de la mañana atendiendo a los clientes bastante distraída. Don Vicente reparó en mi actitud, por supuesto, pero esperó a la hora de cerrar para interceptarme.

—¿Estás bien, Tina?

—Claro.

—No, la verdad es que no lo estás —me contradijo. Giró el cartelillo de ABIERTO a CERRADO y echó la llave—. ¿Va todo bien en casa?

Supuse que mi padre le habría contado algo acerca de mi vida anterior. No se lo reprochaba. Todavía tenía miedo a que recayera. En ocasiones, me sentía inquieta, pero en los últimos tiempos me parecía tener más fuerzas, más valentía.

—Todo va bien —respondí, y le di la espalda para colocar unos libros en su sitio. La vista se me fue al estante donde estaban los ejemplares de la autora del cuentacuentos. Quizá había pedido demasiados. Tal vez no había sabido gestionar la actividad.

—Es por esto, ¿verdad? —El librero cogió uno de los libros y lo hojeó. Luego se bajó las gafas para mirarme. Era observador y audaz.

—Pensé que iría de otra forma —contesté, y volví a girarme.

—¿Cómo debería haber ido? —inquirió él con sus ojillos vivaces.

—Pues mejor, con más gente. Me equivoqué, supongo. Pedí muchos libros, tendría que haber hecho más publicidad del evento, promover el boca a boca...

—Muchacha, el éxito en este mundo es muy relativo, ¿sabes?

—Lo sé. Es que me da pena que esa chica se haya marchado desilusionada.

—Bueno, así se dará cuenta de que no todo es un camino de rosas.

—¡Don Vicente! —exclamé—, qué pesimista es usted. Hay autores que consiguen un gran éxito desde el principio. —Crucé los brazos, pensativa—. Creo que con un buen marketing se pueden lograr muchas cosas.

Don Vicente suspiró ruidosamente y siguió observándome.

—Llevas razón, Tina. En este mundo, llenar librerías es muy complicado —dijo volviendo a romper el silencio—. No te dejes engañar por lo que te digan o veas por ahí. Solo unos pocos privilegiados pueden pasarse horas firmando. Y esos van a grandes superficies y es comprensible, Tina, porque el mundo de la literatura es precioso, pero también es un negocio.

—¿Sabe qué? Hace años dejé el trabajo de mi vida porque no lo hacía bien y no me atreví a seguir con las oposiciones.

—Si era el trabajo de tu vida, ¿cómo es posible que no lo hicieras bien? —objetó él, con el ceño fruncido.

—Bueno, otras personas y mi mente me convencieron de que no lo lograría —le confesé, acariciando el lomo de un libro—. Fue un error mío y ahora no me siento preparada para volver a ese mundo, pero, si le soy sincera, tengo energía para hacer muchas cosas aquí, en la librería. Usted y yo.

El librero esbozó una amplia sonrisa y sus ojos brillaron.

—Le dije que trataría de ayudarlo a que esta librería fuera como antes, cuando su esposa estaba aquí, y le prometo que seguiré intentándolo. En el próximo cuentacuentos esto se llenará, se lo aseguro. ¡Aunque tenga que pasarme horas fuera de la librería haciendo publicidad! —bromeé, y el hombre soltó una de sus potentes carcajadas.

—Muchacha, quizá cometieras un fallo en tu anterior trabajo, pero todos los cometemos. Y el verdadero error no es equivocarse, sino no aprender de ello.

—Creo que aprendí mucho —respondí.

—Entonces seguro que la gente que te rodea se siente muy orgullosa de ti. Mi Marta también tenía sus fallos, claro, pero siempre me decía que no debemos fingir ser personas perfectas, que en realidad nacemos para cometer errores y lo importante es actuar con valentía, aprender la lección y seguir avanzando.

Don Vicente me dedicó una última mirada tierna y luego se dio la vuelta. Pareció recordar algo, porque levantó un brazo al tiempo que se detenía.

—Esta tarde no puedo venir porque tengo que hacer unos recados.

—Si quiere, vengo yo a abrir...

—No. —Negó con la cabeza, aún de espaldas a mí—. Estarás cansada después de todo el trabajo que has hecho con lo del cuentacuentos. —Se giró y una sonrisa apareció entre su frondosa barba—. Tómate la tarde libre y descansa.

Cogí la mochila y me despedí hasta el lunes. En el trayecto de vuelta a casa, la pequeña molestia en mi pecho terminó por desaparecer. Las palabras de don Vicente y las mías —sobre todo las mías, demostrándome lo mucho que había avanzado— me habían hecho sentir bien. Disfruté del aire que azotaba mi cara, de la energía que necesitaba para pedalear y de la libertad que me ofrecía ir en bici. Estaba creando mi nueva vida, mi nuevo mundo. Después de tantos años creyéndome imperfecta e incapaz, volvía a reconocer que ser imperfectos es ser nosotros mismos y que, realmente, si me lo proponía, podía lograr lo que quisiera. Y si no, ¡no importaba! Lo volvería a intentar.

Nada más llegar a casa me quité el abrigo y saqué el móvil de la mochila para llamar a mi padre. Lo cogió cuando ya estaba a punto de colgar.

—Hola, pecosita —dijo en voz baja—. Estoy en una exposición de pintura con Carmen.

—Entonces te llamo en otro momento.

—¡No, no! Espera, que salgo. Carmen, ahora vengo —escuché que decía. Quizá el tono de mi voz le había preocupado porque, segundos después, me preguntó—: ¿Pasa algo?

—No, papá, estoy bien.

Durante unos segundos, mi padre guardó silencio al otro lado de la línea. Al fin, dijo:

—El cuentacuentos era hoy, ¿no? Habrá sido estupendo.

—En realidad han venido muy pocas personas, pero no pasa nada. Estoy segura de que el próximo funcionará mejor.

Y estoy pensando en participar. ¿Recuerdas, cuando trabajaba en el colegio, cómo me gustaba leer a los niños?

—Claro que me acuerdo, hija.

De nuevo el silencio inundó la llamada. Imaginé que mi padre, además de esa época feliz, también rememoraba aquella en la que todo empezó a torcerse. Pero yo no quería eso. Quería que volviera a sentir a su auténtica hija, la de antes de conocer a Mario. La que sonreía por todo, la que siempre veía el vaso medio lleno, la que no se dejaba intimidar por nada ni por nadie.

—Solo te llamaba para decirte que me siento muy bien. Estoy feliz, papá.

—Hija —dijo mi padre, y me acerqué más el teléfono a la cara—, me alegro mucho por ti. —En ese instante escuché una voz femenina a lo lejos—. Carmen me reclama. ¿Te importa...?

—No, claro que no. ¡Lo único que me importa es que aún no me la has presentado!

Mi padre se echó a reír bajito y me uní a él.

—Espero hacerlo pronto. Carmen es un poco tímida...

Colgué despidiéndome con un susurro y me dejé caer en el sofá. Por mi mente danzaban recuerdos, frases, miradas, reproches peligrosos. Me mordí el labio inferior al tiempo que cogía aire con los ojos cerrados. Al abrirlos, sonreí. Había conseguido lo que siempre me decía la terapeuta: que agarrara todos esos recuerdos, frases, miradas y reproches, hiciera una pelota con ellos y los usara no para sentirme mal, sino para luchar contra lo que no deseaba en mi vida.

Seis años antes

Tomás la llamó cuando ya estaba saliendo del colegio. Era uno de los compañeros con los que mejor se llevaba. La había ayudado mucho con las dudas de la oposición y cuando comenzó su andadura en esa escuela. Era cinco años mayor, así que tenía más experiencia.

—Tina, ¿te apetece que comamos juntos? —le preguntó al alcanzarla.

Cuando Tomás sonreía, ella se tranquilizaba. Le encantaba la forma de ser de su compañero y amigo y, siempre que tenían un ratito libre, comían juntos o tomaban algo y se ponían al día de sus clases y sus alumnos.

—Me sabe mal, pero hoy no puedo. Mario y yo tenemos que elegir la tarta para la ceremonia, ya sabes.

Tomás asintió y sonrió. Él no estaba casado, ni siquiera tenía pareja, y por la sala de profesores corría el rumor de que era gay. Ella no solía meterse en esas conversaciones ni en otros cotilleos, y le molestaba que cuchichearan sobre su amigo.

—¿Cómo lo lleváis? —se interesó.

—Es un estrés. Solo quedan tres meses y no veo la hora de que llegue ese día. Además, mi suegra es un poco cargante... —Bajó la voz, como si anduviera por allí.

Todavía recordaba el momento en que Mario le pidió que se casara con él. En cierto modo, no fue una sorpresa porque sabía lo tradicionales que eran tanto su familia como él. Sin embargo, pensó que tardaría más. Mario le insistió en que estaba completamente seguro de que era la mujer de su vida y que no la dejaría escapar. Le pidió matrimonio durante una fantástica velada. La llevó a cenar a uno de los mejores restaurantes de Madrid —tan caro que, cuando llegó la cuenta, sumaba casi la mitad de su sueldo, algo a lo que aún le costaba acostumbrarse— y, en los postres, se levantó y se arrodilló delante de ella. Se puso tan roja que pensó que iba a explotarle la cara. Le rogó, entre susurros, que se levantara, pero él sacó una cajita y le mostró un pedazo de anillo que quitaba el hipo. Ella nunca se había dejado llevar por esas cosas, los lujos le daban igual, pero sintió algo similar al orgullo al ver las caras de envidia de algunas mujeres en las otras mesas.

No se lo pensó mucho y le dijo que sí. Mario la tomó en brazos y le dio vueltas mientras la besaba. Los demás clientes acabaron aplaudiendo y a ella le pareció que se habían metido en una película romántica. Con Mario, todo era siempre a lo grande, estirado al máximo... tanto lo bueno como lo malo. Sí, había cosas malas, pero ella se convencía una y otra vez de que todas las parejas pasaban por altibajos. Por su parte, a Diana no le hizo mucha gracia saber que iban a casarse. Le insistió en que se lo pensara: que si era muy joven, que no llevaban tanto saliendo juntos, que iban demasiado rápido, que pertenecían a mundos diferentes, que él a veces era un poquitín controlador...

Tina pensó en ello y se dijo que seguramente se debía a cómo lo habían educado sus padres. Mario le había contado que estuvieron ausentes durante casi toda su infancia debido al trabajo, pero que siempre le exigieron muchísimo. Sintió lástima por él y llegó a la conclusión de que lo que tenía era miedo a quedarse solo y que necesitaba más cariño que los demás.

Desde que se habían prometido, su suegra había intentado meterse en todo. A ella le entraba rabia, pero Mario le había suplicado que la dejara hacer y así ellos estarían más tranquilos. Tina nunca había soñado con una boda por todo lo alto, pero al final había entendido que, con su futuro marido y su familia, no había otra opción.

Tomás y ella charlaron un poco más sobre los preparativos y, de repente, un coche les pitó. Tina giró la cabeza y se topó con el Porsche de Mario. Habían quedado en que pasaría a buscarla para comer algo rápido e ir a elegir la tarta. Ella se alegró muchísimo de verlo y alzó un brazo para saludarlo. Después, le dio un abrazo a Tomás y, finalmente, se dirigió hacia el coche. Cuando entró, la sonrisa se le borró de golpe, ya que Mario parecía enfadado.

—¿Ocurre algo?

—Llevo diez minutos esperándote —le espetó él.

—¿Por qué no me has llamado?

Mario le dedicó una mirada que la hizo sentir incómoda.

—Siento haberte hecho esperar —se disculpó en voz baja.

Durante la comida Mario apenas abrió la boca ni opinó demasiado mientras intentaban elegir la tarta. Tina se molestó un poco y lo dejó caer cuando volvieron al piso. Esperaba que él le pidiera perdón, pero no lo hizo.

—Mira, Tina, con la cantidad de trabajo que tengo, he salido antes del estudio haciendo un esfuerzo porque te empeñaste en que te acompañara a lo de la puñetera tarta. Y tú, en lugar de ser puntual, te quedas hablando con tu amiguito.

Tina sabía que a Mario no le hacía gracia Tomás, aunque no llegaba a entender los motivos. Diana le había dicho más de una vez que su novio era uno de esos tíos que no soportaba que su pareja tuviera amigos de sexo masculino, y ella le respondió que no podía ser porque él tenía amigas, a lo que su hermana soltó un bufido de exasperación, como diciéndole que no podía ser más tonta.

—Creía que aún no habías llegado —se defendió.

—Y, para colmo, le das un abrazo.

—Así que es eso... —Tina esbozó una sonrisa y se acercó a Mario—. ¿Estás celoso? —Trató de abrazarlo, pero él se zafó de malas maneras y ella lo miró preocupada—. ¿Qué?

—Ese tío quiere follarte.

—¡Mario! —exclamó enfadada—. No me hables así.

—¿Acaso no es verdad? No te hagas la tonta, como si no te hubieras dado cuenta... O quizá es que quieres que lo haga.

Se quedó sin palabras, tanto por el tono de voz como por la forma en que la miraba, igual que la noche de la falda, que todavía recordaba. Mario la dejó en el piso con la excusa de que debía adelantar trabajo y le dijo que no lo esperara a cenar. Ella tampoco probó bocado, y si no lloró fue porque en esa época todavía guardaba algo de orgullo y fuerza. Sin embargo, perdió un poquito de dignidad cuando él regresó sobre las doce de la noche y, sin explicarle dónde había estado, se metió en la cama desnudo y empezó a acariciarla y a besarla. Cuando él la tocaba de ese modo, Tina se sentía débil. Le ardía el cuerpo, vencía todas sus resistencias. Lo deseaba tanto, a pesar de todo. Él le susurró al oído que la quería y, en cuanto se coló en su interior, ya no pudo pensar en nada más.

Semanas después lo encontró con su teléfono en las manos y le preguntó que qué hacía. Mario disimuló. Discutieron una vez más, y él volvió al tema de Tomás. Le gritó que no le parecía bien que tuviera amigos como ese cuando iba a casarse con él. Tina se largó dos días a casa de su padre, pero, cuando Mario fue a buscarla, regresó como la polilla vuela hacia la luz. En el fondo, algo le decía que estaba cerca de quemarse, pero no podía hacer otra cosa.

Los meses anteriores a la boda no sucedió nada más. Mario se mostró más cariñoso y encantador que nunca, incluso en una ocasión fue a comer con ella y con Tomás. El día de la boda fue uno de los más felices para Tina. Quizá el último.

Un par de meses después de contraer matrimonio empezó un nuevo curso y a Tina le tocó un niño complicado en clase. A las pocas semanas tenía quejas de los padres y ella comenzó a frustrarse, a pensar que no estaba haciendo bien su trabajo. Cada vez que pasaba algo, se lo contaba a Mario. Años después entendería que, con eso, solo contribuía a los planes de su marido de tenerla bien atadita. Porque, además, poco a poco él se fue convirtiendo en alguien totalmente distinto: controlador, obsesivo, serio, celoso. Mario siempre le echaba la culpa, y ella iba cayendo en una espiral de la que tardaría mucho en salir. Para más inri, las oposiciones se acercaban y no se veía preparada. Con el niño seguía sin avanzar y empezó a deprimirse. Se le juntaba todo y cada vez estaba más hundida. Una mañana de un sábado cualquiera, Mario se sentó a hablar con ella como un padre lo habría hecho con su hija, de forma condescendiente. Pero eran un matrimonio; deberían haberse tratado como iguales.

—Tina, he estado reflexionando y quizá deberías dejar el trabajo.

Ella lo miró atónita, sin entender por qué le decía aquello.

—Piénsalo, no estás bien. A lo mejor no es lo tuyo. Lo único que haces es preocuparte y sufrir. Un trabajo que te gusta no debería hacer que te sintieras así.

—Me encanta enseñar a los niños —trató de defenderse, con lágrimas en los ojos.

—Lo sé, cariño. —Mario la tomó de las manos y esbozó una de sus antiguas sonrisas, esas que lograban serenarla—. Pero, en ocasiones, que algo nos encante no significa que sea suficiente. No digo que lo dejes para siempre, sino por un tiempo, hasta que te encuentres mejor. Al final caerás en una depresión, y eso no me lo perdonaría jamás. —Le acarició una mejilla—. No necesitamos el dinero. Puedes quedarte en casa una temporada y hacer otras cosas que te gusten, como cocinar —le dijo, y ella dibujó una pequeña sonrisa.

—No sé, Mario. Estoy esforzándome mucho con las oposiciones y me gusta esa escuela. Quizá solo sea un bache...

—Tal vez deberías aparcar también las oposiciones. Es muy duro, Tina, y ahora necesitas relax. —Le besó el dorso de la mano—. Piénsalo, cariño.

Semanas después, en una de las clases, Tina perdió los papeles y los padres amenazaron con denunciarla. Después de la conversación con Mario, había estado pensando sobre ello y sus nervios cada vez iban a más, pero el incidente con el chiquillo fue la gota que colmó el vaso. Pasaba las noches llorando, tenía pesadillas y se ponía histérica cada vez que llegaba la mañana y debía ir a la escuela. Mario no había vuelto a mencionarle lo de dejarlo, pero no lo necesitaba, porque ya había plantado su semilla. Cuando llegaba del trabajo y la encontraba llorando o sobrepasada, le echaba unas miradas que no necesitaban palabras.

No terminó el curso. Fue al médico y este le extendió una baja por estrés laboral. Antes de que empezara el siguiente año académico, abandonó su puesto. También aparcó las oposiciones. Durante un tiempo se dedicó a levantarse tarde, a vagar por el enorme piso con una aplastante sensación de soledad y a comer un montón de chocolate. Engordó varios kilos y, como percibía las miradas de Mario, decidió que debía adelgazar. No volvió a quedar con Tomás, a pesar de que este le mandó algunos mensajes. Quizá estaba enfadado, ya que en el último le dejó claro lo defraudado que se sentía con ella por haberse ido de la escuela.

Poco a poco, se sintió mejor y comenzó a cocinar. A veces le llevaba sus platos a Diana o a su padre, ya que Mario comía en el estudio y, por las noches, solo cenaba ensalada o fruta. Decía que quería mantenerse en forma y no engordar. Cuando el médico le dio el alta, Tina le planteó a su marido una idea que se le había ocurrido: un negocio de dulces. Él la miró con el ceño fruncido y esbozó un gesto burlón.

—Cariño, me encanta cómo cocinas y lo sabes, pero tanto como para eso...

Tina ni siquiera replicó. Se comió su rabia y se tragó las lágrimas porque a Mario le molestaba verla llorar, y continuó cocinando para su familia y para ella.

Años después se reprocharía una y otra vez el haber estado tan ciega como para llegar a ese punto, y daba gracias de no haber tenido hijos —aunque él se lo había propuesto una y otra vez y eso había provocado más discusiones— porque entonces le habría resultado mucho más difícil abandonarlo.

15

Me pasé el resto del fin de semana cocinando y leyendo sentada en la butaca de mi rincón favorito. Esas dos actividades me animaron y, además, después de luchar contra los recuerdos estaba más tranquila y veía las cosas en perspectiva.

El lunes me levanté animada y decidí ir a tomar un agradable desayuno antes de entrar al trabajo. Eché un vistazo a la puerta cerrada de mi vecino. Suspiré y bajé las escaleras sin haber podido borrar aún las últimas imágenes de mi retina.

Mi hermana me había hablado muy bien de una cafetería y me apetecía probar sus dulces. «Aunque sigues preparando los mejores postres, sé que te gustará», me dijo. Se llamaba The Little Big Café. Cuando llegué, aunque era muy pronto, ya había bastantes clientes esperando porque el local no era muy grande. Me gustó su estética natural y la vitrina del mostrador, que ofrecía una interesante selección de bizcochos, tartas caseras y *cookies*, de inspiración anglosajona, sin duda.

Esperé unos diez minutos y, cuando me tocó el turno, reparé en que había una mesa libre al fondo del local. Por suerte, la mayoría de los clientes se marchaba con un café. Me atendió una simpática y sonriente joven y, después de haber dudado mucho en la cola, me decanté por un cappuccino y una tarta de zanahoria que tenía buena pinta —vale, quería compararla con la mía—. La saboreé despacio, mirando a través de la ventana el maremágnum de personas que empezaban su día como yo. No era por presumir, Diana llevaba razón: la tarta estaba muy buena, pero me gustaba más la mía, y me dio la impresión de que yo mezclaba mejor los ingredientes. «Podrías haber abierto un negocio como este», dijo la vocecilla de tiempo atrás que se empeñaba en traerme malos recuerdos o reprocharme mis decisiones. Di un buen trago al cappuccino para deshacerme de ella. «¡Aún puedes abrirlo, nunca es tarde!», exclamó la voz, cada vez más parecida a la de mi hermana. Sonreí. Si estudiaran mi mente, seguro que se llevarían una sorpresa.

De camino a la librería, parada en un semáforo, flotó hasta mí desde un coche una de mis canciones favoritas de juventud, *A quién le importa*, de Alaska y Dinarama, y me pasé todo el trayecto en bici tarareándola. Llegué a la librería muy contenta y con diez minutos de antelación, a pesar de haberme parado a desayunar. Al empujar la puerta, me di cuenta de que don Vicente aún no había llegado.

Cinco minutos después apareció el librero con sus andares lentos y pesados. Estaba bastante gordinflón, así que pensé que, si le llevaba más dulces, se los prepararía sin azúcares ni grasas. Se sorprendió al verme allí quieta y me saludó con su habitual simpatía:

—¡Qué madrugadora, muchacha!

Esa mañana entró una madre muy preocupada porque a su hijo no le gustaba leer. En el instituto le habían dicho que se mostraba muy reacio a todas las lecturas que le proponían. Al escucharla me imaginé lo que querrían que leyeran los chiquillos y los adolescentes, pues en muchas escuelas e institutos les mandaban lecturas obligatorias que para ellos no eran nada atractivas. No es que yo estuviera en contra de los grandes clásicos, por supuesto, pero cada libro tenía un lector, una edad, incluso un momento de la vida.

—¿Su hijo nunca coge un libro? —le pregunté a la mujer, que me rogaba que le recomendara algo.

—¡Nunca! Y encima su padre le mete tonterías en la cabeza. Fíjese que para su cumpleaños le regaló una biografía de Messi. ¡Ese sí que lo devoró, sí!

—Pero eso también es leer, señora.

Ella me miró como si yo fuera una extraterrestre y arrugó el ceño.

—¿De verdad lo cree? —inquirió.

—¿Qué lee usted?

Se puso roja, así que de inmediato adiviné que era ella la que en realidad nunca cogía un libro, fuera del tipo que fuera. La dejé un momento para ir a buscar algo que sedujera a su hijo. Encontré uno que me pareció perfecto para que ella no pudiera reprocharme nada. Se titulaba *El sueño de Iván*, y narraba la historia de un chico que formaba parte del primer equipo de la historia que fue a enfrentarse a un equipo de fútbol profesional para recaudar fondos por un terremoto. Se lo expliqué a la señora y ella torció los labios en señal de disgusto.

—¿No tiene nada más literario?

—¿A qué se refiere con literario?

—Algo como... el *Quijote.*

—Le podría buscar alguna edición adaptada de la novela de Cervantes, pero creo que a su hijo le gustará más este libro. Se sentirá identificado con el protagonista, que es un chico de su edad que no solo habla de deporte, sino también de su primer amor o de cómo relacionarse con sus compañeros de equipo.

La mujer cogió el libro y lo hojeó, lo miró, lo remiró, lo manoseó. Me observó dubitativa.

—Siempre he creído que el secreto para ser un gran lector es, simplemente, leer. Lo que sea, pero leer —le dije.

Diez minutos después cerrábamos la venta con un trato: si su hijo no le pedía más libros, devolvería ese. Yo acepté con una sonrisa algo nerviosa.

Cuando la mujer salió de la librería, fui a atender a otro cliente que deambulaba por allí, pero don Vicente apareció de la nada y me interceptó, con lo que reboté con su panza.

—Perdone.

—Mira a ver si ese hombre quiere algo y luego sube un momento a mi despacho y hablamos.

Mientras atendía al cliente, mi cabeza se llenó de miedo. Traté de convencerme de que todo iba bien. Subí la escalera de caracol despacio y, una vez arriba, me encontré con que don

Vicente me observaba muy serio. Sin embargo, sus palabras fueron por otros derroteros.

—Me ha gustado lo que has hablado con esa madre.

—Solo le he dicho lo que pensaba.

—Seguramente hoy ese chico se acostará leyendo contento. Lo que has hecho ha sido realmente bonito.

Me reí y, movida por un impulso, lo abracé. Al principio el librero se puso tenso, pero luego me dio unas palmaditas en la espalda.

—Bueno, bueno... ¿y si te pones manos a la obra con el club de lectura?

—Voy a moverlo por las redes sociales —le anuncié, corriendo hacia la escalera.

La librería ya tenía una cuenta de Facebook cuando yo llegué, pero llevaba mucho tiempo sin actualizarse y decidí crear otra de Instagram porque era la aplicación de moda. Desde entonces iba posteando fotos o subiendo *instastories*. Fotografié el libro del club junto a una madalena de chocolate que me había llevado para media mañana y lo posteé.

> Recuerda que este sábado comentaremos este delicioso
> libro de Laura Esquivel, *Como agua para chocolate*.
> ¡Te esperamos para pasar un rato de rechupete!

Por la tarde recibí un mensaje de mi vecino informándome de que esa semana tampoco tendría que darle clases a Hugo. Me enfadó un poco pensar que seguramente me estaba esquivando. Complicado, viviendo puerta con puerta, ¿no? Me obligué a no pensar en él —o a no pensar más de lo debido—, pero, aunque trataba de mantenerlo fuera de mi mente, me costaba.

Un día que libraba por la tarde, Diana se pasó por la librería y comimos juntas. Después me animó a acompañarla de compras. Nos pasamos tres horas en Zara, hasta que se decidió por una simple falda de tubo.

—¿Tú no vas a comprar nada? —me preguntó.

—No necesito...

—No me lo creo. —Arqueó las cejas—. Deberías renovar tu armario.

Acabé comprándome un bonito vestido de Desigual y unas medias de color azul que combinaban. Les echó un vistazo divertida. Sabía que Diana no se pondría algo así por nada del mundo, pero siempre había respetado mi estilo, como yo el suyo. Para descansar de la tarde de compras, fuimos a una cafetería. Me pareció que estaba demasiado callada, y eso era algo insólito. ¡Ni siquiera me había preguntado por Diego!

—¿Estás bien, Diana?

Pestañeó y desvió la vista de la ventana hacia mí. Dibujó una sonrisa que me pareció forzada.

—¡Claro! ¿Por qué lo dices?

—No me has pedido que te cuente lo que he hecho estos días.

Se echó a reír y bebió de su café. Luego cogió la cucharilla y jugueteó con ella de forma nerviosa.

—Últimamente, Jaime y yo discutimos mucho. Me está agobiando con lo de la boda.

—¿Quieres que hable con él?

Mi hermana me miró risueña. Como habíamos sido amigos desde pequeños, tenía mucha confianza con Jaime y sabía que podía reñirle o hablarle con sinceridad. En realidad, me sentía un poco mal porque también me había distanciado de él por culpa de Mario, pero Jaime no me lo tuvo en cuenta.

—Ya soy mayor, hermanita —respondió Diana—. Puedo solucionarlo sola, aunque me cuesta. Él dice que es por estrés, pero yo sé que se debe a lo otro.

—¿Todavía sigue luchando por el ascenso?

Diana asintió y suspiró. En el fondo, yo también creía que si Jaime se mostraba más huraño o distante era porque se moría por casarse. Ya en el instituto hablaba de ello, por lo que sus amigos se burlaban de él y las chicas le ponían ojitos.

—Es una situación difícil, pero supongo que acabaréis lle gando a un acuerdo. Lleváis muchos años juntos y os queréis. —Adelanté una mano para coger la suya y animarla.

—Tina, ¿crees que el amor es siempre suficiente? —inquirió ella, y su pregunta me provocó un pinchazo en el pecho.

Para que no pensara más en ello, cambié de tema y le pregunté por el trabajo. Diana se había decantado por las ciencias y estudió Farmacia. Llevaba un par de años trabajando en una empresa farmacéutica y estaba encantada. Luego nos pusimos a charlar de la cafetería a la que había ido el lunes y le dije, con la boquita pequeña, que pensaba que mi tarta de zanahoria era mejor. A Diana le entró la risa tonta y exclamó que le sorprendía que le dijera eso, con lo que me costaba creer en mí. Intentó convencerme de que les llevara un pedazo de la mía y yo le aseguré, entre risas, que lo haría, aunque era mentira.

Con Diana todo me parecía más sencillo y brillante, como era ella.

El resto de la semana transcurrió rápida y tranquila. El viernes compré la bebida y el picoteo para el club de lectura del sábado y lo dejé en la librería para no cargarlo en la bicicleta. De vuelta del trabajo me encontré con Rosario, que venía de pasear con el perrito. Me aseguró que estaba impaciente por comentar el libro y me dijo que llevaría a dos amigas más, aparte de las de la otra vez. Le di un abrazo muy fuerte. Esa mujer era un sol.

En cuanto a mi vecino... Como si se lo hubiera tragado la tierra. Lo único que me convencía de que seguían allí era oír sus voces alguna noche que otra a través de la pared. Pensé que esa semana habían discutido más y me preocupé, pero no me atreví a ir a su casa para preguntarle qué ocurría. Tomé conciencia de que esas dos semanas había echado de menos al pequeño y... también a su tío. Me pareció que todo había sido un sueño, incluso la parte sexual. Pero cuando pensaba en él, era como si pudiera seguir sintiendo el contacto de sus labios con los míos, sus grandes manos recorriendo mi cuerpo, tal y como había hecho. Notaba el aroma que desprendía su piel, la forma en que sus ojos me observaban. Y entonces lo quería dentro de mí y lo imaginaba y ardía. Regresaba ese fuego que se había encendido en mis entrañas la primera vez que nuestras miradas cruzaron en el ascensor.

El viernes me metí en la cama excitada, con ganas de volver a descubrir mi cuerpo. Me toqué pensando en mi vecino: sus ojos color avellana, la barbita que me había hecho cosquillas, el cabello anaranjado del que quería tirar mientras gritaba, su tatuaje y su pirsin, que despertaban en mí un deseo que jamás habría imaginado. Su cuerpo fuerte y desnudo cubriendo el mío, su miembro internándose en mí despacio y luego de manera feroz, ensanchando mis paredes, logrando que se ajustaran a él. Me sorprendía, me gustaba y me enfadaba a partes iguales que me atrajera tanto. Me tentaba pensar que era una persona con sueños —aunque se le hubieran truncado—, porque me sentía identificada con él. ¡Me ponía incluso su pasión por las bandas sonoras! Me excitaba como te excitan las cosas que sientes lejanas y difíciles, casi prohibidas. Pero, sobre todo, me excitaba el hecho de que hubiera despertado en mí todo lo que estaba dormido.

El sábado por la mañana me sacó del sueño el timbre de la puerta. Estiré el cuello para ver la hora en el móvil: las diez. La noche anterior se me había olvidado poner la alarma, pero lo cierto era que había dormido de un tirón. El timbre volvió a sonar mientras salía de la cama. Me pregunté quién sería a esas horas. Tal vez mi padre por sorpresa, para ver cómo me encontraba, porque Diana trabajaba. Sin embargo, al acercarme a la puerta, oí dos voces hablando, una femenina y una masculina. Me acerqué con sigilo y miré por la mirilla. Fruncí el ceño al descubrir a Diego y a Hugo... ¡pero también a la mujer de la que se había despedido la tarde que me dejó al niño! Oí que ella decía que se iba a por el coche y una especie de cosquilleo burbujeó en mi estómago. ¿Acaso quería que volviera a cuidar del niño mientras se largaba con ella? ¿Esa mujer había pasado la noche allí? ¿Había cambiado de parecer y se había echado novia? Claro, ahora que su nuevo trabajo se lo permitía... Me mordí el labio inferior y me dije que todo eso me daba igual y decidí no abrirle la puerta. Sin embargo, noté cierto impulso del que carecía en los últimos tiempos, pero que me había caracterizado de joven. Cuando quise darme cuenta, ya había abierto y Diego me miraba sonriendo. Pensé que era una sonrisa de pedir algo. Sí, a la tonta de la vecina le encasquetaba al pequeño y él se iba a divertirse por ahí.

—¡Hola, Tina! —exclamó Hugo en ese momento.

Dirigí la mirada del tío al niño y le dediqué una sonrisa apretada, pero, como estaba tan molesta, no le presté mucha atención.

—¿Qué tal, vecina? —me saludó Diego—. Venía porque...

—No —respondí.

—¿Cómo? —Ladeó la cabeza con gesto de no entender.

—Hoy no puedo quedarme con Hugo.

—Pero...

—No voy a quedarme con tu sobrino cuando te venga bien —le espeté, sin controlarme. Lo observé unos segundos. Iba bien vestido, como de costumbre, aunque no con traje. Pantalones azul marino y jersey crema, además de la chaqueta en las manos.

Él abrió la boca y fue a decir algo, pero luego pareció pensárselo, se puso serio y sacudió la cabeza.

—Venga, que pases un buen día —dijo dándome la espalda, con tono de cabreo, y eso me enfadó aún más.

Hugo me miraba con sus ojos de cervatillo, y yo estaba a punto de cerrar la puerta cuando mi vecino se giró de nuevo y me clavó una mirada que me dejó plantada en el sitio. Parecía muy enfadado, incluso tenía las mejillas rojas. ¿Encima se indignaba? ¡Que se buscase una canguro! Solo me sentía un poco mal por el pobre Hugo, que no tenía ninguna culpa. Quise soltarle algo, pero no me salió nada antes de que me hablara.

—Pensaba que eras distinta, Tina. Creí que no eras de esas personas con prejuicios o que se forman una idea de los demás sin conocerlos.

—Eso no tiene nada que ver con...

—¡Claro que tiene que ver! —exclamó, levantando un poco la voz. Hugo lo observaba con los ojos muy abiertos—. Me juzgas, ¿no te das cuenta? No sé qué has pensado, pero no venía a traerte al niño. Y si no querías quedártelo el otro día, habérmelo dicho. Solo te pedí un puñetero favor. —Dirigió la vista a su sobrino y le dijo—: Sí, Hugo, he soltado un taco, perdón. —Volvió a mirarme de tal forma que mi estómago se contrajo—. La gente de esta finca me miraba mal y pensé que tú...

—Por algo será —intenté defenderme, pero de inmediato me avergoncé de mis palabras. Yo no era así.

—¿Por algo será? —Se le escapó una risa incrédula y entrecerró los ojos—. No sabes nada de mí, Tina. Y aunque lo supieras, ¿quién eres para decirme nada? ¿Te digo yo algo a ti por tu... tu... ropa? —Señaló mi batín de la Pantera Rosa y yo alcé la barbilla con orgullo.

¿Qué hacía ese engreído metiéndose con mi manera de vestir, a pesar de que se notaba que lo había soltado porque no se le ocurría nada mejor? Abrí la boca, pero él me pidió con un gesto que le dejara seguir hablando:

—Está bien haber descubierto lo que opinas de mí. —Lo siguiente lo dijo con auténtico disgusto—. Me equivoqué al abrirme a ti y contarte cómo me sentía.

Me dejó con la palabra en la boca y se lanzó escaleras abajo. Oí que el chiquillo le decía que no le gustaba que discutiéramos porque yo era su amiga. Noté un molesto retortijón en el estómago y me sentí un poco estúpida. ¿Y si me había equivocado? ¿Y si le había prejuzgado, tal y como él había dicho? Cerré la puerta con más fuerza que de costumbre, con lo que el portazo retumbó en la finca. Me pasé la mañana cocinando, con la cabeza hecha un lío, hasta que a mediodía telefoneé a mi hermana y le pedí que me llevase por ahí esa noche, después del club de lectura.

—¿Solas o acompañadas?

—Como quieras, Diana, pero sácame de esta cocina.

16

Llevaba unas semanas bastante duras. En el trabajo las cosas se habían complicado y mi jefe, debido a mis responsabilidades familiares, no acababa de confiar del todo en mí. En el fondo lo entendía, ya que no podía dedicarle tanto tiempo como querría. La última había sido tener que salir antes un par de veces para ir a recoger a Hugo a las actividades extraescolares. Una porque no se encontraba bien y otra porque se había peleado con un niño. Me enfadé, como de costumbre, y discutimos de nuevo. Le castigué con no ir al zoo, pero la maestra me explicó que no fue solo culpa de Hugo, sino también del compañero, porque se metió con él. Al final le levanté el castigo y nos fuimos a pasar el día al zoológico, no sin que antes me prometiera que no se metería en líos y que me ayudaría con las tareas de la casa.

Además, había reñido con mi familia. En realidad, con mi madre, pero mi padre no abrió la boca. Decidí contactar con un abogado de familia para informarme sobre qué hacer, ya que mi hermano continuaba perdido y yo, en un ataque de egoísmo, ya no sabía qué hacer con Hugo. Cuando se lo dije a mi madre, se puso nerviosísima. No le hacía gracia porque seguramente tendría que ir a malas con mi hermano y, según ella, no podía hacerle eso.

—¡Habrá un juicio! ¿Y si le quitan al niño? —dijo ella, preocupada.

—Pues que se lo hubiera pensado mejor. Además, si me lo ha dejado, no le importará mucho, ¿no? —repliqué yo.

Y discutimos. Luego ella empezó a meterse conmigo.

—¿Y quién cuidará de Hugo? Porque es eso, ¿verdad? Lo único que quieres es volver a tu vida de antes. A trabajar más y más, a salir de fiesta y a acostarte con chicas.

Me ofendió mucho que me atacara con eso y le grité que de momento estaba cuidando mejor del niño que su padre.

El viernes me llamó y me rogó que le dejara a Hugo ese fin de semana. Mi padre se encontraba mejor y querían dar un paseo por el Retiro acompañados por su nieto, al que hacía tiempo que no veían. Pensé que me merecía un fin de semana libre. Podía llamar a algún amigo y salir a cenar e ir de copas. O quizá pasar un rato con Tina, a quien quería agradecerle que hubiera cuidado de Hugo. La tarde que le pedí que se quedase con él, me había citado de improvisto con el abogado de familia y necesitaba ir sin mi sobrino.

—¡Diego, te veo muy paradito! Que Adrián y yo nos vamos mañana y a saber cuándo volveremos a vernos —me gritó una voz femenina al oído. Me rodeó con un brazo y me acercó su bebida a la boca.

Blanca Balaguer era una buena amiga y una gran profesional. En realidad, no vivía en Madrid, sino en Valencia. Nos habíamos conocido años atrás. Pertenecía a un bufete excelente con el que los abogados de mi anterior empresa y yo nos habíamos reunido por una cuestión que no viene al caso. La primera vez que nos vimos, Blanca era yo, pero en tía. Le encantaba el sexo sin ataduras, coquetear, la fiesta y era una adicta al trabajo. Estuve casi una semana en Valencia y me enseñó un montón sobre la ciudad y sobre... ella. Era una fiera en la cama, y parecía vulnerable y fuerte al mismo tiempo, y eso me atraía. Mantuvimos el contacto y, poco a poco, nos hicimos amigos —quizá la única amiga de verdad que había tenido—. Si alguna vez iba a Valencia o ella se acercaba a Madrid, tomábamos un café. Me contó cosas que no habría imaginado: que también se habían metido con ella de niña y de adolescente, que había tenido muchos complejos, que le habían roto el corazón y que se lo había curado el mismo tipo que le había hecho tanto daño. Eso no lo entendía, pero en cuestiones de amor era un auténtico novato. A ella le había ido bien, incluso había tenido una niña preciosa de la que me enseñó fotos.

Fue la primera persona en la que pensé para informarme sobre el asunto de Hugo. Me dijo que estaba de suerte, porque iba a pasar unas semanas en Madrid para acompañar a su marido por unos temas de trabajo. El marido, Adrián Cervera, era un famoso compositor de obras de teatro y musicales. Incluso había trabajado en Nueva York. Como fanático de las bandas sonoras, lo había escuchado y me parecía muy bueno.

El día que dejé a Hugo con Tina, me reuní con ella. En ese momento volví a pensar en mi vecina. ¿Qué cojones había pasado? Me había comido la cabeza todos esos días porque me parecía que actuaba de modo extraño y esa mañana de sábado me lo había confirmado. ¿Era bipolar o qué? Creía que era distinta, le había contado cómo me sentía sin apenas conocerla y se había atrevido a juzgarme. Seguía sin entender sus palabras de esa mañana. Me había enfadado con ella y, pese a todo, no lograba sacármela de la cabeza, con ese ridículo batín de la Pantera Rosa con el que me había abierto la puerta. Joder, incluso así me atraía. Sin embargo, me molestaba que hubiera pensado lo que no era. ¿Se pensaba que yo le dejaba a Hugo para ir a divertirme por ahí? Bufé y sacudí la cabeza.

—¿Quieres que salgamos y me cuentas qué se te pasa por ese coco tuyo tan inteligente? —Blanca me dio unos golpecitos en la sien.

Justo en ese momento volvió a aparecer Adrián. Había ido a por una copa y, aunque le había dicho que no me apetecía, me tendió una. A decir verdad, era un tío atractivo, con un enorme carisma. Me caía muy bien.

—Adrián, Diego y yo vamos a salir un momento, ¿vale? Necesitamos tratar un tema.

—Claro, cariño. —Él asintió y Blanca le plantó un beso en los labios.

Me llevó casi a rastras a la terraza de la discoteca, a pesar de que no sabía cómo contarle lo que pasaba. Una vez fuera, me preguntó si tenía un cigarro, y se rio al recordar que yo no fumaba. Se separó para pedir uno a unas chicas que estaban cerca. Cuando volvió, me hizo un gesto con la barbilla para que hablara. Aun teniendo confianza, las palabras no me salían.

—¿Es por tu trabajo? Lo echas de menos, ¿verdad? —me preguntó. Le había contado lo ocurrido, el sueño mutilado que había dejado atrás—. Piensa que esto es temporal, que quizá aparezca otra oportunidad como esa.

—No creo. —Negué con la cabeza—. Como esa, seguro que no. Llevaba soñando con ese puesto mucho tiempo.

—¿Recuerdas que te hablé sobre el miedo que pasé al dejar mi primer bufete para unirme al despacho que iba a montar mi socia actual? —Blanca dio una calada al cigarro y me miró. Yo asentí—. Creía que iba a perder un trabajo magnífico, aunque eso a ella nunca se lo confesé. —Se echó a reír—. Pero mira, al final fue todo mucho mejor de lo que esperaba y no me arrepiento. A veces pensamos que la vida nos dice «no» cuando lo que en realidad nos quiere decir es «espera».

Eché la cabeza hacia atrás, reflexionando sobre sus palabras.

—No solo estoy serio por eso, es que también me cabrea lo que piensa la gente de mí, Blanca —dije.

—¿A qué te refieres? —Me miró por entre la cortina de humo.

—Tú me comentaste que también te había pasado alguna vez cuando...

—Cuando me tiraba a todo bicho viviente, puedes decirlo —soltó riéndose—. Creía que a los hombres no os pasaba eso —admitió con sinceridad.

—De que juzguen tu vida, nadie está libre. —Me encogí de hombros.

—No debería importarte. Pensaba que estabas por encima de todo eso.

—Ya, pero ahora, con Hugo...

—¿O es que te molesta por alguien en especial? —inquirió, arqueando una ceja. Cuando decía que era lista, lo era en todos los sentidos. Como no contesté, soltó una carcajada—. ¡No me digas que es por eso, Diego!

—¿Por qué?

—Que te jode por alguien, y eso significa que ese alguien no es un alguien más en tu vida... Uf, menudo trabalenguas.

—No se trata de eso —respondí, aunque me corté a la mitad porque, en el fondo, nunca me había importado lo que pensaran o dijeran de mí. En cambio, Tina me hablaba de ese modo y a mí me entraba un cabreo descomunal.

—¿Quién es? —preguntó. Dio una calada al cigarro y se contestó—: Vale, sé quién es. Tu vecina.

—De momento las ancianas no me atraen... —bromeé para disimular.

—Tu vecina, la que da clases a Hugo —dijo Blanca, con una sonrisita presumida.

—No sé por qué debería ser ella.

—Vamos, Diego, en los pocos días que nos hemos visto, me has hablado bastante de ella y eso nunca lo habías hecho.

Era cierto, no podía escaquearme. Ni yo entendía los motivos por los que le había hablado de Tina. Me decía que solo se debía a la irresistible atracción que sentía por ella y que no se había satisfecho del todo. Creía que, si nos acostábamos de una vez por todas, terminaría esa tensión sexual que impregnaba el ascensor cuando nos encontrábamos.

—En cualquier caso, no importa. Me ha demostrado que es una prejuiciosa.

Blanca tiró la colilla al suelo y la chafó con su tacón, al tiempo que me lanzaba una mirada inquisitiva.

—Has tenido algo con esa mujer, además de relaciones de vecinos, ¿verdad?

—Hemos salido a cenar, nos hemos dado algún beso y... bueno, en sí no nos hemos acostado.

—No entiendo qué quieres decir con eso, pero da igual. La cuestión es que te gusta.

—Pues sí, me pone.

Blanca no añadió nada más, pero esbozó una sonrisilla que no me gustó mucho. ¿Qué insinuaba?

—A ver, explícame por qué es una prejuiciosa.

—Esta mañana me soltó que no pensaba quedarse con Hugo para que yo saliera por ahí a divertirme.

—¿No le has contado por qué tuviste que dejárselo de repente? —preguntó mi amiga, asombrada.

—No. —Sacudí la cabeza—. No me siento bien tratando esos temas. Me cuesta, Blanca... No tengo tanta confianza... Y mira que ya le conté cosas...

—Ya, preferías que ella pensara que eres un *machoman* sin problemas y sin sentimientos y, mira, te ha salido el tiro por la culata.

Se me escapó una carcajada y ella se unió a mí. Me quedé pensando. Tal vez Blanca llevaba razón. Apenas hablaba sobre la parte negativa de mi vida, a no ser que fuera con Rosario o con ella —quizá porque teníamos mucho en común—, ya que pensaba que era mejor dar una imagen de éxito y felicidad.

—En realidad, le he hablado de mí más que a otras. ¿Y para qué?

—Con las otras no hablabas —apuntó divertida—. Me recuerdas a mí hace años. —Se rascó la barbilla, pensativa—. A lo mejor no le molesta que vayas a divertirte por ahí, sino que lo hagas con una mujer.

—¿Cómo? —Negué con un dedo, sonriendo—. Claro que no, Blanca. A ella eso le da igual. Ni siquiera hemos follado...

—Pero para ella quizá ha significado algo más —replicó seria.

Me miró planteándome en silencio una pregunta que yo también empezaba a hacerme. ¿Eso había sido para mí la intimidad con Tina? Llegué a la conclusión de que no, pero esa respuesta no me tranquilizaba demasiado. Como no me apetecía charlar más sobre eso, le propuse a Blanca que volviéramos dentro a bailar. Se animó enseguida, aunque me aseguró que echaba de menos a su pequeña, que se había quedado en Valencia con los abuelos. Blanca no conocía la discoteca Kapital, pero le había encantado, en especial que pincharan diferentes tipos de música.

Encontramos a Adrián donde lo habíamos dejado. Nos pusimos a bailar los tres. Blanca volvió a rodearme con los brazos en un intento de animarme. Entonces mis ojos recorrieron la pista y se posaron en una cara conocida. Algo brincó en mi interior. Era mi vecina. ¿Qué hacía allí? No la habría imaginado en un lugar como ese. Vaya por Dios, a lo mejor yo también la estaba prejuzgando. Me fijé en que estaba con su hermana, que intentaba animarla para que bailara. Tina se movía un poco, tímida. Se había soltado el cabello, largo y ondulado, y por mi cabeza asomaron imágenes que mejor no contar. Llevaba un vestido sin mangas, ajustado a su menudo cuerpo y por encima de la rodilla, con un montón de flores, estampados y colorines. Casi sin darme cuenta, sonreí. Deslicé la mirada por sus increíbles piernas enfundadas en unas medias azules. Joder, eran espectaculares.

—¿Qué miras? ¿Ya te ha llamado la atención alguna? —me preguntó Blanca mientras seguía mi mirada—. ¿La de negro? —quiso saber. Se refería a la hermana de Tina, que era un bombón de mujer pero no me despertaba nada. Y eso era extraño porque, al fin y al cabo, encajaba con el tipo de chica con la que siempre me había acostado—. ¿La pequeñita? —asentí, y Blanca se separó de mí y me miró extrañada.

—Es mi vecina —le confesé.

—La verdad es que tiene algo. —Me volvió a rodear con el brazo y me dijo al oído—: ¿Por qué no vas a hablar con ella? Las discotecas y tú sois viejos amigos —bromeó.

No quería ligar con Tina. A decir verdad, quería coquetear, pero no de ese modo, en una discoteca... Joder, ¿qué me pasaba? Volví a mirar hacia ella. Tina parecía más animada y se movía junto a su hermana, sonriente. Observé su trasero sacudiéndose a un lado y a otro y esas piernas que deseaba acariciar. Y justo en ese instante, como si hubiera notado mi mirada, giró la cara y me vio. Durante unos segundos pareció no reconocerme, pero después se puso seria, tanto que se le formó una arruga en el entrecejo. Blanca seguía rodeándome con los brazos y pensé que tal vez llevaba razón en lo que me había dicho.

Mi vecina apartó la mirada, aunque segundos después volvió a posarla en mí, como si no pudiera evitarlo. Parecía molesta, pero al mismo tiempo leí algo en sus ojos que me infundió valor. Me aparté de Blanca, que me propinó un suave empujón que me decidió por completo, y me dirigí hacia Tina. Me di cuenta de que se tensaba a medida que me acercaba y supe que la ponía nerviosa. Cuando llegué hasta donde estaban, alzó el mentón en un gesto desafiante. Su hermana, por el contrario, me saludó con una ancha sonrisa.

—¿Has podido encontrar canguro o se lo has dejado a Rosario? —me espetó Tina con tono cortante.

Durante unos segundos volví a cabrearme; pero su furia, que no acababa de entender, despertaba más atracción en mí, una química incontrolable, instintiva. Como si sus hormonas me llamaran. Al fin y al cabo, los seres humanos también somos animales, ¿no? Comprendí que sus ataques, ese comportamiento a la defensiva, también me gustaba de ella. En el fondo, no quería a una mujer que me bailara el agua.

—Yo también me alegro de verte, vecina —respondí provocándola, a lo que ella me miró con sorpresa, pues quizá esperaba que me enfadase. Sin embargo, me apetecía juguetear porque empezaba a comprender lo que estaba pasando—. Y ni una cosa ni la otra. —Le señalé una copa vacía—. ¿Os invito?

Diana asintió, todavía sonriendo, divirtiéndose al presenciar nuestro tira y afloja. Tina, por su parte, negó con la cabeza con fuerza.

—No hace falta, que te estarán esperando.... —No terminó la frase porque su mirada se desvió hacia un punto a mi espalda. Abrió mucho los ojos y sus deliciosos labios formaron una exclamación.

Me di la vuelta para ver qué era lo que le sorprendía tanto y descubrí a mis amigos besándose como si estuvieran solos en la discoteca. Así que Blanca tenía razón. Y yo que creía conocer a las mujeres.... Me giré y volví a centrarme en Tina. Ella apartó la mirada unos segundos, aunque de inmediato me la devolvió, como en un reto. Parecía avergonzada.

—Ella es Blanca y él Adrián, su marido. Me gustaría presentártelos, pero andan un poco ocupados. —Se los señalé, sonriendo triunfal ante su gesto de estupefacción—. Tienen una niña preciosa.

Y preciosa también estaba mi vecina, que se había puesto

muy roja. Mantuve mi sonrisa y ladeé el rostro, en señal de inocencia.

Su hermana nos observaba sin comprender muy bien, hasta que le dijo a Tina:

—Voy a llamar a Jaime y que venga a por mí. Estoy un poco cansada —dijo, y soltó un bostezo muy falso.

Mi vecina abrió la boca para protestar, pero la otra se despidió con dos rápidos besos y un apretón en mi hombro.

Volví a clavar la mirada en Tina. Solo estábamos ella y yo. Bueno, y la tensión sexual que volvían a despedir nuestros cuerpos y que incluso deformaba el ambiente. Los celos no me gustaban, pero no me molestó pensar que se había puesto un poco celosa, todo lo contrario. Significaba que seguía deseándome, como yo a ella. Por un instante me sorprendí pensando en cómo habría sido su matrimonio y por qué fracasó, y qué fue lo que le hizo tanto daño.

17

Unos tres años antes...

Tina estaba hecha un ovillo en el sofá y Mario se había metido en la ducha. Habían vuelto a discutir porque ella estuvo vendiendo madalenas en un mercadillo benéfico y le habría gustado que su marido hubiese ido a apoyarla. En los últimos tiempos lo necesitaba más que nunca, pero sentía que él se alejaba cada vez más. Se echaba la culpa por la depresión que arrastraba, pero el haber participado en ese mercadillo era un avance y él parecía no verlo. Le prometió que iría y no apareció. Tina regresó a casa cabizbaja. Mario llegó tres cuartos de hora después y ella sacó fuerzas de donde no tenía para recordarle que le había fallado. Su marido la miró serio, como si no le importara, y le explicó que alguien debía trabajar para mantener aquellos lujos. Tina sintió un nudo en la garganta. Fue él quien la animó a dejar el trabajo porque no se encontraba bien, pero últimamente era como si se lo echara en cara.

Se inclinó hacia delante para coger la taza de manzanilla que se había preparado y descubrió una lucecilla en la esquina de la mesa. Reparó, con sorpresa, en que Mario se había dejado el móvil, a pesar de que siempre lo llevaba encima. Ese recelo excesivo de su marido le hacía sospechar, pero no quería obsesionarse con eso porque no tenía suficiente ánimo ni energía para lidiar con lo que alguna vez se le había pasado por la cabeza. Sin embargo, esa noche estaba furiosa y, tras echar un vistazo al pasillo y oír que el agua de la ducha seguía corriendo, volvió al salón y cogió el móvil. No sabía cómo desbloquearlo, pero entró un nuevo mensaje y lo leyó.

Me encantó lo del otro día. Cuándo repetimos?

Una tal María. ¿Quién era esa mujer? ¿Y qué significaba ese mensaje? El estómago se le encogió al entender que tal vez sus sospechas fueran ciertas: su marido estaba engañándola con otra, de ahí que volviera tarde algunos días y que vigilara tanto su móvil. Sintió una fuerte rabia, una tremenda desilusión... quería gritarle, golpearle incluso. Segundos después, empezó a echarse la culpa. Total, ¿qué hombre querría vivir con alguien como ella? Triste, meditabunda, pesimista, obsesiva. Había engordado un montón para luego adelgazar de golpe y quedarse en los huesos. No se arreglaba. Se sentía fea. Sabía que ya no le atraía.

No se dio cuenta de que él había entrado en el salón hasta que lo oyó llamarla. La mano le tembló y soltó el móvil de sopetón, tratando de disimular.

—¿Qué hacías? —le preguntó, con el pijama puesto y el cabello húmedo. Esa imagen le rompió un poco más el corazón porque le hizo recordar todas las primeras veces con él.

—Nada.

—¿Cómo que nada? ¿Por qué me has cogido el móvil?

—Me ha sorprendido que te lo dejaras. Como siempre lo llevas encima... —dijo. Se fijó en que él la miraba molesto.

—Normal que lo coja, tengo que estar disponible para el trabajo.

—¿Para el trabajo solo? —se atrevió a preguntarle.

Mario esbozó una sonrisa burlona y se mordió el labio inferior.

—No vuelvas a tocarlo —le espetó, y a ella le sonó como una amenaza.

—Tú también has intentado mirar el mío en alguna ocasión —le recordó.

—Normal, Tina, porque las tías nos hacéis desconfiar.

Ella quiso replicar, pero cerró la boca y suspiró. Cuando su marido se inclinó para coger el teléfono, vio que le llegaba un nuevo mensaje y no pudo contenerse.

—¿Quién es María?

—¿María? —Sacudió la cabeza, como si no lo supiera, aunque a Tina le pareció entrever algo en su mirada. Una pequeña duda...—. No sé a qué te refieres.

—¿No? Pues ella dice que le encantó lo del otro día y que quiere repetir.

Mario arrugó el entrecejo, guardó silencio un instante y después soltó una risotada que la hizo sentir como una tonta.

—¡Ah, vale! Te refieres a la clienta... Quedó muy satisfecha con los resultados y le gustaría contratarnos en otra ocasión.

—No parecía el mensaje de una clienta.

—Mira, Tina... —bufó—, no me toques las pelotas, ¿vale? He llegado agotado del trabajo, ya que alguien tiene que traer dinero a casa...

—Tú me animaste a dejar mi trabajo. Si tanto te molesta, me buscaré otro —se defendió.

—¿Y en qué trabajarás, Tina? De maestra te agobiabas con nada y dejaste las oposiciones a medias. ¿Fregarás patios para no estresarte? No quiero una esposa que limpie mierdas.

—Es un trabajo tan digno como otro —protestó, molesta. Le temblaba la voz. Sentía que en esas discusiones siempre salía perdiendo.

—En cualquier caso, como te decía, he llegado muy cansado y te has puesto a darme la lata con la estupidez esa del mercadillo. Y ahora vuelves a increparme con tonterías.

El tono de voz de su marido era cada vez más despectivo. A Tina empezó a temblarle la barbilla y se dio cuenta de que estaba a punto de echarse a llorar. Justo entonces el móvil de Mario emitió un nuevo pitido y ella, impulsada por unos celos que no estaban causados por el amor sino por un sentimiento mucho más negativo, se lanzó hacia Mario en un intento de arrebatarle el móvil. Lo único que recibió fue una mirada de repulsión por parte del hombre del que se había enamorado como una tonta años atrás. Y como una tonta se sentía en ese momento.

—¿Qué coño haces? ¡Eres una loca celosa! —le gritó él, provocando que se encogiera—. ¡Una celosa obsesiva!

Volví a mi vida. Diego seguía mirándome de una forma que me dejaba sin palabras. Después de lo que había visto, no sabía qué pensar ni qué hacer, pero me sentía una estúpida y me prometí que no debía dejar que ningún sentimiento negativo asociado a malos recuerdos dominara mis acciones o mis decisiones.

—¿Podemos hablar? —me preguntó.

Asentí, sin pronunciar palabra. Decidimos subir a la terraza, en la que, aunque había jaleo, no era tanto como el de abajo. Una vez arriba, nos sentamos en un espacio libre y guardamos silencio unos segundos, hasta que decidí que tal vez debía romperlo.

—Siento mucho si te he contestado mal esta tarde. Tenías razón: no soy nadie para decirte lo que debes hacer y lo que no. Estás en tu derecho de salir con quien quieras y hacer lo que te apetezca.

Diego se mordisqueó el labio inferior —empecé a entender que lo hacía cuando se ponía nervioso— y apartó la vista. Luego dio un trago a su copa con los ojos cerrados y los abrió al tragar.

—Blanca es abogada —dijo mirándome.

Noté que me sonrojaba. Algo pasaba y yo le había echado en cara lo del niño.

—¿Va todo bien? —me preocupé.

—Sí... Bueno, no... Mierda, no sé. —Se pellizcó el ceño—. Es por el padre de Hugo. Quería informarme sobre qué hacer. No sé cuánto tiempo puedo tenerlo conmigo de esta manera. —Me di cuenta de lo nervioso que estaba—. Este fin de semana lo he dejado con mis padres. Y sé que está bien con ellos, pero no he parado de enviarle mensajes a mi madre preguntándole por él.

Noté un pinchazo en el pecho. Tal vez no quisiera confesarlo, pero se notaba que estaba inquieto por el niño. Jugueteó un poco con la copa, haciéndola rodar entre las manos. Luego la dejó en la mesita y, cuando clavó la mirada en mí, esbozó una sonrisa cansada.

—¿Ves? Lo estoy haciendo de nuevo.

—¿El qué? —pregunté confusa.

—Contarte más de la cuenta.

No supe qué responderle para no quedar peor todavía. Era una Elizabeth Bennet a la española en el siglo XXI. Haciendo acopio de voluntad, le dije que sentía haberme precipitado en mis conclusiones.

Él también se disculpó y añadió:

—Tampoco tengo nada en contra de tu ropa... De hecho, me gusta.

Ladeé el rostro para disimular una sonrisa. A pesar de lo avergonzada que me sentía, reparé en cómo su mirada recorría mi cuerpo, en especial mis piernas enfundadas en las medias azules. Quise coger una rebeca de lana para ponérmela encima del vestido, pero Diana me lo impidió, asegurándome que, tal como iba, estaba más sexy. Un escalofrío recorrió mi cuerpo y Diego pareció darse cuenta, porque me preguntó:

—¿Tienes frío?

Asentí y, de repente, se arrimó y me frotó los brazos. Allí estábamos, en la terraza de la discoteca, rodeados de una increíble cantidad de personas, pero cuando sus calientes manos se deslizaron por mis brazos me pareció que todo se desdibujaba a mi alrededor. Me miró como preguntando en silencio si estaba bien y le regalé una sonrisa. Me tranquilizó ver que ya no parecía estar enfadado, a diferencia de aquella mañana. Se apartó y cogió el gin-tonic que reposaba en la mesita delante de nosotros. Dio un trago largo mientras yo me dedicaba a observarlo. Era atractivo, sí, pero quizá su sonrisa era lo que más destacaba. Desde que lo conocía, no había sonreído demasiado, pero cuando sus labios expresaban alegría, todo cambiaba. Se le achinaban los ojos, le salían hoyuelos en las mejillas y se relajaba. Pensaba que su forma de sonreír lo llenaba todo a su alrededor y me dije que, si sonreía más en su vida anterior, habría ido iluminándolo todo a su paso. Quería ser la razón de que riera y que se diera cuenta de que, al hacerlo, el mundo era menos malo. Quizá por eso me sentía irremediablemente atraída hacia él, como una especie de gravedad que me acercaba. Había sido un hombre seguro, anhelante, dispuesto a comerse el mundo, que se había quedado a medias. Yo, una mujer divertida, positiva y con ganas de lograr sus metas que se había quedado sin nada. ¿Cómo sería si intentásemos sonreír juntos? A dos centímetros de su boca.

Al pensarlo, una especie de temor se apoderó de mí.

Él reparó en mi escrutinio, se pasó la lengua por los labios, y volví a notar algo en mi cuerpo. Algo que no había desaparecido ni siquiera durante la pequeña discusión de la mañana.

—¿Aún te apetece escuchar alguna banda sonora? —me preguntó de repente.

Veinte minutos después estábamos en su piso. Estaba nerviosa, expectante. Me ofreció algo de beber, pero lo rechacé. Me llevó al salón y me enseñó un mueble con un montón de CD.

—Podría escucharlos por internet, pero me gusta coleccionarlos —confesó mientras buscaba en la estantería.

Eché un vistazo, pues apenas había podido fijarme en su casa. Era un salón bastante moderno, con un gran sofá de esos reclinables, mesa para comer, una televisión enorme y muebles que servían de estantería. Uno de ellos me llamó la atención y me acerqué para verlo mejor. Al principio me parecieron libros, pero eran cómics.

—¿Y esto? —le pregunté con curiosidad.

—Es mi colección de manga. ¿Conoces alguno?

—Eso es lo de los dibujos japoneses, ¿no? Bueno, de pequeña, alguna vez veía Son Goku ...

—Hay un gran mundo más allá de *Bola de Dragón* —comentó él. Había elegido un CD y se acercó a un reproductor de música que había en un rincón—. Siéntate. A ver si te gusta. Es la banda sonora de *Avatar* —me dijo mientras lo ponía, y me pareció que estaba un poco nervioso.

Tomé asiento en el sofá y, segundos después, una suave melodía salió del altavoz. Había visto la película años antes, pero no la recordaba muy bien, mucho menos su música. Diego se sentó a mi lado y, a medida que pasaban los segundos, me di cuenta de que me echaba miradas de reojo. Esperaba algo. No obstante, se fue relajando poco a poco y, en un momento dado, cerró los ojos. Observé que en su cara aparecía una sonrisa auténtica, de esas que te salen cuando eres realmente feliz. Estaba viviendo la música, sintiéndola muy dentro, colándose por todos los poros de su piel. En ese momento comprendí que no me había llevado a su casa para tener sexo, sino porque quería enseñarme su pasión, algo que formaba parte de él. Tiempo después entendería que, con las bandas sonoras, Diego intentaba transmitir todo lo que no se atrevía a decir.

Decidí cerrar los ojos y abandonarme a la melodía. Era hermosa, llena de matices. Me trasladaba a un lugar lleno de pureza, pero también de aventuras. En algunos momentos estaba cargada de esperanza y, en otros, de tristeza. La notaba colándose por mi mente y deslizándose por mi piel, y a veces se me ponía de gallina. Creo que me sumergí tanto en ella que todo a mi alrededor se esfumó. En un momento dado, noté algo y, al abrir los ojos despacio, me topé con la intensa mirada de Diego y una cosquillita agradable me invadió el estómago.

—¿Qué sientes, Tina? —me preguntó con voz ronca.

La melodía había pasado de ser intensa y salvaje a una más tranquila, relajante, con la que deseaba flotar y no pensar en nada malo.

—He viajado a otro mundo —respondí sorprendida.

Mi vecino asintió, pensativo, y se acercó un poco. Alargó la mano, tomó la mía y, en silencio, con los ojos cerrados una vez más, continuamos perdiéndonos en la música. Supe que aquello era importante para él y guardé silencio hasta que terminó la pieza, aunque tampoco hubiera podido decir nada de lo metida que estaba. Abrimos los ojos al mismo tiempo y Diego se echó a reír con timidez y nerviosismo. Quizá fue en ese instante cuando dejé de verlo solo como un chico atractivo que me gustaba y me fijé en los bellos sentimientos y la enorme sensibilidad que trataba de ocultar. Un hombre tentador al que deseaba besar, pero también un tío cariñoso y preocupado, un ser humano que se emocionaba con una melodía. Mi curiosidad, atracción y deseo por él aumentaron. Adelanté la mano libre —porque la otra seguía unida a la suya— y la posé en su mejilla.

—Entiendo qué es para ti —susurré—, lo mismo que la lectura para mí. Te lleva a lugares donde puedes ser quien quieras, dejar atrás parte del dolor. Vuelas, eres libre.

Diego me miró sorprendido, como si no acabara de creerse mis palabras, aunque leí en sus ojos que había dado en el clavo. Sin poder contenerme, acerqué los dedos a sus labios. Se los acaricié suavemente, al tiempo que él los entreabría y me miraba de una manera que me hizo sentir deseada, bonita, importante. Quizá no me había llevado a su piso para nada íntimo —aunque lo que habíamos hecho lo era, y mucho—, pero al final iba a pasar.

Me besó la yema de dos dedos y mi cuerpo tembló. Abrí los labios y acaricié todo su rostro. Bajé la mano hasta su barbita y deslicé los dedos por su mandíbula.

—¿Qué quieres, Tina? —me preguntó. Titubeé. Al ver que no contestaba, añadió—: Tengo claro lo que yo quiero, pero contigo a veces me siento confuso.

Me ocurría lo mismo con él. Despertaba tanto deseo en mí que esa sensación también me confundía. Me desconcertaba que traspasara mis barreras con tanta facilidad. Salvé mis propios obstáculos y me arrimé un poco más. Estábamos tan cerca que sus ojos se habían convertido en uno. Volví a acariciarle los labios, que me volvían loca.

—Acostarme contigo —respondí al fin, venciendo mis propios temores.

Sí, venciéndolos porque, aunque en esos momentos solo sentía una irresistible pasión y un incontrolable deseo por mi vecino, en el fondo me daba miedo no ser capaz de controlar mis sentimientos. ¿Y si seguía indefensa en cuestiones de amor? Al fin y al cabo, él parecía ser uno de esos hombres del que siempre se quiere más.

Diego no dejó que me invadiera la duda. Su boca se abrió sobre mis labios y, en cuestión de segundos, los besos nos invitaron a seguir. Seguir hasta que no pudiéramos respirar y entonces nos detendríamos y luego continuaríamos besándonos. Y así fue. Un beso tras otro. Al principio tranquilos, suaves... cogiendo ritmo poco a poco, luego más intrépidos, salvajes. Besos llenos de deseo, de jadeos, explosiones por mi cuerpo y por mi piel. ¿Alguna vez había sentido tanto con unos besos? Si era así, no lo recordaba, pero me daba igual.

Diego me recostó en el sofá y se tendió sobre mí, colocando una rodilla entre mis piernas, sin abandonar mi boca. Una de sus manos se deslizó por mis muslos y me subió el vestido. Despacio, recorrió mi vientre hasta llegar al pecho. Se aferró a mi sujetador y, en un ataque de deseo, me mordió la barbilla, luego el cuello. Se deshizo rápidamente de mis botines y mis medias. Se le notaba ansioso, y no me importaba ir rápido, porque también yo anhelaba su cuerpo desnudo junto al mío.

Se incorporó para quitarse el jersey. Me levanté y, sin ser muy consciente de lo que hacía, lo rodeé con los brazos y recorrí su pecho con mi nariz, aspirando su aroma. No recordaba si alguien me había atraído tanto como él, pues me ponían hasta sus imperfecciones. Enganché los dientes a su pirsin y tiré de él. Diego gruñó y posó una mano en mi nuca.

—Joder, Tina... —dijo con la voz áspera por el deseo. En su tono había un matiz de asombro, incluso yo me sorprendí.

Me apresuré a quitarle el cinturón. Tiró de mi vestido y yo alcé los brazos para que me lo sacara por la cabeza. Luego se deshizo de los zapatos y de los pantalones y nos quedamos en ropa interior. Volví a recostarme en el sofá y de nuevo se puso encima de mí. Su pene duro adivinó cómo acomodarse en mis bragas y yo me moví para notarlo más. Dejé escapar un gemido cuando ahuecó el sujetador para lamer mi pecho. Jugueteó con mi pezón, que se endureció hasta dolerme. Alcanzó mi boca una vez más y su lengua se internó en mí, arrancándome un suspiro. Nos besamos con más saliva y dientes que nada. Alcé mis caderas para chocar con las suyas y su erección se apretó contra mí, causándome un deseo incontrolable.

Me levantó apenas sin esfuerzo y me sentí volar. Él tan alto y fuerte, yo tan bajita y pequeña. Aun así, cuando me dejó en la cama y deslizó la mirada por mi piel, me sentí grande. Me desabrochó el sujetador y lo tiró por los aires. Me reí, se unió a mí y se esfumaron todos mis reparos. Me quitó las bragas tan despacio que acabó con mi paciencia. Me abrió de piernas y hundió la cabeza en mi sexo, dejándome casi sin respiración. ¿Cuánto hacía que un hombre no se perdía entre mis pliegues? ¿Alguna vez lo habían hecho de ese modo, provocándome una oleada de placer tras otra? Era como si Diego supiera con qué ritmo exacto mover la lengua, por dónde debía pasarla, cómo acariciar mis muslos y mis nalgas mientras me saboreaba. Estaba a punto de tener un fantástico orgasmo cuando se detuvo. Levantó la cabeza y me miró con los ojos desenfocados, los labios húmedos de su saliva y mis fluidos, el cabello desordenado porque le había tirado de él. Estaba más atractivo que nunca y estiré los brazos para llamarlo. Quería abrazarlo, sentirlo dentro de mí de una vez por todas.

—Tina —me susurró al oído mientras se colocaba entre mis piernas—, llevo pensando en este momento desde hace semanas…

Su erótico tono de voz terminó por excitarme más. Se bajó el bóxer con una mano, mientras estiraba el otro brazo y abría un cajón de la mesilla. Allí estaban los ansiados preservativos. Iba a ocurrir. Íbamos a acostarnos, a tener sexo, a hacer el amor, a follar como animales… ¿Cuál de ellas? No lo sabía, quizá una mezcla. Sí, las quería todas. Contemplé su pene erecto: grande, poderoso, hambriento de mí. Antes de que se pusiera el condón, lo agarré de las caderas y lo atraje hacia mí. Hice que se frotara en mi sexo húmedo y jadeé al notarlo tan cerca. Lo habría querido dentro sin nada, pero a pesar de la poca conciencia que me quedaba en ese instante, sabía que eso no estaba bien. Lo frené y él se apresuró a rasgar el envoltorio. Se lo colocó rápido y di gracias en silencio por su dilatada experiencia. Volvió a acercarse a mí sujetándose la erección con una mano mientras con la otra se apoyaba en la cama. Empujó con suavidad. A pesar de lo lubricada que estaba, mis paredes se hacían las remolonas. Demasiado tiempo sin sexo. Me preocupó que le molestara.

—Tina, me pones a mil... Me pone tan cachondo que tu coño sea así... —murmuró con los labios cerca de los míos, borrando mis dudas de un plumazo.

Arqueé las caderas para ayudarlo. Fue internándose poco a poco, con suma lentitud, centímetro a centímetro, suave, humedeciéndose y humedeciéndome. Me dolía un poco, pero el placer era mayor. Estiré los brazos y me enganché a sus nalgas, prietas y redondas. De repente, con un movimiento, se coló por completo en mi interior. Solté un jadeo de sorpresa y gusto y le clavé las uñas en el trasero. Se meció con suavidad. Dentro de mí, su pene rozó algo que me arrancó un gemido de goce. Nos balanceamos al unísono, con sus labios rozando los míos en una sonrisa. Estaba haciéndomelo lento, quizá para que no me doliera, y se lo agradecí. Sin embargo, sus balanceos empezaron a saberme a poco. Lo quería más fuerte, más duro, más intenso, recorriéndome.

Pegó su pecho al mío y yo me aferré a sus nalgas para averiguar lo dentro que podía sentirlo. Le insté a moverse más rápido y se me escapó un suspiro con su primera acometida, un gemido con la segunda y un grito con la tercera. Me mordió el hombro y supe que empezábamos a dejarnos llevar por el placer y el deseo del momento sin pensar en nada más. Mi piel ardía, la suya colisionaba con mi cuerpo. Era increíble notar los músculos de su trasero y de su espalda mientras se mecía sobre mí. Se pegó a mi boca cortándome la respiración. Su aliento y su saliva olían y sabían a deseo incontrolable, a ganas locas de poseerme. Me penetró más duro, haciéndome gritar. Separé las piernas para notarlo mejor y él golpeó más fuerte con sus caderas.

Diego también jadeaba, como si el aire se le escapara entre los labios sin poder retenerlo. Dibujé movimientos con mi cintura, a lo que él respondió estrujándome un pecho, y se inclinó para lamer un pezón y luego el otro. Abandoné su espalda para internar los dedos en su cabello. Él me miró con los ojos muy abiertos, aunque algo turbios por la excitación.

—No voy a aguantar mucho más... Me aprietas tanto que me voy a correr, Tina.

Como si supiera que yo aún no alcanzaba el orgasmo, me cogió la mano derecha y la guio hasta mis piernas. Con la mirada me indicó que me tocara y, sin pudor, lo hice. Él se mordió el labio inferior, demostrándome que le gustaba. Pude notar su pene en mis nudillos, deslizándose dentro y fuera de mi sexo mojado y palpitante. Aprecié que no aguantaba más, y me tomó de los muslos, clavándome los dedos con fuerza. Mi vagina se contrajo alrededor de su pene y él estalló con un gruñido. Se echó sobre mí y me lamió el cuello, la barbilla, la boca. Estaba descubriendo a un Diego carnal, primitivo y salvaje que me excitaba aún más. Me froté el clítoris con rapidez y, mientras notaba sus últimas contracciones, alcancé un orgasmo que me supo a gloria. El cosquilleo incontrolable en los dedos de mis pies subiendo por mis piernas e instalándose en mi sexo. Las palpitaciones, una y otra y otra, arqueando mi espalda. Mis manos tirando de su pelo. Mis ojos cerrados y luego abiertos para encontrarme en su mirada desdibujada por el placer. Jadeé, gimoteé, grité y él me besó como si quisiera beberse y comerse mis sonidos.

Cayó rendido a mi lado. Me quedé mirando al techo, con la boca entreabierta y el corazón latiéndome como si fuera a escaparse de un momento a otro. No era capaz de razonar, me sentía como una serie de terminaciones nerviosas que habían estallado. Entonces noté que Diego se giraba hacia mí y me observaba. Ladeé el rostro y descubrí sus mejillas sonrosadas, su mirada cansada y su sonrisa satisfecha. ¿Qué tocaba ahora? ¿Decirle algo? ¿Marcharme? Él respondió por mí, sorprendiéndome: me pasó un brazo por encima y se acercó un poco, con su nariz rozando mi hombro. Pasé unos minutos tensa, sin saber qué hacer, hasta que su respiración fue ralentizándose y me permití relajarme y cerrar los ojos.

Empezaba a adormilarme cuando oí que me preguntaba, con voz somnolienta:

—¿Te quedas a dormir?

18

Hacía ya una semana desde que me había acostado con Diego. Una semana en la que me sentía genial. Más activa, más sexy, revitalizada. Puede que el sexo esté sobrevalorado, pero me acababa de abrir otra de las puertas que se me habían cerrado: la de volver a disfrutar y valorar mi cuerpo y mi placer.

El sábado por la mañana mi hermana y yo nos encontramos en The Little Big Café porque se había empeñado en tomar un *brunch*, que, según me dijo, estaba de moda. En realidad, necesitaba ingerir dulce y calorías porque Jaime y ella seguían de morros y, además, ese fin de semana le tocaba guardia. Aun así, antes de contarme sus problemas, no se le olvidó hacerme un interrogatorio que casi se convirtió en un tercer grado.

—No puedo creérmelo... Ahora soy yo la que está a dos velas porque Jaime sigue enfadado y mi hermana mayor gozándola —protestó.

—Fuiste tú la que insistió en que debía cambiar el chip.

—¡Ay, Tina! Perdona —se disculpó—. Me alegro mucho por ti, de verdad. Lo necesitabas.

Luego me pidió detalles. Hasta si podía decir, más o menos, cuánto le medía. De vez en cuando, las señoras de la mesa de al lado nos lanzaban miradas escandalizadas. Cuando Diana se calmó con mi relato íntimo, le conté que habíamos dormido juntos y que al día siguiente le había acompañado a recoger a Hugo.

—¿Y has conocido a sus padres? ¿Tan pronto? ¿No me dijiste que era un rompebragas y ya está? —inquirió, con los ojos muy abiertos.

—Tú conociste a los padres de Jaime enseguida —le recordé.

—No es lo mismo. Tú y él erais amigos, y yo tu hermana, así que ya había relación.

—Es que no es lo que crees. No me los presentó, si es lo que piensas. Esperé en el coche mientras iba a buscar a Hugo. Al pequeño le hizo una ilusión tremenda verme allí y seguramente era lo que Diego buscaba, darle una sorpresa y que el niño se sintiera bien.

Sonreí al recordar el momento. Cinco minutos de espera y mi vecino salió de la finca con Hugo agarrado a su mano. Él no me vio hasta que llegó al coche, pero, en cuanto se dio cuenta de que estaba allí, abrió la boca sorprendido y luego sonrió de tal forma que me provocó una ternura infinita. Su tío lo metió en el vehículo y lo acopló en la silla. Nos preguntó si volvíamos a ser amigos y Diego me indicó con un gesto que le contestara yo. El niño me invitó a comer con ellos, pero preferí pasar el día en casa porque necesitaba pensar sobre lo ocurrido (aunque debía admitir que una parte de mí deseaba pasar más tiempo con Diego), así que le prometí que un domingo iríamos al parque de picnic.

Mi vecino —aunque ya se me hacía un poco raro referirme a él de ese modo— me había hablado un poquito más de su familia cuando íbamos a recoger a Hugo. Eran humildes y trabajadores, nunca habían tenido mucho. Me explicó que apenas se hablaba con su hermano desde hacía años, aún menos después de lo sucedido, y que no le hacía gracia que su madre siguiera empeñada en defenderlo. A pesar de lo poco que me contó, pude adivinar que la relación con sus padres tenía esos altibajos de quienes aman y sufren por los errores de otros. Era como una especie de relación amor-odio y pensé que Diego había sufrido mucho, aunque no lo demostrara. Tal vez ese fuera el origen de sus anhelos, de su deseo de triunfar en otros aspectos de la vida, como el laboral, y que por eso le frustraba tanto haber dado un paso atrás.

—¿Y ahora qué? —me preguntó Diana, sacándome de mis pensamientos.

—¿Qué de qué?

—Sois vecinos. Si hay suerte, podéis cruzaros casi todos los días… Bueno, suerte o empeño. —Me guiñó un ojo y me reí.

Lo cierto era que, al final, el domingo pude pensar poco. Lo hice, sí, pero más centrada en lo que había sentido al acostarme con mi vecino. Toda esa pasión, el placer, los sentidos agudizados al máximo. Bien, cómoda, segura, empoderada. Esa noche, al meterme en la cama, me di cuenta de que ansiaba volver a sentir todas esas emociones. Sin embargo, no habíamos hablado sobre lo que había sucedido. Nos habíamos quedado dormidos y, al despertar, desayunamos rápido para ir a recoger al pequeño. Diego me lanzaba miradas que no acababa de comprender, así que, para evitar el silencio, le pregunté sobre cómics y bandas sonoras, y él se puso a hablar sin reparo. Al final, fui a ducharme a mi casa y, cuando vino a buscarme, me preguntó si esa semana podía volver a darle clases a Hugo. Ocupamos el silencio y el tiempo hablando de las actividades extraescolares que había estado haciendo.

En el fondo, tal vez no necesitáramos palabras, explicaciones ni etiquetas. Quizá éramos dos personas libres a las que les apetecía pasarlo bien, que sin duda se atraían y que habían compartido una noche de placer. Pero yo no estaba acostumbrada a eso, claro, a pesar de que imaginaba que para él era lo más normal del mundo. Opté por actuar con naturalidad, pero me costaba, porque Diego me lo ponía difícil.

Esa semana nos habíamos encontrado un par de veces en el ascensor. Solo cruzamos algunas palabras porque ambos llevábamos prisa. La primera tarde, al recoger a Hugo, se detuvo un poco y charlamos sobre el pequeño y sobre nuestros trabajos. La segunda, se lo llevé yo a casa. El chiquillo nos abandonó y se fue a ver la tele. Diego me miró en silencio y después, Dios, cómo me sonrió. En esa sonrisa se escondía todo lo que habíamos hecho en su dormitorio. Esa sonrisa me aseguraba que él también quería repetir. Qué mala influencia eran para mí esos labios curvados en una promesa de disfrute.

Tan mala que, cuando me cogió de las muñecas y me atrajo hacia el recibidor, no me opuse. Seguía sonriendo al acercar su rostro al mío para besarme. Había deseado que sonriera a unos centímetros de mi boca. Apoyé las manos en su pecho y noté de inmediato el calor que traspasaba su piel. En algún momento pasó de besarme a devorarme, a beberse mis suspiros y a provocarme con su lengua. Entonces una vocecilla nos sacó de esa magnífica burbuja. Hugo estaba detrás de su tío, al final del pasillo, pidiéndole gusanitos. Diego se apartó de mí de golpe y le dijo que faltaba poco para cenar. El chiquillo se nos quedó mirando serio y después corrió de nuevo al salón. No pude evitar sonreír. Al girarse hacia mí, Diego me puso un dedo en los labios y también se rio. Ese sonido me gustó demasiado. Y después me fui con la entrepierna húmeda y el pulso a mil por hora.

El viernes esperaba encontrármelo, pero no fue así. Creí que me enviaría un mensaje, pero tampoco sucedió. Mi mente solo era capaz de recordar ese último beso que me había sabido a poco.

—¡Llámalo tú, Tina! —me regañó mi hermana, tras confesarle mis pensamientos—. No puedo estar siempre detrás de ti, que tú eres la mayor.

—No te pido que estés detrás de mí. Además, en el fondo te gusta, marisabidilla —bromeé.

Sacudió la mano para que me callara y me preguntó si llevaba en la bolsa una tarta de zanahoria para enseñársela a los del café.

—Pero ¿qué dices? Llevo unos libros para Rosario, que he pasado antes por la librería a ver cómo estaba don Vicente y a preguntarle si necesitaba algo.

—Tenéis una buena relación, ¿verdad? Al final, papá tenía razón al decir que ese hombre y tú encajaríais. Pero deberías haber traído un dulce. ¡Me lo prometiste!

Chasqueó la lengua y, como un terremoto, se levantó y se dirigió al mostrador. La miré con horror mientras hablaba con un dependiente. Después, el chico entró en la cocina y salió con otra persona segundos después. Diana me señaló. Aparté la mirada, nerviosa. Volvió a los pocos minutos y se sentó delante de mí con una sonrisa de oreja a oreja.

—¿Qué les has dicho?

—Que su tarta de zanahoria está buena, pero que la tuya es mejor, y les he preguntado si les parecería bien probarla algún día.

—¡Estás loca, Diana! —exclamé.

—Puede ser, pero me han dicho que sí. ¡Imagina que les encanta y te hacen encargos!

—No sueñes...

—Si se pierden los sueños, ¿qué nos queda? —inquirió, muy filosófica. Sin embargo, sus palabras me llegaron más que en otras ocasiones—. Y es la última vez que te empujo —dijo al tiempo que se levantaba y me hacía señas para que la imitara—. Ahora me vas a ayudar tú a mí, que en dos semanas es el cumpleaños de Jaime y no sé qué regalarle.

El domingo por la mañana lo pasé en casa de Rosario. Primero hablamos del libro elegido para el siguiente club, *Los crímenes de la calle Morgue* de Edgar Allan Poe, cortesía de nuestro fiel cliente Toño.

—A mí es que esto de las muertes me da un poco de aprensión, pero vamos a ver qué tal —confesó. Me sirvió un poco más de agua caliente de la tetera para mi infusión y se quitó las gafas. Ya empezaba a conocerla un poco y sabía que iba a decirme algo importante—. Oye, ¿qué le pasa a Diego?

—¿Le pasa algo? —inquirí.

—Hace tiempo que no me visita. Juanito echa de menos a Hugo —me respondió la mujer, sin apartar la mirada de mí.

—¿Y cómo voy a saber algo? —disimulé, pero notaba que me ardían las mejillas.

—Porque le das clases al niño, reina. Seguro que sabes más que yo.

—Creo que no le pasa nada. Imagino que tendrá mucho trabajo. A Hugo le va mejor el cole —solté sin pensarlo, como un robot.

Rosario esbozó un extraño gesto, pero no añadió nada más.

Por la tarde recibí un wasap de mi vecino que me dejó sorprendida y me aceleró el corazón.

Voy a llevar a Hugo al parque a que juegue un rato. Te apetece venir, si no estás ocupada?

Tardé unos minutos en contestar para no parecer demasiado ansiosa. Veinte minutos después llamaban al timbre y, al abrir, Hugo se me abrazaba a la cintura. Pensé que me habría encantado que su tío se me lanzara de esa forma.

—Se ha puesto pesadísimo con que nos acompañaras, espero que no te importe —me susurró en el ascensor. Su barbita y su aliento me hicieron cosquillas en el oído.

—No, claro que no —respondí, aunque algo desilusionada porque quizá la invitación solo venía del pequeño.

Fuimos a un parque infantil que estaba unas calles más allá de la nuestra. Al principio Hugo quiso que su tío y yo nos quedáramos con él, pero al rato otro niño que no paraba de acercársele se lo cameló y se pusieron a jugar juntos. La madre estaba sentada en un banco y no paraba de mirar a Diego. La entendía. Sin embargo, él no apartaba la vista de su sobrino, aunque pareció quedarse un poco más tranquilo al ver que Hugo disfrutaba, y me propuso que nos sentáramos. Hacía un frío horrible y me subí la bufanda hasta la nariz. Diego se metió las manos en los bolsillos de la chaqueta y me miró con una sonrisa.

—¿Qué? —pregunté.

—Hacía tiempo que no conocía a alguien como tú.

Arqueé una ceja y lo miré, sacudiendo la cabeza.

—Quiero decir que... Me transmites serenidad. Incluso tu ropa me hace sentir más tranquilo.

Me miré, sorprendida: abrigo de lana multicolor, leotardos gordos y, debajo, un vestido muy calentito.

—Siempre me pareces muy segura, Tina. —Apartó la vista de mí y buscó a Hugo. Cuando lo encontró, volvió a mirarme—. Creo que no me he expresado bien, me refiero a que es como si no te importara lo que opinen los demás, y eso me parece fantástico. —Sacó las manos de los bolsillos, se las sopló y se las frotó.

—No sé de dónde sacas eso —dije riéndome.

¿Realmente pensaba eso de mí, de la mujer que, con más de treinta años, había tenido la autoestima por los suelos? Aunque, a decir verdad, de un tiempo a esa parte quizá llevaba razón, pues lo que más deseaba en el mundo era vivir mi vida y punto.

—El frío y yo también nos llevamos muy mal —dije al ver que intentaba calentarse las manos. Alargué la mía para coger la suya. La tenía muy fría—. ¡Madre mía, estás helado! —Traté de soltársela, pero no me lo permitió.

—Manos frías, corazón caliente —dijo.

—¿Corazón caliente? —Mi tono sonó más burlón de lo que había pretendido.

Diego se había arrimado un poco más y sus dedos me acariciaban la muñeca con lentitud y suavidad.

—No solo el corazón...

Esbocé una sonrisa. Su rostro estaba cerca y su boca me tentaba. Me gustaba esa vena seductora que le salía de vez en cuando y que me animaba a coquetear. Me encantaba que se comportara así porque hacía aflorar a una Tina que llevaba mucho tiempo acurrucada entre las sombras.

—¿Qué más podría ser? —Le seguí el juego con la voz un poco trémula.

—No sé si en este lugar, con tantos menores, debería decírtelo —respondió él, provocándome. Con la mano libre cogió uno de mis mechones y lo acarició—. Tienes un pelo precioso —susurró.

Esa tarde no me lo había recogido porque, con frío, prefería llevarlo suelto para que me diera un poco de calor.

—Y tú mucho morro —le dije riéndome.

Su boca aún más cerca. Mis labios entreabiertos a la espera. Sentía un cosquilleo agradable en el bajo vientre...

—¿Vais a daros otro beso?

Era Hugo, por supuesto. Diego se apartó, no sin dedicarme una mirada cargada de deseo que decía: «Tranquila, escaparte no te escaparás». Me pasé la lengua por los labios resecos, intentando no pensar en las ganas que tenía de que me besara.

—Has hecho un amiguito, ¿no? —le pregunté, ya que le acompañaba el otro niño.

—Dice que su mamá y su papá se dan besos porque se quieren. ¿Por eso os los dais vosotros?

Diego y yo nos miramos un poco confundidos. Los niños siempre soltaban alguna que no sabías cómo contestar. La candidez, la inocencia y el comportamiento de Hugo me enternecían sobremanera, de modo que lo cogí de la mano para atraerlo a mí y le susurré al oído que le compraría unos gusanitos cuando su tío no estuviera. Seguro que su grito de emoción se oyó hasta la otra punta de Madrid. De paso, cambiábamos de tema. El niño se marchó corriendo a los columpios con su nuevo amigo.

—¿Qué le has dicho? —me preguntó Diego con el ceño fruncido.

Ahogué una sonrisa: quizá pensaba que había contestado a la pregunta de su sobrino.

Me quedé en el piso de Diego mientras le preparaba la cena a Hugo: sopa de pollo y fideos y dos pescadillas pequeñas.

—¿Come mejor ahora? —pregunté al ver esos alimentos tan sanos.

—Eso parece, aunque el brócoli no hay manera. —Cogió el cuenco de sopa y me tendió el platito de pescado.

—Oye, si algún día estás agobiado, puedo preparar algo...

—Te lo agradezco, pero tampoco quiero sobrecargarte. Además, con mi nuevo trabajo tengo más tiempo. —Se encogió de hombros, apartando la vista. Ese tema siempre le ponía de mal humor.

Mientras Hugo comía la sopa, Diego le fue quitando las espinas al pescado. Lo observaba atenta, apreciando el cuidado que ponía en lo que hacía. Recordaba la noche en que se abrió un poco y me transmitió toda su frustración. Me parecía que, pese a todo, se esforzaba en ofrecer una buena vida a su sobrino, en hacerle sentir bien bajo su techo. Tal vez lo más complicado de querer a alguien es que no eliges a quién. Estaba claro que Diego sentía un gran cariño por el niño, a pesar de los obstáculos, las discusiones y de tener que actuar como padre postizo sin ayuda. Por eso quizá había empezado a admirarlo.

Reparó en mi mirada y me dijo:

—Gracias por venir al parque. Era importante para él.

—No me las des. Siento que muchas veces me das las gracias por cosas que hago con ganas.

—Pero no todo el mundo haría lo que estás haciendo por Hugo; solo eres nuestra vecina.

Sus palabras me chocaron un poco, a lo mejor incluso me molestaron. Sin embargo, ¿qué era, aparte de eso? Tal vez, más adelante, pudiera llegar a ser una amiga. Con derecho a roce, eso sí. Tampoco daba la impresión de que Diego buscara algo más en ese período de su vida.

—Esta semana empezaremos a ensayar villancicos en el cole porque Chelo dice que, si no, nos equivocaremos —anunció Hugo de repente. Cada vez formaba frases más largas y eso me alegraba.

—Chelo es su maestra —me informó Diego.

—¿Y ya te sabes algún villancico? —le pregunté al niño.

Emocionado, Hugo nos hizo una versión del *Campana sobre campana* que me sacó unas cuantas risas. En un momento dado, reparé en que Diego estaba centrado en mí. Y pensé que esa noche lo bonito no eran sus ojos, sino cómo me miraban. Me miraba como nadie lo había hecho... No sabía si peor o mejor, pero desde luego distinto. Era como... como si estuviera viéndome. Viendo a la auténtica Tina.

Llevaba quince minutos leyendo en la cama cuando me sonó el teléfono. Eran las once de la noche, así que me asusté. Al mirar la pantalla y leer el nombre de Diego, me preocupé aún más. ¿Y si Hugo se había puesto enfermo? Me había ido cuando terminó de cenar; Diego iba a bañarlo y a acostarlo.

—¿Diego? ¿Pasa algo? —pregunté nada más descolgar.

—Solo quería saludarte. —Sus palabras al otro lado de la línea me causaron un vuelco en el estómago.

—No hace ni dos horas que nos hemos despedido —le recordé. Me puse un poco nerviosa al pensar que aquella llamada no se la había pedido su sobrino.

—Hoy me he dado cuenta de algo: me gusta escuchar tu voz.

Estuve a punto de decirle que también me gustaba la suya, pero me callé, porque no sabía muy bien qué camino iba a tomar esa llamada.

—Hugo lleva un buen rato dormido. Antes ha tenido una pesadilla, pero se le ha pasado rápido y ahora está como un tronco —me informó.

—Me alegro —contesté en un murmullo.

Se hizo un silencio, aunque me pareció que la respiración de Diego era más intensa de lo normal.

—He pensado en ti —dijo de repente.

—¿Sí? Bueno, yo... yo también —me atreví a decir.

—¿Y has pensado en mí como yo en ti? —replicó, y luego bajó la voz, me pareció más ronca—. Porque yo he pensado en tu boca, en tu lengua, en tus piernas... Joder, Tina, qué piernas tienes.

El pulso se me aceleró y me incorporé en la cama, sorprendida. No me esperaba aquello, pero no me molestó en absoluto, todo lo contrario.

—Yo también he pensado en tu boca —respondí. Podría haber añadido otras partes de su anatomía, pero todavía no me había soltado lo suficiente.

—También recuerdo tus tetas... y tu coño.

En cualquier otro, esa palabra me habría sonado brusca, vulgar. En cambio, con su erótica voz, me parecía sucia pero excitante. Y justamente despertó esa parte en mí, con un agradable cosquilleo. No sé muy bien cómo empezó la cosa, pero, cuando quise darme cuenta, había metido la mano en el pantalón del pijama y me acariciaba por encima de las bragas. Al otro lado de la línea, la profunda respiración de Diego me avisaba de que él también estaba tocándose.

—Desearía estar ahí. Quiero besarte —susurró. Su voz se extendió por todo mi cuerpo. Puse el altavoz y dejé el móvil en la almohada para tocarme también los pechos—. Me muero de ganas de follarte... ¿Cómo llevas el pelo? ¿Suelto?

—Sí —respondí, descolocada por su pregunta.

—Quiero agarrarte del pelo y tirar de él. ¿Te gustaría?

—Eh... creo que sí. —Lo imaginé haciendo eso y mi entrepierna se humedeció aún más. Me apreté un pecho y jadeé—. Quiero que lo hagas —añadí, empezando a liberarme.

—¿Estás tocándote?

—Sí, ¿y tú?

—¿Tú qué crees? Lo estoy haciendo casi desde antes de llamarte —bromeó—. Me toco algunas noches pensando en ti.

—Yo también —le confesé.

—¿De verdad? —Parecía sorprendido—. ¿Y en qué piensas cuando te masturbas?

—En ti... en tus besos, en cómo me acaricias, en tu cuerpo... —Apreté las piernas mientras le hablaba. Las mejillas me ardían. Me gustaba la sensación.

—Me acuerdo de cómo me tocaste la primera vez, y de la sensación de estar dentro de ti la otra noche... —Soltó un gruñido. Yo introduje un dedo en la vagina y gemí—. Joder, qué ganas de follarte lento. Y luego rápido, Tina. Lamer toda tu piel. Morderte los pezones... ¿Te he dicho ya lo mucho que me gustan? Y tus tetas.

Cerré los ojos y alcé la barbilla sin dejar de sacar y meter un dedo y después otro. Con el pulgar me acariciaba el clítoris, cada vez más hinchado. Deseaba que Diego estuviera encima de mí haciéndome todo lo que me decía; sin embargo, debía conformarme con mis manos y me afané en disfrutar. Me pellizqué un pezón mientras le oía susurrar lo mucho que le excitaban mis piernas y mi coño. Sabía que le gustaba esa palabra y lo cierto era que a mí me excitaba. Tanto, que le solté:

—Quiero comerme tu polla.

—Joder... me corro.

Escuché cómo gruñía y jadeaba, y farfullaba palabras sin sentido. Y todos esos sonidos me catapultaron hacia un placer que me dejó la boca seca. Me froté el clítoris más rápido y se me escapó un grito al notar el orgasmo recorriendo todo mi cuerpo. Abandoné mi pecho y me aferré a la almohada, susurré su nombre casi de manera inaudible y gimoteé deshecha en temblores. Cuando acabé, una sonrisa se me dibujó en la cara. Al final, acabé riéndome sin poder parar.

—Lo siento... —me disculpé. No quería que Diego se molestara, pero se unió a mis risas—. Es que ha sido tan...

—¿... excitante?

—Eso desde luego. Nunca había hecho esto —le confesé.

—¿Ni con tu ex?

Por un momento, se me cortó el rollo. Me quedé callada; no quería contestarle a eso. Pareció darse cuenta, porque cambió de tema.

—¿Cómo mantienen relaciones las personas con hijos?

Se me escapó una carcajada, pero en el fondo llevaba razón. Con su sobrino allí, el sexo era mucho más complicado.

—¿Puedo preguntarte algo?

Por su tono de voz, noté que se había puesto serio.

—Adelante —contesté.

—Quiero saberlo desde que te conocí... ¿De qué nombre viene Tina?

—Adivínalo. Y no, Cristina no es.

—No sé si mi cabeza funciona muy bien ahora. Se me ha ido la sangre a otro lado —bromeó.

—Me llamo Valentina.

Diego guardó silencio unos segundos y después dijo:

—Me gusta, te pega. —Lo oí bostezar—. Creo que me voy a dormir. Que descanses, Valentina.

Cerré los ojos y recordé cómo había pronunciado mi nombre. Me gustaba cómo sonaba en su voz, en su boca, entre sus dientes, rodeado por su lengua. Era como si le otorgara un nuevo significado.

Luego me planteé qué habría significado esa llamada para él. Quizá solo buen sexo, disfrute, un desahogo en su dura vida diaria. Me pregunté si su rechazo a una relación seria se debía al trabajo que había elegido o a algo más. En cualquier caso, seguramente yo no tendría cabida. Tampoco sabía si era lo que yo quería, lo que me convenía.

Cerré los ojos y recordé la noche que estuvimos solos en su casa. Sonreí al pensar en esos mangas que me había enseñado. Nunca había leído uno, pero sentía curiosidad, al igual que me la había despertado con las bandas sonoras. Desde luego, tenía unas aficiones curiosas, al menos para mí. ¿Qué tipo de mujeres habrían entrado en su piso hasta entonces? No pude evitar sentir una pequeña punzada en el pecho.

19

Un par de años antes...

Era sábado por la mañana y acababa de recibir una llamada fabulosa: otro negocio cerrado. Esa noche saldría a celebrarlo. Quizá incluso se lo comentara a sus jefes, por si a alguno le apetecía unirse, y así aprovecharía para explicarles cómo había logrado el trato y se correría la voz.

Ladeó la cabeza y se encontró con los ojos de cachorrillo esperanzado de su madre. Imaginaba por qué lo miraba de esa forma, pero no tenía ni pizca de ganas de entablar la misma conversación de siempre.

—¿Alguna chica? —quiso saber ella, antes de que él abriera la boca.

Podría haber mentido y haberle dicho que sí, pero no le parecía bien ir contando trolas por ahí y, además, ¿por qué no le dejaba vivir como quisiera? A su hermano, después de todas las trastadas que les había hecho, no le reprochaba nada.

—La verdad es que no, mamá. Era trabajo.

—Oh. —Su madre compuso un gesto de desilusión y alargó el brazo para coger el envase de mantequilla y untarse un poco más en el pan.

—¿Cómo está papá? —le preguntó él con sinceridad, cambiando de tema al mismo tiempo.

—Hoy se encontraba mejor. Ha salido a desayunar con un amigo.

Ellos también habían ido a una cafetería. Su madre se había empeñado en que su obligación era visitarlos más a menudo. Cuando usaba el plural, en realidad se refería a ella, pues su padre nunca se lo echaba en cara, le entendía.

—¿Y no hay nadie en tu vida, hijo? —volvió a lo mismo.

—De momento no, mamá —contestó, conteniendo un suspiro de impaciencia.

—No puede ser que no te guste ninguna chica.

—Quizá es que me gustan muchas —replicó él, sonriente. Su madre lo miró con el ceño fruncido—. Venga, mamá, que es broma.

—Tienes casi treinta años.

—La mejor época para disfrutar de la vida. —Abrió los brazos, sin dejar de sonreír.

—También se puede disfrutar con una mujer al lado. —Su madre mordió la tostada y, tras masticar unos segundos, se puso más seria y bajó la voz—. Hijo, si te gustan los hombres, sabes que te apoyaré...

—Mamá, ¿cuántas veces vas a decirme eso? —Soltó una carcajada—. Pásate por mi finca y pregunta qué me gusta.

—No sé si eres demasiado exigente o demasiado fácil —se quejó.

A él no le gustaron sus palabras ni su tono.

—Estoy centrado en mi carrera. —Sorbió de su café y le supo en exceso amargo—. Es importante para mí. No tengo tiempo para una relación romántica. Sería muy egoísta si empezara una y no pudiera cuidarla...

—Eso es lo que no entiendo, hijo. ¿Por qué prefieres el trabajo antes que a una mujer a tu lado? ¿No te sientes solo? ¿Te quedarás soltero toda la vida por tu trabajo? ¿Qué harás en un futuro, sin hijos que te acompañen? Aunque, bueno, si salen como tú, que apenas vienes a vernos...

—Mamá... —Se frotó la frente, tratando de no perder la paciencia. ¿Por qué parecía el malo de la película? ¿Y el otro qué? A Pablo no le decía nada. Al final, con todos esos pensamientos que le provocaban cabreo, le soltó—: De tu otro hijo no te quejas, no. ¿Qué pasa? ¿Preferirías que actuara como él? Porque, de verdad, me dejas atónito.

—Diego… —le advirtió su madre, pero le dio igual.

—A lo mejor piensas que haber tenido un hijo con una tía que apenas conoces es válido por el simple hecho de procrear. Pero déjame decirte, mamá, que eso no te convierte automáticamente en una buena persona ni en un buen padre.

—¡Qué de tonterías dices, hijo! —exclamó ella, sacudiendo la cabeza enfadada—. ¿Por qué siempre estás con lo mismo? Parece que tengas celos de tu hermano. El pobre no lo ha tenido fácil…

—¿Celos, yo? —Se le escapó un tono burlón y una carcajada sarcástica—. ¿Y que no lo ha tenido fácil? ¡Ni yo! Yo al menos intento hacer las cosas bien.

Su madre levantó una mano para que se callara y él cogió aire y se mordió la lengua.

—Tengamos la fiesta en paz, hijo. Sabes que no me gusta discutir. Me entra jaqueca. —Lo miró con tristeza.

Le supo mal y decidió no seguir.

Acabaron el desayuno y, al salir de la cafetería para dar un paseo, su madre contratacó:

—¿Qué buscas en una mujer, hijo? Con que sea trabajadora y honrada… Mira, hace unas semanas se casó el hijo de la Toñi. ¿Te acuerdas de ella…?

Pero a él solo le rebotaban en la cabeza sus primeras palabras. ¿Qué buscaba en una mujer? En realidad, nunca se lo había planteado. ¿Trabajadora y honrada? Claro que sí, aunque no bastaba con eso, ¿no?

Esa noche decidió olvidarse del encuentro con su madre y disfrutar, como había planeado. Salió con un par de compañeros y uno de sus jefes acabó uniéndose al grupo. No estaba pasando una buena época con su mujer y en el club al que fueron se soltó demasiado. Si había algo que no le resultaba lícito era engañar a una esposa o a una novia. Por eso intentó quitárselo de la cabeza a su jefe, aun cuando su relación pudiera resentirse.

—Lo que pasa es que quieres ligártela tú —le contestó el hombre, burlón y bastante borracho. Diego ladeó la cabeza hacia la mujer con la que su jefe había estado tonteando minutos antes. No estaba mal, aunque no se había fijado en ella—. Venga, te dejo el camino libre. No quisiera arrepentirme de algo... Creo que llamaré a un taxi y me iré para casa.

Esperó con su jefe y, cuando llegó, le ayudó a subirse al coche. Después volvió a entrar en el club, donde todavía estaban sus compañeros. Echó un vistazo al reloj: las dos. ¡La noche aún era joven! Su jefe había bebido demasiado desde la cena, pobre hombre. Se notaba que sufría por amor. Por eso él estaba orgulloso de no haberse enamorado. Bastante tenía con otras cuestiones como para pasarlo mal en una relación.

Un rato después alguien le dio unos toquecitos en el hombro. Se giró y se topó con la mujer que antes había hablado con su jefe. Parecía un poco molesta. Le preguntó si la habían dejado plantada y él, intentando ser sincero, le contestó que era lo mejor para ella, porque el tipo estaba casado. Pero la chica se enfadó más aún. Para disculparse —aunque él no tuviera nada que ver— la invitó a una copa.

Hora y media después entraban en el piso de Diego como un vendaval. Él ya le había desabrochado el pantalón en el ascensor y ella llevaba la blusa colgando de los brazos. Fueron tropezándose por el pasillo hasta llegar al salón. Su acompañante soltó una risita y lo empujó contra la mesa.

—¿Y si lo hacemos aquí?

Él esbozó una sonrisa seductora y la atrajo para besarla.

—¿Tienes condones?

La dejó un momento para ir a buscar uno. Al volver, se la encontró curioseando los estantes en los que reposaban sus CD y sus mangas. Se acercó a ella, que ladeó la cabeza y le miró con una sonrisita.

—¿Y esto? —le preguntó cogiendo uno de sus cómics más preciados, hojeándolo.

—Mangas —respondió algo incómodo, pues parecía que la chica se burlaba de él.

—¿Todavía lees esto? ¿No es para críos? —Se rio.

—Son de mi hermano pequeño —mintió—. Se acaba de mudar a otro piso para estudiar en la universidad y aún no ha venido a buscarlos.

Le arrebató el manga de las manos y volvió a colocarlo en la estantería. Las ganas de acostarse con ella se habían desvanecido. Sin embargo, cuando ella lo abrazó y comenzó a acariciarle el pecho y la espalda mientras lo besaba, abandonó cualquier mal pensamiento y se dejó llevar. Tenía ganas de follar y no iba a permitir que nada ni nadie le privara de ese momento. Quizá por la rabia, se la tiró con sexo un poco más salvaje de lo normal. Ella no se quejó, todo lo contrario.

Aunque había decidido vaciar la mente mientras la penetraba con fuertes estocadas, no pudo evitar que se le colara un pensamiento: si algo buscaba en una mujer, era respeto mutuo. Joder, ¿era mucho pedir que no se burlaran de sus pasiones? Esa noche decidió que, si tenía una relación seria en el futuro, ella debería respetar su colección de manga y sus bandas sonoras. No le importaba que no compartiera esa afición, pero debía entender lo que significaban para él. Luego pensó en su madre y en su eterna manía de reprocharle que trabajaba demasiado. Era otro factor que también debía tener en cuenta: que respetara su trabajo. Y que no juzgara su vida, que le permitiera vivir a su modo.

Me miré una vez más al espejo. Iba elegante, pero no demasiado. Me eché un poco de gomina y me moldeé el pelo hasta que quedó como me gustaba. En ese momento, mi sobrino entró en el dormitorio.

—¿Cuándo nos vamos? —preguntó por enésima vez.

Estaba ansioso por conocer la librería en la que trabajaba Tina. Esa tarde se celebraba el club de lectura de noviembre y yo había decidido asistir con Hugo y darle una sorpresa a nuestra vecina.

—¡Ya estoy! —exclamé, sorprendiéndome de mi buen humor—. Venga, Hugo, ve a por tu chaqueta y póntela.

Soltó un gritito de júbilo y desapareció. Lo oí corretear por el pasillo en dirección a su habitación. Caray, el cariño que le había cogido a Tina.

—¡Tíooo! ¡Yaaaa! —gritó.

Me esperaba en el recibidor. Me asomé al salón para comprobar que no se hubiera dejado nada por el medio y mi mirada se dirigió a los estantes de los CD y los mangas. Volví a recordar aquella noche en que una chica, a la que no volví a ver, se burló de mis aficiones. Y yo, como un gilipollas, mentí y le dije que los cómics eran de mi hermano. Sacudí la cabeza. Había sido un friki desde niño y seguía siéndolo. ¿Por qué ocultarlo? ¿Por qué tenía que avergonzarme de ello? En ese momento recordé que Tina estuvo allí preguntándome por los mangas y ni se burló de mí ni hizo gestos extraños. También se sentó en el sofá y escuchó la banda sonora de *Avatar*. Abrí los ojos en un momento dado y la encontré con los suyos cerrados, expresión concentrada y una ligera sonrisa. Me di cuenta de que disfrutaba de la música y algo en mi interior cosquilleó. Solo una vez, muchos años atrás, le hablé de mi afición a una chica de la universidad y ella me miró como si estuviera loco, con ese semblante de la gente que piensa que los frikis somos unos perdedores o unos antisociales. Ni siquiera a mi amiga Blanca le había confesado lo mucho que me gustaba tumbarme en la cama con los cascos y perderme en las melodías de maestros como James Horner, Hans Zimmer, John Williams o Ennio Morricone. Pero con Tina había vuelto a abrirme, casi sin pretenderlo. No había pensado en ello, había ocurrido sin más. Y después, por WhatsApp, me había pedido que le enviara algún enlace de otras composiciones que me gustaran. Juro que me emocioné más de la cuenta. Pero ¿quién no se siente bien cuando otros se interesan y aprecian lo tuyo?

—Tíooo. —Hugo volvió a llamarme y yo regresé a la realidad.

Me puse la chaqueta y subí la cremallera de la de mi sobrino, a pesar de sus quejas. Caminamos hasta el coche y me puse nervioso al pensar que a lo mejor llegábamos tarde porque había más tráfico de lo previsto. No quería ponerme a rumiar sobre otros motivos por los que me sentía inquieto. Me preocupaba que mi plan saliera mal. No se me daba bien preparar sorpresas. La mía era invitar a Tina a cenar algo rápido y después ir al cine y luego... lo que surgiera. Rosario iba a quedarse con Hugo en mi casa, para que el niño durmiera en su cama. A mi sobrino le encantó saber que le dejaría abrazar al chihuahua hasta que se quedase dormido.

Así que... ¿por qué estaba alterado? Porque no entendía muchas cosas, como por qué quería compartir algo más que sexo con mi vecina. De hecho, creí que, después de desfogarme, se me iba a pasar todo. Al contrario, me había enganchado más al olor y al sabor de su piel. Quería acostarme con ella de nuevo, besarla, lamer sus lunares, que ella me acariciara con su lengua como lo hacía, que se corriera encima de mí. Joder, parecía tímida, pero se había soltado. Habíamos hecho sexo telefónico en más de una ocasión, a falta de oportunidades a solas. Había sido una puta maravilla. En ocasiones, cuando me traía a Hugo después de las clases, tenía que resistirme para no besarla y tocarla por todas partes y empaparme de su olor. Me ponía tanto... no solo a nivel físico, sino también psicológico, y eso era algo a lo que no estaba acostumbrado. No hablábamos sobre lo que significaba aquello. Sexo del bueno, caricias y besos algo clandestinos para que el niño no nos viera, risas entrecortadas, rápidas charlas en el ascensor sobre cómo nos iba, aunque nos apeteciera lanzarnos el uno sobre el otro. Me encantaba nuestro juego, pero deseaba más. Quería tenerla en mis brazos más rato. Hacerla gozar como la otra vez, que ella me arrancase un jadeo tras otro.

Por otra parte, le había dicho algo que era completamente verdad: me serenaba. Era un sentimiento que hacía mucho que no sentía. Tina me miraba con sus ojos azul cielo y yo, casi de inmediato, experimentaba una tranquilidad inaudita —cuando no despertaba en mí el deseo salvaje, claro—. ¿Qué estaba haciendo conmigo esa mujer tan distinta a mí? Tan distinta a mí y tan diferente a todas las mujeres que había conocido. Había una conexión más allá de la piel y la carne. No se había abierto demasiado, pero tenía claro que había sufrido y, aun así, siempre mostraba una sonrisa que le subía hasta los ojos. Tina me sonreía y me alegraba la vida, o me la desordenaba, no lo sabía. Me aconsejaba sobre Hugo, me animaba y yo pensaba que no era todo tan complicado. Nunca había querido ni dejado que nadie me echara una mano, quería hacerlo todo solo. Pero ahora quería la mano que Tina me tendía de forma silenciosa.

No pude pensar en nada más porque Hugo empezó a emocionarse y a preguntar si faltaba mucho. Al final llegamos a tiempo porque decidí dejar el coche en un parking. La librería me gustó desde la primera vez que la vi. Era una de esas con encanto, que olía a libros nuevos y antiguos. Me pregunté si venderían mangas. No era muy grande, así que enseguida encontré la zona en la que se celebraba el club de lectura. Había varias sillas ocupadas, pero Rosario me vio y me indicó con gestos que nos acercáramos. A su lado había unas señoras más o menos de su edad. Me las presentó y luego Hugo se puso a lloriquear hasta que nos levantamos y fuimos a la sección infantil.

Entonces la vi. Tina. Valentina. Me fascinaba su nombre. Nunca había conocido a nadie que se llamara así y me gustaba llenarme la boca con él, pronunciándolo en voz alta. Ella estaba de espaldas a mí, charlando animada con una chica bajita de la que se despidió pocos segundos después. Cuando Hugo la reconoció, corrió y se estrelló contra ella.

Tina se dio la vuelta y le preguntó, sorprendida:

—¡Hugo! ¿Qué haces aquí?

—El tío y yo hemos venido a tu club —dijo el pequeño, señalándome.

Nuestra vecina alzó la mirada y, al verme, aprecié que su gesto cambiaba a uno nervioso que no supe entender, aunque de inmediato se le dibujó una enorme sonrisa.

—¡Qué sorpresa! —exclamó, y noté alegría en ella, por lo que me sentí un poco más tranquilo—. En cinco minutos empieza el club e iba a hacer de moderadora, pero creo que Hugo se aburrirá allí. Así que espera, que le digo a Toño que modere él y me vengo aquí con vosotros.

—Por nosotros no lo hagas... —empecé a decir.

Tina sonrió y pasó por mi lado, apenas rozándome, pero dejando en el aire su particular aroma a una mezcla entre vainilla y galletas.

Volvió minutos después con la sonrisa todavía en el rostro.

Me lanzó una mirada brillante y luego se inclinó y le preguntó a Hugo si le apetecía leer algo. Mientras buscaba en las estanterías un libro para mi sobrino, me dediqué a contemplarla. Llevaba el cabello rubio recogido en la coleta de costumbre, una blusa verde y una falda roja ancha y larga hasta los tobillos. Qué pena, porque me moría por perderme en sus piernas. De sus orejas colgaban unos curiosos pendientes en forma de atrapasueños.

Le leyó un rato a Hugo y yo aproveché para asomar la cabeza y curiosear por el club. Al parecer, hablaban de un libro de Edgar Allan Poe, del que yo solo había leído *El cuervo*, pero la pasión que mostraba en sus comentarios el moderador hizo que me llamara la atención.

—¿Te quedan ejemplares del libro que están comentando? —le pregunté a mi vecina al volver a la zona infantil.

Me miró con los ojos entrecerrados y una sonrisa enigmática y se levantó de la sillita donde se había sentado. Dejó a Hugo absorto en la lectura y se acercó a mí. Su aroma volvió a invadirme y el pulso se me aceleró. Joder, debía ser bruja. Su presencia distorsionaba el ambiente, en el que se acumulaba la química y el deseo que sentíamos el uno por el otro.

Me hizo un gesto para que la acompañara y, de una estantería, sacó el libro del club. Me lo tendió y me dirigí a la caja para pagarlo, pero me tomó del brazo y se negó.

—Un regalo de mi parte —murmuró.

Sus dedos en mi piel me provocaron un latigazo de placer en la polla.

Una hora después el club había terminado y la gente comenzaba a irse. La chica bajita y morena que había estado hablando con Tina la ayudó a recoger. Rosario y yo hicimos lo propio, pero ella le pidió a la anciana que lo dejara.

—Entonces Hugo y yo nos vamos.

Mi sobrino sostenía una bolsa con tres libros que había conseguido sacarme con lloriqueos. Tina estudió a Rosario extrañada, pero no dijo nada. Luego me miró de reojo y creo que me sonrojé un poco, algo que no me ocurría desde el instituto, cuando me declaré a una de las chicas más guapas de clase.

Al cabo de un rato, nos quedamos solos. Tina y la otra chica se habían despedido segundos antes y ella había cerrado la puerta. Se acercó a mí sonriente.

—Dejo unos pedidos en el ordenador y nos vamos. —Se puso a teclear, concentrada, y poco después alzó la vista y me miró como si pensara en algo muy importante—. Por cierto, ¿por qué sigues aquí y Rosario se ha llevado a Hugo?

Noté en su sonrisa que sabía los motivos, pero, por alguna razón, quería que contestara a su pregunta. Quería jugar conmigo y, en el fondo, eso me ponía nervioso y cachondo al mismo tiempo.

—¿Te gusta el cine?

—¿Te parece que sea una persona a la que no le guste? —inquirió, muy seria. Después se echó a reír.

—Me apetecía invitarte —contesté.

Apagó el ordenador y rodeó el mostrador para acercarse a mí. Me cogió del cuello de la camisa y arrimó su rostro al mío. Había cambiado desde la primera vez que nos vimos... Era tímida, sí, pero me había demostrado que también podía ser salvaje, provocativa y seductora en cuestiones íntimas y sexuales. Y aquello me excitaba muchísimo. Joder, era una caja de sorpresas. Me acerqué. Deseaba besarla, meter mi lengua en su boca para enroscarla a la suya y unir nuestras salivas y sabores. Creí que me besaría, pero no lo hizo y, cuando intenté hacerlo yo, se echó hacia atrás con una sonrisa.

—Me parece bien —contestó, sin soltarme el cuello de la camisa. Después bajó una mano por mis clavículas y descendió hacia el pecho. Acercó la cara de nuevo y me susurró al oído—: Pero solo si dejas que te invite a cenar.

A punto estuve de contestarle que estaba encantado si ella era mi cena. Porque me la habría comido allí mismo. Se apartó y cogió su mochila. Traté de disimular la erección que me había provocado.

Dichosa Valentina.

20

Mientras caminábamos, le hablé a Diego de la chica con la que había estado conversando cuando él llegó. Hacía unas semanas que charlábamos más, porque ambas compartíamos la afición por los postres.

—El otro día me comentó que había un curso de repostería, por si quiero apuntarme con ella.

—Eso es genial, ¿no? Con lo que te gusta cocinar...

—No sé, no estoy segura. Creo que es un curso bastante avanzado y no soy una experta...

Diego me miró incrédulo. Se limpió la grasa de la pizza con la servilleta. Habíamos comprado unas porciones para llevar cerca del cine al que nos dirigíamos. Al parecer, ponían clásicos.

—Nunca he probado tus postres porque todavía no me has hecho uno, pero, por lo que tengo entendido, a Hugo le encantan y a Rosario también.

—Siento no haberte preparado ninguno —respondí, un poco avergonzada—. Es que, bueno, con todo el azúcar... y como llevas una vida tan sana... Pero puedo buscar recetas que...

—En realidad no como sano solo por mi físico —me confesó—. Hace años, sí. Es que mi padre ha comido fatal toda la vida y hemos tenido varios sustos. Pero una vez al año, no hace daño —bromeó, levantando el cartón de la pizza.

Me limpié las manos con la servilleta y tiré los restos a la papelera. Diego me imitó. Metí las manos en los bolsillos del abrigo. Ese año el invierno se presentaba frío. Aunque, ¿qué invierno no lo era en Madrid?

—Tal vez sea buena idea apuntarme al curso con ella. Además, mi hermana me ha dicho que es una forma de conocer gente. Me iría bien. —Me encogí de hombros. Sentí que Diego volvía a clavar su sorprendida mirada en mí—. No tengo muchos amigos —me atreví a decirle—. Más bien ninguno. Quiero decir... No los que tenía antes.

—Al menos antes tenías. —Sonrió, aunque no parecía muy alegre.

—¿Estás diciéndome que tú no tienes? ¡Venga ya!

—Es difícil contar con buenos amigos —objetó—. En la escuela y en el instituto siempre fui un marginado y luego... bueno, luego la gente se te acerca para pasárselo bien contigo y poco más.

—¿Y eso no implica ser amigos?

—Quizá no el tipo de amigos que me gustaría tener.

—Pero aquella mujer de la discoteca...

—¿Blanca?

—Sí. Ella es tu amiga, ¿no?

—Supongo que sí. Aunque vive lejos.

—Eso no importa. Así es la auténtica amistad. —Eché un vistazo al escaparate de una librería—. Más vale pocos que malos. Yo sería del segundo grupo.

Se detuvo.

—¿Por qué dices eso? —me preguntó, con auténtica curiosidad.

—Porque no supe mantener a mi lado a gente que me importaba.

—Eso no significa que fueras una mala amiga, sino que, a veces, tomamos decisiones equivocadas. Y si esas personas no las entendieron, tampoco podemos decir que fueran grandes amigos, ¿no?

Continué caminando, consciente de que la conversación era cada vez más personal. Seguía costándome un mundo hablar de mi vida anterior. Pero Diego, aun sin conocerla, llevaba razón: me había equivocado en el pasado, sí. Sin embargo, casi nadie me había ayudado. No me había portado del todo bien, pero tampoco tuve una mano amiga, sin contar la de mi familia.

—¿Alguna vez te has sentido solo, Diego? —le pregunté.

—¿Qué quieres decir? Ahora, con Hugo, no es que disponga de mucha soledad... —bromeó.

—Entonces reformulo mi pregunta. Antes, cuando trabajabas y viajabas tanto y, además, según tú, sin muchos amigos de verdad... ¿te sentías solo?

—Nunca me paré a pensarlo. Pero seguro que mi madre soltaría un rotundo sí. Para ella, si no tienes pareja, es como si vivieras abandonado.

—No estoy de acuerdo con ella —contesté. Me mordí el labio inferior, sopesando qué contarle y qué no, pero me di cuenta de que me apetecía descubrirle un poco más de la antigua Tina—. Mucha gente opina como tu madre, eso de que la peor cosa en la vida es terminar solo. Sin embargo, creo que lo peor es estar con alguien que te hace sentir solo. Así me sentí casi todos los años de mi matrimonio. Puedes estar rodeado de gente y sentirte solo. Por eso te lo he preguntado.

Diego me miraba con los ojos entrecerrados y noté que su mandíbula se tensaba. Entonces lo supe: éramos dos personas muy distintas y parecidas al mismo tiempo, pues ambos habíamos experimentado la soledad cuando, en realidad, no deberíamos haberlo hecho. Yo, con mi marido. Él, como ejecutivo de éxito.

—¿Te gustaron los enlaces que te envié el otro día? —quiso saber, de repente.

Se notaba que deseaba cambiar de tema y asentí con la cabeza de forma efusiva. Alguna que otra vez le pedía que me mandara canciones de películas y me las ponía cuando estaba nerviosa o a punto de irme a dormir para pensar en él.

—En especial la de *El Padrino* y la de *La vida es bella*. ¡Son preciosas!

—Tienes buen gusto —contestó, con la ceja derecha arqueada.

Solté una risita. Menuda tonta... ¿Y qué hacíamos caminando hacia el cine como si fuera una cita? ¿Era normal en él? ¿Repetía con cada mujer con la que se había acostado? ¿Las llevaba a cenar, al cine, al teatro, a la ópera? Nadie podía despejar esa incógnita, porque, en cuestión de relaciones, eso era Diego para mí: una auténtica incógnita. Una vez se me pasó por la cabeza que quizá estaba haciendo lo mismo que mi exmarido años atrás, y que después me trataría mal. Sin embargo, me apresuré a borrar esa idea de un plumazo. En realidad, a medida que Mario iba preparándome citas y me conquistaba, cada vez yo era menos yo y me portaba más como él quería. Había estado muy ciega, pero seguramente casi desde el primer momento me mostró su personalidad con comentarios que, aunque no fueran dirigidos a mí, deberían haberme alertado.

—Hemos llegado.

Levanté la vista para contemplar la fachada de estilo modernista pintada de color salmón, con columnas y bellos ornamentos. Se llamaba cine Doré. No había oído hablar de él. Sonreí porque me gustaba descubrir lugares nuevos e interesantes. Esa era otra de las diferencias entre Diego y mi exmarido. Este último siempre quería ir a restaurantes carísimos, a hoteles de lujo, a espacios donde lo trataran como él creía que se merecía.

El cine estaba cerca de Lavapiés. En realidad, era la sede de la Filmoteca Española, y no solo proyectaban películas, sino que también hacían presentaciones de libros, seminarios, conferencias, etc. La entrada era muy barata y contaba con dos salas y un restaurante-cafetería. Nuestra película, *Casablanca*, la echaban en la sala 1, que tenía un techo impresionante.

—Me encanta todo esto —susurré, emocionada como una niña. Hacía mucho que no iba al cine.

—¿De verdad? No sabía si te gustaría. Y... bueno, quería traerte a uno de mis lugares predilectos —dijo él, visiblemente contento.

—Me sorprendes.

—Ya. Imagino que a primera vista parezco un musculitos sin cerebro o un tipo amargado, ¿no? —bromeó. Chasqueé la lengua y le di un suave golpecito en la mano que apoyaba en el reposabrazos de la butaca del cine. Él aprovechó para coger la mía y acariciarme los dedos con suavidad, provocándome un cosquilleo en el estómago que descendió hasta mi bajo vientre cuando me susurró, cerca de mi rostro—: Tú también eres toda una caja de sorpresas, Tina. Y créeme si te digo que hay pocas cosas que puedan sorprenderme.

Disimulé una sonrisa y me giré hacia delante. ¿Por qué me decía cosas como aquellas si no buscaba nada más? Tampoco iba a quejarme porque, en el fondo, me gustaba que me las dijera.

En ese instante se apagaron las luces y se encendió la pantalla. Nunca había visto *Casablanca* y sentía curiosidad. Poco a poco, su argumento fue atrapándome. Jamás la habría catalogado como un romance, pero lo era, y también tenía su parte de drama, que me emocionó. Me di cuenta de que a Diego le encantaba la banda sonora. Cada vez que sonaba una melodía, mostraba señales en todo el cuerpo que yo iba aprendiendo a reconocer: pestañeos emocionados, sonrisas, el tamborileo de los dedos en el reposabrazos. Me gustaba ser testigo de todo eso y pensé que también me hacía ilusión que él hubiera visto mi pasión por los libros al presentarse en la librería por sorpresa.

Me centré en la película y, cuando terminó, cogí aire y lo solté, increíblemente agitada. Tardé unos segundos en darme cuenta de que Diego me miraba con suma atención y de que, de forma inconsciente, había apoyado mi mano sobre la suya. Aun así, no la retiré. Necesitaba su contacto. Seguía teniendo las emociones a flor de piel y los ojos me picaban por las lágrimas. No me arrepentí de no haber visto antes *Casablanca* porque, en el fondo, sentí que la había visto en el momento justo y con quien debía para apreciarla.

—«Siempre nos quedará París» —susurré, repitiendo una de las memorables frases del filme.

Se inclinó hacia delante y, para mi sorpresa, me dio un beso en la frente en el que me pareció descubrir un rastro de ternura. Era distinto a los anteriores. Cerré los ojos, ansiosa de más.

—Eres increíble.

Me acerqué un poco más, todavía con los ojos cerrados. Me moría por besarlo y que él lo hiciera también. Llevaba semanas anhelando sus manos en mi cuerpo, recordando cómo me había sentido cuando nos acostamos. Puse mucho de mi parte para despertar, pero Diego había contribuido a ello sin ser consciente. La vergüenza por desnudarme y tener encuentros íntimos con un hombre había ido desapareciendo poco a poco con cada sonrisa, mirada y beso de Diego. Pero, en cualquier caso, solo quería que me viera desnuda él. Deseaba que me sonriera, me mirara y me besara él. Eso me asustaba un poco, pero no quería pensar mucho en ello, sino centrarme en disfrutar después de todo lo que había sufrido.

Así que entreabrí los labios con suma lentitud y aprecié que él ya tenía la boca abierta. Le toqué con la punta de la lengua. Su respiración se aceleró y no pude controlarme más: lo tomé de la nuca y lo besé con todas mis ganas, que eran muchas. Sus dientes chocaron con los míos, arrancándonos unas risas, pero no dejamos de besarnos. El sonido de nuestras lenguas, de la saliva, me excitaba aún más. Podría pasarme toda la noche besando a ese hombre y no me cansaría. Deseaba que se aprendiera de memoria las formas de mi cuerpo.

—¿Tenemos tiempo para ir a mi casa? —le pregunté entre jadeos.

Él no respondió, solo dibujó una sonrisa y temí haber confundido sus señales.

—Si te apetece... ¿Quieres?

Borró mis dudas cuando se levantó y me cogió de la mano, tirando de mí para que me incorporase. Choqué con su cuerpo y se me escapó una risita. Recorrió mi rostro con sus ojos de una manera tan excitante, tan llena de deseo, que me acaloré. Por suerte, la sala se había quedado vacía y no había nadie para presenciar ese momento tan íntimo.

—Eso no se pregunta —susurró junto a mi oído.

En el coche, apenas hablamos. A veces su mano se posaba en mi muslo o era la mía la que lo buscaba. El trayecto se me hizo eterno, y más aún encontrar aparcamiento. Saber que estábamos tan cerca de casa me agitaba. En mi entrepierna comenzaba a acumularse todo ese deseo anticipado y pospuesto al mismo tiempo, las ganas de Diego que iban sumándose cada día que compartíamos sexo por teléfono o miradas y sonrisas.

En el ascensor, me tomó de la cintura y me empujó contra el espejo. Su boca se cernió sobre la mía con un ansia incontrolable. Mi estómago se encogió de placer. Yo llevaba las llaves en la mano, pero al salir me las quitó para abrir la puerta de mi piso. Ni siquiera encendió la luz. Sus manos volvieron a apresarme y me sentí empujada contra la pared del pasillo. Volvió a besarme con ganas. Labios, mucha lengua, muchísima saliva, un par de gemidos entrecortados de mi garganta. Me mordió suave. Me encantaba el sabor de su boca, lleno de matices.

—No sé cómo lo haces... —murmuró—. Me tienes tan excitado... Incluso me he empalmado antes, en la librería.

Solté una carcajada que Diego cortó con sus labios. Me guio por el pasillo a oscuras y tropezamos un par de veces. Alcanzamos primero el salón y nos metimos allí. Se dejó caer en el sofá y me sentó a horcajadas encima de él, lo que me permitió notar su tremenda erección. Esa noche empecé a darme cuenta de lo que adoraba sus besos. Porque cuando Diego besaba, era como si no importara nada más en el mundo, solo nuestras bocas y nuestras lenguas contándose confidencias, miedos, deseos.

Me apresuré a quitarle la camisa porque quería contemplar ese pirsin que me volvía loca. Él me desabrochó la blusa y me la arrancó a tirones. El sujetador no tardó mucho en caer. Arqueé la espalda en una invitación que aceptó de inmediato: se hundió en mis pechos, besó mi canalillo, lamió un pezón y luego el otro.

—Mira lo duro que estoy —susurró en mi oído, y me llevó una mano a su entrepierna.

La cogí y la apreté entre mis dedos y él gruñó y me mordisqueó el lóbulo de la oreja.

Una de sus manos cogió el borde de mi falda y me la subió. Noté sus uñas arañando mis medias, deseoso de romperlas. Se controló y acabó acercándose a mi sexo, que tocó con suavidad. Entonces, mientras yo seguía acariciando su pene, supe que quería probarlo, que ansiaba descubrir su sabor. Me levanté y él se me quedó mirando desde el sofá con los brazos estirados hacia delante, quizá preguntándose por mi siguiente paso. Sin decir palabra, pero con una sonrisa, me arrodillé entre sus piernas como había hecho él en otra ocasión. Diego me devolvió la sonrisa y echó la cabeza hacia atrás con los ojos cerrados.

—Una auténtica caja de sorpresas, vaya que sí —masculló.

Le desabroché el pantalón y le toqueteé por encima de la ropa interior. Él gruñó y se incorporó un poco para que pudiera bajárselos. Sostuve su erección frente a mí, observándola con una mezcla de nerviosismo y ganas. No sabía cómo le gustaba. No sabía ni si le iba a gustar. Pero deseaba darle placer, sentir cómo crecía más y más entre mis manos. Gracias a la luz que se colaba por la ventana, aprecié su glande húmedo y eso me infundió los ánimos necesarios. Saqué la lengua, un poco tímida, y recorrí su punta con ella para humedecerlo más. Diego se aferró al sofá y dijo algo que no entendí. Entonces me la metí un poco, y luego más... hasta que la engullí por completo y mi propia entrepierna brincó de placer.

—Madre mía, Tina —gimoteó entre risas.

Se relajó al tiempo que posaba una mano en mi cabeza. Pasé la lengua por arriba y por abajo, tracé círculos con ella y, de nuevo, me introduje su pene en la boca. Empecé a masturbarlo también con la mano, apreciando cómo se endurecía cada vez más. Diego se limitaba a jadear y a abrir los ojos de vez en cuando para clavarlos en los míos. Entendí que le excitaba ver mi cara mientras se la comía.

—Tina... Voy a correrme. —Se tapó los ojos—. Joder, no es plan correrme en tu boca...

Pero ya no me importaba. Solo quería ver cómo se abandonaba al placer y que fuera gracias a mí. Succioné con más fuerza. Él echó las caderas hacia arriba, metiéndomela más. Su mano comenzó a marcarme un ritmo más rápido. Lo oí gemir como nunca y eso me excitó tanto que noté la humedad en mi sexo. Jadeé yo también, chupando, lamiendo, mordisqueando.

Un inconfundible sabor apareció en mi boca y supe que no le faltaba mucho. Aun así, como si le diera vergüenza, no quiso terminar en mi boca. Me cogió de la barbilla y me separó, rogándome con la mirada. Yo acepté su decisión y seguí masturbándolo al tiempo que besaba su vientre, sus ingles, sus muslos. Segundos después descargó dos, tres y hasta cuatro veces en mi puño y en mi muñeca. Lo observé mientras se corría: los ojos cerrados, la cabeza hacia atrás, las venas de su cuello vibrando, los músculos de su vientre en tensión. Aquel hombre, allí, en mi sofá, era la viva imagen de la sexualidad.

En cuanto se calmó, trató de bajarme la falda. Le detuve con una sonrisa y le pedí un minuto para limpiarme. Corrí al baño y me lavé las manos. Por el pasillo, me deshice de las medias y de la falda. Cuando volví, seguía sentado en el sofá, pero completamente desnudo. Me dedicó una de las sonrisas más sensuales del mundo. Al acercarme a él, me tomó del trasero y me arrimó a su cara. Me besó por encima de las bragas y presionó en el punto exacto para arrancarme un gemido. Y aunque me encantaba que Diego me masturbara con la lengua, lo que más ansiaba en ese momento era tenerlo dentro de mí, así que me quité la ropa interior y volví a sentarme a horcajadas sobre él.

—¿Condón...? —pregunté.

Me mostró una de sus manos, en la que tenía uno. Me eché a reír. Le ayudé a ponérselo con impaciencia. Moví las caderas en círculos y su mano derecha atrapó uno de mis pechos para estrujarlo. Acercó la erección a mis muslos.

—¿Ya estás tan preparado?

—Es lo que tú me haces —murmuró, con sus labios pegados a los míos. Se los acaricié con mi lengua y luego succioné su labio inferior. Él gimió.

Rozó su barbita en mis pechos y mis pezones se pusieron tan erectos que me dolieron. Apretó los dientes alrededor de uno de ellos y yo solté un gritito.

—Lo que hacemos por teléfono me gusta, pero esto... esto es una puta maravilla —dijo entre jadeos—. Cuando estamos así... eres tan diferente.

Y era cierto. Yo también lo notaba y me sentía orgullosa de esa nueva Tina dispuesta a disfrutar tanto o más que antes. Esa Tina renovada se colocaba encima de un hombre al que deseaba para metérselo muy dentro.

Me acomodé en su regazo y Diego empujó hacia arriba, con lo que su pene se deslizó entre mis labios con suavidad. Separé un poco las piernas y su punta se coló más, separando y estirando mis pliegues. Me apoyé en sus hombros y eché la cabeza hacia atrás. Gemí, casi sin respiración, cuando su erección entró en mí por completo y él sacudió un poco las caderas para acomodarse. Entonces su mano derecha se posó en mi pelo, tiró de mi goma y me la quitó. Hundió la otra mano en mi cabello suelto.

—Me encantas así.

Le cogí las manos y las guie hacia mi trasero. Me apresó de las nalgas sin dudarlo y me las manoseó. Yo empecé a moverme, a dar algunos saltitos. Me apretó contra su cuerpo y buscó mi boca. Me la devoró al tiempo que jadeaba. Era un sonido tan sensual que ya no me importaba nada más que sentir todo el placer del mundo. Me dominaban un deseo y una pasión que no reconocía, y al mismo tiempo notaba que lo dominaba a él, lo que me impelía a moverme más rápido. La sensación de mis nalgas chocando con sus muslos, el sonido de su sexo saliendo y entrando del mío, el sabor salado de su lengua, el cosquilleo de su barbita en mi rostro, las gotas de sudor que iban acumulándose y deslizándose por nuestros cuerpos. Todo aquello era más excitante de lo que jamás había imaginado.

—Chisss... Desde el salón, os oía discutir. A ver si Rosario... —le dije en voz baja.

Diego sonrió en mi mejilla y me la lamió de tal forma que se me volvió a escapar un gemido. Noté su pene palpitando y mi sexo se contrajo. Apoyó la frente en mi hombro y le acaricié el cabello, mientras trazaba círculos con la cadera. Intentaba ajustarse a mi ritmo, pero sus sacudidas eran cada vez más desacompasadas, como las mías, pues me acercaba a un orgasmo.

—Córrete, Valentina... Córrete.

Escucharle decir mi nombre me provocó una extraña vibración en el estómago. Le clavé las uñas en la espalda y él echó la cabeza hacia atrás y maldijo. Entonces, cuando el orgasmo me estaba recorriendo entera, abrió los ojos y los clavó en mí. Nos miramos sin dejar de movernos, sobrepasados por el placer que sentíamos, y aprecié en su mirada algo distinto, como si se sorprendiera. Y sí, yo también me sentía de ese modo, porque era un sexo maravilloso, pero había algo más... Era un poco más tierno que la vez anterior, más íntimo, más cómplice.

Mi vagina seguía contrayéndose alrededor de su erección cuando apoyó la cabeza en mi pecho. Mi corazón retumbó contra su mejilla y me quedé allí quieta, sin saber muy bien qué hacer o decir. ¿Qué había ocurrido? ¿Por qué me parecía que había sido distinto?

Para mi sorpresa, me abrazó. Y aunque al principio todo mi cuerpo se tensó, a los pocos segundos comencé a relajarme. En todos esos años, tras perderme a mí misma, nunca me había sentido tan tranquila.

Acabamos recostados en el sofá, sin musitar palabra. Había empezado a amodorrarme cuando noté que Diego se movía. Entreabrí los ojos y vi que estaba incorporándose. Mientras se ponía la ropa, de espaldas a mí, no dije nada. Cuando acabó de abrocharse el pantalón, se dio la vuelta y me descubrió mirándolo. Esbocé una sonrisa.

—Disculpa...

—Ya sé que no te gusta dormir acompañado —bromeé, aunque una parte de mí deseaba que se quedara a pasar la noche conmigo, como había hecho yo en su cama.

—No es eso. Es por Hugo.

Me incorporé de golpe, avergonzada. Vaya, era cierto. ¿Cómo no había pensado en ello? Quizá porque había sido otra de las mejores noches de mi vida y no tenía nada más en la cabeza.

—Es verdad. Perdona...

Diego esbozó una medio sonrisa y se acercó. No lo esperaba, pero me besó en los labios con calma, saboreándome.

—Me encantaría pasarme todo el tiempo del mundo entre tus piernas, pero no puedo dejar que Rosario se quede toda la noche con el niño.

—Lo entiendo. —Asentí.

Antes de salir del salón, volvió a girarse y me preguntó:

—¿Te gustaría acompañarnos mañana al parque, como la otra vez?

—Claro —acepté.

Él asintió y se perdió en la oscuridad del pasillo. Cuando oí el ruido de la puerta, volví a tumbarme en el sofá, aún desnuda. Al cabo de unos minutos decidí irme a la cama porque me estaba quedando helada.

Entre las mantas, me pareció que el aroma de Diego me envolvía y me pregunté qué empezaba a ser para mí o yo para él. También estaba cada vez más implicado con el niño. Cerré los ojos y los imaginé a ambos en su piso. ¿Qué estarían haciendo y por qué los echaba de menos?

Imaginé cómo sería mi vida en ese momento si hubiera aceptado tener hijos con mi exmarido. Quizá ellos habrían pagado todos nuestros errores, así que me alegré de haber sido fuerte al respecto.

21

Un par de años antes...

Se llevó a la boca un trocito de zanahoria y masticó despacio. No tenía demasiado apetito, y el estómago se le cerraba todavía más cuando comían o cenaban en casa de sus suegros. Apenas recordaba lo cómoda que se había sentido al principio de la relación, cuando Mario se los presentó. La trataban con amabilidad y respeto. No obstante, todo cambió cuando se prometieron y fue a peor al casarse. Diana tenía una estricta opinión ante ese cambio de actitud: «Normal, Tina, porque se pensaban que eras una más y que acabaría dejándote. Pero ahora que estás casada con su hijo ya no les parece bien. Jodidos ricos estirados...». Ella regañaba a su hermana por insultarlos de esa forma, pero con el paso del tiempo se había ido formando su propia opinión y no distaba mucho de la de Diana. Desde que se habían casado, sus suegros —en especial el padre de Mario— le dedicaban muy pocas sonrisas o palabras, y la mayoría de las veces el ambiente era tenso. Al inicio del matrimonio se atrevió a preguntarle a su marido si había hecho algo que les molestara, pero era como si él no viera el comportamiento de sus padres. Siempre les defendía y ella, al final, un día le dijo que igual ellos creían que se había casado con él por su dinero. Mantuvieron una terrible discusión, cómo no.

Aquella noche les habían invitado a cenar porque el primo de Mario —el de la despedida del día que se conocieron— quería darles una noticia. Sergio y Mario se llevaban muy bien, quizá porque ambos eran hijos únicos.

El primo y su mujer aguardaron hasta el postre para anunciar que esperaban un bebé. Todos los presentes, incluida ella, los felicitaron entre risas, lágrimas y emoción. Llevaban años intentándolo y, al fin, lo habían logrado. Pero aunque era una buena noticia, Tina se puso nerviosa. Sabía lo que iba a suceder, lo veía en la cara de sus suegros, e incluso en la de Mario. Lo habían hablado, por supuesto. Llevaban bastantes años juntos. Sin embargo, no se sentía preparada para formar una familia de tres. No estaba curada del todo, tenía días mejores y peores, y no le parecía que su matrimonio estuviera en su mejor momento. Alguna vez se le había pasado por la cabeza que un bebé podría ayudarlos, mejorar su relación, pero pronto hacía desaparecer esa idea. ¿Cuántos hijos sufrían por culpa de los padres? No pensaba hacerle eso a su futuro bebé.

A pesar de que esperaba la pregunta y que no vino por parte de sus suegros, sino de los tíos de Mario, eso no le restó incomodidad.

—¿Y vosotros, chicos? ¿Para cuándo?

Tina bajó la mirada al platito del postre. Notaba los ojos de los demás clavados en ella, en especial los de sus suegros. Sintió que empezaba a sonrojarse, que le entraba calor.

—En ello estamos —contestó Mario. Solía hablar por ella delante de sus padres. Pero ¿por qué mentía?

—¿De verdad? No nos habíais dicho nada —observó la madre, con su habitual tono prepotente.

—Es mejor mantenerlo en secreto hasta que sucede, ¿no? —continuó Mario.

Ella se retorció las manos en el regazo. Le sudaban. Notaba los intensos ojos de su suegro clavados en su cara.

—Ya pensábamos que Tina no quería hijos, y eso que siendo maestra… —apuntó el hombre con retintín.

Estaba segura de que el padre de Mario ansiaba un nieto y que le daría un ataque si se enteraba de que ella no lo tenía en mente ahora ni en un futuro cercano. Si hubiera contado con el arrojo de años atrás, le habría contestado que una cosa y la otra no estaban relacionadas, que a ella le encantaban los niños, pero que tener un hijo era muy distinto.

—Tina quiere que tengamos bebés —volvió a opinar Mario por ella. Alargó una mano y se la cogió. La miró—. ¿Verdad, cielo?

Apreció el apretón en sus dedos y ladeó la cabeza hacia él y asintió, esbozando una tenue sonrisa. No le gustó lo que leyó en los ojos de su marido y supo que se avecinaba tormenta.

Por eso, aunque no le gustaban las veladas con sus suegros, intentó atrasar todo lo posible el momento de regresar a casa. Y no se equivocaba. En cuanto Mario cerró la puerta del enorme ático, le dijo:

—Mañana dejas las pastillas.

Ella se estaba quitando la chaqueta y se detuvo, mirándolo atónita. ¿Desde cuándo iba a decidir él algo como eso? Una vocecilla débil en su mente le recordó que, en los últimos tiempos, su marido decidía muchas cosas por ella. Pero eso... eso era demasiado.

—No es una decisión que debamos tomar tan a la ligera, Mario —contestó.

Él se dio la vuelta y la miró con desdén y cabreo. Odiaba la mirada que se le ponía cuando se enfadaba. La asustaba.

—¿Tan a la ligera? Llevamos años casados y aún seguimos en este plan, Tina. Lo hemos hablado muchas veces.

—No, lo hablas tú. —Agachó la cabeza en cuanto lo dijo, con el corazón palpitándole.

Mario soltó un bufido y desapareció por el pasillo. Ella no supo muy bien qué hacer. Como no volvía, fue al dormitorio. Lo encontró allí, desabrochándose la camisa. Creyó que había tenido mucha suerte y que todo había pasado, pero su marido volvió al mismo tema.

—Hasta mis padres se han dado cuenta. Qué vergüenza, Tina.

—¿Qué? No entiendo. ¿De qué se han dado cuenta? —preguntó confundida.

—¡De que no quieres tener hijos conmigo! —exclamó Mario. Cuando empezaba a alzar la voz era mala señal.

—No se trata de eso —respondió, apoyada en la puerta, sin atreverse a entrar en la habitación. Aunque sí, sí era eso.

—¿Y qué es entonces? ¿Eh? —Se acercó a zancadas y ella se encogió un poco, con el rostro ladeado—. ¡Contesta, joder!

—No estoy preparada —murmuró.

—¡Nunca estás preparada para nada! ¿Tampoco valdrás para ser madre? —Mario apoyó las dos manos en la puerta, a ambos lados de su cabeza. Ella se atrevió a mirarlo, aunque le temblaba todo el cuerpo. Con esos gritos, mostraba toda su violencia—. No volverás a dejarme en ridículo delante de mi familia, Tina.

—No era mi intención y no creo que lo haya hecho, Mario.

—¡No me hables de ese modo!

Se mordió el labio inferior. Al discutir, Mario siempre pensaba que ella le hablaba mal, que todo era por su culpa. Apartó las manos y, de reojo, vio que se pasaba los dedos por los labios, nervioso.

—Mañana dejas las pastillas y no se hable más. Total, tranquila, que no te quedarás enseguida. Si apenas lo hacemos... —se mofó él.

Era cierto que su deseo sexual había disminuido últimamente, pero él tampoco la buscaba. No la besaba, no la tocaba como antes. Cuando se acostaban, parecía que fuera por desahogo. Tina había vuelto a pensar más de una vez que su marido la engañaba con otra, pero dolía tanto y era tan vergonzoso —sobre todo por el hecho de no tener agallas para enfrentarse a él— que trataba de evitar esas ideas.

—No voy a dejar de tomarlas —dijo al fin, cuando él ya se había girado para seguir desvistiéndose.

—¿Qué? —Se detuvo y se dio la vuelta.

Ella se atrevió a alzar el mentón y lo miró, aún apoyada en la puerta. Negó con la cabeza. Le picaban los ojos. Estaba nerviosísima, notaba sus propias palpitaciones por todo el cuerpo, pero un poco de la valentía de tiempo atrás se abrió paso a través del miedo.

—Eso no lo vas a decidir por mí, Mario.

Y entonces sucedió muy rápido. Tardó unos segundos en

ser consciente de lo que había pasado. Primero sintió pánico; luego, entre lágrimas, vio a Mario mirándola con los ojos muy abiertos y la mano todavía en alto y lo entendió todo. Había estado a punto de golpearla, y claro que la bofetada habría dolido, pero la humillación todavía dolía más. Su marido se acercó y ella, de manera instintiva, se apartó. Trató de abrazarla, y el contacto le dio asco. Le oyó decirle que la quería una y otra vez, aunque el pitido en los oídos se alzaba por encima de la voz de Mario.

Al día siguiente, él volvió del trabajo con un enorme ramo de flores y ella hizo caso omiso. Él se enfadó y le reprochó que le había provocado, como si fuera la culpable de que le levantara la mano. Le gritó que, al fin y al cabo, no lo había hecho.

Esa fue la primera vez que estuvo a punto de ocurrir, pero también la última. No necesitaba más dolor en su vida. Las palabras también dañaban, y las humillaciones, y las órdenes, los insultos, los reproches, las miradas llenas de odio y desprecio, los engaños, la sumisión.

Quedó con su hermana un par de días después y se lo contó. Todo. Ahí empezó la idea del divorcio, a pesar de que se sentía paralizada y sin apenas voluntad.

—Se te dan genial los niños.

La voz de Diego me sacó de mis pensamientos. Me miraba con una sonrisa en los labios y yo se la devolví. Estábamos en su piso y era el cumpleaños de Hugo. Cumplía nueve años y habíamos decidido celebrarlo allí. Me había pedido ayuda porque el chiquillo quería celebrarlo. No sabía a quién invitar y le propuse que le preguntara a él. Diego me contó que Hugo le respondió que no quería que fuera ninguno de sus compañeros de clase porque no le habían invitado a sus cumples, pero que tenían que decírselo a dos niños del parque, a Rosario, a Juanito y a mí. «Tú también puedes venir», le dijo a su tío, y yo me reí un montón con la ocurrencia, a pesar de que a Diego no le hizo gracia. Me ofrecí a preparar la merienda y decoramos juntos el salón.

Primero habíamos merendado, luego les había leído un cuento y en ese momento los niños estaban jugando con los regalos y con el chihuahua. Rosario les relataba historias de su vida a las madres de los pequeños. Formábamos un grupo variopinto, pero estaba siendo divertido.

—A mí se me dan como el culo, Tina.

—¡Venga ya! —Me reí.

—No, en serio. Siempre me ha pasado... Me ponía tenso cuando se me acercaba un niño o algún familiar quería que cogiera a su bebé.

—Y por eso el karma, que es muy majo, te trajo a Hugo —bromeé.

—¿Alguna vez has pensado... ya sabes, en tener hijos? —me preguntó.

Me pasé la lengua por los labios y cogí aire. Volvieron a cruzarse los pensamientos de antes y negué con la cabeza.

—Menos mal que no los tuve —respondí con sinceridad—. Quiero decir que tal vez no hubieran sido felices. —Ladeé el rostro y vi que él fruncía el ceño, pero pareció entender que era mejor no preguntar más—. ¿Y tú? ¿No querrías un Dieguito chiquitín correteando por ahí?

Me miró como si estuviera loca y se echó a reír. Luego me tendió un vaso de Fanta y bebí un trago mientras echaba un vistazo al salón. Me di cuenta de que las dos madres que charlaban con Rosario lanzaban miradas descaradas a Diego.

—Siempre es así, ¿no?

—No te sigo —contestó él, sonriente.

—No me digas que no te has dado cuenta de cómo te miran. —Bajé un poco la voz para que no me oyeran.

Su sonrisa se ensanchó. Tal vez quisiera disimularlo, pero estaba segura de que esas cosas le subían el ego. ¡Y era normal! Aun así, me provocaba una sensación rara en el pecho que, a toda costa, intentaba evitar.

—¿Y tú, Tina? ¿Me miras?

Me terminé la Fanta y decidí recoger los platos y los vasitos de plástico vacíos. Diego se ofreció a ayudarme y nos dirigimos a la cocina.

—Me encantaría ser tan segura como tú —le dije cuando íbamos por el pasillo.

—No soy tan seguro como parezco —replicó él ya en la cocina. Me pasó unos platitos y los tiré a la basura, sin dejar de mirarlo—. ¿Qué? ¿No me crees?

—¿Alguna vez has tenido tanto miedo que te has despertado en mitad de la noche empapado en sudor y no has podido parar de llorar hasta el amanecer? —le solté, de repente, sin pensarlo mucho.

En realidad, llevaba un par de semanas reflexionando sobre ello, sobre que se había instalado cierto temor en mi pecho y no lograba deshacerme de él. Apareció la noche que nos acostamos, cuando pensé que había sido muy diferente. Luego fuimos al parque, y otros días nos encontramos en el ascensor y nos dedicamos más sonrisas, y nos enviamos mensajes subidos de tono que no me preocupaban, pero sí aquellos en los que Diego me deseaba buenos días o buenas noches, o en los que me preguntaba cómo me había ido en el trabajo o si quería cenar en su piso alguna noche. Esos me inquietaban porque no entendía qué hacíamos, qué éramos, qué podíamos llegar a ser. Y me molestaba todavía más el hecho de no saber para qué estaba preparada y por qué, pero no podía ni quería detener todo aquello.

Reparé en que mi pregunta le sorprendió. Se me quedó mirando con los ojos muy abiertos y el cuerpo tenso, en completo silencio. No obstante, no respondió. Esbocé una sonrisa y le di la espalda para tirar los vasitos de plástico. En ese momento, inclinada como estaba, noté que Diego me abrazaba por detrás y que una de sus manos se colaba por dentro de mi falda. Su respiración chocó en mi cuello y su barba me hizo cosquillas.

—Eh... A ver si nos pillan.

—¿Estaría siendo muy egoísta si después del cumple le digo a Rosario que se quede un rato con Hugo? —me preguntó bajito al oído.

Yo me encogí de hombros, coqueta. Él se apretó más a mi cuerpo, dejándome sentir el bulto de su entrepierna. Pensé que quizá esa situación le resultaba más sencilla que si escarbaba en sus sentimientos. Tal vez él se movía mejor en ese terreno, en el que no se quitaba más que la ropa... y me di cuenta de que también para mí era más fácil.

—Pobre mujer, que ya tiene una edad. —Conseguí girarme y apoyé las manos en su pecho. Diego me sonrió de esa manera que me encogía el estómago y acercó su rostro al mío, pero sin llegar a besarme—. Siempre nos quedará el teléfono... —bromeé, recordando la película que habíamos visto en el cine.

—¿Y Skype? —propuso, con las cejas arqueadas.

—No sé si estoy preparada para eso —contesté, aunque al pensar en ello noté un cosquilleo en el bajo vientre. ¿Cómo sería contemplar a Diego a través de la pantalla mientras se tocaba y me tocaba yo? ¿Me atrevería?

Diego deslizó las manos de mis riñones hasta el trasero. Me cogió de las nalgas con fuerza y me apretujó contra su cuerpo. Buscó mi boca y yo se la regalé con ganas, ansiando su sabor y su aroma. Su lengua rozó la mía y el beso, poco a poco, fue tornándose más apasionado. Hundí los dedos en su cabello y tiré de él. Me encantaba. Lo tenía muy suave. Me empujó con la cadera y noté la erección en todo su esplendor.

En ese momento oímos unos chillidos infantiles emocionados que provenían del pasillo y, por si acaso, nos apartamos. Diego me miró. Tenía los ojos brillantes y los labios rojos e hinchados por el beso. Estaba tan sexy, tan atractivo... Me llevé un par de dedos a la boca y me la toqué, con el sabor de su lengua todavía en ella.

—Entonces... ¿te llamo esta noche sobre las diez y media?

Asentí, y me noté excitada. Con un beso —aunque menudo beso— y unas palabras conseguía que le deseara.

—Voy a ver qué hacen —me dijo.

Las últimas semanas había ido apareciendo un Diego más relajado, menos serio, más calmado, incluso con su sobrino. Me gustaba esa versión de mi vecino y, al mismo tiempo, me hacía ir con más tiento porque cada vez me implicaba más con los dos. Incluso se me pasaba por la cabeza cómo me sentiría si, de repente, se marcharan de mi vida. Porque, al fin y al cabo, podía pasar, ¿no? El padre de Hugo daría señales o volvería algún día... No sabía qué querría hacer Diego entonces con su vida, no me había vuelto a hablar sobre ello. Y yo, sin poder evitarlo, me lo preguntaba en más de una ocasión.

22

Mi madre observaba a mi padre y a Hugo con una sonrisa tierna en el rostro. No hacía muy mal tiempo y habíamos bajado al parque de debajo de su casa para que Hugo jugase un rato. Aunque no me hacía gracia con lo que estaba jugando: un coche teledirigido que, al parecer, había enviado mi hermano por mensajero. Se me había instalado un peso en el estómago que no atinaba a comprender del todo. Miré a mi padre, que intentaba enseñar a Hugo cómo dirigir el coche, y sus risas fueron lo único que me animó un poco.

—Hijo, quita esa cara, que parece que estés mordiendo un limón —se quejó mi madre.

No contesté. Sin embargo, ella no se había quedado a gusto porque continuó:

—¿Te pasa algo? ¿Va mal el trabajo?

—Si a ti no te parece que me vaya mal cuando tuve que rechazar aquella magnífica oportunidad fuera de España... —contesté con un tono de voz amargo.

Me arrepentí enseguida de haberlo dicho. Para ser sinceros, la situación no era horrible. O al menos no la veía tan mala como antes. Quizá empezaba a acostumbrarme, a aceptar que había tomado esa decisión y que debía conformarme. Cogí aire y lo solté poco a poco. En realidad, estaba cabreado por el puñetero regalo que mi hermano le había enviado a Hugo y por no ser capaz de entender mi enfado. Ella continuó parloteando, pero la interrumpí sin poder aguantar un minuto más.

—¿Por qué le ha enviado un regalo?

Me miró extrañada, pero no contestó.

—¿De dónde ha sacado el dinero? ¿Te ha dicho algo?

La vi titubear. Se pasó la lengua por el labio inferior en un gesto nervioso.

—Nos escribió una carta. Está bien. Ha conseguido trabajo.

—¿Un trabajo de qué? ¿Uno decente?

—¡Diego!

—¿Por qué tiene que enviarle nada? Es como si quisiera comprarle con un regalo. Joder, debería estar cuidándolo, dándole su amor...

—Diego, ya sabes que tu hermano siempre lo ha tenido muy difícil. Se agobió... En el fondo, es mejor que se marchara. Así, cuando regrese, todo irá mejor...

—¿Cuando regrese? —Noté un sabor amargo en la boca—. ¿Y eso cuándo será? ¿La semana que viene? ¿Dentro de dos meses? ¿De un año?

No es que yo creyera que no iba a volver jamás, pero hacía un tiempo que ese pensamiento me ponía nervioso. Todo en mí eran contradicciones. Por una parte, había momentos en los que quería que volviera para intentar recuperar mi vida, mi trabajo; y otros, en cambio, imaginaba cómo sería que el niño se quedara conmigo.

—Está claro que te molesta cuidar del pobre Hugo —comentó mi madre, poniendo cara apenada. Aquello era el colmo. No la entendía. Ni a mi hermano. El único cabal allí era mi padre, y con sus achaques apenas se imponía—. Pero la familia está para ayudarse, ¿no?

—Mamá, ¿te estás oyendo? —Solté una risita incrédula—. No me molesta, o bueno, a veces sí, ¡qué cojones! —exclamé. Ella chasqueó la lengua y no me importó—. No es un camino de rosas, seguramente por eso se marchó Pablo, ¿no? Las cosas se ponen difíciles y, hala, desaparece. Y te recuerdo que nadie me pidió opinión ni se me dio la oportunidad de elegir.

—¿Habrías aceptado si tu hermano se hubiera presentado con el niño? —me preguntó mi madre.

—¡Pues no lo sé! —Alcé la voz y los brazos al mismo tiempo, totalmente cabreado y atónito debido a los derroteros que estaba tomando la conversación—. ¡Seguramente sí! —repliqué, sorprendiéndome a mí mismo con esa respuesta—. ¡No soy como él, joder! ¡Me lo dejó allí solo, como si fuera un maldito perro! —Mi madre me indicó con un gesto que la gente nos estaba mirando y, aunque no me importaba, traté de serenarme y bajé el tono—. Jamás entenderé por qué siempre lo defiendes...

Ella no respondió. Giró el rostro y volvió a centrar su atención en Hugo y en mi padre. Yo eché la cabeza hacia atrás y solté un sonoro bufido. En esas ocasiones recordaba por qué no los visitaba a menudo. No obstante, desde que tenía a Hugo, era distinto. Él quería ver a sus abuelos y yo no era nadie para prohibírselo.

—¿Has vuelto a hablar con la abogada? —me preguntó mi madre de repente.

Esa vez fui yo el que no abrió la boca. No había vuelto a contactar con Blanca porque estaba lleno de dudas.

En ese momento mi padre recogió el coche teledirigido y vino con Hugo hacia nosotros. El chiquillo iba muy contento con su juguete nuevo. Seguro que le gustaba más que los libros que le había comprado yo, joder. Me había fijado en su carita de emoción cuando mi madre le había dicho que se lo había enviado su padre. Aquello me parecía jugar sucio, alimentar la esperanza de un niño. Hugo no había preguntado cuándo volvería, pero mi madre se había encargado de asegurarle que pronto estaría de nuevo con él.

Mi padre se sentó en el espacio libre al lado de ella y Hugo se empeñó en mostrarme lo bien que había aprendido a usar el coche. Intenté sonreír, pero el malestar no se iba. Y menos cuando mi padre dijo:

—Diego, ¿qué es eso de que tienes novia y no nos has contado nada?

Juro que tanto mi madre como yo dimos un brinco, cada uno por sus motivos, claro. Lo miré con los ojos muy abiertos, confundido.

—¿Qué dices, papá?

—Me lo ha dicho Hugo. Que se llama Tina y que vive en el piso de enfrente.

—¡Qué callado te lo tenías, hijo! —exclamó mi madre, emocionada. Al parecer, ya se le había pasado el mosqueo.

—Siento desilusionaros, en especial a ti, mamá, pero no salgo con nadie.

Ya tenía bastante con el tema de Hugo, con sentirme un fracaso en el trabajo y con detestar a mi hermano como para que mis padres se creyeran lo que no era. Porque... Tina y yo no teníamos nada más que sexo del bueno e ir creando una amistad poco a poco. Me gustaba aquello. Era sencillo y cálido. No quería echarlo a perder complicando las cosas. Tina tampoco había mencionado nada y yo suponía que los dos estábamos contentos con el tipo de relación que habíamos establecido. Al fin y al cabo, ella salía de un matrimonio complicado. ¿Qué necesidad había de poner etiquetas si lo pasábamos bien tal como estábamos? No obstante, era consciente de que una parte de mí no quería darse cuenta de algunas cosas. Como que practicábamos un sexo telefónico de puta madre y que nuestra química era brutal. Hasta ahí bien, pero había otras cosas, como que la había llevado al cine y a cenar y que me apetecía repetirlo. Que me había encantado sorprenderla en la librería. Que la mayoría de los días me despertaba con la imagen de sus ojos en la cabeza. Que me gustaba enviarle mensajes para ver qué tal le iba y, cuando recibía uno de vuelta, sonreía como un estúpido. Me atraían su pelo, sus labios, sus piernas, sus pequitas en el puente de la nariz; su ropa, esa pasión por la lectura, la manera en que trataba a Hugo —divertida, inteligente, amable—. Joder, me gustaba pasar tiempo con ella y lo que sentía cuando estábamos juntos. ¿Me había ocurrido algo como eso alguna vez?

—No hay que decir mentiras, Hugo... —reprendí a mi sobrino.

—¡Diego, no regañes al niño! —le defendió mi madre.

—No es mentira — me contradijo Hugo, clavando sus ojos claros y dolidos en mí—. Os dais besos. Os he visto.

Mi madre me miró de reojo. Me incliné y, con un gesto, le

indiqué a mi sobrino que se acercara. Malditos niños… lo soltaban todo.

—Hugo, darse besos no significa ser novios. Los abuelos te dan besos, ¿no?

—Esos besos no son iguales —respondió el chiquillo.

—¿Por qué no, cariño? —le preguntó mi madre, con su tono de voz de alcahueta.

Joder, la cosa iba de mal en peor.

—Porque los abuelos besan en la cara o en la frente, y los novios en la boca —dijo mi sobrino, tocándose los labios.

Sí que había espabilado, sí…

Mi madre giró la cara hacia mí y me miró en plan: «¿Qué tienes que decir ahora?».

—Joaquín, ¿podéis iros a jugar un poco más? —le propuso a mi padre, señalándole a Hugo.

Me froté las manos algo nervioso. Quería soltarme alguna de las suyas.

—No estarás llevándote a alguna a la cama mientras está el niño allí, ¿no?

—Tina no es alguna, mamá —contesté molesto. De inmediato, reparé en que no era la respuesta que ella esperaba, pues su semblante se iluminó—. Quiero decir que no. ¿Cómo se te ocurre algo así? —Sacudí la cabeza, pero luego le pregunté, para cambiar de tema e incomodarla a ella—: ¿Tú y papá no os acostabais estando nosotros en casa o qué? Porque de alguna manera tuve que nacer yo.

Ella puso mala cara, pero, como no quería responder, se levantó y le dijo a mi padre que nos marchábamos para que no se le pegara el potaje. De camino, Hugo protestó, ya que, aunque no sabía lo que era aquella comida, el nombre no le inspiraba confianza. Esbocé una sonrisa. Ese fin de semana iban a quedárselo y mi madre tendría que vérselas con el genio de Hugo cuando no le gustaba un plato.

Me quedé a comer con ellos, pero no estuve mucho rato. No me sentía cómodo con las miradas y pullas de mi madre y con un pensamiento rondando por mi cabeza. Tina y yo novios. Qué tontería. Qué palabra más… ¿ñoña?, ¿infantil? Se tenía novio o novia con dieciséis años, ¿no? Yo no era de novias. Mi relación más larga siempre había sido con mis bandas sonoras y mis mangas. Había muchos solteros y solteras por el mundo y no pasaba nada. Si me parecía una chorrada, ¿por qué no dejaba de pensar en ello?

Durante el trayecto en coche también pensé en Tina. Mi Valentina. Espera, espera. ¿«Mi»? Solté una carcajada y golpeé el volante. Ella no era de nadie, joder. Me gustaba que fuera libre, que quisiera serlo después de un matrimonio truncado. Y yo también lo era y por eso, a pesar de vernos más a menudo, nuestros encuentros iban cada vez mejor. Recordé el último sexo telefónico, su voz ronca por el placer, los gemidos que lanzaba. La imaginaba tocándose y me ponía cachondísimo. Pensé en sus preciosas piernas, en sus suaves labios, en su forma de mirarme el pirsin y el tatuaje. Recordé el tacto de su sexo y de sus pechos, que se acoplaban perfectamente a mis manos. Llegué a casa con una erección y me masturbé en la ducha. Aun así, las ganas de Tina no se marchaban y, después de un rato intentando serenarme con la banda sonora de *Gladiator*, supe que quería verla, tocarla, olerla, besarla. Dudé un poco más y, al final, me vi llamando a su timbre. No abrió nadie y me recordé que ese sábado comenzaba el curso de repostería. La imagen de Tina con delantal y gorrito de repostera me arrancó una sonrisa.

Como estaba aburrido —el Diego de antes habría llamado a algún amigo para irse de juerga o a alguna chica para pasar un buen rato— y hecho un lío —¡joder!—, acabé bajando a casa de Rosario. La mujer me dedicó una sonrisa nada más abrirme y Juanito se lanzó a mis pies. Me olió los zapatos, estornudó y luego me miró con sus enormes ojos, como si me preguntara dónde estaba Hugo.

—¿La he pillado durmiendo la siesta?

—Rey, eso de echarse la siesta no me va, que se pierde mucho tiempo y cada vez me queda menos.

—No diga tonterías, Rosario.

Me preparó un café y me preguntó qué tal me iba todo. Le conté que había pasado la mañana con mis padres y que había comido con ellos. No mencioné que, por triste que sonara, me sentía más cómodo con ella y el chihuahua que con mi familia.

—¿Se sabe algo del padre?

—Le ha comprado un juguete a Hugo y se lo ha enviado a mi madre. —Me encogí de hombros, como restándole importancia. Por la mirada que me echó Rosario, me di cuenta de que sabía que no me gustaba un pelo.

—Diego, no soy nadie para decirte estas cosas, pero... Creo que ese niño está cada vez mejor. Cuando llegó era un desastre, tan callado y tan serio. Me pareció que no era feliz. Pero ahora...

—¿Y piensa que conmigo estaría mejor? Los niños necesitan una familia.

—¿Acaso no eres su familia, Diego? Los niños lo que necesitan es amor —dijo muy seria—. Y, sinceramente, pienso que tú tienes más para darle que su padre.

Aparté la mirada y sacudí la cabeza. Últimamente me sentía desbordado. Seguía enfadado por lo ocurrido, pero también le había cogido un enorme cariño a Hugo. Me preocupaba por él, le quería cada vez más. Sin embargo, eso me hacía plantearme en qué lugar quedaba yo en esa nueva vida.

—Antes he visto a Tina. Me ha contado que se iba a clase de repostería. Se la veía contenta.

—Sí, se lo propuso una de las lectoras del club —informé a Rosario.

—¿Qué tal os va? —preguntó de repente.

—¿Cómo? —pestañeé confundido.

—Últimamente pasáis más tiempo juntos, ¿no?

—Bueno, a Hugo le encanta estar con ella...

Me corté porque esbozó una sonrisilla que me puso nervioso.

—Soy vieja, pero no tonta.

—No entiendo a qué se refiere, Rosario. —Me eché a reír.

—¿Sabes que ella sufrió mucho mientras estuvo casada?

—Algo sospecho, sí...

—No le hagas daño, rey.

—No es mi intención. —Negué con la cabeza, aturdido.

—Ya sé que eres un buen chico, Diego, pero a veces hacemos cosas y no nos damos cuenta de que podemos dañar a otras personas e incluso a nosotros mismos. —Metió la cucharilla del café en la taza y se incorporó con la agilidad de una adolescente—. Pero bueno, eso ya lo sabes. —Sonrió, con los ojos achinados, y alargó el brazo para que le diera mi taza.

Dos horas después estaba en la cama intentando releer uno de mis mangas, pero con la cabeza en otro lado. No paraba de pensar en la conversación con Rosario y, para colmo, echaba de menos a Hugo. La casa estaba muy vacía sin él. ¿Quién era ese Diego, maldita sea?

No acababa de entender lo que la anciana quería decirme. ¿Acaso Tina le había contado algo? ¿Ella… buscaba algo más conmigo? ¿Debía alejarme para no hacerle daño? Me di cuenta de que no tenía claro si sería capaz. Vivía enfrente. Y, además, la quería en mi vida. De esa forma en que la tenía en ese momento. Pero no siempre se puede tener todo tal como deseamos.

Oí una melodía al otro lado de la pared que me avisó de que ella había vuelto a casa. Había puesto la banda sonora de *Amélie*. Recordé que me había dicho en un mensaje lo mucho que le había gustado. Cogí el móvil de la mesilla de noche y empecé a escribirle otro mensaje preguntándole qué tal le había ido la clase. Terminé con un «Te echo de menos». Maldije en voz alta y lo borré. Luego escribí: «Hugo y yo te echamos de menos». Volví a increpar al aire y lo eliminé también. Estaba mal poner a mi sobrino como excusa cuando, en realidad, era yo el que lo sentía. Y no era malo echar de menos a alguien ni significaba nada más. Hay muchas personas y cosas que se añoran porque son importantes en nuestra vida. Y, sí, Tina se había hecho un hueco en ella. Era una buena vecina. Una buena amiga…

Al final solo le pregunté qué tal la clase. Esperé a que contestara y, como no lo hizo, me impacienté. Me levanté de la cama de golpe, tirando el manga sobre el colchón. Cogí las llaves y salí del piso con el pulso acelerado y unas inmensas ganas de Tina en todo mi cuerpo. Llamé al timbre, pero no abrió. Dos, tres veces. La llamé al móvil y, al fin, contestó.

—¿Diego? —sonaba agitada.

—Estoy en tu puerta.

Silencio al otro lado de la línea. Por un instante creí que no me abriría, pero entonces lo hizo y mi corazón brincó en el pecho. Entendí por qué no me había contestado ni había oído el timbre: se había dado una ducha. Tenía el cabello suelto y húmedo, las mejillas sonrosadas por el vapor y los ojos brillantes. Llevaba un pijama blanco y rosa claro y sus pezones erectos y libres del sujetador despuntaban contra el tejido. Estaba bonita en toda su esencia y pureza.

—¿Ocurre algo? —preguntó, con semblante preocupado.

No contesté. La tomé de la cintura y ella me miró con sorpresa, pero permitió que cerrara la puerta a mi espalda con el pie. Dimos unos pasos por el pasillo, hasta que yo me incliné y hundí la nariz en su pelo mojado. Se lo olí y me llené del aroma del champú: vainilla, algo de galleta. Deslicé la nariz por su mejilla hasta llegar a su cuello y volví a aspirar. Ella soltó una risita y murmuró que le hacía cosquillas.

—Me encanta cómo hueles…

—¿A recién duchada? —bromeó.

—Hueles a sonrisas. Hueles a esperanza, Tina.

Me miró con los ojos muy abiertos, en silencio. Yo la cogí del trasero y la aupé. Enrolló las piernas en mi cintura. La llevé en brazos por el pasillo hasta el dormitorio. Sus ojos brillantes clavados en los míos y una sonrisa. Silencio. No necesitaba más.

—Quiero hacerte el amor —le dije.

Ella se mordió el labio inferior y sus mejillas se colorearon más. Era preciosa y deseaba tenerla entre mis brazos. No respondió, solo acercó su rostro al mío y entreabrió la boca en un ofrecimiento. Me bebí su aliento y su saliva.

Las paredes se impregnaron de nuestros jadeos y gemidos. Recorrí cada parte de su cuerpo con las manos, la lengua y la boca. Aun así, no me saciaba.

Valentina despertaba en mí un deseo incontrolable, pero también me apaciguaba en los momentos duros, y deseé que esa noche no acabara nunca para aprenderme su piel de memoria.

23

Le va a encantar, se lo aseguro —le dije a la clienta que hojeaba *Más allá del invierno*, uno de los últimos libros de Isabel Allende—. Además, trata un tema muy importante, las dificultades a las que se enfrentan los inmigrantes ilegales.

—¿Me puedes recomendar alguno para una niña de diez años? —me pidió la mujer.

Diciembre se acercaba y, con él, los clientes precavidos que preferían comprar los regalos navideños con tiempo. Aunque no había estado durante el período malo de la librería, sentía que, desde finales de septiembre, los clientes y las ventas habían aumentado. Don Vicente estaba mucho más contento y animado, e incluso se implicaba más en la librería, no solo en la contabilidad. Aparte del club de lectura y de los cuentacuentos, habíamos puesto en marcha mi propuesta del autor o la autora del mes, y para noviembre elegimos a Isabel Allende. Además, habíamos tenido a un escritor novel que había pasado la mañana y la tarde de un viernes recomendando y vendiendo sus libros en la tienda, y le había ido bastante bien. Esa actividad no me la había inventado, claro. Había cogido la idea prestada de grandes superficies como El Corte Inglés o Fnac y, a pesar de mis temores, había funcionado.

Don Vicente y yo quedamos en que, para el puente de diciembre, podíamos proponérselo a más autores, así que me puse en contacto con algunos —había descubierto que no se me daban mal las redes sociales—. De momento, habíamos concertado día con dos autores: una chica joven que había empezado a publicar narrativa romántica y un escritor de novela histórica. De paso, ayudábamos a las editoriales nuevas o pequeñas. Aunque don Vicente seguía empeñado en conseguir que Albert Espinosa pasara por allí. Yo ya había desistido...

—¡Tina! ¡Tina!

Lo oí llamarme desde arriba. Miré asustada a la señora y le pedí, con un gesto, que aguardara unos minutos. Corrí hacia la escalera de caracol para dirigirme al despacho, pero el librero estaba bajando a una velocidad pasmosa.

—¡Tenga cuidado! —exclamé. Me preocupaba que se cayera rodando. Su tripa se bamboleaba a cada paso y tenía el rostro de color escarlata.

—¡Te lo dije, Tina! —gritó.

Me di cuenta de que la clienta se había acercado, alertada por las voces. También unos jóvenes que estaban curioseando en la sección de fantasía juvenil. Vaya, teníamos público y todo.

—¿Qué ocurre? —le pregunté, adelantando los brazos para cogerle cuando bajó el último escalón.

El librero posó las manos en mis mejillas y me las estrujó como si fuera una chiquilla. Mostraba una sonrisa enorme. Parecía más emocionado que nunca.

—¡Lo hemos conseguido! ¡Vendrá a firmar su último libro y encima en la campaña de Navidad! —atronó.

—¿Quién? —pregunté, aturdida ante tanta efusividad. Don Vicente arqueó las cejas y entonces caí en la cuenta de a quién se refería—. ¿Albert? ¿Albert va a venir aquí? —En ese momento era yo la que alzaba la voz.

La clienta permanecía allí, curiosa.

El librero asintió y soltó mis mejillas. Me cogió de las manos y dejó escapar una de sus carcajadas.

—Se ha disculpado por no haber podido contestar antes... ¡Finalmente ha sido él el que se ha puesto en contacto con nosotros, Tina! Ha dicho que se acordaba de Marta, que nunca olvidaría a una persona como ella, tan amante de los libros. Y que, por supuesto, vendría.

Ladeé el rostro hacia la clienta, que nos observaba con atención.

—Disculpen que les interrumpa, pero... ¿ese Albert del que hablan no será, por casualidad, Albert Espinosa?

—Por supuesto —contestó don Vicente, hinchando el pecho con aire orgulloso.

Contuve la risa. ¡Qué contento se le veía, y me contagiaba su emoción!

—Avisarán del día y la hora, ¿no? Porque no me lo quiero perder —respondió la mujer.

—¡No lo dude! Y dígaselo a quien crea que le puede interesar —intervine, dedicándole una sonrisa. A mi espalda, oía los cuchicheos de los jóvenes—. Y ahora, ¿vamos a buscar el libro para esa niña de diez años?

La clienta asintió. Le dediqué una última mirada a don Vicente y él me guiñó un ojo. Lo vi dirigirse a la caja marcándose un bailecito.

Esa tarde, antes de ir a buscar a Hugo, telefoneé a mi padre y a mi hermana para comunicarles la noticia. El primero se mostró contentísimo y la segunda, aunque quiso disimular, no lo logró y la noté más seria de lo normal. Durante las últimas semanas habíamos coincidido menos porque ambas teníamos más trabajo. Sospeché que seguía triste por lo de Jaime, de modo que decidí llamarlo.

—¿Qué tal, Tina? —me saludó.

—Muy bien, Jaime. ¿Y tú? ¿Cómo llevas el trabajo?

—Genial. ¡He conseguido el ascenso! —dijo alegre.

—¿De verdad? Diana no me ha dicho nada... —respondí confundida. De inmediato, me arrepentí de haber dicho eso porque se formó un silencio largo al otro lado de la línea que yo tampoco sabía cómo romper. Al final, fui directa y le pregunté—: ¿Cómo lo lleváis?

—Vamos tirando, Tina. Imagino que algo sabrás...

—Sí. —Asentí, como si pudiera verme—. Creo que ya lo sabes, pero no está de más que te lo diga porque me alejé un poco de ti... En fin, Jaime, que aquí me tienes para lo que quieras. Eres una de las personas más importantes en mi vida.

—Lo sé, Tina, claro que lo sé. —Su voz me serenaba. Me di cuenta de que lo echaba de menos. También las veladas que pasábamos en la terraza del piso que compartían él y mi hermana, charlando hasta las tantas de todo y de nada. Quería repetirlo y... llevar conmigo a Diego.

—Las parejas pasan por altibajos.

—Claro —coincidió él, aunque no me sonaba muy seguro—. No presiono a tu hermana, Tina. Es que ella se agobia más de la cuenta.

—Quizá es porque le importas demasiado y le preocupa no estar haciéndolo bien o hacerte daño —opiné.

Charlamos un rato sobre las nuevas tareas y el horario en el trabajo, un poco más largo de lo normal. Aun así, estaba contento y satisfecho y me alegré por él.

A las cinco y cinco bajé a la calle para ir a recoger a Hugo en la parada del autobús escolar. Solía llegar a y cuarto, así que iba bien de tiempo. A veces hablaba con alguna madre, en especial una bastante joven y amable que tenía un hijo de la edad de Hugo, aunque iba a otra clase. Se llamaba Candela. Una tarde me preguntó si era la novia del tío de Hugo, pues tiempo atrás él le había dicho que estaba soltero. Le expliqué que era la profesora de repaso del chiquillo. Ella se había puesto colorada y, entre risitas, me confesó que Diego le había llamado mucho la atención. Al final me uní a sus risas, a pesar del extraño cosquilleo en el pecho que me produjeron sus palabras, y cogimos confianza. Me había dicho que algún día podíamos tomar un café en una plaza que había cerca y, mientras tanto, que los niños jugasen juntos.

—¡Hola, Tina! —me saludó esa tarde, nada más llegar a la parada del bus.

—¿Cómo estás, Candela?

En ese momento llegó el autobús y, cuando se detuvo, empezaron a bajar los alumnos, algunos más mayores, otros pequeños. El hijo de Candela bajó antes que Hugo, pidiendo la merienda a gritos. Candela y yo sonreímos y nos despedimos. Al cabo de unos segundos apareció Hugo visiblemente emocionado. Se lanzó a mi barriga como venía haciendo en los últimos tiempos y yo chillé, fingiendo que iba a derribarme. Él se rio y le alboroté un poco su cabello rubio. Le había cogido mucho cariño a ese niño. Había aprendido a entender sus silencios y su malhumor —sí, todavía quedaban restos de él y lo entendía—, a respetar su avance lento pero continuo, y a divertirme con él. Hugo era especial y no entendía cómo su padre lo había abandonado de esa forma, por mucho que lo hubiera dejado con un familiar. ¿No se planteó ese hombre que el niño sufriría con su ausencia?

Dejé de lado esos pensamientos que me hacían enfadar al notar que el chiquillo me tiraba de la mano para llamar mi atención.

—¿Qué pasa, Hugo? ¿Tienes hambre? Tengo la merienda preparada en casa.

—¡Voy a conocer a Papá Noel! —chilló emocionadísimo.

—¿De verdad? —Abrí la boca, siguiéndole el juego.

—Chelo nos ha dicho que vendrá antes de Navidad y que podremos escribirle una carta y pedirle lo que queramos.

—Eso es genial. ¿Y ya sabes lo que le vas a pedir?

El niño asintió, borró la sonrisa y me miró muy serio.

—Sí, pero no te lo puedo decir porque entonces no me lo traerá. Tiene que ser un secreto.

—Ah, vale. —Alcanzamos nuestro edificio y saqué las llaves para abrir la puerta—. Entonces no me lo digas, no pasa nada.

Cuando entramos, Hugo parecía nervioso. Sabía que estaba conteniéndose las ganas de confesarme lo que quería pedirle a Papá Noel. Pensé que quizá deseaba que le trajera unos Legos de *Star Wars* que habían anunciado un día en la tele y parecieron interesarle. Mientras subíamos en el ascensor, me hizo un gesto para que me agachara. Quería decirme algo al oído, así que me incliné y él me susurró, con su vocecilla:

—Quiero que me traiga a papá por Navidad.

Guardé silencio. Era normal que quisiera que volviera su padre, pero a una parte de mí le molestó y me enfadé. El pobre todavía quería muchísimo a ese hombre que se había largado sin dar explicaciones. De la madre no sabía nada ni me había atrevido a preguntarle a Diego. Me supo mal también por él, ya que estaba haciendo un esfuerzo enorme. Miré al niño y le sonreí. Salimos del ascensor y, mientras abría la puerta de mi piso, Hugo me hizo gestos de nuevo. Me agaché y lo que me dijo me pilló por sorpresa:

—También quiero que mi tío y tú seáis novios.

—¿Cómo? —Me incorporé y lo contemplé con el ceño fruncido.

—El tío dice que no lo sois, pero a mí me gustaría, porque se ríe más cuando está contigo y luego me regaña menos y me deja comer galletas. Por eso, por si acaso, se lo voy a pedir a Papá Noel.

Mientras Hugo sacaba la agenda, los libros y el estuche de la mochila, fui a la cocina a por la merienda. Esa tarde tocaba bocadillo de queso. Contemplé el pan con los ojos muy abiertos, un poco confundida por lo que el niño había dicho. Intentaba no pensar demasiado en Diego. Al menos no hacerlo en el trabajo para no distraerme, y menos de la forma en que mi cabeza se empeñaba en pensar en él. Ese hombre pelirrojo, atractivo, que había ido cambiando gruñidos por sonrisas, se paseaba por mi mente cuando le daba la gana. Sin pretensiones, poquito a poco y sin estridencias, se había ido abriendo paso en mi vida. Hablar con él por mensaje, practicar sexo telefónico —mejor cara a cara, por supuesto, aunque no gozáramos de total libertad—, coquetear en el ascensor o cuando recogía a Hugo, ir con ellos al parque... ya me parecía algo normal, como si hubiera sido así siempre. Sí, se había convertido en algo sencillo y me gustaba mi rutina. Me encantaba masturbarme mientras me susurraba palabras subidas de tono por teléfono. Me ponía a mil dedicarle una sonrisa coqueta en el ascensor y saber que ese simple gesto le provocaría una erección. Pero también me gustaba charlar con él sobre bandas sonoras y mangas, que me preguntara por libros y por cómo le iba a su sobrino en el cole. Que me pidiera ayuda en aspectos tan cotidianos, pero al mismo tiempo importantes, como qué preparar para el cumpleaños de Hugo. Porque eso también me hacía sentir importante.

Sin embargo, lo que no quería pararme a pensar demasiado era que, tal vez, sentirme importante para Diego conllevaba mucho más, y quizá era peligroso. Y no quería volver a emprender un camino angosto. Aun así, las palabras de Hugo me habían provocado un nudo en el estómago. Me habían puesto nerviosa y, por eso, estuve algo distraída durante la clase.

Cuando quise darme cuenta, no quedaba nada para que Diego viniera a recogerle. Al sonar el timbre, la presión en el estómago aumentó. ¿Qué me estaba pasando? ¿Por qué me preocupaba tanto lo que dijera un niño? Ellos eran así, y punto. Los que decidíamos y entendíamos y sabíamos éramos su tío y yo, y ambos, como adultos, establecíamos los límites.

—No he tenido tiempo de ducharme, he salido más tarde del gimnasio —me explicó Diego en cuanto le abrí la puerta. Llevaba la chaqueta desabrochada, por lo que pude ver su perfecto torso dibujado bajo la camiseta de deporte. Su pelo revuelto y sudado me provocó ganas de lanzarme a él y besarlo—. ¿Quieres venir al piso y te tomas una copa de vino?

En las últimas semanas, aquello empezaba a ser una costumbre. Y no me importaba, más bien todo lo contrario. Mientras me bebía el vino y jugaba con Hugo, él se duchaba. Después le preparaba la cena al niño y me contaba cómo le había ido el trabajo o me hablaba, con emoción, de alguna canción que le gustaba.

Esa noche Hugo estaba pintando en el salón, como recompensa por haber hecho bien los deberes, y Diego y yo fuimos a la cocina a prepararle la cena, ambos con una copa de vino. Él me dedicó una de sus miradas mientras echaba al agua hirviendo unas zanahorias y unas patatas.

—Hoy los dos cenaremos verdura hervida. O los tres, si te apetece. —Me sonrió.

—Tengo salmón descongelado. —Le devolví la sonrisa y di un trago al vino, sopesando si decirle lo que me había confesado Hugo. No lo de ser novios, claro… Eso me lo guardaba para mí. Lo del padre. Sabía que era un tema duro para Diego. Me había comentado de pasada que su hermano le había regalado un juguete al chiquillo y se notaba que no le había hecho gracia. Al final decidí contárselo, por si su sobrino le decía algo, y que así no le pillaría por sorpresa—. Hoy Hugo me ha contado que Papá Noel irá a su cole.

—En mi época no se hacían esas cosas.

—Me ha confesado que, en la carta, le va a pedir que vuelva su padre.

Diego borró la sonrisa y se me quedó mirando en silencio. Le costaba hablar de ello y le entendía, porque tampoco me gustaba hablar de lo que me hacía daño. Apenas le había contado casi nada de mi matrimonio, por mucho que a veces notara que algo luchaba en mí para hacerlo.

—Ya —dijo frotándose la frente—. Es comprensible, ¿no? Al fin y al cabo, es su padre.

—Tal vez deberías sentarte un día con él y preguntarle cómo se siente.

—Joder. —Cerró los ojos y apoyó el trasero en la encimera. Cuando los abrió, descubrí una honda preocupación en ellos—. No sé si soy capaz. No tengo esa habilidad tuya con las palabras.

—Claro que la tienes. Eras muy bueno en tu trabajo convenciendo a las empresas, ¿no?

—No es lo mismo, Tina. En esto... en esto hay muchos sentimientos de por medio. En mi familia nunca hemos sabido comunicarnos bien, a lo mejor por eso hemos terminado todos de esta forma.

—¿De qué forma?

—Mi hermano, un bala perdida con un hijo; mi padre, el perrito faldero de mi madre; ella, negándose a ver la verdad; yo... No sé, fingiendo ser alguien que no soy.

—Eres alguien, Diego. —Me levanté y rodeé la mesa para acercarme a él. Tenerlo tan cerca me aceleraba el pulso, y no tenía nada que ver con la atracción que sentíamos el uno por el otro, sino con algo mucho más fuerte e intenso que era lo que, si me paraba a pensar, me inquietaba—. A veces nos toca ser una parte de lo que realmente queremos llegar a ser.

—Tina... —Alzó una mano y me acarició la mejilla. Aquel simple gesto despertó toda mi piel—. No sé, pero a veces pienso que si no te hubiera conocido, todo este proceso sería mucho más complicado. Es genial contar con una mano amiga.

—Sí —respondí, con una molesta presión en el estómago.

«Una mano amiga.» Por supuesto, eso éramos y sería lo único que llegaríamos a ser. Ninguno de los dos queríamos más. Estaba bien así. No era doloroso, no era complicado. Me aparté un poco porque su contacto me quemaba. Alcancé la copa de vino y me atreví a preguntarle, también para cambiar de tema—. ¿Y la madre de Hugo?

Diego cruzó los brazos y sacudió la cabeza. Soltó una risa nerviosa antes de contestar:

—Una yonqui que se acostaba con quien podía para sacarse un dinero. Doy gracias de que Hugo no naciera con ninguna enfermedad o yo qué sé... —Bajó el tono hasta quedarse en silencio.

Decidí no preguntarle más sobre el tema. Había vuelto contento del gimnasio y le estaba fastidiando la noche. Le tendí su copa de vino y se bebió de un trago lo que quedaba. Le sonreí y me arrimé a él. En el fondo, me costaba mantenerme alejada. Quería dibujarle una sonrisa en los labios, hacerle sentir feliz —al menos dentro de lo posible—, que disfrutara del tiempo que compartía conmigo. Le pregunté, para animarlo:

—¿Crees que me gustaría leer alguno de esos mangas que tienes en el salón?

Me miró con sorpresa y me rodeó la cintura con los brazos. Me acercó más a su cuerpo, hasta que no quedó espacio entre los dos. Se inclinó en mi cuello y me lo olió. Me percaté de que le gustaba hacerlo. Y... a mí también me encantaba notar el cosquilleo que me causaban su nariz o sus labios.

—No lo sé, tal vez... —dijo posando un suave beso en mi piel, cerca del hombro—. ¿Sabes qué es el *hentai*?

—No, ¿qué es?

—Son cómics eróticos —me susurró al oído.

Yo me puse a reír y eché la cabeza un poco hacia atrás para mirarlo.

—¿Qué estás insinuando? ¿Que empiece por esos? No sé qué concepto tiene usted de mí, señor...

No me dejó terminar, pues cubrió mis labios con los suyos. Los entreabrí, permitiendo que su lengua asomara a mi boca.

Gocé con su sabor. Le acaricié la espalda ancha, al tiempo que él subía una mano por la mía hasta llegar a la cabeza. Enterró los dedos en mi cabello, masajeándome, con lo que se me escapó un suave gemido. Seguramente el beso duró bastante más de lo que a mí me pareció, pues siempre se me hacían muy cortos cuando se trataba de Diego.

Se apartó y me dedicó una mirada que no supe descifrar. Guardamos silencio, reconociendo y estudiando nuestros rostros, empapándonos de cada uno de nuestros rasgos.

—Me ayudas tanto. Me ayudas a sobrellevarlo todo —murmuró serio—. Joder, no sé cómo me sentiría si desaparecieras de mi vida, Valentina.

Y con esas palabras y mi nombre suspirado en su boca se metió un poquito más dentro de mí.

24

Aquí hay tema, hermanita —repitió Diana por quinta vez.

Negué con la cabeza y le lancé un trocito del cruasán. Esa mañana se había presentado por sorpresa y había insistido en que fuéramos a desayunar a la cafetería de la otra vez. Me preguntó si tenía algún dulce preparado. Por suerte, no había tenido tiempo, o me hubiera obligado a llevarlo.

—No hay ningún tema, Diana.

—Mujer, alguno hay. Aunque solo sea este... —Formó un círculo con el índice y el pulgar de la mano izquierda y empezó a sacar y meter el índice de la derecha de manera rítmica.

Le bajé la mano de un golpetazo y lancé una mirada alrededor.

—¡Diana! Un día nos echarán de algún sitio por culpa de tu exhibicionismo.

—Bah. —Dio un buen mordisco a su *muffin* de banana y chocolate y, con la boca llena, siguió hablando—: Entonces, dime tú qué significan todas esas citas...

—Yo no las considero citas. Muchas veces Hugo está con nosotros.

—¡Tina, déjate de tontunas! Si un tipo como Diego te dice que los acompañes al parque, al cumpleaños y demás es porque hay tema —concluyó.

—O porque necesita mi ayuda. En realidad, es una persona bastante solitaria, aunque antes estuviera rodeado de gente.

—Si solo necesita ayuda, puede dejárselo a tu vecina, como hacía antes, o contratar a una niñera.

—No sería lo mismo. Me he camelado al crío —respondí con una sonrisa de orgullo.

—Siempre se te han dado genial los niños. —Asintió, y de inmediato volvió al otro tema—: Vale, pongamos que no son citas y que lo hace por lo que tú dices. ¿Pero lo otro qué?

—¿A qué te refieres con «lo otro»?

Diana puso los ojos en blanco y dejó escapar un bufido exasperado. Esa vez fue ella la que me lanzó una miga, pero bien grande, y encima con un poco de chocolate que aterrizó en mi jersey amarillo. Me eché hacia atrás y la silla chirrió en el suelo. Fulminé a mi hermana con la mirada.

—Lo de ir al cine, escuchar música juntos, los mensajitos... —Entrecerró los ojos y compuso un gesto pícaro—. Las llamadas de teléfono nocturnas...

—Si lo sé, no te lo cuento —protesté.

—Vale, vale. —Sacudió la mano y se calló. Sin embargo, enseguida volvió a abrir la boca y yo alcé un dedo en señal de advertencia. No me hizo ni caso—. ¿Y cómo explicas lo de hoy?

Tampoco debería habérselo contado, pero como se presentó por sorpresa, no se me había ocurrido ninguna excusa. Eché un vistazo a la hora en el móvil: las diez. Había quedado con Diego a las diez y media para acompañarlos al Parque Warner. Según él, se lo había pedido el niño. Como se acercaban las fiestas navideñas, todas las tardes de diciembre tendría que ayudar a don Vicente en la librería y no podría recoger a Hugo ni darle clases. Se lo expliqué a mi hermana, pero no pareció quedarse satisfecha.

—Con el niño lo tiene muy fácil. ¿Me apetece ver a Tina? Vamos al parque, porque el niño quiere. ¿Tengo ganas de pasar la tarde con ella? Que me ayude a prepararle el cumple, porque él me lo ha pedido. ¿Quiero pasar un día entero con ella? Pues nos vamos al Parque Warner, porque Hugo ha insistido. —Diana chasqueó la lengua y se carcajeó—. Venga ya, es uno de los trucos más antiguos del mundo. Al pelirrojo buenorro le gustas, Tina.

—Lo sé. De lo contrario, no se acostaría conmigo, ¿no? —Le dediqué una sonrisa apretada.

—Es más que eso. Le gustas tanto como para hacer cosas fuera de la cama. Piénsalo. Me dijiste que era de los que tenían sexo y ya está. En cambio, contigo...

—Soy una amiga que le ayuda con Hugo.

—Pues eso me parece egoísta. —Chupeteó la pajita de su *smoothie* antes de añadir—: Pero no me lo creo. Y si insiste en ello, miente. Y tú también.

—¡¿Por qué miento yo?! —exclamé.

—Porque estás empeñada en que no te importa. Finges que es genial acostaros juntos y ya está. Que sí, que estoy segura de que lo es. Pero Tina... te lo noto.

—No puedes notarme nada porque no hay nada —contesté, aunque con la boca pequeña. Maldita Diana. Me conocía demasiado. Quizá más que yo misma.

—No quiero que pienses que es pronto para sentir algo por alguien. Tienes derecho a rehacer tu vida.

—Es que no quiero sentir nada por Diego —repliqué, y tal vez revelé un poco más de lo que debía, porque mi hermana frunció el ceño.

—¡Así que es eso! —La voz le salió más aguda, mientras me apuntaba con un dedo—. ¡Ya estás cagada otra vez!

—No tengo miedo, Diana. Lo tuve, y ya sabes por qué. No me avergüenzo de ello. Voy a pagar. —Me levanté y la dejé con la palabra en la boca.

Cuando terminé, me esperaba a la salida de la cafetería. Se había dado cuenta de que su comentario no me había hecho gracia porque me rodeó la espalda con un brazo y me arrimó a ella. Conocía todas sus estrategias, las llevaba haciendo desde cría.

—¿Es que tú no tienes miedo, Diana? Porque yo creo que sí —le espeté mientras caminábamos hacia mi piso.

—¿Qué dices?

—El otro día hablé con Jaime.

—¿Lo llamaste? —Se detuvo de golpe y me miró con la boca abierta, parecía indignada—. ¿Por qué?

—¿Te recuerdo que es mi amigo? Lo era antes de que salierais juntos.

Eché a andar más rápido y ella trató de seguirme el paso con los tacones.

—¿Tanto te preocupas por él? ¿Más que por tu hermana?

—Me preocupo por los dos. Ahora no te hagas la víctima, Diana.

—¡No tienes que hablar nada con él! Ya solucionaré mis asuntos...

—Pues a ti bien que te gusta meterte en los de los demás —la ataqué.

Se llevó una mano al pecho, al tiempo que exclamaba:

—¡Siempre intento ayudarte!

—¡Y te lo agradezco, pero también deberías permitir que los demás te ayudasen! —Me detuve y la miré—. Vale, puede que tenga un poco de miedo, Diana. Quizá no se me vaya nunca. Pero aprendí que, en el fondo, eso no es malo. Lo malo es dejar que te venza.

Ella pestañeó sorprendida y fue a decir algo, pero se lo pensó mejor. Cerró la boca y apretó los labios.

—Cuando te pregunto por ti y por Jaime cambias de tema y nunca lo mencionas. Está clarísimo que algo pasa.

Diana me cogió del brazo y dirigí la vista hacia donde ella miraba. Allí estaba Diego, con Hugo de la mano. El primero nos saludó levantando una mano y el segundo se soltó de su tío y corrió hacia mí. Me acuclillé para abrazarlo y el chiquillo gritó, exaltado:

—¡El tío me ha dicho que si me porto bien me comprará un peluche en el parque!

—¿Y ya has decidido cuál quieres? —le pregunté.

—No lo sé, porque creo que hay muchos... —Hablaba nervioso y emocionado.

En ese instante noté la presencia de Diego delante de nosotras y levanté la cabeza para saludarlo. Le dio dos besos a mi hermana, que seguía algo seria.

—¿Cómo estáis? —Enseguida centró toda su atención en mí—. He llamado un par de veces a tu timbre, pero, como no contestabas, iba a buscar el coche y a llamarte desde allí. Pensaba que se te había olvidado.

—Es que Diana se ha presentado esta mañana sin avisar y hemos ido a desayunar —le informé.

—Vamos al Parque Warner. ¿Quieres venir?

—No, no, qué va. Yo poto en todos esos cacharros. Además, tengo guardia. —Se colocó el tirante del bolso y se inclinó para abrazarme, aunque la noté tensa—. Pasadlo bien.

—Te llamaré —le dije, pero no me contestó.

Se dio la vuelta y echó a andar a paso rápido sin ni siquiera saludar a Hugo, y eso era raro porque a ella también le gustaban mucho los niños. Sin duda, le pasaba algo y la muy testaruda pretendía ocultármelo.

—¿Veníais discutiendo o me lo ha parecido? —preguntó Diego.

—Diana a veces es muy cabezota. —Me encogí de hombros y dirigí la cabeza hacia Hugo—. ¿Estás preparado para subirte en todo? ¿O te da miedo?

—¡A mí no me da miedo nada! —exclamó el chiquillo, provocándome una carcajada.

Cuando llegamos al parque ya había cola, suerte que Diego había comprado las entradas por internet. Esperamos unos quince minutos en los que Hugo no dejó de parlotear con el típico nerviosismo infantil. Nada más cruzar la entrada, se soltó de mi mano, correteó y dio unas cuantas vueltas dejando escapar grititos exaltados. De repente se le acercó Bugs Bunny vestido de Papá Noel y el pobre se emocionó aún más. Se tapó la boca sin saber qué hacer, hasta que me acerqué a él y le dije que abrazara al conejo para hacerles una foto.

Primero fuimos a una atracción exclusiva de Navidad, «El bosque animado», un pasaje familiar muy navideño en el que había varios seres fantásticos que contaban historias. Nos reímos bastante y Hugo se lo pasó genial. Durante la mañana entramos en un montón de sitios, pues el parque había organizado muchísimos espectáculos y animaciones. Uno de los que más le gustó al niño fue «Magic Cooking», en el que Mamá Noel preparaba dulces de Navidad con la ayuda de Rudolph para cuando llegara Papá Noel. Ese espectáculo también me enamoró a mí.

A mediodía fuimos a comer a uno de los restaurantes-bufet, por el que iban apareciendo personajes de los Looney Tunes para amenizar la comida y divertir a los niños. Cuando llegamos al postre, el gato Silvestre intentó atrapar a Piolín y, como no lo conseguía, pidió ayuda a los chiquillos. Diego le dio un pequeño empujón a Hugo para que se ofreciera voluntario. Él nos miró con los ojos brillantes, algo tímido, pero asentí y le sonreí para animarlo. Al final se atrevió y, junto con otros críos, se los llevaron a jugar.

—Está divirtiéndose, ¿verdad? —me preguntó Diego, sin apartar la vista del lugar donde Hugo y los demás tramaban algo con el gato Silvestre.

—Creo que nunca lo había visto reírse tanto. —Saqué del bolso el mapa del parque y el folleto de actividades. Le eché un vistazo—. Esta tarde podríamos ir al «Frosty Christmas Dance». Sale el muñeco de nieve Frosty, que no sé quién es, pero me suena, y hace un musical con cantantes y bailarines...

En ese momento, la mano de Diego se posó sobre la mía. Aparté la mirada del folleto y me quedé mirando sus dedos, que me acariciaban. Noté que el pulso se me aceleraba y, por unos segundos, no supe dónde meterme. Aquello me gustaba demasiado.

—Tú también te estás riendo mucho —dijo.

—Es que las carcajadas de tu sobrino son contagiosas —respondí, sin levantar la mirada de la mano.

—Me encanta verte así, Tina. —Se acercó un poco y se me secó la boca. En cuanto tenía a Diego cerca de mí, su olor, su presencia, mi cuerpo reaccionaba. Al principio había sido un cúmulo de hormonas, adrenalina, química, tensión sexual..., pero en ese momento empecé a darme cuenta de que era algo más. Los latidos apresurados de mi corazón habían cambiado. Ya no quería que me besara solo por el placer que me producían sus labios, sino por aquella cálida sensación en mi pecho—. Nunca habría pensado que el sonido de la risa de una mujer pudiera ser tan especial.

Sus palabras me causaron un efecto perturbador. Alcé la barbilla y me topé con sus bonitos ojos, esos que al principio me mostraban una mirada triste y enfurruñada pero que en aquel instante eran alegres. ¿Qué había en ellos? Me parecía ver una tormenta, un remolino de emociones que seguramente también se reflejaba en los míos. ¿Me equivocaba?

Diego se acercó y sus labios rozaron los míos en una sensual y, al mismo tiempo, tierna caricia. Su nariz jugueteó con la mía y mis pulsaciones se dispararon al volver a pensar en lo que había dicho mi hermana. Me besó con suavidad. Fue un beso de esos que significan «dame otro», con sabor a «te echo de menos», y fue convirtiéndose en uno de esos en los que olvidas tu nombre, de los que te gustaría que no acabara nunca, ni siquiera al abrir los ojos, ni separando los labios, ni aterrizando en la realidad. Me di cuenta de que en cada beso dejaba un pedacito de mi alma. Y sí... tenía miedo de dejar el alma completa.

Nos apartamos porque la cosa estaba subiendo de tono y allí había muchos padres y niños. Percibí algunas miradas curiosas y descubrí a una adolescente de unos catorce años que nos miraba muy interesada mientras mascaba chicle con fuerza. Sonreí y Diego se unió a mí. Seguía notando la presión de sus labios y, con disimulo, me pasé los dedos por los míos, deseando guardarme las sensaciones muy adentro.

Después de la comida paseamos un rato por el parque y visitamos a los Reyes Magos. Luego Hugo nos pidió ir al «Cartoon Carousel» porque quería montar en el Correcaminos. Diego y yo nos subimos a los de detrás y, en cuanto el tiovivo se puso en marcha, el chiquillo giró la cabeza y nos miró emocionado. A los pocos segundos, se olvidó de nosotros.

—De pequeña me encantaba subir en estas atracciones —le dije a Diego, alzando un poco la voz para que me oyera a través de la melodía del carrusel.

—Nosotros casi no íbamos a la feria. Si no recuerdo mal, con mis padres habré ido dos veces.

—¿Qué te gustaba hacer de niño? —le pregunté con curiosidad.

—Ya era muy friki —confesó, mirándome con una sonrisa—. Me encantaba el anime. Es como el manga pero en dibujos animados. Me tragaba todos los que echaban por la tele.

—¿Y ahora, Diego? ¿Qué te gusta, aparte de las bandas sonoras, las mujeres y el buen vino?

—Joder, si me describes así, parezco Julio Iglesias —contestó, y empezó a tararear—: «Me gustan las mujeres, me gusta el vino... y si tengo que olvidarlas bebo y olvido...». —Solté una carcajada y Diego me correspondió con una sonrisa—. Va, en serio. Soy mucho más que eso. —Lo dijo como dolido.

—Lo sé, por eso te pregunto —me apresuré a contestar. No quería que creyera que eso era lo que pensaba de él, pues mi opinión había cambiado, y mucho—. Por ejemplo, ¿cuál es tu comida favorita?

Diego arqueó una ceja y me miró como diciendo: «¿En serio?». Le insistí, asintiendo con la cabeza.

—No tengo una comida preferida, pero adoro el chocolate. —Yo abrí mucho los ojos, pues nunca había visto chocolate en su piso—. De verdad. Pero no compro porque soy capaz de comerme una tableta de una sentada. Venga, ahora tú: ¿estación del año favorita?

—El verano —dije sin dudar.

—¿En Madrid? Qué locura. ¿Qué es lo que te gusta exactamente? ¿Sudar a mares? ¿Oler a sudor constantemente? ¿No tener cerca una playa? ¿El recibo astronómico de la luz?

—Me ha gustado desde pequeña. No sé, es una sensación... Me encanta pasear por las calles solitarias de Madrid en agosto, cuando el sol va cayendo y ya no hace tanto calor. Seguramente te parezca raro.

—Me lo parece, sí, pero me llama la atención la gente que hace cosas distintas.

—Otra pregunta para ti: ¿hay algo en este mundo que te dé vergüenza?

—Me dan vergüenza mis pies.

—¡¿Tus pies?! —pregunté sorprendida, y luego me reí. No había notado nada raro en ellos, aunque, para ser sincera, no era la parte de su cuerpo en la que más me había fijado.

Se inclinó a un lado de su personaje y se aproximó, como si fuera a confesarme un gran secreto. Me acerqué divertida.

—Tengo un dedo encima de otro. No se nota mucho, pero ahí está.

Sacudí la cabeza, sonriendo.

—Bueno, yo tengo el ombligo como metido hacia dentro.

—Me gusta tu ombligo —afirmó, y me lanzó una mirada que subía y bajaba de mi ombligo al punto exacto entre mis piernas.

En ese momento, el carrusel se detuvo. Diego se bajó sin dejar de observarme y supe que intentaba decirme que me deseaba. Le seguí y esperé a que ayudara al niño, que comenzó a gritar otra vez preguntando qué más íbamos a hacer.

Terminamos el día viendo el desfile con el que se despedía a las familias. Pasaron decenas de personajes de la factoría Warner mientras comíamos unos bocadillos que compramos en uno de los puestos del parque. Antes de salir del recinto, pasamos por la tienda de souvenirs y, en vez de un peluche, Hugo eligió una gorra con el símbolo de Superman.

De vuelta a casa, el niño se durmió en el coche.

—Ha caído fulminado —susurró Diego, echándole una mirada por el espejo retrovisor.

—Normal, no ha parado en todo el día.

También yo estaba cansada, pero al mismo tiempo notaba una especie de júbilo en mi interior que me indicaba que no me dormiría tan fácilmente como Hugo.

Después de aparcar el coche, Diego cogió a su sobrino en brazos y entramos en el portal. En el ascensor nos mantuvimos en silencio para no despertarlo, pero no apartamos los ojos el uno del otro. Sonreí. Diego me devolvió la sonrisa y el mundo se convirtió en una bolita pequeña en la que solo estábamos él y yo.

—Es tarde, pero... ¿quieres pasar un rato? —me preguntó en voz baja.

No dudé ni un segundo. Ya no me costaba tanto decidir lo que quería hacer cuando se trataba de Diego. Estaba asustada, sí, pero las ganas de pasar tiempo con él eran más poderosas.

Tumbó a Hugo en la cama y le ayudé a desvestirlo y a ponerle el pijama. Siempre me sorprendía la capacidad de los chiquillos para no despertarse, aunque se les cayera el techo encima. Después, lo tapó con las mantas y le dio un beso en la frente. El niño suspiró y se puso de lado. Lo observé todo en silencio, con una sensación cálida y mágica en el pecho. Por mucho que Diego dijera, esas dos personas estaban creando un hogar. Y, en cierto modo, me gustaba formar parte de él.

—Me parece que hoy dormirá de un tirón —susurró mientras entornaba la puerta.

—¿Ya no tiene tantas pesadillas?

—No. La verdad es que duerme mejor. También hace tiempo que no moja la cama —me explicó.

Nos acomodamos en el sofá y se creó un silencio cómodo que no rompimos en un ratito.

—Qué diferente es mi vida ahora —dijo de repente, con aire pensativo.

—¿Mejor o peor?

—Ni una cosa ni la otra... o tal vez ambas.

—Supongo que la parte negativa me la sé. ¿Y la positiva? —pregunté con curiosidad.

—Hugo me hace sentir importante. Me necesita. Creo que nunca me habían necesitado de ese modo... —Me miró y, encogiéndose de hombros, añadió—: Es increíble, ¿no? Con lo que me quejaba antes. Lo asqueado que estaba... Vale, hay días en que aún lo estoy. Pero... jamás habría imaginado que mi vida pudiera estar bien gracias a la persona que, en un principio, me la puso patas arriba, y no en el buen sentido.

Lo observé con una sonrisa nostálgica. Me sentía testigo de todo lo que iba descubriendo de él mismo y de su relación con Hugo. Era entrañable, bonito, especial. Entendí lo que quería decir con que se sentía importante al tener en su vida a una personita que lo necesitaba. Recordé cómo yo había dejado de serlo tiempo atrás, o cómo creía que había dejado de serlo. Pero volvía a sentirme así en diferentes aspectos: con mi familia, en la librería, con Hugo, incluso con Diego. Era alentador, y me parecía que todavía debía serlo más si te relacionabas con alguien que casi se había convertido en tu hijo. Y apreciar los cambios. Un oasis dentro de nuestro egoísmo y falta de empatía en los que, a veces, nos instalamos.

—Mi vida también ha cambiado muchísimo —murmuré.

—¿Para mejor o...?

—Dios mío, para mejor. Mucho mejor —le corté para responder.

—¿Tan malo fue tu matrimonio? —me preguntó, observándome serio.

Cogí aire y lo solté despacio. Sentí que era hora de contarle la verdad. Había una pulsión dentro de mí que me lo estaba pidiendo.

—Él era muy controlador y celoso. No le parecía bien nada de lo que hacía. Fue un matrimonio muy tóxico.

—¿Te... te maltrataba?

—No físicamente —le confesé—. Pero créeme si te digo que, aun sin el maltrato físico, desaparecí. Me borró del todo. Aunque imagino que también yo tuve la culpa.

Diego me observó en silencio unos segundos. Después estiró los brazos y me cubrió las mejillas con las manos. Las tenía un poco frías, pero no me importó.

—No, no la tenías, Tina. Quien ama no maltrata, ni humilla, ni mata. —Le costó pronunciar esa última palabra. Me acarició el pómulo con el pulgar derecho. Me sumergí en sus ojos, que me parecieron tristes y preocupados.

—Debería haberlo dejado antes.

—Lo dejaste, y es lo que importa. Ahora eres libre, así que no ganó.

Asentí sonriendo. Cerré los ojos y ladeé la cara, centrándome en la sensación que me producía su piel contra la mía. Le besé la mano y lo oí suspirar. Aquella situación, aquel momento, me parecieron más íntimos que en otras ocasiones. Deseaba besarlo, sí, y que me hiciera el amor, pero también quería despertarme a su lado por la mañana y reflejarme en sus ojos, que me envolviera con sus brazos y me susurrara lo bien que se sentía a mi lado.

—Se acerca Navidad —dije sonriente, pues ese año tenía

muchísimas ganas de celebrarlas. Siempre me habían encantado, y con mi familia eran especiales. Cuando estaba casada con Mario, siempre las pasábamos con la suya, sin darme opción a elegir. Mi padre y mi hermana tampoco le agradaban—. ¿Qué harás? Con un niño son distintas. Más alegres, ¿no?

Se puso serio, y me pareció que no le gustaban mucho esas fiestas. Apartó la mano que tenía en mi cara y paseó la mirada por el salón.

—No sé, la verdad.

Entonces se me ocurrió una idea que quizá fuera descabellada. Una locura. Cuando Diana era más joven, le solía decir que estaba loca y me contestaba que la locura es un placer que solo conocen los locos. Esa frase siempre me había parecido muy cierta, y por eso acababa uniéndome a las locuras de mi hermana. Y me había dado cuenta de que tenía ganas de saltar al vacío sin paracaídas.

—¿Por qué no venís con mi familia y conmigo en Nochebuena o en Navidad? —le propuse emocionada—. A mi hermana ya la conoces, y te juro que mi padre es un amor. En cuanto a Jaime, el novio de Diana, es una persona maravillosa.

Se echó hacia atrás, como si mi cuerpo desprendiera fuego y le quemara. Me sobresalté. Oh, oh. Me había equivocado, ¿no? Había ido demasiado rápido. Diego se había formado una idea errónea. Aunque, en realidad, seguramente lo que estaba pensando no distaba mucho de mis pretensiones. Tal vez había confundido las señales o incluso no existían. A lo mejor Diana no llevaba razón y todos esos momentos íntimos con Diego eran solo una manera de ayudarle a sobrellevar lo de su sobrino.

—Es que... —titubeó. Sus gestos, que solían ser tranquilos, mostraban nerviosismo—. Bueno, imagino que Hugo y yo nos iremos con mis padres. Y nos reuniremos también con mis tíos en el pueblo.

Asentí, sin saber qué decir. Me parecía que no estaba diciéndome toda la verdad. Pero, en el fondo, era normal que prefiriera pasar las fiestas con su familia, incluso si no mantenía una relación demasiado buena con ellos.

Un hondo silencio invadió el salón, y no fue uno de los cómodos. Jugueteé con los dedos mientras lo observaba, con la intención de encontrar en sus ojos alguna respuesta. No obstante, seguían paseando por toda la estancia. Estuve a punto de decirle que la invitación era como amigos, vecinos, como las que él me proponía, pero luego pensé que sonaría un poco infantil.

—Voy a ver cómo está Hugo —murmuró de repente, sacándome de mis pensamientos.

Abrí la boca, pero no emití sonido alguno. Me limité a asentir otra vez y a quedarme aguardando en el salón.

Me sorprendí preguntándome cómo habría pasado las Navidades antes de conocernos. ¿Siempre en familia? ¿Trabajando? ¿En la cama con una mujer?

25

Dos años antes...

Estudió a su sobrino para sopesar si había algo raro en él, pero aparentaba ser un niño normal. Aun así, era muy callado y tímido, y parecía que le costaba formar frases. Había intentado hablar con él, pero el chiquillo se mantenía en silencio y lo miraba con sus enormes ojos como si fuera un alienígena. En realidad, tampoco le extrañaría porque apenas había coincidido con él en sus seis años de vida.

Él no era nadie para opinar, porque nunca se había mostrado muy interesado en establecer una relación estrecha con su sobrino. Su madre solía animarlo a que lo hiciera, pero eso significaba pasar más tiempo con su hermano y no le apetecía en absoluto. Había quedado en que iría en Nochebuena, pero no se estaba divirtiendo. Debería haber rechazado la invitación de su madre y haberse ido a la fiesta privada a la que le había invitado un compañero de trabajo. Sin embargo, en los últimos tiempos empezaba a sentirse un mal hijo y él no quería eso. Todo venía porque había luchado por salir del barrio y ayudar a su familia, pero no veía que se lo agradecieran. A lo mejor se equivocaba y no debía esperar nada a cambio. Pero, en ocasiones, le parecía que su madre le reprochaba demasiadas cosas que no sentía que estuviera haciendo mal. En cambio, cuando aparecía su hermano, todo eran sonrisas, abrazos y buenos gestos.

En ese momento, ella regresó de la cocina con otro plato de

turrón y anunció que no le quedaba más para el resto de las fiestas. Diego arqueó una ceja, aunque no dijo nada. No era momento de ponerse a discutir, mucho menos estando su padre pachucho, pero se le pasó por la cabeza que aquello era extraño. Semanas antes le había dado dinero a su madre para que comprara lo necesario para preparar una buena cena y, de paso, que buscara un regalo para el niño. Aunque su padre contaba con una pensión de jubilación, no era mucho. Su madre había dejado de trabajar cuando él nació y los años de cotización solo le llegaban para la paga mínima. A eso había que sumarle el hecho de que los pocos ahorros con los que contaban se habían ido esfumando por culpa de su hermano. Y también por culpa de su hermano habían tenido que hipotecar el piso a una edad que ya no les convenía.

Esa Nochebuena llegó a casa de sus padres con la esperanza de encontrarse un buen jamón, gambas, patés, cordero. Le gustaba comer bien en fechas señaladas y para eso le había dado el dinero. Pero su madre sacó unos frutos secos, ganchitos para el niño, algo de jamón —malísimo, por cierto— y, como plato principal, una lubina para cada uno. Él no abrió la boca, a pesar de que se dio cuenta de que la actitud de su madre era extraña, parecía a la defensiva, y sospechó que había ocurrido algo.

Cogió un trozo de turrón de chocolate y lo masticó con desgana. Su sobrino alargó las dos manos y agarró uno como el suyo y otro de almendra. Apenas había probado el pescado, pero se había atiborrado de ganchitos y cacahuetes. Y ahora de dulce, claro.

—No deberías dejar que coma tanto turrón —le dijo a Pablo, que lo miró con gesto de hastío.

—Por una noche, no pasa nada —replicó este.

—¡Claro, Diego! Deja que Hugo disfrute, pobrecito —se inmiscuyó su madre, al tiempo que le acariciaba al niño la mejilla manchada de chocolate.

—Se pondrá malo —añadió, sin apartar la mirada de su hermano. Empezaba a sentir rabia, y no le gustaba nada esa sensación de burbujeo en el estómago.

—Hugo tiene buena salud. —Ese era Pablo.

—Si come siempre como esta noche, no lo tengo muy claro —remató Diego.

Pablo se calló, a pesar de que se notaba que tenía ganas de decirle algo. Y a él le habían entrado ganas de discutir, para qué mentir. No podía pasar más de dos horas con su hermano sin hacerlo. Solo mirarlo a la cara, le provocaba cabreo.

—Voy a llevarme estas cosas —intervino su madre, recogiendo el plato del turrón.

—Ya lo hago yo —se ofreció Diego. De esa forma, intentaría calmarse.

De reojo, había visto la cara de su padre. Se le veía triste, incómodo... y Diego no quería ponerle peor. Si esa noche había ido a cenar con ellos era sobre todo por él. Alguna vez habían hablado sobre Pablo y sabía que su padre pensaba igual que él. Aun así, nunca se imponía a su madre. En realidad, su madre siempre lo decidía todo en casa, y él era de los que opinaban que un matrimonio lo forman dos.

Mientras envolvía el resto del turrón, notó una presencia a su espalda. Al girarse, descubrió a Pablo y su pulso se aceleró. Eso era lo que le provocaba su hermano: un estado de agitación.

—¿Quieres algo? —le preguntó de manera brusca. No podía ser amable con él, no lo conseguía. Les había hecho demasiadas putadas, joder.

—Creo que deberíamos intentar llevarnos mejor. Ya sabes, por mamá y papá.

Diego levantó la mirada al cielo y se mordió el labio inferior, esbozando una sonrisa hueca, cargada de rabia. ¿Llevarse mejor, decía? ¡Si nunca había sentido que tuviera un hermano! Pablo jamás había estado allí, como un hermano mayor, sino todo lo contrario. Era como un crío y, para colmo, ahora tenía uno de verdad a su cargo.

—Y yo no creo que vaya a funcionar —replicó él, apoyándose en la encimera y cruzando los brazos.

—Estoy seguro de que a Hugo le gustaría conocerte.

No contestó a eso. Era como si su hermano tratara de usar

a Hugo para sus fines. No quería pensar mal, pero cuando se trataba de Pablo, solo le venían malas ideas a la cabeza.

—Ya sé que no he sido el mejor hermano del mundo, ni un hijo perfecto como tú... —continuó Pablo.

Le parecieron palabras sin sentido, cargadas de una envidia que no le gustaba ni un pelo.

—¿Quieres algo o qué? —le espetó. Tenía un mal presentimiento.

—Necesito dinero.

—¡¿Qué?! —Diego pestañeó, aunque no le venía de nuevas. No era la primera vez que su hermano pedía dinero, casi siempre a sus padres, claro...

Pablo bajó la mirada al suelo unos segundos, pero enseguida la levantó y la clavó en la suya en un gesto orgulloso.

—Si no lo necesitara no te diría nada, pero es por Hugo, ¿entiendes?

—¿No estabas trabajando?

—Me han echado.

—¡Solo llevabas un mes en la construcción! —exclamó enfadado—. Te lo consiguió papá...

—Me cogieron manía —se excusó Pablo. Pero a Diego le parecía eso, una mala excusa—. Estoy buscando otro trabajo, de verdad. Pero mientras necesito pasta para pagar el piso y comprar comida. No quiero venirme otra vez aquí y molestar a los papás. Es más que nada por Hugo; yo con cualquier cosa me apañaría, pero él...

—¿Te ha dado dinero mamá?

—¿Cómo?

—Te lo ha dado, ¿verdad? —insistió. El silencio de su hermano se lo confirmó, y él tuvo claro de dónde había salido ese dinero. Se frotó la frente, con los ojos cerrados, al tiempo que cogía aire y lo soltaba despacio. Pablo le provocaba jaqueca.

—Diego, en serio, me cortarán la luz y el agua si no pago este mes...

—¿Cuánto necesitas? —Abrió los ojos y los clavó en su hermano, rabioso. Vio que este titubeaba.

—Quinientos o seiscientos euros.

Él volvió a soltar aire y apretó los puños. Desconfiaba de su hermano. ¿Y si se lo gastaba en alguna mierda?

—Vale, pero pago yo los recibos. Compraré comida y te la dejaré aquí. Ya pasarás a recogerla.

Pablo no dijo nada, pero se le tensó la mandíbula. «Habrías preferido los billetes en mano, ¿no? Pues te jodes. A saber lo que querías hacer con ellos, cabrón», pensó Diego. De inmediato se sintió un poco mal por insultar así a su hermano. Sin embargo, no lograba controlar su rabia desde que llegó a la adolescencia y entendió lo que sucedía en casa.

Justo en ese momento oyeron un grito y los lloros del niño. Pablo le lanzó una última mirada y después salió de la cocina. Cuando llegó al salón, vio que Hugo había vomitado.

—Os lo dije —murmuró cabreado.

—¡Diego, por favor! —exclamó su madre, limpiando la barbilla del chiquillo con una servilleta—. ¿Podéis traerme un paño húmedo?

Notó que la respiración se le aceleraba por el cabreo. La permisividad de su madre con su hermano, el que le hubiera dado su dinero en secreto y que no abriera los ojos de una puñetera vez... No podía con todo aquello. En un arrebato, cogió la chaqueta y se la puso ante la mirada sorprendida de todos.

—¿Dónde vas, Diego? —le preguntó ella.

No respondió. Se acercó a su padre, le dio un beso en la frente y le susurró:

—Lo siento, papá.

El hombre asintió con la cabeza, comprensivo, y le dio un toquecito en la mejilla. Su madre no paraba de increparle, pero él ya no la escuchaba. La última mirada se la dedicó a su hermano y, cuando este se la devolvió, entendió lo mucho que lo odiaba y todo lo negativo que ese sentimiento provocaba en él.

Salió a la calle con el corazón galopándole en el pecho. ¿Por qué no podía tener una puta familia normal? El aire helado de la noche golpeó su rostro y lo ayudó a calmarse. Tenía ganas de olvidar aquella cena. Quería divertirse, beber, bailar, sentir que estaba de vuelta de todo.

Sabía dónde se celebraba la fiesta a la que le habían invitado, así que se metió en el coche y fue hacia allí. Durante el trayecto, comenzó a notarse mejor: conducir le relajaba. Le costó aparcar, porque el local —la discoteca Bling Bling— estaba en pleno corazón de Madrid, en la plaza de Colón. Dio su nombre en la entrada y, en cuanto puso un pie dentro, se animó. Allí tendría que haber estado desde el principio de la noche. Sus compañeros lo esperaban en una sala VIP y, cuando llegó, dejó escapar un silbido de admiración. El espacio era enorme, con todo tipo de tecnología. Las luces de color violeta creaban un ambiente moderno y atrevido. Había algunos sofás de aspecto cómodo y, aunque aún había personas sentadas, la mayoría bailaba en la pista, justo en el centro de la sala.

Barrió el espacio con la mirada buscando al anfitrión, pero no lo vio. Descubrió a un par de compañeros del trabajo con los que no tenía mucho contacto, pero le saludaron y él también levantó la mano. En ese instante, una camarera se le acercó para preguntarle si quería beber algo. Pidió un Moscow Mule y la chica le indicó que la acompañara a la barra. Con el cóctel en las manos, siguió avanzando por la sala. ¿Cuántas personas habría? No menos de cincuenta. Desde luego, el anfitrión sabía montárselo. Pensó que quizá, si las cosas le seguían yendo bien en el trabajo, acabarían concediéndole otro ascenso y celebraría fiestas como esas.

En el baño, encontró al anfitrión —Ernesto, uno de los grandes ejecutivos— acompañado por otros tres hombres. Estaban haciéndose una raya frente al enorme espejo y él esperó mientras daba pequeños tragos a la bebida. Cuando Ernesto se incorporó y lo vio, esbozó una enorme sonrisa.

—¡Ehhh, tío! ¡Has venido! —Caminó hacia él dando tumbos. Diego se preguntó cuánto habría bebido y qué cantidad de coca se habría metido ya—. ¿Te haces una con nosotros? —le invitó, rodeándole con los brazos.

—No, gracias. Voy bien con esto. —Alzó la copa, y Ernesto se la cogió y la probó.

—¡Tienes buen gusto, Diego! —exclamó, dándole unas palmaditas en el hombro—. Diviértete, ¿vale?

Salió del baño y paseó por la sala estudiando a la gente de manera disimulada. Decidió unirse a los compañeros de antes, con quienes había dos mujeres. Se puso a bailar con ellos y, poco después, casi había olvidado lo ocurrido con su familia. Después de tres cócteles más, se centró en sudar, bailar, reír y divertirse. Aquello era la puta hostia y no iba a cambiarlo por nada del mundo.

Se despertó al día siguiente con unos terribles pinchazos en la cabeza. En ocasiones, sobre todo si había discutido con su madre, bebía demasiado. Parpadeó y ese simple gesto le provocó más dolor. Soltó un gruñido, ladeó el cuello y se encontró a una mujer de pelo corto durmiendo a su lado. Estiró el brazo y tocó algo duro. Era un pecho operado. Cerró los ojos, maldiciéndose. Joder, ¿se había acostado con dos tías a la vez? ¿Y quiénes eran? No le sonaban de nada. Poco a poco fueron apareciendo en su mente destellos de la noche anterior: él tomando una copa tras otra, una morena de caderas anchas y pechos grandes acercándose a bailar. Él de nuevo agarrándola del trasero y besándola como si no hubiera un mañana. De repente, otra morena a su espalda. Los tres bailando como si fueran los únicos en la pista. Un lío de manos y bocas. Un taxi y más lenguas y dedos acariciando aquí y allá. La morena de enormes tetas arrodillada delante de él comiéndole la polla. La otra besándolo y acariciándolo. Luego las dos liándose entre ellas. Él follándose a una que estaba a cuatro patas. Luego la otra sentándose encima y él metiéndosela hasta que no podía más. Gemidos, jadeos, gritos, sudor.

—Joder… —murmuró.

Tocaba echarlas de allí porque la cabeza le iba a explotar y le apetecía quedarse solo, pero parecían sumidas en un estado cercano a la inconsciencia.

Trató de incorporarse, pero la maldita resaca lo había dejado sin fuerzas. Se le pasó por la cabeza que, tal vez, su madre tuviera un poquito de razón en que llevaba una vida loca. «¿Y qué más da? ¿Acaso le hago daño a alguien?», pensó. Cerró los ojos y decidió dormir un poco más. Empezaba a caer en un sueño intranquilo cuando entendió que el malestar de la noche anterior no se había ido.

Nunca me había sentido completamente satisfecho de mi familia, pero, desde que tenía a Hugo en casa y después de conocer a Tina, todo había ido a peor. ¿Qué hace uno cuando se avergüenza de su hermano o de su madre? Recordaba ocasiones en las que, de pequeño, soñaba con hacer cosas con mi hermano, pero él siempre estaba ausente o me ignoraba. Quería que mi madre se sintiera orgullosa de mis notas, pero Pablo se metía en líos y ya no había atención para nadie más. Solo guardaba buenos recuerdos con mi padre: aquellas tardes en las que salía pronto del trabajo, me recogía en la verja del colegio e íbamos al parque; miradas de comprensión cuando intentaba llamar la atención de mi madre y no lo conseguía. Tina sabía lo de mi hermano, por supuesto. Era complicado ocultarlo. Pero... apenas le había hablado de mi madre, de cómo prefería a un hijo que solo le había dado disgustos.

Yo conocía a su hermana, pero por lo poco que las había visto juntas se llevaban bien. Imaginaba que el resto de su familia también era normal. Su invitación a pasar un día de las fiestas con ellos fue como una patada en el estómago y me sentí como la mierda, porque debería haberme alegrado, ¿no? Pero me había hecho recordar aquellas Navidades, la relación con mi familia, lo complicado que era todo últimamente. Por eso había salido corriendo como un cobarde.

Está bien, no solo era eso. Me había acojonado porque Tina me estaba invitando a conocer a su familia en una época especial y eso significaba algo, ¿no? Quizá la gente como Tina llevaba a sus amigos a cenar con sus padres y hermanos. Pero me parecía que todo aquello era algo más. ¿Tina sentía algo por mí? ¿Había sido culpa mía, por meterla en mi vida y en la de Hugo?

Después de comprobar que Hugo estaba bien —aunque había sido una excusa—, regresé al salón despacio, casi de puntillas. Me detuve en el umbral de la puerta en completo silencio. Tina estaba de espaldas a mí, frente a la estantería de los cómics. Sostenía uno en la mano y lo hojeaba. Se había recogido el cabello en una coleta, habitual en ella, y se le veía la nuca. Se llevó una mano al cuello y se lo masajeó, al tiempo que seguía echando un vistazo al manga. Esa imagen despertó en mí una ternura chocante. Tal vez sentimientos como ese, tan ajenos a mí hasta ese momento, eran los que me tenían tan liado.

Entonces dejó el cómic en su sitio y se volvió. Me descubrió allí de pie, observándola, y su rostro mostró un gesto de sorpresa. De inmediato le cambió a una sonrisa y señaló con un dedo hacia su espalda:

—No pretendía cotillear, pero uno de tus mangas me ha llamado la atención... —dijo en voz bajita.

—Valentina —susurré.

Calló y cruzó las manos en el regazo, mirándome como si no entendiera lo que ocurría. Era tan bonita, joder. A su manera, era perfectamente imperfecta: el cabello rubio despeinado después de todo el día, un par de mechones colgando de las orejas, esos ojos tan azules que se alojaban en tu mente y no había manera de sacarlos de ahí, ojeras por el cansancio, pequitas en la nariz, ese hoyuelo en la barbilla que me encantaba besar, los pechos pequeños y sin apenas caderas, un aspecto aniñado para su edad, ese jersey que le quedaba grande y que le colgaba por las mangas. Si la mirabas una vez, podía parecerte una chica frágil e indefensa. Si la mirabas dos veces, si la mirabas bien, a los ojos, descubrías en ella una fuerza y una luz que se te metía muy adentro.

Abandoné el marco de la puerta y avancé hacia ella, despacio, intentando tatuar su imagen en mi retina.

—Oye, Diego, lo de antes... Bueno, te lo he propuesto porque como me has dicho que no tenías muy claro lo que harías... —empezó a decir de manera nerviosa.

No la dejé terminar. La agarré de las caderas y la atraje con fuerza, casi con rabia. ¿Cómo se atrevía a colarse en mi vida de esa forma? ¿Cómo había conseguido que la aceptase de una manera tan sencilla y natural y que, en cambio, cuando pensaba en ello me pareciera tan complicado? Se aferró a mi espalda y la besé con tanto ímpetu que nuestros labios chocaron. Nos besamos allí, de pie en el salón, durante un buen rato. La piel de Tina desprendía un calor increíble que traspasó la mía, incluso con ropa. Luego la tomé de la mano y tiré de ella, pero me retuvo y me susurró con una sonrisita:

—¿Y si despertamos a Hugo?

—Duerme como un tronco —respondí. La necesitaba. Necesitaba introducirme en Tina, rodearla con mis brazos hasta que doliera.

Ella no dijo nada más, solo se dejó hacer. Seguimos besándonos por el pasillo, tratando de no hacer ruido, aunque fuera un beso brutal, todo lenguas, dientes y saliva. Pasamos de puntillas por delante del dormitorio de Hugo. Volví a asomarme y lo vi como antes, completamente dormido. Tomé a Tina de la mano y la llevé a mi habitación. Ni siquiera encendí la luz. Entraba suficiente por la ventana para ver la dulce sonrisa de Tina y sus ojos brillantes. Me senté en la cama y se colocó delante de mí, sin dejar de mirarme. Durante unos instantes, volví a sentir el revoltijo de emociones que me invadía de un tiempo a esa parte. Deseo, ternura, ganas de besarla y de abrazarla, de olerla. Nerviosismo, confusión. Sin saber muy bien lo que hacía, apoyé la cabeza en su regazo. Ella se quedó quieta unos segundos, como si no tuviera claro cómo continuar. Enseguida noté sus caricias en el pelo y cerré los ojos, dejándome llevar, permitiéndome disfrutar por un momento de ese algo que no era sexo.

Poco después me empujó sobre el colchón y me dejé hacer. Tina se quitó el jersey y lo tiró al suelo. No llevaba sujetador, y mi entrepierna dio un brinco al ver sus bonitos pechos y sus pezones erectos. Sonrió con timidez, pero continuó con su tarea, bajándose los pantalones. Habría querido quitárselos para acariciar sus espectaculares piernas, pero tampoco iba a quejarme del estriptis.

Antes de que pudiera deshacerse de mi suéter, se sentó a horcajadas sobre mí y empezó a desabrocharme el pantalón. Me recosté bocarriba, como para animarla a que hiciera lo que quisiera. Tina se tumbó sobre mí después de quitármelo y, durante un buen rato, nos besamos. ¿Cinco minutos? ¿Diez? No lo sabía, pero era la gloria. Cuando no pude aguantar más, cogí a Tina de las caderas y la impulsé hacia arriba para alcanzar sus pezones. Los lamí con la punta de la lengua y los mordisqueé hasta endurecerlos. Percibí que se controlaba para no gemir y eso me puso a mil. A continuación, volvió a tomar el mando y me dedicó unos besuqueos húmedos por el cuello. Le acaricié la espalda con suavidad, tratando de calmarme, pero poco a poco la situación se volvió más intensa, más apasionada..., más increíble. La encontré tan húmeda cuando interné una mano entre sus braguitas que, una vez más, mi polla brincó. Froté lentamente, empapándome de esa humedad, perdiéndome entre sus pliegues, mientras ella se movía adelante y atrás.

Le introduje un dedo, y luego lo metí y lo saqué rítmicamente. Me incorporé para rodearla con el otro brazo. Nos quedamos sentados, apreciando el calor de nuestros cuerpos. Tina se movió de tal forma que parecía que ya estábamos follando. Echó el cuello hacia atrás, con los ojos cerrados, y se mordió el labio inferior.

—No aguanto más... —susurró.

Seguí penetrándola, en ese momento con dos dedos, mientras le frotaba el hinchado clítoris con el pulgar. El cuerpo de Tina se tensó y noté cómo su sexo se contraía avisándome de que se iba a correr en mis dedos. La rodeé con más fuerza y le besé la barbilla, la mandíbula, las mejillas y, por fin, la boca, hasta que el sonido húmedo de nuestros besos rebotó en las paredes.

A tientas, con Tina aún encima, me incliné hacia atrás buscando el cajón. Lo abrí y saqué la cajita de condones. Fui muy rápido en ponérmelo: tenía tantas ganas de colarme en ella que me dolía la polla... Me dolía el cuerpo. Me dolía la sangre en las venas. Me cogí el pene y lo acerqué a la entrada de su sexo. Ella me esperaba con una medio sonrisa, sin apartar la vista de mi miembro. Me gustó que pusiera la mano sobre la mía cuando ya estaba entrando. Gimió muy bajito, se quedó quieta hasta que estuve dentro del todo y, después, empezó a moverse con lentitud. La cogí de las nalgas y se las apreté con lujuria. Me impulsé hacia arriba para que me sintiera al completo y ella jadeó, pero enseguida se tapó la boca, como si recordara que no debíamos hacer ruido. Cuando apartó las manos, tenía los labios entreabiertos y curvados en una pequeña sonrisa.

No pude más que dedicarme a observarla, a observar todo su cuerpo: su rostro con los ojos entrecerrados a causa del placer, los pequeños pechos con esos pezones duros y sonrosados, el vientre en tensión, el espacio que nos unía. Todo era increíble y no podía entender por qué me parecía tan distinto a otros encuentros sexuales.

—¿Te gusta así? —preguntó ella en un susurro, con la voz ahogada en placer.

Asentí, sin poder hablar. Notaba que estaba a punto de correrme. El sexo de Tina aprisionaba el mío de una manera jodidamente maravillosa. Mantuve una mano en su trasero y, con la otra, la tomé de la nuca y la atraje para besarla. Le metí la lengua con ímpetu. Jugueteamos, nos lamimos, nos mordisqueamos. Me corrí a lo bestia, intentando ahogar los jadeos en la boca de Tina. La abracé mientras luchaba por respirar; sentía que me ahogaba de placer. Ella abandonó mis labios y escondió el rostro en el hueco de mi cuello, haciéndome cosquillas con los mechones rebeldes que se habían desprendido de su coleta.

Se me pasó por la cabeza que aquella vez, a pesar de haber tenido que hacerlo rápido y en silencio, había sido mejor que la anterior. Y especial.

Especial.

¿Estaba enamorándose de mí? Tina, tan distinta a todas las mujeres que habían pasado por mi cama. ¿Y qué iba a hacer un tipo como yo, que no sabía de relaciones románticas ni de corazones rotos, con una mujer a la que habían destrozado durante su matrimonio?

Y yo... qué cojones sentía yo, si en ese instante tuve claro que Valentina no iba a pasar por mi vida como alguien más. Siempre había habido gente que iba, otra que venía, casi nadie estaba mucho tiempo. Pero ella... joder, deseaba que se quedase a mi lado todo el tiempo posible. Al menos esa noche, en mi cama, abrazados y besándonos hasta la madrugada.

26

Terminé de limpiar y recoger, y eché un vistazo a la hora en el móvil: casi las diez y cuarto. Don Vicente quiso quedarse conmigo, pero insistí en que se marchara porque ya era muy tarde.

Esa mañana, al girar la esquina de la librería, casi me dio un jamacuco: me encontré con varias personas formando cola, unas de pie y otras sentadas. Ya me había despertado nerviosa, porque era el 15 de diciembre: aquella tarde, Albert Espinosa vendría a firmar. Ver a aquellos lectores esperando a primera hora de la mañana me emocionó muchísimo, y a don Vicente le ocurrió lo mismo. Cuando entré en la tienda, lo pillé mirando una foto de su querida Marta. El hombre tenía un brillo especial en los ojos. Me incliné y le rodeé los hombros.

—Su esposa se sentiría muy orgullosa de usted.

—Sin tu ayuda y tu entusiasmo no lo habría conseguido, muchacha.

Los ratos tranquilos me dediqué a preparar el espacio donde Espinosa se sentaría a firmar. Tanto el librero como yo queríamos que el escritor estuviera cómodo en la librería y que se llevara un buen recuerdo de El desván de los sueños, como cuando Marta lo invitó.

Llegó una hora antes, acompañado por su equipo, y se puso a charlar con nosotros. Me pareció una persona muy humana, muy agradable al trato y, sobre todo, muy humilde. Cinco minutos antes de comenzar la firma, me asomé a la calle y el corazón se me disparó: ¡la cola llegaba hasta la esquina y daba la vuelta! Le propuse a don Vicente grabar un vídeo para subirlo a las redes, para que quedara constancia de la expectación que habíamos creado. La firma duró cuatro horas, ya que a Espinosa le gustaba dedicarles tiempo y atención a sus lectores.

Después de recordar todo lo que había pasado aquel día, apagué las luces con una inmensa sonrisa en el rostro. ¡Y aún no era Navidad! Me sentía muy animada y llena de energía; me encantaba estar hasta arriba de trabajo. Me ayudaba a no pensar en Diego. Habían pasado unos días desde que le había propuesto que pasase un día de las fiestas con mi familia y conmigo, pero me parecía que el asunto había quedado un tanto raro. Esa noche volvimos a acostarnos y, una vez más, me pareció especial. Quizá todo estaba en mi mente, aunque no podía dejar de pensar en cómo me había mirado Diego mientras se internaba en mí, como si yo fuera el centro de algo importante. Importante para él. Y la manera en que me había besado, como si quisiera unir todos mis pedazos rotos. Y había apoyado la cabeza en mi vientre como un chiquillo indefenso, como si tuviera miedo y yo, en ese momento, intenté quitárselos todos. Con un abrazo de esos con los ojos cerrados que te ayudan a aferrarte a la vida. Quise que sintiera que podía considerar mis brazos un hogar. Pero no lo había hecho porque, en el fondo, también estaba asustada.

Esos días hubo menos mensajes por su parte y pocos encuentros en el ascensor. Y, como por las tardes trabajaba en la librería, tampoco daba clases a Hugo. Una de esas noches fui consciente de lo que les echaba de menos, de la manera sutil y sencilla en la que se habían colado en mi vida. Yo, que me había convencido de que tenía el corazón con tantas tiritas y remiendos que sería complicadísimo que volviera a latir con fuerza. Y lo hacía, vaya si lo hacía.

Suspiré y me puse la mochila a la espalda para salir de la tienda. Mañana sería otro día. Ese domingo había quedado con mi nueva amiga Julia, la repostera, ya que no había podido ir al curso por culpa del trabajo. Pero esa noche de sábado me esperaba mi padre... ¡acompañado! Por fin iba a presentarme a Carmen. Los vi junto al escaparate y levanté una mano para saludarlos. Lancé un rápido vistazo a la mujer: morena, un poco rellenita, guapa. Parecía algo más joven que mi padre. Lo que más me gustó fue la sonrisa que me dedicó cuando me vio.

—¿Qué pasa ahí? —pregunté cuando llegué a su lado.

Había un nutrido grupo de personas en la acera de enfrente, rodeando a alguien.

—El escritor al que habéis traído. Se ha sentado en un banco para acabar de firmar a la gente que quedaba —me informó mi padre—. ¡Eso sí que es ser humilde!

—Hola, Tina —dijo entonces la «amiga» de mi padre—. Soy Carmen. Tenía muchas ganas de conocerte.

—Y yo a ti. —Me incliné para darle dos besos. Olía muy bien y era elegante. Llevaba el pelo cortado en una media melenita, a la moda.

—Tu padre me ha hablado mucho de ti y de tu hermana.

Me acordé de ella cuando Carmen la nombró. Ladeé el rostro y me dirigí a mi padre:

—¿Y Diana? ¿Viene directa al restaurante?

—Me ha llamado y me ha dicho que no se encontraba bien, así que no vendrá.

—¿Está enferma? —pregunté extrañada. Por nada del mundo se hubiera perdido conocer a la mujer que le hacía tilín a nuestro padre.

—No estoy seguro, me ha colgado enseguida. Pero bueno, ya sabes que en esta época corren un sinfín de virus y resfriados.

No le pregunté nada porque sospechaba que ocurría algo. Había intentado comunicarme con ella sin éxito e imaginé que estaba ocupada con el trabajo. Pero me sorprendió lo que me dijo mi padre, ya que Diana siempre había mostrado interés por conocer a Carmen.

Habían reservado en El Astorgano, un restaurante de Tetuán que le gustaba mucho a mi padre porque preparaban platos leoneses tradicionales. Mientras nos comíamos unas albóndigas deliciosas y un plato de morcilla de León bastante buena,

Carmen y yo charlamos acerca de nuestros trabajos y aficiones. Le mencioné lo mucho que me había gustado el cuadro que había pintado y se sonrojó. Era una mujer risueña, cercana y amable. Pero lo que más me gustó fue cómo miraba a mi padre cuando este tomaba la palabra: con respeto, admiración, orgullo y amor. Aprecié que, en ocasiones, se cogían la mano por debajo de la mesa como dos adolescentes. Me inspiró tanta ternura que no pude evitar más de una sonrisa. ¡Lo que se estaba perdiendo Diana! Mi padre enamorado de verdad, después de tantos años dedicándose a nosotras. Por fin pensaba en él, en sus necesidades, en sus deseos.

—Me comentó tu padre que, aparte de trabajar en la librería, das clases a un niño —dijo ella en los cafés.

—Así es. —Asentí, removiendo la manzanilla con la cuchara—. Es adorable. Acaba de cumplir nueve años. Ha pasado por una situación difícil y ahora le va un poco mejor.

—Tina siempre ha tenido un don con los pequeños —intervino mi padre—. Es una lástima que no siguiera siendo maestra; se necesitan más como ella.

—Bueno, me dijiste que con los libros también es muy buena y la literatura necesita de gente así —opinó Carmen, y aún me cayó mejor.

Mientras ellos se enfrascaban en una conversación sobre educación y literatura, me quedé pensando en Hugo. Y, automáticamente, en Diego. ¿Qué estarían haciendo? Les echaba de menos. Me preocupaba que hubiéramos perdido el contacto por mi invitación, y también me molestaba un poco. ¿Por qué él podía incluirme en su vida, pero yo no a ellos en la mía? No le pedía nada. Que me acompañara en las fiestas no significaba que él tuviera que hacer lo mismo. No me importaba que no quisiera presentarme a su familia; me bastaba con lo que teníamos. Hugo y él mejoraban mis días.

Después de la cena, mi padre dijo que iban al cine y me preguntó si quería acompañarlos. Rehusé porque había quedado con Julia al día siguiente y me apetecía descansar. Además, prefería dejarles intimidad. Se ofrecieron a acompañarme a casa, pero les dije que tomaría un taxi.

Ya en casa, me puse el pijama y me senté en la butaca del despacho con un libro de Espinosa entre las manos. Me hizo mucha ilusión que me lo firmara. No había leído nada suyo y sentía curiosidad. Pocos capítulos después me di cuenta de que el libro hablaba de la importancia que adquieren algunas personas que se cruzan en nuestra vida de manera casual. Lo devoré esa misma noche, a pesar de que me había prometido acostarme pronto. A cada página que leía, más pensaba en Hugo. Y en Diego. Especialmente en Diego.

Decidí enviarle un mensaje para contarle lo bien que había ido la firma de libros. Era tarde, pero quizá siguiera despierto. Quince minutos después, cuando me acosté, aún no había recibido respuesta. Me dormí convenciéndome de que no lo habría leído.

Julia y yo paseamos por el Retiro con un café caliente bien cargado. A pesar de la bufanda de lana que me había enrollado al cuello, los guantes, el abrigo y las botas, hacía mucho frío. Apenas quedaban hojas en los árboles, pero caminar por ese enorme parque me gustaba desde siempre. Nos acercamos al lago con sus barcas. Solía asociarlas al buen tiempo, pero bastante gente se había animado a subir en ellas. Julia y yo las observamos en silencio, paladeando el exquisito sabor del café. Durante el camino hablamos un poco más sobre nosotras. Era seis años menor que yo, aún no había encontrado trabajo de lo suyo —era psicóloga—, de momento estaba en una tienda de ropa, y me dijo que no se ubicaba en el mundo. Le confesé entre risas que yo, pasados los treinta, casi que tampoco. Era muy divertida e ingeniosa, y me gustaba pensar que volvía a tener una amiga con la que charlar y salir a tomar algo. Además, la afición por preparar dulces y postres nos podía unir mucho.

—¿Qué tal el curso ayer? —le pregunté.

—¡Me encantó, Tina! —exclamó con esa alegría contagiosa que empezaba a conocer—. Preparamos unos deliciosos macarons de mandarina. La semana que viene haremos galletas de Navidad. No puedes perdértelo.

—Se lo diré a don Vicente, aunque no creo que haya problema en salir unas horitas antes de la librería. Ayer, con lo de Albert Espinosa, estábamos hasta arriba.

—Lo entiendo. Me alegro un montón del exitazo. Y me emociona que le vayan mejor las cosas a Vicente. Si El desván de los sueños hubiera cerrado, me habría sentido un poco huérfana.

Sus palabras me conmovieron y me dibujaron una sonrisa. Nos dirigimos a la orilla oeste del estanque, al paseo de las Estatuas, llamado así porque a ambos lados hay una serie de esculturas dedicadas a los que fueron reyes de España.

—¿Y mi hermana fue?

Sí, en uno de sus ataques de locura, Diana se apuntó, a pesar de que algunos sábados no podría ir por su trabajo y que nunca le había interesado la cocina.

—Tampoco. —Sacudió la cabeza—. Me envió un mensaje para que avisara al profesor.

—Se ve que estaba un poco pachucha.

Julia me miró con el ceño fruncido y noté que dudaba unos segundos antes de responder.

—Ah, ¿sí? No sé, me escribió que tenía muchas cosas que hacer.

Descubrir eso me desconcertó aún más. A mi padre le había dicho una cosa y a Julia, otra. ¿Había ocurrido algo entre Jaime y mi hermana? Me prometí enviarle un mensaje después para preguntarle si le apetecía quedar por la tarde. Si no me respondía, me acercaría a su casa en plan sorpresa.

—Hoy mi chico y yo hacemos cuatro años —me confesó Julia delante de la fuente de la Alcachofa.

—¡Felicidades!

—Anoche me preparó una sorpresa preciosa. Cuando llegué a casa después del trabajo, me encontré varias pistas que debía seguir. La última parada era nuestro dormitorio, claro, donde había un montón de velas y pétalos rojos —me explicó, visiblemente emocionada—. Seguro que te parece superñoño, ¿no? Él lo es. Poco a poco fui acostumbrándome y ahora no sabría vivir sin esa faceta romántica.

—No, me parece muy bonito...

Recordé que, al principio, Mario también hacía cosas como esa, pero resultaron ser estratagemas para que cayera rendida a sus pies. Por cómo hablaba ella, se notaba que les iba muy bien y sentí cierta envidia sana.

—¿Cuánto tiempo lleváis tu chico y tú?

—¿Mi chico y yo?

—El pelirrojo que fue a buscarte al club de lectura. ¿No es tu novio?

Me quedé boquiabierta y me eché a reír, al tiempo que negaba con la cabeza.

—Es mi vecino. Doy clases a su sobrino, el niño con el que vino.

Julia me miró de reojo, aunque no dijo nada.

—¿Qué? —le pregunté.

—No, nada... Es que dabais la impresión de ser pareja. Tenéis *feeling*.

—Tú y yo también lo tenemos, ¿no? —bromeé.

Ella sonrió y tiró su vaso de plástico a la papelera. Todavía quedaba un poco en el mío, aunque ya se había enfriado.

—¿Sabes? No eres la única que piensa eso. Me refiero a lo del *feeling*. Mi hermana también. Y bueno... —Se me escapó la risa al recordar lo que me había dicho Hugo sobre Papá Noel. Julia me miró con curiosidad—. Su sobrino piensa como tú, que somos novios.

—Y los niños y los locos —dijo señalándose— siempre decimos la verdad.

—No, qué va. —Negué una y otra vez y me di cuenta de que me había vuelto a poner nerviosa. Traté de disimular—. Estuve muchos años casada y, ahora mismo, necesito pasar un tiempo sola.

Sin embargo, recordé lo que había sentido esa mañana cuando me desperté y no encontré una respuesta de Diego en el móvil. Pensé en algo que me preocupaba: ¿había pasado tanto tiempo con alguien que, en realidad, no sabía estar sola? ¿O sentía por Diego algo más que atracción y amistad?

—¿Y qué me dices de él? ¿No notas nada? —insistió Julia,

a quien parecía interesarle la historia con mi vecino. ¡Qué cotilla era todo el mundo!

—Diego es... complicado —respondí, buscando una palabra adecuada—. Y libre. Y ahora mismo no está en su mejor momento.

—¿Complicado y libre? Suena al tipo de hombres que solo buscan rollo.

—Bueno, eso no es malo, ¿no? Mientras las dos partes estén de acuerdo...

Julia volvió a echarme una mirada de reojo. Noté que me estaba sonrojando y me adelanté para tirar el vaso vacío en la papelera. Cuando me di la vuelta, mi nueva amiga estaba sonriendo.

—¿Sabes? Durante la carrera estudié que, a veces, de forma consciente o inconsciente, las personas contrarias al compromiso han vivido traumas en relaciones pasadas, ya fueran románticas o familiares. Aprenden que no pueden apoyarse en los demás o que estar cerca de otras personas puede ser peligroso. —Julia se detuvo unos segundos, pensativa, y luego continuó—: Pero también es cierto que las personas solteras sufren un estigma que les impone la sociedad y este puede crearles más conflictos internos. Hay gente que quiere seguir soltera y, por suerte, las cosas están cambiando y ya no está tan mal visto.

Guardé silencio, pues me sentía confundida ante tanta información. Pestañeé y le dije a Julia:

—No me ha quedado claro a qué grupo pertenece él.

Las carcajadas de Julia resonaron en la tranquilidad del Retiro. Acabé uniéndome a ella y me alegré de experimentar esa sensación de complicidad amistosa después de tanto tiempo.

Después de comer me acerqué al piso de mi hermana y mi cuñado. Había llamado a Diana y le había mandado un par de wasaps, pero no había dado señales de vida y empezaba a preocuparme. Era la tercera vez que pulsaba el timbre y no parecía haber nadie, pero cuando estaba a punto de darme la vuelta y marcharme la puerta se abrió. Allí estaba Jaime, con aspecto cansado y abatido. Llevaba unos auriculares colgando, quizá por eso había tardado tanto en oír el timbre.

—¿Estás bien? —le pregunté.

—¿Qué? Sí, sí... Estaba adelantando trabajo... —contestó, pero no me pareció sincero. Ni siquiera me había invitado a entrar.

—¿Y Diana? Intento hablar con ella y no hay manera.

Mis ojos se deslizaron hacia las manos de mi cuñado. Se tiraba del padrastro de un dedo. Me fijé en que tenía bastante mal la otra mano, con el pulgar al rojo vivo. Conocía a Jaime. Tenía esa manía desde adolescente, lo hacía cuando estaba nervioso.

—¿Jaime? —insistí.

—Diana no está.

—¿Y dónde está? —pregunté preocupada.

—Durmiendo en casa de una amiga. Anoche salió, bebió bastante y decidió quedarse allí.

Mi hermana y Jaime siempre habían llevado una relación muy sana en la que mantenían su libertad y, si les apetecía, salían con sus respectivos amigos. Pero aquel día me pareció que lo que sucedía era distinto a otras veces. Al fin y al cabo, se había escaqueado de la cena con mi padre diciéndole que no se encontraba bien.

Me di cuenta de que a mi cuñado no le apetecía hablar, así que preferí no presionarlo.

—¿Le dirás a Diana que he pasado y que, cuando pueda, me llame?

Jaime asintió. Apoyó una mano en la puerta con la intención de cerrar, pero me adelanté:

—Recuerda que estoy aquí, que somos amigos.

—Lo sé, Tina. Pero también eres la hermana de mi novia y eso complica las cosas.

Abrí la boca para protestar. No supe qué responder, ya que, en el fondo, Jaime llevaba razón. Siempre habíamos tenido confianza, luego yo me había alejado... pero estaba claro que había asuntos de pareja que no debían hablarse con todo el mundo, y mucho menos si se trataba de familia.

Llegué a casa con una sensación de vacío en el pecho. Me preocupaban mi hermana, Jaime, Hugo, Diego... Justo en ese momento, mientras buscaba las llaves en la mochila, oí que me entraba un wasap. Saqué el móvil a toda prisa, preguntándome quién sería. Al ver el nombre de Diego, se me aceleró el corazón.

Me alegra que fuera tan bien. No pude acudir. Creo que Hugo se ha pillado un virus intestinal porque ya no se encontraba bien ayer por la tarde y se ha pasado la noche vomitando.

En cuanto terminé de leer el mensaje, me giré y miré hacia la puerta de mi vecino. En el pecho, mi corazón continuaba agitado. Tuvo que pasar una noche muy mala. Quería ayudarlo. Quería animarlo. Quería verlo. ¿Debía hacerlo?

Me mordí los labios resecos por el frío, sopesando qué hacer. Me giré y metí la llave en la cerradura. Agaché la cabeza. No abrí. Me volví. Un par de pasos y me planté delante de la puerta de Diego. Cogí aire. Llamé. Silencio. ¿Y si el chiquillo se había puesto peor y se lo había llevado al médico? No podía ser, lo habría puesto en el wasap.

En ese instante, la puerta se abrió. Diego me miró serio, con unas profundas ojeras. Quizá él también se había contagiado.

—Tina —murmuró, con un tono de voz que no supe interpretar.

—¿Necesitáis ayuda? —me ofrecí, dibujando una sonrisa nerviosa.

Percibí su duda, su nuez bailando en el cuello. Estaba en pijama y llevaba el cabello revuelto. Por un instante creí que me invitaría a pasar, pero negó suavemente con la cabeza.

—Hugo se ha quedado dormido y yo no tardaré en irme a la cama.

—Vale —respondí.

Nos inundó el silencio. ¿Qué estaba pasando? ¿Tanto le había molestado mi invitación? No lo entendía. No comprendía a los hombres. Miré a Diego, que tampoco apartaba la mirada de mí, y me atreví a preguntarle:

—¿Va todo bien entre nosotros?

Él ladeó la cabeza, mostrando cierta sorpresa. Boqueó como un pez fuera del agua, como si se encontrara en una situación de la que no sabía cómo salir.

—Claro, Tina.

—Vale —contesté una vez más, como una tonta—. Que descanséis. Si necesitáis algo, ya sabes dónde estoy.

Diego me observó silencioso. Lo notaba distinto, a la defensiva, como si no supiera cómo reaccionar. Ya me había dado la vuelta cuando lo oí decir:

—Es que no quiero pegártelo.

—Sí, lo entiendo. —Asentí sin girarme.

Abrí la puerta de mi casa, pero él aún no había cerrado la suya. Sentía su mirada clavada en mi nuca. Me volví y Diego me sonrió. Me sonrió y me tembló hasta el alma. Me sonreía y me mataba a la vez porque sabía que no podía ser. Que no debía bajar mis murallas después de lo mucho que había luchado, y menos con un hombre como él. Tenía miedo... Pero si él llegara a proponerme algo, aceptaría sin más.

Le devolví la sonrisa, nerviosa, y me metí en casa. Me apoyé en la puerta y cerré los ojos. Quizá mantener las distancias era lo mejor, aunque sería complicado viviendo puerta con puerta. Además, ¿cómo alejarse de unos brazos a los que quieres regresar en cuanto los has soltado?

27

Tanto mi padre como mi hermana, cada uno por su lado, se empeñaron en que los acompañara a hacer las compras navideñas. Él no tenía muy claro qué regalarle a Carmen, así que le propuse que le cogiera un kit de pintura y un delantal impermeable para que fuera más fácil de limpiar. Con mi hermana resultó más complicado: nada le parecía bien y la noté muy nerviosa. Como no mencionó sus nulas respuestas a mis wasaps ni lo de la visita a su casa, preferí no sacar el tema. A pesar de que le encantaba ir de compras, se cansó rápido y fuimos a tomar algo a un Starbucks.

—¿Crees que debería regalarle algo a Hugo? —le pregunté cuando nos sentamos en la cafetería.

No respondió. Chupeteaba, distraída, la pajita de su frappuccino.

Chasqué dos dedos delante de su cara, pero estaba perdida en su mundo.

—¡Diana! —exclamé, inclinándome para zarandearla.

—¡¿Qué?! —se quejó, con mala cara.

—¡Te estoy hablando y me ignoras!

Suspiró y me pidió probar mi chocolate caliente. La observé para ver si descubría alguna pista en su comportamiento: ojeras, el cabello descuidado, menos maquillaje. Desde luego, me habían cambiado a mi hermana: con lo charlatana que era, me parecía sospechoso lo callada que estaba. Ni siquiera me había preguntado por Diego ni se había inmutado al mencionar a Hugo.

—Venga, ¿qué es eso tan importante que querías contarme? —preguntó, aunque no parecía interesada.

—Te decía si sería raro que le comprara algo a Hugo por Papá Noel o Reyes —repetí.

—A los niños les encantan los regalos. —Se encogió de hombros.

Arqueé las cejas. Claro, eso ya lo sabía, no me estaba descubriendo el mundo. Sin embargo, la supuesta relación vecinal, de amistad o de sexo que había establecido con su tío seguía enfriándose. Aunque no había pasado mucho tiempo desde que fui a ver cómo se encontraban, Diego no me había telefoneado, ni sus saludos eran tan efusivos y, si no le enviaba yo algún wasap, él no tomaba la iniciativa. Me sentía confusa. Si no creyera que aún había algo entre nosotros, podría haberlo ignorado y continuar con mi vida de antes. En el ascensor, el ambiente seguía mutando: lo notaba en sus pupilas dilatadas, los movimientos inconscientes y nerviosos de su nuez, su lenguaje corporal. Sí, aún le atraía. Y él, en el fondo, seguro que también lo sabía. Su actitud me irritaba un poco, como si estuviera luchando consigo mismo. ¿Pensaba que iba a pedirle algo? ¿Que le reclamaba una relación? ¿Que llegaría un día en que establecería reglas? No sabía lo que le ocurría, pero tenía claro que debía ser él quien se esforzara en solucionarlo. Si ya no deseaba verme, tendría que decírmelo. No iba a ponérselo difícil si me decía: «Lo siento, Tina, pero me he agobiado». Sabía que, al final, tendría que dejarlo marchar para no volver a sufrir. Lo que no me parecía justo era el punto en el que estábamos: una especie de limbo entre el sí, el no y el qué leches es esto.

Me lo confirmó dos días antes de Nochebuena. Diego me escribió para ver si podíamos quedar, ya que necesitaba ayuda con el regalo de Hugo. Con mi padre y mi hermana no me importó, pero con él noté una especie de cabreo. Empezaba a quedarme claro que iba en plan «no quiero nada serio, pero no quiero perderte» porque le convenía. Había estado sexualmente disponible cuando él tenía ganas de un revolcón o emocionalmente disponible cuando él necesitaba desahogar sus penas. Y también para darle consejos y ayudarlo con su sobrino. ¡Joder, todo eran beneficios para él! Pero ¿en qué lugar quedaba yo? Me había dado sexo del bueno, me había divertido, me sentía en paz con él y con Hugo. Pero algo había ido gestándose y, al parecer, solo por mi parte. No podía ni debía ilusionarme. Uno saldría ganando y el otro herido, y saltaba a la vista quién estaría en cada caso. Yo también tenía miedo, pero no había salido corriendo.

Por eso respondí a su wasap con una negativa, aunque ligerita. Le dije —lo que en parte era cierto— que tenía mucho trabajo en la librería y que, además, debía ocuparme de unos asuntos familiares. Luego le mandé ejemplos de regalos que quizá le gustasen a Hugo. Él me contestó con un escueto «Gracias» seguido de puntos suspensivos, y yo ahogué mis dudas en una tarta de zanahoria y un libro.

La noche del 24 llegó más rápido de lo esperado. A pesar de que podían venir clientes de última hora, don Vicente insistió en que no abriéramos por la tarde, pues le comenté que mi padre y su novia cenaban en mi casa.

—¿Y usted con quién pasa la noche? —le pregunté.

—Con una sobrina de Marta. Siempre cenábamos en su casa. Como no tuvimos hijos... Para nosotros es como una hija —contestó el hombre.

A veces, al mencionar a su esposa, hablaba como si siguiera viva y me di cuenta de que le salía de manera inconsciente. Siempre me provocaba un pinchazo en el pecho.

Al salir del trabajo, me marché pitando al supermercado para comprar algo de picoteo y pescado porque Carmen no comía carne. Volví a casa cargadísima de bolsas. En el portal me encontré a Rosario, que salía acompañada por un hombre de mediana edad y una adolescente.

—¡Tina!, ¡qué bien verte! Este es Gonzalo, mi hijo mayor —me lo presentó sonriente—. Y esta es Lucía, mi nieta. Voy a cenar con ellos.

Se la veía muy contenta. A pesar de que era muy independiente, a todos nos gusta disfrutar de la compañía de las personas a las que queremos y nos quieren bien. Mientras su hijo y su nieta fueron a buscar el coche, ella se quedó esperando en la puerta de la calle y me preguntó:

—¿Tú qué vas a hacer, reina?

—Vienen mi padre y su novia, y mañana nos reuniremos con mi hermana. Esta noche la pasa con sus suegros —le expliqué.

Llevaba unos pantalones azul oscuro y un jersey navideño de renos que me arrancó una sonrisa. Me dio un abrazo y estuve tentada de preguntarle por Diego. No lo hice porque la mujer llevaba prisa y porque sabía que, si hablaba de él, me pondría un poco triste. En el fondo, me habría gustado pasar algún momento de las fiestas con ellos. Solo nosotros: Diego, Hugo y yo. Los de siempre.

Quizá el destino quiso provocarme esa nostalgia porque, nada más entrar en el portal, se abrieron las puertas del ascensor y aparecieron tío y sobrino ante mis narices. Me detuve de golpe y me quedé mirándolos como una estúpida. Bueno, en realidad miraba a Diego. Hugo se lanzó hacia mí, me rodeó la cintura con sus bracitos y empezó a hablarme de Papá Noel, turrón de chocolate y no sé qué más cosas que ni entendía. No podía prestarle atención con los ojos de su tío posados en mí, mirándome de aquella manera que provocaba que se me acelerara el corazón y se me arrugara como una bolita de papel.

—¿Quieres que te ayude? —se ofreció, señalando las bolsas.

—No, no, qué va. Ahora cojo el ascensor...

Sin embargo, Hugo se las dio de chico fuerte e intentó cogerme una bolsa. Al final, Diego agarró esa para que no se cayera y me vi dentro del ascensor con ellos. Hugo seguía parloteando sobre que esa noche Papá Noel le traería a su padre. Diego me observaba como en una súplica callada que yo no atinaba a entender. Mi garganta seca. El pulso latiéndome en las sienes.

Para mi sorpresa, Diego entró conmigo en el piso y me ayudó a guardar todo lo que había comprado. Hugo también participó, mientras seguía hablando. Y continuaban las miradas silenciosas. Vi una sonrisa nerviosa en el rostro de mi vecino. Todo lo que había vivido con él hasta ese momento revoloteaba por mi cabeza: la atracción, el sexo telefónico, el sexo real, los besos húmedos, las caricias serenas, las conversaciones, sus confesiones, mis miedos y las ganas de enfrentarlos.

—Te echo de menos, Tina. ¿Nos acompañas? —preguntó Hugo arrancándome de mis pensamientos.

—No puedo, cariño. Mi familia viene a cenar. —Le acaricié el pelo y el niño puso un gesto triste—. Pero pásate otro día, que quizá Papá Noel te deje algo... —Sus ojos resplandecieron y se giró para mirar a su tío, que estaba muy serio, contemplándome casi sin parpadear—. ¿Al final vosotros qué hacéis?

—Vamos a casa de mis padres, como te comenté. Hugo siempre ha pasado las Navidades con ellos.

Asentí, aún con la mano en la cabeza del niño. Hugo miró a su tío y luego a mí, como si supiera que algo pasaba entre nosotros.

—Tenemos que irnos. Para ayudar y eso, ya sabes —dijo Diego, con un tono de voz extraño.

—Sí, yo también debería ponerme manos a la obra —coincidí.

No me lo esperaba: entre nosotros seguía existiendo algo, lo que fuera que hubiéramos tenido, la química que compartíamos, porque nuestros cuerpos se atraían de manera inevitable. Se apreciaba en nuestra estúpida conversación, en sus gestos ansiosos, en mi sonrisa apretada, en su mirada de «quiero besarte». ¿Por qué no lo hacía? Si hasta alguien como yo, que había estado roto, se había dejado llevar y seguiría haciéndolo... ¿por qué él no era capaz?

—Pasa una buena noche.

—Tú también.

Hugo se despidió de mí con un abrazo y salió corriendo en dirección al salón, ansioso por ir a casa de sus abuelos.

—¿Crees que irá tu hermano? —pregunté a Diego, sin poder evitarlo.

—No lo creo —contestó él, negando con semblante triste.

También a mí me dio pena.

—¡Tíooo! —gritó Hugo desde el pasillo.

Los acompañé a la puerta. El niño abrió y se lanzó a llamar al ascensor. Diego dio un par de pasos, pero de repente se volvió hacia mí. De nuevo su mirada, esa de querer decir algo pero no hacerlo. Me torturaba. Lo vi dudar unos segundos y entonces me abrazó. Entendí que había tenido frío durante mucho tiempo, que deseaba que él me lo quitara y que él también se sentía de ese modo. Comprendí que un abrazo como ese, que guardaba tanto, podía cambiarlo todo. Por eso estuve a punto de apartarme, de impedir que se colara más en mí. Pero él se separó antes de que pudiera reaccionar, y me susurró al oído:

—Felices fiestas, Valentina.

Me desperté con un leve dolor de cabeza. Parpadeé y suspiré. Había bebido más de la cuenta durante la cena y no estaba acostumbrada. Mi padre y Carmen también se fueron contentillos. Cuando llamaron al timbre, aún no había terminado de prepararlo todo. El abrazo y las palabras de Diego me dejaron en una especie de letargo del que no pude salir de inmediato. Me pasé casi una hora en la butaca, rodeada de libros, pensando en todo y en nada a la vez. Al final me levanté y me metí en la ducha. Media hora después, llegaron Carmen y mi padre. Me sentí un poco abochornada por tenerlo todo patas arriba, pero la mujer enseguida se ofreció a ayudarme.

La mañana del 25 salí de la cama entre cansada, nostálgica y, al mismo tiempo, un poco más animada. Me encantaba estar con mi padre, por supuesto, pero en Nochebuena siempre faltaba Diana, y eso se notaba. Al menos ese año se había sumado Carmen, que había dado un toque distinto a la velada. No obstante, los 25 sabían y olían distinto. Nos reuníamos en Aranjuez, en casa de mi padre, con su chimenea y todo, y mi hermana soltaba burradas, Jaime contaba chistes malos y todos nos reíamos a carcajadas. Hasta que me casé y dejé de ir. ¡Cómo me arrepentía de haber malgastado todos esos años!

Desayuné una taza de café con leche y unos cruasanes que me había traído mi padre la tarde anterior. Luego fregué los cacharros que quedaban, pues Carmen había insistido en lavar los platos, aunque la saqué de la cocina porque era mi invitada. Mientras pasaba la fregona por el suelo de la cocina, eché un vistazo al reloj: en una hora y poco, Jaime y Diana pasarían a por mí, como de costumbre.

Me metí en la ducha para relajar los músculos y, sin poder evitarlo, mi mente voló hacia mi vecino. Suspiré frustrada. Estaba harta de que se colara en mi cabeza sin permiso, pero me preguntaba qué habría hecho, si se habría divertido, si habría pensado en mí en algún momento de la noche.

Después de secarme el pelo, volví al dormitorio y sopesé, delante del armario, qué ponerme. A pesar de que solo nos juntábamos la familia, Diana solía arreglarse mucho, pero yo prefería mis jerséis calentitos —aunque luego sudaba con la chimenea—. Ese año elegí un vestido que no me ponía desde hacía mucho. Lo había llevado en alguna cita durante los primeros años con Mario, pero lo dejé arrinconado al fondo del armario para que no me trajera malos recuerdos. Estaba arrugado, así que me apresuré a plancharlo. Cuando me miré al espejo, me vi bonita, me reconocí y esbocé una enorme sonrisa. Había sido uno de mis vestidos favoritos: rojo, de manga larga, con encajes y transparencias en los brazos. Me enfundé unas medias rojas tupidas y unos botines. Si Diana hubiera estado allí, me habría hecho algunos rizos en el pelo, pero yo no tenía tanta mano para peinarme, así que me limité a dejármelo suelto.

Diez minutos después, mi hermana me enviaba un wasap para que bajara porque Jaime había parado en doble fila. Mientras acababa de pintarme los labios, también de color rojo, me escribió un par de mensajes más despotricando sobre lo complicado que era aparcar en ese barrio.

Me enrollé una bufanda gruesa en el cuello y me puse el abrigo. No pegaba con el vestido, pero como este era corto y el abrigo largo, nadie se daría cuenta. En el armario también encontré un minibolso que me había regalado Diana por un cumpleaños y que no había usado, ya que prefería las mochilas. Metí en él la cartera, unos pañuelos, un ibuprofeno por si volvía el dolor de cabeza, el pintalabios y las llaves. Comprobé que llevaba todos los regalos.

En el ascensor me entraron más mensajes de Diana metiéndome prisa. ¡Qué pesada era a veces! Le aseguré que, cuando me viera, no se quejaría tanto y entendería por qué la espera había valido la pena. Su respuesta fue una foto sacándome la lengua.

Salí a la calle mientras enviaba una carita riéndose. Oí una bocina. Levanté la vista y vi el coche justo delante. Jaime me saludó. Diana se inclinó por encima de él y me hizo aspavientos para que corriera.

—¡Tina!

Una voz familiar me llamaba. Mi corazón la reconoció casi antes que mi cabeza. Me giré y lo vi. A Diego, corriendo hacia mí. Me quedé bloqueada, sin entender qué ocurría, viendo cómo se acercaba. Se detuvo a unos pasos, tratando de recuperar el aliento. Volví la cabeza hacia mi hermana, que se había bajado del coche y nos miraba con los ojos como platos.

—No estaba seguro de si aún te encontraría —murmuró Diego, medio ahogado por la carrera. Despeinado, con las mejillas y la nariz sonrosadas. Mi pulso se aceleró.

—¿Por? —pregunté con un tono de voz más chillón de lo que pretendía.

Mi vecino cogió aire y lo soltó, no tuve claro si por la fatiga o porque no se atrevía a decir lo que quería. Lo miré de hito en hito y al final dijo:

—¿Todavía sigue en pie lo de unirme hoy a tu familia?

—¿Y Hugo? —me salió.

—Con mis padres. Le he preguntado si quería venir, pero sigue empeñado en que su padre aparecerá —explicó. Noté que la última palabra la había pronunciado algo molesto.

Guardamos silencio unos segundos estudiándonos, reconociéndonos. Aprecié que él me miraba asombrado, que le gustaba lo que veía. Y un nuevo bocinazo de mi hermana.

—¡Vamos, petarda de los cojones! —me chilló.

—¡Ya voy! —exclamé, maldiciéndola por dentro por romper ese momento. Me volví hacia Diego y le dije—: ¿Seguro que quieres venir? —Fue un intento de bromear, pero él se lo tomó en serio.

—Más seguro que en mucho tiempo —dijo, y luego sonrió.

Le hubiera besado la sonrisa allí mismo. Ya tenía mi regalo de Navidad.

28

Durante el trayecto en coche, Diego y yo apenas hablamos. Era consciente de que, de vez en cuando, posaba su mirada en mí porque notaba cómo se me erizaba la piel. Yo llevaba las manos enlazadas en el regazo. Su izquierda reposaba en el asiento y, en algún momento, tuve ganas de rozársela. Le habría preguntado qué hacía allí, por qué había cambiado de opinión después de ese par de semanas de lejanía y desconcierto. Sin embargo, no era el lugar adecuado, así que pensé que sería mejor hacerlo cuando estuviésemos a solas.

Diana y Jaime tampoco dijeron mucho. Mi hermana me comentó lo que le había comprado a mi padre y me preguntó sobre Carmen para hacerse una idea. No parecía animada, a pesar de que las fiestas navideñas eran sus favoritas. Cuando llegamos a Aranjuez se mostró un poquito más risueña y traté de relajarme, aunque, a decir verdad, la presencia de Diego me ponía nerviosa. Mi padre nos recibió con sus habituales muestras de cariño y, aunque sabía lo mucho que le había sorprendido ver a Diego, no dijo nada. Al contrario, enseguida lo saludó como a todos y lo guio al salón para acomodarnos delante de la chimenea y beber algo antes de la comida.

—¿Qué te apetece? ¿Cerveza? ¿Vino?

—Vino, si puede ser.

—¡Por supuesto que puede ser! —exclamó de tan buen humor que hasta a mí me lo contagió.

Le indiqué a Diego que aguardara un segundo y acompañé a mi padre a la cocina para ayudarlo. Allí estaba Carmen, inclinada delante del horno. La saludé con dos besos. Olía de maravilla y me rugió el estómago.

—¿Cordero al horno? —pregunté.

Asintió y miró a mi padre con una sonrisa. Estaba claro que lo cocinaba porque a él le encantaba. Este le devolvió la sonrisa y sacó de la nevera dos cervezas para mi hermana y mi cuñado, una Coca-Cola para mí y sirvió una copa de tinto a Diego.

—Espero que no te importe, papá.

—¡Claro que no! Donde caben dos, caben tres. Pero ¿por qué no me lo dijiste anoche?

—Porque ni yo lo sabía.

El hombre me miró con curiosidad y, a continuación, se acercó y me besó en la mejilla, al tiempo que susurraba un «Pecosita, qué contento estoy de tenerte aquí». Se me encogió el estómago de alegría y afecto. Nos dirigimos los tres al salón y mi padre presentó a Carmen a todo el mundo.

Jaime y Diego parecían haber hecho buenas migas. Mi hermana los miraba desde el sofá con cierto recelo. ¿Qué leches le pasaba?

—Diego y yo estábamos hablando de nuestros trabajos —explicó mi cuñado.

Les di las bebidas y, sin querer, los dedos de Diego rozaron los míos cuando cogió su copa de vino. Para mí, seguía siendo lo mismo: sentí que de ellos salía una chispa capaz de prender tantos fuegos como para arrasarlo todo a su paso. Me aparté intentando disimular y me senté al lado de mi hermana.

—¿Todo bien? —Le dediqué una sonrisa de ánimo.

Ella asintió.

—¿Me he perdido algo entre el pelirrojo y tú? —dijo en voz bajita, para que no la oyeran.

—Creo que lo mismo que me he perdido yo.

—¿Has vivido una escena a lo Bridget Jones o me lo ha parecido a mí?

Solté una risita. Ahí estaba mi hermana, oculta tras un rostro más serio de lo habitual. Me incliné y la abracé. Ella me susurró al oído que el karma se había puesto a mi favor, pues me había vestido para la ocasión.

Durante la comida, el ambiente fue animado y relajado. El cordero estaba delicioso, así como los patés y las empanadas vegetales que también había preparado Carmen. Nos contó que iba a haber una exposición de pintura en una galería de arte y nos invitó a acompañarla. Con cada mirada orgullosa que le lanzaba mi padre, me emocionaba más. Pero no solo había miradas por su parte, sino que también Diego me observaba, arrancándome sonrisas. Yo fingía que eran por otros motivos, pero en realidad me las provocaba él, la atención que tenía puesta en mí. Se le veía cómodo, y eso que cuando nos sentamos le había costado un poquito abrir la boca. Gracias a mi padre y a mi cuñado, que se habían interesado por él, se animó a hablar. Y, en el fondo, daba gracias por que mi hermana estuviera más callada de lo habitual y no soltara ninguna burrada.

—Diego, ¿por qué no nos pones la canción de alguna peli? —propuso Jaime al terminar los postres, mientras tomábamos un café. Como Carmen, mi padre y mi cuñado habían comentado sus aficiones y pasiones durante la comida, Diego se había animado y les había hablado de las bandas sonoras.

Me miró, como si le diera vergüenza, y lo alenté con un asentimiento de cabeza.

—A lo mejor no os gusta...

—Seguro que sí, hombre —intervino mi padre, sonriente. Tenía la nariz colorada y los ojos brillantes a causa de las cervezas y el vino—. Hay bandas sonoras realmente buenas. La de *El Padrino*, por ejemplo.

—Ponnos tu favorita —le animó Carmen.

—Vale —aceptó Diego. Sacó el móvil y pensó unos segundos. Luego levantó la barbilla y dijo—: Quizá no sea mi favorita, pero me trae buenos recuerdos.

Aguardamos en silencio. Diego parecía contento de que mi familia mostrara curiosidad por su pasión y me alegré por él. En cuanto sonaron los primeros acordes, la reconocí. Era una de las que más me había gustado.

—¡Esta la conozco! —exclamó mi padre, visiblemente excitado. El alcohol se le subía muy rápido y, además, estaba clarísimo lo contento que estaba por pasar el día rodeado de toda la gente que le quería y que era importante para él.

—*La vida es bella* —apuntó Carmen, también risueña—. La verdad es que es muy bonita.

Entonces mi padre se levantó decidido, alargó el brazo y, en un gesto silencioso, invitó a Carmen a ponerse en pie. Para sorpresa de todos, enlazó una mano con la de ella, la otra la posó en su cintura y comenzaron a bailar. Se me escapó una risita nerviosa que acallé tapándome la boca con la mano. Movido por la agradable y divertida situación, Jaime también invitó a mi hermana a bailar. Me di cuenta de que ella lo miraba con el ceño fruncido, y durante unos segundos creí que lo rechazaría. Pero se levantó y dejó que la agarrara y la llevara hasta el centro del salón. Allí estaban los cuatro dando vueltas, mientras Diego y yo los observábamos en silencio.

Me giré hacia él y contemplé su rostro atento. De manera casi inconsciente, alargué una mano por debajo de la mesa y alcancé la suya. La nuez le bailó con nerviosismo.

—¿Siempre son así? —preguntó, señalando a mi familia con la cabeza, en un intento claro de desviar mi atención de lo que volvía a ocurrir entre nosotros.

—¿Tan locos?

—Tan hogar —respondió, sorprendiéndome y causándome un remolino de emociones en el estómago.

Sonrió. Y entendí sus palabras.

Supe que esa sonrisa podía convertirse en mi hogar. Que Hugo y él podían serlo. Porque un hogar no siempre es un lugar, sino quien te hace sentir en casa. Y yo, por fin, me sentía en ella... pero consciente de que era mejor con Diego. Aunque el temor seguía ahí, me vibró en el pecho.

—No creas, también tienen sus cosas —repliqué, con un nudo en la garganta.

La música terminó justo en ese instante y todo sucedió muy rápido: Diana se apartó de Jaime de manera brusca y reparé en que parecían haber estado discutiendo mientras bailaban. Mi padre y Carmen también se dieron cuenta, aunque intentaron disimular.

No obstante, mi hermana se puso las manos en las caderas y anunció en voz muy alta:

—Tengo algo que deciros. Jaime, a ti también.

Desvié la vista hacia mi cuñado, que observaba a Diana con asombro y preocupación. Luego le pregunté a mi padre con la mirada, pero se encogió de hombros.

—Quizá penséis que esto debería hacerlo en privado, pero sois mi familia y Jaime lo ha sido durante muchos años, así que... —Cogió aire y lo soltó de golpe—: Jaime y yo vamos a separarnos.

—Estáis de broma, ¿no? Ni siquiera os habéis casado, ¿cómo vais a separaros? —pregunté.

Mi hermana me dedicó una mirada furibunda y opté por mantener la boca cerrada. Mi cuñado forzó una sonrisa.

—Pero Diana, esta mañana hemos hablado sobre la posibilidad de ser pareja de hecho y que luego ya se vería...

—No, Jaime. —Sacudió la cabeza—. Lo he entendido todo mientras bailábamos, cuando he visto a papá como un quinceañero sobrehormonado...

—Bueno, hija, tampoco es eso —la interrumpió mi padre, pero entonces ella descargó su furia en él con un bufido y el hombre también se calló.

—¿No te has dado cuenta de cómo se miraban? —le preguntó mi hermana a Jaime. Él abrió la boca, pero no dijo nada—. Yo ya no te miro así, ni tú a mí. ¡Si hasta de ellos saltaban tantas chispas que podrían encender el fuego de la chimenea sin tocarlo! —Nos señaló a Diego y a mí y me encogí en la silla, poniéndome roja.

—¿Qué ocurre, Diana? ¿Has conocido a otro?

Mi hermana soltó un gruñido exasperado y, con un golpe de melena al viento que azotó a mi cuñado en plena cara, se giró y cogió el bolso.

—¡Eso es lo único que entendéis los hombres! —exclamó con voz chillona. Se volvió de nuevo hacia Jaime y gritó—: ¡Lo que pasa es que ya no te quiero! ¡El amor se acaba, Jaime!

Todos nos quedamos mirando la escena sobrecogidos. Mi padre con un tic en el ojo. Carmen lucía como si no supiera dónde meterse. Diego se mordisqueaba el labio inferior. Yo... yo no entendía nada.

Diana salió del salón hecha un basilisco, dejándonos estupefactos. Segundos después se oyó la puerta. Se había marchado. Desviamos la vista hacia Jaime, que estaba pálido y parecía a punto de desmayarse.

—Yo... creo que... Es mejor que vaya a ver... —murmuró de manera entrecortada.

Y así fue como la Navidad que parecía perfecta se trastocó en solo unos minutos.

Una hora después yo estaba en una silla del jardín trasero arropada con una manta bien gorda. Tras la marcha de Diana y Jaime, los demás nos quedamos en silencio, tan confundidos que no sabíamos qué decir ni qué hacer. Creo que la más afectada era yo, pues veía imposible que mi hermana y mi cuñado dejaran de quererse. Mi padre y Carmen empezaron a recoger la mesa para entretenerse con algo y Diego se ofreció a ayudarlos. Luego mi padre se empeñó en enseñarle su biblioteca, de la que se sentía muy orgulloso, y yo salí al jardín porque necesitaba pensar.

Noté la presencia de Diego a mi lado y levanté la barbilla para mirarlo. Él dibujó una sonrisa nerviosa, en la que había algo de disculpa, y me hizo un gesto con el que me preguntó si podía sentarse. Asentí suspirando.

—Tu padre y Carmen se han ido a dar una vuelta —me informó.

—Ni siquiera nos hemos intercambiado los regalos —musité, con la mirada perdida—. Pensé que estas Navidades serían maravillosas.

—Yo no recuerdo unas Navidades completamente felices —me confesó Diego. Lo miré en silencio, sintiendo un pinchazo en el pecho—. Nunca me has hablado de tu madre —dijo de pronto.

—Porque se marchó cuando Diana era muy pequeña. Se enamoró de un alemán rico y, desde entonces, se pasa la vida viajando con él. No mantengo mucho el contacto con ella. A veces me manda alguna postal o me llama... Seguro que me telefoneará en fin de año desde algún lugar del mundo. Para nosotras, nuestro padre lo es todo. —Me encogí de hombros—. ¿Ves? Todas las familias tienen sus cosas. Ninguna es perfecta.

—Si te digo la verdad, en ocasiones me he avergonzado de la mía. ¿Soy una persona horrible?

—No —respondí con franqueza—. La familia no la eliges y no siempre es buena, pero es la que te ha tocado y tú decides cómo gestionar eso.

—No quiero cometer errores que...

—Tú no eres tu hermano —me apresuré a contestar, pues sabía lo que estaba pensando—. ¿Has echado de menos a Hugo?

—Reconozco que sí —dijo desviando la mirada.

—¿Cómo fue tu Nochebuena?

—Regular. Hugo estaba muy nervioso y no podía dormir pensando en Papá Noel. Por la mañana se levantó a las siete, antes que nadie. Lo encontramos sentado delante del árbol de Navidad. Había unas cajas con regalos y decidí darle los suyos, pero me dijo que no los quería. Mi madre insistió en que uno era de su padre, pero también se negó a abrirlo. —Echó la cabeza hacia atrás y cerró los ojos. De sus labios entreabiertos salió una nubecita de vaho a causa del frío—. Mi madre le había estado diciendo por la noche que a lo mejor se llevaba una sorpresa, que lo único que tenía que hacer era creer. —Abrió los ojos y clavó su mirada en mí. Me pareció más vulnerable que nunca y, si no hubiera sido porque no sabía cómo reaccionaría, lo habría acogido entre mis brazos como a un niño pequeño—. Parece que esté en otro mundo, joder. Por eso, a veces, me cabreo tanto con ella. Anoche estaba furioso, y lo de esta mañana me ha superado...

—Eres un buen hombre, Diego —murmuré, esbozando una sonrisa. Me arrebujé más en la manta. Él solo llevaba la chaqueta y nos imaginé dentro de mi cama—. A veces un poco raro, pero bueno.

—¿Raro? —preguntó arqueando las cejas.

—Me confundes. No sé qué ha ocurrido estas semanas. —Ladeé la cabeza, intentando hallar alguna respuesta en sus ojos. Él se puso tenso—. ¿Era por tu familia por lo que no querías venir? ¿Porque pensabas que la mía era maravillosa?

—Quizá... pero no me arrepiento de haber venido. Me habéis hecho sentir muy bien.

—¿Y cambiaste de opinión porque no querías pasar más tiempo con ellos?

Titubeó. Después negó con la cabeza, muy despacio.

—¿Qué es lo que te hizo cambiar de opinión? —le pregunté, movida por la curiosidad y el deseo de conocer la verdad.

Diego se rascó la barbita en un gesto nervioso. Ansié acariciársela, notar su cosquilleo en mi piel, pues eso significaría que lo tendría muy cerca de mí. Había anochecido y aprecié lo mucho que brillaban sus ojos.

—Lo cierto es que has sido tú.

Abrí la boca, aunque las palabras se me habían enganchado en la garganta. ¿Qué quería decir? ¿Por qué una pequeña lucecita de ilusión había aparecido en mi pecho? Saqué una mano de la manta y, enseguida, Diego acercó la suya. Estaba muy frío y se la apreté, pero no solo para darle calor. Se la apreté porque me crecía algo por dentro que me asustaba.

—¿He sido yo? —susurré.

Él asintió. Se inclinó, como dispuesto a besarme, y justo en ese instante oímos unas voces que venían del interior de la casa. Mi padre y Carmen habían vuelto. Diego se retiró, mirándome de una manera intensa y necesitada. Ambos queríamos estar a solas, compartiendo una proximidad no solo física.

—Yo te enseñé uno de mis lugares favoritos —murmuró de repente—. ¿Por qué no me muestras algún sitio significativo para ti?

Supe que esa era su forma de decirme que yo era importante para él.

29

Pues aquí estamos. Este es mi lugar favorito.

Diego contempló en silencio la estantería, la lámpara de pie, la butaca e incluso la alfombra que decoraba el suelo de ese espacio de mi casa.

—Nunca me había fijado en esta habitación —admitió.

—Otro de mis sitios predilectos es la librería de don Vicente, pero ya la conoces —dije con una sonrisa divertida.

Me había pedido que le mostrara un lugar significativo para mí y lo tuve claro desde el principio. En mi casa, rodeada de mis libros. Ese pequeño rincón que amaba por encima de todas las cosas y que había decorado con tanto cariño. Mientras dejaba que Diego examinara los lomos de los libros, recordé con un nudo en la garganta una ocasión en que mi exmarido se cabreó muchísimo y estuvo a punto de tirar a la basura algunos libros. Me dijo que le dedicaba demasiado tiempo a leer y se sentía abandonado. ¿Cómo no me di cuenta de que alguien que odia tu pasión y no la respeta, jamás podrá entenderte ni quererte?

—Me gusta. Y me parece que es el lugar perfecto para ti —murmuró Diego en ese momento, trayéndome de nuevo a la realidad.

Esbocé una sonrisa, algo tímida y nerviosa. A pesar de la intimidad que habíamos compartido, después de semanas sin apenas decirme nada y sin verlo me sentía extraña. Tenía ganas de preguntarle y decirle un montón de cosas y de que él, de una vez, pusiera las cartas sobre la mesa.

—¿Quieres tomar algo?

—¿Un café? Anoche no dormí muy bien.

Me dirigí a la cocina. Esperé allí hasta que salió el café. Lo serví en dos tazas que dispuse en una bandeja, junto a unas pastas que había comprado para la cena de Nochebuena. Cuando volví al despacho, me encontré a Diego sentado en la butaca con un libro en las manos. Al reparar en mi presencia, alzó la vista y me mostró la cubierta: *Orgullo y prejuicio*. Se me escapó una risita.

—Me llama la atención. Es un clásico, ¿no? —dijo, sin entender muy bien por qué me había reído.

Dije que sí con la cabeza y me senté en la alfombra con las piernas cruzadas. Diego hizo el amago de dejarme la butaca, pero negué con la mano. Le tendí una de las tazas; se apresuró a beber y se quejó al quemarse.

—Qué impaciente —me burlé. Cogí una de las pastitas, aunque aún estaba llena por la comida, y la mordisqueé—. Al final ¿qué regalo le cogiste a Hugo?

—Un laboratorio de ciencia —respondió. Levantó los hombros al ver mi gesto de sorpresa—. ¿Demasiado pedante? No sé, pensé que un juego para divertirse aprendiendo estaría bien. —Se acarició la barbita y comprendí que quería decirme algo que no le gustaba—. Al parecer, mi hermano también le había comprado algo. Aunque seguramente fuera con el dinero de mi madre.

—No pienses más en eso —le pedí. Quería que apartase su mente de todo lo que le preocupaba—. También yo intento olvidarme de lo de Diana. Mañana será otro día.

Diego me miró con la cabeza ladeada, reflexivo, y al fin asintió. Aún tenía el libro en el regazo y lo abrió por una de las páginas marcadas con pósits. Esa novela era una de mis debilidades: siempre había alguna frase que me dejaba huella en el corazón.

—«Somos pocos los que tenemos suficiente valentía para enamorarnos del todo si la otra parte no nos anima» —leyó. Vaya, qué casualidad. Tenía que ser esa frase. Cuando levantó la cabeza aprecié en sus ojos una mirada extraña, como si las palabras de Jane Austen le hubieran impresionado—. ¿Te dolió mucho? —me preguntó de repente.

—¿Cómo?

—Enamorarte de tu exmarido —dijo. Sin embargo, de inmediato sacudió la cabeza y se disculpó—. Perdona...

—No, está bien. La verdad es que nunca me han hecho esta pregunta. Supongo que a la gente le da reparo. —Jugueteé con la cucharilla del café y me la llevé a la boca para saborearlo antes de responder—. Realmente, lo que más me dolió fue desenamorarme de mí.

Diego se terminó la bebida y alargué la mano para cogerle la taza. La dejé en la bandeja, que reposaba en el suelo, a mi lado. Se formó un silencio entre nosotros, pero no fue incómodo sino que se convirtió en uno de esos que, aunque no te dicen nada, te lo cuentan todo.

—¿Recuerdas que me preguntaste si alguna vez había tenido miedo? —lo rompió él—. Estuve pensando en ello y... creo que he tenido miedo toda mi vida. —Barrió la estancia con la mirada y la posó en mí, llenándome de toda su verdad—. Creo que he tenido miedo de perder a la gente que quiero y, sobre todo, de descubrir que quizá no exista nadie con miedo de perderme a mí.

Sus palabras me conmovieron. Dejé mi taza vacía en el suelo y me acerqué un poco a él. Me atreví a apoyar una mano en su rodilla y murmuré:

—Eso no es así. Me dijiste que sentías que Hugo te necesitaba. Seguro que él tiene miedo de perderte. —Esbocé una sonrisa y estuve a punto de pronunciar otras palabras que me ardían dentro, el corazón se me aceleró, pero no las solté. «Y yo... yo también lo tendría.»

—¿Por qué, Tina? —me preguntó de repente. Me pareció que estaba enfadado y a la defensiva—. ¿Qué puedo ofrecerte yo? —Se pinzó el entrecejo y suspiró.

—¿Por eso te has alejado este par de semanas?

No contestó, así que me puse de rodillas delante de él y le cogí de las manos. Me observó con los labios entreabiertos, con el pecho subiendo y bajando a un ritmo vertiginoso.

—¿Crees que no tengo miedo, Diego? ¿Que alguien que ha pasado por algo como lo mío no se moriría del susto? Dime lo que sea, lo que sea. Hay silencios que pueden hacer ruido toda la vida.

Diego estudió mi rostro con detenimiento, como si intentara guardar en su retina todo lo que estaba viendo. Ante su escrutinio sentí que, a pesar de ver todas mis imperfecciones, sus ojos me decían que le parecía perfecta.

—Valentina... —susurró mientras me acariciaba la mejilla con dos dedos.

—Quiero bailar —solté, sorprendiéndolo—. Quiero bailar contigo como lo han hecho mi padre y Carmen.

Él no añadió nada, solo asintió y metió la mano en el bolsillo del pantalón para sacar el móvil. Segundos después sonaba la melodía de *La vida es bella* en uno de mis lugares favoritos del mundo. Le cogí de una mano y tiré de él. Dejó el teléfono en la butaca y permitió que yo lo guiara. Le rodeé el cuello con los brazos e hizo lo propio en mi cintura. Sin dudarlo, apoyé la cabeza en su pecho y noté los latidos de su corazón, un tanto apresurados. El mío iba por el mismo camino. Bailamos en silencio, meciéndonos de un lado a otro. Cerré los ojos, embriagada por cientos de sensaciones que me producía no solo la música, sino también el aroma natural de Diego, sus dedos en mi cintura, su respiración, el vaivén de nuestros cuerpos al compás de la melodía. Aprecié que, poco a poco, iba dejándose llevar por la música, como solía sucederle. Cuando el tema se animó, me guio dando vueltas por la habitación.

—«¡Buenos días, princesa!» —gritó, como el protagonista de la película. Solté una carcajada y él continuó girando. Una vuelta y otra—. «¡He soñado toda la noche contigo! Íbamos al cine y tú llevabas aquel vestido rosa que me gusta tanto. ¡Solo pienso en ti, princesa, pienso siempre en ti!»

En un momento dado, chocamos con la taza que había dejado en el suelo. Por suerte, como estaba vacía, no manchó la alfombra. Nos detuvimos y me eché a reír otra vez, aunque al mirar a Diego encontré algo en su rostro que me puso seria y nerviosa.

—Solo pienso en ti, Valentina —susurró, y mi corazón dio un vuelco—. Y créeme, nunca me había sucedido algo así. Te pido disculpas por estas semanas... Me sentía desbordado por todo. Yo no... —se mordisqueó el labio inferior como solía hacer cuando se ponía nervioso— te haría daño.

—He aprendido, a la fuerza, que alguien te hace daño si tú le das ese poder.

Cerró los ojos y arrimó su rostro a mi cuello. Lo oí aspirar, empaparse de mi olor, y volvimos a mecernos al compás de la música. En ese momento tuve la certeza de que ya no podía seguir engañándome, a pesar del miedo: lo quería, aunque pensé que ya no podría querer a nadie de ese modo después de perderlo todo. Me apretujé más contra él, componiendo una sonrisa. Me centré en la dureza de su vientre, en lo cálido que lo sentía, y pensé adónde nos llevaba todo aquello, cómo terminaría, si podría ser parte de él como él ya formaba parte de mí, pese a las reticencias.

Noté sus manos subiendo por mi espalda, sus caricias. Me aparté un poco y levanté la cabeza para mirarlo. Estaba muy serio, con un brillo en los ojos que jamás le había visto. Esa mirada y la canción estaban a punto de provocar que me explotara el corazón, repleto de sentimientos que había dejado muy atrás.

—Diego... —Pronuncié su nombre paladeándolo. Sonó de un modo distinto a otras ocasiones y él se dio cuenta. Se puso tenso, apretó con fuerza mi espalda. Pero tenía que decírselo, no quería callar nunca más ni lo malo ni lo bueno—. Te has convertido en alguien muy importante para mí.

Me observó con los ojos entrecerrados. La nuez le tembló en el cuello; adelanté la cara y se la rocé con la nariz. Oí cómo suspiraba.

—Tú también eres importante para nosotros —respondió.

«Para nosotros», pensé. Con el rostro de nuevo apoyado en su pecho, cerré los ojos y dibujé una sonrisa que me supo triste. «Así que esa es tu táctica, incluir a Hugo. Juegas un poco sucio...»

Ya había terminado la canción, pero seguimos meciéndonos a un ritmo pausado, apretados de tal forma que entre nuestros cuerpos no corría el aire. Sopesé si debía empezar a alejarme de él para no sufrir. No quería volver a sufrir. Pero tampoco quería quedarme con las ganas de no sentir todo lo que sentía estando con él.

—Valentina... —Levanté la barbilla para mirarlo—. Quiero que sepas que soy distinto cada vez que estoy contigo. —Me acarició el cabello con suavidad, al tiempo que sus ojos escrutaban mi rostro de un modo que me hizo sentir bonita, admirada y... algo más—. Pero es que no sé si...

—Sé que esta situación no tiene por qué ser para siempre —respondí, y no había segunda intención.

Como él no decía nada, sino que solo me observaba con el ceño fruncido, concluí, sorprendiéndome a mí misma:

—No importa, Diego, lo mejor es dejarse llevar y ya está, sin pensar. Ya se irá viendo. Pero mientras tanto me gusta disfrutar contigo de cualquier momento.

Jugueteé con su jersey de forma coqueta y subí hasta su cuello para acariciárselo. Él seguía con las manos en mi cintura y noté que me apretaba. Enterré las mías en su cabello. Cerró los ojos y tomó aire. Contemplé el contorno de sus labios, su nariz, su barbita y, con esos detalles, me excité. Cuando abrió los ojos, le sonreí y él me devolvió la sonrisa al tiempo que se inclinaba hacia mí. Me puse de puntillas para recibir su beso. No llegó, sino que me cogió de las nalgas y me llevó en volandas hasta la butaca, donde se sentó y me acomodó a horcajadas sobre él. Supe que, de cualquier modo, se iba a dar cuenta. Iba a sentir que brillaba entre sus manos, que me sacaba toda la luz que se me había quedado dentro.

Dijo algo, pero solo acerté a adivinar que era mi nombre el que formaban sus labios. Mi nombre completo: Valentina. Me pareció escucharlo mentalmente, una cantinela que me hacía feliz. Diego me hacía feliz y por eso tenía miedo, a pesar de lo que le había dicho. Y yo quería que me hiciera feliz durante mucho tiempo, que me provocara ese sentimiento que me había tenido abandonada.

Cogí su jersey y tiré de él, invitándolo a saborear mis labios. Nos besamos. Lo hicimos de tal manera que supe que en ese beso estábamos concentrando todo lo que latía en nuestro interior. Mis dedos subieron hasta su cuello, lo dejaron atrás para internarse en su cabello y le agarré algunos mechones. Reaccionó abriendo más la boca y nos comimos en un reconocimiento de lenguas, dientes, saliva, necesidad. Sus labios abandonaron mi boca para dirigirse a mi barbilla, continuó por la mandíbula y alcanzó el cuello, donde se detuvo un buen rato para besuquearlo, lamerlo, devorarlo. Lo escuché susurrar en mi oído:

—Nunca he sentido por nadie algo que me hiciera besar así.

El corazón me palpitó con fuerza, presa de una desbordante y estúpida ilusión. «Y entonces ¿por qué me parece como si ese algo te echara atrás?», se me pasó por la cabeza.

Volvimos a besarnos como si no existiera nada más en el mundo. Llegué a la conclusión de que iba a ser distinto a las otras veces en las que Diego se había introducido en mí. Lo notaba más nervioso, más excitado, lleno de una energía eléctrica que recorría y activaba todo mi cuerpo. Sus manos se internaron bajo mi vestido. Me arqueé y gemí mientras él seguía lamiéndome el cuello. Busqué su boca llena de ganas y, cuando la encontré, devoré su lengua. Sacó una mano y la llevó hasta mi pelo. Se lo enrolló en los dedos y tiró de él, y me gustó, me calentó de tal forma que hice lo mismo con el suyo. Me cogió en volandas y me sacó del despacho. Lo miré con curiosidad y él solo dijo:

—Quiero sentirte por todas partes en tu cama.

Aquello me provocó otro brinco en el pecho y un cosquilleo agradable no solo en la entrepierna, sino también en el estómago. Mientras Diego cruzaba el pasillo conmigo en brazos, pensé en los hombres a los que creí haber querido o amado. Jaime, para luego darme cuenta de que solo era una perfecta amistad. Fran, aquel compañero de instituto al que le di el primer beso. Mario, a quien se lo entregué todo y me dejó sin nada. Pero entonces comprendí que ni aquellos besos ni aquellos sentimientos habían sido auténticos; para mí, Diego era el primero. El primero al que besaba con un amor verdadero.

Me dejó en el suelo justo delante de la puerta de mi dormitorio. Me miró de manera profunda, con esos ojos que me arrancaban decenas de emociones, y me acarició el pelo. Luego posó un beso tan suave en mi frente que creí que iba a darme las buenas noches y marcharse. Sin embargo, bajó por mi nariz hasta llegar a la boca y nos fundimos en un beso lento y húmedo, algo inquieto, repleto de jadeos y respiraciones profundas. En ese momento estuve a punto de susurrarle un «te quiero».

Entramos en mi dormitorio y, de pie al borde de la cama, me rodeó con los brazos para desabrocharme la cremallera del vestido muy lentamente, sin dejar de observarme. Luego tiró de la prenda hacia arriba. Levanté los brazos y me reí al ver su cara de sorpresa porque no llevaba sujetador. Me apresuré a deshacerme también de su jersey.

—«Faith Hope Love» —susurré, deslizando la yema de los dedos por el contorno de su tatuaje. Los músculos de su vientre se contrajeron, excitándome más.

Metió las manos bajo mis medias y las bajó un poco, hincando los dedos en la carne de mis nalgas. Aproveché para desabrocharle los vaqueros y deslizárselos. Soltó un jadeo al notarme en su piel y me empujó contra su cuerpo. Nuestros labios se encontraron de inmediato en una suave caricia que acabó siendo húmeda y desesperada. Segundos después, se inclinó para juguetear con mis pechos, esos pechos pequeños que había empezado a querer de nuevo gracias a él, pues cada vez que los miraba me sentía deseada. Eché la cabeza hacia atrás mientras su lengua humedecía toda mi piel. Me acariciaba con la barba y me hacía cosquillas. Luego me tumbó en la cama con sumo cuidado y se puso encima de mí, apartándose un poco para contemplarme.

—He estado con unas cuantas mujeres, Tina, pero solo me he puesto nervioso con una y eres tú.

Puse dos dedos sobre sus labios y le chisté con suavidad para que callara. Si seguía diciéndome aquellas cosas, acabaría pensando que también me quería.

—Guíame —me pidió.

Y sí, volví a sentir que esa vez era diferente. Toda mi piel se acoplaba a la suya en un intento por no despegarse jamás. Le cogí la mano y la llevé hasta mis braguitas. Se arrodilló en la cama para quitármelas con una veneración que me hizo creer que merecía todas las caricias y besos que deseara darme. Volví a tomar su mano y la interné entre mis piernas.

—¿No es lo mismo que tenían las otras mujeres?

—No, Tina, no... —respondió con la voz impregnada de deseo. Acarició mis pliegues húmedos—. Es muy distinto. Contigo es como si mis dedos estuvieran hechos para tocarte.

Y ahí estuve a punto de decirle, por segunda vez, que lo quería.

Se quitó los vaqueros y la ropa interior. Su erección quedó al descubierto y la anhelé. ¿Qué íbamos a hacer en ese momento, en esa vez tan diferente a las demás? ¿Lamer todo nuestro cuerpo? ¿Besarnos hasta que no nos quedara saliva? ¿Follar como no lo habíamos hecho antes? Para mi sorpresa, empezó a tocarse frente a mí. Sonreí al contemplar cómo se acariciaba, jadeante, rodeando su polla con el puño mientras su pecho se hinchaba y su vientre se contraía. Tumbada en la cama, lo imité: separé los muslos y toqué mis pliegues, carnosos y húmedos. Él observó cómo movía los dedos, al tiempo que continuaba masturbándose, cada vez más rápido. Se mordió el labio inferior y soltó un gruñido.

Cuando quise darme cuenta, estaba encima de mí, empujando en mi entrada. Me froté contra su duro miembro, gimiendo sin prejuicio.

—Espera, espera... un condón —le recordé. Le señalé la mesilla de noche; había comprado una caja por si se daba la ocasión.

No tardó nada en ponérselo, y eso que le temblaban las manos. Me pregunté si era por los nervios, por las ganas o por todo a la vez. Abrí las piernas todo lo que pude y lo atraje hacia mí, clavándole las uñas en la espalda. Entró sin dificultad, a diferencia de otras veces en las que, a pesar del deseo, mi sexo se contraía. Pero esa vez no fue así, esa vez mi cuerpo estaba reaccionando de tal manera que Diego embistió y se coló muy dentro de mí. Y sentí que era él, Diego, quien se colaba por los poros de mi piel como si yo nunca hubiera vivido. Se me escapó un largo gemido.

—¿Todo bien? —me preguntó.

—Sí, no pares —le rogué.

Movió las caderas entre mis piernas, aún más abiertas. Poco a poco fuimos cogiendo el ritmo los dos, acelerándonos cada vez más. El cabecero de la cama golpeaba la pared, sacándome una carcajada. Me concentré en nuestras pieles llenas de sudor, en la manera en que se movían los músculos de sus nalgas con cada acometida. Sus jadeos, mis gemidos. Cerré los ojos, abandonándome como jamás había hecho.

Cuando los abrí, Diego me observaba con los labios entreabiertos y una mirada llena de placer y ternura al mismo tiempo. Adoraba que me mirara así... A punto estuve de decirle un tercer «te quiero». Aunque, quizá, esa vez lo hice. Apenas un susurro... pero se formó en mi garganta para luego abandonarla y volar hasta su boca, rozándosela de manera invisible.

30

Las fiestas se me pasaron volando, quizá por la compañía. Porque, sí, Tina y yo volvimos a acercarnos y todo fue distinto. El día 26 tuvo que ir a trabajar a la librería, y me quedé en casa remoloneando porque mi madre me telefoneó temprano para decirme que Hugo quería quedarse un día más. Lo cierto era que me asustaba un poco pensar en la vuelta de mi sobrino después de que Papá Noel no hubiera cumplido su deseo.

Tina me envió un mensaje para decirme que su jefe le daba la tarde libre y me preguntó si me apetecía que fuéramos a algún sitio con Hugo. Fui a buscarla al trabajo y su cara de sorpresa y alegría provocaron en mi estómago un revoltijo de sensaciones nuevas. Le expliqué que estaríamos solos. Comimos un bocadillo rápido y fuimos a dar un paseo. Tina parecía un poco triste y sospeché que se debía a lo ocurrido con su hermana. Al preguntárselo, se encogió de hombros y me dijo que no cogía sus llamadas ni contestaba a sus mensajes y que, conociendo a Diana, era mejor esperar.

Quise que se sintiera feliz. Nunca había sido un romántico ni había tenido citas como aquella... porque me daba la sensación de que estábamos en una primera cita, a pesar de que hubiéramos salido antes, tanto solos como con Hugo. Sin embargo, aquel día deseaba mostrarle a Tina una parte de mí que ni yo conocía del todo. Por eso acabé llevándola al Templo de Debod, con el Parque del Oeste a sus pies. Se decía que desde allí se podía ver una de las puestas de sol más espectaculares, aunque jamás la había contemplado. ¿Con quién podría haberlo hecho? Pensé que Tina, con su forma de ser, la apreciaría más que nadie. Y me di cuenta de que había acertado cuando nos sentamos en el césped y contemplamos la explosión anaranjada del sol en el horizonte. Tenía una sonrisa serena dibujada en el rostro. Se giró al darse cuenta de que la observaba. Y yo... tragué saliva con un peso en el estómago. Me sentía raro, inquieto... y al mismo tiempo estaba pletórico, teniendo a Tina mirándome con esos ojos y esa sonrisa que me desmontaba todo aquello en lo que había creído hasta entonces.

Era preciosa. Preciosa con sus ganas de vivir, a pesar de todo lo que había pasado. Ya no era Tina, empezaba a ser Valentina al completo. Me acojonaban los latidos de mi corazón, de lo fuertes que sonaban, al verla echándose el cabello a un lado. ¿Qué había ocurrido para que cambiara todo en tan poco tiempo? Ni yo lo sabía. La tarde del 24, de camino a casa de mis padres, me encontré con Leandro. Había sido una primera señal. Le acompañaba su mujer, que estaba embarazada. Se les veía felices. Me comentó que algunos compañeros de la empresa me echaban de menos. «En especial yo —matizó—. Aunque en breve pasaré menos horas allí. Me cogeré una reducción de jornada para estar con la familia», anunció con orgullo, acariciando la prominente barriga de su esposa. Luego, al llegar a casa de mis padres, reflexioné sobre lo que significaría ser feliz en familia y la imagen de Tina me vino a la cabeza. Me di cuenta de que me apetecía estar con ella en Navidad. Con ella y con Hugo, aunque al final se hubiera quedado con mis padres.

—¿En qué piensas? —me preguntó, devolviéndome a la realidad.

Quise decirle tantas cosas... Que su historia no era una historia de sexo y ya, que ella era especial para mí y que lo sabía porque empezaba a sentirlo, porque algo dentro de mí había comenzado a cambiar. Tina se me había ido colando sin prisa, muy bajito, tal como era ella: serena, pequeña pero grande, con un brillo feroz. No salió nada de mi boca y me enfadé conmigo por ser de esa manera. Pero lo único que hizo ella fue sonreírme y en su rostro estalló el atardecer, al igual que lo hacía mi corazón. Se inclinó y me ofreció su boca. La besé despacio, saboreándola. Me pareció que solo en esos besos me encontraba a mí mismo.

Nos marchamos unos minutos después, caminando todo el rato en silencio. Nos lanzamos miradas cómplices, breves sonrisas. Agarrados de la mano, como una pareja. ¿Ese era yo? ¿Hasta dónde sería capaz de llegar?

Tina me llevó a su piso y pensé que haríamos el amor. Sin embargo, en su dormitorio comprendí que sucedería algo mucho más íntimo, distinto, especial: abrió la colcha y me invitó a tumbarme en la cama. Seguíamos con la ropa: ella con un bonito vestido casi hasta los tobillos; yo con un jersey y vaqueros. Nos descalzamos a la vez. Nos metimos entre las sábanas con las luces apagadas. Nos acomodamos totalmente en silencio, me envolvió en sus brazos y pensé que dejarme abrazar por ella era una jodida maravilla y que ya nada sería igual. Nuestras narices se rozaban, nuestros labios casi también, pero no hicimos nada... aunque me apeteciera más que nunca. Pasamos un buen rato en esa postura, recibiendo el cálido aliento del otro en el rostro, observándonos en la penumbra, estudiándonos y aprendiéndonos de memoria. Al menos era lo que yo estaba haciendo: permitir que Tina se enraizara a mi piel. Comprendí que ni siquiera el sexo que habíamos tenido o que tuviéramos sería más intenso. Los primeros quince minutos silenciosos dieron paso a jadeos, a pesar de no habernos besado, tocado ni frotado. Pero teníamos las piernas entrelazadas y nos olíamos. Y en ese instante entendí que el olor de una persona puede grabarse para siempre en ti.

Empezaba a amodorrarme cuando oí su voz:

—¿Vas a volver a ignorarme?

—¿Cómo?

—No te pido nada, pero me gustaría que todo siguiera igual —dijo ella—. Nuestros encuentros, cuando me enseñas canciones de películas que te gustan, que vayamos a un restaurante o al cine si prefieres, ayudarte con Hugo como si fuéramos una familia. No necesitas etiquetar esto. Solo quiero que sigamos como hasta ahora.

No obstante, ambos sabíamos que no podía ser.

Sí, las fiestas fueron menos duras gracias a ella. Como yo tenía que trabajar, durante el día dejaba a Hugo con mis padres. El niño estaba enfurruñado con todos, y era normal. Yo estaba cabreado con mi madre por darle esperanzas e irritado con mi padre por permitir que sucedieran cosas como esa. Cuando iba a recoger a mi sobrino, el corazón me daba un vuelco al encontrarme su carita malhumorada. Le pregunté qué quería para Reyes y me gritó que nada. Menos mal que Tina estaba a unos pasos de distancia con su paciencia, sus ojos cálidos, sus sonrisas. Todos esos días, hasta que terminaron las fiestas, Hugo y yo cenamos en su casa. Incluso estuvimos el último día del año. Ella también necesitaba nuestra compañía. Había discutido con su hermana y esta había dejado de hablarle, por lo que se sentía bastante mal. Aun así, se entregaba a nosotros por completo. Y yo cada vez me notaba más perdido en su olor, en los pliegues de su piel, en su manera de acariciarme las manos con disimulo.

El día de Reyes Hugo no quiso levantarse ni desayunar, y cuando intenté sacarlo de la cama comenzó a insultarme y me asestó una patada en el estómago. Le grité, tal vez más fuerte que nunca. Sentía que estaba perdiéndolo, o que tal vez nunca lo había tenido. Él berreó durante más de diez minutos y al final fui a buscar a Tina. Me veía como una mierda, un inútil, un tipo de más de treinta años que no era capaz de consolar a su sobrino. Ella lo consiguió con su dulce voz, palabras susurradas al oído del niño, abrazos.

—No sirvo para esto. No puedo. Estamos volviendo a lo de antes o peor —dije, desesperado, cuando volvió de la cocina, donde lo había dejado tomando un Nesquik con galletas.

—Nadie dijo que ser padre fuera fácil.

—¡Es que yo no soy su padre, Tina! —le chillé, y me arrepentí en cuanto vi sus ojos asustados. Alargué una mano, tratando de coger la suya, pero la apartó—. Joder, lo siento...

En ese instante, Hugo entró en el salón, quizá alertado por mis gritos. Se acercó a Tina y ella lo abrazó por la cintura.

—Los Reyes te han dejado un regalo en mi casa. ¿Quieres ir a por él?

El chiquillo negó y Tina volvió a pasar los brazos por su cintura, arrimándolo a su cuerpo.

—No se ha cumplido ninguno de mis deseos —murmuró mi sobrino, con voz ahogada—. No ha venido papá y vosotros no sois novios.

—¿Por qué dices eso, Hugo? —le preguntó ella, apartándole un mechón de pelo.

—Porque los novios se dan besos, no gritos.

Tina me lanzó una mirada de reproche y yo eché la cabeza hacia atrás y suspiré. Por suerte, el resto del día fue mejor y, finalmente, el niño accedió a recoger el regalo. Eran libros, y le gustaron mucho. Cuando se durmió, estreché a Tina entre mis brazos y olí su cabello para serenarme. Me disculpé por haberle gritado. Era consciente de que ya había tenido mucho de eso en su vida.

Enero fue mejorando poco a poco. Hugo volvió a la escuela, donde en el fondo se divertía, y no necesité llevarlo a casa de mis padres. Me parecía que la compañía de mi madre no le beneficiaba. El niño me pidió que lo apuntara a un curso de natación con su amigo del parque. De ese modo, me dediqué más al trabajo, mi jefe se mostró satisfecho y recuperé su confianza. Se lo conté a Tina y me dio ánimos para que luchara por lo que me apetecía conseguir.

Los fines de semana eran para Hugo. Íbamos al parque para que jugase con su amigo o paseábamos por las calles de Madrid. Un domingo lo llevamos a la sesión matinal del cine y comimos en un Burger King como premio por un trabajo que me había enseñado su maestra, en el que obtuvo muy buena nota. Cuando estaba Tina, era más sencillo, sabía manejarlo. Ella lograba que todo resultara familiar. Tan natural. Sin embargo, al quedarme a solas con Hugo me ponía nervioso y tal vez él se diera cuenta, porque el ambiente en casa era tenso y ambos volvíamos a estar a la defensiva.

En cuanto a Tina y a mí, me acostumbré a que apareciera por casa con unas galletas o con un plato de comida caliente. Me habitué a visitarla, a contemplarla mientras charlábamos o cuando jugaba con Hugo. Me hice adicto a la cadencia de su voz cuando le leía un libro a él, o a mí. Descubrí que me gustaban las tardes que Hugo tenía piscina y ella me invitaba a su casa para leerme. Se sentaba en la butaca y yo en el suelo, y a veces la escuchaba con los ojos cerrados. También poníamos algunas de mis bandas sonoras favoritas y aquello era perfecto. Contemplaba su boca moviéndose al ritmo de las palabras. Adoraba cómo se humedecía los labios, carraspeaba o se tocaba un mechón de manera distraída. Me enganché a verla leer porque era ella más que nunca, abandonada a cada párrafo, perdida en las letras. Despreocupada, serena, feliz. Viviendo cada palabra.

Alguna de esas tardes acabábamos en la cama. Tengo grabadas cada una de las veces que mi corazón se detuvo al deslizarme en su interior y las veces que ella lo revivió al cruzarse nuestras miradas.

Ese mes de enero entendí que sentía algo muy fuerte por mi vecina. Ya no era solo eso, por supuesto. Era la mujer fuerte que logró acabar con su tóxico matrimonio, la chica que se reía a carcajadas cuando Hugo soltaba una de sus ocurrencias, una mano amiga tendida a cada momento, un cuerpo en el que descansar en paz, una mente que me atraía sin remedio. Era Valentina, y yo la quería, de algún modo. La quería como lo que no se tiene, ni se puede, ni se debe... y supe que podía llegar a más. Me daba miedo decírselo y que luego esas palabras perdieran el sentido.

No habíamos dicho en voz alta lo que había entre nosotros. Ninguno había preguntado: «Eh, ¿somos pareja?». Simplemente éramos. Valentina y yo. Dos personas que se habían encontrado por casualidad y se necesitaban.

Y me dejé llevar, como había dicho ella. Jamás me había sentido tan bien. Pensé que me acercaba a un estado similar a la felicidad, pese a las dificultades con Hugo o los problemas con mis padres y mi hermano. Sin embargo, ese asunto estaba ahí y, de manera inconsciente, lo fui enterrando durante todo ese mes de enero. Pero acabaría emergiendo cuando más tranquilo estaba y me explotaría en la cara con toda su fuerza, porque ocurrió algo justo a principios de febrero.

31

El mes de enero fue uno de los más distintos, complicados y especiales de mi vida. Cuántas contradicciones, ¿no? Por una parte, la librería iba viento en popa. Acudieron personas nuevas al club, recibimos propuestas para venir a firmar de autores que se habían autopublicado e, incluso, de editoriales grandes —sin duda, la presencia de Espinosa había ayudado—, y la mañana del 5 monté un cuentacuentos que salió a pedir de boca. No podía creerme tanta felicidad, la verdad. Cada mañana me despertaba sabiendo que estaba trabajando en el lugar correcto, y eso era una bendición después de todo lo ocurrido. En pocos meses, don Vicente y la librería se habían convertido en un hogar para mí del que ya no quería marcharme.

Por otra parte, la relación con mi hermana se había resentido. Tras el incidente en Navidad, esperé unos días para hablar con ella, ya que la conocía y sabía que necesitaba estar a solas y pensar. Creí que sería un enfado puntual, pero mi padre me dijo que Diana se había marchado del piso que compartía con Jaime y se había instalado en su casa. El segundo día del nuevo año, que caía en domingo, fui a visitarla de buena mañana. La pillé durmiendo, con una pinta terrible: el pelo desgreñado y sucio, maquillaje por toda la cara y unas ojeras que le llegaban hasta la barbilla.

—¿Y papá? —le pregunté, después de darle un beso y un abrazo.

—Ha salido a caminar con Carmen —respondió, y luego bostezó haciendo ruido.

—¿Mucha fiesta anoche? —dejé caer, mirándola de reojo mientras nos sentábamos en el salón.

—Todavía me dura la resaca de Nochevieja.

—¿Qué hiciste?

—Salí con amigas y amigos.

Me rasqué las manos, algo nerviosa. Quería preguntarle por Jaime, pero me temía que estaba rehuyendo el tema y que tal vez se enfadaría.

—¿Y tú qué? Papá me comentó que rechazaste ir a una sala con Carmen y con él. ¿La pasaste con Diego?

—Y con Hugo —maticé.

—Entonces ¿no hubo «ñiqui ñiqui»? —Esbozó una sonrisita pilla, y volvió a parecerse a mi hermana de siempre.

—No pensamos solo en eso.

—¿Hay algo más entre vosotros? ¡Perra! —Me lanzó uno de los cojines del sofá—. Ya no me cuentas nada.

—Ni tú a mí, Diana —respondí. Ella se puso seria y me miró con cautela. No podía aguantar más, necesitaba saber—. ¿Qué ha pasado entre Jaime y tú?

Se llevó la mano derecha a la boca y comenzó a mordisquearse un padrastro. En esa manía, mi cuñado y ella coincidían. Y en muchas otras. Eran el uno para el otro. Quizá por eso me resultaba tan complicado de aceptar que no estuvieran juntos.

—Seguro que tú también piensas que hay otro tío. Existen más causas aparte de las infidelidades, que por cierto me parecen horribles, para que una pareja se rompa —respondió con un tono de voz molesto.

—No he pensado nada, Diana. Es solo que ha sido tan rápido...

—No, hermanita —me interrumpió, y la última palabra, que siempre me la decía con cariño, sonó a ironía y reproche—. No ha sido rápido, lo que pasa es que tú estabas en tu mundo.

—No es verdad —me quejé, pero quizá sí lo era y me sentí algo culpable.

—Jaime y yo hemos pasado rachas regulares desde hace

tiempo, pero no quería contártelo para no darte más quebraderos de cabeza.

—Deberías habérmelo dicho...

—Estabas hecha una mierda —me recordó—. Si ahora que te encuentras mucho mejor, te pones así, ¿cómo habría sido en esos momentos?

—No me pongo de ninguna forma, es que no concibo que Jaime y tú...

—¡A lo mejor ese es tu problema, Tina! —Alzó la voz, sobresaltándome—. Que das muchas cosas por sentado y, cuando te estancas en algo, no hay manera de sacarte de ahí. ¿Quién cojones te ha hecho creer que el amor es un cuento de hadas para siempre y que hay que aguantar todo lo que te echen?

—Yo no creo eso —protesté.

—Entonces ¿por qué estuviste tanto tiempo con Mario? —Se la veía furiosa, y también yo comenzaba a enfadarme.

—Ya lo sabes, Diana. Lo hemos hablado muchas veces.

—Me acuerdo de cuando éramos adolescentes y proclamabas a los cuatro vientos que eras un alma libre. Pero, en realidad, eres de esas personas que buscan un príncipe que las salve y, cuando los demás no opinan lo mismo, te choca.

—Te equivocas.

—¿Seguro? —Entrecerró los ojos y sacudió la cabeza—. ¿No buscas lo mismo con tu vecino? ¿Ahora vas de moderna en plan «me lo follo» y perfecto? Porque no me lo creo. Y estoy segura de que él es de esos que se cansan pronto y volverás a engancharte a un amor tóxico...

—¡Diana, basta! —exclamé, interrumpiéndola. Me noté al borde de las lágrimas—. Estás enfadada, y lo entiendo, pero no lo pagues conmigo.

—Entonces no me juzgues. Deja de pensar en Jaime y en mí como una unidad. —Se levantó del sofá e hice lo mismo.

—Pero lo de la boda... Quizá fue el miedo... No sé, Diana, si no tenéis que casaros...

—¿Qué boda ni qué cojones, hermanita? —Volvió a dirigirse a mí con ese enfado que me confundía—. Crees que todos vamos por la vida con miedos. Y vale, puede ser cierto, pero no ha sido eso. Simplemente me he desenamorado y esas cosas pasan. Asúmelo. Asume que el amor no siempre es correspondido.

Y pareció decírmelo como un ataque. No comprendía por qué me hablaba de ese modo. No me dejó añadir nada más porque salió del salón a grandes zancadas y, segundos después, oí que se cerraba una puerta. Me quedé allí confundida, con lágrimas en los ojos, hasta que atiné a reaccionar y cogí mi mochila para largarme. Estaba a punto de salir cuando se abrió la puerta y aparecieron Carmen y mi padre vestidos con ropa deportiva.

—¡Pecosita! ¿Qué haces aquí? —Mi padre me abrazó y luego ella me dio dos besos.

—He venido a hablar con Diana, pero me voy ya.

—¿Ha pasado algo? —preguntó él, con gesto preocupado.

—Creo que es la primera vez que hemos discutido en serio, papá.

Pasaron los días. Diana no se comunicó conmigo y decidí darle espacio. Reflexioné sobre lo que me había dicho y me entró miedo al pensar que quizá llevaba razón. Pero, en el fondo, no podía apartarme de Diego. Ni de Hugo. Ellos, como la librería y don Vicente, se habían convertido en otro rincón de mi hogar.

Durante todo el mes de enero nos fuimos acercando más, en especial Diego y yo, por supuesto. Lo notaba distinto: más cariñoso, más abierto, menos dubitativo. Y eso que volvía a pasarlo mal con su sobrino, pues Hugo se había cerrado en banda otra vez y la relación era mala. Yo intentaba mediar, conseguir que retornaran al punto en el que se habían quedado, pero llegué a la conclusión de que el niño concebía lo de Papá Noel como una traición por parte de su familia. Los niños son más inteligentes de lo que pensamos.

Diego y yo no hablábamos de lo que había entre nosotros. En ocasiones, me bastaba; en otras, las preguntas y las dudas se me agolpaban en la boca. Él me susurraba palabras apasionadas cuando nos acostábamos, incluso bonitas. A mí, a veces, casi se me resbalaba un «te quiero» de la lengua, pero acababa conteniéndolo. ¿Me quería? No lo sabía, pero me daba la sensación de que lo que sentía por mí había ido transformándose con intensidad, con fuerza, haciendo que yo fuera importante para él. Quizá me quería como podía, de la única manera que sabía. Algunas tardes le leía y me escuchaba en silencio, a veces serio, otras con una sonrisa en los labios, y se me antojaba que, en esos momentos, me iba metiendo más en su piel. Si nos íbamos a la cama, cuando reposaba en su pecho me sentía en paz, y eso ya era mucho para mí. Pensaba que, con Mario, él me había empujado; con Diego lo concebía todo como una caída libre. Me había lanzado al abismo, al principio con red de seguridad, pero luego me desprendí de ella.

Cuando ya casi asomaba febrero, una mañana de domingo de esas que íbamos al parque con Hugo nos encontramos con Rosario en el portal, a punto de salir a pasear al chihuahua. El niño se arrodilló y el perro se lanzó a darle lametazos por toda la cara. También Rosario se comió al niño a besos. Con Juanito no se quejó, pero con ella sí. Nos reímos los tres ante la curiosa y divertida reacción de Hugo.

—¡Qué caros sois de ver! —exclamó la anciana, aunque con una sonrisa de oreja a oreja. Me miraba a mí, después miraba a Diego y los labios aún se le curvaban más.

—He tenido mucho lío en la librería, pero le prometo que, en cuanto me libere un poco, le llevo algún dulce —respondí.

—¡Ay, sí, reina, que no sabes lo que echo de menos esa tarta de zanahoria! —Los ojos se le achinaron todavía más. Entonces se dirigió a Diego—. Y tú, ¿cómo vas de lo tuyo? Pásate un día por casa y hablamos con un café calentito.

Él asintió y se disculpó por haber estado un poco ausente. La mujer contestó que era normal, que con las fiestas y demás, y después la vuelta al cole y a la rutina... Y todo eso nos lo decía sin borrar una sonrisilla que contenía mucho. Se fijó entonces en el chihuahua y en Hugo, que jugueteaban juntos.

—Hace mucho que Hugo no pasa un rato con Juanito —observó—. Esta tarde mi hijo y mi nieta, que tienen un perro de esos enormes y peludos, me van a llevar a una feria solidaria de mascotas. —Fijó la mirada en Diego antes de añadir—: Quizá Hugo podría acompañarnos.

El niño, que al parecer había estado escuchándolo todo, se colocó delante de su tío con el perro en brazos y profirió:

—¡Síií! Quiero estar con Juanito y ver otros perros. Porfa, tío, porfa... —Para mi sorpresa, desvió la vista hacia mí y me incluyó en su petición, lo que me provocó un cosquilleo agradable en el estómago—. Tina, porfa.

Diego aceptó, aunque no sin pedirle a Rosario que lo trajera sobre las ocho porque al día siguiente había cole y tardaba un buen rato en bañarlo y darle la cena, pues también habían vuelto esos momentos complicados. Al final, la anciana lo convenció para llevarse al niño a tomar algo por ahí con su hijo y su nieta cuando acabase la feria. Y así nos quedamos a solas, algo que en ocasiones nos resultaba muy complicado.

—¿Tú también crees que ha sido una estratagema de Rosario para que tengamos algo de tiempo? —inquirió Diego cuando se marcharon.

—Esa mujer es un duendecillo —manifesté. Apoyé una mano en el pecho de Diego y me puse en actitud coqueta—. Pero... está bien, ¿no? —Deslicé los dedos por su vientre, escondido bajo un jersey de color azul. Cómo le pegaba ese color con su cabello—. Ven a mi casa —susurré con una voz tan sensual que hasta yo me sorprendí.

Me miró desde su altura y, segundos después, me apresó de las nalgas.

—Si me lo dices así, voy a donde tú quieras, Valentina.

Me reí y le besé con tanto ímpetu que nuestros labios chocaron. Nos besamos allí, entre puerta y puerta, durante un buen rato. Su piel desprendía un calor increíble que traspasó la mía incluso con la ropa. Luego lo tomé de la mano y tiré de él hacia la puerta de mi casa, como una chiquilla impaciente por enseñarle algo. Una vez dentro, reparé en que estaba más que dispuesto a todo. Me recibió con los brazos abiertos y una erección que despuntaba en su pantalón. Seguimos comiéndonos por el pasillo, ya sin la parte de arriba. Besos brutales, todo lenguas, dientes, jadeos y saliva. La lengua caliente de

Diego me volvía loca cuando me acariciaba los labios de manera tímida y después mucho más intensa. Bajó las manos hasta el borde de mi falda y me la subió, para dejarla enrollada en mi cintura. Me apretujé contra su cuerpo y me froté, él bajó la vista hasta su tremendo bulto, me miró y regresó a su erección.

—¿Tu cama...? —balbuceó.

Le respondí metiéndole la mano en los pantalones. No pudo más. Me cargó en brazos y se adentró en el pasillo. Me eché a reír, le enrollé las piernas en la cintura y volvió a frotarse. Me dejó en el suelo cuando ya casi estábamos en el dormitorio y, sin poder contenerse, me empujó contra la pared. Me mordió el cuello con fiereza, excitado hasta límites insospechados.

—Voy a tener que follarte aquí mismo —murmuró.

Pero esa vez lo hicimos más despacio. Saboreándonos. Explorándonos. Devolviéndole el sentido a una palabra que para mí lo había perdido: «amor». Él encima de mí, cubriéndome con su cuerpo. Yo sentada encima de él, centrada en cada una de las sensaciones que me embriagaban. Me gustaba cómo me contemplaba, fijándose en una gota de sudor que se deslizaba por mi clavícula, el lunar bajo el pecho derecho, la fina línea de vello rubio bajo mi ombligo. Tuve un orgasmo que me hizo jadear, gemir, gritar. No aguantó las ganas de incorporarse y de tomarme por las mejillas para ahogarnos en un beso. Me besó hasta que dejé de moverme, desmadejada entre sus brazos.

Adoraba hacer el amor con Diego, pero me gustaba más lo que venía a continuación, si teníamos tiempo. El abrazo, acurrucados en la cama. Mi cabeza reposando en su pecho. Oía los latidos de su corazón y parecía que se acompasaban a los míos. Sus dedos enredados en los mechones de mi pelo.

Ese día se nos hizo tarde para comer y pedimos japonés a domicilio. Nos lo tomamos en la cama, charlando sobre nuestras comidas y bebidas preferidas y las que no podíamos ni ver. Cuando terminamos, volvimos a meternos entre las mantas y Diego me preguntó por mi hermana.

—Creo que sigue cabreada. Le he mandado algún wasap

que otro pero ha contestado muy cortante. Aunque, bueno, al menos ha contestado.

—¿Te has dado cuenta de que Hugo está contento con todos menos conmigo? —me preguntó de repente, en voz baja.

—¿Por qué lo dices? —Me incorporé apoyándome sobre un codo y lo miré. Se había tapado los ojos con una mano.

No respondió y guardé silencio. Le acaricié el pecho desnudo, con una duda en la garganta que iba subiéndome por el paladar.

—¿Has pensado en lo que harás cuando vuelva su padre?

Él se oprimió los párpados con la mano, sin permitirme ver sus ojos. Segundos después la apartó, pero mantuvo la mirada fija en el techo. Me pareció que estaba inquieto.

—No lo tengo claro, Tina.

—¿Le dejarías marchar?

Diego ladeó la cabeza y me estudió de manera pausada, reflexionando sobre su respuesta. Su pecho subía y bajaba a un ritmo más acelerado.

—Si se supone que está bien, ¿qué otra cosa podría hacer?

Asentí, aunque no lo veía convencido. No era nadie para decirle lo que tenía que hacer, solo debía apoyar su decisión. No podía ponerme en su lugar, a pesar de intentarlo.

—¿Has pensado alguna vez en la posibilidad de recuperar tu antiguo trabajo?

—Claro, Tina.

—¿Y si te ofrecieran de nuevo esa oportunidad tan buena? —continué.

Era otra de las dudas que últimamente aparecían por mi cabeza, pues empezaba a ser consciente de lo que Diego significaba en mi vida.

—Eso no ocurrirá —soltó con un tono extraño.

—Pero pongamos que sí… —insistí.

No respondió, solo se me quedó mirando con los ojos entrecerrados y no supe cuánto tiempo transcurrió hasta que me acercó a su cuerpo y enterró la nariz en mi cuello. Después arrimó su boca a la mía y dijo bajito:

—Tus labios siempre me gritan que te bese, Valentina.

Y me dejé besar. Por su boca, sus susurros, sus caricias. A pesar de que su silencio me causara una molesta sensación de inquietud en el pecho.

Estábamos ya en febrero cuando ocurrió un hecho extraño y curioso. Volvía de la pausa de la mañana y, al entrar en la librería, en el rincón donde dejaba mi mochila encontré un paquete envuelto en papel de regalo que, además, llevaba mi nombre. Primero pensé que era un detalle de don Vicente, pero cuando le pregunté me respondió que lo había traído un mensajero. No llevaba remitente, ni siquiera tarjeta. Lo abrí llena de curiosidad y apareció una caja de Lindt, mis bombones favoritos. Se me ocurrió que debía de ser un detalle de mi hermana para hacer las paces, pues no era la primera vez que me regalaba chocolate cuando nos enfadábamos. Así que le envié un mensaje con una foto avisándola de que los había recibido y dándole las gracias.

¿¿?? Qué dices, loca

Me respondió por la tarde, dejándome patidifusa. Me pasé el resto del día pensando en quién habría sido, y al final Diego acudió a mi cabeza y sentí un cosquilleo en el estómago. Salí del trabajo tan contenta que, nada más llegar a casa, me metí en la cocina y preparé una tarta de tres chocolates. Le bajé un trozo a Rosario, los ojos se le iluminaron y me preguntó qué me pasaba, porque me veía radiante.

—He recibido un regalo sorpresa en el trabajo de parte de Diego —le conté en voz bajita, como si fuera un secreto.

—¿Así que ya os encontráis en ese punto? —replicó ella, con sus ojillos vivaces.

—No sé dónde estamos, Rosario, lo único que sé es que me ha hecho una ilusión enorme. Siento un poco de vértigo.

—A veces, las cosas que dan más miedo en la vida son las que valen la pena.

Asentí. Un rato después volví a casa con una sonrisa pegada en la cara. Esa tarde Hugo había tenido natación, pero Diego no había podido pasar a verme porque necesitaba quedarse más rato en el trabajo. Como no iba a encontrarme con él hasta el día siguiente, cuando recogiera a Hugo del repaso, pues yo volvía a tener dos tardes libres en la tienda y habíamos reanudado las clases, no pude contenerme y le envié un wasap diciéndole:

> Muchas gracias, me encantan... Cómo sabías que son mis favoritos?

Él no contestó hasta por la mañana, con el emoticono de una cara arqueando una ceja. Creo que yo también arqueé una en la soledad de mi casa, pues no entendí ese mensaje.

Como cuando recogió a Hugo estaba agotado y no mencionó nada, tampoco yo abrí la boca. Pensé que, quizá, quería hacerse el misterioso. Quedaba una semana y poco para San Valentín... ¿Y si se trataba de un juego? Jugaría.

Cuando el lunes siguiente se repitió la situación pero con un ramo de flores, callé de nuevo. Don Vicente se acercó mientras yo admiraba las rosas.

—¿Qué pasa, muchacha? ¿Un admirador secreto? —bromeó, sacándome una carcajada.

Las puse en el salón, a la vista, esperando una reacción de Diego para pillarlo. Pero me extrañó lo que dijo cuando se encontró con ellas:

—No sabía que te gustaran las flores.

Entonces pensé que o era muy buen actor o no tenía nada que ver con los regalos.

—¿Te encuentras bien? —me preguntó, pero lo oí a lo lejos y amortiguado, como si me hubieran metido en una piscina.

Asentí, de manera mecánica, y noté un beso en los labios, pero no lo disfruté porque acababa de darme cuenta de que nunca le había mencionado que me gustasen los bombones ni las flores. En realidad, eso pertenecía a otra vida. A una vida anterior. A otra Tina. Una que solía recibir regalos cuando se acercaba San Valentín porque, para la persona que me los enviaba, era muy importante celebrarlo. Quizá porque, de ese modo, se sentía exculpado de sus malas acciones.

Cuando Diego se marchó, volví corriendo al salón y me quedé mirando las flores en silencio, con un retortijón en el estómago y una sensación horrible en el pecho. No podía ser. ¿Por qué iba a hacerlo? ¿Qué quería de mí después de ese tiempo? ¿A qué venía ese juego que había establecido durante nuestra relación, que a mí al principio me encantaba y que dejó de hacer al final, si ya no éramos nada? En un arrebato, cogí las rosas y las tiré a la basura. Ya me había comido la mitad de la caja de bombones, pero también me deshice de ella. Fui corriendo al baño, me quité la ropa y abrí la ducha con el agua caliente. Me metí y cerré los ojos con fuerza; apreté los dientes hasta que rechinaron. Había borrado su teléfono, pero seguía sabiéndomelo de memoria. ¿Debía mandarle un mensaje para expresarle mi disgusto? ¿Para pedirle que no me enviara nada? Aunque... ¿y si no eran de él? Pero ¿de quién, si no? A lo mejor había cambiado de número.

Cuando salí de la ducha me sentía mucho mejor, ya había decidido dejar las cosas como estaban, fingir que no había recibido nada o que no le había dado importancia. Si me llegaba otro regalo, también lo tiraría. No quería nada suyo.

Pero me puse nerviosa al darme cuenta de que él estaba al tanto de mi nueva vida. Al menos, sabía dónde trabajaba. ¿Quién se lo habría dicho? De mi familia nadie, seguro. En algún momento se me había pasado por la cabeza que podría descubrirlo. Al fin y al cabo, Madrid es grande pero... existía la posibilidad. Sin embargo, nunca pensé que él quisiera volver a contactar conmigo. Creía que me había dejado en paz, tal y como le había pedido.

32

Cuando el día de San Valentín volvió a entrar el mensajero con un enorme ramo de rosas rojas —y estaba segura de que si las contaba habría catorce, como tantas veces—, las rechacé. El chico me miró con cara extraña, pero se encogió de hombros y se marchó mascullando algo entre dientes. Regresé al trabajo, aunque tenía la mente en otra parte.

—Tina, ¿todo bien?

La voz de don Vicente a mi espalda me hizo dar un brinco. No lo había oído acercarse, pero además estaba más tensa que de costumbre.

—Sí, claro. Por cierto, esta mañana ha llegado el pedido de Antonio...

—He visto que has rechazado las flores. —Volvió al tema y desvié la mirada, poniéndome roja.

—Se habían equivocado —mentí, aunque el hombre parecía no creerme—. Ya sabe, hoy estará todo el mundo recibiendo regalitos de sus enamorados. —Esbocé una sonrisa nerviosa.

—Si pasa algo, puedes contármelo, ¿sabes? Creo que tenemos confianza.

—Claro que lo sé. —Asentí y, después de unos segundos, volví a cambiar de tema—. ¿Usted celebraba el día de los enamorados con su esposa?

Llamé su atención, porque el rostro se le iluminó y pareció perderse en sus pensamientos.

—Marta era una romántica, y por eso ideó una tradición que tratamos de cumplir todos los años.

—¿En qué consistía? —le pregunté con curiosidad, olvidándome un poco del ramo.

—Cada catorce de febrero, cayera en el día que cayera, Marta y yo nos cogíamos unos días libres y nos íbamos a visitar bibliotecas. Nos encantó, en especial, la Nacional de Praga. ¡Sí, incluso a mí! Esos viajes eran un regalo para ella, pero yo, en ocasiones, también me quedaba con la boca abierta ante alguna de esas maravillas. La de Praga tiene una estética barroca que te traslada en el tiempo; es impresionante.

—Me parece una tradición preciosa —opiné, hechizada por sus palabras—. Y qué bonito por su parte, don Vicente. Eso sí que es un regalazo de San Valentín.

Sus mofletes gordezuelos se sonrojaron y sacudió las manos como restándole importancia.

—También había sorpresas para mí. Marta se encargaba de ello. Adoro la comida, así que siempre buscaba restaurantes o lugares donde disfrutar de productos autóctonos. —Se recolocó las gafas y me observó con una sonrisa—. Pero ¿sabes cuál era el mejor regalo, muchacha?

Ladeé el rostro, esperando su respuesta.

—Que hacíamos todo eso juntos, sin duda.

Me dejó con esas palabras y volvió a subir al despacho para seguir con la contabilidad. Pensé que, en el fondo, no solo era Marta la romántica en ese matrimonio.

Ese sábado Diego dejó a Hugo en casa de sus abuelos. No sabía a ciencia cierta si lo hacía para que tuviéramos intimidad o porque Diego necesitaba espacio, ya que el ambiente seguía tenso con el niño.

No mencionamos nada sobre San Valentín, pero fuimos a cenar a un restaurante mexicano llamado Entre Suspiro y Suspiro que me pareció bastante romanticón. Los dueños eran una familia de importantes pintores mexicanos, y su vena artística podía apreciarse en el lugar, al que habían dotado de colorido y de un encanto especial. Aparte de eso, sorprendía su colección de tequilas, de la que Diego y yo nos encargamos de probar algunos durante la cena y después. En los postres, ya me reía por todo y sentía que me ardían las mejillas. Diego había estado raro toda la noche, taciturno, pero margarita tras margarita, el ambiente se fue distendiendo y en ese momento ya estaba algo colorado y sus ojos brillaban mientras me observaba sonriendo.

—Esta noche estás preciosa —dijo de repente.

—¡Uf, ya ha salido el Diego ligón! —exclamé con voz chillona. Me tapé la boca con la mano, riéndome otra vez, pero en realidad todo el mundo hablaba bastante alto.

—Créeme que así no ligaba...

—Ah, ¡es verdad! Les lanzabas una mirada y las dejabas fulminadas, ¿no? —Me incliné hacia él, coqueta. Esa noche me había puesto un vestido con un poco de escote y aprecié que su mirada se deslizaba hacia ese lugar—. Conmigo eso no funciona.

—Déjame recordarte la primera vez que nos fijamos el uno en el otro, en el ascensor de casa...

Abrí la boca, fingiéndome ofendida, y le lancé una servilleta. Él la atrapó, divertido.

—¡Eres un creído!

Hizo como que me ignoraba y levantó la mano para llamar la atención del camarero. Pidió dos tequilas más, ante mi mirada de susto.

—Tendrás que llevarme a casa en ambulancia —bromeé.

—Me lo estoy pasando muy bien esta noche —dijo, pero luego se puso serio—. Llevo unas semanas un poco estresado. Intento recuperar la confianza de mi antiguo jefe, aunque es complicado. Y... bueno, lo de Hugo y... —titubeó, como si quisiera añadir algo. Se acarició la barbita con suavidad, pensativo—. ¿Te habla de mí?

—La verdad es que no, Diego —contesté, y vi cómo se le oscurecía el semblante—. Lo siento. Pero ya sabes cómo es. Es el tipo de niño que se retrae cuando algo le duele porque no es capaz de expresar sus sentimientos. Es muy pequeño y ha vivido muchas situaciones complicadas. —Alargué una mano por encima de la mesa y tomé la de Diego, que se mordisqueaba el labio inferior con nerviosismo—. Todo pasará. Pero, de momento, estoy aquí para lo que necesites.

Estudió mi rostro con una especie de admiración que me sobrecogió. Me parecía que, a cada día que pasaba, era más importante para él, lo notaba en su mirada. Le daba sentido a que, al final, la vida, la felicidad, el amor... significara estar con quien te hace sentir tú mismo.

Tomamos el último chupito de tequila que nos trajo el camarero y nos fuimos, yo entre tropiezos y risas tontas y Diego intentando por todos los medios que no me cayera.

—Te lo he dicho: el tequila y yo no hacemos buenas migas —le dije, un poco mareada.

Aprovechó para rodearme la cintura con los brazos y atraerme hacia su cuerpo. Nos quedamos con los rostros a unos centímetros, observándonos en un silencio solo interrumpido por nuestras respiraciones agitadas. Cuando me miraba de ese modo, el mundo se tambaleaba a mis pies. Cada vez era más consciente de que lo querría todo el tiempo que me dejara y mientras me fuera posible. Había desvestido el corazón de la coraza que llevaba y lo había puesto en sus manos. Y él, aunque no fuera capaz de hablar claro o de expresar sus sentimientos, lo había acogido.

—Cuando te abrazo, siento que es el lugar donde quiero estar —susurró muy cerca de mis labios.

El corazón tembló en mi pecho. Tal vez también yo temblé. Cuando me decía cosas como aquella, pensaba que el amor de tu vida te alcanza después del error de tu vida.

Apresó mis mejillas y rozó su boca con la mía. Entreabrí los labios, deseosa de recibirlo. En cuanto me besó, su sabor inconfundible me llenó. Ya lo conocía. Ya lo había hecho mío y no quería ningún otro. Me aferré a su ancha espalda y ardí en deseos de anclarme a ella esa noche. No sé cuánto duró el beso, en medio de una calle de Madrid por la que pasaba mucha gente, pero seguramente fue el último en el que nos dimos por completo antes de que todo nos estallara en la cara.

Volvimos a casa en taxi, borrachos de tequila y de ganas. La mano de Diego se perdía, de vez en cuando, por debajo de mi vestido. El taxista nos lanzó un par de miradas curiosas y yo me mordí la parte interior de la mejilla para no reírme.

Cuando nos bajamos del coche, ya estaba húmeda y preparada para que Diego navegara por mi cuerpo. Nos acercamos al portal entre risitas, me abrazaba por la espalda, me besaba en el cuello de tal forma que provocaba que mi sexo se contrajera...

Y entonces vi algo que me hizo parar de golpe. Una figura en la esquina de la calle se me antojó familiar. Sin embargo, desapareció de inmediato, como si nunca hubiera estado ahí, y no pude evitar preguntarme si estaba demasiado borracha. O si todavía guardaba algo del miedo de tiempo atrás, por mucho que me hubiera convencido de que no.

—¿Ocurre algo? —dijo la voz seductora de Diego en mi oído.

Me encogí de hombros y negué con la cabeza, pero me había entrado cierto malestar que enfriaba mi estómago. Me quitó las llaves de la mano y abrió el portal. Tiró de mi brazo y me metió dentro. Se enganchó a mis labios una vez más mientras esperábamos el ascensor.

—¿Estás bien? —inquirió cuando llegamos a nuestra planta.

Asentí y le dediqué una sonrisa. No le había contado nada de los regalos. Seguramente, había olvidado el mensaje que le envié sobre los bombones. Había estado muy ocupado y con la cabeza en otro lado. En ese instante, la tenía yo. Me prometí que una sombra del pasado no iba a joderme de nuevo ni a provocarme más daño. Estaba en brazos de Diego y quería disfrutar.

Acabamos en su piso, con nuestra ropa formando un riachuelo por el pasillo. Me tumbó en la cama en ropa interior. Me indicó con el índice que aguardara un segundo y sacó su móvil para poner música. Se había convertido en una costumbre; me encantaba hacer el amor al ritmo de una nueva melodía que él me descubría. La de esa madrugada la conocía: *Now we are free*, de la película *Gladiator*. Me pareció perfecta, al menos para mí.

Recibí a Diego con los brazos, las piernas y el corazón abiertos. Me besó por todo el cuerpo, me cubrió la piel con su saliva y me hizo sentir deseada y bonita como en otras ocasiones. Cuando lo tenía sobre mí, me convertía en carne trémula, en sonrisas eternas, en jadeos incontenibles. Sus dedos y su lengua explorando mi sexo, mirándome con los ojos llenos de sorpresa y deseo, como si descubriera algo nuevo cada vez que nos acostábamos. Sus manos cubriendo mis pechos, adorándolos, como si fueran los únicos que hubiera visto en su vida.

Me permití olvidar los regalos, la figura que había visto esa noche y desterrar los malos pensamientos. Alcancé un orgasmo que me arrancó unos cuantos gritos. Mis uñas arañando las nalgas contraídas de Diego. Su boca bebiéndose mis sonidos. Sus ojos llenándose de mi imagen.

Después de correrse, me miró durante tanto rato que no pude evitar preguntarle:

—¿Pasa algo?

Entonces se acurrucó a mi lado, escondió la nariz en el hueco de mi cuello y nos inundó el silencio. Esbocé una sonrisa, todavía medio borracha y exhausta por la maravillosa sesión de sexo.

—Que lo que tenga que pasar, sea contigo.

No supe cuánto tiempo había transcurrido, si lo estaba soñando o si había susurrado esas palabras de verdad.

El lunes mi ánimo se torció después de la magnífica noche del sábado y de un domingo estupendo en el que fuimos con Hugo al Retiro a ver un teatro de títeres. Era ya casi la hora de cerrar y don Vicente me insistió en que fuera apagando las luces de abajo mientras él revisaba unas cuentas. Estaba agachada bajo el mostrador, guardando un par de pedidos que tenían que recoger al día siguiente, cuando oí la campanilla. Siempre había clientes rezagados, y alguno incluso se marchaba sin llevarse nada, pero, aun así, antes de incorporarme dibujé una sonrisa. Se me quedó congelada en cuanto descubrí a la persona que estaba delante de mí.

—¿Qué haces aquí? —pregunté, con un tono de voz que sonó más agudo de lo que me habría gustado.

—¿Cómo estás, Tina?

Me quedé callada. No quería contestarle. No me parecía justo que Mario irrumpiera en un lugar en el que era feliz. Como vio que no decía nada, siguió hablando.

—Veo que te va bien.

—Vamos a cerrar —murmuré.

Me observó con atención y sentí ganas de gritarle que se marchara. Después del divorcio, no entraba en mis planes volver a verlo. Y si lo hacía, que fuera de lejos. No había previsto que me dirigiera la palabra. Ya no teníamos nada en común. No me gustaba que me mirase de ese modo, como intentando meterse de nuevo en mí.

—¿Por qué rechazaste las rosas? —preguntó de repente.

—Porque no tenía sentido que me las enviaras. Y el resto de las cosas tampoco —repliqué.

Él asintió con la cabeza y pareció resignarse. Creía que se iría, pero siguió allí plantado.

—¿Cómo sabes dónde trabajo?

—Mi primo vino a la firma de un escritor famoso hace un par de meses —me informó, y el corazón se me aceleró—. Quiso saludarte, pero te vio ocupada y, además, no sabía cómo reaccionarías.

«¿Y cómo esperabas que reaccionara contigo aquí?», pensé, con el estómago empezando a arderme de la rabia. ¿Cómo se atrevía a presentarse así? ¿A mandarme regalos, como antes?

—Es una librería bonita —dijo, paseando la mirada por las estanterías—. Te pega, pero jamás habría imaginado que trabajases en un lugar como este.

«Claro que no, jamás te interesaste por mis gustos», se me pasó por la cabeza.

—Tengo que cerrar, Mario. Mi jefe me lo ha pedido hace rato.

—No pretendo molestarte ni incomodarte, Tina. Solo quería cerciorarme de que te va bien. —Esbozó una sonrisa... Una que, en el pasado, me convenció de que era un chico encantador. Cogí aire y lo miré en silencio—. Estuve pensándolo mucho, ¿sabes? Sobre si ponerme en contacto contigo o no...

—Y tuviste la genial idea de aparecer aquí de repente, ¿no? —le espeté, con un tono de voz rabioso.

Si le fastidió mi comentario, no dio señales de ello. Solo un leve parpadeo. Mantuvo la sonrisa.

—Quizá podamos tomar un café algún día y ponernos al corriente de cómo nos va.

Lo miré atónita. Su cabello un poco más largo, la sombra de una barbita —cuando él siempre había sido de los que renegaban de los hombres con barba—... físicamente estaba algo cambiado, pero con su sonrisa petulante de siempre y su porte seguro, como si dijera: «Eh, estoy por encima de ti». Sentí que me enfadaba más aún y, a pesar de ello, un sinfín de recuerdos asolaron mi mente y me confundieron.

—Voy a cerrar —repetí como un autómata.

—¿Tienes el mismo número? Es por llamarte algún día...

—¡Vete, Mario! —exclamé.

Me observó con dureza y yo aparté la mirada unos segundos, hasta que fui consciente de que eso era lo que me prometí no volver a hacer. Lo miré y traté de decirle con los ojos que ya no era la misma.

—¿Ya has cerrado, Tina?

En ese momento, don Vicente comenzó a bajar por la escalera de caracol. Seguramente había oído mi grito y se había preocupado. Se acercó a mí, como un padre protector, y le preguntó a mi exmarido:

—¿Le puedo ayudar en algo, señor?

—No, no tenemos el libro que busca —respondí yo.

Mario ni siquiera le miró, hizo como si no existiera.

Se quedó plantado unos segundos más, que me parecieron eternos, hasta que se despidió con un «gracias, hasta luego» seco y se dio la vuelta. Cuando salió por la puerta, solté todo el aire que había estado reteniendo.

Don Vicente estudió mi rostro y apoyó una mano en mi hombro:

—Espérame, que ya termino y nos vamos.

Asentí en silencio. Habría asegurado que el librero había comprendido quién era ese misterioso cliente. Le agradecí mentalmente que no me preguntara nada.

Esa noche, en la cama, me asaltaron recuerdos indeseados. Como no lograba conciliar el sueño, le envié un wasap a Diego. Por suerte, él también estaba despierto y nos mensajeamos un ratito. Sus palabras me ayudaron a tranquilizarme un poco.

33

Mario no me envió más regalos, pero recibí algún mensaje que otro. Al principio, una rabia atroz inundó mi cuerpo, una furia roja que ni siquiera me dejaba concentrarme en el trabajo —incluso me llevé una regañina por parte de don Vicente— o con Hugo —por mi culpa, el pobre fue un día a la escuela con un ejercicio mal resuelto—, así que llegué a la conclusión de que debía hacer algo. ¿Cambiarme de número? Sería como huir. ¿Contestarle mandándolo a la mierda? Una opción viable. ¿Bloquearlo en WhatsApp? Estaría bien. ¿Escribirle de forma cortés? Al final, me quedé con esta opción. Yo no era de insultar ni de atacar a alguien en plena ebullición. Prefería dejar pasar un tiempo razonable para ver las cosas en perspectiva. Además, en el fondo, los mensajes de mi exmarido no contenían nada malo. Parecían de una persona diferente. Se me pasó por la cabeza que quizá había cambiado y luego me asesté un manotazo mental por ser tan ingenua.

Alguno era más formal:

Hola, Tina. Espero no molestarte. A lo mejor no hago bien en contactar contigo, pero, como te dije, estuve pensándolo mucho y he sentido la necesidad. No voy a hacerte más regalos, tranquila. Tengo claro que eso no va contigo. Ojalá estés bien, aunque por lo que vi, me pareció que sí. Cuídate mucho

En otros, Mario se disculpaba, sorprendiéndome sinceramente, pues jamás pensé que lo hiciera después del divorcio.

Hola, Tina. Ni siquiera sé cómo escribir todo lo que me inunda la cabeza y el corazón. Seguramente esto no esté bien y me esté comportando de una manera un poco injusta, pero no puedo evitarlo. Me gustaría pedirte perdón. Bueno, ya estoy diciéndotelo por aquí, pero preferiría hacerlo cara a cara para que comprobaras que soy totalmente sincero. Que pases un buen día

Había alguno en el que, simplemente, parecía hablar para sí mismo o me contaba cosas sobre él que yo no le había pedido.

Menudos días más estresantes! Cómo va tu trabajo? Me pareció que estabas contenta allí y eso me alegra. Estoy sopesando la posibilidad de cogerme unas pequeñas vacaciones en Semana Santa y perderme en alguna isla. Recuerdas que solíamos bromear con ello? Perdernos en una isla para que nadie nos encontrara. Era una idea fabulosa. Cuídate, Tina

Quizá fue este el que me decidió a contestarle. Era demasiado íntimo, me trajo a la memoria recuerdos bonitos y me enfadé porque no tenía derecho a hacerme eso.

Qué tal, Tina? Supongo que tus silencios se deben a que no me has perdonado (o un desconocido está recibiendo estos mensajes y riéndose a mi costa). Lo entiendo. Créeme que sí. Fui un novio y un marido horrible. A lo mejor me he dado cuenta demasiado tarde, pero sé que no te merecías lo que ocurrió. No te merecías muchas de mis palabras y ataques, ni de mis actitudes. Pagaba contigo el estrés del trabajo, los agobios con mis padres, mi baja autoestima. Te culpaba de todo, cuando la culpa era mía. Por qué hice todo eso? Cómo estuve tan ciego? Fui una mala persona. Lamento haberte decepcionado tanto. Sufriste a mi lado. Soy demasiado imperfecto. Ya, no son excusas ni pretenden serlo. No existe justificación alguna para lo que te hice.
Dios, este wasap es demasiado largo. He salido con mi primo y he bebido un poco. Discúlpame, Tina.
Ojalá algún día puedas perdonarme. Al menos eso

No era encantador, como pretendía mostrar en esos mensajes, ¿no? Era malo. Me había tratado como a algo insignificante, ¿verdad? Había vivido situaciones así. Me alzaba la voz y me compraba una caja de bombones. Me ridiculizaba delante de su familia y me regalaba rosas. Me insultaba y decía que no volvería a pasar. Entonces ¿por qué en mi mensaje no le dejé las cosas claras, todo lo que había imaginado que le diría si alguna vez volvía a verlo? ¿Fue simplemente el hecho de que dijera «lo siento»? Nunca me lo dijo en todos aquellos momentos en los que me rompí. Jamás se había disculpado, como si haciéndolo estuviera rebajándose. ¿Cómo somos las personas, a veces, tan débiles? Somos leves briznas mecidas por el viento. Con un talón de Aquiles que nos hace tropezar de vez en cuando en la misma piedra. Y sí, estaba enfadada por ese mensaje, pues era totalmente injusto que me pidiera perdón después de tanto tiempo. Aun así, en el mío no soné demasiado enfadada porque otra parte de mí —la endeble— pensaba que no todo había sido tan horrendo durante esos años de matrimonio.

Mario, creo que no deberías enviarme más wasaps. No necesito tus disculpas, no al menos después de tanto tiempo. Lo nuestro terminó por completo tras el divorcio. Ahora estoy bien, tú también lo estás, y es mejor así. Esta es la única respuesta que recibirás por mi parte. Si te quedas más tranquilo, no te guardo rencor. Adiós

No era del todo cierto que no le guardara rencor, pero pensé que, diciéndole eso, abandonaría los intentos de comunicarse conmigo. Y al parecer funcionó porque, después de mi mensaje, no me escribió más.

El mes de febrero fue pasando y acercándose a su final. Diego y yo seguíamos viéndonos con esa rutina cómoda y sencilla que se había establecido entre nosotros: clases con Hugo, algún paseo los tres después del repaso —pues los días eran cada vez más largos—, besos y caricias y sexo entre las mantas los días que el niño iba a natación, cenas en mi casa, películas en la suya. A pesar de los mensajes de Mario, estaba contenta y, en cierto modo, serena. Una vez que cesaron, sentí que todo volvía a la normalidad. Por eso no le mencioné nada. Resultaba complicado, y no me apetecía compartir ese sentimiento con Diego.

No obstante, había algo que no acababa de encajar. Tenía la sensación de que, pese a los intentos de Diego por hacer que todo pareciera normal, no lo era. Pensé que cualquier otra persona que hubiera compartido tiempo conmigo se habría dado cuenta de que llevaba unos días extraña. Él siempre se había mostrado atento y observador. Al principio agradecí que estuviera más distraído, pero después llegué a la conclusión de que también le pasaba algo. A veces se quedaba pensativo o aparecía con un humor de lo más cambiante. En ocasiones, lo notaba distante con su sobrino; otras, en cambio, demasiado encima de él. Sabía que me ocultaba algo y que lo mejor que podía hacer era preguntarle si todo iba bien, que quizá incluso estuviera esperando a que lo hiciera, pero me daba cierto reparo. Creía que, entonces, me respondería que yo también actuaba raro y tendría que explicarle lo que me pasaba. Y no estaba preparada. Después de haber callado tanto tiempo, debería haber entendido que lo que callas y reprimes acaba doliéndote más.

Algunas de esas noches, después de cenar los tres y de haber acostado a Hugo, nos sentábamos en el sofá a ver la tele o a hablar de nuestro día. En el primer caso, a veces Diego se perdía en su mundo. Ya había aprendido a reconocer sus gestos nerviosos cuando algo le preocupaba: fruncía el ceño y se frotaba la barbita una y otra vez, o los mordisqueos en el labio inferior. Lo miraba de reojo sin que se diera cuenta y abría la boca una, dos y hasta tres veces a punto de soltar: «Dime qué te pasa, hablemos; también yo quiero contarte algo». Pero nunca lo hacía. Él regresaba de donde estuviera, reparaba en mi mirada y me sonreía, y a mí se me olvidaba todo, me sujetaba entre los brazos y ya no era invierno sino verano, febrero se convertía en mayo, me besaba y me iba a otro lugar más bonito del que no quería volver.

A finales de febrero mi padre me llamó para invitarnos a Diego y a mí a comer en su casa. Quería darnos una noticia, pero él ese domingo no podía acompañarme porque había quedado con su familia.

Me abrió mi padre, me dio dos besos rápidos y salió corriendo a la cocina. Mi hermana ya estaba allí cuando llegué, sentada en el jardín envuelta en una mantita, con la mirada perdida. Aún se la veía triste y me pregunté si, aunque había sido ella la que había cortado con Jaime, estaría pasándolo mal. Concluí que sería lo normal, pues mi cuñado —no me acostumbraba a referirme a él como excuñado— y ella habían compartido muchos años juntos y se habían querido tantísimo que algo debía quedar. Ya no vivía con mi padre; había alquilado un pequeño estudio cerca del trabajo, hasta que Jaime y ella decidieran qué hacer con el piso.

—Hola, Diana —la saludé. Tardó unos segundos en levantar la cabeza. Esbozó una pequeña sonrisa. Al menos habíamos avanzado. Aunque no me lo hubiera dicho a las claras, ya no estaba enfadada—. ¿Cómo te va? ¿Quieres que te saque una cerveza?

Asintió y le di un apretón cariñoso en el hombro. Agrandó la sonrisa. Me dirigí a la cocina, donde oía los cuchicheos de mi padre y de Carmen. Me asomé de manera sigilosa para no interrumpir y me los encontré abrazados. Me parecía tan bonito que mi padre se hubiera enamorado de nuevo... Merecía ser feliz. Esperé unos segundos, pero, como no se separaban, arrastré un poco los pies para avisar de que me acercaba.

—Tu hermana se va a helar ahí fuera —me dijo mi padre mientras yo sacaba un par de latas de cerveza—. En el fondo, sois iguales. Siempre que teníais un problema o estabais cabizbajas os ibais ahí, aunque cayeran chuzos de punta.

Me acerqué a él y le besé en la frente. Se rio y Carmen me lanzó una mirada cómplice.

Ya en el jardín, cogí una silla y la coloqué al lado de la de

Diana. Le abrí una lata y se la tendí. Ninguna dijimos nada durante unos minutos. Recordé que de adolescentes también teníamos momentos como ese.

—¿Qué crees que querrá decirnos papá? —le pregunté al fin.

—Que se va a dar la vuelta al mundo con Carmen —respondió ella.

—Qué va, esa es nuestra madre —bromeé.

—¿Te telefoneó en Nochevieja?

—Sí. ¿Puedes imaginártela en la selva camboyana con sus tacones?

Ambas nos pusimos a reír, Diana con la cabeza hacia atrás. La miré con cariño. Adoraba sus carcajadas. Años antes, nuestra madre nos había enviado una foto en la que salía en el Amazonas con unos zapatos de tacón y, desde entonces, alguna vez que otra bromeábamos con eso.

Aproveché para alargar una mano y tomar la de mi hermana. Ella se la quedó mirando con expresión indescifrable.

—¿Cómo andas?

—He estado mejor, pero pasará. —Se encogió de hombros y dio un trago a la cerveza. Ladeó el rostro para añadir—: Y antes de que me preguntes por él, que sepas que Jaime y yo hemos quedado como amigos.

—No iba a preguntarte eso, aunque me alegro.

—Creí que dolería menos, pero supongo que es normal. —Diana clavó sus ojos en mí y esbozó una sonrisa tristona—. Cuando dejas ir a alguien, también alejas una parte de ti, ¿no? Una que a lo mejor nunca vuelve. No vuelves a ser igual cuando una persona ha llegado tan al fondo de ti.

Me llevé el dorso de su mano a los labios y se lo besé. Decidí abrirme a ella y contarle lo de Mario. Al fin y al cabo, Diana siempre me había ayudado en todo, siempre había estado apoyándome. Sabía que no le haría gracia, pero necesitaba contárselo a alguien. Saqué el móvil del bolsillo y busqué los wasaps. ¿Que por qué no los había borrado ya? No lo sé. A veces hacemos cosas que todos saben que acabarán mal. Todos menos nosotros.

Le tendí el teléfono y ella, antes de ponerse a leer, soltó una de sus bromas, con la que me habría reído mucho en otro momento.

—¿Vas a enseñarme mensajes guarrindongos con el pelirrojo?

Me alegraba que volviera a ser ella misma, pero también estaba nerviosa y le insté a que leyera con un gesto de impaciencia. Frunció el ceño y miró los mensajes. Poco a poco le fue cambiando la cara. Leí en sus rasgos incomprensión, duda, sorpresa, cabreo, indignación. Cuando terminó, levantó la barbilla y me dedicó una mirada que me asustó.

—¿Qué coño es esto, Tina? —inquirió zarandeando el teléfono.

—Es Mario —contesté simplemente.

—¡Eso ya lo sé! —replicó alzando la voz—. ¡Lo que no sé es por qué mierdas no le bloqueaste en el primer wasap y por qué le has contestado!

—No lo sé, Diana. Al principio me enfadé, pero luego me supo mal y...

—En serio, ¡no puedo creérmelo! —continuó mi hermana, sin dejarme hablar. Desde luego, estaba cabreadísima y yo, en el fondo, la entendía—. Este hijo de puta te destrozó la vida, Tina... ¿Y permites que te mande mensajes y encima le contestas de ese modo? ¡Le tendrías que haber dicho que se fuera a la mierda y que le denunciarías por acoso! —Desvió la vista al móvil unos segundos y luego la volvió a posar en mí. Sus ojos echaban chispas—. ¿Y qué es eso de los regalos?

—Me envió un par de regalos, pero los tiré a la basura, y el último no lo acepté.

Dejó el teléfono en la mesa de malas maneras. Me apresuré a cogerlo por si las moscas. Durante unos segundos guardamos silencio, hasta que se calmó un poco y me preguntó:

—No le habrás llamado, ¿no?

—Te juro que no. Solo le envié ese mensaje y ya no quiero saber nada más de él.

—Tina, por el amor de Dios, te juro que si le llamas o quedas con él... te retiro la palabra para siempre.

Asentí y me mordí el labio inferior, nerviosa. Cogí aire y lo solté poco a poco. ¿Qué esperaba de Diana? ¿Que me dijera que había hecho bien porque era una buena persona? Por supuesto que no. Mi hermana solía decirme las verdades y punto. Quizá se dio cuenta de que me sentía mal porque se inclinó hacia mí y me cogió de los antebrazos. Me sacudió para que la mirara.

—Oye, no estoy culpándote, ¿vale? Pero si no te sientes suficientemente fuerte, debes decírnoslo para que podamos ayudarte. No querría que volvieras a caer en esa rueda...

Aparté los brazos, molesta por sus palabras. Ella chasqueó la lengua.

—No voy a caer, Diana. ¿Cómo puedes pensar eso? ¿Tan estúpida crees que soy?

—Estúpida no, pero las víctimas de violencia machista suelen estar desprotegidas durante un tiempo. No serías la primera ni la última, Tina. Los maltratadores son así. Lo intentan una vez y otra y otra...

Negué con la cabeza, notando que los ojos me escocían.

—No me pasará eso. Simplemente me sentí mal y...

—¿Ves? —Me señaló con la palma de la mano—. Te sentiste mal. Eso es lo que él quiere, como antes. Deberías haberlo denunciado cuando tuviste ocasión. Mira, si te vuelve a enviar algún mensaje, ¡hazlo!

Yo estaba a punto de llorar. Tenía un nudo en la garganta. Ella me zarandeó y yo asentí.

—Promételo.

—Te lo prometo.

Me pareció que no se quedaba tranquila. Nos terminamos la cerveza en silencio. Yo con la mente a mil por hora. Diana lanzándome miraditas de reojo de vez en cuando. Empezaba a sentirme incómoda cuando mi padre me salvó. Nos llamó desde dentro para avisarnos de que el cocido ya estaba listo.

Lo habían preparado entre los dos y lo cierto era que les había quedado delicioso. Mientras comíamos, temí que a Diana se le escapara algo de lo que habíamos estado hablando. No quería darle un disgusto a mi padre; se le veía tan feliz...

De postre, Carmen sacó unas palmeritas de hojaldre con chocolate y me disculpé por no haber llevado algún dulce.

—¿Vas a darnos ya esa noticia o qué, papá? —le instó Diana, con la boca llena de chocolate.

Miró a Carmen, que apoyó una mano sobre la suya y le animó con un asentimiento de cabeza. Noté que nuestro padre tomaba aire y que estaba nervioso. También yo empezaba a inquietarme ante tanto misterio.

—Carmen y yo hemos decidido casarnos —dijo, y se puso rojísimo, como un adolescente tímido.

Diana abrió mucho los ojos y yo me quedé con la boca abierta. Luego ella chilló y soltó un «¡Me cago en la leche!» y se levantó de la silla para lanzarse a los brazos de mi padre. Hice lo mismo y los tres nos fundimos en un gran abrazo. Carmen acabó uniéndose segundos después.

—No sabíamos qué os parecería. Al fin y al cabo, soy un vejestorio —dijo nuestro padre mientras tomábamos el café.

—De vejestorio nada, Luis —le regañó Carmen con cariño.

—Para el amor no hay edad, ¿no? —intervine, con una sonrisa.

—Tenemos que buscar vestido, Tina —soltó mi hermana, muy emocionada.

A media tarde decidí marcharme porque tenía que coger el tren de cercanías, pero Diana se ofreció a llevarme. Estuve a punto de decirle que no porque sabía qué pretendía y a lo que tendría que enfrentarme. Al principio me habló un poco de lo contenta que se sentía por nuestro padre y me preguntó de qué color debería ser el vestido. No paraba de darle vueltas a cómo sería la celebración, pues tampoco nos habían dicho mucho. Según Carmen y él, no lo tenían claro.

Ya estábamos a unos cuatrocientos metros de mi calle cuando se puso seria y supe que no tenía escapatoria.

—Ahora está Diego en tu vida y te va bien, ¿no, hermanita? —dijo.

—No tiene nada que ver, Diana.

Se detuvo delante del portal y ladeó la cabeza hacia mí para dedicarme una mirada severa.

—Si notas que vas a caer... llámame, Tina. Por favor, te lo ruego. O llamas a papá...

—No voy a meterle en esto.

—Pues a Diego.

—No va a ocurrir nada de eso, Diana —contesté, con el tono de voz más seguro que logré.

Mi hermana me escrutó unos segundos más y, al fin, asintió. Se inclinó para abrazarme. Cuando entré en el portal, aún seguía fuera, vigilante. En realidad, no podía tener una mejor hermana; a pesar de ser la pequeña, siempre intentaba cuidarme y protegerme.

No pude aguantarme las ganas de ver a Diego, así que, antes de entrar en casa, llamé a su timbre. No abrió. Quizá seguía en casa de sus padres. Me pregunté si todo marcharía bien.

34

Todo había vuelto a cambiar y, supuestamente, debería estar contento. Al fin y al cabo era lo que quería, ¿no?

Empezó a finales de enero. Uno de los días que fui a visitar a mis padres con Hugo, mi madre abrazó al chiquillo con más ansia que de costumbre y le dijo algo en voz bajita. Al niño se le iluminaron los ojos unos segundos, pero de inmediato puso gesto de enfado y sacudió la cabeza. Se soltó de mi madre y fue a buscar a mi padre. Se lo pasaba bastante bien con él, y a mí me alegraba.

—¿Qué le has dicho, mamá? —le pregunté, una vez oí que Hugo hablaba con su abuelo en el salón.

Me indicó con la mano que la acompañara a la cocina. Un agradable aroma a potaje de garbanzos inundaba el pasillo. El estómago me rugió. Tanto el niño como yo habíamos desayunado temprano, ya que habíamos quedado con Tina para dar un paseo antes de ir a comer con mis padres.

—Venga, suéltalo —insistí.

Mi madre guardaba silencio mientras removía el caldo.

—Le he dicho que en breve verá a su padre.

Se me escapó un bufido y la miré enfadado. Joder, a pesar de ser sangre de mi sangre, me sacaba de quicio. ¿Qué le ocurría últimamente? La edad no le estaba sentando bien. Siempre había sido testaruda y había ido a lo suyo, había tomado decisiones erróneas y se enfadaba si los demás le hacíamos ver la realidad. Pero desde hacía un par de años no había manera de entenderse.

—¿Por qué coño sigues engañándole? ¿No entiendes que le haces daño? Es tu nieto, joder. Actúa de forma lógica...

—No le he engañado; es la verdad —me interrumpió y noté que se ponía a la defensiva.

—¿Me lo explicas? —le pedí, cruzándome de brazos. Empecé a notar en el pecho una extraña sensación de agobio.

—Pablo volverá a finales de febrero. Esta vez va en serio.

Me quedé sin palabras. A decir verdad, iba a suceder en algún momento, ¿no? En su carta, cuando me dejó a Hugo, no dijo que fuese a desaparecer para siempre. Sin embargo, me parecía que había pasado una eternidad desde su partida, cuando en realidad solo hacía poco más de medio año.

—Que regrese no significa nada, ¿no? —repliqué, notando el enfado en mi voz—. Según él, se fue porque no aguantaba la situación.

Mi madre me miró como si yo fuera un extraterrestre.

—Sí, estaba desbordado, y deberías ser capaz de entenderlo ahora que has vivido esa experiencia —me recriminó. Tuve que morderme la lengua—. Pablo quiere a Hugo y ha recapacitado. Tu padre y yo le hemos ayudado a ver las cosas en perspectiva.

—¿Y sabes dónde ha estado todo este tiempo?

—Claro que sí —respondió, alzando la barbilla en ademán orgulloso—. Poco después de dejarte al niño, se marchó al norte y ha estado trabajando allí desde entonces. Ha ahorrado. Tu padre y yo le hemos encontrado un piso pequeñito y no muy caro cerca de aquí, para ir tirando, y por si necesitamos echarle una mano. Se ha apuntado a unas cuantas ofertas de trabajo. De alguna le llamarán para hacer entrevistas, estoy segura.

Todo me parecía surrealista, casi como si fuera una novela. Me froté las sienes en un suave masaje y me apoyé en la pared. Mi madre destapó la olla para comprobar la cocción y, después de cerrarla de nuevo, me echó una mirada de reojo.

—Era lo que querías, ¿no?

Me cabreé con ella un poco más. Reflexioné sobre sus palabras. Sí. Quizá. No. No lo tenía muy claro.

—Lo que quiero es que Hugo esté bien —contesté, sorprendido de mí mismo.

—¿Y qué mejor que con su padre?

La miré de hito en hito. Volví a tragarme las palabras que me subían desde la garganta. Una bola llena de rabia e incomprensión. Quería gritarle que no todos los hijos están bien con sus padres y que ella debería abandonar esa maldita creencia de una puta vez. No obstante, también pesaba en mi mente el hecho de que Hugo parecía querer a su padre, que siempre había mostrado el deseo de verlo y de regresar con él. Tal vez me equivocaba.

—Tienes que entender que, cuando desapareció la mamá de Hugo, todo fue muy difícil para tu hermano. Ponte en su lugar. Criar a un bebé un hombre solo...

Pensé en Luis, el padre de Tina. Si él lo había conseguido, y encima con dos hijas, otros también podían. Ese era un buen ejemplo de que siendo cariñoso, perseverante y responsable, la gente sacaba a su familia adelante. No tenía claro que mi hermano tuviera esas cualidades.

—El niño estará bien. Pablo ha cambiado y quiere a Hugo. Lo cuidará.

—¿Lo cuidará como yo? —le espeté entre dientes.

Ella desvió la vista. Era extraño que no me replicara, cuando solía hacerlo. Cogí aire y lo solté despacio. Ese día no hablamos más del tema, pero volví a contactar con mi amiga Blanca para informarme. Le pregunté cuáles serían los motivos por los que se le podría retirar la custodia a mi hermano. Me puso al corriente de todo y me recomendó esperar a ver cómo se desarrollaba la vuelta de Pablo y su relación con Hugo. Incluso me informó de cómo debería proceder en caso de que quisiera adoptarlo.

Me dolía la cabeza casi cada día. En el trabajo, no lograba concentrarme. Con Hugo, había días que me alejaba de él y otros, en cambio, quería mantenerlo lo más cerca posible. ¿Cómo iba a adoptar a ese niño alguien como yo, que ante la sola idea ya se volvía loco? Sopesé contarle a Tina lo que ocurría, pero sus ojos de cielo me calmaban y me ayudaban a no pensar tanto. En realidad, me daba miedo lo que ella pudiera opinar. Intentaba hacer ver que estaba bien, pero sentía que mi vida se estaba descomponiendo poco a poco.

Una tarde, al volver del gimnasio —que también me ayudaba a desconectar— descubrí una figura familiar apoyada en el portal. Frené en seco y estuve a punto de esconderme para que no me viera. Pero me preocupaba que lo hiciera Hugo, que estaba en casa de Tina. Retomé el paso, llegué al portal y Pablo me miró con cautela. La verdad era que tenía mejor aspecto que nunca y eso, contra todo pronóstico, me cabreó.

—Hay una cafetería en la esquina —dije sin saludarle.

—¿Y Hugo? —me preguntó.

—No está... tiene clase de natación —mentí.

Pablo no abrió la boca hasta que nos sentamos en la cafetería. Pedí una menta poleo y él una manzanilla. Me sentía incómodo en su presencia, como de costumbre.

—Mamá me dijo que volvías a finales de febrero —decidí romper el silencio.

—Sí, pero me he venido antes porque esta semana tengo dos entrevistas de curro.

No era la primera vez que le citaban para alguna oferta de empleo y no se presentaba. Habitualmente, los trabajos no le duraban mucho, a veces ni un mes, por eso me sorprendió lo que dijo después.

—No sé si mamá te lo ha contado, pero todo este tiempo he estado en el norte trabajando. En Galicia, para ser exactos.

—¿Y en qué has estado trabajando? —le pregunté, a la defensiva.

Él no pareció molestarse, como si esperara mi reacción.

—Me contrataron los hijos de un señor mayor que necesitaba compañía. Vivía en su casa, un pazo bastante grande. Allí era todo muy bonito. Y me pagaban muy bien. Nos hicimos amigos. Murió hace un mes.

Tuve que asimilar todo ese cúmulo de información en apenas unos segundos. ¿Mi hermano cuidando de un anciano cuando no era capaz ni de cuidar de su hijo? Asentí, con los labios apretados.

—¿Por eso has vuelto? ¿Porque ha muerto y ya no tienes nada que hacer allí?

Pablo toqueteó la bolsita de manzanilla, todavía mojada, y los dedos se le quedaron húmedos. Yo no quería montar una pelea en la cafetería, pero él sacaba lo peor de mí. Y eso me hacía sentir entre culpable y mala persona.

—Habría vuelto igual. Me di cuenta de que había hecho muchas cosas mal. Y echaba de menos a Hugo. Todo este tiempo con el anciano me ha abierto los ojos. Los hijos pasaban de él; lo único que querían era su dinero, ¿sabes? Se encontraba demasiado solo —me explicó, sin levantar los ojos de la taza—. A mí eso me cabreaba, pero el hombre me confesó que nunca había sido un buen padre y que entendía que no le ofrecieran el cariño que no merecía. —Suspiró profundamente—. No sé, estuve pensando y sé que yo tampoco he sido un buen padre. Pero ahora quiero hacerlo bien. Quiero cuidar de mi hijo. Podría haber vuelto antes, pero necesitaba más dinero. No pretendo que pase lo mismo que otras veces. Me encargaré de todo, como debí haber hecho siempre.

Me quedé mirándolo en silencio para averiguar si mentía. Parecía arrepentido, eso no podía negarlo. Hablaba distinto, actuaba diferente. Cuando nos habíamos encontrado en otras ocasiones se portaba como un niño pequeño o como alguien a quien no le importaba nada más que él mismo. ¿Y si había cambiado de verdad? Se supone que todos merecemos una segunda oportunidad. Recordé las primeras semanas con Hugo, incluso los dos primeros meses: lo complicado que era tratar con él, el hastío con el que me levantaba cada día. No estaba defendiendo que los padres abandonaran a sus hijos, pero podía llegar a entender que a veces uno se ve superado por la situación. Que no todo el mundo tiene la fuerza, la paciencia o la valentía necesarias para seguir adelante.

—No he bebido en todo este tiempo —anunció Pablo, sacándome de mis pensamientos.

Entrecerré los ojos y me sonrió. Estaba muy conciliador, y aquello me resultaba chocante y extraño. ¿Un truco? Deseé creer que mi hermano había logrado convertirse en otra persona, una mucho mejor, por amor a su hijo.

—No creo que sea buena idea que aparezcas de repente delante de Hugo. Me refiero a hoy. Además, necesito comprobar que... bueno, que funciona. Que funcionas tú —añadí, para que me entendiera.

Esperaba que se molestara, que se pusiera a la defensiva y que reclamara ver a Hugo y hablar con él. No obstante, asintió y dijo:

—Ya había pensado en eso. A lo mejor puedes decirle que estoy aquí y preguntarle si quiere verme. Y entiendo que quieras ponerme a prueba, es normal. —Se encogió de hombros—. Ojalá me cojan en alguno de los trabajos y pueda demostraros que estoy dispuesto a hacer las cosas bien.

—¿De qué son las entrevistas? —le pregunté con auténtica curiosidad.

—Una es de personal de limpieza y otra de mozo de almacén. Según lo que pone en las ofertas, el horario me permitiría estar con Hugo. Pasado mañana voy a la entrevista de mozo.

Me rasqué los ojos, cansado y confundido. Me parecía increíble que Pablo estuviera allí hablándome como si fuera otra persona. ¿Había visto la luz de una puñetera vez? Deseaba creerle.

—Tengo que ir a recoger a Hugo —dije.

—¿Le preguntarás si quiere verme? —me pidió, y noté esperanza y ansia en su voz.

Algo en mi pecho me molestó.

—Claro.

—Te informaré sobre lo de las entrevistas.

—De acuerdo —acepté.

Pablo se levantó al mismo tiempo que yo y, de repente, me abrazó. Me tensé, me quedé con los brazos abiertos y boqueé como un pez moribundo. No recordaba la última vez que mi hermano me había abrazado o lo había hecho yo. Y, aunque siempre pensé que no me gustaría, no me sentí tan mal.

—Yo pago. —Señaló la barra y rebuscó unas monedas en sus bolsillos.

Salí de la cafetería despacio y, después de dar dos pasos, eché a correr hasta el portal de la finca. Una vez dentro, subí a toda prisa las escaleras hasta llegar a mi casa. Me quedé mirando la puerta de Tina con una mezcla de desolación, desconcierto, enfado, incomprensión y vacío. ¿Cómo iba a mirar a Hugo?

Resultó que a Pablo lo cogieron para el puesto de mozo de almacén. Me telefoneó días después de nuestro primer encuentro. Le venía de perlas el horario y era totalmente compatible con el de la escuela de Hugo. Nuestra madre le había informado de que le había cambiado de colegio y me lo agradeció de manera efusiva. Quiso saber si ya había hablado con Hugo, pero aún no lo había hecho y le pedí un poco más de tiempo. De nuevo, no se enfadó. No me gritó que era su padre y que no me metiera donde no me llamaban. Tampoco él estaba en una buena posición; tal vez sabía que, si cometía algún error, podían quitarle al niño. Y quizá lo quería más de lo que había demostrado en los últimos tiempos.

Decidí esperar a ver cómo le iba en el trabajo. Mi parte incrédula y desconfiada se convencía de que Pablo no duraría ni una semana. Pero lo hizo. A mitad de febrero, seguía ahí. Nuestra madre estaba encantada, por supuesto. Quedé una segunda vez con él para comprobar que estaba bien. De nuevo ese buen aspecto que me molestaba. Parecía gustarle el trabajo, no se le veía remolón, ni se quejó como había hecho en muchas ocasiones tiempo atrás. Se interesaba por Hugo, por sus avances en la escuela, por su salud.

—Tengo muchas ganas de verlo, pero sé que intentas hacer lo mejor para él y de verdad que lo entiendo —me aseguró—. Pero voy a demostrarte que no soy el mismo. Hagamos un trato: si a final de mes sigo en el trabajo, me dejarás verlo. Aunque sea un rato.

Acepté, sintiendo un batiburrillo de emociones. Una parte de mí estaba convencida de que, en breve, lo echarían o que se cansaría y volveríamos a lo mismo de siempre. Otra, una que trataba de confiar, se decía que las personas cambian. Esas partes chocaban entre sí, peleándose por hacer lo correcto. La que echaba de menos mi vida anterior, esa que soñaba con aquel magnífico empleo, rondaba todavía por ahí, para qué mentir.

En cuanto a Tina, no sabía a ciencia cierta si sospechaba algo. Tal vez no supiera por qué estaba más distraído y serio de lo normal, pero seguramente se había dado cuenta de que pasaba algo. No tenía un pelo de tonta. Me repetía una y otra vez que debía contárselo, que había confianza, que existía una gran conexión entre nosotros. Pero pasaban los días y me callaba, no me salían las palabras. Me costaba tanto expresar mis sentimientos...

Llegó finales de febrero y tuve que cumplir mi promesa, pues Pablo mantuvo su puesto de trabajo. Aún no le había dicho nada a Hugo, y me convencí de que era por no defraudarlo de nuevo, por si pasaba algo. Decidí mencionárselo un domingo en casa de mis padres. Mi madre nos había invitado a comer. Me preocupaba que Pablo se presentara allí y chafara mis planes, pero mi padre me dijo que le tocaba trabajar. Además, mi madre y yo también habíamos hecho un pacto: no le diría a Hugo que su padre había vuelto. La mujer estaba cumpliéndolo a rajatabla. Tendría que haberme parecido bien, pero me cabreaba porque me demostraba que Pablo seguía siendo su debilidad.

Durante la comida, me atreví a hacerle la pregunta a mi sobrino, bajo la atenta mirada de mi madre.

—Hugo, ¿te gustaría ver a tu padre?

El chiquillo arrugó la nariz y negó con la cabeza, gesto que me supo a victoria. Mi madre se cruzó de brazos al darse cuenta de que yo no decía nada más. Suspiré y me incliné delante del niño y le hablé en tono conciliador:

—Es verdad, Hugo. Nunca te he mentido, ¿no?

Mi sobrino abrió mucho los ojos y vi en su cara una ilusión enorme. Se me encogió el corazón.

—¿Papá ha vuelto?

Asentí con la cabeza. Con el rabillo del ojo, comprobé que

mi madre esbozaba una sonrisa satisfecha y una furia inusitada se encendió en mi pecho.

—¿Dónde está? ¿Está aquí? —preguntó Hugo, alzando la voz a causa de la excitación.

—No, hoy no. Está trabajando. Pero podemos verlo, si tú quieres.

—¡¿Cuándo?! —Sacudió las manos, nervioso.

—Cuando te apetezca.

Dos tardes después aprovechamos que habían cancelado la clase de natación porque el entrenador estaba enfermo para que Hugo se reencontrara con su padre. Quedamos en la misma cafetería en la que ya habíamos quedado dos veces. Me sudaban las manos y a mi sobrino también; la suya se escurría de la mía. Estaba visiblemente nervioso. No se podía negar que tenía muchas ganas de ver a su padre.

Cuando llegamos, Pablo ya estaba sentado a una mesa, de cara a la puerta. En cuanto nos vio, se levantó y esbozó una sonrisa. Hugo pegó un grito infantil y me soltó la mano, dejándome una sensación de frío en el pecho. Mi hermano se agachó y lo alzó en volandas; el niño lo abrazó con fuerza. Me acerqué a ellos despacio, pues me sentía fuera de lugar. Pablo susurró un «gracias» y me limité a asentir con la cabeza.

Casi dos horas después, Hugo y yo salimos de la cafetería. Él, parloteando más que en mucho tiempo. Yo, sin saber muy bien adónde ir. No me apetecía volver a casa. Después de ese encuentro, tenía claro lo que ocurriría tarde o temprano. Y tal vez era eso lo que debía ocurrir. Pablo aún no había mencionado que Hugo se fuera con él, pero lo haría. Al niño le había costado despedirse de su padre, incluso se le habían saltado las lágrimas.

—¿Y Tina? —preguntó mi sobrino de repente.

—Trabajando en la librería.

—¡Quiero verla! —exclamó sonriente. Seguía teniendo la nariz roja por haber llorado un poco—. ¡Quiero decirle que he visto a papá!

Eché la cabeza hacia atrás y suspiré. Bueno, era una forma de contárselo. En el fondo, a mí también me apetecía pasar un rato con ella. Sus ojos del color del cielo solían calmarme, sus sonrisas me daban paz. Si había alguien a quien necesitaba en aquellos momentos, sin duda era a Valentina.

Cuando llegamos a la calle de la librería, pasaban diez minutos de la hora de cierre. Pensé que tendría que haberle enviado un wasap para avisarla de que íbamos a buscarla. El escaparate, a lo lejos, se veía apagado. Sin embargo, a medida que nos acercábamos, vi a dos figuras hablando delante de la puerta. Una femenina y menuda. La otra masculina y bastante alta. Eran Tina y un hombre al que no había visto jamás. Quizá un cliente rezagado. Me pareció que los movimientos de ella eran un poco nerviosos. Tampoco me gustó cómo le sonreía él ni que estuviera tan cerca. Tina negaba con la cabeza y él, en un momento dado, alargó un brazo para poner la mano en su hombro, y ella se echó hacia atrás. Segundos después, el hombre se despidió y se fue. Tina desvió la mirada al suelo, pero enseguida la levantó para mirarlo. Me fijé en cómo se retorcía las manos.

Entonces Hugo la vio y corrió hacia ella.

—¡Tina! —gritó.

Ella pegó un brinco, como si la hubieran sacado de su mundo, y ladeó la cabeza hacia el sonido de la voz. Abrió mucho los ojos al vernos y, por unos segundos, me pareció que titubeaba.

—¡Hugo! —exclamó, inclinándose para recibirlo entre sus brazos—. ¿Qué hacéis aquí? —Levantó un poco la barbilla para mirarme.

Yo sonreí y me incliné con la intención de darle un beso en los labios. Y, aunque lo recibió, me pareció que estaba bastante nerviosa.

—Se ha empeñado en verte —le informé. Ella asintió, sin borrar la sonrisa. De manera disimulada, echó un vistazo calle abajo, por donde se había marchado el hombre. Dudé si preguntarle. No era un cotilla y ella tenía su vida. Pero su lenguaje corporal me indicaba que allí pasaba algo y, al final, no pude aguantarme—. ¿Quién era?

—¿Qué? —Tina pestañeó.

—El hombre con el que hablabas.

Volvió a titubear. Abrió la boca y la cerró un par de veces. Desvió los ojos, como si no se atreviera a mirarme.

—Era mi exmarido.

—¿Tu exmarido? —pregunté sorprendido. ¿El tío que le había destrozado el corazón? ¿El que la había tratado tan mal?—. ¿Ocurre algo?

—No... —Se mordió el labio inferior—. Solo quería hablar.

—¿Hablar? —A cada momento me dejaba más atónito—. ¿Sobre qué?

—Sobre nada en especial. Quería saber cómo me iban las cosas. —Alzó por fin la mirada y me sonrió de manera dócil. Por unos segundos me pareció que había cambiado, que aquella no era la Tina fuerte y segura que conocía—. La verdad es que ya ha intentado comunicarse conmigo antes y... —Se rascó el cuello y me estudió, preocupada—. Lo siento, Diego, sé que debería habértelo contado. Pero... no me sentía con ánimos.

—¿Te ha molestado?

—No, todo está bien.

—¿Por qué permites que se acerque a ti? —le pregunté con un tono de voz más duro de lo normal.

Me arrepentí de inmediato y me sentí culpable al ver la mirada entre apenada y enfadada de Tina. Joder, estaba irascible y preocupado por lo de mi sobrino y mi hermano y lo pagaba con ella. Pero, en el fondo, tampoco me hacía gracia que hubiera permitido que el cabrón de su exmarido se comunicara con ella.

—Yo no he permitido que...

—¡Tina, hoy he visto a mi papá! —la interrumpió de repente Hugo. Mierda.

Tina nos miró a uno y a otro con expresión de sorpresa.

—¿Cómo?

—Hemos estado con él. Me ha comprado un bocadillo para merendar.

Tina me miró con expresión de reproche. Asentí, sabiendo lo que pretendía decirme en silencio.

—Creo que deberíamos hablar, Diego.

—También tendría que habértelo dicho.

Ella se toqueteó una ceja mientras me miraba confundida. Entonces Hugo la cogió del brazo y se lo zarandeó para reclamar atención.

—Viviremos juntos otra vez, ¿verdad, Tina? —preguntó loco de contento—. Podemos vivir todos juntos —añadió.

—No creo que sea posible, Hugo —respondió Tina, acariciándole el cabello. Y luego volvió a clavar su mirada en mí.

La noté más extraña que de costumbre y caí en la cuenta de que lo había estado durante todo el mes. Pero yo también había andado distraído. Me pregunté, con una sensación de pesadez en el pecho, si se debía a la aparición de su exmarido. Joder, allí estábamos, mirándonos en silencio, dos personas que habían vivido el regreso de aquellos que habían puesto sus mundos patas arriba en muchas ocasiones. Y me entró un poco de miedo de que ese tipo volviera a destrozar a Tina. No había podido evitar fijarme en que era atractivo y rezumaba seguridad. Y sí, él le había causado mucho dolor. La había maltratado. Pero ¿hasta qué punto uno es capaz de dejar atrás el pasado por completo?

Esa noche, al verme reflejado en la mirada azul de Valentina, comprendí que hay personas que te salvan del vacío y otras... que te empujan a él.

35

Supongo que debería haberme enfadado más cuando Mario apareció por segunda vez en la librería. En esa ocasión fue más prudente: no entró, sino que esperó a que cerrara. Y era cierto que, al verlo en la acera de enfrente, me cabreé y pensé en lo que me había dicho mi hermana, que no estaba respetando mi decisión ni mi espacio. Pero entonces levantó una mano a modo de saludo y me dedicó una de esas sonrisas encantadoras y la tierra bajo mis pies se desestabilizó. Se me pasó por la cabeza echar a correr y no detenerme hasta llegar a casa, pero algo me retuvo, un enorme peso en las piernas y en los pies que me impedía dar un paso. Y su sonrisa acercándose. Yo enfadada, aturdida y nerviosa, sin ser capaz de reaccionar por el cúmulo de emociones que dominaba mi cuerpo. Supongo que tendría que haberle gritado que se marchara, pero de mi boca solo salió: «¿Qué haces aquí otra vez?». Ensanchó más la sonrisa y me miró de una forma que me recordó por qué una vez estuve enamorada de él. Me preguntó cómo estaba y sonó sincero. Luego me dijo que había encontrado algo mío entre las cosas que se llevó del ático del barrio de Salamanca y que quería devolvérmelo. Quise saber por qué no lo había traído y, tras unos segundos de silencio, me confesó que esperaba volver a verme. Mi enfado fue a más, pero quizá no demasiado o lo suficiente, y a lo mejor ahí estaba el problema... Antes de salir con él, durante y después. Le respondí que me lo enviara por correo —ni siquiera le pregunté de qué se trataba— y creí que insistiría o que se molestaría como antes... Pero Mario esbozó una sonrisa, se despidió de mí y no me dio tiempo a preguntarle si la figura que había visto en la esquina de mi calle era él. Me quedé plantada delante de la librería con el corazón retumbando a mil por hora. Cuando Diego y Hugo aparecieron, me preocupó que pudieran oírlo de lo fuerte que me parecía que sonaba.

Diego y yo tuvimos que hablar, por supuesto. No lo hicimos esa noche porque Hugo estaba cansado después de las emociones del encuentro con su padre. Pero al día siguiente, cuando lo dejó en natación, pasó por mi casa y, nada más entrar y cerrar la puerta para estrecharme entre sus brazos, supe que intentaba mantenerse —mantenernos— a flote. Y era lo que yo deseaba, a pesar de todo. Por eso recibí sus labios con ganas y me aferré a ellos, a su sabor inconfundible. Me dejé llevar en brazos hasta el dormitorio y le quité la ropa mientras él hacía lo propio con la mía. Cuando nos quedamos desnudos, nos miramos y sonreímos. Sabía que, en algún momento, tendríamos que desnudarnos de otro modo... de ese que me asustaba y me gustaba a partes iguales. Me asustaba porque no tenía claro cómo explicarle lo que ocurría en mi cabeza y, sobre todo, en mi cuerpo. Me gustaba porque adoraba a Diego cuando se sinceraba conmigo con una copa de tinto en la mano y estaba dispuesta a escuchar todo lo que quisiera contarme sobre su vida y sobre él.

A pesar de que no teníamos mucho tiempo, se afanó en darme placer. Sus manos recorrieron mi vientre contraído hacia mi pubis.

—Estás... muy mojada... —gruñó cerca de mi oído.

Y era cierto. Siempre lograba que mi sexo se muriera por sus dedos, su lengua, sus labios, su erección.

Me encantaba cuando extendía la humedad por mis labios y cuando la habitación se llenaba de besos empapados en saliva, de jadeos y suspiros y de pieles que iban en busca de más. Diego siempre sabía cómo hacer que mi espalda se arqueara, cómo arrancarme un gemido tras otro. Amaba la sensación que me provocaban sus dedos internándose en mí, moviéndose en círculo, presionando el lugar exacto donde se perdía cualquier miedo. Me moría de deseo con sus besos, con sus labios que envolvían mi boca, y con su lengua experta luchando con la mía. Adoraba que me dejara marcar el ritmo cuando me penetraba. Casi siempre lo hacíamos conmigo a horcajadas; disfrutábamos más en esa postura. Me sentía bonita y deseada en su mirada y me encantaba acariciarle el pecho, el pirsin, buscarle el tatuaje cuando se incorporaba y se unía a mí para besarme de nuevo. Me gustaba dejar que me rodeara con los brazos porque notaba que me recomponía. Entonces, cuando se corría, su rostro cambiaba, se abandonaba y su mirada se tornaba borrosa, y yo toqueteaba su cara, pasaba los dedos por sus labios entreabiertos y él cerraba los ojos apenas una milésima de segundo y me mordía las yemas, y después los abría e intentaba mirarme y pronunciaba mi nombre completo, «Valentina», y me dejaba arrastrar también por las olas del orgasmo, y él se bebía mis gemidos y susurraba palabras que me estremecían.

Con él, el sexo solía ser como una droga que me arrancaba de mi cuerpo y me hacía chocar con el techo. Con él, siempre disfrutaba de cada una de las sensaciones como nunca lo había hecho, y esa tarde no fue distinta. Esa no, aunque creo que la siguiente sí, la que marcaría el cambio y el camino cuesta abajo.

Hablamos una vez vestidos, pero aún en la cama. Empezó él, como si las palabras le estuvieran ahogando. Me confesó que, desde finales de enero —no me esperaba que la situación hubiera empezado hacía un mes—, todo había sido un caos, que estaba más liado que nunca, que Pablo había regresado y que sabía que Hugo tendría que volver con su padre. Se disculpó por no haberme dicho nada, pero me explicó que siempre le había costado mucho hablar de esos temas. Lo sabía; por eso no me enfadé. Y porque estaba en las mismas.

—¿Y si no es lo mejor para él? —pregunté preocupada.

Diego se reclinó en la almohada y me miró con una pequeña sonrisa, una que se me antojó bastante triste.

—Esta tarde lo he visto más contento que nunca, Tina. Y es porque ha estado con mi hermano. —Cogió aire y lo soltó despacio—. Hicimos un trato: iríamos viendo cómo se desarrollaban los acontecimientos, pero... De momento van bien. A Pablo nunca le había durado tanto un trabajo y no ha parado de interesarse por todo lo referente a Hugo. —Se acercó un poco a mí y me acarició un mechón suelto. Me observaba pensativo—. ¿Y si las personas pueden cambiar de verdad, por mucho que creamos que no?

Esas palabras se colaron en mi mente con gran ruido. Sin embargo, no pude pensar en ellas en ese momento porque Diego me esperaba. Era mi turno. Se lo conté todo, estudiando cada uno de sus gestos con tal de averiguar qué opinaba, qué sentía, qué le parecía. Me daba miedo que me juzgara, que me mirara con reproche o con desprecio... pero no ocurrió nada de eso. Simplemente alargó un brazo y me acarició la mejilla con tanta ternura que el estómago se me encogió.

—¿No estás enfadado? —le pregunté.

—¿Por qué iba a estarlo?

Titubeé. «Mario lo habría estado», pensé. Y ese pensamiento debería haberme advertido de que no debía volver a acercarme a mi exmarido.

—Diana se cabreó mucho conmigo.

—Es comprensible, ella lo vivió todo, ¿no? —Los dedos de Diego siguieron paseando por mi rostro; cerré los ojos y comencé a sentirme culpable—. ¿Vas a quedar con él?

—¡Por supuesto que no! —Había alzado un poco la voz y soné más a la defensiva y menos segura de lo que había pretendido. Diego no dijo nada, solo me miró de manera más profunda—. Lo nuestro se acabó en todos los sentidos —me apresuré a añadir.

—No soy nadie para decirte con quién tienes que quedar. Lo que me preocupa es que te haga daño, Tina. Es lo único que me importa. Si ese cabrón te... —se interrumpió y los dientes le rechinaron.

Parecía realmente enfadado, así que me impulsé hacia él y traté de calmarlo con un suave beso en los labios.

—Pero como eso no va a ocurrir, puedes estar tranquilo —le aseguré sonriente.

Después me daría cuenta de que en ese momento empecé a comportarme como una traidora. Que empezaba a ser un poco más la Tina de antes y menos la Tina que se había prometido dignidad y respeto.

Diego juntó su boca a la mía una vez más. Noté que el corazón se me aceleraba y no tuve bien claros los motivos.

—La primera vez que te vi, no podía imaginar que te convertirías en alguien tan importante para mí, Valentina —me susurró al oído.

Escondí el rostro en su hombro y esbocé una sonrisa con los ojos cerrados. Sabía que esa era su manera de decirme que me quería, y en cualquier otro momento me habría sentido muy feliz. Sin embargo, esa tarde me quedé con la sensación de que algo comenzaba a cambiar en mí. En lugar de irme a cenar con Hugo y con él, como otras noches, preferí recogerme en mi despacho y leer un libro. Me apetecía más estar sola. Debería haberme dado cuenta de que eso siempre me ocurría en dos situaciones completamente distintas: cuando estaba serena y bien y cuando en mi interior bullía el desconcierto. En esa ocasión se trataba de lo segundo, porque las palabras de Diego no habían parado de repetirse en mi cabeza: «¿Y si las personas pueden cambiar de verdad, por mucho que creamos que no?».

Esa noche, hecha un ovillo en mi cama, debería haber reflexionado sobre lo que solía decirme mi terapeuta tiempo atrás: «Si alguna vez piensas en tu exmarido, descubrirás todo lo que estuvo mal desde un principio, pero el problema es que, seguramente, también recordarás los momentos bonitos y entonces acabarás pensando en los aspectos positivos de aquella relación. Eso puede ser bueno si eres capaz de colocar en una balanza todo lo positivo y todo lo negativo y te das cuenta de por qué te alejaste de él y de que no debes volver a acercarte. No obstante, a veces no somos objetivos y solo nos enfocamos en lo positivo. ¡No puedes permitírtelo, Tina! Si alguna vez sientes la tentación de volver a verlo, de hablar con él o incluso de retomar la relación... pregúntate si te pareció justo lo que viviste con él y cómo te afectó».

Pero no lo hice... Solo les di vueltas y más vueltas a las palabras de Diego.

Marzo comenzó a asomar la cabecita y recibí otro wasap de Mario que no mencioné a nadie, a pesar de que mi hermana me había preguntado más de una vez si había vuelto a comunicarse conmigo.

> Juro que lucho conmigo mismo para no escribirte...

Así comenzaba el mensaje, y lo cerré para no seguir leyéndolo, aunque no lo borré. Al final, como una estúpida caí.

> ... pero no lo consigo. Últimamente he pensado mucho en ti, Tina. No estoy pasando por un buen momento y he recordado aquellos en los que te lo hice pasar mal. Sé que soy el único culpable de todo lo ocurrido, el que propició tu marcha. También sé que no quieres verme, y lo entiendo y lo respeto. Te enviaré lo que encontré entre las cosas del piso, quizá ahora te venga bien y puedas hacer lo que querías. Aun así, si al final cambias de opinión sobre lo de vernos...

Si Diana hubiera descubierto ese mensaje habría puesto el grito en el cielo y le habría insultado hasta cansarse. Mi terapeuta habría concluido que era chantaje emocional. A mí solo se me venían a la cabeza algunas palabras clave como «he pensado en ti», «no estoy pasando por un buen momento», «soy el único culpable», «lo respeto». Y deseaba gritar, gritarme... porque no era tan fuerte como creía, no estaba libre de su influjo. En el fondo, sabía que no bloquearlo o no tomar las riendas en el asunto me llevaba a desandar todos los pasos dados. Maldita sea, había odiado a Mario, le había despreciado, de modo que... ¿por qué me parecía que lo que sentía, al recibir esos mensajes, era que le echaba un poco de menos? Había aprendido a vivir sin él y por nada del mundo debía olvidar eso. Era consciente de la lucha interna que se avecinaba, pero no le puse freno.

Ese mes Diego empezó a dejar a Hugo con su padre. Primero, alguna tarde suelta; después, alguna noche para dormir. El segundo fin de semana el niño se quedó desde el viernes hasta el domingo y, aunque Diego intentó aparentar tranquilidad e indiferencia, yo sabía que mentía.

Como yo... También yo me había convertido en una mentirosa. Recibí el paquete de Mario y resultaron ser los apuntes de mis oposiciones. El corazón me dio un vuelco. Había una nota con los papeles.

> Te recuerdo frente al gran ventanal del salón estudiando toda la noche. Al día siguiente te ibas a trabajar sin haber pegado ojo. Dios, qué fuerte y valiente eras, Tina. Y yo, qué cobarde. Me sentía inseguro, ¿sabes? Porque al final, en nuestra relación, tú eras la que podía con todo. Sin lugar a dudas, podrías haber conseguido lo que te hubieras propuesto, pero yo tenía miedo de que me abandonaras. Eras tan bonita, tan luchadora, tan sonriente, tan llena de vida... Y yo un niño de papá y mamá que se esforzaba por tenerlo todo bajo control. Por eso te envío tus apuntes, Tina, porque sé que puedes ser una maestra maravillosa. Ojalá te animes a intentarlo de nuevo. Mario.

El mensaje que me envió al móvil lo borré, pero esa nota no la rompí ni la tiré.

Diego y yo comenzamos a ser distintos. ¿Qué nos estaba pasando? ¿En qué nos estábamos equivocando? Él tenía más tiempo gracias a que el padre de Hugo había regresado, y se suponía que yo estaba enamorada, pero esas tardes y noches de marzo fueron distintas a las otras ocasiones en las que tomábamos un café y dulces, le leía un libro mientras le acariciaba el pelo, me hablaba de sus películas favoritas o acabábamos explorándonos en la cama. Ambos andábamos tan perdidos que no nos encontrábamos al mirarnos.

Y no sé cómo, ese marzo acabé aceptando ver a Mario.

Fue a raíz de un nuevo mensaje. Me dijo que se encontraba mal y que no tenía a nadie con quien hablar. Le contesté después de rumiarlo mucho, de pasarme horas en la librería lanzando miradas de reojo al teléfono, de cogerlo y sostenerlo entre mis temblorosas manos unas cuantas veces. Me explicó que a su abuela le quedaba poco tiempo de vida. La abuela paterna de Mario rondaba los noventa y pico y era la única persona de su familia que me había tratado bien durante toda nuestra relación y posterior matrimonio. La recordaba llena de energía, sonriente y amable, y noté un pinchazo en el pecho cuando Mario me escribió confesándome que tenía cáncer de pulmón y que no aguantaría ni dos meses. Le dije que lo sentía mucho y que, si necesitaba algo... Y ese fue mi error, ya que me pidió vernos. Me pasé varios días pensándolo y todavía hoy no sé a ciencia cierta por qué le respondí con un sí. Quizá me sentía en deuda porque me había devuelto el temario de las oposiciones. Solo con ese sentimiento debería haber comprendido que seguía cometiendo los mismos errores del pasado.

Como no quería que él viniera por mi barrio —me parecía que era demasiado, como irrumpir en mi nueva vida— y tampoco me apetecía pisar el barrio de Salamanca, quedamos en una cafetería de la Gran Vía. Cuando llegué, cinco minutos antes, él ya estaba dentro; al verlo, me tembló todo y me llené de muchas emociones completamente contradictorias. Pensé que estaba guapo —y me reñí—, pero parecía cansado y preocupado. Entré en la cafetería y avancé despacio, estudiando su semblante. Por mi cabeza se deslizaban unas cuantas imágenes de nuestra vida en común, como si fuera el tráiler de una película. A punto estuve de largarme, de ponerle freno a aquella locura, pero me vio y me dedicó una sonrisa. Su sonrisa. Frené. Dudé. Avancé de nuevo. «Esto no significa nada», me dije. Me llegó el aroma de su perfume, tan familiar para mí. «Nunca volveré con él», pensé. «¿Qué haces aquí? No ha cambiado, ¿por qué le das la más mínima oportunidad? Si está pasándolo mal, que le den», me reprochó una voz parecida a la de mi hermana. «Es el mismo ciclo. Es como el síndrome de Estocolmo, Tina», recordé que dijo mi terapeuta. Y con todos esos pensamientos martilleándome en la cabeza, llegué a su mesa y Mario se puso de pie. Creí que intentaría darme un abrazo y entonces lo hubiera empujado, pero lo único que hizo fue quedarse ahí plantado mirándome. Yo también lo miré, tratando de demostrarle que era una nueva Tina y que mi presencia allí no significaba nada.

—Te he pedido un café con leche.

«¿Ves? Igual que antes. Decide por ti.» Me mordí el labio inferior y negué.

—Gracias, pero no me apetece.

Le dejé sentado con cara de sorpresa y me dirigí a la barra para pedir, aunque también me servía de excusa para serenarme. ¿Por qué había ido? Me arrepentía. La camarera me miraba, esperando que le dijera qué quería tomar.

—Una Coca-Cola, por favor.

Me giré para ver qué hacía Mario. Estaba de espaldas, pero vi que jugueteaba con la cucharilla de su café. También parecía nervioso. ¿Y si realmente había cambiado? ¿Y si el único problema había sido que éramos de esas personas que no sabían estar juntas? A lo mejor éramos tormenta y no sabíamos llegar a la calma.

La camarera me tendió el botellín y un vaso con hielo y una rodaja de limón. Lo cogí y regresé a la mesa. Cuando me senté delante de Mario, no pude evitar pensar en lo que sentiría mi familia si descubriera que, después de todo, me había encontrado con mi exmarido. Me avergoncé de mi propia actitud. El silencio llenó la cafetería, a pesar de que había varias personas conversando y otros sonidos propios de un lugar como aquel. Creí que el pecho me explotaría con un montón de cosas que quería decirle y que, en cambio, se me enganchaban en la garganta como tanto tiempo atrás.

—Te agradezco que hayas aceptado quedar conmigo, Tina. De verdad, no sabes cuánto —dijo por fin.

No abrí la boca. Bebí del refresco como si me muriera de sed. Mario me miraba y yo recordaba, y aquello no estaba bien porque había creído que le detestaba y, sin embargo, no lo hacía lo suficiente o quizá no de la manera correcta.

—¿Cómo están tu padre y Diana? —me preguntó.

—No he venido para hablar de ellos ni de mí —repliqué—. Solo quería decirte que me sabe muy mal lo de tu abuela. Sé lo importante que es para ti.

Mario asintió y sus ojos claros se oscurecieron.

—Está siendo un proceso duro. Todos sabemos que ya es mayor y que tenía que pasar tarde o temprano, pero ella no se hace a la idea y… —Se cortó de golpe y se llevó una mano a la cara para frotarse los ojos. Cuando volvió a mirarme, los tenía enrojecidos—. Contigo, las dificultades resultaban más llevaderas.

Me revolví en el asiento.

—Tampoco he venido para que me digas cosas como esas. Es injusto, Mario.

—Tina, no pretendo nada. Te lo juro. —Alargó una mano por encima de la mesa y yo me asusté tanto que la retiré de inmediato—. Perdona, ha sido un acto reflejo. —Suspiró y echó la cabeza hacia atrás—. El estudio tampoco marcha bien. El mercado inmobiliario no pasa por un buen momento, ni siquiera el de lujo… Y mi padre, como de costumbre, no deja de presionarme…

—¿Por qué no hablas de todo esto con tus amigos? O con un psicólogo —añadí, y por unos instantes noté una poderosa energía en mi interior, sobre todo al apreciar el gesto sorprendido de Mario.

—Porque tú siempre me entendías —respondió al cabo de unos segundos.

—¿Lo has olvidado todo? ¿Todo lo que… lo que me hiciste? —me atreví a decirle.

—Si te pedí que nos viéramos es precisamente porque me acuerdo de todo, Tina.

—¡Incluso durante el proceso de divorcio intentaste joderme! —exclamé, empezando a enfadarme.

No dijo nada y un pensamiento acudió a mi cabeza: «El antiguo Mario te habría recriminado que le avergonzaras en público. Quizá… quizá ha cambiado». Quise golpearme.

—Era otro hombre. Uno estúpido que...

—No vayas por ahí, Mario. Conozco tus trucos.

Calló. Nos quedamos así hasta que el ambiente se enrareció y murmuré:

—No debería haber venido. Ha sido un completo error.

—Tina...

Me incorporé tan rápido que asesté un golpe a la mesa y la taza de café y el vaso de mi refresco se tambalearon. Un par de personas nos lanzaron miradas disimuladas.

—No vuelvas a enviarme mensajes, Mario. Ni regalos, ni nada. Si lo haces, tomaré medidas —le dije de manera mecánica, sin mirarlo a la cara.

Pensé que era una farsante que trataba de convencerse de que había aceptado quedar con él para cantarle las cuarenta. Me dirigí a la salida a toda prisa, como huyendo de mí misma. Supe que Mario me había seguido en cuanto planté un pie en la calle. Me giré y lo miré con rabia, pero entonces descubrí sus ojos apenados y algo en mí se resquebrajó.

—Basta, Mario. En el divorcio todo quedó claro. Tú con tu vida, yo con la mía.

—No estoy pidiéndote nada. Lo único que quería era saber que las cosas te van bien, que eres feliz.

—Pues ahora que ya lo sabes, se acabó por completo.

Él se frotó los labios con un par de dedos. En su mirada había un sentimiento que nunca le había visto: ¿arrepentimiento? No podía ser, porque las personas como Mario no cambiaban, ¿cierto? Siempre había sido un buen actor. Debía estar actuando...

Me di la vuelta dispuesta a marcharme y me agarró del codo con suavidad. De nuevo recuerdos en mi cabeza. Bonitos, feos, dolorosos, felices. ¿Hubo de esos? Sí, los hubo, y no quería otorgarles espacio alguno.

—No me toques —le espeté entre dientes, sin girarme.

Obedeció de inmediato. Tendría que haberme marchado en ese instante, pero una fuerza incoherente me retuvo allí y, a mi espalda, Mario dijo:

—Me duele, Tina, me duele tanto... Me duele en las venas el recuerdo de tu mirada triste por mi maldita culpa.

Me temblaron las manos y los ojos empezaron a escocerme. No iba a echarme a llorar por esas palabras. No podía ser que Mario estuviera realmente arrepentido. Mi terapeuta me había dicho que en algunos casos ocurría, pero eran minoría. Y si durante todos los años de matrimonio él no había cambiado, ¿por qué ahora? «Porque a veces las personas se dan cuenta de lo que tenían cuando lo pierden». La Diana de mi cabeza se carcajeó con ese pensamiento y soltó: «No, cariño. Él siempre supo lo que tenía, pero era tan orgulloso que nunca pensó que podía perderlo». Me di la vuelta para enfrentarme a él. Sus ojos seguían manteniendo una sombra apesadumbrada.

—Ya basta —murmuré, aunque me tembló la voz.

Se metió una mano en el bolsillo y sacó un sobre. Me lo tendió y lo observé sin ser capaz de reaccionar.

—Es una carta con todo lo que querría haberte dicho mucho antes.

Pensé en arrebatársela con toda la furia posible y romperla en mil pedazos delante de su cara. Dudé de él, dudé de mí. Me vi aceptándola como fuera de mí misma. Mis dedos rozándola y luego cogiéndola. Un autómata sin voluntad. Me vi marchándome sin despedirme, con el pulso latiéndome por todo el cuerpo. Vi mis pies pisando el felpudo de bienvenida de mi casa, pero continuaba sin reconocerme.

Esa noche hice caso omiso a la carta. La dejé en el fondo de la mochila y abrí la puerta a Diego cuando llamó para preguntarme si quería que pasáramos la noche juntos, ya que Hugo se quedaba con su padre. Hicimos el amor en silencio y, a pesar de todo lo que bullía en mi interior, me di cuenta de que Diego tampoco era el mismo. Lo quería, de verdad que lo quería. Pero notaba que se me iba escapando de las manos. Todo, todo lo que había ido construyendo empezaba a escurrirse. Y ya no sabía si se trataba de él, de mí, o de los dos.

Esa noche no leí la carta, pero soñé con la mirada apesadumbrada de Mario y me desperté empapada en sudor con Diego a mi lado, durmiendo profundamente. Me abracé a él con desesperación para no perderme.

36

Siempre me acordaré de la primera vez que te vi en aquel pub. Tan llena de vida y luz. ¿Te las arrebaté yo? No sabía que era una persona violenta. Y lo era, ¿verdad? Porque la violencia presenta muchas formas. He entendido la cantidad de violencia que podemos ejercer sin darnos cuenta. No empezó contigo, Tina. Creo que, de pequeño, ya lo era. Me peleaba con otros niños día sí y día también. Los profesores se justificaban ante los otros padres. Los míos soltaban mucho dinero en cada uno de los colegios a los que fui. Visité a un psicólogo de adolescente: en una sesión familiar, dijo que en casa me reprimían demasiado. Y ya no acudí más porque mis padres se molestaron. Siempre hubo excusas para mis arranques de furia, pero en realidad las personas que somos violentas —de cualquier forma posible— tenemos que asumir que todo el tiempo que pasas intentando justificarte no es válido. Creo que llegué a todo eso por miedo, como si fuera un maldito virus que se va extendiendo por todo tu ser. Te metes en una rueda de hámster, te perdonas, te engañas... y van sucediéndose los episodios de estallidos y perdón.

Estaba enamorado de ti, Tina, eso no es mentira. Eras una persona tan independiente, tan segura... Y empecé a tener miedo a todo: al negocio, a no ser suficiente para ti, a perderte. Era como una lucha de poder. Comenzaron a molestarme actitudes tuyas que antes me atraían. A veces, hasta cuando hablabas, me cabreaba. Me adentré en un camino en el que solo me parecía lógico el enfrentamiento. Todo lo que hacías lo vivía como una provocación, un desplante, una agresión hacia mí... Menudo cobarde, ¿no, Tina? Y luego estaban todos esos estereotipos que nos enseñan desde bien temprano en casa, al menos a mí. Mi madre diciéndome que eras demasiado amable con todos, incluso con los hombres. Mi padre convenciéndome de que era yo el que debía tener más éxito. Algún amigo, al salir de fiesta, diciéndome que eras una pesada si me llamabas. Yo culpabilizándote de cualquier estupidez.

He entendido que ser buena persona es muy difícil, Tina, y realmente tú lo eras. Lo fácil es ser un cobarde y un cabrón. Antes siempre estaba en un estado constante de alerta, como un semáforo a punto de ponerse en rojo todo el rato.

Durante este tiempo he estado yendo a terapia. Me lo recomendó mi primo. Él es buena persona, tal vez el único que se dio cuenta de que algo no marchaba bien en mí. Al fin y al cabo, me conoce como a un hermano. Y siempre te apreció. Creo que no me ha ido del todo mal. El terapeuta me animó a escribirte para decirte todo lo que me cuesta en voz alta. Lo de quedar contigo fue idea mía, no suya.

Solo me queda decirte que me alegra que te vaya bien, en serio.

MARIO

37

Por favor, Tina, dime que vendrás. —Mi amiga Julia juntó las palmas a modo de súplica. Sonreí y, al final, asentí. Soltó la bolsa con el último libro que había comprado y se lanzó a abrazarme. Me animaba su espontaneidad—. Trae a quien quieras, en serio. A tu hermana, a tu chico... —Movió las cejas de arriba abajo y yo chasqueé la lengua, divertida.

—¿Cómo andas, Julia? —la saludó don Vicente, que volvía de tomarse un café. Ella le dio dos besos, como de costumbre—. ¿Qué te llevas hoy?

La chica sacó el libro de la bolsa y el librero leyó el título en voz baja:

—*Repostería vegana.*

Julia se encogió de hombros, con una sonrisa de oreja a oreja.

—Mi chico se ha hecho vegetariano y me parece una buena oportunidad para experimentar.

—Habrá que probarlo, ¿no? —El hombre le dio una palmadita en el hombro y se dirigió a la escalera de caracol.

—¿A qué hora quieres que nos veamos? —le pregunté a Julia.

—La fiesta comienza a las ocho; ya sabes cómo son los guiris con sus horarios. Pero como estarás todavía por aquí, podemos quedar a las nueve. No te preocupes, no seremos los únicos en llegar tarde.

Julia me había propuesto que la acompañase a una reunión con un adinerado matrimonio extranjero que acababa de comprarse un piso en Madrid. En realidad, habían invitado a su pareja que, como era jefe de estudios en una academia de idiomas centrada en español para extranjeros, solía acudir a ese tipo de eventos. Según me explicó, para ellos era normal celebrar una fiesta de bienvenida y abrir la puerta de su casa no solo a amigos, sino a los amigos de estos y a conocidos. Ella no quería ir sola porque, en alguna ocasión, se había aburrido bastante ya que no dominaba el inglés. Y, claro, los anfitriones solían llevarse a su chico y presentárselo a otros extranjeros que a lo mejor también buscaban clases de español.

Pensé que podía comentárselo a Diego porque justo esa noche Hugo no estaba en casa. Su padre lo había recogido el día anterior. Ya no solo se lo llevaba los fines de semana, sino también los días de colegio, para probar que era capaz de compatibilizar el trabajo con los horarios del niño. Y yo, como notaba que Diego sentía la casa vacía por mucho que no dijera ni mu sobre ello, intentaba animarlo. Además, me vendría bien la distracción y, como últimamente no pasábamos por un buen momento —increíble que dos personas que ni siquiera habían formalizado su situación de pareja estuvieran ya en un bache, ¿no?—, tal vez nos sirviera para divertirnos.

—¿Dónde quedamos?

—Luego te paso la ubicación, guapa. —Julia se despidió de mí con un beso al aire.

Le mandé un wasap a Diego para contarle el plan. Tardó en contestarme, seguramente porque también estaba en el trabajo. Me dijo que no había dormido muy bien y que estaba cansado. A mediodía, cuando sabía que tenía la pausa para la comida, lo telefoneé.

—Será divertido, Diego. Y de paso practicas inglés.

—Lo tengo bastante oxidado —reconoció, aunque lo noté un poco más animado.

—Volveremos pronto, que mañana todos tenemos que trabajar —le prometí.

Quedamos en que me recogería en la librería, ya que no me daba tiempo de volver a casa. No iba muy arreglada para la ocasión, así que crucé los dedos para que la fiesta no fuera demasiado elegante. Media hora antes de cerrar la librería, escribí a Julia para que me pasara la localización. «¡Perdona, guapa, es que he tenido un día de locos! Aquí la tienes.» Y cuando abrí Google Maps para ver adónde debíamos ir, el mundo se me cayó a los pies. En pleno barrio de Salamanca. Me había jurado que no volvería a pisar aquella zona si no era por una cuestión de vida o muerte. A punto estuve de ponerle alguna excusa a Julia e ir con Diego a cenar a un restaurante bonito. Sin embargo, me parecía una actitud bastante cobarde. Ir allí no significaba que tuviera que encontrarme con Mario. Si lo hacía, me demostraría que había superado mis inseguridades y mis miedos, como una persona adulta. Pensé que menuda casualidad, pero a decir verdad no era extraño que unos extranjeros ricos se asentaran en ese barrio.

Cuando llegó Diego, ya estaba sola en la librería dispuesta a cerrar. Me besó en los labios con más ganas que en las últimas semanas, atrapándome de la cintura para estrecharme contra su cuerpo. Me sonrió al separarnos.

—¿Qué pasa? —le pregunté con curiosidad.

—Tenía ganas de verte, Tina. Y de besarte, para qué mentir.

Me reí, sacudiendo la cabeza. Los cambios de humor de Diego no acababan de pillarme desprevenida del todo porque lo había conocido en su peor momento. Y porque yo también estaba un poquito así. Traté de disimular y no me costó hasta que llegamos a la calle donde habíamos quedado con Julia y su novio. Como no encontramos sitio para aparcar, Diego metió el coche en un parking.

—Aquí todo cuesta un ojo de la cara —le dije, al leer los precios—. Lo pagaremos a medias.

Negó con una sonrisa y me tomó de la cintura. Mi amiga nos esperaba una calle más abajo y, en cuanto nos vio, hizo aspavientos exagerados con los brazos. Tras las presentaciones de rigor —era la primera vez que yo veía a su pareja y que ella hablaba con Diego— nos dirigimos al lugar de la fiesta. Se trataba de un edificio señorial, de esos con portero de toda la vida. Un cartel en la pared junto al ascensor anunciaba la celebración.

—¡Cómo son estos extranjeros! —exclamó Julia, divertida.

—Tienen muchísima pasta —nos informó Raúl, su pareja—. Antes vivían en Málaga, pero decidieron mudarse y probar qué tal les iba la vida madrileña.

Eran alemanes, el marido había sido un arquitecto bastante conocido en su país. Tragué saliva cuando escuché cuál fue su profesión. Llegamos hasta el último piso y nos encontramos en la entrada de lo que, sin duda, era un ático impresionante. Enseguida nos asaltó una mujer muy maquillada que se presentó como la anfitriona. Se llamaba Monika y resultó ser bastante simpática. Nos entregó una copa de champán a cada uno y nos guio por la vivienda, parloteando sobre ella en un español decente: ciento noventa metros cuadrados, todo exterior, tres habitaciones enormes —una con un vestidor por el que Diana habría matado—, comedor con chimenea y salida a la terraza —en la que varias personas comían, bebían y charlaban—, tres cuartos de baño completos —uno con *jacuzzi*—, todo reformado. Parecía muy orgullosa de la nueva adquisición, a pesar de que nos aseguró que había sido su marido el que había conseguido unas condiciones estupendas. Estiraba el cuello una y otra vez, en un intento por encontrarlo, hasta que se cansó. Estuvimos charlando un poco más con ella en el salón, con lo que aprecié que, a pesar de la cantidad de dinero que tendrían, no parecía una esnob. Mi mente voló hacia otro ático y otra mujer rica —mi exsuegra, por supuesto— que se comportaba como alguien superior. Todo mi cuerpo se tensó y, sin ser consciente, mis ojos buscaron caras conocidas pero no deseadas. Diego se dio cuenta y se inclinó para preguntarme al oído, en un susurro:

—¿Te encuentras bien?

—Claro, ¿por qué?

—Te veo un poco pálida. —Frunció el ceño.

—Es el champán. —Alcé la copa, tratando de esbozar una sonrisa.

La señora alemana se llevó a Raúl para presentarle a otro matrimonio que buscaba una academia de español.

—¿Ves, Tina? Lo que te decía. —Julia se encogió de hombros y se acercó a una mesa en la que habían dispuesto un montón de comida. Cogió una especie de canapé y lo olisqueó—. ¿Qué será esto? —Lo probó y asintió, como aprobándolo—. Está rico. Chicos, disculpadme si no os gusta mucho el ambiente...

Miró alrededor. Estábamos rodeados por muchas personas, casi todas extranjeras, que iban muy bien vestidas.

—No te preocupes, no es la primera vez —contestó Diego. Le lancé una mirada y le explicó a Julia—: En mi anterior trabajo, en ocasiones, tenía que convencer a grandes ejecutivos de que los productos que les ofrecía eran los mejores, y se movían en ambientes como este.

—Viajaba bastante —añadí y, durante unos segundos, me pareció que la mirada animada de Diego cambiaba y se oscurecía.

—¿Cuánto pensáis que cuesta este champán? —inquirió Julia.

—Es un Laurent-Perrier —dijo Diego—. No es de los más caros, unos cien euros. Pero he visto algunas botellas de Dom Pérignon que rondarán los trescientos euros.

—¿Trescientos euros? —Mi amiga levantó la copa y la hizo rodar entre los dedos—. ¿Y a nosotros nos han dado el barato? ¡Bah! —Se bebió lo que quedaba de un trago y luego dirigió la atención a Diego—. Y tú... ¿eres un experto en champán o qué?

—Alguna vez tuve que soltar billetes para camelarme a potenciales clientes con botellas como esa. O para celebrar el cierre de un trato —añadió, ya que Julia y yo lo mirábamos con los ojos muy abiertos.

—¡Vaya! ¿Y tenías que pagarlas tú o los jefes? —preguntó ella, con auténtica curiosidad.

—Depende.

—Entonces trabajarías para una empresa muy importante —continuó Julia.

Por un momento, pensé que Diego se sentiría incómodo hablando sobre ese tema, tal y como le ocurría cuando le conocí, pero al mirarlo vi una sonrisa orgullosa y un brillo inusual en sus ojos.

—Bastante, sí —reconoció, encogiéndose de hombros, como si no fuera con él.

Ya sabía lo mucho que amaba su anterior trabajo. Me había hablado de lo duro que había sido llegar hasta allí escalando desde abajo. Pero durante todos esos meses en que nos habíamos encontrado y desencontrado, llegué a creer que, en su vida, se habían hecho hueco otras cosas. Esa noche, sin embargo, me di cuenta de que quizá el éxito profesional seguía siendo lo que más deseaba, y no pude evitar notar un pinchazo en el pecho. Tal vez mi corazón sabía que, si volvía a presentársele una magnífica oportunidad, no dudaría ni un segundo. Y lo entendía, por supuesto. Jamás le habría puesto en la tesitura de elegir, ni a él ni a nadie, porque ya me había visto en ese lugar y era muy doloroso... Era privar de la libertad con la que todos nacemos. Quería a Diego, pero lo quería libre. Lo quería volando, escogiendo sus propias alas y su propio cielo. Y también lo habría querido libre conmigo, aunque comenzaba a pensar que, con un hombre como Diego, eso no era tan sencillo.

Al darse cuenta de que lo estaba observando con suma atención, se volvió hacia mí y me dedicó una sonrisa. Le acaricié la punta de los dedos con los míos y me correspondió.

—Voy un momento al baño.

—¿Quieres que te acompañe? —me ofrecí.

—No, tranquila. Quédate con Julia.

Las dos guardamos silencio mientras él se perdía entre toda la gente que llenaba el gigantesco salón. Julia abrió la boca para decir algo, pero justo en ese momento apareció su novio con un señor de avanzada edad y gesto bonachón. Nos lo presentó como el dueño del piso, Jürgen, el esposo de Monika.

—Espero gusta fiesta —dijo, con un español peor que el de su mujer.

Asentimos y él hizo una señal a un camarero que andaba por allí para que nos rellenara las copas. Otra camarera se acercó apresurada con una bandeja de canapés.

—No se preocupe, ya hemos comido algo —le informó Julia, aunque, en el fondo, parecía encantada.

—¿Te gusta ático? —preguntó Jürgen a mi amiga.

—Es precioso… ¡y enorme!

Se nos unió Monika, con su sonrisa de oreja a oreja. Rodeó a su marido por los hombros y nos comentó:

—Jürgen ha trabajado con uno de los estudios de arquitectura más importantes de Madrid. Como él también fue arquitecto, quería contar con alguien que tuviera su mismo concepto de diseño. —La mujer miró a su marido, quien asintió con afectación—. El estudio se llama Fernando Fajardo Arquitectos. ¿Lo conocéis?

El estómago se me contrajo al escuchar ese nombre. El de mi exsuegro. Por la cabeza se me cruzaron un sinfín de pensamientos, aunque solo uno parpadeó con luces rojas de peligro. «Mierda de casualidad», pensé. En Madrid había muchos estudios de arquitectura, si bien era cierto que el de mi suegro era uno de los más prestigiosos, así que tampoco tenía que parecerme tan extraño. «¿Y qué importa, Tina? Solo has venido a una fiesta a la que te han invitado y, en un ratito, te marcharás y todo habrá terminado. No volverás a ver a estas personas en tu vida.»

Jürgen levantó un brazo e hizo aspavientos con semblante emocionado. La sonrisa de Monika se ensanchó.

—Oh, sí, por ahí viene el hombre que tanto ha ayudado a mi esposo.

De nuevo un retortijón en el estómago. ¿Iba a encontrarme a mi exsuegro después de todo ese tiempo? ¿Fingiría que no me conocía? ¿Me miraría con el mismo gesto despectivo que antes? ¿Habría ido con mi exsuegra y la incomodidad sería doble? Decidí no girarme, así que cuando oí la voz de Mario, la sorpresa y el vuelco en la tripa todavía fueron mayores. Mantuve la cabeza gacha, pestañeando sin parar, apreciando que la sangre me subía a la cabeza. Notaba la intensa mirada de Mario fija en mí, lo oía hablar con los anfitriones y también con Julia y su pareja, pero en realidad no era capaz de entender nada de lo que decían.

—¿… verdad, Tina?

—¿Cómo? —Levanté la cara para hacer caso a mi amiga.

La vista se me desvió hacia Mario. Seguía mirándome de tal forma que no supe dónde meterme. La aparté para posarla de nuevo en Julia.

—Que han hecho un trabajo excelente con la reforma de este ático. Ha quedado fantástico —dijo.

Asentí. Ella frunció el ceño al darse cuenta de mi actitud. Me enfadé conmigo misma. ¿Por qué me ponía tan nerviosa? Tiempo atrás terminé harta de mí misma, y lo último que deseaba era mostrarme de esa forma delante de mi exmarido. Cogí aire, me dije que era más fuerte de lo que creía y que nada de achantarse, así que alcé el mentón y esbocé una sonrisa. Con el rabillo del ojo percibí que Mario también componía una.

Un hombre octogenario se acercó a Jürgen y le dijo algo en voz baja; este se disculpó y se marchó en su compañía. Monika se despidió también con un gesto y corrió hacia una mujer que parecía sacada de una revista de modelos. Por unos segundos pensé que Mario se quedaría con nosotros, que intentaría entablar conversación conmigo o que acabaría diciendo que nos conocíamos porque habíamos estado casados, pero solo murmuró: «Encantado de haberos conocido», y se largó.

—Julia, ¿me acompañas un momento? Ha venido Montse, y hace mucho que no te ve —dijo Raúl.

—Montse es la directora de la escuela donde trabaja —me explicó mi amiga. Me cogió del codo y me preguntó—: ¿Te vienes?

—Id vosotros, que seguro que Diego no tarda en volver.

Ella asintió y me apretó el codo en un gesto amistoso. Por su mirada, quedaba claro que había comprendido que algo sucedía entre el hombre que nos habían presentado y yo. Me quedé sola, con la copa de champán entre las manos y el cuerpo un poco tenso. Cuánto tardaba Diego, posiblemente habría cola para entrar en el baño, con todos los invitados que había allí. Para no quedarme en el centro del salón, me aparté, aunque no mucho, para que me encontrara. Mientras daba pequeños sorbos a la bebida, me sentí observada. Barrí la estancia con la mirada y, cerca de la salida a la terraza, vi a Mario. Estaba acompañado por un par de hombres; uno me sonaba, quizá trabajaba en el estudio. No aparté los ojos, tratando de mostrarle que no me cohibía, que ya no me costaba un mundo permanecer sola en un lugar con multitud de gente. Él compuso una sonrisa que me pareció nostálgica. No se la devolví. Posó la atención en uno de los señores que le hablaba muy emocionado. Aproveché para buscar a Diego. En ese momento, el móvil me vibró en el bolso. Lo saqué pensando que se trataría de él, pero era un mensaje de mi exmarido. Apreté los labios y levanté un poco la vista para comprobar que estaba observando lo que hacía. Volví a meter el teléfono en el bolso para ignorar el wasap. Mario se rascó la barbilla, pensativo. Aprovechó para sonreírme una vez más cuando lo miré de reojo. Lo vi decirle algo a los hombres y echar a andar. Hacia mí. Todo mi cuerpo se tensó. Él se detuvo, como si se lo hubiera pensado mejor. Me lanzó otra sonrisa, esa vez tímida e interrogante. Me mordí la parte interior de la mejilla derecha. Mario reanudó el paso y, entonces, cuando había recorrido medio camino, vi que Diego regresaba. Por poco no se me detuvo el corazón cuando me localizó y se apresuró a alcanzarme. Se disculpó por la tardanza y depositó un beso cerca de la comisura de mis labios, al tiempo que me rodeaba la cintura. Yo estaba más rígida que una estatua, deseosa de comportarme de manera natural para que no se diera cuenta de nada. Ladeé el rostro y le sonreí, aunque mis ojos todavía estaban en el centro del salón, donde Mario se había detenido y nos contemplaba a Diego y a mí con un semblante que no logré descifrar.

—¿Todo bien, Tina?

—Creo que he bebido demasiado champán —contesté con un hilo de voz.

Diego asintió, aunque no pareció convencido. Volvió la cara hacia donde yo había mirado y el corazón me dio un vuelco. Por suerte, Mario se había girado y volvía hacia los otros hombres.

—¿Nos marchamos? —propuse.

—Como quieras. Tendremos que despedirnos de Julia, ¿no?

—Le mandaré un wasap diciéndole que no me encuentro

bien. —Metí la mano en el bolso y saqué el móvil. Recordé que el wasap de Mario seguía ahí y solté el teléfono como si quemara. Diego observaba mis movimientos con las cejas arqueadas—. Luego se lo escribo. Es que tengo mucho calor.

Se mordió el labio inferior, pensativo. Le cogí de la mano antes de que pudiera decir nada más y lo saqué del salón a toda prisa. Cuando bajábamos en el ascensor, comencé a arrepentirme. ¿Por qué estaba actuando de esa manera? Parecía culpable, pero en realidad no había ocurrido nada. Diego seguía estudiando mi cara, que quizá era todo un poema. Le sonreí nerviosa y me acerqué a él para abrazarlo. Lo aprecié tenso entre mis manos y eso me inquietó.

De camino al parking, ninguno abrió la boca. Al entrar en su coche, ya había pasado a un estado de nervios total porque veía su cara y sabía que sucedía algo. Encendió la radio y mantuvo la vista fija al frente. Reparé en el movimiento agitado de su fuerte mandíbula, en el golpeteo de los pulgares sobre el volante. No quería llegar a casa de esa manera y, en cierto modo, tuve claro que debía contarle la verdad. La música estaba muy alta y bajé el volumen, pero me sorprendió subiéndolo de nuevo. Lo miré y supe que estaba tragándose muchas palabras, como yo. Tal vez como habíamos hecho últimamente. Hubo un par de segundos de silencio y, al fin, tuvo que aparecer en la conversación esa piedra dura y fría.

38

Era él, ¿verdad? —En realidad, no fue una pregunta. Me mantuve en silencio hasta que él ladeó un poco la cara para mirarme—. Estaba en la fiesta... Lo reconocí. Tu exmarido. —La última palabra le costó.

Asentí.

—¿Estás molesto por eso?

—Vamos, Tina..., no puedes ser tan inocente.

Tragué saliva. Volvía a entrarme calor, así que bajé un poquito la ventanilla y el aire gélido de marzo me azotó.

—Me ha molestado tu reacción —confesó él—. Como... como si te afectara verlo.

—Es normal que me afecte, ¿no? Después de todo lo que ocurrió... —repliqué, un tanto a la defensiva.

—Tal vez no tendría que decirte esto, pero me pareció que no te afectaba como debería.

—¿Qué quieres decir?

—¿Te gustó verlo allí?

—¡Claro que no! —exclamé.

—Mientes fatal, Tina. —Fue la primera vez que me habló con ese tono de reproche.

—¿Acaso tú no? —le ataqué.

Se detuvo en un semáforo y volvió a mirarme. Frunció el ceño antes de preguntar:

—¿A qué viene eso?

Me mordí el labio inferior, pero no dije nada. No quería discutir. Lo que deseaba era borrar esa noche, habernos quedado en casa cenando una pizza o sushi y viendo una película. Pero ya no podía volver atrás y supe, a ciencia cierta, que iba a ser una de las peores discusiones que tendríamos.

—¿No has sabido nada de él? —Volvió a abrir la boca cuando arrancó el coche.

Cogí aire antes de responder. ¿Para qué mentir más, si llevaba razón en que era una mentirosa muy cutre?

—Sí he sabido de él.

—¿Por mensaje?

Me mordí el carrillo y cerré los ojos. Pensé en lo que me había dicho semanas atrás, aquello de que no era nadie para juzgarme, para reprocharme con quién quedaba o no. Pero esa noche era como si todo hubiera cambiado, y me pregunté si se debía a que cada vez era más importante para él y le preocupaba que me hicieran daño o a una cuestión de orgullo masculino herido.

—Quedé con él —respondí y, con el rabillo del ojo, lo vi negando con la cabeza—. Una vez. Tenía mis apuntes de las oposiciones y quería devolvérmelos. Solo fue eso.

—Joder, Tina —masculló.

—¿Qué? —Me removí en el asiento.

—¿Por qué cojones no me lo dijiste? Podría haberte pasado algo.

—Diego, no digas tonterías. ¿Qué iba a pasarme?

Otro semáforo. Diego ladeándose hacia mí para lanzarme una mirada cargada de dudas, enfado y... ¿temor?

—Se supone que te maltrataba, Tina. Que hizo que te sintieras como una mierda. Querías empezar una nueva vida siendo tú. ¿Qué ha cambiado?

—Nada, no ha cambiado nada —contesté, seria e incómoda—. No entiendo por qué te pones así, me dijiste que no ocurría nada si quedaba...

—¿Qué iba a decirte? «No, no quedes con el cabrón de tu exmarido maltratador porque no merece ni un segundo tuyo.»

—Si era lo que sentías...

—¡Joder, Tina! Solo intento protegerte.

—No necesito un caballero andante. —Le indiqué que el

semáforo se había puesto en verde y arrancó a lo bestia—. Estás celoso —susurré.

Él sacudió la cabeza y soltó un suspiro, para luego lanzarme una nueva mirada que me hizo sentir como una niña pequeña.

—¡Claro que lo estoy! —Alzó la voz y yo miré por la ventanilla, con un nudo en la garganta.

—No tienes motivos —negué. Y luego añadí—: Además, pensaba que esto significaba algo diferente para ti.

—¿Esto? ¿Qué es «esto»?

—Lo nuestro. Tú y yo. Nunca hemos hablado de lo que hay entre nosotros. ¿Amistad? Supongo que sí. Amigos que se acuestan, ¿no? —le solté, sin saber muy bien de dónde provenía toda esa rabia que empezaba a notar en el estómago y me subía hacia el pecho.

—¿De verdad estamos manteniendo esta conversación? ¿Amigos que se acuestan? —Soltó una risa sarcástica—. Entonces explícame por qué últimamente pasamos más tiempo juntos haciendo otras cosas además de follar.

—No lo sé, explícamelo tú...

—¿En serio necesitas que pongamos una palabra a lo que tenemos, Tina? Porque creo que es demasiado grande para palabras que pueden ser muy pequeñas. —Se quedó callado, muy serio, reduciendo la velocidad a medida que nos acercábamos a nuestro barrio—. O tal vez no, a lo mejor simplemente es lo que tú dices. Porque si no, no entiendo que me ocultes algo como lo de tu exmarido. No lo entiendo aun «siendo amigos que se acuestan». —Pronunció las cinco últimas palabras despacio, con una rabia que me sorprendió.

El nudo en la garganta apretó más, y el corazón me brincó en el pecho.

—No soy la única que oculta algo —le dije, molesta—. ¿Acaso no te callas todo lo que sientes últimamente? Estás cabreado y...

—Claro que estoy cabreado, Tina.

—Estás enfadado contigo, con tus fantasmas o lo que sea, y lo pagas conmigo.

Frenó de golpe y se me escapó un grito. Me agarré a la manilla de la puerta, con el pulso a mil por hora del susto. Cuando me repuse, vi que habíamos llegado a nuestra calle y que había parado en doble fila.

—No es justo que me digas algo así cuando tú también estás luchando con tus putos fantasmas. ¡Bueno, con uno en concreto! —gritó, de una forma que nunca le había escuchado, ni siquiera en sus discusiones con Hugo.

—Los dos nos hemos callado, Diego, quizá porque tenemos miedo o no sé… —Aprecié sus cejas arqueándose y asentí—. Sí, tienes miedo. Tienes miedo de todo lo que está ocurriendo: la vuelta de tu hermano, que Hugo esté acostumbrándose a él tan rápido…

—Vamos, no me jodas. —Echó la cabeza hacia atrás y la apoyó en el asiento.

—Y creo que también tienes miedo a lo que empezaste a sentir. Por Hugo, por mí…

—Ah, ¿ahora siento algo? ¿No se supone que somos amigos que se acuestan? —me espetó con ironía.

—Te da miedo porque, a pesar de que nosotros seamos una parte importante de tu vida, echas de menos la que tenías antes y no sabes cómo enfrentarte a ello. —Tragué la saliva espesa de mi boca antes de continuar—: Me he dado cuenta en la fiesta, cuando hablabas sobre tu trabajo anterior…

—Entonces tú también estás celosa, ¿no?

—¿Celosa yo? ¿De quién?

—No siempre tiene que ser una persona la que despierte nuestros celos —murmuró. Cerró los ojos unos instantes y, cuando los abrió, me pareció que me miraba de una manera distinta… más distante—. Pero, bueno, no debes preocuparte por eso. Si echo de menos mi vida de antes… ¿qué más da? Al parecer, lo tendrás a él para consolarte.

—No sigas por ahí… —le avisé.

—Hostia puta, Tina, es que pensaba que tendrías más dignidad. Que no te arrastrarías por un cabrón de mierda…

—¿Estás oyéndote? —le interrumpí con un grito agudo—. No entiendo cómo puedes hablarme de esa forma, faltándome al respeto.

—Hasta ahora era él quien te faltó al respeto, ¿no? A lo mejor es que te gusta...

Logré controlar la mano antes de que aterrizara en su mejilla. Me temblaba tanto que la veía borrosa ante mis ojos. Diego alternó la mirada en mis dedos y en mi cara, con gesto entre asustado, enfadado y sorprendido. Cerré los ojos y cogí aire para serenarme. Cuando lo solté y volví a abrir los ojos, había conseguido bajar la mano sin ser casi consciente. ¿Iba a golpear a Diego? ¿Quién era esa Tina a la que se le llenaba la boca en contra de la violencia, fuera del tipo que fuera?

—Si hemos llegado a este punto, quizá deberíamos parar —murmuré con voz pastosa—. Tal vez haya perdido algo de mi dignidad al quedar con mi exmarido, pero no soy la única que ha hecho las cosas mal, o que las hará. Todos nos equivocamos, somos humanos. Tú, en cambio, huyes hacia lo fácil. Ahora has encontrado el cariño que te ha faltado durante mucho tiempo, pero preferirías regresar a lo de antes porque te parece más sencillo.

—Vete a la puta mierda, Tina —escupió entre dientes, rabioso.

—No, Diego, está más que claro que el que se irá eres tú. Pero mejor, no quiero a nadie en mi vida que me hable de ese modo —dije, y abrí la portezuela del coche con los ojos húmedos.

Cuando llegué al portal, ya estaba llorando. En el ascensor, las lágrimas me corrían por la cara sin poder detenerlas. Entre sollozos, saqué el móvil del bolso y eché un vistazo al mensaje que me había enviado Mario.

Leíste mi carta?

Proferí un grito rabioso y estampé el móvil contra la pared del ascensor. Antes de llegar al rellano, me arrepentí y lo recogí. La pantalla se había roto, y se me escapó un gemido quejumbroso. Me miré al espejo y grité a mi reflejo:

—¡Deja de llorar, estúpida!

Sabía por qué lloraba. Porque todo lo que nos habíamos dicho era cierto. Quizá eran verdades horribles, pero ahí estaban. Quería a Diego, pero no se lo decía y, aun así, le reprochaba que tampoco él me confesara lo que sentía. Y quizá también me había comportado como no debía con mi exmarido, había pensado en su sonrisa, en que no parecía el mismo de antes. En ese ascensor me di cuenta de que estaba llena de rabia, de miedo, de incertidumbre... y volví a sentirme culpable por haber creído que no hacía las cosas del todo mal. Antes de abrirse las puertas se me pasaron muchas ideas por la cabeza, pero una destacó sobre las otras: si en unos días Diego no me decía nada, se habría acabado todo.

Sin embargo, no estaba preparada para encontrármelo delante de mi puerta cuando salí del ascensor. Él respiraba fatigado, después de haber subido las escaleras a la carrera. A pesar de todo, casi ni lo miré. Me daba pánico hacerlo y entender que iba a salir de mi vida.

—Aparta —susurré.

—Tina, espera, por favor... Espérame. Tengo que aparcar porque he dejado el coche en doble fila.

—Quiero acostarme y dormir —dije con un hilo de voz.

—Aguarda unos minutos... —me rogó.

Yo seguía con la cabeza gacha.

Entré en mi piso casi como una sonámbula y me dirigí directa a la ducha. Me sentía extraña en mi propio cuerpo, como tiempo atrás. Me desnudé a toda prisa en el baño y dejé la ropa tirada en el suelo. Lloré mientras me duchaba, me dije que no le abriría la puerta porque nada entre nosotros podía salir bien. Aun así, no estuve demasiado rato en la ducha y, cuando salí, ni siquiera me sequé el pelo. Fui al dormitorio y me puse un pijama calentito porque necesitaba algo que me quitara el frío que me dejaría el vacío de los brazos ausentes de Diego. Y entonces oí el timbre. Una vez, dos. La vibración del móvil. Un mensaje suyo.

Ábreme, por favor. Tenemos que hablar...

Comprobé que había pasado veinte minutos en la ducha. ¿Cuánto llevaría esperando? Al final me venció el recuerdo de sus caricias, sus besos, sus labios en mis muslos y su mirada, y sus sonrisas tristonas que habían cambiado y que ahora volvían a ser así.

Nada más abrirle, me di la vuelta para que no me viera llorar y porque no me atrevía a reflejarme en sus ojos. Me rodeó con los brazos desde atrás, con algo de cautela, tal vez creyendo que me apartaría. Pero no tuve fuerza de voluntad. Su barba me rozó el cuello y noté su respiración cálida.

—Tina, joder, perdóname. Lo siento tanto —murmuró con voz lastimera—. Ha sido una puta mierda todo eso en el coche...

No respondí. En realidad, sus palabras no lograron aplacar mi llanto, sino todo lo contrario.

—No eres nada de lo que te he dicho. No creo que vayas a ir arrastrándote a él, ni que te guste que te falten al respeto...

—Cuando nos enfadamos, decimos cosas que pensamos realmente —contesté con voz ahogada.

—No, Tina... Ni siquiera me acuerdo de todo lo que te he dicho. Estaba furioso. —Sus manos, posadas en mi vientre, me apretaron con fuerza. Su nariz me acarició el cuello y cerré los ojos.

—Yo también me he enfadado; sé que debí contarte lo de Mario —reconocí.

—Da igual. No ha sido solo eso, ¿entiendes? Llevas siempre tanta razón cuando es algo relacionado conmigo que me das miedo, Tina. Siempre sabes más de mí que yo mismo. Siempre vas por delante.

Me di la vuelta y me atreví a mirarlo. Se arrimó un poco más y suspiré y negué con la cabeza.

—Te mereces algo mejor, Tina.

—Deja que eso lo decida yo. —Le acaricié la barbita, con la vista fija en sus labios—. Entonces ¿estás asustado por lo que sientes? ¿Es eso? ¿Sientes algo por mí?

—Tina... ¿qué no sentiría un hombre por ti? —Apoyó su frente en la mía—. Por eso estaba tan molesto, porque no entiendo cómo ese cabrón... —Se mordió el labio inferior—. Basta, no voy a hablar más de él.

—¿Y te asusta que me enamore de ti? —le pregunté.

—Es que... ¿Qué puedo ofrecerte? Me conozco, y quizá aguantara unos meses, un año, dos, tres a lo sumo... Nunca he estado con nadie... en una relación seria. Si no soy capaz de mantener una ni con mi sobrino...

—No sabes de lo que eres capaz si no lo pruebas, Diego.

—Tú te mereces a un hombre que se enamore de ti hasta las trancas y adore tu cuerpo como un templo. Necesitas a alguien que te quiera bien.

—¿Es... una despedida? —Apenas pude pronunciar la palabra.

—Claro que no... Yo... no puedo apartarme de ti. Soy un egoísta, Valentina. Solo estoy poniendo las cartas sobre la mesa.

En ocasiones somos un poco masoquistas y continuamos metidos en historias de amor imposibles, como esas de las películas o de las novelas en las que te muerdes las uñas aguardando el final. Diego y yo éramos las personas más distintas del mundo, y tal vez él llevaba razón en que buscábamos cosas diferentes.

Decidí desnudarme por completo, enseñarle todo mi yo para demostrarle que confiaba en él. Por eso, lo aparté y me dirigí al salón. Diego me siguió, a paso muy lento, tanto que cuando saqué la carta de uno de los cajones del mueble de la televisión, aún no había llegado al umbral de la puerta. Le tendí el papel doblado, y él frunció el ceño sin entender muy bien de qué se trataba. Le animé a que la leyera. Desdobló la carta y yo aguanté el aire hasta que no pude más, aunque lo solté casi cuando él ya había terminado de leer. Desplazó la vista del papel a mis ojos y me contempló con una mezcla de respeto, ternura y comprensión. Era todo lo que necesitaba. Me tembló el cuerpo cuando murmuré:

—Me dijiste que quizá las personas podían cambiar, por mucho que creyéramos que no. Y... no pude parar de pensar en eso. Pero no significa que quiera volver con él. —Se me quebró la voz.

—Valentina... —Me estrechó entre sus brazos, enterré el

rostro en su pecho y le olí. Él también aspiró en mi cuello. Al menos, teníamos algo en común: adorábamos nuestros aromas.

Me besó y entendí sus temores porque, a decir verdad, también podía hacerlos míos. Lo que más había deseado era convertir a Diego en mi nuevo hogar y, en cambio, había algo que me empujaba hacia el viejo... que en realidad nunca había sido un auténtico hogar, puesto que todos deberíamos tener claro que el hogar se encuentra donde nos quieren tal y como somos.

No recuerdo muy bien cómo nos dirigimos al dormitorio ni cómo mi pijama cayó al suelo ni cómo su ropa voló por los aires. Esa noche algo cambió en nuestra manera de acostarnos, y nos hizo caer en picado. Porque quizá ninguno de los dos buscábamos sexo, sino que más bien respondíamos a una necesidad pura y dura de comprensión, de sentirnos alguien, de pertenencia dentro de tanta libertad con la que se nos llenaba la boca.

Diego y yo habíamos tenido sexo de diversas formas, pero creo que el de esa noche fue el más duro, intenso, primitivo, animal y doloroso de todos. Doloroso, pero no por lo salvaje, sino porque el dolor que me atenazaba el pecho se extendía por mi piel. No hubo preliminares. Apenas hubo besos o caricias. Nos tumbamos en la cama y él se puso un condón mientras se situaba entre mis piernas. Me cogió de las caderas con fuerza para internarse en mí, con un gesto de placer en el rostro. Le miré a esos ojos que volvían a ser tristones y me tragué palabras que me rasparon la garganta. Porque quería decirle que daba igual que me hiciera daño si eso me daba un momento a su lado. Pero sospechaba que él se negaría, en especial cuando ya sabía de mi vida anterior. Le miré a esos labios curvados en una pequeña sonrisa, como esas que me había dedicado al principio, y volví a callar todo lo que rugía dentro de mí.

Hincó los dedos en la carne de mis nalgas, apretó con fuerza y se introdujo más en mí, embistiéndome una y otra vez. Y gemí. Él jadeó. Me susurró al oído: «Quédate conmigo», como si fuera yo la que se iba a marchar, cuando quien tenía todas las papeletas era él. Diego empujó entre mis muslos al mismo tiempo que empujaba en mi alma. Le pedí que no parase y él me rogó que lo mirara a los ojos.

Me corrí antes que él, con la sensación de que mi cuerpo era más suyo que mío. Me sujeté a la almohada y me mordí los labios para ahogar un grito. No de placer, sino de rabia. Porque yo lo quería y, aun así, no entendía qué estaba pasando, cuáles eran los motivos por los que estaba contagiándome el hecho de no creer en nosotros. En un nosotros a largo plazo.

39

Estaba celoso, sí. Nunca me había sentido de esa forma y no me gustaba. No quería ser como esas personas que coartan la libertad de sus parejas porque yo siempre me había proclamado libre. No obstante, esto iba más allá... No me cabreaba el hecho de que Valentina hubiera quedado con un hombre y me lo hubiera ocultado, me cabreaba que ese hombre fuera su exmarido, el que le había hecho añicos el corazón, el que la había anulado... y quizá con el que también había compartido demasiado, cosas buenas y malas, bonitas y feas, placer y dolor. Era extraño, no lograba entenderlo del todo, pero me hacía sentir inferior. Aunque ese tipo la había destrozado, seguía provocando en ella algo, lo que fuera, ya no quería pensar si negativo o positivo, aunque tiraba más por lo segundo. Entonces ¿dónde quedaba yo?

Tal vez no estaba siendo justo con Valentina. Jamás me había visto en una situación como la suya. La gente suele decir (me incluyo, lo reconozco): «Si a mí me hicieran tal, no lo soportaría», «Si mi pareja me engañara, la mandaría al cuerno». Todos esos «si» implican que se opine, se juzgue, se critique, se crea que se sabe todo, pero no esconden comprensión. Todos somos santos cuando hablamos de pecados ajenos, ¿no? De verdad, ansiaba entender a Valentina. Aceptar lo que le estuviera ocurriendo y ayudarla, porque era evidente que le pasaba algo. En ocasiones me moría de ganas de buscar al cabrón de su ex y pegarle una paliza. Luego me daba cuenta de que, en realidad, sabía muy poco acerca de lo que había sucedido en todos esos años de matrimonio. A Tina no le gustaba hablar de ello y eso lo podía comprender. Me daba miedo pensar que ella cayera de nuevo bajo su influencia. «Entonces, no la dejes marchar», me decía una voz en mi cabeza. Pero ¿no es injusto retener a un pájaro que intenta aprender a volar?

Ya no tenía claro lo que existía entre Valentina y yo. Sin apenas saber nada de amor ni de parejas, creía que empezar una relación sin dejar el pasado atrás era como intentar verter agua en un vaso ya lleno. Porque es necesario vaciarlo antes para que no se derrame. Y me parecía que Tina no había abandonado su pasado, o al menos que no lo había superado. Y a lo mejor necesitaba hacerlo sola. A lo mejor ninguno nos encontrábamos en el punto idóneo para ser capaces de llevar una relación.

Porque, sí, sería un hipócrita si solo la culpara a ella. ¿Acaso no me sucedía lo mismo, aunque de distinto modo? ¿No me arrimaba cada día un poquito más a mi pasado y me alejaba, de puntillas, del presente? En el fondo, la discusión había tenido un poco de todo... de lo suyo y de lo mío. Es más sencillo echar la culpa a los demás que mirarse a uno mismo, así que estaba claro que yo no era tan valiente como pensaba. Y Valentina, en cambio, era sumamente inteligente. Me había calado enseguida.

Comenzaba a sentirme un espectador de mi vida y, al parecer, era insoportable. Veía cómo Valentina dejaba pasar a su exmarido. Veía cómo mi sobrino y mi hermano estaban cada vez más cerca. Veía cómo mi trabajo ya no me llenaba, otra vez. Joder, empezaba a no satisfacerme nada y eso me daba pánico. Quería ser el protagonista de mi vida, como lo había sido durante tanto tiempo. Me habían arrebatado la vida de antes. ¿Iban a quitarme también la de ese momento? No, si podía evitarlo.

Hugo había comenzado a preguntarme por qué no vivíamos con su padre, al menos al principio me incluía; luego a cuestionar por qué no vivía él con su padre —adiós, Diego, ya no significas nada— y se agarraba rabietas horribles en las que se ponía histérico. En una me asestó una patada, le grité y le levanté la mano y él me espetó que su papá nunca le chillaba, y me enfadé más y se fue a su habitación, y yo a la mía... Y me sentí como una puta mierda. Empecé a creer que el lugar de Hugo no estaba conmigo sino con su padre, como siempre había sido, como insistía mi madre, como me repetía mi cabeza una y otra vez. Ya no podía ofrecerle nada más, y a lo mejor tampoco quería.

Pero a veces... a veces vuelve lo que ya dabas por perdido. Ocurrió los primeros días de marzo, cuando Valentina y yo todavía no habíamos tenido esa terrible discusión en la que nos dijimos tantas cosas, pero se palpaba un cierto cambio en nosotros. Fue una tontería, una casualidad que en cualquier otro momento quizá habría ignorado. La cuestión fue que me llegó un correo de un remitente inesperado: Matthieu Desrochers. ¿Que quién era ese tipo? Uno de los CEO de Dupont, en Alemania, la empresa a la que yo podría haber ido meses atrás para convertirme en el jefe de ventas europeo. Sí, el puesto y el sueño que rechacé. Matthieu era quien me había hecho la oferta. ¿Que por qué me llegaba un correo de él? A decir verdad, no debería haberme llegado. Seguro que todo el mundo ha recibido alguna vez un e-mail por un malentendido. Al parecer, no me habían borrado de alguna de las listas de la empresa, o qué sé yo. El correo era un recordatorio de una fiesta de despedida por la jubilación de otro CEO en Hannover. Como he dicho, tal vez meses antes o unas semanas atrás habría ignorado el e-mail. No lo hice, al contrario: me obsesioné. Lo leí a todas horas durante al menos tres días. Nunca había creído en el destino, pero me decía que tenía que hacer algo, que ese correo no había llegado por casualidad. De modo que una mañana, cuando llegué a mi trabajo, al que volvía a coger manía, escribí a Matthieu. En plan: «Oye, que quizá debas echarle un ojo a las listas de correos que tienes...», pero más formal, claro. Me convencí de que lo hacía por él, pobre, para que no enviara e-mails a quien no debía. Creo que ni siquiera pensé que me contestaría. Pero lo hizo, y rápido. Al día siguiente me agradecía que le avisara y me preguntaba qué tal me iba todo. Me dije que Matthieu siempre había sido un hombre amable y que el hecho de que se acordara de mí tampoco tenía por qué significar nada. Me engañé con que volvía a contestarle por amabilidad. Pero no, había intenciones ocultas que, en el fondo, no dejaba salir a la superficie de mi mente para no sentirme peor.

En su último e-mail, Matthieu se despedía diciendo: «Que vaya todo bien, y recuerda que aquí tienes las puertas abiertas». ¿Abiertas para mí? ¿Quería decirme que, si yo quería, aún podía optar por el puesto? No podía ser. Tiempo atrás había llegado a mis oídos que lo habían cubierto con rapidez. Joder, estaba muy solicitado. Decidí que Matthieu solo intentaba ser amable y conseguí, haciendo acopio de todas mis fuerzas, olvidarme de ello un par de días. Pero acabó regresando, en especial cuando Hugo se marchaba con Pablo y Tina aparecía por el piso, pero con la mirada y el corazón ausentes.

Entonces, a mediados del mes de marzo, mi hermano y yo mantuvimos una charla en la que me aseguró que estaba preparado para volver con su hijo y asumirlo todo. Me aseguró que iba a ser un buen padre. ¿Y qué podía decirle yo, que seguramente no había sido un buen tío? Me acordé de lo que Valentina me había aconsejado una vez: que me sentara a hablar con Hugo. Y lo hice, a pesar de las dificultades.

—¿Quieres volver a vivir con tu padre?

El niño asintió como si le fuera la vida en ello. Reconozco que noté un estrujón en el pecho. Pero ¿y si solo me sentía mal por esa competitividad que siempre había mantenido con mi hermano? Por el rencor que le había guardado siempre, por la rabia que me entró cuando desapareció, por los celos de que a mi madre le importara más él que yo... Si era por eso, entonces no merecía que Hugo viviera conmigo. Yo tenía una parte oscura en lo más hondo de mí, una voz que me repetía que nadie iba a elegirme, ni Hugo ni Valentina. Lo que todavía no había entendido en esa época es que no se trata de vivir esperando que te elijan, sino de elegir tú. Pero elegir bien, sabiendo quién eres y en lo que crees y, sobre todo, quién quieres ser y por qué quieres llegar allí. Y yo estaba convencido de que lo sabía a la perfección.

Por eso telefoneé a Matthieu con la excusa de que sentía mucho no poder desplazarme hasta Hannover para la fiesta de despedida y blablablá. Y no sé cómo —o quizá sí—, él acabó hablando sobre lo mucho que admiraba mi trabajo y lo que había lamentado que no aceptara su oferta. Con su habitual educación y discreción, me dijo si podía preguntarme por qué lo había rechazado.

—Motivos familiares —respondí.

—Bueno, la familia es muy importante —contestó.

«Eh, pero estoy a punto de ser libre de nuevo. Está a punto de desaparecer eso que me ataba», pensé, aunque no lo dije en voz alta. Pero, como quien no quiere la cosa, le pregunté por qué había dicho que tenía las puertas abiertas. El pulso se me aceleró mientras esperaba su respuesta, pues Matthieu se había quedado callado.

—Podría convencer a los de arriba, ¿sabes, Diego? Recomendarte de nuevo. Como imaginarás, el puesto que te ofrecí ya está ocupado, aunque uno de los coordinadores de ventas acaba de pedir una excedencia. ¿Te interesaría? Todavía no sabemos cuánto durará, pero ya sabes cómo son estas cosas. Si te esfuerzas...

La sangre se me subió a la cabeza. Cuando acepté quedarme con Hugo, pensé que no sería para siempre, pero no veía muy claro que lograra recuperar lo que tanto había ansiado. Y ahí estaba de nuevo. No podía decir que no, ¿verdad? Demasiado bueno para ser cierto, pero lo era. Un cúmulo de casualidades en poco tiempo: el regreso de mi hermano, el correo de Matthieu, la libertad...

Y Valentina.

—Piénsalo, ¿vale, Diego? —oí la voz del CEO a través del teléfono, arrastrándome.

Joder, Valentina.

40

Tina, ¡normal que esté raro! —exclamó mi hermana enfadada, agitando su cuchara. Unas gotas de café aterrizaron en la mesa, justo delante de mí.

Necesitaba hablar con alguien y Diana era quien mejor me conocía. Me había dado reparo porque sabía que me regañaría, que se enfadaría conmigo. En cierto modo, me preocupaba que me retirara la palabra, como me aseguró que haría la última vez que hablamos de eso.

Se lo conté todo con pelos y señales: que me había encontrado con Mario, que me había devuelto el temario de las oposiciones, que me había dado una carta, que al principio no la había leído pero luego sí, que se me había removido algo por dentro y que me había asustado, que no había dejado de pensar en las palabras de Diego sobre que las personas pueden cambiar, que había visto a Mario en aquella fiesta, que Diego y yo habíamos discutido y que, a pesar de que parecía que nos habíamos reconciliado, él seguía extraño.

—No creo que solo esté celoso —añadió mi hermana, al darse cuenta de que había sonado muy dura—; también estará preocupado. Por ti.

—Soy adulta, Diana. No deberíais preocuparos tanto por mí. Me hace sentir... como culpable y mal, y también insegura. No sé.

—Pongámonos en situación, Tina —dijo abriendo las palmas de las manos y posándolas sobre las mías—. ¿Le quieres?

—¿Qué? ¿A quién?

—¿A quién va a ser? —Chasqueó la lengua—. Al hijo de mala madre, con perdón por el lenguaje. Aunque su madre tampoco es muy buena, así que...

—No le quiero, Diana.

—Vale —aceptó, aunque no la noté convencida—. ¿Y...? —Se frotó el labio inferior con una mano, dejando la otra sobre la mía—. ¿Le echas de menos?

—No —contesté de inmediato. Ella frunció el ceño—. No sé, Diana. Es... extraño. Cuando volví a saber de él, no pensé solo en las cosas malas que me había hecho, como había creído que haría, sino que reviví también las cosas buenas.

—¿Las hubo? —me preguntó con incredulidad.

—Sí, las hubo, antes de todo lo demás... Y quizá eso es lo que echo de menos y ya está. ¿No echas de menos tú algo de Jaime?

—No es lo mismo, Tina. A mí Jaime nunca me prohibió nada, ni me gritó, ni me hizo sentir como si fuera basura, ni me engañó...

—Nunca descubrí si me había engañado —dije, y callé enseguida al ver el rostro malhumorado de Diana. Carraspeé y di un sorbo a la manzanilla ardiendo—. A lo mejor lo único que debería hacer es perdonarlo y seguir adelante.

—¿Perdonarlo? —Soltó una risa sarcástica—. ¿Ya has olvidado que a veces tenías miedo? ¿Te dice cuatro cosas bonitas como antes, te pide perdón, que a saber si lo siente de verdad, y te quedas embobada? ¡Despierta, Tina, que los príncipes azules no existen, que ese tío es un puñetero lobo!

Ambas suspiramos. Llevaba días sintiéndome una completa extraña en mi propio cuerpo, casi con ganas de llorar a todas horas. Por suerte, la librería me ayudaba a estar mejor. Los ratos que pasaba en ella acabaron siendo de lo mejor de esa época porque, entre sus paredes, estanterías y libros, seguía siendo yo. De noche me despertaba sobresaltada, con el corazón a punto de salírseme del pecho, con la sombra de una sospecha... de la sospecha de que hasta lo más bonito —sobre todo eso— tiene su final.

—Solo necesito comprensión, Diana. No voy a hacer nada

que me dañe. Desde la fiesta no he sabido de él y me parece bien. No quiero quedar ni nada por el estilo.

Ay, todas esas veces en las que decimos algo y luego hacemos otra cosa. Somos tan necios e incoherentes...

Diana volvió a suspirar. Asintió con la cabeza y apartó la mirada unos segundos, con la taza de café entre las manos. Cuando volvió a mirarme, me dedicó una sonrisa.

—Siempre me tendrás, Tina, por mucho que me ofusque y me ponga como una loca. —Se rio y me uní a ella—. Venga, cambiemos de tema. Entonces ¿vas a preparar las oposiciones de nuevo?

—No lo sé. A lo mejor... a lo mejor lo intento. —Me encogí de hombros—. Aunque en la librería estoy muy bien. Me encanta todo lo que hago, lo que he conseguido, mi relación con don Vicente.

—El otro día vi a Jaime —me confesó Diana de repente.

—Ah, ¿sí? ¿Y qué tal? —No le había preguntado sobre ello, a pesar de que me moría de ganas, para no hacerla sentir mal.

—Creo que está bien —respondió, tirando de su labio inferior en un gesto nervioso—. Pienso que es lo que necesitábamos, aunque ninguno de los dos se atrevía a dar el paso. Por eso te he dicho antes lo de los príncipes azules, y los cuentos y los finales maravillosos y perfectos... Todos dabais por hecho que Jaime y yo estaríamos juntos toda la vida, como si el amor fuera eterno o como si tuvieras que quedarte con alguien porque es lo que te han hecho creer. Si te digo la verdad, aún le quiero. Eso nunca se acabará, pero no éramos felices. A veces hay que aceptar el hecho de que algunas personas entran en tu vida como una felicidad temporal.

Llegué a casa con las palabras de Diana dando vueltas en mi cabeza. Mientras esperaba el ascensor, me encontré con Rosario, que salía a pasear a Juanito. Me contó que el chihuahua había estado enfermo y que se había asustado pensando que no lo superaría debido a su vejez, pero que se había recuperado.

—Parece que este viejo gruñón quiere estar un tiempo más con nosotros —dijo la anciana, posando un beso en la cabeza de Juanito—. ¿Y tú cómo vas, reina?

Iba a contestarle cuando se abrió el portal y aparecieron Diego y Hugo. La noche anterior habíamos cenado en mi casa, pero él se había marchado pronto porque esa mañana tenía que recoger al niño de casa de sus padres. Me miró con una pequeña sonrisa y me pareció que estaba más ojeroso.

—¡Huguito! ¿Cómo estás? —Rosario le recibió con un caluroso abrazo, aunque el niño primero se abalanzó sobre el chihuahua, claro. Luego se acercó a mí y me envolvió con sus bracitos.

En alguna ocasión lo echaba de menos, para qué mentir. En especial las tardes en las que ya no le daba repaso. Me preguntaba si su padre, después de lo que me había contado Diego sobre él, sería capaz de ayudarlo. Me sentía mal por prejuzgar de esa manera a un hombre al que no conocía, pero me había encariñado con el chiquillo.

Se puso a explicarle a la anciana lo que había hecho la tarde y la noche anterior. Habían ido al cine al salir del cole y después cenaron brócoli con patata al horno. Lancé una mirada de sorpresa a Diego. No me pasó por alto lo cansado que parecía. Cansado y desubicado. Tuve ganas de cogerle de la mano y demostrarle que estaba con él, que sentía haberme alejado. Él advirtió mi mirada y volvió a sonreír, aunque esa vez no sentí que se me abriera un arcoíris en el pecho.

Rosario quiso saber qué tal le iba, aunque, antes de esperar la respuesta, volvió a contar lo de la enfermedad de Juanito. Minutos después, Hugo se cansó de escucharla y comenzó a tirar de los bordes de su falda. Como no le hacía caso, tiró de mi chaqueta. Lo repitió hasta que le prestamos atención.

—¿Qué pasa, cariño? —preguntó la anciana.

—Me voy a vivir con papá —dijo el niño, con una sonrisa de oreja a oreja.

Creo que el corazón se me detuvo al oír esas palabras. Y volvería a detenerse al día siguiente. Pero en ese instante tuve que disimular y fingir delante de Hugo que me alegraba porque, al fin y al cabo, solo era un chiquillo que quería a su padre. Noté la mirada de Diego clavada en mí, aunque la mantuve en Hugo, que parloteaba emocionado. Me pareció que a Rosario tampoco le convencía lo que estaba escuchando.

—Bueno, cariño, tengo que pasear a Juanito —dijo minutos después—. ¿Por qué no le dices a tu tío que te traiga un día a casa y me lo cuentas todo antes de que te marches? Además, tendrás que despedirte de Juanito.

Eso no le hizo gracia a Hugo. Se puso serio y giró la cabeza para mirar a Diego con expresión interrogativa. Nos despedimos de la anciana y nos quedamos allí los tres en silencio.

—Hoy no puedo, porque esta tarde tengo que visitar a mis padres, pero me gustaría que nos viéramos mañana, Tina. —La voz de Diego me sobresaltó, ya que mi mente andaba por otro lugar.

—Claro. —Esbocé una sonrisa.

Me agaché y abracé a Hugo con el estómago encogido.

Quedamos temprano, como si él no pudiera esperar. Yo tampoco, para ser sincera. Pasé en vela buena parte de la noche porque sabía que quería decirme algo. Me propuso pasear por el Retiro y compramos unos chocolates y churros para llevar.

—Solo hace un par de días que lo hemos decidido —me contó cuando nos terminamos los churros, mientras caminábamos a paso lento—. Hugo quiere y... bueno, ¿qué puedo hacer? Mi hermano conserva el trabajo, no sale por ahí y pasa tiempo con el niño. Joder, Tina, si hasta ha conseguido que coma brócoli. —Se le escapó una risa que sonó amarga y no pude evitar entristecerme.

—Tú los conoces mejor que yo y sabrás lo que le conviene a Hugo.

Diego no contestó. Se arrimó a mí y enlazó su mano con la mía. Su calidez se coló por mis dedos. Hacía buen tiempo, pero yo tenía frío. Como si mi piel estuviera diciéndome que pronto ya no habría una mano, al menos no la de Diego, para asirme a ella.

—¿Y cuándo se irá? —pregunté.

—Si no pasa nada, en una semana o así. Mi hermano quería arreglarle una habitación, pero ya están terminándola.

Iba a echar de menos a Hugo, de eso no me cabía la menor duda. Tragué saliva. No quedaba nada. Estábamos a finales de marzo y hacía un día precioso. La primavera había asomado, pero días después entendería que hubiera preferido quedarme en invierno, en esa felicidad temporal de la que hablaba mi hermana.

—Bueno, seguirá visitándote y podemos seguir yendo juntos al parque... —dije, intentando mantener un tono de voz alegre.

El atractivo rostro de Diego se ensombreció. Su mano me apretó con fuerza y me detuvo, justo frente al lago. Lo vi morderse el labio una y otra vez, hasta que se giró hacia mí y me miró con unos ojos que jamás le había visto.

—Yo también me voy, Tina.

Después de escuchar sus palabras, el corazón se me detuvo, como el día anterior. Más fuerte, más tiempo, y creí que me ahogaba. Conseguí coger aire y lo solté y pestañeé observando a Diego de manera confusa. Parecía estar esperando a que dijera algo, pero no me salía nada.

—Ahora Hugo ya no me necesita —continuó. Sus manos todavía cogidas a las mías. «¿Y yo qué?», pensé—. Me han ofrecido un puesto similar al que rechacé cuando lo acogí y... —otra vez se mordió el labio, cada vez más rojo—. Bueno, creo que es una magnífica oportunidad para mí. —Esperó unos segundos más—. Di algo, Tina, por favor.

Abrí la boca, pero seguía muda. ¿Por qué me dolía tanto el pecho si ya sabía que aquello no podía ser eterno? ¿Que una persona como Diego no lo era? En realidad, nunca me había prometido nada y yo le había asegurado que no lo necesitaba. Cuando Diego se marchara y yo volviera a cometer un error estúpido, me daría cuenta de que me había dolido tanto porque el tiempo había pasado demasiado rápido... como pasa cuando eres feliz de verdad.

—Estarás pensando que soy un jodido egoísta.

—No, yo... —Negué aturdida. A lo mejor lo pensaba, pero ¿qué más daba? Todos somos egoístas en algún momento de nuestra vida—. Es lo que querías, Diego, por lo que habías luchado. Yo tampoco dejaría escapar una oportunidad como esa —murmuré, aunque no estaba convencida del todo porque... ¿no lo había hecho ya?

Me soltó las manos y se frotó la cara, ocultando buena parte de ella. Al apartarlas, me observaba asombrado.

—¿Por qué cojones eres tan comprensiva, Valentina?

—¿Cómo?

—Pensaba que te enfadarías o que me reprocharías no habértelo dicho antes porque... Bueno, quiero que sepas que lo he meditado, ¿vale? No ha sido de sopetón...

—No soy quién para reprocharte nada, Diego —dije con un hilo de voz. Y sí, estaba enfadada, pero me dolía tanto en el pecho que no acertaba a discernir otra emoción—. Nunca habíamos hablado de algo serio, ¿no? Y yo... sabía que esto podía pasar —añadí. «Solo que aún no estoy preparada.»

Echó a andar, al tiempo que expulsaba el aire. Lo seguí y fui consciente de que quizá habría preferido un estallido, una bronca... porque eso haría las cosas más fáciles.

—¿Por qué me has traído aquí y no lo hemos hablado en tu casa o en la mía? ¿Por si te armaba un follón, para que no fuera demasiado grande?

—Hemos venido aquí porque me recuerda lo bien que me sentía junto a Hugo y junto a ti —reconoció, sin volverse para mirarme. Algo en el pecho me crujió. Era mi corazoncito, maltrecho—. Quiero marcharme con buenos recuerdos.

Me detuve y lancé una mirada alrededor. Me escocían los ojos, pero no quería ponerme a llorar allí, en ese momento. Diego reparó en que me había detenido y se volvió con una mirada cargada de culpabilidad, pero también llena de resolución. Quería irse, quería vivir esa vida que tanto había buscado. Una en la que, seguramente, yo no cabía.

—¿Cuándo te vas? —le pregunté, una vez estuvo junto a mí.

—Poco después de que Hugo se instale con mi hermano. Antes de Semana Santa.

Una tercera explosión en mi pecho. Dos pérdidas seguidas de dos personas a las que había aprendido a querer en muy poco tiempo, que se habían convertido en una especie de familia para mí y había creído que yo, para ellos, también.

—¿Y adónde?

—A Hannover, Alemania. En principio un año, el tiempo de excedencia que se ha pedido el trabajador al que sustituiré...

—Vale —acepté, aunque en ese instante un año me parecía todo el tiempo del mundo.

—Tina... —Volvió a sujetarme de las manos y se me hizo un nudo en la garganta—. No tiene por qué cambiar nada. Podemos seguir en contacto y vendré en alguna ocasión...

Agaché la cabeza. ¿Por qué me mentía? Si me había contado que antes no tenía apenas tiempo para nada más que no fuera el trabajo, ¿cómo iba a disponer de él en un puesto más alto e importante?

—No, yo... no quiero una relación a distancia —me atreví a decirle, alzando el mentón para mirarlo.

Diego apretó los labios y asintió con gesto grave.

—Me refiero a que podemos ser amigos, ¿no?

«¿Cómo me pides que sea tu amiga cuando estás avisándome de que te marchas? ¿Cómo serlo si solo de pensarlo me entra frío?» Se me pasó por la cabeza que en Alemania conocería a mujeres, como en el pasado, que se acostaría con ellas y que me olvidaría porque en esa nueva vida de éxito alguien como yo tal vez era demasiado fácil de olvidar. El nudo en la garganta se extendió por mi pecho y descendió hacia mi estómago. Acudieron lágrimas a mis ojos y me regañé, luchando por no llorar.

—Tina... —Me acarició una mejilla y yo cerré los ojos—. No has sido alguien más. Lo sabes, ¿verdad?

Asentí, aunque no estaba convencida. Podría haberlo estado si alguna vez me hubiera dicho que me quería. Me habría quedado con la certeza de que tomar esa decisión le había costado. Pero esas palabras nunca habían salido de su boca. Ni de la mía. Y, como le había dicho una vez, aprendería el ruido que hacen algunos silencios.

—Estos meses me has ayudado más que nadie, no solo con Hugo, y nunca podré agradecértelo lo suficiente. Lograste que sonriera de nuevo, que aprendiera a aceptar lo que me había venido de golpe. Me he divertido mucho contigo, Tina. Y te juro que, en tan poco tiempo, me has conocido más que nadie. También has sido una amiga, algo que nunca tuve.

Quise gritarle que, si seguía hablándome de ese modo, rompería a llorar y tal vez no sería capaz de detenerme. No me atrevía a abrir los ojos y mirarlo. Me mantuve así, con sus dedos en mis mejillas y su aliento, que se había tornado tan familiar, rozando mi cara.

—Y hemos disfrutado un montón en la cama, ¿no? Porque follamos de lujo, rubia. —Sus intentos por bromear me sacaron una risa que a punto estuvo de convertirse en lloro—. Adoro tus piernas. Tu pelo. Tus pecas. Tus ojos de cielo. Tu risa y tu forma de vestir. Tu amabilidad, tu empatía con los demás. Eres preciosa por dentro y por fuera. No dejes que nadie te haga creer lo contrario.

Apoyé las manos en las suyas y, al fin, me atreví a mirarlo. Quizá lo hice porque sabía que sería de las últimas veces que me vería reflejada en sus ojos con la esperanza de que había en él algo de mí.

—Solo prométeme una cosa.

—¿Cuál?

—No dejes que te haga daño de nuevo.

Otra vez con eso. ¿Por qué todo el mundo se empeñaba en eso?

—Tú también me lo estás haciendo —le espeté, un poco enfadada.

Me miró con semblante apenado.

—Eso me demuestra, y a ti, que no soy el adecuado, Valentina.

Y me besó. En sus labios todavía dulces por el chocolate que nos habíamos bebido sentí que lo era, pero me lo callé.

41

Debería haberme alejado antes de que se marchara, pero no lo hice porque pensaba que me arrepentiría. Necesitaba compartir algún momento más no solo con él, sino también con Hugo. Me controlaba las ganas de llorar cuando el niño estaba delante y trataba de pasar buenos ratos con ellos. Le mentí: le dije que continuaríamos viéndonos e iríamos juntos al parque, y me sentí horriblemente mal.

Cuando Hugo se mudó a casa de su padre, continué pasando de puntillas por el piso de Diego. En todo ese tiempo, no volvimos a acostarnos. Nos besábamos, nos acariciábamos y nos mirábamos, y escuchábamos juntos alguna banda sonora o leíamos algún libro. Pero ya empezaba a sentirme ajena a su vida, mientras observaba cómo las cajas con sus cosas iban acumulándose en ese piso que pronto se quedaría vacío.

Dos noches antes de la fecha de su partida dormimos en la misma cama, sin ser nosotros mismos. Estaba convencido de que todavía podíamos funcionar como amigos y no le saqué de su error porque, tal vez, residía una pequeña lucecilla de esperanza en mí. Me dijo que no me olvidaría. Le susurré, cuando se durmió, que no quería que lo que habíamos tenido acabara nunca.

Si me hubiera alejado de él y esa noche no me hubiera quedado en su piso, a lo mejor podríamos haber seguido siendo amigos. Quizá le habría acompañado al aeropuerto, como me pidió, pero no le di una respuesta clara. A lo mejor nos hubiéramos escrito mensajes, nos habríamos telefoneado y habríamos regresado a ese punto de sexo telefónico porque, realmente, nos echábamos de menos. Puede que hubiera funcionado.

Pero dormité en su cama y, de madrugada, me desperté con ganas de ir al baño y me desvelé. Deambulé por ese piso en el que había estado tantas veces durante meses. Se había convertido en un hogar para mí. Quería guardármelo en el recuerdo, instalar en mi mente todos sus rincones, sus colores, sus huellas, sus aromas. Todavía olía a Hugo. Ya lo echaba de menos. También echaba de menos a Diego, aunque aún no se había marchado. Me dirigí al salón y me quedé frente a la estantería de los mangas y los CD de bandas sonoras, y sonreí por toda la magia que él me había descubierto.

En ese momento oí un pitido y, al volverme, descubrí el portátil de Diego encendido. Antes de acostarnos, habíamos estado viendo una película y, mientras me cambiaba en el baño, se había quedado a contestar unos e-mails. Al parecer, olvidó apagarlo. Me acerqué para hacerlo y otro «¡ping!» rompió el silencio. La página de Gmail estaba abierta y no pude evitar que mis ojos se posaran en el primer mensaje. ¿Quién escribía a las cinco y media de la mañana? Un tal Matthieu le decía en inglés, en la primera frase que me permitía leer el servidor sin abrir el correo, lo contento que estaba de que le hubiera llamado para preguntarle por el puesto. Al principio no lo entendí, pero segundos después caí en la cuenta de lo que significaba ese mensaje. Diego no me había dicho cómo había conseguido el puesto, ni yo no se lo había preguntado. Pero, por el mensaje del tal Matthieu, quizá su futuro jefe, él había contactado con ellos.

De repente, me enfadé. Tanto que cerré de golpe la pantalla del portátil. Lancé una mirada furiosa al pasillo oscuro. Había pensado que tal vez se marchaba por mi culpa, porque le había hecho creer que sentía algo por mi exmarido y eso le había empujado a decidirse cuando le ofrecieron, una vez más, aquel puesto. Había imaginado que él no había tenido una parte activa en el proceso, pero no era así. En realidad, él se había puesto en contacto con la empresa para pedir el puesto, ¿no? En cuanto se vio libre de Hugo... quiso volver a su antigua vida de éxito, mujeres, dinero, libertad. ¿A qué me reducía eso?

No llegaba a entender por qué estaba tan enfadada. A lo mejor lo estaba conmigo, al fin y al cabo. Pero lo pagué con él. Me dirigí a toda prisa al dormitorio y comencé a vestirme. Diego se despertó y me miró confuso.

—¿Qué hora es? No me jodas que me he dormido... —Estiró el brazo para coger el móvil y comprobar la hora. Su vuelo no salía hasta un día después; se le notaba desorientado. Comprendió que sucedía algo y se incorporó en la cama—. ¿Qué pasa, Valentina?

Negué con la cabeza y terminé de ponerme el vaquero. Diego salió de la cama y se acercó a mí.

—¿Dónde vas así?

—¿Fuiste tú el que lo buscó, Diego? —me salió, sin más.

—¿Cómo?

—No me lo contaste y preferí no preguntártelo, pero... ¿Cómo te llegó la oportunidad en Alemania?

Si segundos antes lucía somnoliento, ahora parecía muy despierto. No habló, y con eso me lo dijo todo. Me dirigí hacia la puerta para marcharme de su casa. Quizá fui importante para él en algún momento, de alguna forma, pero ya no lo era ni volvería a serlo.

—¡Oye! —Intentó agarrarme del brazo, pero me solté—. No entiendo que...

Yo tampoco comprendía de dónde surgía toda esa rabia, esa decepción. A lo mejor mi cuerpo y mi corazón se habían puesto de acuerdo para trazar un plan a la defensiva y que no me doliera tanto. Quizá creía que, con el enfado, podría aplacar el dolor. Me alcanzó en la puerta, pero forcejeé y sollocé.

—Recibí un correo por casualidad de la empresa para la que trabajaré y... me lo tomé como una señal —reconoció. Me puso dos dedos en la barbilla para subirme el rostro y conseguir que lo mirara—. Me dijiste que lo sabías, que nunca habíamos establecido nada. Es una oportunidad estupenda, es... mi futuro. No puedo dejar de intentarlo, Tina.

Tina de nuevo. Ya no me gustaban esas cuatro letras en su

boca. Se me ensanchaba el corazón cuando me llamaba por mi nombre completo porque me había hecho sentir lo que significaba: valentía.

—No quiero acompañarte al aeropuerto. No me parece correcto. No lo han sido estos últimos días —musité.

Me abrazó con fuerza. Sollocé. Me pareció que temblaba. Y me fui. Y él también.

No, no cambié de opinión en lo de acompañarle al aeropuerto. No quería verle, estaba muy enfadada con él. Me había sentido orgullosa por considerarlo libre y, de repente, encontraba ese e-mail, pensaba en la decisión que había tomado y me ardía el estómago. Pero no estaba siendo justa. Nunca me había engañado, no me prometió un cuento con final feliz. Siempre se mostró tal y como era, y tal vez eso era lo que me parecía tan complicado. No había sabido lidiar con alguien como él, y no se trataba de que fuera mejor o peor. Simplemente era Diego, y me había enamorado y punto. La jugada me había salido mal porque, quizá, esa parte de mí que soñaba con historias de amor eternas y todopoderosas llegó a pensar que me elegiría. Y, en el fondo, no había nada que elegir. Qué injusta me suena ahora esa palabra en relación con nosotros dos, con lo que tuvimos e incluso con él. Por aquella época no era capaz de darme cuenta de que mi rabia iba dirigida hacia la persona equivocada.

El día que se marchó me había pedido libre en el trabajo, pero al final avisé a don Vicente de que iría a trabajar. Me causaba pavor toparme con Diego. De hecho, me había pasado veinticuatro horas imaginando que llamaría al timbre, no me controlaría, le abriría y a lo mejor discutíamos, o a lo mejor nos reconciliábamos, y no tenía claro qué sería peor. Sin embargo, Diego no dio señales de vida.

El librero no me quitó ojo en toda la mañana y yo no se lo quité al móvil, mirando la hora cada diez minutos. ¿Qué esperaba? ¿Que Diego apareciera de repente en la tienda gritando que me amaba, me tomara en brazos y me besara mientras los clientes y don Vicente cantaban y bailaban a nuestro alrededor a lo *Grease*?

El día que Diego salió de mi vida por la puerta de un aeropuerto el librero tenía puesta la radio y sonó una canción que se convertiría en uno de mis tormentos. No sabía cuál era, pero su letra me encogió tanto el corazón que acabé buscándola. Esa mañana, con Aitana y su +, incluso la librería se tornó un lugar menos cálido para mí.

«Yo voy a quedarme y tú te vas a ir [...] Sobrarán recuerdos, faltará tenerte. Dejas una historia en mí por escribir. Si yo te quiero, te quiero y te quiero [...] ¿Dónde guardaré este amor si tú te vas? Si no es mentira que te echo de menos. Si yo no te echo de menos, te extraño de más...»

Para ser sincera, Diego me escribió antes de subir al avión. No lo esperaba, o tal vez sí. Porque todo lo que habíamos tenido estaba hecho de «tal vez». Leí su mensaje con las manos temblorosas.

> Te he buscado en el aeropuerto, pero supongo que llevabas razón y que, si hubieras venido, habría sido más complicado. Nunca se me han dado bien las despedidas, no sé a ti. Pero esta no tiene por qué ser una despedida, como te dije... Si quieres mantener el contacto, por mí perfecto. Si prefieres no hacerlo, de acuerdo. Lo único que quiero es que no te duela, aunque eso ya te lo dije. Haz lo que creas mejor para ti. Si pasan unos días y no contestas a este mensaje, entenderé tu decisión y la respetaré. Estaré aquí mismo, Valentina.

Esas últimas palabras me hicieron llorar de nuevo, porque es lo que le dijo E.T. a Elliot, apoyando el dedo en su frente, donde se almacenan los recuerdos, cuando estaba a punto de marcharse. Era una de las últimas películas que habíamos visto en el sofá de su piso y tuve el pálpito de que nunca veríamos otra juntos.

No respondí a su mensaje porque pensé que era lo mejor para los dos. A pesar de que estaba enfadada, tenía derecho a volver a su vida anterior, sin mí. Sentía que no encajaría: una vida de éxito laboral, llena de viajes, de celebraciones, sin apenas tiempo para las cosas que a uno le gustan. No digo que fuera peor ni mejor, simplemente era la que Diego necesitaba, y yo quería otra. Tampoco le contesté porque sabía que no podía ser su amiga y no quería sufrir más. Más tarde comprendería que hay decisiones que cambian la vida y vidas que cambian tus decisiones.

Diana me convenció para que pasara la Semana Santa con mi padre, Carmen y ella. En realidad, no me apetecía, pero tampoco podía encerrarme en casa a lamerme las heridas. Me ponía a cocinar y recordaba a Hugo correteando por allí a la espera de un trozo de pastel de zanahoria, que se había convertido en uno de sus platos favoritos. Entraba en el cuarto de los libros y me acordaba de todas las veces que Diego se había sentado a mis pies y yo le leía mientras le acariciaba el cabello. Me acostaba en la cama y me parecía que, en la almohada y las sábanas, perduraba la esencia de los besos y las caricias que nos habíamos dado. Rebusqué en la librería por si encontraba algún manga, aunque tampoco tenía claro qué haría con él.

El Jueves Santo mi hermana me sacó de casa casi a la fuerza. La abrí con la banda sonora de *Memorias de África* de fondo. Me miró arrugando la nariz porque seguía en pijama y habíamos quedado hacía diez minutos.

—¿Qué coño es eso? —preguntó apuntando con un dedo hacia arriba. Miré el techo, pero no había nada—. No, digo esa música triste.

—No es triste, es esperanzadora. Te llega al alma.

Me contempló como si fuera una alienígena y me mandó a la ducha mientras me ayudaba a quitarme el pijama por el camino.

Pasé los días festivos con mi familia y me sentí mejor, pero todo se me antojaba más complicado.

—¿Le echas mucho de menos? —me preguntó Diana la última tarde antes de volver a Madrid.

Me había sentado en el jardín con una taza de café en las manos, y ella se unió poco después. Se lo había explicado todo y, aunque primero se dedicó a insultarle —lo hizo para que me sintiera mejor—, pronto se calmó porque Diego le cayó bien desde el principio. A decir verdad, tenían personalidades similares, y yo sabía que le entendía.

—Echo más de menos a Hugo —contesté, con tal de no tocar mi punto débil. No era mentira, pero, tampoco toda la verdad.

—Mira que eres tonta. —Puso los ojos en blanco y se me acercó un poco más—. Es que te pasas los días pensando en ellos.

—Oye, que tú también estuviste mal cuando lo de Jaime.

—Entonces, ¿no vas a intentar ser su amiga?

—No podría, Diana, no en estos momentos. Quizá en otra época de mi vida... Pero ahora prefiero centrarme en mí.

—¿Y no te dio alguna dirección o algo para visitar a Hugo? Seguro que el niño te echa de menos.

Ladeé el rostro y la observé sin decir nada. Ella se quedó pensativa unos segundos y luego asintió, comprendiendo que ver a Hugo lo haría todavía más difícil. Ya lo había sido, y mucho, al despedirme de él.

—Oye..., respecto a lo otro... —empezó, después de unos carraspeos.

—¿Qué es «lo otro»?

—Ya sabes, lo que me cabrea.

Eché la cabeza hacia atrás, con los ojos cerrados, y suspiré. Ella me acarició la barbilla con mucho cariño. Abrí los ojos y le sonreí.

—No sé nada de él, de verdad.

—Genial. Cuando quieras, me llamas y quemamos esa carta de mierda que te dio.

—Ya la tiré, Diana.

Se le iluminaron los ojos y se lanzó a abrazarme con tanto ímpetu que por poco no nos caímos las dos al suelo.

Era cierto, la había tirado. Pero eso no significaba que no me acordara de ella. Para ser sincera —y con la perspectiva que da el tiempo me doy cuenta de lo tonta que fui—, desde que Diego se marchó, había pensado en lo que decía la carta y en mi exmarido. Y pensé más a medida que transcurrió el mes de abril, y llegó mayo, y pasaban las semanas y la casa seguía oliendo a Diego. Una tarde llegué de trabajar y se abrió la puerta de su piso. El corazón se me subió a la garganta. Pero no apareció él, sino un señor de mediana edad que me miró con recelo al verme allí plantada, seguramente con cara de gilipollas. Diego me había comentado de pasada que tenía la intención de alquilar el piso cuando tuviera claro cuánto tiempo se quedaría en Alemania. Eso significaba que ya lo sabía y que era más del que ambos habíamos imaginado. Intenté convencerme de que todo eso que sentía no era más que nostalgia de lo que pudo ser y no fue, que no lo quería, que no había podido enamorarme en solo unos meses, que no echaba de menos a Diego y a Hugo, sino lo que yo había sido con ellos. Pero ¿acaso no es esa una auténtica señal de amor? Me propuse olvidarlos de una vez por todas, en especial a Diego, que se empeñaba en cruzarse por mi cabeza en demasiadas ocasiones.

Me sentía sola, sola y estúpida, y no intento justificarme porque debería haber sido más fuerte, más digna, y no haberle dedicado ni un solo segundo ni un solo rincón de mi mente a personas que no lo merecían —y no me refiero a Diego—. Dicen que los que no recuerdan el pasado están condenados a repetirlo, pero creo que recordarlo, en ocasiones, también es mala idea.

Hay fantasmas del pasado que, por obligación, deberíamos exorcizar.

42

Mayo tocaba a su fin y, de vez en cuando, seguía pensando en lo que haría Diego por Alemania. No habían transcurrido dos meses desde su marcha, pero me daba la impresión de que hacía más. El tiempo se detiene cuando hay demasiado silencio. Y que conste que trataba de llenarlo: con mi padre y Carmen, que ya estaban con los preparativos de la boda (sería muy íntima y familiar, pero Diana les había convencido de que se pegaran una fantástica luna de miel, y se la merecían), Julia, el trabajo, los libros, mi hermana, incluso con Rosario y Juanito. Aunque a veces ellos dos me recordaran a un otoño y un invierno que habían sido los menos fríos de mi vida. Sabía que la anciana tendría noticias de Diego, pero no le preguntaba y ella callaba. Ay, Rosario, cuánta sabiduría y juicio en un cuerpecillo tan pequeño. Tampoco hablábamos de Hugo, a pesar de que se notaba que ambas lo echábamos de menos.

—Quédate con que hay historias de amor muy cortas, pero también son las más bonitas —me dijo la mujer un día, así de repente, mientras paseábamos al chihuahua bajo el solecillo primaveral.

La miré de reojo, callada. Nadie quiere un final, pero quizá es mejor uno habiendo vivido con la risa pegada a la garganta que ninguno.

Ese día volví a la librería con sus palabras rondando por mi mente. Estaría sola, porque don Vicente tenía cita con el médico y le había animado para que se tomara el resto de la tarde libre. El hombre trabajaba demasiado para su edad. Nunca me había dicho qué haría con la librería cuando se jubilara, pero no le faltaba tanto.

Preparé algunos pedidos y contesté a varios correos electrónicos de autores que preguntaban por una firma o una presentación. Desde que Albert Espinosa había pasado por allí, muchos se habían animado y ya habíamos realizado unas cuantas. Dos jueves al mes los dedicábamos a autores que venían a promocionar sus libros. Por otra parte, el club de lectura seguía viento en popa. Ya no me hacía cargo de él sola, sino que nuestro fiel cliente Antonio se había ofrecido a ayudarme y me había venido de perlas. En ese instante recordé que debía actualizar las redes sociales anunciando el club de ese mes. Elegimos un libro de ciencia ficción que no me había dado tiempo a leer, de modo que moderaría uno de los nuevos participantes, muy aficionado a ese género.

Mientras escribía un post para Facebook e Instagram, tintineó la campanilla. Aparté la mirada del ordenador y compuse una sonrisa para recibir al cliente. No lo esperaba. Se acercó con cautela, echando un vistazo aquí y allá, como si su presencia fuera una casualidad. No me lo tragaba. No esperé a que hablara él.

—Hoy no ha venido Albert Espinosa —dije con ironía.

Sergio me miró con seriedad. Sergio, el primo de Mario. El que era para él como un hermano. El que había venido a la librería para la firma, me había visto allí y se lo había chivado a mi exmarido. Nunca nos habíamos llevado mal. A decir verdad, junto a la abuela de Mario, había sido uno de sus familiares más amables y atentos conmigo. Pero pensé que su presencia allí era una estrategia y me enfadé.

—Lo sé, Tina. Solo pasaba por aquí y quería saludarte.

—Vale, pues hola y... ¿Buscas algún libro?

—Si puedes recomendarme alguno parecido a Espinosa... —Esbozó una sonrisa que no le devolví.

—¿Por qué estás aquí, Sergio? ¿Anda esperándote Mario ahí fuera?

Fingió inocencia, pero no me la colaba. Negó con la cabeza.

—He venido solo. —Desvió la vista unos segundos—. Pero no estaría bien mentirte. La verdad es que estoy aquí por él —reconoció, y yo lo observé en silencio—. Espero que no te enfades, Tina. Solo quería decirte algo, pero si no te sientes cómoda con mi visita, me marcho.

—No creo que este sea el lugar idóneo para hablar.

—Sí, llevas razón... —Se frotó la nuca con la mano derecha—. Bueno, Tina, ya nos veremos. No sabes lo que me alegró encontrarte aquí, tan bien...

Parecía sincero. Recordé lo que Mario me había dicho, que Sergio se había cabreado con él por su comportamiento conmigo y le había recomendado que pidiera ayuda psicológica. Ya, no intento justificarme. Sentirse sola y triste no significa nada. Fiarse de los demás e intentar confiar en ellos seguramente tampoco lo explica. Sin embargo, soy sincera, a pesar de que ahora me avergüence de ello —mi terapeuta aseguraría que tampoco debería sentirme así— y, por ello, confieso que la visita de Sergio despertó mi curiosidad y, antes de que saliera por la puerta, lo llamé.

—Me quedan unos treinta minutos para cerrar. Hay una cafetería bastante agradable al final de la calle de enfrente. ¿Por qué no me esperas allí?

Lo mío era como la película *Una serie de catastróficas desdichas*, pero cambiando «desdichas» por «decisiones». Me pasé esa media hora rumiando sobre lo que Sergio querría decirme. Algo de Mario, no cabía duda. Por una parte, me enfadaba que los demás siempre tuvieran opiniones o consejos sobre lo que había sido mi relación con él. Por otra, seguía sin saber soltar, sin saber gritar un «no» rotundo.

No puedo negar que creí que, a lo mejor, Mario había acompañado a su primo y que me habían tendido una trampa. Sin embargo, cuando llegué a la cafetería y miré desde fuera, vi a Sergio completamente solo. La voz similar a la de Diana de mi cabeza me instó a que me marchara. La ignoré y tomé aire antes de entrar. Me senté en silencio, bajo la atenta mirada de Sergio. No quise tomar nada porque, en el fondo, estaba nerviosa. Sergio iba por el segundo café y advertí que jugueteaba con la cajetilla de tabaco. Tenía ganas de fumar, con lo que me demostraba que también estaba inquieto.

—Tú dirás —dije, señalándole con una mano.

—Lo primero, agradecerte que hayas querido hablar conmigo. Siempre te consideré una magnífica persona, Tina. Y... —Carraspeó, alterado—. Precisamente por eso me enfadé tanto con mi primo. ¿Sabes que estuve un tiempo sin hablarle?

Negué, un tanto sorprendida.

Él asintió y toqueteó la tacita del café.

—No sé si fui el único que se dio cuenta de cómo te trataba, pero creo que solo yo me atreví a hacerle frente y mostrarle que no podía comportarse así.

—Está bien —contesté, y se me pasó por la cabeza que también se lo podía haber dicho antes—. Aunque seguro que no lo sabes todo. —Mi tono sonó muy duro. De nuevo la vocecilla en mi mente burlándose de mí: «¿Por qué no utilizaste el mismo tono con Mario?».

Sergio me miró confundido. ¿Qué esperaba, que me mostrara de lo más agradecida y contenta?

—Creo que mi primo está arrepentido. Arrepentido de verdad. Ha cambiado mucho... Lo he visto enfrentarse a sus padres por primera vez, te lo juro. Me imagino, aunque no me lo ha dicho, que lo consiguió recordándote.

—¿Puedes ir al grano, Sergio? —le pedí.

Se pasó la lengua por los labios. Me preguntó de nuevo si quería tomar algo y volví a negar.

—Me comentó que os habíais visto y que estaba muy agradecido, Tina. Porque es consciente de todo lo que hizo mal. No acababa de creerse que hubieras quedado con él, después de todo.

—Lo hice porque pensé que podía cerrar lo que seguía abierto —le confesé, intentando hacerle ver que nunca habría nada entre Mario y yo. Porque... no lo habría, ¿verdad? ¿Por qué me temblaban las manos bajo la mesa con todo lo que Sergio me contaba?

—Tina, ¿sabes que nuestra abuela está muy enferma?

—Sí, me lo dijo.

—Otra de nuestras primas se casa... Lucía. ¿Te acuerdas de ella? —inquirió. Asentí. Una rubia estirada que apenas me había dirigido la palabra en todos los años de matrimonio, de esas que piensan que si no eres de familia adinerada no eres nadie—. Pues se casa el mes que viene. —Aguardó a que yo dijera algo, pero, como no lo hice, continuó—: Lo que voy a contarte no ha salido de Mario, de verdad. Él, tal y como es ahora, no se habría atrevido a hacer esto. Pero... nuestra abuela cree que seguís casados.

—¿Perdón? —pestañeé confundida.

—Nuestra abuela y algunas personas más. En nuestro círculo social, estos temas son muy controvertidos...

—Lo tengo claro —le espeté algo enfadada porque empezaba a entender por dónde iban los tiros.

—La abuela saldrá de la residencia para la boda y no sabes la cantidad de veces que le ha preguntado a Mario por ti. Te adoraba, Tina. Te admiraba.

—Ella también me gustaba —admití en voz baja—. Creo que debería irme. —Hice amago de coger la mochila, pero Sergio adelantó una mano y, sin tocarme, me pidió con la mirada que esperara un poco más.

—Mario no contactará contigo para pedirte nada, y tampoco es una estratagema ni nada por el estilo. Pero si tú...

—No voy a hacerlo. —Me negué y me incorporé—. Si dices que ha cambiado, que asuma las consecuencias y le cuente a su abuela lo que ocurrió.

—Eso le dolería demasiado. A la abuela, me refiero... —añadió.

—Ahí no entro, Sergio. Lo que me pides también sería doloroso para mí.

Se me quedó mirando con aspecto desolado, pero pareció entenderme y asintió con la cabeza. Me despedí con un escueto «adiós» y salí de la cafetería con la sensación de que la vida estaba poniéndome a prueba. Nunca había sido demasiado buena en ese tipo de juegos.

Sucedió días después, tras haber pasado tiempo pensando en esa señora que siempre me había recordado a mi abuela paterna, la cual había fallecido cuando yo era pequeña. Me parecía injusto que no se le hubiera contado la verdad, aunque lo entendía. Si hubiera tenido que mantener el contacto o algún tipo de relación con alguien de esa familia, habría sido con ella. Había sido la única —aparte de mi padre y mi hermana— con la que había hablado de algunos de mis sentimientos, aunque nunca le conté las acciones y los ataques de su nieto. Pero todavía recuerdo cómo ella me alentaba con las oposiciones y lo triste que se puso cuando se enteró de que las dejaba. También me animó a abrir un negocio de repostería, si era lo que me gustaba. A veces iba a verla sola a la residencia, cuando Mario no podía. Me tranquilizaba charlar con ella. En alguna ocasión deseé confesarle toda mi verdad y la de Mario. Y eso que ella, cuando alguna vez le conté que habíamos discutido, pero fingiendo que no había sido nada, me repetía: «Nunca dejes que un hombre te borre la sonrisa, ni siquiera mi nieto». Los padres de Mario apenas la visitaban, pero él la quería muchísimo, y tal vez ese fue uno de mis errores, tanto durante mi relación como después: creer que alguien que adora de esa forma a su abuela no puede ser malo.

Volviendo al tema, días después de la visita de Sergio recibí una llamada de un número desconocido. Lo cogí pensando que sería publicidad o un intento de venderme algo. No me esperaba oír esa voz.

—Hola, Tina.

—¿Me has llamado desde otro número para que lo cogiera? Eso es ruin. ¿No entiendes lo que significa mi silencio respecto a la carta? Voy a colgar, Mario.

—¡No, espera! Por favor, solo quería disculparme por lo de mi primo.

—No tengo que perdonar nada. Adiós, Mario.

—¡Tina!

Entonces prorrumpió en sollozos. Jamás lo había escuchado ni visto llorar. Mario era un hombre seguro, altivo, orgulloso, de los que son capaces de controlar sus sentimientos. Si Diana le hubiera oído, me habría dicho que podría haber ganado un Oscar a la mejor actuación. En cambio, yo noté un pinchazo en el pecho.

—¿Estás... estás bien?

—Mi abuela no deja de preguntar por ti, Tina. Cree que te verá en la boda.

—¡Haberlo pensando antes! —exclamé enfadada—. Si tanto la quieres, deberías haberle contado la verdad.

—¡La habría matado antes de tiempo!

—No digo que le hubieras contado todo, pero al menos sí que ya no somos nada. No sé cómo has podido ocultárselo.

—Por eso me siento tan mal. Y porque al hablar con ella sobre ti no paro de pensar en nosotros, Tina.

—No hay un «nosotros» —musité entre dientes.

—¿Nunca lo hubo? —Su voz sonó tan triste que consiguió conmoverme y, de nuevo, irremediablemente acudieron a mí una serie de recuerdos entremezclados—. Al principio, Tina... ¿No fue bonito? ¿No nos quisimos mucho? Me arrepiento de no haberte sabido querer, no sabes cuánto.

—Eres un embustero —le corté—. Me has telefoneado con la excusa de disculparte y con el tema de tu abuela y ahora me vienes con esto. No sé qué pretendes, Mario.

—¿Es porque sales con alguien? —me preguntó de repente.

—¿Qué?

—Me dolió verte con ese hombre, pero lo acepto. Tú, más que nadie, tienes derecho a vivir tu vida.

—No salgo con nadie, eso no tiene nada que ver. Es... es todo lo demás. El daño, Mario. No puedes pretender que lo acepte, que te acepte, así como así.

—Y no lo pretendo, de verdad que no. No te he llamado para eso. Solo quería pedirte perdón por lo de Sergio y... y quizá rogarte un último favor.

Se me escapó una risa sarcástica. Me froté los ojos y negué con la cabeza, como si él pudiera verme.

—No tienes por qué hablar con nadie, Tina. Solo con mi abuela. Con ella te gustaba charlar, ¿no? A los demás puedes ignorarlos. Incluso a mí, ignórame si es lo que sientes. —Lo oí suspirar—. Me gustaría que ella se marchara feliz.

—Se iría con una mentira.

No respondió.

Estaba en la cocina de casa cuando me llamó, y abrí y cerré la nevera sin ser consciente. ¿Por qué no le decía que no de una vez por todas?

—Si la vieras, Tina... Está tan delgada. No parece ella. Ya no tiene brillo en los ojos y apenas puede caminar. Es el último evento en el que se reunirá con la familia —insistió él, causándome un sordo dolor en el pecho—. Y tú también lo fuiste para ella. Lo eres, en realidad.

—Puedes decirle que sigo siéndolo, aunque estemos divorciados.

Tampoco contestó a eso. Me apoyé en la encimera y, con los ojos cerrados, musité:

—Adiós, Mario. Despídete de tu abuela por mí.

Y colgué.

A pesar de todo, no me sentía bien. No podía dejar de pensar en esa anciana a punto de morir, llena de dolor. En que alguna vez me había contado cuchicheos de la familia y me había dicho entre risas: «Ojalá fueras mi nieta. Te prefiero a ti antes que a muchas de ellas». Y yo me había considerado su nieta. Tras el divorcio, también había pensado en ella en alguna ocasión que otra. La había echado de menos, pero nunca me había atrevido a ir a verla porque no era yo quien debía ponerla en situación. Y ahora, ¿qué?

Me convencí de que, si lo hacía, sería para no arrepentirme, para no vivir con remordimientos, aunque solo fuera durante un tiempo. No lo hacía por Mario, no. Pero seguramente también lo hacía por él, sí. Porque le había escuchado llorar y se me había partido un poco el corazón. «Demasiado tonta», dirán algunos. «Inocente», otros. «Débil», creerán también. «La había maltratado y seguía enamorada de él.» No era eso, no. Era lástima, y la lástima no es amor, pero en ocasiones se confunde y es uno de los peores sentimientos en ese tipo de relación tóxica.

Le escribí un mensaje.

Cuándo es la boda?

Me contestó horas después diciéndome que en junio.

Lo llamé y me pareció escuchar ilusión y esperanza en su voz, y eso me confundió todavía más.

—Lo hago por tu abuela —dije sin saludarle siquiera—. Dime el día y acudiré.

—Creo que sería mejor que nos vieran llegar juntos —respondió. Y añadió, con cierta cautela—: Además, es que... durará todo un fin de semana.

Cómo no, así eran las bodas en la familia de Mario. La nuestra también fue por todo lo alto, tanto que pensé que nunca acabaría.

—No voy a ir todo un fin de semana.

—Es en una finca en la sierra. El lugar es precioso, Tina.

—¿Qué me importa? Dijiste que no tendría por qué hablar con nadie, y todo un fin de semana...

—A lo mejor podríamos hablar nosotros.

El silencio inundó la línea telefónica. ¿Quería hablar con él? ¿Sobre qué? ¿Disculpas de nuevo? Ya me las había pedido; no necesitaba más.

—No es buena idea.

—Tal vez pueda demostrarte lo mucho que he cambiado. Ya sé que un fin de semana no es mucho...

—No tienes que demostrarme nada, Mario.

Pero una parte de mí quería descubrir que todo aquello era cierto, que las palabras que Diego me había dicho tiempo atrás podían cumplirse. Que la gente cambiaba, que Mario, en cierto modo, me había querido. Que el exmarido cruel nunca había existido, que había tenido una pesadilla y que siempre había sido el Mario encantador. Que ese era él, no el otro. Una parte de mí quería convencerse de que todos merecen una segunda oportunidad porque eso es lo que nos hacen creer.

—Venir no te compromete a nada. No... no estoy pidiéndote nada relacionado con nosotros. Pero me gustaría que vieras el hombre que soy ahora.

Y me daba miedo verlo, para qué mentir. Pero acepté.

—Sigo haciéndolo por tu abuela —traté de justificarme. Más me valdría haberme callado. Eso me desnudaba aún más.

—Gracias, Tina. Nunca te merecí.

43

No era la primera vez que estaba en Hannover, pero en cuanto puse un pie en sus calles sentí una sensación de extrañeza y desamparo a la vez. Por un momento estuve a punto de sucumbir al pánico, dar media vuelta y regresar a España. Se me pasó por la cabeza que había cometido un terrible error, que no era mi lugar. Cuando llegué al apartamento —pagado por la empresa—, seguía notándome raro. Y que conste que el piso era espectacular y, al abrir la nevera, estaba llena y eso ayudó a que me sintiera un poco mejor. Pero esa tarde-noche me quedé allí recordando todo lo que había vivido desde que mi sobrino llegó a mi vida. Y lo rápidos que habían pasado los últimos días con él y con... Tina. Recordaba las últimas conversaciones con ella, que iban más encaminadas a Hugo que a nosotros. Me había preguntado si estaba seguro de que Hugo estaría bien con Pablo. Sabía que no me estaba cuestionando nada, que se preocupaba por el niño. Le respondí que ni yo podía estar seguro, pero que había visto un enorme cambio en mi hermano y que todos merecíamos una oportunidad. Quizá ella acabó pensando que intentaba escapar, que me había dado cuenta de que no llevaba la vida que quería. Quizá había algo de eso...

Y no podía evitar pensar en la última noche que pasamos juntos y en cómo la había cagado. Debería haberle confesado cómo conseguí el trabajo, pero no lo hice a propósito, no tenía intención de ocultárselo. Esas últimas semanas, mi cabeza no daba para más. Mantuve la esperanza de que acudiera al aeropuerto para despedirse de mí y que me dijera que había cambiado de opinión y podíamos intentar ser amigos. No apareció. Pensé también en su exmarido y sentí cierto temor por ella, pero me convencí de que era lo suficientemente adulta e inteligente. Joder, que era Tina. Mi Valentina durante unos meses, en los que había aprendido a valorar una vida distinta a la que había llevado siempre.

Ese primer día en Hannover también pensé en Hugo. Le echaba de menos, lo reconozco. Y me había sorprendido que se enfadara cuando le dije que estaría un tiempo fuera, pero que podía llamarme cuando quisiera. Creo que mi marcha le recordaba, en cierto modo, a la de su padre. Pero yo había imaginado que no le importaría porque volvía a vivir con él, que era lo que siempre quiso. Y, para colmo, mientras desempaquetaba algunas cajas para distraer la mente, me encontré con algo que no esperaba: la puñetera gorra de Superman que le había comprado cuando fuimos a la Warner. ¿Cómo había llegado ahí? ¿La había metido él, como un regalo? Se me formó un nudo en la garganta y, sin pensarlo mucho, telefoneé a Pablo. Me habían entrado unas tremendas ganas de hablar con el niño. No obstante, no quiso ponerse al teléfono porque estaba bastante enfurruñado. Hugo no era tonto; probablemente pensara que, de nuevo, alguien le había abandonado y me sentí como el culo. Recordé entonces la conversación que había mantenido con mi madre después de comunicarle que me marchaba.

—Si estaba claro, hijo: en cuanto tuvieras la más mínima oportunidad, ibas a volar.

—¿Qué insinúas, mamá?

—Era lo que querías, ¿no? Estabas deseando irte.

—Lo que deseaba era seguir avanzando laboralmente. Es distinto.

—¿Y ahora qué? ¿Cómo crees que se sentirá Hugo?

—Bueno, mamá, está con su padre. Y era lo que querías. Anda que no me diste la lata con eso.

—Te echará de menos, Diego.

—No creo. No conseguí que me cogiera cariño.

Mi madre me miró de hito en hito y replicó, enfadada:

—Estás ciego, hijo. A lo mejor el que no siente cariño por nadie eres tú.

La mandé a la mierda en un susurro y me fui. Volví al día siguiente para despedirme mejor. No quería marcharme con un regusto amargo en la boca. Pero esa primera tarde en Hannover lo noté, porque las palabras de mi madre me cayeron como una losa al descubrir la gorra entre mis pertenencias. A lo mejor Hugo se había encariñado conmigo. A lo mejor había llegado a quererme. Pero, si no había sabido verlo, eso demostraba que no era la persona adecuada para cuidarlo. A lo mejor mi madre tenía razón por una puta vez.

Como era viernes y no comenzaba en la empresa hasta el lunes, decidí conocer el barrio. Me habían dado la oportunidad de elegir, y había escogido la zona de Oststadt, un ecléctico barrio conocido por su variedad de bares, restaurantes y discotecas. Además, estaba cerca del parque Eilenriede, el mayor bosque de Europa ubicado en el centro de una ciudad. Más tarde me daría cuenta de que, por una parte, había elegido un barrio de fiesta nocturna que trajera de vuelta al Diego de antes, pero, al mismo tiempo, con un espacio natural que acabaría recordándome lo que había dejado atrás.

Ese fin de semana paseé solo por la ciudad, todavía como un extraño, intentando familiarizarme con el entorno. Visité el barrio de Linden, donde vive mucha gente procedente de países como Brasil, Portugal o España, y comí en un restaurante español. Al norte de mi barrio, a poco más de un kilómetro, se encontraba el Lister Turm Biergarten, una de las cervecerías más populares de la ciudad. Allí fui el sábado porque realmente necesitaba una buena cerveza. El domingo me paseé por el casco antiguo, por la zona de la Marktplatz. Me dije que parecía un turista, pero en cuanto hiciera alguna amistad en el trabajo, le pediría que me introdujera en la vida de Hannover como si fuera un alemán más. De hecho, aparte del puesto, la empresa también me pagaba un curso para aprender el idioma.

Poco a poco, entre clases de alemán —que me parecía complicadísimo, pero me gustaba—, ponerme al día en el trabajo, reuniones, conocer a compañeros, comidas de empresa, conversaciones por teléfono para realizar ventas, salidas nocturnas... regresé a lo de antes y a más. Porque, sí, para cuando terminó abril, ya me sentía mejor y había comenzado a acostumbrarme a la vida de allí. Y me dije: «No te has equivocado, has nacido para esto». Me parecía que lo que sentía cuando me felicitaban en el trabajo o cuando Matthieu me miraba con orgullo y satisfacción era la puñetera felicidad. Solo llevaba un par de semanas allí y ya me llevaba una gran cantidad de elogios. Creía que la felicidad era trabajar más de doce horas al día y, para distraerme, salir de fiesta, llevarme a jefes de otras empresas a cenar para convencerlos de que teníamos los mejores productos, machacarme en el gimnasio para desestresarme, intentar ascender al puesto de jefe de ventas, ganar una pasta gansa. Pero «euforia» no es sinónimo de «felicidad». No quiero decir que no fuera feliz en mi nuevo puesto de trabajo porque, joder, me encantaba. Pero a veces notaba que me faltaba algo... A ciencia cierta, no sabía qué era aquella sensación. Lo descubrí una mañana de mayo, cuando Matthieu me citó en su despacho.

—Diego, estamos muy contentos contigo. El que más yo, al comprobar que no me equivoqué al recomendarte de nuevo —me dijo. El pecho se me hinchó de orgullo—. ¿Cómo vas con el alemán? —me preguntó, aún en inglés.

—*Super. Es ist eine schwierige Sprache, aber ich mag es.* Es un idioma difícil, pero me gusta —le contesté en alemán con un acento terrible.

Él sonrió, al tiempo que asentía con la cabeza.

—Te he hecho venir porque, como sabrás, en septiembre se celebra la feria internacional de protección civil y, por supuesto, iremos.

El corazón se me aceleró al imaginarme lo que iba a decir.

—Voy a proponerte para que acompañes al equipo. Acabas de llegar, pero... has hecho mucho más que otros. ¿Qué te parece? ¿Crees que estarás preparado?

No es difícil imaginar mi respuesta. Lo convencí para salir

esa noche a celebrarlo y, de esa forma, agradecerle su confianza. No era la primera reunión *afterwork* que hacíamos y a la que yo acudía, claro, pero él no solía unirse a ninguna. Bebí bastante y la lengua se me soltó. A Matthieu, las cervezas también se le subieron pronto, porque me hizo preguntas que, en otra situación y otro momento, seguramente no me habría hecho. La educación alemana.

—¿Y los temas de tu familia?

—¿Cómo? —pestañeé confundido.

—Me dijiste que rechazaste el puesto de jefe de ventas por temas familiares.

—Ah, sí... Es que, bueno, no podría haberlo compaginado, la verdad. Pero créeme que lo pasé mal. Fue una decisión muy dura y difícil de tomar.

Él asintió, comprensivo, y entonces le pregunté:

—¿Tienes familia, Matthieu?

A pesar de que mi jefe rondaría los cuarenta y muchos años, quizá los cincuenta, no lo imaginaba con familia, la verdad. Pensé, sin poder evitarlo, en Tina y en ese libro que tanto le gustaba: *Orgullo y prejuicio*. Para mí, alcanzar el puesto en el que se encontraba Matthieu significaba horas y horas de sacrificio y eso no encajaba con la idea de cuidar de una familia. De hecho, lo que hablábamos no distaba mucho de mis creencias.

Matthieu sacó la cartera de su pantalón y me enseñó una foto en la que aparecía una mujer bastante atractiva y dos niños muy rubios. Adorables. Sonrientes.

—Qué guapos. ¿Cuántos años tienen?

—El mayor es Arnold y el pequeño, Burke. Tienen cinco y tres años.

Me parecían muy pequeños para Matthieu. Quizá notara algo en mí o era un tema por el que tenía que justificarse.

—Emma es más joven que yo. Me casé tarde —me explicó, con una risa amable—. Mucho trabajo siempre, Diego. —Suspiró—. Pero bueno, dicen que más vale tarde que nunca. Cuando Emma tuvo a Arnold, todavía viajaba mucho por trabajo y me pasaba horas y horas en la compañía. Me perdí buena parte de su infancia, así que con Burke traté de enmendarlo. Me pedí jornada reducida. No te digo cómo se quedaba la gente cuando lo decía. Les sonaba raro.

—¿Y no te sentiste... extraño? Como coartado en tu libertad.

Él me miró con el ceño fruncido, como si no me entendiera.

—Quiero decir que... bueno, parece que adoras tu trabajo.

—¡Y así es, Diego! Pero también adoro a mis hijos y a mi mujer y, además, la decisión la acabé tomando yo. Nadie me presionó. Creo que hay tiempo para todo. Cuando llego a casa y salen a recibirme con un abrazo, me dan algo que el trabajo no me da. Y mira que me da cosas buenas... pero esa no.

—¿Cuál?

—Calma. Paz.

Y ahí, como si se me hubiera caído la venda de los ojos, supe qué era lo que me faltaba. Calma. Paz. Aún tuvieron que pasar unas semanas para comprender que esos sentimientos no me los había dado el trabajo que amaba. Me los habían ofrecido dos personas que eran más importantes para mí de lo que yo había creído o había tratado de creer. E intenté convencerme de que mi vida era dedicarme a mi profesión y punto. Nunca había echado de menos nada más. Pero claro, nunca lo había echado de menos porque no lo había experimentado. Y después de probar otras cosas... me di cuenta de que las extrañaba.

Me enfadé un poco. Con Hugo. Con Tina. Conmigo. Yo no quería elegir, joder, pero ella tampoco me lo puso fácil. Si lo hubiéramos intentado, primero como amigos... tal vez podríamos haber continuado. Y me frustraba porque, por otra parte, la entendía y eso complicaba aún más las cosas. Ella quería a alguien con quien disfrutar de una tarde libre o de un fin de semana. Alguien con quien ir a comer un domingo con su familia, ver una película de estreno o un clásico, como habíamos hecho en Madrid, y charlar de libros. Incluso tener hijos. Yo no era el tipo con el que podría hacerlo, y se había dado cuenta. Quizá me saldría una reunión de última hora, tendría que quedarme hasta las tantas en el trabajo o acabaría viajando la mitad del año. Valentina se había sentido sola durante mucho tiempo. Se merecía que le regalaran todo el tiempo del mundo.

Y, hostia, caí en la cuenta de que mi vida sin ella no iba a tener sentido y me asusté. Podía seguir trabajando, ascendiendo, sintiéndome satisfecho y orgulloso de mis logros, pero... no habría nadie que compartiera todo eso conmigo. No tendría los ojos de Valentina mirándome con comprensión, ni su mano acariciándome la espalda cuando sintiera el peso del mundo sobre los hombros, ni sus labios recordándome que, en ocasiones, la vida se reduce a un instante. Había ganado mudándome a Alemania, pero también había perdido.

Me dije que no podía hacer nada, que ambos debíamos seguir con nuestra vida y punto. Si jamás había creído en el amor... ¿cómo no iba a superarlo? Pero la traicioné, y también a mí mismo. Me convencí de que ella encontraría a alguien, si no lo había hecho ya. Me dije que a lo mejor se había vuelto a acercar a su exmarido y con esa idea, para tratar de olvidarla, fui un auténtico cabrón.

El mes de mayo pasó con la misma rutina de siempre. Trabajo, gimnasio, más trabajo, reuniones, fiestas, mujeres. Muchas, pero ninguna como ella. Porque ella se había entregado a mí aun habiéndolo perdido todo, y se había arriesgado a que le rompieran el corazón otra vez.

Y porque con ella me sentía alguien. Me hacía sentir que tampoco había nadie como yo.

44

No le dije nada a Diana porque habría puesto el grito en el cielo. Y porque aún no entendía por qué había aceptado tan fácilmente. «Ha sido por su abuela, ha sido por su abuela...» ¿Para qué engañarme con excusas? Había dicho que sí porque la parte más gilipollas de mí quería creer que había cambiado. Y si lo comprobaba, ¿qué? ¿Qué pasaría luego? ¿Me sentiría mejor o peor? ¿Entablaría una amistad con él a través del perdón o por fin me alejaría de él? ¿Y si... y si volvía a caer bajo su influjo?

Pasó a buscarme el sábado muy temprano. Don Vicente no dudó ni un segundo en darme el día libre. «Te lo mereces, después de todo lo que has trabajado.» A lo mejor la otra parte de mí, la que me gritaba «¡Peligro!», habría preferido que se negara y contar con un motivo para no ir. «¿No es lo bastante fuerte el hecho de que no tendrías que ayudar a tu exmarido cabrónido?», habría soltado Diana, muy enfadada.

Durante el trayecto, apenas hablamos. Mario parecía el mismo y no lo parecía. Sí, contradictorio. Lo parecía porque seguía siendo ese hombre guapísimo y con aspecto seguro del que me había enamorado. Mantenía el aura de las personas que atraen miradas por donde pasan, y no solo por su físico. Su sonrisa continuaba siendo encantadora, lista para encandilar. Pero no lo parecía porque el antiguo Mario, nada más subir al coche, me habría preguntado por el hombre que me había acompañado a aquella fiesta. Habría comenzado a parlotear sobre sus éxitos en el trabajo y no me habría prestado atención. No obstante, lo primero que hizo fue preguntarme qué tal la semana. Me había puesto una falda corta para reivindicar que yo era una mujer completamente nueva, pero al mismo tiempo quería averiguar si me había mentido respecto a que él había cambiado.

Para la celebración, habían reservado la Finca Prados Riveros, en la sierra de Madrid. Tenía cabida para ochocientos invitados. Mario me comentó que creía que seríamos unos quinientos, y lo dijo como si nada. La boda iba a celebrarse el domingo por la mañana, pero el sábado a mediodía había un cóctel y, por la noche, una cena para los más allegados. No me apetecía ni una cosa ni otra, pero no dije nada. Estaba nerviosa, para qué mentir. No deseaba ver a gente con la que no había tenido buenas experiencias, pero recordé que lo hacía por la abuela de Mario.

Cuando entramos, me quedé con la boca abierta. Sin duda, era un lugar espectacular, con unas maravillosas vistas a praderas, robledales y pinares. Mario me explicó que su prima había decidido que la boda sería civil y que sus padres por poco no arman un escándalo, pero al final se tuvieron que aguantar. Y por cómo era su prima, incluso a mí me extrañó que no eligiera una ceremonia religiosa.

Nos dirigimos a la casa de montaña que albergaría a algunos de los invitados, entre ellos a nosotros. Mario me ayudó a bajar la pequeña maleta; me dedicó una sonrisa y una de sus miradas con esos ojos miel que eran otro de sus fuertes. Me pareció que estaba muy contento y me pregunté si se debería a mí. Me entró un cosquilleo en el estómago. Nos atendió un joven de aspecto amable. Cuando le tendió la llave a Mario y le indicó la habitación, sacudí la cabeza, confundida.

—No, no puede ser.

—¿Perdone, señorita?

Me giré hacia Mario y le interrogué en silencio.

Él, sin borrar la sonrisa, dijo:

—Creo que hay un error. Se suponía que teníamos habitaciones separadas.

El chico frunció el ceño y se puso a teclear de nuevo en el

ordenador. El corazón se me aceleró. ¿Había pedido la misma habitación a propósito? ¿Era una de sus tretas?

—Es verdad, señor —admitió el recepcionista. Mi cuerpo se destensó de inmediato y me dije que no debía ser tan paranoica. De momento, Mario no me había dado ninguna señal que me hiciera desconfiar, a pesar de su historial—. Por desgracia, hubo un malentendido y no nos quedan habitaciones. La culpa es mía, lo reconozco.

—Me gustaría hablar con el gerente —replicó Mario, con el tono duro que solía usar cuando algo le molestaba.

Noté que el chico se ponía pálido y me sentí mal. ¿Y si le caía una bronca descomunal? No me apetecía dormir con mi exmarido, pero tampoco quería que despidieran al joven.

—¿Solo hay una cama en esa habitación? —intervine, y vi que Mario me lanzaba una mirada de reojo.

—Tina, no tienes por qué...

Lo detuve con la mano y centré la atención en el chico, que se había puesto a teclear en el ordenador.

—Su habitación es una de las suites, así que cuenta con dormitorio y una salita con un sofá grande.

—Entonces puedo dormir ahí.

—¡Tina, no! Ha sido culpa suya y...

Apreté los dientes. No, Mario no había cambiado. Seguía siendo el hombre que aparentaba simpatía y amabilidad, pero, cuando las cosas no salían como él quería, se cabreaba y trataba de solucionarlo con su poder. Abrí la boca para decir que me marchaba y punto. Pero él se me adelantó:

—¿Estás segura? —Asentí. Él rumió unos segundos y volvió a dirigirse al recepcionista—. De acuerdo. No se preocupe, todos cometemos errores. —Alargó el brazo y el chico, con semblante aliviado, le entregó la llave. De repente apareció un botones para ayudarnos con la maleta.

Por el camino, Mario me dijo:

—Dormiré yo en el sofá.

Ya en la habitación —enorme, con el dormitorio separado de la salita por una puerta corredera—, Mario quiso saber:

—Te he notado un poco seria. ¿Te encuentras bien?

—Por un momento he pensado que habías ideado todo eso de la habitación. Ya sabes, para dormir juntos... —Me sonrojé.

—Lo último que quiero es que te sientas incómoda. Imagino que, a pesar de todo, es así. Y por eso no sabes lo mucho que te agradezco que hayas venido. —Se acercó un poco y yo me eché hacia atrás. No obstante, cuando me rozó el codo con una mano no lo aparté—. Eres estupenda, Tina. Me di cuenta tarde y mal.

—¿Hay algún sitio para comer? Me apetece tomar algo —dije cambiando de tema.

—Hay una cocina en la que puedes prepararte lo que te apetezca. ¿Voy contigo?

—Prefiero ir sola. —Cogí mi bolso y me lo colgué al hombro.

Antes de salir de la habitación, me informó de que el cóctel empezaría a la una.

Llegamos al cóctel a la una menos cinco. El evento largo sería la cena y, por supuesto, la boda del día siguiente. Mis exsuegros no llegarían hasta la tarde. Ese mediodía se reunían sobre todo amigos de los novios y gente joven. Sergio se sorprendió al verme allí. Llegué a la conclusión de que Mario no le había contado a su primo que me había convencido y se me pasó por la cabeza que era otra prueba de que no había chanchullos por parte de ninguno de los dos. Apenas conocía a la gente del cóctel, pero sabía que por la noche la cosa cambiaría y debía prepararme. A la que no le hizo gracia verme allí fue a la prima de Mario, por supuesto. Me dio dos besos al aire y me dedicó una sonrisa condescendiente. Luego me fijé en que cuchicheaba con algunas mujeres que debían de ser sus amigas. Seguramente criticaban mi peinado o cómo iba vestida. Tenía claro que mi ropa no era tan cara ni elegante como la de ellas, pero iba como quería ir. Tal vez intentaba buscar una prueba más de que Mario había cambiado, ya que en las grandes reuniones familiares solía darme consejos sobre lo que llevar o bien él mismo me compraba la ropa. O no se había enterado de los cotorreos de su prima o no le importaban, y eso me tranquilizó. Aun así, una hora y poco después decidí que ya había pasado bastante rato allí y le dije:

—Me voy a descansar.

—¿Te acompaño?

—No hace falta. —Antes de abandonar el jardín, añadí—: Por cierto, si no te importa, esta noche prefiero no acudir a la cena.

Él no respondió ni mostró señal alguna de enfado o molestia. No sé si estaba probándole de nuevo o realmente no me apetecía reunirme con tanta gente. Era probable que fuera un poco de las dos cosas.

Mario no apareció por la habitación y, en cierto modo, lo agradecí. Esa soledad me permitió serenarme e incluso me eché un rato la siesta. Al atardecer, decidí salir a dar un paseo por los alrededores de la casa. La cena no se celebraba allí, sino en la finca. Como era una casa de montaña, pensé que me encontraría con alguien, pero quizá todos se habían marchado a la finca para cenar. La casa contaba con un salón que lucía una preciosa chimenea y con un comedor rústico. Por unos segundos, nos imaginé a Mario y a mí en ella muchos años atrás, en un matrimonio perfecto, no en el que tuvimos. Sacudí la cabeza, angustiada.

Una vez fuera, el paisaje me pareció precioso y olía a hierba fresca. Cuando el horizonte comenzó a teñirse de naranja, Diego apareció en mi mente, trayéndome a la memoria la vez que fuimos al Templo de Debod. Me invadió una fuerte sensación de frío y me envolví con los brazos. A pesar de que había hecho un día estupendo, en la sierra de Madrid las noches son frescas, así que llevaba una chaquetita. Pero el frío que notaba no solo se debía a la temperatura, por supuesto. Se debía a que en mi cabeza luchaban dos hombres completamente distintos. Con ambos había estado muy enfadada, aunque lo que me habían hecho no tenía ni punto de comparación y lo sabía, pero trataba de no pensar en ello. Ambos me habían roto el corazón. A uno lo había dejado marchar y al otro, en cambio, quizá iba a perdonarlo. Tiempo después no dejaría de preguntarme por qué estaba siendo tan injusta.

Sumida en mis pensamientos, oí el crujido de unas hojas. Me di la vuelta y vi la casa más lejos de lo que había imaginado. Sin darme cuenta, me había desviado y ya era completamente de noche. Algo se movió cerca de mí y se me escapó un grito.

—¡Tina! Soy yo. —Mario apareció de entre las sombras y yo me llevé una mano al pecho, donde mi corazón bramaba.

—Me has dado un susto de muerte.

—Perdona, no era mi intención. Fui a la habitación y, al no encontrarte, imaginé que estarías por aquí. —Se acercó y un rayo de luna iluminó su sonrisa—. Siempre te gustó pasear por la naturaleza.

—¿Aún no ha empezado la cena?

Mario se subió la manga de la cazadora y echó un vistazo al reloj.

—Hará unos quince minutos.

—¿Y por qué no estás allí? —pregunté sorprendida, sobre todo porque su atuendo tampoco era el adecuado: vaqueros y zapatillas de deporte. Caras, eso sí...

—Bueno, yo... No me apetece ir.

Lo miré con los ojos muy abiertos. Él me devolvió la mirada, una intensa y con la que parecía decirme muchas cosas.

—¿Tus padres no están allí?

—Sí, claro que sí. Pero les he dicho que no iba a ir.

—¿Y no se han enfadado?

—¿Tú qué crees?

Se me escapó una risita. Por supuesto que se habrían molestado. Eché a andar para combatir el frío. Mario se colocó a mi lado, aunque a una distancia prudente.

—Prefería estar contigo, Tina —murmuró.

No dije nada, pero recordé el principio de nuestra relación, cuando a veces se escabullía de los compromisos familiares. Me encantaba que hiciera eso porque sentía que me daba más importancia a mí, que disfrutaba con mi compañía.

—No hace falta, en serio.

—Bueno, si no quieres, puedo irme.

Dudé. En nuestros últimos años de matrimonio por nada del mundo habría rechazado a sus padres. Me habría dejado sola en el ático o yo habría claudicado, como de costumbre, y habríamos asistido a lo que fuera. De nuevo noté un cosquilleo en el estómago.

—Quédate, aunque voy a volver ya porque me muero de frío.

—¿Has cenado?

Negué. Quince minutos después estábamos en el salón de la casa preparando unos bocadillos con lo que habíamos encontrado en la nevera: queso, jamón y tomate. Sacamos también dos botellines de cerveza y nos acomodamos. Cada uno en un sofá. También le agradecí en silencio esa decisión. Le pregunté por el ático en el que nos habíamos visto y me explicó que se trataba de uno de los últimos trabajos que les habían encargado. Como ya me había dicho, la situación no era muy buena. Él quiso saber cuánto tiempo llevaba en la librería y si me gustaba. Hablamos también de sus padres y aprecié que ya no los mencionaba con tanto orgullo como antes. ¿Y si había entendido, de verdad, que no me habían tratado bien?

No sé cómo llegamos a ese punto, pero las dos cervezas se convirtieron en cuatro y luego en seis. De ahí pasamos a rememorar anécdotas graciosas y, para mi sorpresa, me descubrí riendo con él. Con mi exmarido. Con el hombre que tanto daño me hizo y al que pensé que no volvería a ver jamás. ¿Qué me había hecho cambiar de parecer? ¿Qué le había abierto los ojos a él? ¿Por qué me había relajado y estaba divirtiéndome? No entendía nada. Tiempo después comprendería que en ese instante aún no tenía claro si aquello era bueno o malo para mí.

—¿Saliste con el chico de la fiesta?

Por un momento pensé que volvíamos a lo de siempre, pero al observarlo no me pareció que estuviera a la defensiva ni tampoco enfadado. A lo mejor no era tan raro que me lo preguntara, después de tantos años juntos. Quizá solo tenía curiosidad. La antigua Tina lo habría negado por temor a una bronca del antiguo Mario. Esa noche asentí.

—Sí, tuvimos algo. ¿Y tú? ¿Has salido con alguien?

Mario negó con la cabeza y no supe si creerle o no.

—¿Sigues cocinando postres? —me preguntó después.

—Sí, sí lo hago.

—Estaban muy buenos.

—Antes no pensabas lo mismo. Apenas los probabas. Decías que eran una guarrería y que no querías engordar —me salió. La cerveza me ayudaba a no filtrar.

—Antes era un auténtico gilipollas. —Hizo girar el botellín entre las manos—. Solo hacía lo que los demás me dictaban. Y con los demás me refiero a mi familia. Tendría que haberte hecho caso en muchas ocasiones.

—A quien debiste hacer caso es a ti.

Me miró en silencio, inclinado hacia delante, y yo esbocé una sonrisa apretada.

—Llevas razón. Siempre estaba preocupado por las apariencias y por lo que dijeran en mi círculo. Era agobiante.

—¿Y ya no, Mario? —pregunté con auténtica curiosidad.

—Me he dado cuenta de que vivir así es ahogarse. En mi familia, todos son así. No sé cómo aguantan.

—¿Y por qué te casaste conmigo, si yo era tan distinta? Al principio pensé que era una forma de retarlos.

—Precisamente por eso, Tina. Fuiste un soplo de aire fresco, de verdad. Lo... lo fuiste todo. Y porque te quería... —Calló y, por un instante, me pareció que iba a decir «y aún te quiero», y todo mi cuerpo se tensó.

—No todos son iguales en tu familia —me apresuré a cambiar de tema—. ¿Recuerdas la fiesta de graduación de una de tus sobrinas? Tu abuela quería ir en deportivas porque decía que los zapatos que tu madre le había comprado le hacían daño.

—Y al final se salió con la suya —recordó y se echó a reír.

Me uní y acabamos casi a carcajadas rememorando esa noche.

—¿Ha llegado ya? —pregunté.

Me pareció que Mario titubeaba. Se levantó y recogió los botellines vacíos.

—La traerán mañana. Con lo pachucha que está, es mejor que no se mueva mucho.

Asentí, aunque aprecié algo extraño en sus movimientos. Lo ayudé a recoger. En aquel momento se abrió la puerta de la casa y entró una pareja con dos adolescentes. No los conocía, quizá eran de la familia del novio. Comprendí que se había hecho tarde y que en cualquier momento tendríamos que ir a dormir. Me puse nerviosa. Me centré en fregar lo que habíamos ensuciado y, aunque no era mucho, intenté alargar el tiempo. Notaba la acuciante mirada de Mario en mi espalda y, un par de minutos después, se acercó a mí. Aunque mantuvo las distancias, mi pulso se aceleró.

—Te destrocé, ¿verdad? Siento haberte hecho daño, es algo de lo que me arrepiento cada día. No supe valorarte. Dije cosas que no quería decir. Si pudiera volver al pasado, lo cambiaría todo. Traicioné tu confianza...

Me sequé las manos a toda prisa y me di la vuelta, procurando no mirarlo porque me asustaba lo que podría encontrar en sus ojos.

—Me voy a dormir.

Mientras me dirigía a las escaleras, le oí decir:

—Me equivoqué en lo que más quería, Tina.

45

Aquella noche apenas pegué ojo, con todas las palabras de Mario rondando por mi mente. Notaba su presencia, a pesar de separarnos una gran puerta. «Ha cambiado. Ha cambiado. Se ha dado cuenta de todos sus errores...», me repetía una y otra vez. Y sentía una especie de pequeña ilusión en el pecho. ¿Y qué, si lo había hecho? Le perdonaría y punto, ¿no? Y así podría vivir en paz. Porque no podía haber otro motivo más allá de eso, no podía seguir queriéndolo después de todo...

—¿Tina?

Su voz me sobresaltó, aunque estaba despierta desde hacía un buen rato. Me levanté de la cama despacio y me eché una bata por encima del pijama. Abrí la puerta corredera y me encontré con Mario también en pijama, despeinado y con ojos somnolientos. En mi mente aparecieron retazos de mañanas en las que amanecía junto a él, mañanas en las que todavía éramos felices y él me despertaba con besos y sonrisas y palabras dulces.

—¿Te importa si paso a ducharme? —Señaló la puerta que daba al baño.

—No, claro, pasa y yo me ducho luego. Mientras, iré a desayunar.

Me escabullí con rapidez, notando la mirada de Mario clavada en mí. Me había parecido un poco serio, pero quizá se debía a que aún andaba adormilado. Me asomé a la cocina: allí estaba la familia de la noche anterior, también en pijama, y me acerqué para prepararme un café con leche. Ellos me saludaron con amabilidad y me preguntaron si era familia del novio o de la novia. El hombre era tío del novio y vivían en Toledo. Me cayeron bastante bien, para el poco rato que charlamos. Por lo menos, no todo el mundo sería remilgado y altivo en aquella boda.

Al volver al dormitorio me encontré a Mario vistiéndose de espaldas a mí. Estaba subiéndose el pantalón del traje, que le quedaba como un guante. Me reñí por pensar en cosas como esas de mi exmarido. Desvié la vista de su trasero hacia el reloj que reposaba en la mesita del dormitorio: eran las diez; hasta las doce no comenzaba la ceremonia.

Él reparó en mi presencia, se dio la vuelta y dijo:

—Tengo que ir a hablar con algunas personas, pero luego te recojo. —Esbozó una sonrisa, aunque se me antojó distinta a las del día anterior.

Asentí, un poco extrañada. Mario se metió de nuevo en el baño y, minutos después, salió con el cabello bien peinado. Me fijé en que llevaba la corbata torcida y sopesé si debía comentárselo. A pesar de ir con traje a diario, nunca se le había dado bien hacerse el nudo. Yo aprendí antes que él y, muchas mañanas, le ayudaba. Él me besaba en la punta de la nariz y me miraba como si no hubiera nadie más en el mundo.

—Tu corbata... —murmuré al final.

Mario frunció el ceño y volvió a entrar en el baño.

Saqué el vestido que había llevado. Si hubiera sido una invitación a cualquier otra boda, Diana me habría ayudado a elegirlo, pero, como no le había dicho nada, fui sola a comprarlo. Era verde y largo, de corte al bies, con la espalda desbocada. La dependienta me aseguró que me quedaba divino y yo me vi bastante bien con él. No era muy recatado ni muy atrevido, y daba una imagen elegante. Lo estiré en la cama y, de repente, noté una presencia a mi espalda. Adiviné que Mario estaba muy cerca de mí. Demasiado. Podía notar su respiración en mi cuello. El pulso se me aceleró de los nervios y me di la vuelta con rapidez.

Él se me quedó mirando desde su altura, muy serio. El ambiente de la habitación era cada vez más denso y me entraron ganas de salir corriendo. Por unos segundos, pensé que iba a besarme y me puse más nerviosa aún. Sin embargo, apartó la mirada de mi cara para echar un vistazo al vestido y dijo:

—Nos vemos en un rato.

Esperé hasta que oí que la puerta se cerraba y entonces me llevé una mano al pecho. El corazón me latía al galope. ¿Qué había sido aquello? Decidí no pensar. Corrí hacia el baño, me deshice de la ropa, abrí el grifo y, sin ni siquiera aguardar al agua caliente, me metí bajo el chorro.

Eran las once y media y Mario aún no había regresado. Decidí ir a buscar el lugar de la ceremonia, aunque tal vez quedara raro que apareciera sola. Cogí el bolsito que conjuntaba con el vestido y guardé lo básico en él. Me acerqué al baño para echarme una última ojeada: me había recogido el cabello en un moño y me había pintado los labios de color rojo, además de ponerme un poco de rímel y el *eyeliner*. Me vi guapa y sonreí. «Estás preciosa, Valentina», resonó en mi mente la voz de Diego. ¿Por qué pensaba en él en ese momento? No estaba allí, sino a más de mil quinientos kilómetros de distancia. Sacudí la cabeza y me dirigí a la puerta, que justo se abrió en ese instante y por poco no choqué con Mario. Me repasó de arriba abajo y yo dibujé una pequeña sonrisa, creyendo que iba a decirme algo sobre el vestido. Sin embargo, no lo hizo; sentí un molesto pinchazo en el corazón y volví a pensar en Diego.

—¿Vamos? —inquirió, sin disculparse por la tardanza.

Me limité a asentir.

Salimos de la casa y atravesamos el campo a toda prisa. La idea de que Mario parecía muy distinto al día anterior volvió a aparecer en mi mente. Más retraído y serio. A decir verdad, no abrió la boca hasta que nos acercamos al lugar de la ceremonia. Me pregunté si estaría nervioso; al fin y al cabo, me había repetido que era un Mario nuevo y que todo aquello no le hacía gracia.

Eché una ojeada disimulada alrededor. No podía negarse que el sitio era precioso, rodeado de altos pinos. Habían dispuesto un montón de sillas blancas y al final, justo en el centro, una mesa, desde donde se dirigiría la ceremonia. También habían formado un caminito con violetas a los lados, por el que avanzarían los novios. Muchas personas ya se encontraban allí y me di cuenta de que Mario se tensaba. De repente, me tomó de la mano y me la puso sobre su brazo.

—¿Qué haces? —pregunté.

—Se supone que todavía somos marido y mujer, Tina —me recordó—. Al menos, agárrame del brazo.

Sopesé no hacerlo, pero no me dio tiempo de retirar la mano porque unos tíos de Mario se nos acercaron, dijeron lo contentos que estaban de vernos y nos preguntaron qué tal nos iba. Antes de sentarnos, miré a mi exmarido de reojo. ¿A cuántas personas les había ocultado nuestro divorcio y por qué? Me sentí molesta, aunque traté de fingir y sonreí a la gente que me saludaba. Busqué a la abuela, pero, entre tantos invitados, no la encontré. Una señora de edad avanzada de cuyo nombre no me acordaba, aunque sabía que era una tía abuela de Mario, se nos acercó. Cogí aire. Aquel día iba a resultar duro y comenzaba a arrepentirme de haber ido.

Antes de la comida, nos sirvieron un cóctel cerca de la zona de la ceremonia. Me quedé sola un momento y vino hacia mí un chico que tampoco iba acompañado. Se presentó como Carlos, amigo de la infancia del novio. Llevaba muchos años viviendo en Suiza. Sin poder evitarlo, volví a acordarme de Diego. El chico se mostró muy amable y se ofreció a traerme una bebida. Me habló de la vida en ese país y luego nos pusimos a comentar la boda.

Llevaríamos unos quince minutos charlando cuando noté una mano que se posaba en mi espalda desnuda, intentando subirme la tela del vestido, y enseguida oí la voz de Mario:

—Ya estoy aquí, cariño.

Carlos esbozó una sonrisa, aunque supe que no le había pasado por alto el tono de mi exmarido y me sentí molesta. Me giré para que Mario apartara la mano de mi espalda y, al mirarlo, la incomodidad creció. ¿Por qué estaba tan serio? El invitado se presentó y mi exmarido le estrechó la mano, aunque con pocas ganas. Minutos después, el chico se despedía de nosotros.

—¿Qué haces, Mario? —pregunté molesta.

—¿Qué hacías tú, Tina? ¿Qué pensará la gente si te ve hablar tan amigablemente con ese desconocido? —replicó él, dejándome anonadada.

—Me da igual lo que piense —respondí.

—A mí no. Se supone que eres mi mujer.

—Lo era, Mario. Lo era. Esto es una farsa que he aceptado hacer por tu abuela. Recuérdalo —dije entre dientes, y me volví en dirección al bufet, aunque no me apetecía comer nada, pero sí alejarme de mi exmarido.

Sí, el día iba a resultar complicado.

Cuando nos sentamos, pensé que Mario ya había bebido bastante, pero yo no era nadie para decírselo. Nos tocó compartir mesa con sus padres, cómo no, con Sergio y su mujer —menos mal que con ellos me llevaba bien— y con un par de tíos y primos más. Al terminar el cóctel, Mario ya me había puesto al corriente de la situación: esos familiares sabían de nuestra situación, así que con ellos no tenía que fingir. Me quedé un poco más tranquila, pues llevaba mintiendo desde que había empezado la ceremonia.

Sus padres me miraron mal, cosa que me esperaba, así que no me importó. Me centré en la esposa de Sergio, que no paraba de hablarme orgullosa de su hijo. Mario, por su parte, seguía tenso a mi lado. Aún no había visto a su abuela, y una sensación de desconfianza se apoderó de mí, pero me olvidé cuando los novios aparecieron bailando y comenzaron a servir la comida. Estaba deliciosa y disfruté mucho, a pesar de las miraditas de la madre de Mario y de sus primas, esbeltas y flacas como juncos. En un momento dado apareció uno de los camareros para rellenar las copas de vino blanco y por poco no me atraganté cuando Mario hizo un gesto para que no me pusieran vino. Cogí la copa y la acerqué al camarero, quien finalmente me sirvió.

—¿No crees que ya has bebido suficiente, Tina? —cuchicheó mi exmarido cerca de mi oído.

El que apestaba a alcohol era él, por el amor de Dios.

—No, no lo creo —negué, y bebí un trago de vino.

Me miró enfadado. ¿A qué venía aquello? ¿Y el Mario amable, atento y arrepentido de la noche anterior?

—Tina, me ha dicho mi hijo que ahora trabajas en una librería —intervino de repente su madre, sentada delante de mí.

Me pregunté si Mario le había explicado por qué había ido a esa boda y qué le habría parecido. Seguramente, se habría cabreado.

Asentí y abrí la boca para explicarle lo contenta que estaba en ese trabajo, pero no me dio tiempo porque Mario se me adelantó.

—Tina intentará preparar las oposiciones de nuevo.

Ladeé el rostro despacio y me lo quedé mirando sin salir de mi asombro. Él ni siquiera me miró y me molesté aún más. La comida no estaba yendo como imaginaba. Mario no... no estaba comportándose como había creído que haría tras todas sus palabras de arrepentimiento.

—Eso no lo tengo claro —me atreví a responder al fin. Mi exsuegra me observó con curiosidad—. Me encanta trabajar en la librería.

—Bueno, entre ser maestra y pasarte el día en una tienda... Mejor lo primero, ¿no? —opinó Mario.

—¿Qué tiene que ver una cosa con la otra? —pregunté, incómoda.

—Reconocerás que en la librería ganas muy poco dinero. —Esa era mi exsuegra, cómo no.

—No suelo pensar en eso...

—Normal. Tampoco lo necesitas después de que Mario te cediera el ático, ¿no? —atacó ella, acelerándome el corazón.

Por unos segundos creí que Mario me defendería. Ese Mario supuestamente nuevo que ya no seguía a sus padres como un perrito faldero. Ilusa de mí. Calló, como siempre, y como siempre también yo me mordí la lengua.

La comida fue muy difícil, pero sobreviví. Al final, mis exsuegros se cansaron de darme la lata y pasé la mayor parte del tiempo charlando con la mujer de Sergio. En un par de ocasiones le pregunté a Mario por su abuela, para ir a saludarla, pero él fingía que no me escuchaba o cambiaba de tema. Me parecía extraño y, a cada hora que pasaba, más ganas tenía de marcharme.

Cuando tomamos el postre, los invitados fueron desperdigándose. Algunos iban a bailar; otros, a buscar bebida. Sin decirme nada, Mario se levantó y se fue a la barra libre. En la mesa ya no quedaba nadie y, desde mi silla, lo vi hablando con un par de hombres. Una mujer guapísima se le acercó y le frotó un hombro. Él no se apartó, sino todo lo contrario, le sonrió. Sentí un nuevo pinchazo en el pecho debido a que me había reprochado que no fingiera mejor que éramos matrimonio y él, en cambio, hacía lo que quería. Así era la alta sociedad, tan machista... A la mierda todo, ya estaba harta de soportar esa inaguantable velada. Me dispuse a levantarme para pedir una bebida cuando el chico de antes, Carlos, se acercó. Llevaba dos gin-tonics y me tendió uno.

—¿Y tu marido? —preguntó cauteloso.

—Por ahí andará. —Me encogí de hombros y, por un segundo, me morí de ganas de confesarle que era mi ex. Sin embargo, llegué a la conclusión de que me haría quedar fatal.

—Te noto aburrida.

—Lo estoy —reconocí.

—No eres como la mayoría de estas personas, ¿no? —Tenía una sonrisa bonita. Sacudí la cabeza y me eché a reír—. Si no fuera porque le molestaría a tu marido, te sacaría a bailar.

Me incliné para buscar a Mario y lo vi charlando con aquella mujer, mucho más animado de lo que se había mostrado conmigo en todo el día. Me cabreé. Había ido allí por su abuela, por él. Y... maldita sea, nada había cambiado. Aquella boda me recordaba a muchas situaciones que ya había vivido con él, en las que me hacía sentir mal. Me levanté y le indiqué a Carlos que me siguiera.

—¿Qué hay de malo en un baile?

Sonaba una de esas canciones de los noventa con coreografía que todo el mundo conoce, aunque no recordaba el nombre. Carlos y yo nos pusimos a bailar haciendo el tonto, a distancia el uno del otro. Lancé una carcajada cuando él dio unos pasos ridículos, pero divertidos. Por fin estaba pasándomelo bien. Sin embargo, también tenían que chafarme ese momento. Me fijé en que mi exsuegra se acercaba a Mario y le decía algo al oído. Él se dio la vuelta y me buscó con la mirada. Al verme bailando acompañada, su rostro mutó. Me recordó tanto al marido que me gritaba que estuve a punto de detenerme. Mentalmente, oí la voz de Diana y la de mi terapeuta y me ayudaron a seguir bailando y a sonreír. Entonces vi que Mario se acercaba a nosotros con grandes zancadas. Me dije que no lo haría, que no podía hacerlo, que había cambiado... Sin embargo, me cogió del brazo de malas maneras y, ante la asombrada mirada de Carlos, me arrastró a un lado.

—¿Qué coño haces bailando con ese tío? —me susurró al oído con furia—. Mis padres te han visto y...

—¿Y? ¿Qué les importa? Tus padres saben que estamos divorciados, así que puedo hacer lo que me dé la gana. ¿No charlabas tú tan contento con la morena esa?

—¿Celosa?

Lo miré patidifusa y se me escapó una risita que le molestó aún más. En esos ojos entrecerrados por el alcohol y el cabreo, reconocí al auténtico Mario. Al que solía tratarme con desprecio. El frío, orgulloso, machista y controlador Mario. Ahí estaba. Había vuelto a equivocarme y me sentí basura. Me solté de su mano y me aparté de él.

—Me voy, Mario, aquí no pinto nada. Pero me gustaría despedirme de tu abuela —añadí.

Lo dije para probarlo, porque un sentimiento de sospecha se había ido formando en mí durante toda la velada. Él me estudió con la nuez bailándole en la garganta, aunque no respondió. Decidida, eché a andar en busca de su primo. Mario me siguió y lo oí farfullando algo que no entendí. Cuando alcancé a Sergio, me miró con las cejas arqueadas.

—Quiero despedirme de Josefina.

Sergio abrió la boca, confundido, y desvió la vista hacia Mario, que estaba detrás de mí.

Me di la vuelta hacia él porque su primo no respondía.

—¿Y tu abuela, Mario? —insistí.

—No ha podido venir.

—¿Qué?

—A última hora se ha puesto peor —respondió, y supe que mentía, el cabrón. Además, Sergio parecía muy incómodo.

—¿Me has mentido para traerme hasta aquí? —le espeté, enfadada.

Mario no contestó, solo alzó la barbilla y me miró con su prepotencia de costumbre. No hallé nada del Mario de la tarde ni de la noche anterior, ni del de semanas atrás, ni del que me había enviado aquellos mensajes de disculpa. Negué con la cabeza; me escocían los ojos. Me había tendido una trampa y yo, como una mosquita, había caído una vez más.

Eché a correr antes de que las lágrimas se me desbordaran.

A medio camino me di cuenta de que Mario me había seguido, así que apreté el paso. Las piedrecillas del suelo me impedían correr. Quería llegar a la casa, cambiarme y largarme de allí. La saliva espesa me sabía amarga y salada por aguantar las lágrimas. Al final, Mario me alcanzó y trató de detenerme. Forcejeamos. Una parte del vestido se rasgó y solté un grito furioso que sorprendió a mi exmarido.

—¿Cómo has sido capaz de mentirme con lo de tu abuela? ¿Está enferma o eres tan mala persona que te has inventado algo como eso? —le chillé.

—¡Te juro que no es mentira! —respondió él, de nuevo a mi altura. Al final nos detuvimos, yo jadeando por la carrera y por las tremendas ganas de llorar—. El jueves me enteré de que no vendría a la boda, pero imaginé que ya te habrías comprado el vestido y todo y...

—¡No te creo! —exclamé, negando una y otra vez—. Ya no puedo creerte. Podrías habérmelo dicho en cualquier momento del fin de semana, pero no lo has hecho porque me querías aquí contigo y sabías que era la única forma...

—Vuelves a ser la Tina de antes —me espetó.

—¿Qué?

—La de antes de nuestro matrimonio. Testaruda, rebelde, malhablada... Bailando con tipos que apenas conoces...

—No soportas que me vaya bien sin ti, que haya recuperado mi vida, que sonría...

—¡Anoche ni siquiera me diste las gracias!

—¿Las gracias por qué? —Caí en la cuenta y lo miré atónita—. ¿Por haberte disculpado? ¿Por ser amable? Es eso, ¿no? Esperabas que me lanzara a tus brazos. Dios, Mario, no has cambiado. He sido una gilipollas.

—Tina... —Dio unos pasos hacia mí y caminé hacia atrás. Me llegaba su aliento a alcohol—. ¿No entiendes que nadie te querrá como yo?

—Desde luego que no, Mario —contesté, y él abrió los ojos, sorprendido—. Nadie me querrá como tú porque tú nunca me has querido. Solo te quieres a ti mismo, no a mí. Y yo te quería, y te encantaba cómo te quería, pero nada más. Te lo di todo, pero me lo arrebataste todo.

Me miró con los labios apretados y supe que le ponía furioso que le respondiese, que me atreviera a replicarle. Me sentí fuerte al saber que le estaba afectando.

—Tina, tienes que volver conmigo. Estamos hechos el uno para el otro —insistió.

—Nunca volveré contigo. Lo tengo totalmente claro.

—Mis padres creen que estamos intentándolo de nuevo. Me he enfrentado a ellos por ti, convenciéndolos para que pudieras venir a la boda...

—¡¿Qué?! —Lo examiné con hastío y solté un bufido—. Eso ha sido rastrero y...

Me cogió de nuevo del brazo y trató de arrimarme a su cuerpo. Forcejeé, un poco asustada, y lo empujé.

—¿Crees que otros hombres aguantarían lo que hacías?

¡Mírate hoy! —Me señaló, observándome asqueado—. Con ese vestido provocativo y los labios rojos... Bailando con el tío ese. Ni siquiera ha pasado tanto tiempo desde que nos divorciamos y ya te has follado a otro. O a más, quién sabe. Por cierto, ¿dónde está ese tío? El de la fiesta. Se cansó de ti y se largó, ¿no?

Sus palabras me dolieron, pero porque pensé en Diego y comprendí que eso siempre me dolía.

—Vete, Mario. No has cambiado... Nadie deja de ser quien es.

Me di la vuelta para continuar mi camino, aunque él no desistió en su empeño por detenerme. Una vez más, forcejeamos. Volvieron sentimientos antiguos: asco por sentir sus manos en mi cuerpo, su aliento cerca de mi rostro, la rabia por haberle creído. Otro empujón y él levantó un brazo, que detuvo al ver mi barbilla retándolo.

—Ni se te ocurra ponerme una mano encima, jamás. O te largas o haré lo que tendría que haber hecho hace tiempo: denunciarte. Quizá sea demasiado tarde, pero me importa una mierda. Lo intentaré igual.

—Nunca te golpeé, Tina. No tienes nada por lo que denunciarme.

—¿Acaso solo se puede denunciar por golpes? ¿Sabes qué, Mario? Creo que si me hubiera quedado más tiempo contigo, lo habrías hecho. Me habrías golpeado. —Me coloqué el tirante medio roto del vestido—. Espero que ninguna mujer se enamore de ti. Y si lo hace, que se le caiga pronto la venda. Todas tenemos que estar con alguien que nos dé la libertad, el amor y el respeto que nos merecemos.

El rostro de Mario se descompuso. Rabiaba. Me detestaba, por mucho que asegurara que me quería. Y le asustaba que ya no tuviera miedo. Vi tensarse su puño, y por unos segundos temí que lo estrellara contra mi cara.

—¡Ey! ¿Todo bien?

Era Carlos, el chico que había conocido en la boda. No pude evitar darle las gracias en silencio por habernos seguido. Las aletas de la nariz de Mario se inflaron y desinflaron y pensé que al final ese puño no acabaría en mi cara, sino en la de él.

—Márchate. Mi esposa y yo estamos hablando —le espetó.

—No soy su esposa, soy su ex —me atreví a decir.

Mario soltó un bufido.

—Oye, tío, no querrás montar un espectáculo un día como hoy, ¿no? —Carlos se acercó más y se plantó delante de Mario.

Sus rostros estaban muy cerca; la respiración de mi exmarido, agitada. Empecé a preocuparme, no quería que se peleasen.

—Te he dicho que te vayas —rechinó mi ex.

—Quizá no lo sepas, pero uno de los tíos del novio es guardia civil —dijo Carlos.

A lo mejor mentía, pero, al escucharlo, Mario abrió el puño y dio un par de pasos atrás. Me miró con esos ojos fríos que antes me intimidaban, pero no aparté los míos.

—Esto no quedará así, Tina. Ya hablaremos.

—No. Ya te he dicho lo que pasará... Si me escribes o me llamas, o apareces de repente... Lo haré, de verdad que lo haré.

Me escrutó con semblante de fastidio. Luego dirigió su atención a Carlos, quien le indicó con un gesto que se fuera. Al fin, segundos después que se me antojaron eternos, obedeció.

Carlos aguardó a que desapareciera y se arrimó a mí con cautela.

—¿Estás bien?

Rompí a llorar.

46

Carlos me acompañó a la casa y se sentó delante de mí sin decir nada, mientras yo soltaba todo lo que había estado conteniendo. Me sentía tan avergonzada y estúpida... Cuando me calmé, me trajo un vaso de agua y me dedicó una sonrisa. Había algo en ella que me recordó a Diego y me puse peor.

Telefoneé a mi hermana, a pesar de que tenía claro que se volvería loca, pero la necesitaba.

—Diana, necesito que me recojas en un sitio —le pedí, y luego le di la dirección.

—¿Qué leches haces ahí? ¿Y qué te pasa? Te noto la voz rara.

—He... he venido a una boda. Luego te lo explico, pero, por favor, no me regañes.

Carlos esperó hasta que llegó mi hermana y me dio su teléfono por si quería seguir en contacto. Le di el mío y le agradecí lo que había hecho por mí.

Diana me abroncó, por supuesto, aunque apenas un segundo porque rompí a llorar. Me llevó hasta su nuevo piso —pequeño, pero muy coqueto— para que me quedara allí esa noche. Me dormí acunada entre sus brazos, como si yo fuera la hermana pequeña. En realidad, me sentía como una niña crédula. Me convenció para que me tomara libre el día siguiente y descansara; ella se encargó de telefonear a don Vicente, quien no puso ninguna objeción.

El lunes me quedé en el piso de Diana, remoloneando entre las sábanas, a veces sollozando por haber sido tan tonta; otras sonriendo por haberme enfrentado a Mario de esa forma —no lo había hecho ni durante el divorcio—, echando de menos a algunas personas. Sí, echaba muchísimo de menos a Hugo y a Diego. A todo lo bueno que me habían hecho sentir durante esos meses.

Cuando Diana volvió del trabajo ya había preparado la cena, y ella chasqueó la lengua un poco enfadada porque quería que descansara. Cenamos casi en silencio, y, mientras recogíamos y fregábamos los platos, me dio su opinión: quería que retomase la terapia. Al principio me puse a la defensiva y me negué, pero acabé dándome cuenta de que quizá era lo mejor. Como decía Diana... había vuelto a caer. Y se debía a que no había salido del todo de ese círculo vicioso de pensar que a lo mejor me había equivocado no dándole otra oportunidad, al imaginar que tal vez hubiéramos logrado que funcionara si le hubiera rogado que él fuera a terapia, o hubiéramos ido juntos.

Acudí a ella, y reconozco que me vino muy bien porque, además, me animó a visitar a una especialista en violencia de género. Esa persona me hizo ver que muchas somos reincidentes y que lo importante es dar el paso de víctima —y que debía reconocerme como una de ellas— a superviviente, pero que eso solo se puede lograr con las herramientas necesarias y que no había contado con ellas. Fueron muchas horas de especialista y terapeuta: asimilé conceptos como el síndrome de indefensión aprendida —en resumen, cuando «aprendemos» a comportarnos pasivamente—, entendí qué es la persuasión coercitiva, cómo funciona la espiral de abuso, cómo se retroalimenta el ciclo de violencia, cómo el estrés postraumático nos bloquea recuerdos horribles. Y, sobre todo, comprendí que, para salvarnos, no solo hay que salir del maltrato, sino evitar caer en él.

Porque los maltratadores no cambian, y el problema viene por una mezcla de patrones de conducta aprendidos, cómo entienden que deben funcionar las relaciones de pareja, ya que siempre creen que tienen derecho a someter y, cuando les desobedecemos, que tienen derecho a castigarnos. Esa especialista me enseñó que no hay que negociar, de ninguna manera, con terroristas.

Mario no volvió a escribirme, no me llamó, no me envió regalos, no apareció por la librería o por mi casa. A lo mejor tenía miedo. Sí, seguramente ahora tenía miedo. Lo denuncié a pesar de que la especialista me confesó que había pocas condenas por maltrato psicológico, ya que se consideraba un delito difícil de demostrar y el entorno no ayudaba. Pero no me importó, lo hice y no solo por mí, sino por otras mujeres que pudieran caer en las redes de alguien como Mario. Y por todas esas chicas que, desde muy jóvenes, sufren violencia de género.

El mes de junio se fue raudo entre horas aprendiendo todo esto, trabajo en la librería para distraerme y quedadas con Diana para recuperarme. Carmen y mi padre —al que le ocultamos todo esto para que no sufriera— habían fijado la fecha para la boda: septiembre.

Ese mes de junio fui plenamente consciente de que seguía echando de menos a Diego. Quería saber de él. Me había equivocado y me dolía. Se lo comenté a mi hermana y ella dudó.

—No necesitas a un hombre para ser feliz —me dijo.

—No es necesidad, Diana. Es amor. Me sentía libre con él.

Diana me miró con una mezcla de preocupación y ternura.

—¿Lo has hablado con tu terapeuta?

—Sí, y me dijo que no pasaba nada, que merecía querer a alguien y que me quisieran —contesté, recordando la charla que había mantenido en la sesión—. Además, ya no hablo de salir como pareja, sino de ser amigos. Lo fuimos, Diana. Y también perdí eso. Me dijo que podíamos serlo y me negué. Cometí un error porque estaba muy enfadada.

—Entonces haz lo que creas que debes hacer —me animó ella.

Reconozco que una noche, después de salir de copas con Diana, llegué a casa y animada por el alcohol le escribí un e-mail muy largo a Diego en el que le contaba muchas cosas, incluido lo de Mario y la nueva terapia. Sin embargo, cuando estaba a punto de enviarlo, algo me detuvo. Y lo dejé en borrador unas horas, unos días, unas semanas. Al final, decidí no enviárselo porque pensé en la conversación con Diana y llegué a la conclusión de que no quería meterme en la nueva vida de Diego, de que después de cómo me había comportado era injusto para él aparecer de nuevo. Porque a veces nos vamos de la vida de alguien y, cuando intentamos regresar, ya no cabemos. Y yo tenía que aceptarlo y asumir que a veces no hay finales felices, sino solo finales.

47

Finales de agosto. Bostecé una vez más y don Vicente me lanzó una miradita de reojo. Apenas habíamos tenido trabajo durante ese mes y, aunque el hombre había insistido en que me tomara más días libres —ya había disfrutado de una semana de vacaciones—, preferí acudir a trabajar e ir preparándonos para el mes de septiembre. Era el segundo día de mi vuelta y el primero que veía al librero después de las vacaciones, ya que el anterior él se lo había cogido por asuntos personales. Aunque no me lo había dicho, sospechaba que se debía a algo relacionado con su esposa fallecida.

—Cuéntame qué has hecho en vacaciones, muchacha —me pidió.

—Nada especial. Mi hermana y yo fuimos a casa de mi padre, que tiene piscina y se está muy bien. Además, así lo ayudamos un poco con los preparativos de la boda. ¿Le ha llegado la invitación?

Él asintió y esbozó una sonrisa ilusionada. A pesar de que la celebración sería muy familiar, mi padre quería contar con la presencia del librero. No eran amigos íntimos, pero me había ayudado tanto que se sentía agradecido y deseaba que nos acompañara ese día.

—Mi Marta y yo renovamos votos antes de que ella muriera. Fue uno de sus deseos. Lo hicimos en una playa de Alicante, ya que ella amaba el mar.

—Eso no lo sabía.

—Sí, sí. —El hombre asintió una y otra vez, vigoroso—. Si

nunca nos fuimos de Madrid fue por la librería, pero ella soñaba con vender el negocio a alguien que lo mereciera cuando nos jubiláramos e irnos a vivir cerca del mar. —Su mirada se tornó nostálgica—. Fue una ceremonia preciosa, acompañados por nuestra familia cercana.

—Así será la de mi padre con Carmen.

—¿Te hace ilusión que se case con ella?

—La verdad es que me parece una mujer fantástica. Y lo más importante, se quieren y se respetan.

Don Vicente esbozó una sonrisa y se puso a toquetear unos papeles que había cerca del ordenador.

—Ayer no vine porque fue el aniversario de la muerte de Marta. Me acerqué al cementerio a visitarla. —Su voz sonó un poco ahogada—. Me suele acompañar nuestra sobrina. Es una buena chica que adoraba a su tía. Decía que era como una segunda madre para ella.

Suspiró y sacudió la cabeza. Le sonreí y me dio unas palmaditas cariñosas en el brazo. Segundos después, se dirigió a la escalera de caracol y lo perdí de vista.

A mediodía quedé con Diana, pues seguía de vacaciones. Me llevó a un bar llamado Pez Tortilla —la especialidad queda clara, ¿no?—, muy famoso en el barrio de Malasaña, que había abierto las puertas un par de años antes también en el mío.

—Voy a pedir la de queso brie y trufa. Está deliciosa, hermanita. Y de paso, unas bravas y ensaladilla rusa, ¿no?

Al final acabamos pidiendo lo que ella había dicho, por supuesto. En cuanto a la tortilla, me decanté por la clásica de patatas. Cuando nos sirvieron y la probé, no pude reprimir un gemido de placer. Mi hermana compuso una sonrisa de victoria. No tardamos en terminarnos la comida, pues ambas estábamos hambrientas. Ella se había recuperado de su mala racha y yo no iba mal encaminada. Mientras nos tomábamos un café con hielo, el móvil le sonó una vez y lo cogió con emoción. La observé leer el mensaje con una sonrisa de oreja a oreja e, intrigada, dije:

—Llevas toda la comida con el móvil en la mano, leyendo y contestando mensajes. ¿Quién leches es?

Apartó la vista del teléfono y pestañeó con ese habitual gesto suyo tan coqueto.

—Jaime y yo volvemos a copular.

—¡¿Qué?! —exclamé, inclinándome hacia delante y provocando que la mesa se tambaleara.

Diana soltó una carcajada y volvió a dejar el móvil en la mesa. Negó con la cabeza, divertida.

—Qué va, no es él. Ya te gustaría, ¿eh, hermanita?

—Hombre, pues no sé... —contesté aturdida. Mi excuñado y yo habíamos retomado la relación de gran amistad de nuestra adolescencia y me había confesado, semanas atrás, que estaba conociendo a una chica. Que se acostara con mi hermana me habría descolocado—. Entonces ¿quién es?

Diana cogió el teléfono de nuevo, lo desbloqueó y me lo pasó. En la pantalla aparecía la aplicación de WhatsApp con un nombre y una foto de perfil que me eran familiares.

—¿Es el Carlos que creo? —pregunté apuntando al móvil con el dedo, totalmente sorprendida. Mi hermana volvió a reírse, esa vez de manera aguda—. ¿Cómo has conseguido su número? ¿Me cotilleas el teléfono o qué?

—¡Claro que no! —Arrugó la nariz—. El día que fui a salvarte de las garras del tipejo, Carlos no solo te dio su móvil a ti... —Esbozó una sonrisilla pícara.

Carlos me había escrito en alguna ocasión preguntándome qué tal me iba y le había respondido de manera cortés, pero nada más. ¡Qué fuerte que mi hermana estuviera tonteando con él!

—¿Desde cuándo habláis?

—Desde el día siguiente de conocerlo.

—¡Y no me lo habías dicho, Diana! —me quejé.

De nuevo, su risa cantarina. En el fondo, me alegraba que mi hermana estuviera tan contenta.

—Oye, que tampoco hay nada... Un poco de roce por aquí y por allá y... De momento, suficiente. No sabes lo bien que...

—Vale, no sigas —la detuve. Siempre era demasiado explícita.

Después de la comida paseamos hasta la hora de volver a la librería. Diana me enseñó el vestido que iba a llevar para la boda. No había querido que lo viera hasta que no estuviera casi a punto. Era espectacular: rojo, de corte sirena, con un escotazo.

—¿No es demasiado? Será una boda íntima...

—Hermanita —me cogió de las manos y me las movió con emoción—, es la boda de nuestro padre y quiero estar radiante. Por cierto, el sábado vamos a por el tuyo, ¿no? —Asentí. El mío también era rojo, pero más sencillo—. El domingo podríamos ir al Rastro. Hace un montón que no voy y tú, teniéndolo tan cerca, parece mentira que ni te asomes...

—Ya sabes que las multitudes y yo no nos llevamos bien.

Diana me dejó en la esquina de la calle de la librería cinco minutos antes de la hora.

Don Vicente aún no había llegado, pero hacía tiempo que me había confiado una copia de las llaves y abría yo la mayoría de los días. Decía que empezaba a hacerse viejo y que no le alcanzaba la puntualidad. Entré en la tienda y encendí las luces y los ordenadores. Me puse a contestar algunos correos y pedí varios ejemplares del libro que se comentaría en el club de lectura de septiembre. A finales de mes también tendríamos un cuentacuentos y, como la historia iba de una bruja buena, le había comentado al librero que tal vez me disfrazara para divertir a los peques. El hombre me dejaba hacer porque, según él, lo de entretener a los niños se me daba genial.

Casi a las seis, después de atender a un par de clientes, se abrió la puerta y don Vicente apareció secándose el sudor con un pañuelo. Fuera se oía una música escandalosa.

—Este verano acabará conmigo... —murmuró el hombre.

—¿Qué es ese jaleo? —pregunté.

—Pues no sé, venía un coche desde calle arriba con la música a tope. Algún joven ha empezado la fiesta antes de tiempo.

Me eché a reír y seguí a lo mío con el ordenador. Sin embargo, la estruendosa música sonaba cada vez más cerca. Desde mi posición vi a un par de turistas que se habían detenido y señalaban hacia algo. A lo mejor era un artista callejero o algo así. Seguí a lo mío hasta que, segundos después, la música pachanguera se convirtió en una muy familiar. Alcé la cabeza de golpe al darme cuenta de que esos acordes eran de la banda sonora de *La vida es bella*. Sentí un cosquilleo en el estómago al recordar a la persona con quien la había escuchado en diversas ocasiones. No había vuelto a oírla desde que él se había ido porque... porque me provocaba un nudo en la garganta. Como el que se me hizo en ese instante. El volumen de la música subía cada vez más, hasta que pareció estar justo delante de la librería.

—¡Madre mía, qué escándalo! —exclamó don Vicente mientras bajaba de su despacho—. Voy a asomarme a ver qué es.

No pude evitar seguirlo con cierta curiosidad, a pasitos lentos, porque el corazón me vibraba en el pecho. El librero ya estaba fuera cuando salí. Varias personas, sobre todo turistas debido al mes en el que nos encontrábamos, cuchicheaban y miraban a la derecha. Antes de darme tiempo a descubrir nada, una voz familiar se alzó entre la música:

—«¡Buenos días, princesa! He soñado toda la noche contigo... Íbamos al cine y tú llevabas aquel vestido rosa que me gusta tanto...»

Lo primero que vi fue la sonrisilla de don Vicente y, al fin, volví la cabeza hacia la voz. Esa voz que no esperaba escuchar nunca más. Entonces vi esos ojos, que tampoco pensaba volver a ver. Su barbita y su cabello del color del atardecer. Abrió los brazos y terminó de gritar:

—«¡Solo pienso en ti! ¡Pienso siempre en ti!»

Solté una carcajada. Todo aquello parecía sacado de una película. No podía creer que Diego, casi medio año después, estuviera delante de mí con los brazos abiertos y una sonrisa de oreja a oreja. Noté que alguien me empujaba suavemente. El librero, levantando la voz para que lo oyera a través de la música, me dijo:

—Vamos, muchacha, que la vida es bella, pero también muy corta.

Volví a reírme y, como un autómata, me dirigí lentamente hacia Diego. ¿Y si estaba soñando? Me temblaban las piernas. No entendía qué hacía allí, montando aquella escena que me daba un poquito de vergüenza, pero, al mismo tiempo, me encendía el corazón y la piel. Madre mía, el corazón brincaba en mi pecho como un poseso. No había olvidado, por supuesto que no... ¿Cómo hacerlo? Ni siquiera me había hecho a la idea, por mucho que intentara engañarme.

Me pareció que transcurría una vida entera hasta que llegué a su altura. Yo aturdida; él todavía con los brazos abiertos y sonriente, aunque por sus gestos me di cuenta de que también estaba nervioso. Me detuve delante de él y lo miré con los ojos muy abiertos, como si quisiera comprobar que era real.

—¿Diego?

—¿Sí? —La voz le tembló.

—Nunca he tenido un vestido rosa. —Fue lo único que se me ocurrió.

—No, pero he soñado toda la noche con nosotros, y quiero ir al cine y a cualquier otro sitio, el que sea, pero contigo. —Se arrimó un poco más y mi pecho por poco no explotó de la emoción—. Y, por supuesto, solo pienso en ti, Valentina. ¿Puedo...? —Me señaló las manos y yo, sin entender muy bien, asentí.

Entonces me cogió una y la otra la pasó por mi espalda, y no fue hasta pasados unos segundos que me di cuenta de que habíamos comenzado a bailar. Eché la cabeza hacia atrás y solté una risa histérica.

—¿Estamos bailando *La vida es bella* en medio de la calle?

—Si quieres que paremos...

Negué con la cabeza y luego la apoyé en su hombro. Y dejé de pensar en dónde estábamos y me centré en todo lo que me resultaba familiar: su aroma, el tacto de su piel bajo mis dedos, la cadencia de su voz, la forma de sus labios curvada en una sonrisa. Sin saber muy bien por qué, me entraron ganas de llorar. ¿Cómo podía sentirlo todo tan natural, después de su marcha? Era como si no hubiera pasado el tiempo, como si lo hubiésemos soñado todo.

Sentí que Diego no me cogía muy seguro, de modo que le insté a ello y, al fin, me abrazó. Cerré los ojos y me relajé. Volví a notar la calma que me ofrecía, me reconocí de nuevo en el calor que traspasaba su ropa hacia mi cuerpo.

Segundos después, la canción se acabó y Diego y yo nos detuvimos. Alcé la barbilla de su hombro a regañadientes, pero, cuando me reflejé en su mirada, ya no quise apartarme de ella. Diego me miraba atento y con intensidad, pero quizá también con un poco de culpabilidad. Negué con la cabeza en silencio y, sin poder aguantarme, acerqué una mano a su cara y le acaricié, tímidamente, la mejilla.

—¿Qué haces aquí? —Le hice la pregunta que llevaba rondándome desde que lo había visto.

—Tenía vacaciones y he venido a España —contestó, sin dar más información.

Así que era eso. Pero ¿y todo ese despliegue con la canción y el baile que, aunque muy peliculero, me había conmovido y me había hecho sentir especial?

—La gente ya se ha ido —murmuró. Miré alrededor y comprobé que era cierto. Supuse que ya no dábamos un buen espectáculo y me reí. Incluso don Vicente había entrado en la tienda—. Me gustaría hablar contigo en un lugar más tranquilo.

Titubeé. ¿Debía hacerlo? Si volvía a marcharse, me dolería de nuevo.

—Debo trabajar —respondí. Él asintió, comprensivo—. Pero quizá, luego...

—¿Quieres que quedemos en alguna cafetería?

—De acuerdo. En la esquina hay una que está bien.

Seguíamos cogidos, pero nos soltamos con unas risas nerviosas. Anduvo hacia atrás, en dirección a su coche —encargado de amenizarnos con la música—, sin apartar su mirada de la mía. Yo me dirigí a la librería despacio, atenta a cualquiera de sus movimientos. Me costó perderlo de vista porque solo quería mirarlo, empaparme de él. Por poco no me choqué con don Vicente nada más entrar en la tienda.

—¡Perdone!

—¿Qué haces aquí, muchacha?

—Trabajar.

Arqueó las cejas y, para mi sorpresa, sonrió y me dio un abrazo que me hizo crujir todos los huesos. Cuando me soltó, murmuró:

—Vamos, ve. Ya te lo he dicho... La vida es...

—Bella, pero muy corta —terminé por él, y nos reímos. Le cogí de las manos, emocionada—. Gracias, gracias por todo.

Salí corriendo de la tienda, consciente de que ardía en ganas de pasar todo el tiempo posible con Diego, que me explicara qué hacía allí, por qué me había visitado de aquella forma. Sus sonrisas, sus miradas. Pensé que quizá se habría marchado, pero vi su coche aparcado y corrí hacia allí. Lo descubrí sentado al volante, con la mirada perdida al frente, pensando a saber en qué. Ojalá fuera en mí, como había dicho.

—Diego.

Ladeó la cabeza y me miró, sorprendido.

—Valentina —susurró.

Mi nombre en su boca, con sus consonantes y vocales, convirtiéndose en algo más que una palabra. Era el sentido de todo.

—Mi jefe me ha dejado salir —le expliqué—. Esto cada vez se parece más a una película de Julia Roberts de los noventa.

Diego esbozó una pequeña sonrisa. Se le veía muy nervioso. Yo también lo estaba.

—¿Vamos a la cafetería?

Negué. Si hablábamos, que fuera en un sitio más íntimo, uno en el que el corazón se sintiera libre para temblar y explotar y todo lo que quisiera.

—¿A mi casa?

Él separó los labios, dubitativo. Al fin, asintió.

48

A pesar de haber estado muchas veces en el piso de Tina, jamás me había sentido tan nervioso como aquella tarde al poner el pie allí. En segundos, un sinfín de recuerdos asolaron mi mente y me produjeron miles de sensaciones. Pero cuando llegamos a la cocina se dio la vuelta, me contempló con sus ojos de cielo y comprendí que había hecho lo correcto. Solo me sentiría en mi hogar si ella estaba a mi lado.

—Llegué hace dos días, pero no me atrevía a verte.

—¿Y si no me hubieras encontrado? Volví de las vacaciones hace poco.

—Bueno, recordaba lo que me dijiste de que te gusta Madrid en agosto y...

Noté que su rostro cambiaba. Sus mejillas se habían coloreado y le brillaban los ojos. Estaba preciosa, como de costumbre. Valentina, en todo su esplendor, haciendo que mis manos temblaran como las de un puñetero adolescente. Aun así, con ella me sentía grande, enorme, lleno. Lleno de todo lo bueno. Ahogué una sonrisa en el café que había preparado. No podía evitar sonreír porque, simplemente, estar hablando con ella me parecía perfecto.

—¿Qué tal tu vida en Alemania? —me preguntó, con auténtica sinceridad y sin ningún tipo de resentimiento. Ella ya me había puesto al corriente de la suya en los últimos meses.

—No está mal. Ya sabes: mucho trabajo, gran cantidad de reuniones... Ya he tenido algún viaje que otro. —Me terminé el café, bajo su atenta mirada—. Y he hecho un curso de alemán.

—Me alegro de que te vaya bien, en serio.

—Y yo de que tú... de que tú mandaras a la mierda a ese tipo —me atreví a decirle—. Aunque sabía que acabarías haciéndolo.

—No fue por él —musitó de repente.

—¿Cómo?

—Lo de dejarte marchar, y no acompañarte al aeropuerto ni querer ser tu amiga... Es que estaba muy enfadada y... bueno... sentía algo por ti, Diego, y no me veía capaz de conformarme con una amistad. Me equivoqué, pero lo hice porque en el fondo todavía no estaba preparada para una relación, pensando que iba a sufrir de nuevo. Y seguía guardando miedo, rencor y rabia dentro de mí y, aún no sé por qué, lo descargué en la persona equivocada. En ti, que no te lo merecías.

—Ya. —Asentí, notando una molestia en el pecho, pues Valentina había dicho que sentía algo por mí... En pasado. Tal vez había perdido mi oportunidad y, en el fondo, lo entendía.

—¿Cuánto tiempo te quedarás? —me preguntó.

—Una semana. En septiembre se celebra una feria del comercio en Hannover a la que debo acudir.

Se mordió el labio inferior y atisbé una sombra en sus bonitos ojos. ¿Y si... y si aún quedaba en ella algo de mí?

—¿Sabes algo de Hugo?

—Algo. Al principio no quería hablar conmigo, pero ahora, alguna vez que otra, charlamos por teléfono.

—¿Y cómo está?

—Supongo que bien. —Me encogí de hombros, intentando que no notara mi preocupación. Las últimas veces que había telefoneado a mi hermano, me parecía que las cosas no andaban como deberían—. Ya sabes que Hugo es muy reservado.

Tina se sirvió un poco más de café y me ofreció. Lo rechacé porque, entre mis nervios y la cafeína, me iba a pasar la noche en vela. Al parecer, ella se sentía igual, porque la cafetera se le escurrió de entre las manos y el café se derramó por la mesa. Nos levantamos al mismo tiempo y casi chocaron nuestras cabezas. Valentina se rio y esbocé una sonrisa. Corrió a coger una bayeta y la ayudé a secarlo. Nuestros brazos se rozaron más de una vez y ardí en deseos de atraparla de la cintura y besarla hasta que me ahogara. La notaba tan cerca y, aun así, tan lejos. La quería en mi vida.

Y entonces ocurrió. En ocasiones, la magia existe. Y Valentina era toda magia. Hacía milagros con su sonrisa. Lograba que brillaras con una de sus miradas. Y no, no hubo trucos. Simplemente nuestros ojos volvieron a coincidir en el momento perfecto. Y ocurrió, tan natural y sencillo, como si no nos hubiéramos enfadado, como si no hubiéramos pasado meses separados. Cuando los labios de Valentina rozaron los míos, todo encajó. De nuevo, la paz que ella me daba me invadió con solo un beso, uno muy suave que duró apenas unos segundos porque se apartó rápido, pero me supo inolvidable.

—Lo siento —susurró.

Apoyé dos dedos en su barbilla para que me mirara.

—No, lo siento yo.

—¿Por qué, Diego?

—Porque hice cosas que no estaban bien —admití.

—Igual que yo.

—Pero entendí algo: a veces hay que marcharse para volver.

Me miró con los ojos muy abiertos, la respiración algo acelerada, y luego sonrió. Me incliné y le besé la nariz llena de pecas. Esas pecas que quería besar el resto de mi vida. Y de nuevo sucedió. Ella tomó la iniciativa. Me pasó las manos por la espalda y me atrajo a su cuerpo. La noté temblar entre las manos, pero yo estaba igual, y la besé con ansiedad, porque quería besarla por todas las noches que había pasado sin ella y por si no volvía a repetirse. Sabía que sería rápido, que pronto estaría entre sus piernas, pero tampoco podía esperar más. Lo había hecho durante días.

La levanté y ella enrolló las piernas en mi cintura. Nos encaminamos por el pasillo mientras nos devorábamos. Antes de entrar en su dormitorio, eché un vistazo: todo seguía igual, y un inaudito sentimiento de añoranza me golpeó muy fuerte. La dejé en el suelo. Valentina me tomó de la mano y me guio hasta el borde de la cama. Me desvistió en silencio y yo hice lo propio con ella. Nos observamos desnudos, sin decir nada porque no hacía falta, porque sus miradas y las mías estaban llenas de palabras que no nos habíamos atrevido a decir.

Acaricié su cuerpo, esa piel y esas curvas que me provocaban vértigo. Besé sus pechos, lamí sus pezones y aspiré el aroma de su cuello. No lo había olvidado. Comprendí que jamás lo haría y sentí miedo, pero esa vez no quería echarme atrás.

Valentina también me exploró con sus pequeñas manos. Sus dedos recorrieron mi espalda, mi pecho, acariciaron mi tatuaje y mi pirsin, se acercaron a mi erección, que la esperaba solo a ella. Seguíamos nerviosos y, de vez en cuando, se nos escapaba alguna risa y nos mirábamos, y ella se mordía el labio inferior de manera deliciosa y yo la besaba y la besaba y todo me daba vueltas. Joder, esa rubia me había convertido en un adolescente sobrehormonado y tontorrón, pero no me importaba. Porque también me había convertido en mejor persona.

La abracé fuerte, de esa forma en la que se rompen todos los miedos. Ella me devolvió el abrazo con su mejilla caliente apoyada en mi pecho. Deslicé una mano hacia su cabello y enterré los dedos en él.

—¿Quieres... continuar? —le pregunté.

Ella alzó el mentón y sus ojos me sonrieron.

—No sé si me arrepentiré cuando te marches, pero ahora prefiero arriesgarme.

Valentina se recostó con suavidad en el colchón y la seguí sin dejar de mirarla con admiración. Me atrapó de los brazos, me colocó encima de ella, y pensé que éramos como las piezas de un puzle: distintos, pero encajando a la perfección. Metí la lengua en su boca y le acaricié un pecho, y respondió arqueando la espalda y gimiendo. Noté que una de sus manos tanteaba de aquí para allá en busca de la mesilla. La ayudé a encontrarla y ella se rio. Con mi mano sobre la suya, abrimos el cajón y sacamos una cajita de preservativos.

—¿Es la misma que...?

Asintió, y se me formó un nudo en el estómago. No se había acostado con nadie. En realidad, yo tampoco, aunque mentiría si dijera que no lo intenté. Porque, sí, intenté olvidarla a través del sexo, con el que tanto había disfrutado tiempo atrás. Y me cabreé porque resultó que ella lo había cambiado todo, joder. Mi forma de entenderlo, de sentirlo, de quererlo. Traté de acostarme con tres mujeres distintas, pero no lo hice con ninguna. Me entraba asco y una horrible sensación de pérdida y vacío. Y culpabilidad también porque, al fin y al cabo, Valentina me había dicho que no podía ser mi amiga, y yo debía olvidarla, ¿no? Continuar con mi vida.

—No me sueltes... —susurré, sin poder aguantar más las palabras.

Sonrió y volvió a abrazarme. A pesar de lo pequeña que era, sentía que podía sostenerme, sostener toda mi vida.

Se abrió de piernas y me mostró su sexo húmedo, brillante, hecho para mí. Lo acaricié despacio, contemplando los gestos de placer y deseo de su rostro, acercándome de vez en cuando para besarla suave y luego rápido y con ganas. Ella también me tocó con esas manos que tanto había buscado sin encontrar nada igual. No aguanté ni diez minutos: me corrí entre sus dedos. Ella se limpió con un pañuelo, silenciosa, y después volvió a atraerme a su cuerpo. Me ayudó a ponerme el condón porque me temblaban las manos. Se la metí tanteando hasta que comprendí que aquel era el lugar donde debía estar. Su sexo me acogió sin preguntas, sin reproches y sin miedos. Tenía demasiadas ganas de ella, ganas que se habían ido acumulando todos esos meses.

Valentina tomó el mando y me hizo salir de entre sus piernas para situarse encima de mí. El bochorno de agosto brillaba en su piel, deslizándose en unas cuantas gotas. Agarró mi polla y la dirigió hacia su interior y, mientras se la metía más y más, cerró los ojos y suspiró como si aquello fuera la gloria. Al menos así lo concebía yo. La atrapé de las nalgas y la pegué a mí. Comenzó a moverse tratando de no despegarse de mi cuerpo, pero finalmente lo hizo. Se irguió y se convirtió en una estrella brillante entre mis manos.

—Ojalá esto durara para siempre —susurró, con los ojos aún cerrados.

Me incorporé y los abrió para mirarme. Una sonrisa, entre triste y esperanzada. Se la besé.

Verla moverse sobre mí, despojada de miedos, llena de libertad, empapada en sudor, fue demasiado. Me corrí de nuevo, hincando las yemas de los dedos en sus muslos. Me cogió una mano y me la llevó a su sexo para que la tocara. Busqué su clítoris y lo encontré palpitante e hinchado. Se lo froté y lo pellizqué. De sus labios escapó un gemido. Cerró los ojos de nuevo y me pregunté si se debía a que no quería verme o a que el placer era demasiado intenso. Me afané en intentar darle un orgasmo que jamás olvidara, que se le quedara pegado a la piel. Me rodeó con un brazo, sentada sobre mí a horcajadas, llenándose de mi polla. Y yo llenaba mis retinas de su imagen, por si acaso... De cómo se mordía el labio inferior, del temblor en sus pestañas, del cabello sudoroso pegado a la frente, de las pecas de la nariz. Noté la llegada de su orgasmo antes de que explotara por completo. Las paredes de su vagina se cerraron, me apretaron con fuerza y, segundos después, noté la humedad que me empapaba.

Apoyó la cara en mi hombro y besé su cabeza y aspiré su olor. Calma, paz. Hogar.

—¿Cómo estás? —le pregunté, acariciando su brazo desnudo.

—Agotada y satisfecha —se rio—. ¿Y tú?

—Enamorado.

Valentina frunció el ceño y me miró dubitativa. Nos incorporamos a la vez, estudiándonos.

—Te quiero —murmuré, y supe que ya no me costaba decir esas palabras porque le daban sentido a todo—. Llevo sintiéndolo desde hace tiempo, pero... no quise aceptarlo.

—Pero en unos días volverás a irte y...

—Espera, déjame hablar —le pedí—. Sí, en breve me marcharé de nuevo, y está claro que te quedaras aquí...

Ella asintió, con una sombra triste en los ojos. Le acaricié la barbilla.

—Pero yo también me quedaré.

—¿Qué? —pestañeó, sin entender.

—Voy a volver a España —le confesé.

Me miró con sorpresa, como si no terminara de creérselo. Entonces dijo:

—No quiero que tengas que elegir... No quiero que lo hagas por mí. No renuncies a nada por mí.

—Y no lo haré. Lo he solucionado —dije, y me observó incrédula—. En serio, he entendido que se trata de equilibrio. Además, por mucho que ame mi trabajo... me he dado cuenta de que quiero a alguien a mi lado con quien compartir mis anhelos y mis logros. Y ese alguien eres tú, Valentina.

—No sé qué decir —contestó con un hilo de voz.

—No será fácil porque, aunque vuelva, en ocasiones tendré que viajar...

Se arrimó y apoyó la cabeza en mi pecho, como si buscara el latido de mi corazón.

El resto de las vacaciones pasamos unos días juntos y otros a solas. Quería que pensara, que decidiera si se sentía con fuerzas para iniciar una relación conmigo. Hablamos mucho y puse todas las cartas sobre la mesa. Nos sinceramos. Como le había dicho, regresaría a España, aunque seguiría trabajando para la misma empresa y, seguramente, tendría que viajar, ir a reuniones, llegar tarde a casa en bastantes ocasiones... Pero también le prometí que estaba completamente preparado para invertir tiempo en ella, que no iba a soltar el pretexto de «no tengo tiempo» —porque eso me parecía que había sido, una excusa—; iba a administrarme, a establecer prioridades y a enriquecer distintos ámbitos de mi vida. Tenía muy claro adónde quería llegar y, sobre todo, con quién. Había llegado a comprender que, como seres humanos, existen diversos factores que nos complementan y que no podemos remitirnos solo a uno, que alcanzaría el éxito en un escenario estable. Y si había alguien que pudiera entenderme y apoyarme, era Valentina.

Visitamos a mi hermano y a Hugo y me quedé con una sensación extraña. No estaba tranquilo, aunque me hizo feliz ver lo mucho que se alegró al reencontrarse con Tina.

Esa vez Valentina vino a despedirme al aeropuerto. No regresaría hasta mediados de octubre, ya que debía acudir a la feria del comercio de Hannover y, después, prepararme para la mudanza. Tenía el estómago encogido y una sensación de presión en el pecho. Ella aún no me había comunicado su decisión, es decir, si quería que lo intentáramos o prefería una amistad. En el fondo, aceptaría cualquiera de las dos opciones siempre y cuando estuviera presente en mi vida.

Antes de ir al control, me pidió un abrazo. La estreché con fuerza, hundiendo mi nariz en su cuello, pensando en cómo ese cuerpecito se había colado de una manera tan enorme en mí. Al apartarnos, Valentina sonreía y mi corazón brincó.

—Estaré esperándote —dijo simplemente.

Epílogo

Tres años después

—Venga, Hugo... Tina tiene que cerrar.

Les lanzo una mirada de reojo. El niño está completamente absorto en la historia que sujeta entre las manos y no hace ni puñetero caso. Al final, él le arranca el libro y el chiquillo suelta un quejido de protesta.

—¡Devuélvemelo!

—Hugo, siempre igual... —le regaña, aunque con un tono divertido. El niño cambia el gesto malhumorado por una sonrisa. Sí, se ríen, y ese sonido me llena.

—¿Cenamos pizza esta noche? —pregunta Hugo, metiendo sus cosas en la mochila. A veces viene al salir de la escuela y se queda a estudiar.

—¿No prefieres brócoli?

—¡Hoy es viernes!

Más risas. Apago el ordenador, las luces... Al fin, me acerco a ellos y les indico con un gesto que nos vamos. Me siguen fuera, discutiendo sobre la cena. ¿Quién me iba a decir a mí que mis viernes serían así?

—¡Tina! El tío es un cabezón... —se me queja el chiquillo.

—¿Perdona? Eso lo eres tú.

—Sois igualitos, la verdad —resuelvo. Y de nuevo nos reímos.

Hace un año y medio que Hugo vive definitivamente con nosotros. Diego y yo luchamos por su custodia legal. También hace casi ese tiempo que nos casamos. ¿Que cómo llegamos a este punto? Intentaré explicarlo de la manera más sencilla posible.

Cuando Diego volvió de Hannover, comenzamos una relación de pareja. A decir verdad, sentí que lo habíamos sido casi todos los meses que pasamos juntos antes de su marcha. El día que lo despedí en el aeropuerto, ya había tomado una decisión. No me costó demasiado, aunque lo pensé un poco y lo comenté con mi hermana, mi padre y Carmen, e incluso con Rosario.

—Ninguno va a dejar su vida por el otro —le dije a mi padre.

—Pues claro que no —contestó él. Y añadió—: Las relaciones que mejor funcionan son esas. Tú le sigues a él y él te sigue a ti. Equilibrio. —Pensé que era lo mismo que me había dicho Diego.

Y llegué a la conclusión de que así sería. Aquel octubre lo fui a recoger al aeropuerto y le confesé todo lo que se me había pasado por la cabeza. Al principio no fue fácil, tampoco voy a mentir. Poco a poco empezamos a acostumbrarnos a la rutina de cada uno. Diego trabajaba muchísimo, sí, y yo empecé a tener cada vez más responsabilidad en la librería. Tuvimos que aprender a gestionarnos y a buscar tiempo para estar juntos. En alguna ocasión pude acompañarlo en sus viajes, aunque eso cambió cuando don Vicente decidió prejubilarse y me ofreció la oportunidad de quedarme con la librería. Dudé. Diego me ayudó a ver que El desván de los sueños era mi lugar y me animó en todo momento. Contaba con el dinero, las ganas y el conocimiento. Así que... acabé aceptando y la librería se convirtió en otro de mis hogares. Uno era el pecho de Diego. El otro, las risas de Hugo.

¡Ah, sí! Sobre el niño... Un mes después de volver Diego, cuando ya habíamos decidido empezar a vivir juntos, su madre lo telefoneó histérica. Pablo se había largado de nuevo. Diego armó una buena y se pasó unos días sin hablar con su familia.

—Joder, Valentina... La gente no cambia —me repetía una y otra vez.

Yo sabía que, por muchas vueltas que le diera, su cabeza siempre terminaba en una idea. Por eso, una noche, mientras lo abrazaba, decidí dejárselo claro:

—Diego, sé en qué estás pensando desde que te llamó tu madre. No estás solo. Me tienes a mí y te ayudaré con lo que sea. Quiero a Hugo como si fuera mi hijo.

Fuimos a Valencia para hablar en persona con Blanca, su amiga abogada. Diego había tomado una decisión y yo iba a apoyarlo con todas las consecuencias.

Consiguió rebajar su volumen de trabajo. Le explicó a su jefe lo que había ocurrido y este, comprensivo, intercedió por él ante sus superiores y logró que le asignaran un asistente. A diferencia de la vez anterior, no se arrepintió. Había llegado a querer tanto a su sobrino que lo único que le preocupaba era que creciera fuerte, sano y feliz en su compañía.

Primero, Blanca luchó para quitarle la patria potestad a Pablo; luego, la Corte nos brindó la tutela de Hugo sin necesidad de una propuesta previa, ya que Diego era pariente de tercer grado de consanguinidad. Al final, llegó lo que tanto habíamos ansiado: la adopción. De ese modo, nos convertimos en los padres legales de Hugo.

Durante ese tiempo, Diego y yo nos casamos. No era que la adopción se pudiera ver afectada por el hecho de que él fuera soltero, sino que se lo propuse yo. En un primer momento, dudó. Yo ya había estado casada y tampoco hacía mucho que me había divorciado. Le preocupaba que lo hiciera por ayudarlos. Le dejé claro que no se debía a eso, que me quería casar por amor. Fue una ceremonia muy íntima a la que solo invitamos a nuestras familias —por entonces aún había cierto tira y afloja entre Diego y su madre—, a Rosario, a don Vicente y a mi amiga Julia y su pareja. Hugo nos llevó los anillos con una enorme sonrisa que me provocó una llorera muy tonta. De alegría, que conste.

En cuanto a mí... sigo esperando una resolución respecto a la demanda que interpuse contra Mario. Dicen que la esperanza es lo último que se pierde. Pero decidí implicarme más en la cuestión de la violencia de género. Así que, a través de mi terapeuta y la especialista, me apunté a un par de asociaciones. Ahora doy charlas de concienciación en institutos y ofrezco apoyo a mujeres que están sufriendo maltrato. Las animo a dar el paso, a gritar, aunque no les quede voz, a no esperar creyendo que sus parejas van a cambiar.

De camino a casa, me suena el teléfono. Es mi amiga Julia, que ahora me ayuda de vez en cuando en la librería, sobre todo los fines de semana, que es cuando se lo permite su trabajo como psicóloga.

—¡Tina! Te acuerdas de que mañana es el cuentacuentos, ¿no? —Su voz cantarina retumba al otro lado de la línea. Suele hacer eso: llamarme para recordarme cosas, y a mí no me molesta en absoluto.

—Claro que sí, y el sábado que viene tendremos la tertulia sobre mujeres en la literatura.

—Y esta semana comienza el mes de la novela histórica. Ya he movido un poco las redes sociales.

—Muchas gracias, Julia. ¿Qué haría yo sin ti?

—Lo mismo, pero ¡con menos risas!

Pasamos el resto del trayecto decidiendo qué pizza encargar. Se me dibuja una sonrisa en el rostro cuando llegamos a casa. Vivimos los tres en mi piso, pues decidimos que el de Diego siguiera en alquiler. Al meter la llave en la cerradura, oímos unos gemiditos al otro lado de la puerta. Es Peter, un perrillo abandonado que adoptamos cuando Hugo vino a vivir con nosotros. Juanito falleció hace dos años, y Rosario no quiso otro animal, pero muchas tardes Hugo y ella pasean a Peter. Este se lanza a las piernas del chiquillo en cuanto abro. Cierro la puerta y siento un cosquilleo en el estómago. Cruzamos el pasillo a oscuras. Cuando llegamos al salón, enciendo las luces y…

—¡¡¡Sorpresa!!!

Hugo da un brinco. Diego mira a toda la gente que está allí y después a mí. Es su cumpleaños y he querido celebrarlo de un modo especial. Todos van desfilando para felicitarlo: Rosario, mi padre y Carmen, Diana y Carlos —sí, siguen juntos—, Jaime y su futura esposa —mi hermana y él decidieron conservar la amistad—, don Vicente, Julia y Raúl, y mis suegros, Joaquín y Toñi. Esta última nos da algún disgusto de vez en cuando con su manera de ver la vida, pero Diego ha aprendido a gestionarlo y a no dejarse llevar por el enfado y la rabia. Mantienen una relación cordial por el padre y porque Hugo quiere a sus abuelos. Eso sí: Diego estableció normas para el comportamiento de Toñi respecto a su nieto.

Cenamos entre risas y cháchara y, aunque al final no ha habido pizza, Hugo está contento porque hay tarta. De zanahoria y hecha por mí, su favorita. Cuando Diego sopla las velas y todos aplauden y gritan, siento que lo tengo todo, que no necesito nada más. Pienso en que formamos una familia curiosa, pero familia al fin y al cabo. Algunos compartimos sangre, otros no... Eso no es lo importante.

Pasada la medianoche, la gente se va marchando entre besos y abrazos. Hugo ha caído rendido en el sofá. Diego lo despierta para acompañarlo a la habitación, aunque ya no le gusta tanto que lo haga. Comienza a ser mayor y ha experimentado un enorme avance en su desarrollo.

Diego y yo nos quedamos un poco más en el salón, escuchando bandas sonoras con el volumen bajito. Él me sirve un poco de vino y luego hojea el libro que le he regalado. Hemos descubierto que es un gran lector, como Hugo, y que nunca es tarde para cogerle gustillo a la lectura.

—Ha sido genial —me dice segundos después, acercando su rostro al mío—. Muchas gracias. ¿Te acuerdas cuando te decía que no tenía amigos ni una familia de la que enorgullecerme? —Yo asiento y sonrío—. Pues los tengo, y son los mejores. Empezando por ti.

Me acurruco entre sus brazos. Él posa un beso en mi coronilla y aspira. Siempre me dice que le encanta mi olor, que huelo a vainilla y galletas, pero también a hogar y felicidad.

—Ponme nuestra canción —le pido.

La melodía de Nicola Piovani alcanza mis oídos y me deleita. Creo que amo esta música casi tanto como a Diego, y eso es mucho. Apoyo la cabeza en su hombro y él me acaricia el brazo de manera distraída, mientras disfruta de la canción como yo, entre sorbo y sorbo de vino.

—Te quiero, Valentina —me susurra.

Sonrío. Cierro los ojos y me concentro en las notas del tema principal de *La vida es bella*. Sin duda, lo es. Con Diego, con Hugo, con Peter. Con días buenos y días malos, pero siempre respetándonos y comprendiéndonos. Porque el amor es abrir las alas para volar acompañado.

Nota de la autora

En esta novela he querido tratar dos temas que siempre he tenido en mente y que son muy importantes para mí: la familia —y las relaciones entre padres e hijos— y la violencia de género. Me ha costado mucho crear esta historia de una manera en la que pudiera transmitir el respeto que siento por esta última cuestión. Antes de ponerme a escribir, estuve meses documentándome, leyendo, charlando con expertos e incluso hablé con personas que habían vivido episodios de violencia de género y que consiguieron salir de ello. El maltrato a la mujer está a la orden del día: se ha de visibilizar y, al mismo tiempo, debemos intentar comprenderlo desde la posición de la víctima. A veces, juzgar es muy fácil. Lo que necesitan las víctimas es alguien que las apoye por completo y que no las juzgue en esa complicada espiral de reincidencia que se produce en muchas ocasiones. Crear a Valentina ha sido difícil; hemos luchado juntas, cada una a su manera. Considero que es uno de mis personajes más especiales.

A la hora de escribir esta historia, no he pretendido juzgar, dar lecciones morales ni nada por el estilo. Solo he intentado plasmar una realidad tal como es —igual que hice en otras novelas con el acoso escolar, o en la *Trilogía corazón* y *Tu mirada en mi piel*—, crear un personaje que está en una espiral de la que es difícil salir.

El maltrato no solo lo sufre un tipo de mujeres, aunque haya gente que lo piense. Después de mis lecturas y charlas, entendí que le puede pasar a cualquiera, y a veces se da más cerca de lo que creemos. Y, por eso, debemos intentar erradicarlo juntos.